KB187522

셜록홈즈

베스트 장편 걸작선

아서 코난 도일

1859년 스코틀랜드의 에든버러에서 태어나 에든버러대학에서 의학을 전공했다. 의대 졸업 후 서부 아프리카 해안을 항해하는 등 모험에 가득 찬 시간을 보냈다. 현실로 돌아온 그는 병원을 개업했지만 병원 경영보다는 소설을 쓰는 걸 더 즐겼다. 1886년《주홍색 연구》를 시작으로 홈즈가 등장하는 시리즈를 발표하여 본격적인 추리소설을 쓰기 시작했다. 1900년, 영국과 트란스발 공화국이 벌인 보어전쟁에 자원의사로 근무했으며, 1902년에는 기사 작위를 받았다. 1900년과 1906년, 두 차례에 걸쳐 지방의회 선거에 후보로 나섰으나 낙선하였다. 이후 신문과 잡지 등에 꾸준히 연재물을 발표하며 소설가로서 인기를 누리다가 1930년에 사망하였다.

박재인

그녀는 프랑스 낭시 2대학에서 불어학 전공. 전문 번역가로 활동하고 있다. 번역서로는《아무 것도 않고 앉아 있기》《수피교 현인들의 이야기》《열린 마음》《셜록홈즈 베스트 단편 걸작선 1·2》《셜록홈즈 베스트 단편 22선》《셜록홈즈 베스트 장편 걸작선》《미스터리 살인사건》 등이 있다.

셜록홈즈 베스트 장편 걸작선

초판 1쇄 발행	2016년 8월 15일
9쇄 발행	2019년 11월 15일
2판 1쇄 발행	2021년 8월 17일
2쇄 발행	2024년 2월 25일

지은이 | 아서 코난 도일
옮긴이 | 박재인
펴낸이 | 김형호
펴낸곳 | 아름다운날
편집주간 | 조종순
본문삽화 | 김연규
표지디자인 | Design이즈
본문디자인 | 디자인표현

출판등록 | 1999년 11월 22일
주소 | (05220) 서울시 강동구 아리수로 72길 66-19
전화 | 02) 3142-8420
팩스 | 02) 3143-4154
이메일 | arumbooks@gmail.com

ISBN | 979-11-6709-004-1 03840

셜록 홈즈

베스트 장편 걸작선

Sherlock Holmes Arthur Conan Doyle

아서 코난 도일 지음 — 박재인 옮김

아름다운날

차례

옮긴이의 말

　　'추리소설'이라고 하면 누구나 셜록 홈스를 맨 먼저
떠올릴 것이다. 홈스는 추리소설 역사상 최고의 탐정 자리를 굳건히 지키
고 있기 때문이다.

　하지만 엄밀히 말하면 그는 19세기 런던 최고의 명탐정일지는 모르지
만 21세기로 데리고 온다면 조금 박식하고 이런저런 걸 면밀히 분석하는
꼼꼼한 아저씨에 불과할지도 모른다. 게다가 그는 경찰에 당장 체포당할
위험에 처한 코카인 중독자다.

　역자가 이런 셜록 홈스의 약점을 독자에게 미리 밝히는 것은 『뤼팽』의
작가 모리스 르블랑의 이야기 접근법을 써먹고 싶어서였다. 모리스 르블
랑은 작품을 시작하기 전에 범인의 실체를 먼저 알려 준 뒤 범죄를 추리해
나가는 방식을 취하고 있다.

스코틀랜드 출신인 아서 코난 도일은 영국의 에든버러 대학을 졸업한 뒤 의사 자격증을 얻고 잠시 화물선 선의로 일한 후 개인 병원을 개업한다. 당시 그의 아버지는 병석에 누워 있었기 때문에 그가 가족의 생계를 책임져야 했다.

다행인지 불행인지 병원 경영은 원만하지 않았다. 글을 쓰고 싶었던 그는 역사나 괴기물에 관한 글을 틈틈이 써오던 중에 '셜록 홈스'와 '왓슨'이 등장하는 최초의 작품 『주홍색 연구』를 1886년에 완성한다. 하지만 이 영국 작가의 소설에 최초로 관심을 보인 곳은 조국 영국이 아닌 미국이었다. 미국의 〈리핀콧 매거진〉의 한 편집자는 그의 소설을 흥미롭게 읽고는 그 속편까지 써달라고 청탁했는데, 그 속편 역시 큰 성공을 거두었다. 이후 조국인 런던의 〈스트랜드 매거진〉에 『보헤미아 왕국의 스캔들』을 시작으로 새로운 작품을 발표할 때마다 폭발적인 인기를 거두었다. 이후 1892년, 『셜록 홈스의 모험』이 출간된 후 추리작가로서 아서 코난 도일의 입지는 확고하게 다져진다.

인기 정상에 오른 코난 도일은 추리소설을 쓰는 데 슬슬 싫증을 느끼고는 작가로서의 활동을 접으려고 했다. 그러자 몸이 달아오른 〈스트랜드 매거진〉의 편집장은 그에게 계속 글을 써줄 것을 애걸하다시피 했고, 어머니도 쏠쏠한 돈벌이를 마다하는 아들에게 글을 쓰도록 꼬드겼다.

그러던 중 코난 도일은 단편 『마지막 사건』에서 셜록 홈스를 죽인다. 그러자 독자들은 셜록 홈스를 다시 살려내라고 아우성을 쳤다. 이후 나이가 든 코난 도일은 자신에 대해 조금 너그러워져 『빈집의 모험』에서 셜록 홈스를 다시 부활시키고, 왓슨과 조우하게 한다.

코난 도일은 총 56편의 단편과 4편의 장편을 집필하고는 1930년, 심장 발작이 악화되어 세상을 떠난다.

이 책에는 최초의 장편 「주홍색 연구」를 포함한 총 4편의 장편 모두를 실었다.

그의 작품은 사건의 외형은 물론이고 해결해 나가는 과정도 제각각 독특함을 자랑하고 있다. 셜록 홈스는 단순히 범인이 누구인가를 밝혀내는 데 그치지 않고 범인과 팽팽한 두뇌 대결을 벌여 결국 승복하게 만드는데, 위기의 순간에도 절대 유머를 잃는 법이 없는 모습은 독자로 하여금 책에서 손을 놓지 못하게 만드는 위력을 지닌다. 이 작품의 또 다른 묘미는 셜록 홈스와 왓슨의 관계이다. 겉으로 보면 왓슨은 셜록 홈스의 조수에 불과한 것 같지만 모든 것이 왓슨의 펜에 의해 정리되고 기록되어진다는 것을 감안하면 과연 누가 주인공인지 의문을 갖게 된다.

셜록 홈스의 모델은 작가 아서 코난 도일의 에든버러 의과대학 시절 은사 조지프 벨 교수이다. 벨 교수는 환자의 상태를 상세히 관찰하여 직업 등을 추리하는 버릇이 있었는데, 이 추리력이 너무 정확해 주변 사람들의 감탄을 자아내게 했다. 조지프 벨 교수에게서 강렬한 영감을 얻은 코난 도일은 그를 자신의 작품 속으로 들여와 주인공으로 내세운다.

〈스트랜드 매거진〉의 셜록 홈스 시리즈 삽화에 그려진 외모의 특징은 180센티미터 정도의 키에 깡마른 몸매, 날카로운 눈과 콧날이 우뚝 솟은 매부리코, 그리고 네모진 턱이 인상적이다.

그런 이유로 런던에서는 한때 키 큰 할머니가 지나가면 "어, 저기 홈스 씨가 가는데? 오늘은 또 누굴 잡으러 가시나?" 하고 웃으며 농담을 주고 받았다고 한다.

마지막으로 코난 도일과 모리스 르블랑의 재미있는 일화는 묻어두기엔 너무 아까워 밝힌다. 기지 넘치는 르블랑은 여러 가지 방법으로 라이벌 코난 도일의 속을 부글부글 끓게 했다. 그 중 하나가 뤼팽이 셜록 홈스를 자신의 작품에 끌어들여 아주 비열한 방법으로 자신의 연인을 사살한 사건이다. 코난 도일은 그로 인해 자신의 이미지가 실추되자 정식으로 르블랑에게 항의했다. 그러자 르블랑은 '홈스'의 철자를 살짝 바꾸어 '숌스'로 표기하여 정면 대결을 피했다.

우리의 수많은 선조와 우리가 그러했듯이 우리의 후손들도 홈스의 추리소설에 코를 박고 짜릿한 스릴을 맛보는 시간을 보낼 것이 틀림없다. 우리 인류에게서 권태로움을 날려준 홈스는 확실히 위대한 이야기꾼이다.

주홍색 연구

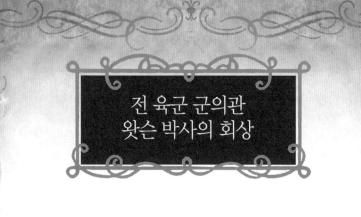

전 육군 군의관
왓슨 박사의 회상

셜록 홈스

18₇₈년, 런던 대학에서 나는 의학박사 학위를 받은 후, 군의관
이 되기 위한 필수 과목을 이수하기 위해 네트리에 있는 육군 병원으
로 옮겨갔다. 그곳에서 과정이 끝난 다음엔 당연한 코스로 제5노섬
버랜드 프리지아 연대 소속의 군의관 조수로 임명되었다.

이 연대는 그 무렵 인도에 배치되어 있었는데, 내가 부임하기 전에
제2차 아프간 전쟁이 터지고 말았다. 내가 봄베이에 도착했을 때 들
은 소식으로는, 우리 연대가 이미 산악지대를 넘어 적지의 상당부분
을 확보한 상태라고 했다. 나는 같은 상황에 처해있는 다른 신병들
과 함께 칸다하르까지 가서야 우리 연대를 만날 수 있어서 그 즉시

입대하게 되었다.

전쟁을 치르면서 훈장을 받거나 승진의 기회를 포착하는 사람들이 많이 있지만 나에겐 그저 악몽일 뿐이었다. 나는 부임 후 곧 버크셔 연대로 전근돼 마이완드 전투에 참전하게 되었는데, 당시 총탄을 맞아 어깨뼈가 부서지면서 가슴 부분의 동맥이 찢어지는 부상을 당했다. 그때 마침 머레이가 용감하게 나를 구출했기 망정이지, 안 그랬다면 난 분명 포악한 이슬람군의 포로로 잡히고 말았을 것이다.

하지만 오랜 후유증으로 몸이 쇠약해진 나는 결국 다른 부상병들과 함께 페샤와르에 있는 병원으로 후송되었다. 그리고 그곳에서 많이 회복되어 걸을 수도 있고 창가에 앉아 햇볕을 쬘 수도 있게 되었다. 그러나 이번에도 또 불운이 찾아왔다. 저주의 병이라고 하는 장티푸스에 걸리고 만 것이다.

난 몇 달 동안 사경을 헤매야 했다. 그러다 겨우 의식을 찾고 생명은 건졌지만 너무 심한 고생을 하다보니 피골이 상접하게 되어, 마침내 나는 본국으로 송환돼야 한다는 판정을 받게 되었다. 의무국은 나에게 9개월의 휴가를 내주었다. 워낙 몸이 안 좋았기 때문에 회복할 수 있을지 정말 불투명한 상태로 나는 올론티즈 호를 타고 한 달후, 포츠머스 항에 도착했다.

친척도 친구도 아무도 없었다. 나는 공기처럼 자유로움을 느꼈다. 물론 하루에 11실링 6펜스라는 급여 내에서의 자유로움이었다. 그러다 보니 전국 각지에서 백수들이 몰려드는 쓰레기 같은 도시 런던으로 내 발걸음이 옮겨간 것도 어쩌면 자연스런 일이었다.

처음 한동안은 스틀랜드 지역에 있는 한 호텔에 머물며 그저 막연히 하루 하루를 보내면서 내 형편을 초과할 정도로 돈을 낭비하고 있었다. 그러다 어느 순간, 계속 이렇게 살다가는 돈이 바닥날 게 뻔해, 런던을 떠나 멀리 가든지 아니면 생활 습관을 근본적으로 고치든지 해야 한다는 걸 깨닫게 되었다. 그래서 우선은 습관을 고쳐보기로 하고, 당장 호텔을 나와 값싼 곳으로 옮기기로 했다.

바로 그 결정을 내린 날이었다. 클라이테리온 주막 앞에 우두커니 서있는데, 누가 뒤에서 내 어깨를 탁 쳤다. 돌아보니까 스탬포드였는데, 그는 내가 성 바르톨로메오 병원에서 일할 때 조수로 근무한 적이 있던 젊은이였다.

넓은 대도시 어느 구석에서 우연히 아는 사람을 만나자 난 외롭던 참에 너무 반가웠다. 전에 우리가 특별히 친했던 건 아니지만 이렇게 만나자 그 친구도 반가운 기색이었다. 그래서 내가 점심을 사겠다고 제안해 우리는 호본 식당으로 갔다.

"왓슨 씨는 그래 요즘 어떻게 지내십니까? 몸이 말할 수 없이 마르고 얼굴빛이 누렇게 돼있으니 말입니다."

덜컹거리는 마차를 타고 가면서 스탬포드가 내 몰골을 보고는 곧바로 물었다.

나는 간단히 지난 얘기를 해주었다. 그리고 마차가 곧 식당에 닿았다. 그는 내 설명을 다 듣고 나더니 동정심을 담은 말투로 물었다.

"아, 고생 많이 하셨네요! 그럼 지금은 뭘 하고 지내세요?"

"하숙집을 찾고 있네. 저렴한 비용에 쾌적한 방이 없을까 하고 말이야. 그걸 우선 해결해야 하거든."

"참 이상하네요! 오늘 이런 얘기를 두 사람한테서 듣거든요."

"아, 그래? 처음 말한 사람은 누구였는데?"

"병원 연구실에서 일하는 사람인데요. 좋은 방을 하나 구했는데 혼자 사용하기에 부담이 커서 반씩 내고 같이 쓸 사람을 찾고 있다고 하던데요. 그런데 그럴 사람이 있겠냐면서 한숨을 쉬고 있더라고요."

내가 얼른 소리쳤다.

"됐네 그럼! 정말로 반씩 내고 같이 쓸 사람을 찾는다면 내가 적격이지. 나도 혼자 지내는 것보다는 누구와 같이 있고 싶거든."

그러자 스탬포드가 좀 묘한 표정으로 나를 쳐다보았다.

"아직 셜록 홈스 씨를 모르셔서 그러는데, 계속 함께 사시게 되면 별로 안 좋을 텐데요."

"왜? 나쁜 점이 뭔데?"

"저, 특별히 나쁜 점이라고 할 건 없습니다만, 워낙 생각하시는 게 남달라서요. 그리고 일종의 화학 연구에 몰두하는 분이죠. 하지만 존경 받는 분으로 알고 있어요."

"의대생인가?"

"아니요. 무슨 일을 하는지는 구체적으로 몰라요. 해부학과 화학엔 조예가 깊은 것 같은데, 의학 분야는 아닌 것 같고요. 연구 주제도 기이하고 엉뚱해서 학자들을 당황하게 하는데, 아무튼 이상한 지식들을 많이 가지고 있는 좀 별난 사람이죠."

"무슨 일을 하는지 그 사람에게 직접 물어본 적 있나?"

"아니요. 물어본다고 해도 쉽게 얘기해줄 사람이 아니거든요. 한데 마음이 내키면 신나게 얘기를 풀어놓기도 하죠."

"한번 만나보고 싶구먼. 같이 지내려면 나도 연구에 몰두하는 조용한 사람이 좋으니까. 몸도 아직 안 좋아서 시끄러운 건 싫더라고. 아무래도 안 좋지. 시끄러운 건 아프가니스탄에서 평생 겪을 거 다 겪었어. 더 이상 안 겪고 싶어. 그 사람을 어떻게 하면 만나지?"

"지금 아마 연구실에 있을 거에요. 그 사람은 몇 주일씩 밖으로 나오지 않다가 또 하루 종일 연구에 몰두하는 그런 성격이 있거든요. 그럼 식사 끝난 다음에 가보세요."

"그럴까."

식당을 나와 병원으로 가는 도중, 스탬포드는 셜록 홈스라는 사람에 대해 계속 얘기를 들려주었다.

"왓슨 씨가 원해서 하는 거니까, 만약 그 사람과 지내기 힘들더라도 제 탓은 하지 말아주세요. 전 그냥 가끔 연구실에서 만난 것뿐이지 그 사람에 대해 잘 모르니까요. 아무튼 제 책임은 아닙니다."

"안 맞으면 헤어지지 뭐."

나는 스탬포드의 표정을 보다가 덧붙여 말했다.

"그런데 자네가 그렇게 빼는 게 분명 무슨 이유가 있는 것 같은데, 혹시 성격이 고약한 사람인가? 아니면 다른 나쁜 점이 있는지 솔직히 좀 얘기해주게."

스탬포드는 웃으며 말을 꺼냈다.

"말로 설명하기가 참 어려운 점이라서요. 뭐랄까, 그 사람은 극단적으로 과학적인 면이 있다고 할까요. 냉혈적이라고 할까요. 아무튼 인간미가 없을 정도죠. 예를 들어, 만약에 식물성 알칼로이드를 새로 발견했다면 그걸 친구에게라도 먹어서 꼭 실험을 해봐야 직성이 풀리는 사람이거든요. 뭐 나쁜 마음으로 그런 건 절대 아니죠. 일에 너무 몰두한 나머지 그 독물 성분의 반응을 알기 위해 그런 일쯤은 충분히 할 수 있다는 얘기지요. 제 생각엔 본인 자신도 먹을 사람이에요. 어쨌든 정확성을 얻기 위해서라면 대단한 정열을 쏟아붓는 성격이지요."

"그런 점은 좋은 거 아닌가?"

"하지만 지나치면 좀 곤란하죠. 가령, 해부실에 있는 시체를 막대기로 두드린다면 어떻겠어요? 이상한 짓 아닌가요?"

"시체를 두드린다고?"

"그렇다니까요. 죽은 후에 때리면 얼마나 상처가 나는지 확인해야 한다면서요. 제가 직접 그 장면을 봤어요."

"그런데 의대생이 아니라면서?"

"의대생은 아니에요. 하지만 정확히 무슨 연구를 하는지는 아무도 몰라요. 아, 저기, 다 왔네요. 하여튼 만나보시면 어떤 사람인지 잘 알게 되겠죠."

우리는 좁은 골목을 지나 작은 뒷문으로 들어갔다. 병원의 한 건물로 들어선 것이다. 나는 그곳에 이미 가본 적이 있었기 때문에 아주 낯설지는 않았다. 음산한 계단을 올라가자 우중충한 색깔의 문이 쭉 달려있는 복도가 나왔다. 복도 끝에 이르자 길이 갈라지면서 화학 연구실이 나왔다.

커다란 연구실엔 수많은 유리병들이 어지러이 널려있고, 낮은 테이블들이 있으며, 테이블 위에는 각종 실험 기구들이 빽빽이 놓여 있었다. 그리고 구석에 있는 실험대에서 한 연구생이 몸을 바짝 붙이고 실험에 몰두하고 있었다. 그는 우리가 들어서자 얼굴을 들더니 곧바로 일어서 환호를 질렀다.

"발견했어! 결국 발견했어! 혈색소가 섞이면 침전하고, 그 외에 다른 것이 섞이면 침전하지 않는 시약을 발견해냈어."

그는 피펫을 들고 스탬포드에게 달려들었다. 금광을 발견했다 해도 이보다 더 기쁜 표정을 짓지는 못할 것 같았다.

"자, 이쪽은 왓슨 박사시고, 여기는 셜록 홈스 씨입니다."

스탬포드가 우리를 소개시켰다.

"안녕하십니까."

홈스는 정중하게 말하며 손을 내밀었다. 그런데 그의 손아귀가 어찌나 억센지 거의 난폭할 정도였다.

"선생은 아프가니스탄에서 오셨군요."

"아니, 그걸 어떻게 아셨죠?"

나는 깜짝 놀라지 않을 수 없었다.

"뭐, 별 거 아닙니다. 그보다 혈색소 말이죠, 이 발견이 얼마나 중요한 건지 인정하시겠죠?"

그는 스스로 대견한 듯 말했다.

"그건 화학 분야에서는 흥미있는 일이지만, 실용 면에서는 글쎄요……."

"그렇지 않습니다! 법의학에 실제로 쓰일 수 있는 새로운 발견이죠. 일테면 핏자국에 대해 정확한 분석을 해볼 수도 있거든요. 이리 와서 함께 시험을 해봅시다."

그는 나를 실험대로 끌고 가더니 뾰족한 기구로 자기 손가락을 찔러 피펫에 핏방울을 떨어트렸다.

"자, 이 소량의 피를 물 1리터에 넣겠습니다. 보세요. 아무것도 달라 보이는 건 없습니다. 왜냐하면 피가 백만분의 1 이하의 극히 소량으로 혼합되었기 때문입니다. 하지만 실제로는 아주 다른 반응을 나타내고 있죠."

그는 이번엔 흰색 물질을 조금 넣더니 투명한 액체도 몇 방울 떨어트렸다. 순간 물이 연한 마호가니 색으로 변하면서 유리병 아래에 찌꺼기가 가라앉는 게 보였다.

"하하! 보셨죠?"

마치 새 장난감을 받은 어린아이처럼 홈스는 손뼉을 쳤다.

"무척 반응이 빠른 물질이군요."

"좋아! 아주 훌륭해! 현미경으로는 핏자국이 몇 시간만 지나도 검출이 안 되는데, 이 방법은 아무 때나 상관이 없어요! 이게 조금만 더 일찍 발견됐더라면 지금 활개 치고 다니는 놈들 중에 상당수가 벌써 감옥에 들어가 있을 텐데 말이죠!"

"아무래도 그렇겠죠."

"범죄 사건은 그런 점 때문에 항상 어려운 겁니다. 범죄가 일어난

뒤, 가령 몇 달 후에 말이죠, 혐의가 의심되는 사람의 옷가지를 조사해보면 갈색 비슷한 얼룩이 남아 있습니다. 그게 핏자국인지 진흙인지 녹이 묻은 건지 아니면 과일 자국인지 밝혀내야 하는데, 아무리 대단한 전문가라도 그 점은 쉽지 않다는 것입니다. 그 이유는, 정확한 분석 방법이 없었기 때문이죠. 하지만 이제부터는 이 셜록 홈스법으로 그런 곤란한 문제가 해결될 겁니다."

홈스는 눈빛을 반짝이며 마치 환호하는 청중들에게 답례를 하듯 한 손을 가슴에 얹고 허리숙여 인사를 했다. 그의 태도는 가히 열광적이었다.

"아무튼 잘 됐네요."

나는 그렇게밖엔 달리 할 말이 없었다.

"작년에 프랑크푸르트에서 일어난 폰 비숍 사건 때 이 방법을 알고 있었다면 분명 그 자는 사형장으로 끌려갔을 겁니다. 그자뿐만이 아니라 엄청 많지만 말이죠."

"범죄 사건에 대해 전문가 같으시군요. 그 분야의 신문을 내서도 좋을 것 같은데요."

"꽤 재미있는 기사가 많겠죠."

홈스는 상처 난 손가락에 반창고를 붙이며 덧붙여 말했다.

"독성 물질을 많이 만지니까 이렇게 해야 되거든요."

그의 손에는 여기 저기 반창고가 붙어있고, 약품이 묻어 피부가 변색된 곳도 있었다. 내가 말을 꺼냈다.

"사실 얘기할 게 좀 있는데요."

스탬포드가 의자에 걸터앉아 있다가 내게 다른 의자를 밀어주며 말했다.

"왓슨 씨는 지금 하숙집을 구하고 계세요. 그런데 홈스 씨가 아침에 같이 방 쓸 사람을 찾는다고 하셨잖아요? 그래서 마침 잘 됐다 싶어 이렇게 모셔왔어요."

셜록 홈스는 반가운 표정이었다.

"내가 구한 하숙집은 베이커 가에 있는데, 나무랄 데 없는 방이죠. 그런데 담배 냄새가 꽤 날 텐데 괜찮으시겠어요?"

"나도 늘 스프스를 피우고 있거든요."

"아, 잘 됐네요. 그리고 난 가끔 약품들을 가지고 실험도 하는데, 그것도 문제 안 되겠어요?"

"문제될 것 없습니다."

"자 그럼, 내 결점이 또 뭐가 있나. 참 내가 이따금 우울해지면 몇 날 며칠 말을 안 할 때도 있거든요. 그건 화난 게 아니니까 그냥 내버려두면 됩니다. 그럼, 왓슨 씨는 어떠신가요? 서로의 문제점을 미리 알아두어야 같이 지내는 데 편할 테니까요."

나는 그런 질문이 재밌어 웃었다.

"난 작은 개 한 마리를 키우고 있어요. 그리고 신경이 아직 극도로 피곤한 상태라 시끄러운 건 정말 견디기가 힘듭니다. 또 아침에 일어나는 시각이 아주 불규칙 하죠. 대충 이 정돕니다."

홈스가 걱정스런 표정을 지었다.

"바이올린 소리도 시끄러운 종류인가요?"

"그건 뭐 연주를 어떻게 하느냐에 따라 다르겠죠. 연주가 좋다면 오히려 더 좋을 거고, 안 좋으면……."

"그럼 됐네요. 그건 됐고, 이제 방이 왓슨 씨 마음에 들어야 하는 문제가 남아있네요."

그러면서 홈스는 빙그레 웃었다.

"내일 낮에 다시 오시면 방을 보여드리겠습니다. 그리고 결정을 짓죠."

나는 그러겠다고 하며 악수를 했다.

스탬포드와 나는 내가 머물고 있는 호텔 쪽으로 걸어갔다.

"그런데 내가 아프가니스탄에서 돌아온 걸 도대체 어떻게 알았을까?"

갑자기 내가 스탬포드에게 묻자 그는 묘한 미소를 지으며 말했다.

"글쎄, 그 사람이 그런 재능이 있다니까요. 어떻게 그렇게 잘 알아내는지 사람들이 의아하게 생각하고 있죠."

"아 그래! 아무도 그 이유를 모른다는 거네!"

난 갑자기 굉장한 흥미가 느껴졌다.

"아주 재미있는 사람을 만나게 해줘서 고맙구먼. 아주 재밌게 생겼어! '인류에 대한 연구란 곧 개인을 연구하는 것'에서 시작되니까 말이야."

"그럼, 그 사람을 한 번 연구해보시죠. 그런데 어려울 겁니다. 왓슨 씨가 그 사람을 연구하는 게 아니라 그 사람한테 연구를 당할 것 같은데요. 그럼 안녕히 가세요."

스탬포드는 중간에서 인사를 하고 떠나갔다.

추리학

다음 날, 나는 약속한 시각에 홈스의 연구실을 다시 찾아가 그가 구했다는 베이커 가 221번지의 하숙방을 함께 보러 갔다. 그곳엔 침실 두 개와 커다란 창문이 두 개 있는 거실이 있으며, 가구가 완비돼 있었다. 밝고 통풍이 좋으며, 나무랄 데가 없는 조건이었다. 우리는 그 자리에서 바로 계약을 하고 결정지었다. 그리고 그날 밤 나는 호텔을 나와 그 집으로 옮겼다. 홈스는 그 다음 날 상자 몇 개와 여행 가방을 들고 나타났다.

홈스는 조용하고 아주 규칙적인 생활을 하는 사람이라 별로 어렵지 않았다. 밤엔 10시 전에 잠자리에 들었고, 아침엔 일찍 일어나 내가 일어나기도 전에 벌써 식사를 마치고 외출을 했다. 그러고는 연구실이나 해부실에서 일을 하거나 가끔은 멀리까지 산책을 하기도 했다.

그는 한 번 연구에 빠졌다 하면 미친듯이 몰입하다가도 또 때로는 거실 소파에 누워 몇 날 며칠 동안 말 한 마디 하지 않고 꿈쩍도 하지 않는 때도 있었다. 그럴 때 그의 눈을 보면 마치 꿈속에 기분 좋게 잠겨있는 것 같았다. 하지만 그의 평소 습관을 모르고 본다면 영락없이 무슨 마약에 취해있는 것 같은 눈빛이었다.

그는 정말 흥미로운 점이 있었다. 정확히 무슨 일을 하는 사람인지 나는 점점 더 호기심이 일어났다. 우선 그의 외모와 옷차림은 아무리 관심 없는 사람이라도 눈길을 가게 했다. 6피트가 넘는 키에 워낙 마른 체형이라 더 커보였다. 눈빛은 찌르듯 날카롭고, 뾰족한 코는 민첩하고 지적이며 강한 인상을 풍겼다. 또 손에는 항상 약품이 묻어 있으며, 놀라울 만큼 섬세하게 정밀 실험 기구들을 능란하게 다룰 줄 알았다.

홈스는 볼수록 내 호기심을 자극했다. 하지만 그는 자신에 대해서는 좀처럼 말을 하지 않는 성격이었다. 내 생활은 그 당시 권태와 방황으로 헤매고 있는 지경이었고, 건강 때문에 자주 외출할 수도 없었으며, 게다가 말을 나눌 친구도 없었던 터라, 나는 그의 수수께끼 같은 면을 혼자 궁금해 하면서 지내고 있었다.

그는 분명 의학 연구를 하는 것도 아니었고, 그렇다고 해서 학위를 따기 위해 다른 분야의 공부를 하는 것도 아닌 것 같았다. 하지만 그는 연구에 엄청난 열정을 쏟아부었으며, 놀랄 만한 지식도 갖고 있었다. 그런데 이상한 건, 그가 한쪽 면에 대해서는 입이 다물어지지 않을 만큼의 지식을 갖추고 있는가 하면, 어떤 면에 대해서는 아주 무식하다는 점이었다. 일테면 문학과 철학, 정치에 대해 그는 거의 아는 게 없었다. 내가 토머스 칼라일에 대해 얘기하자 그는 순진하게도 그 사람이 누구냐고 물었다. 더 심한 건, 지동설이라든지 태양계 등에 대한 어떠한 상식도 없다는 점이었다. 나는 입이 다물어지지 않았다. 아니, 너무 이상해 믿어지지가 않았다.

"하하하, 놀랐나 보군. 그런데 아는 만큼 잊어버리는 것도 노력해야 한다네."

내가 놀라는 것을 보며 홈스가 말했다.

"잊어버린다고?"

"그렇다네. 사람의 두뇌는 빈 창고 같은 것이라 거기다 자기가 고른 물품들을 넣어두는 장소로 쓰지. 그런데 어리석은 사람들은 아무 물건이나 마구 집어넣어 뒤죽박죽으로 만들어 놓거든. 그래서 막상 필요한 물건을 찾을 때는 꺼내기조차 어렵게 되는 거라네. 하지만 노련한 사람은 자신의 그 창고에다 놓을 물건을 신중하게 골라서 정리정돈을 잘 해놓지. 그 창고가 마음대로 넓힐 수 있는 게 아니니까, 애당초 쓸데없는 것까지 집어넣어서 유용한 것을 못 놓게 만드는 일이 없도록 미리 잘 판단해야 하는 거라고."

"그래도 그렇지, 태양계에 대해서조차……."

"그런 건 알아서 뭐해! 지구가 태양을 돌든, 달을 돌든, 내가 하는 일에 무슨 착오를 일으킬 것도 아닌데 말이야."

그는 다짜고짜 내 말을 잘라버렸다. 난 그가 하는 일이 정확히 무엇이냐고 물어보고 싶은 마음이 목까지 올라왔지만 그가 별로 내키지 않아 할 것 같아 그만 두었다. 결국 그는 자신의 일과 관련이 없는 지식은 곧 잊어버리고, 반면에 그가 알고 있는 지식들은 그의 일에 아주 유용한 것이라는 얘기가 되었다.

처음 일주일 동안, 홈스를 찾아오는 사람은 아무도 없었다. 그래서 나는 그도 나처럼 친구가 없는 줄 알았다. 그런데 그게 아니라 홈

스는 각 방면의 사람들과 넓은 친분이 있었다. 차츰 별별 사람들이 하숙집으로 찾아왔는데, 방문객이 있을 때마다 홈스는 내게 거실을 비켜달라고 부탁했다. 물론 그는 내게 무척 미안해 했다.

"나한테 부탁하러 오는 사람들이라 사업상 좀 필요해서 그렇다네."

그가 이런 말을 했을 때 나는 또 다시 궁금한 질문을 던질 수 있는 기회라고 여겼지만 그에게 억지로 강요하는 것 같아 이번에도 참고 말았다. 난 그에게 무슨 말 못할 사연이 있어서 극도로 자기 얘기를 꺼리는 줄로 알고 있었다. 그러나 얼마 후 홈스는 스스로 그 문제에 대해 얘기를 꺼냈다.

그날은 유난히 기억에 남아 있다. 3월 4일이었다. 내가 평소보다 조금 일찍 일어났더니 마침 홈스가 아직 아침 식사를 안 하고 있었다. 그래서 내 식사를 늘 늦게 준비하는 하숙집 아주머니에게 빨리 달라고 퉁명스럽게 말했다. 그리고 나선 홈스가 토스트를 먹는 동안 난 잡지를 들고 읽기 시작했다. 그런데 연필로 표시된 기사가 있어 자연히 그쪽으로 눈길이 갔다. '구원될 사람 명단'이라는 제목의 기사였다. 읽어 보니, 자신에게 일어나는 일을 신중하고 체계적으로 짚어보며 통찰력을 지닌 사람이 훨씬 더 많이 깨달을 수 있다는 내용이었다. 그런데 이건 그럴 듯 하지만 교묘한 말장난에 지나지 않아 보였다. 일테면 얼굴 근육의 움직임이나 시선의 이동 같은 순간적인 표정을 보고도 사람의 마음을 알아맞출 수 있다고 주장하고 있었다. 즉 관찰과 분석 훈련을 많이 쌓은 사람은 거의 정확히 알아낸다는 것이었다.

"이게 무슨 헛소리야! 뭐 이따위 엉터리 기사가 다 있어."

나는 잡지로 테이블을 탁 내리쳤다.

"무슨 내용인데?"

홈스가 물었다.

"이거 말이야, 연필로 표시돼있는 거 보니까 자네도 읽었겠지. 이건 분명 할 일 없는 작자가 심심하니까 망상을 떠벌린 걸 거야. 알기는 어떻게 안다는 소리야! 이걸 쓴 녀석을 지하철로 데려가서 승객들 직업을 하나하나 알아맞혀 보라고 했으면 좋겠네. 만약 그자가 한다면 난 천 배라도 내겠어."

"그럼 자네가 졌네. 이 기사는 내가 썼거든."

"뭐, 자네가?"

"그렇다니까. 나는 관찰과 추리에 재주가 좀 있네. 자네는 이걸 망상이라고 생각하지만 그렇지 않아. 아주 실용적인 방법이지. 내가 먹고 사는 것도 이 일을 통해서거든."

"아니, 어떻게?"

나도 모르게 호기심이 솟구쳤다.

"그렇다네. 내 직업은 자문 탐정이라네. 런던엔 경찰과 사설 탐정이 많이 있지만 그들도 못할 경우엔 나를 찾아온다네. 나는 의뢰자가 가져오는 모든 증거를 가지고 범죄 지식을 활용해 그들에게 해결의 실마리를 제공해주곤 하지. 범죄에는 대체로 공통성이 있어서 수많은 범죄를 알면 결국 풀 수가 있다네. 요즘 자주 찾아오는 레스트레이드도 경찰인데, 위조화폐 사건이 미궁에 빠져서 그것 때문에 오고 있지."

"그럼 다른 사람들은?"

"대부분 흥신소에서 소개 받고 오는 사람들이야. 얘기 듣고 설명해주면 나한테 상담료를 내지."

"그런데 그 본인들도 못 푸는 일을 자네가 방 안에 앉아서 그 사람 얼굴만 보고 알 수 있단 말이야?"

"물론 알 수 있지. 나한텐 직관력이 있거든. 가끔은 뜻밖에 꼬일 때도 있는데, 그럴 때는 내가 직접 가서 확인하고 조사를 하기도 해. 그리고 전문 지식들을 잘 활용해야 하지. 자네는 아까 비웃었지만 그 관찰 방법이 내게는 무기나 다름 없어. 거의 천성이라고 해야겠지. 내가 자네한테 아프가니스탄에서 왔냐고 했을 때 되게 놀라지 않았나."

"그거야 다른 사람한테서 들었을 수도 있지."

"아니야. 내가 직접 알아냈어. 오래 습관이 돼있기 때문에 난 아주 빨리 결론을 내릴 수가 있거든. 1초도 안 걸렸어."

"자네는 에드거 앨런 포의 소설에 나오는 뒤팽 같구먼. 그런 인물이 소설에만 있는 게 아니라 실제로 있을 수 있다는 건 생각도 못했는데."

홈스는 파이프에 불을 붙이며 말했다.

"자네 말은 칭찬의 의미로 듣겠는데, 뒤팽의 수법은 아주 유치한 면이 있어. 물론 천재적인 면도 있지만 포가 설정했던 것만큼 그렇게 대단한 인물은 못 된다고 보네."

"자네 그럼 가볼리오의 소설은 읽어봤나? 거기에 나오는 탐정 루콕은 어떤가?"

"루콕 같은 거야 한심한 얼간이지."

홈스는 비웃듯이 짜증난 목소리로 말했다.

"그 친구한테서 취할 점이라곤 단 한 가지뿐이야. 정력이지. 베일에 쌓여있는 피고의 정체를 인정하기까지 나 같으면 24시간에 끝낼 것을 그 친구는 6개월이나 걸려서 하더라고. 그러니 그건 오히려 탐정으로서 해서는 안 될 자세를 설명해주는 지침서 같은 것이지 뭔가."

내가 좋아하는 두 인물을 그가 매몰차게 비판하자 난 조금 부화가 치밀어 벌떡 일어나 창가로 갔다.

'저 친구는 똑똑하긴 한데 잘난 체도 엄청 하는군.'

나는 창밖을 내다보며 속으로 중얼거렸다.

"요즘은 범죄라고 할 만한 게 없어. 이 직업에서 머리를 크게 쓸 일이 없는 거야. 난 유명해질 수 있는 머리가 있지. 나만큼 범죄 역사에 대해 연구를 하고 천부적인 소질이 있는 사람도 없을 거야. 그런데 현재 어떤가. 내 능력을 보일만한 범죄가 아예 없다니까. 경찰들이 한 번만 슬쩍 봐도 알 수 있을 정도로 뻔한 범죄나 범죄라고 하기도 뭐한 그냥 단순 범죄밖에 없거든."

홈스의 거만함이 내 신경을 거슬렸다. 질릴 정도였다. 난 화제를 딴 데로 바꿔야겠다고 생각했다.

"저 사람은 뭘 저렇게 찾고 있을까?"

내가 수수한 옷차림의 건장한 남자를 가리키며 말했다. 남자는 파란 봉투를 손에 들고 집마다 붙어있는 이름을 쳐다보며 걷고 있었다. 그때 홈스가 다가와 말했다.

　　"아, 저기, 해병대 하사관 출신?"

　　나는 속으로 욕이 나왔다.

　　'허풍 떨기는! 딱히 반증이 드러날 문제도 아니니까 지 멋대로 떠들고 있구먼.'

　　그런데 순간 그 남자가 우리 하숙집 주소를 쳐다보고는 이쪽으로 건너왔다. 곧 문 두드리는 소리가 나며 발걸음 소리가 쿵쿵 울렸다.

　　방문을 열자마자 남자가 봉투를 내밀었다.

　　"셜록 홈스 씨에게……."

　　순간 나는 속으로 이런 생각이 치밀었다.

　　'그래, 지금이야. 네 거드름이 들통이 나는 거지. 잘 됐구먼. 아무렇게나 되는 대로 지껄였다가 코 다치게 생긴 거리고. 자, 자, 잘해보시지!'

　　하지만 겉으로는 부드럽게 말했다.

　　"실례지만 누구시죠?"

　　"심부름꾼입니다. 제 옷을 수선 맡기고 없어서요."

　　"그럼 전에는 무슨 일을 했죠?"

　　나는 좀 고소해 하며 홈스를 돌아보았다.

　　"해병대 하사관 출신입니다. 그럼 답장이 없으면 이만."

　　남자는 발뒤꿈치를 붙이며 거수 경례를 하고는 곧 떠나갔다.

롤리스톤 가든 사건

고백하자면 난 그때 홈스가 주장하는 그 증거를 현장에서 똑똑히 보며 놀라지 않을 수 없었다. 그리고 그의 관찰과 분석력에 존경심마저 들었다. 그런데도 왜지는 모르지만 난 항상 어떤 의구심이 마음속에서 사라지지 않았다. 그가 나를 현혹시키기 위해 미리 다 꾸민 연극이 아니었을까 하는 생각이었다.

문을 닫고 홈스를 돌아봤을 때 그는 벌써 편지를 다 읽고 뭔가 생각에 잠겨있는 표정이었다.

"도대체 어떻게 그걸 알아맞췄나?"

"뭘 말인가?"

"해병대 하사관 출신이라는 거 말이야."

"그런 하찮은 일에 지금 시간 보낼 일 없네."

무뚝뚝하게 말했지만 그는 곧 웃으며 덧붙였다.

"자넨 그럼 그걸 몰랐다는 거야?"

"난 전혀 모르겠던데."

"참, 어렵군. 설명하는 게 더 어렵겠어. 2 더하기 2는 왜 4가 되는지 설명하라고 하면 어렵겠지. 4가 분명 맞다는 것을 알면서도 말이야. 그 남자 손에는 멀리서도 똑똑이 보일 만큼 커다란 문신이 그려져 있었지. 닻 그림으로. 벌써 바다가 연상되지 않나? 거기다 군인 같은 자세가 보였고, 구렛나루 수염도 길렀으니 해군 출신이라는 건 쉽게 알 수 있지. 그런데 어딘지 좀 거드름을 피우고 사람을 얕보는 태도가 느껴지더라고. 겉으로 보기엔 성실한 남자지. 자, 이런 것들을 종합해보니까 해병대 하사관 출신이라는 게 나오더군."

"음! 놀라운 걸."

"별 거 아니야."

홈스는 정말 놀라워 하는 내 표정을 보며 이어서 말했다.

"아까 내가 요즘은 범죄라고 할 만한 게 없다고 말했는데, 취소해야 할 것 같네. 이거 보게."

그는 편지를 내게 내밀었다. 내용을 보니 무서운 사건이었다.

"좀 특이한 사건이네. 한 번 읽어봐 주겠나?"

 셜록 홈스 씨께

어제 밤, 롤리스톤 가든 3번지 저택에서 사건이 하나 발생했습니다. 순경이 새벽 2시에 순찰을 하다가 평소 빈 집에 불이 켜져있는 걸 보고 이상히 여겨 살펴보았더니, 텅 빈 집에 문이 열려 있으며 정장 차림을 한 남자가 죽어있었다는 것입니다. 그의 옷 주머니에서 나온 명함엔 '미국 오하이오 주 클리블랜드 시, 이낙 J 들레퍼'라고 씌어 있으며, 소지품도 그대로 있고, 타살 흔적도 없었다고 합니다. 그럼 다른 곳에서 타살된 다음 옮겨져 온 것일까요? 이해할 수 없는 사건입니다.

제가 12시까지 그곳에 있으니, 들러주실 수 있겠습니까?

시체는 그대로 두고 있겠습니다. 만약 못 오시면 나중에 자세히 설명드릴 테니 그때 조언 부탁드립니다.

트바이어스 글렉슨

"글렉슨은 아주 유능한 경찰 중 하나지. 하지만 너무 진부한 데가 있어. 레스트레이드도 마찬가지고. 게다가 둘이는 서로 잘 헐뜯는데, 꼭 시장바닥의 장사치들 같다니까. 이 사건에 두 사람이 참여한다면 아주 재미있을 텐데."

홈스가 태평하게 얘기하는 걸 보고 난 어이가 없었다.

"자네 지금 그렇게 한가해도 괜찮나? 마차를 불러줄까?"

내 말에도 그는 여전히 시큰둥한 소리만 했다.

"갈까 말까 아직 모르겠어. 난 구제불능의 게으름뱅이거든. 그래도 발작이 일어나 행동개시를 하면 아주 빠르지."

"내가 보기엔 자네가 기다려온 사건 같은데. 좋은 기회 아닌가?"

"왓슨, 이 사건이 나에게 어떤 결과를 가져올지 아나? 만약 내가 해결을 한다 해도 그건 글렉슨이나 레스트레이드의 공적으로 끝날게 뻔해. 난 경찰관이 아니니까 말이야."

"하지만 도움을 요청해왔으니까……."

"그건 자기들 능력이 안 되니까 그런 거지. 나한테는 이렇게 솔직히 인정하고 있지만 밖으로 알려지는 건 죽도록 싫어하거든. 그러니 내가 해결했다고 발표하겠나 그 사람들이. 어쨌든 가보는 것도 나쁠 건 없겠지. 난 따로 활동하면 되니까."

갑자기 그는 의욕이 솟구치는지 재킷을 입고 부산하게 채비를 하기 시작했다.

"자네도 준비하게."

"나랑 같이 가자고?"

"다른 일 없으면 같이 가지."

1분 뒤, 우리가 탄 마차는 브릭스턴 쪽으로 달리고 있었다. 날씨가 흐려서인지 하늘이 온통 잿빛을 띠고 있었다. 홈스는 유쾌한 기분으로 바이올린에 대해 태평스럽게 떠들어댔다. 크레모나가 어떻고, 스트라디바리우스와 아마티의 차이점이 어떻다는 둥 하면서. 나는 반대로 날씨도 안 좋고 사건도 음산해 말할 기분이 아니었다.

"자네는 사건에 대해서는 전혀 생각하지 않나 보네."

나는 짜증이 나 불쑥 그의 말을 잘라버렸다.

"아직 자료가 없잖아. 증거 자료가 완전히 취합되기도 전에 섣불리 추리를 하면 안 되거든. 한쪽으로 치우쳐버리면 곤란하지."

"자료는 곧 생기겠지. 자, 브릭스턴 가에 다 왔는데, 내 눈이 맞다면 저기 저 집 같구먼."

그래도 그 집까지는 100여 미터나 남았는데 홈스가 내려서 걷겠다고 고집을 피우는 바람에 우리는 거기까지 걸어서 갔다.

롤리스톤 가든 3번지는 얼른 봐서도 뭔가 안 좋은 일이 일어날 것 같은 집이었다. 길에서 조금 안쪽으로 들어간 곳에 있는 집 4채 가운데 한 집인데, 두 집은 비어있고, 두 집은 사는 집이었다. 빈집의 창문에 '세 놓음'이라고 씌어 있는 풍경이 마치 백내장에 걸린 눈처럼 불쾌한 느낌을 주었다. 집 앞쪽으로 작은 마당이 있으며, 3피트 정도 높이로 벽돌담이 둘러져 있었다. 그리고 간밤에 비가 와서 사방이 젖어 있었다. 순경 한 사람이 담에 기대어 있고 구경꾼들도 모여 있었다.

홈스는 바로 그 집으로 들어가 조사하는 게 아니라 그냥 길에서 왔다갔다 하거나 땅을 쳐다봤다 하늘을 쳐다봤다 하며 이따금 다른 집들을 바라보기도 했다. 그는 어딘지 좀 무관심하고 성의 없는 태도를 보였다. 한참 후 그는 마당으로 들어가 풀을 밟아보며 바닥을 자세히 응시했다. 바닥에 많은 발자국이 있는 걸 보자 그는 짧게 탄성을 질렀다. 경찰들이 많이 드나들었을 텐데 발자국이 무슨 소용이 있을까, 나는 그런 생각이 들었다. 하지만 그의 예민한 관찰력을 직접 확인한 터라 그가 무엇을 감지했는지 나로서는 결코 알 수 없었다.

현관 앞에 키 큰 남자가 수첩을 들고 서 있다가 홈스를 보고는 반갑게 달려나왔다.

"오셨군요. 아무것도 건드리지 않고 기다리고 있었습니다."

"저기는 아닌데요. 물소 떼가 지나가도 저렇게 뭉개지지는 않았을 텐데요. 뭐 글렉슨 씨 판단에 저곳은 문제되지 않는다고 생각하셨겠지만 말이죠."

홈스는 마당의 오솔길을 가리키며 비꼬듯이 말했다.

"집 안에 하도 일이 많아서요. 레스트레이드 씨도 왔기 때문에 그냥 맡겨놓았던 거죠."

"아, 그럼 유명한 두 분이 함께 하신다면 난 별로 할 게 없겠는데요."

"가능한 둘이서 해보려고 하는데, 그래도 워낙 수수께끼 같은 사건이라서요. 게다가 이 사건이 홈스 씨의 관심을 끌 거라고 생각했죠."

"글렉슨 씨, 여기까지 혹시 마차로 오신 건 아니죠?"

"네, 그렇습니다."

"그럼 방으로 들어가볼까요."

글렉슨이 이해할 수 없다는 표정을 지으며 홈스의 뒤를 따라갔다. 먼지로 가득 쌓여있는 복도가 주방과 이어져 있고, 복도 양 옆에는 식당과 닫혀진 방이 각각 있었다. 시체가 발견된 곳은 바로 식당이었다. 홈스를 뒤따라 나도 내키지 않는 기분으로 그곳에 들어갔다.

방엔 아무것도 없으며 벽지가 찢어져 있고 여기저기 곰팡이도 슬어 있었다. 그리고 선반이 달려있는 인조 대리석 벽난로가 그럴듯하게 있고, 선반 위에는 타다 남은 초가 있었다. 창문이 하나 있지만 먼지가 잔뜩 끼어 햇빛도 잘 비쳐들지 않았다. 물론 이런 것들은 나중에 확인한 것이고, 들어갔을 때는 눈을 뜬 채 바닥에 누워있는 시체밖엔 보이지 않았다.

시체는 마흔 초반쯤 된 나이에 보통 키와 곱슬머리, 그리고 턱수염을 짧게 깎은 모습이었으며, 양복을 깔끔하게 잘 차려입고 손목엔 셔츠 커프스가 달려 있었다. 그는 고통스럽게 죽었는지 다리가 꼬여있고 얼굴에 공포가 서려 있었다. 워낙 표정이 일그러져 있어 무서울 정도였다.

깡마른 데다 족제비처럼 생긴 레스트레이드가 다가와 호들갑을 떨었다.

"아무래도 골치 아프게 생겼는데요. 나도 꽤 오랫동안 경찰 노릇을 해왔지만 이런 사건은 난생 처음이거든요."

글렉슨도 끼어들었다.

"그러게요. 단서가 아무것도 없으니."

"정말 그래요."

레스트레이드가 맞장구를 쳤다.

셜록 홈스는 이미 시체 옆에 다가가 조사를 하고 있었다.

"외상이 없다고 했나요?"

그가 두 사람에게 묻자 둘이 합창하듯 대답했다.

"분명히 없어요."

"그러면 이 핏자국은 다른 사람의 것이라는 얘긴데요. 만약 타살됐다면 범인의 것이겠죠. 1834년에 위트레히트에서 일어난 반 얀센 살해 사건이 생각나는데, 혹시 알고 계시나요, 글렉슨 씨?"

"아니오. 모르는데요."

"그거 한 번 읽어보세요. 하늘 아래 완전히 새로운 일은 없거든요. 언젠가 반드시 있었던 일이 다시 또 일어나고 하니까요."

홈스는 민첩한 동작으로 시체의 여러 곳을 만져보고, 옷을 벗겨 몸을 살펴보며, 흐뭇한 표정을 짓기도 했다. 그는 벌써 많은 것을 알아낸 듯 싶었지만 아무도 그게 얼마 만큼인지는 짐작도 하지 못하고 있었다. 마지막으로 그는 시체의 입에 코를 대고 냄새를 맡아보며, 구두 밑창을 살펴보았다.

"시체는 움직이지 않고 이대로 놔둔 거죠?"

"우리가 조사할 때 약간 움직였어요."

"그럼 이제 임시 보관소로 가져가도 됩니다. 더 조사할 건 없으니까요."

글렉슨은 사람들을 시켜 시체를 옮겨가게 했다. 그런데 들것에 시체를 올릴 때 어디선가 반지 하나가 바닥으로 떨어졌다. 레스트레이드가 그걸 주워들고 자세히 들여다보았다.

"여자가 있었네요. 이건 여자의 결혼 반지거든요."

"더 복잡해지게 됐구먼."

글렉슨이 착잡한 얼굴로 말했다.

"오히려 더 간단해질 수도 있어요. 주머니에서 무슨 물건이 나왔나요?"

홈스의 질문에 글렉슨이 모아둔 곳을 가리키며 대답했다.

"이리 와보세요. 벌로드 상표의 금시계인데, 번호가 97163번이고요, 금반지 한 개, 루비 박힌 머리핀 하나, 가죽 명함 지갑, 그리고 클리블랜드의 이낙 J 들레퍼라고 쓰인 명함, 그런데 이 이름은 셔츠에 씌어 있는 EJD와 똑같아요. 지갑은 안 보이는데, 돈이 7파운드 13실링 나왔고, 보카치오의 데카메론 한 권이 있네요. 표지 뒤엔 조제프 스탠거슨이라는 이름이 씌어 있고요. 그리고 EJD에게 온 편지 한 통과 조제프 스탠거슨에게 온 편지 한 통. 이게 전부입니다."

"편지 주소가 어떻게 돼있죠?"

"스틀랜드의 미국 환전소로 돼있어요. 두 통 다 가이온 선박회사에서 보내온 것인데, 선박의 리버풀 출발 날짜에 대해 씌어 있네요.

이 남자는 아마도 뉴욕으로 갈 계획이었던 것 같아요."

"스탠거슨이라는 자에 대해 뭐 알아본 거 있습니까?"

"신문에 광고 내고, 미국 환전소에도 사람을 보냈는데 아직 답이 없습니다."

글렉슨의 대답이었다.

"그럼 클리블랜드엔 어떻게 했습니까?"

"오늘 아침에 전보를 쳤죠."

"뭐라고 썼는데요?"

"참고할 사항을 있는 대로 알려달라고 했어요."

"좀 더 정확히 구체적으로 주문하지는 않았단 말이네요?"

"스탠거슨에 대해 알아보라고 했죠."

"그것 외에 뭔가 더 중요한 핵심 사항은 없을까요? 전보를 한 번 더 쳐보시죠."

"다 일러두었는데요."

글렉슨이 짜증난 목소리로 대답했다.

그때 식당에서 레스트레이드가 싱글거리며 나오더니 자신있게 말했다.

"글렉슨 씨, 방금 아주 중요한 것을 알아냈어요. 내가 그 벽을 자세히 들여다보지 않았다면 틀림없이 다 놓쳐버렸을 겁니다."

그의 눈빛이 반짝이며 글렉슨보다 앞서나갈 수 있다는 환호의 표정을 감추고 있었다.

"이리 와보시오."

그는 식당으로 앞서 들어가더니 한 곳에 멈춰 섰다. 그리고 성냥을 구두 밑창에 대어 불을 켠 다음 벽에 대고 비춰보았다. 벽지가 많이 벗겨진 곳에 누르스름한 벽이 정사각형 모양으로 드러나 있었다. 그곳에 붉은색으로 이런 단어가 씌어 있었다.

'RACHE'

"어떻게 보십니까? 여기가 어두운 데다 아무도 주의를 하지 않았기 때문에 이걸 못 본 거죠. 범인이 자신의 피로 쓴 것 같습니다. 자, 그럼 적어도 자살은 아니라는 게 밝혀졌습니다. 그런데 왜 하필 이 구석에다 썼을까요? 이유는 이렇습니다. 범인이 이걸 쓸 때는 저기 선반 위에 있는 초가 켜져 있었어요. 그러니까 여기가 어두운 게 아니라 제일 밝은 장소였던 것입니다."

레스트레이드는 마치 호객 행위를 하듯 큰 소리로 말했다. 듣고있던 글렉슨이 갸우뚱하며 물었다.

"그래서 그게 어떻다는 거죠?"

"어떻다니요? 그건 다름 아니라 RACHEL이라는 여자 이름을 쓰다 만 것 아닙니까? 다 쓰기 전에 어떤 사고가 일어난 거죠. 분명히 레이첼이라는 여자가 관련돼있을 겁니다. 홈스 씨, 웃으셔도 뭐 할 수 없습니다. 당신도 날카로운 데가 있겠지만 역시 노련한 사람에겐 못 당하죠."

그러자 홈스가 웃어서 미안하다며 사과를 했다.

"경감의 말씀이 맞는 것 같군요. 그럼 저도 이 방을 따로 조사해보겠습니다."

그는 곧 주머니에서 줄자와 돋보기를 꺼내 앉았다 일어났다 또 엎드렸다 하며 조사를 하기 시작했다. 한참을 그러는 동안 그는 혼자 중얼거리고 감탄하고 한숨 쉬고 또 때로는 휘파람을 불거나 소리까지 지르면서 완전히 몰입해 있었다. 마치 개가 냄새로 찾아내기 위해 이리저리 뛰어다니는 모습을 연상시켰다. 그는 또 이따금 자를 벽에다 대고 세밀하게 기록하는가 하면 바닥의 먼지를 모아 봉투에 담기도 했다. 그러고는 만족한 표정을 지으며 말했다.

"천재는 고통도 무한히 견딜 수 있는 의지가 있는 사람이라고 하지만, 그건 저급한 정의고, 오히려 탐정에게 맞는 정의라고 할 수 있지."

두 경찰은 아마추어 탐정이 하는 괴상한 행동을 호기심과 경멸이 섞인 눈빛으로 지켜보고 있었다. 홈스의 행동이 아무리 별 것 아닌 것 같아도 분명 정확한 이유와 목적이 있다는 것을 나는 이미 조금 알고 있었지만, 두 사람은 아직 깨닫지 못한 것 같았다.

"그래, 어떻게 생각하십니까?"

두 사람이 동시에 물었다.

"내가 너무 나서서 두 분의 공적을 깎아내리게 되면 곤란하겠죠. 혹시 두 분의 조사 결과를 말씀해주시면 조언은 해드리겠습니다. 그리고 참 시체를 처음 발견한 그 순경을 좀 만나보고 싶은데요."

레스트레이드가 수첩을 보며 말했다.

"존 랜스라고 하는데, 집 주소가 케닝턴 구 파크 게이트 오드리 코트 46번지네요. 오늘 그가 쉬는 날이니까 한 번 가보세요."

"왓슨, 출발하세. 그런데 참고로 알아두실 건, 범인이 남자고 키가

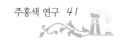

6피트가 넘는 중년인데, 발이 키에 비해 작고 구두 끝이 각진 모양을 신고있다는 거죠. 그리고 인도산 토리치노포리 잎담배를 피웠더군요. 그는 피해자랑 같이 사륜마차를 타고 여기로 왔는데, 말의 편자 중 오른쪽 앞발 편자는 새것으로 교체돼 있었어요. 그리고 범인은 얼굴이 붉고, 오른손 손톱을 아주 길게 기르고 있었죠. 얼마 안 되는 정보지만 혹시 도움이 될지도 모르겠네요."

홈스가 그렇게 읊어대자 두 경찰은 서로를 쳐다보며 어이없다는 표정을 흘렸다.

"그럼 어떤 방법으로 타살됐을까요?"

"독살이죠."

별 거 아니라는 식으로 퉁명스럽게 말하며 홈스는 자리를 떠나려다 한 번 더 뒤돌아 서서 말했다.

"참 레스트레이드 씨, RACHE는 독일어로 '락헤'라고 발음하고, '복수'라는 뜻이거든요. 그러니까 레이첼이 어떻고 하면서 괜히 시간 낭비하지 않는 게 좋을 겁니다."

그러면서 홈스는 유유히 그곳을 떠났다.

존 랜스

홈스는 우체국에 들러 전보를 친 다음 나와 함께 마차를 타고 존 랜스의 집으로 찾아갔다.

"증언은 항상 직접 본인한테 들어야 하네. 사실 나는 이미 결론을 내렸지만 그래도 조사는 해두는 게 좋지."

"놀랄 일이군. 하지만 어떻게 확신할 수 있지?"

"틀림없네. 거기서 맨 처음 주목한 건, 땅바닥에 나있는 마차 바퀴 자국이었지. 일주일간 비가 안 오다가 어제 저녁에 왔으니까 그건 분명 어제 밤에 난 자국이야. 그리고 말굽도 한 개가 다른 세 개보다 훨씬 더 뚜렷하게 나있으니까 편자가 새것이라고 본 거지. 어쨌든 어제 밤에 두 남자가 마차를 타고 온 거야."

"듣고 보니까 그럴 듯 하네. 그런데 범인의 키는 어떻게 알았나?"

"그건 간단하지. 사람의 키는 걸음 폭으로 알 수 있거든. 또 사람은 뭔가를 벽에 쓸 때 본능적으로 자신의 눈 높이에 맞추게 돼있어. 재보니까 6피트가 넘더라고. 이 정도는 애들 장난 같은 추리지."

"그럼 나이는?"

"한 걸음이 4.5피트 정도라면 그리 늙은 사람은 아니야. 그는 마당에 고여있는 물웅덩이를 뛰어넘었더군. 다른 한 사람은 넘지 않고 그 옆으로 돌아서 갔는데 말이야. 내가 그 잡지에 쓴 그대로 관찰과 추리를 이번에도 응용해본 것이지 전혀 딴 게 아니라네. 또 물어볼 것 있나?"

"손톱과 담배 얘기는 도통……."

"벽에 글씨를 쓸 때 집게손가락으로 썼더군. 긁힌 자국이 나있었 거든. 손톱이 짧으면 그렇지가 않지. 그리고 바닥에 담뱃재가 떨어져 있었는데 가만 보니까 토리치노포리 담뱃재더라고. 난 잎담배에 대해 상당히 연구하고 논문까지 쓴 적이 있기 때문에 재만 봐도 알아 맞출 수가 있다네. 이런 점에서 내가 경찰들과 다른 거지."

"얼굴이 붉은 사람이라는 건 도대체 어떻게 알 수 있지?"

"어, 그건 사실 확신한다고 할 수는 없어. 물론 틀렸다고도 생각하지 않지만. 아무튼 그 문제는 일단 놔두기로 하세."

나는 이마를 짚으며 말했다.

"아, 복잡하구먼. 정말 알 수가 없네. 두 남자가 왜 그 빈 집에 들어갔을까. 그리고 마차의 마부는 누구였을까. 독은 또 어떻게 먹었을까. 죄다 이상하다니까. 피는 그럼 누구 거지? 그리고 여자 반지가 거기 왜 있을까. 왜 범인은 그 독일어를 써놓았을까. 난 도무지 어떻게 된 건지 맞춰지지가 않네."

홈스는 여유만만한 표정이었다.

"나도 큰 줄기는 그려지는데 자세한 것까지는 아직 모르겠어. 그 독일어도 사회주의라든지 비밀 결사 등의 의미를 암시하고 있는데, 그건 경찰을 속이기 위한 것밖엔 아무것도 아니라네. 그게 독일어이긴 한데, 만약 그가 진짜 독일인이었다면 그걸 라틴어로 썼을 거야. 그러니까 그 범인은 독일인인 것처럼 행세를 한 거지. 말하자면 수사를 혼란스럽게 만들려고 의도적으로 그렇게 한 거라고 봐야 해. 그런데 이제 이 사건에 대해서는 더 이상 말하고 싶지 않네. 나만의 비법을 시시콜콜 다 말해버리고 나면 나도 다른 사람들과 똑같다는 소리를 듣지 않겠나."

"그럴 일은 없을 거야. 자네는 탐정에 과학을 도입해 그 수준을 한 껏 끌어올렸으니 말이네."

홈스는 내 말이 마음에 들었는지 표정이 잔뜩 상기되었다.

"한 가지 더 말하면, 에나멜 구두를 신은 사람과 끝이 각진 구두를 신은 사람은 마차에서 내린 후 아마도 팔짱을 끼고 걸어갔을 거야. 그리고 안으로 들어가서는, 에나멜 구두는 가만히 있는데 각진 구두 는 이리저리 왔다갔다 하며 돌아다녔을 거야. 그러다가 점점 더 흥 분했지. 먼지 위로 나있는 걸음폭이 더 넓어졌거든. 그리고 계속 떠 들어댔어. 그런 후 살인이 일어난 거야. 자, 이게 내가 알고 있는 전 부라네. 나머지는 추측이지. 참 저녁에 누르만 네루다의 연주회에 가야 하니까 빨리 일을 끝내야겠어."

마부가 마차를 세우며 말했다.

"자, 오드리 코트에 도착했습니다. 저 안쪽이지요. 저는 여기서 기다리겠습니다."

마부가 좁은 골목을 가리켰는데 별로 좋은 동네는 아니었다. 골목 으로 들어가자 허접한 집들이 늘어서있었다.

랜스는 우리를 보자 다짜고짜 말했다.

"경찰에 보고서를 제출했는데요."

"그래도 당신에게 직접 듣고 싶어서 왔어요."

홈스가 동전을 꺼내 만지작거리며 말했다.

"뭐 아는 건 다 말씀드릴 수 있습니다."

랜스는 홈스의 손에 있는 금화를 쳐다보며 대답했다.

"그럼 현장에서 본 대로 설명을 좀 해주시죠."

그는 소파에 앉아 빠트리지 않고 설명하려 애쓰며 이마에 주름살을 지었다.

"저는 밤 10시부터 아침 6시까지 순찰을 했는데, 밤 11시쯤에 주점에서 한 번 싸움이 일어난 것 말고는 아무런 일도 없었어요. 1시부터 비가 내리기 시작했는데, 부근에서 해리 머처라는 순경을 우연히 만나게 돼 길가에 서서 얘기를 좀 나눴죠. 그러다가 2시쯤 됐을까요, 저는 다시 브릭스턴 가로 해서 한 바퀴 돌아보려고 했습니다. 날씨가 아주 안 좋았지요. 마차가 한 두 번 지나가고 사람은 전혀 안 보였어요. 이런 말은 하면 안 되지만 정말 술 한 잔 생각이 간절히 나더군요. 그런 생각을 하면서 걷고 있는데, 문득 보니까 그 집에 불이 켜있는 거에요. 평소에는 빈 집이라 항상 감감했거든요. 그래서 이상한 생각이 들어 가까이 가봤죠."

홈스가 말을 자르고 물었다.

"그런데 왜 현관까지 갔다가 그냥 돌아나왔나요?"

랜스가 깜짝 놀라며 홈스를 쳐다보았다.

"네 그랬었죠. 그런데 어떻게 그걸 아시죠? 사실 제가 현관까지 갔는데 순간 섬뜩한 생각이 들어서 혼자 못 들어가겠더라고요. 그래서 머처가 램프를 들고 다니니까 혹시 그가 보이나 하고 다시 돌아나왔던 겁니다."

"길에 사람이 전혀 없었다고요?"

"네, 개 한 마리도 안 보였어요. 그래서 다시 현관으로 가서 문을 열어보았죠. 집안은 조용한데 한 방에 불이 켜져 있더군요. 가봤더니 선반 위에 촛불이 켜져있고, 그리고 바닥에……."

"네 됐어요. 그런데 당신은 몇 번 방안을 왔다갔다 하다가 시체 옆에 앉았죠? 그런 다음 주방의 문을 잡고……."

존 랜스가 화들짝 놀라며 불쾌한 듯 말했다.

"어디에 숨어서 다 보고 계셨죠? 보지 않고는 그렇게 자세히 알 수가 없는데요."

홈스가 웃으며 명함을 건넸다.

"아, 나를 살인 혐의로 체포하지는 않겠죠? 글렉슨 씨와 레스트레이드 씨가 보증을 해줄 테니까요. 자, 그 다음은 어떻게 됐죠?"

랜스는 도무지 이해할 수 없다는 표정이었다.

"그래서 길로 나가 호각을 불었어요. 그랬더니 머처와 다른 두 사람이 달려오더군요."

"그 동네에 아무도 안 보였어요?"

"그게 무슨 뜻이죠?"

그는 기억났다는 듯 히죽거리며 말했다.

"세상에 원, 술주정뱅이를 많이 봐왔지만 그렇게 심한 사람은 처음 봤네요. 그는 돌담에 기대 서서는 고래고래 소리를 지르며 노래를 하고 있더군요. 몸도 지탱하지 못할 정도라 어떻게 도와줄 수가 없었어요."

"어떤 사람이었나요?"

랜스는 시시콜콜 묻는 게 못마땅하다는 표정을 지었다.

"아주 엄청나게 취했더군요. 바로 유치장에 처넣고 싶을 만큼."

"얼굴이나 옷차림은 잘 못 봤습니까?"

홈스가 서두르며 물었다.

"물론 봤죠. 결국 머처와 함께 일으켜 세웠으니까요. 키가 크고 얼굴이 붉은 데다 수염이 얼굴 반을……."

"됐어요. 그럼 그 남자는 어떻게 됐죠?"

"그때는 그 사람한테 신경 쓸 정신이 아니었죠. 돌아간 걸로 아는데요."

"옷차림은 어땠습니까?"

"밤색 재킷을 입고 있었어요."

"채찍을 들고 있었죠?"

"채찍? 아니오."

"그 후 혹시 마차 소리가 들렸나요?"

"아니오. 못 들었어요."

홈스는 모자를 들고 일어섰다.

"랜스 씨, 미안한 소리지만 당신은 경찰로서는 성공하지 못할 것 같군요. 바로 어제 저녁에 승진할 수 있는 절호의 기회가 있었는데 말이죠. 그 술주정뱅이는 이 사건의 비밀을 풀어줄 수 있는 인물이었거든요. 이미 늦었지만 어쨌든 알려드리는 겁니다. 자 왓슨, 그만 가세."

마차로 다시 떠나며 홈스가 불평어린 말을 늘어놓았다.

"멍청하긴! 안 그런가? 그 좋은 기회를 눈 앞에서 놓쳐버렸으니 말이야!"

"난 뭐가 뭔지 모르겠네. 그런데 그 주정뱅이는 왜 달아났다가 다시 돌아왔을까."

"반지 때문이지. 반지를 찾으러 온 거야. 아무튼 그 반지가 있으면 범인을 찾을 수 있으니까 반드시 찾게 될 거야. 난 두 배 걸겠네. 다 자네 덕분이지 뭐. 자네가 가라고 부추겼으니까. 만약에 안 갔다면 이렇게 재미있는 사건을 놓쳤겠지. 그 주홍색 연구에 대해서 말이야. 자, 빨리 식사 끝내고 난 네루다 연주회에 가야 하네. 그녀의 연주는 정말 대단하거든."

광고를 보고 온 사람

오전에 많이 움직였더니 내 건강 상태로는 오후를 버티기가 힘들었다. 홈스가 연주회에 간 뒤 나는 집에 들어와 잠깐 눈을 붙이려고 했지만 잠이 오지 않았다. 신경이 흥분해서 그런지 온갖 공상으로 머리가 꽉 차 있었기 때문이다. 눈을 감으면 그 죽은 남자의 끔찍한 얼굴이 떠올랐다. 누가 그런 남자를 매장했는지 고마울 따름이었다. 그런 흉악한 얼굴은 이 세상에 진정한 악이 존재한다는 것을 말해주는 것 같았다. 그가 독살된 것이라는 홈스의 말도 그럴 듯 했다. 홈스가 시체의 입에 코를 갖다 댄 건 분명 약물의 흔적을 발견했기 때문이었을 것이다. 게다가 시체엔 외상도 없다고 했다. 하지만 바닥에 있던 피는 누구의 것일까.

나는 잠을 이룰 수가 없었다. 그런데 홈스는 묘하게도 침착하게 대처하고 있었다. 아마도 그는 이미 답을 다 알고 있는 듯 했다. 그는 연주회가 끝나고도 한참 후에 돌아왔다. 그리고 들어서자마자 다짜고짜 말했다.

"아주 좋았다네. 음악에 대해 다윈이 뭐라고 했는지 아나? 음악이 언어보다 훨씬 더 일찍 존재했다는 거야. 그래서 우리가 언어와는 다른 깊은 감동을 음악에서 느끼는 거지. 무의식 속에 뭔가 막연하지만 원시에 대한 기억이 있어서인지도 몰라."

"너무 과장스런 생각인 것 같은데."

"자연을 이해하려면 자연 만큼이나 웅장하게 생각해야 돼. 그런데 자네 얼굴이 아주 안 좋아 보이는데, 아까 그 현장에 갔다 와서 그러나?"

"솔직히 좀 그러네. 아프가니스탄에서 끔찍한 걸 많이 겪었는데도 아직 이렇게 무감각해지지 않네."

"그렇구먼. 사실 이 사건은 기괴한 면이 있어서 많은 상상을 하게 만들지. 그냥 생각해보면 별로 공포스러울 것도 없거든. 신문 봤나?"

"아니."

"상당히 면밀하게 썼던데. 근데 여자 결혼반지가 나왔다는 건 안 썼더라고. 나한테는 잘 된 거야."

"왜?"

"여기 광고 한 번 읽어봐. 내가 모든 신문에 내봤거든."

홈스는 습득물 취급 난에 낸 다음의 광고를 보여주었다.

오늘 아침, 브릭스턴 가, 화이트 하트와 홀랜드 글로브 사이 길거리에서 결혼반지 한 개를 주웠음. 오늘 저녁 8시부터 9시 사이, 베이커 가 221번지, 왓슨 박사에게 연락 바람.

"말도 안 하고 자네 이름을 써서 미안하네. 내 이름을 쓰면 괜히 멍청한 사람들한테 간섭이나 받을 것 같아서 그랬네."

"그건 괜찮은데, 누가 진짜 오면 어떡하게. 나한테 반지도 없는데."

그러자 홈스가 내게 반지 하나를 내밀었다.

"없긴? 거의 똑같이 생긴 거니까 걱정 없어."

"그런데 이런 광고를 내면 누가 정말 올까?"

"물론이지. 그 밤색 재킷을 입고 얼굴이 붉은 남자가 오는 거지. 만약 본인이 못 오면 누구라도 보낼 거야."

"하지만 위험한 걸 무릅쓰고 올까?"

"괜찮아. 내가 잘못 알고 있는 게 아니라면, 아니 그럴 리가 없다고 충분히 믿을만한 이유가 있는데, 그는 이 반지를 찾으러 분명히 올 거야. 어떤 위험이 있더라도 말이야. 그는 시체 위로 몸을 굽혔다가 이 반지를 떨어트렸는데, 나중에야 알고 그 집으로 다시 가서 보니가 순경이 와있어서 못 들어간 거야. 그래서 다급한 김에 술 취한 흉내를 냈던 거지. 그 사람의 입장으로 바꿔놓고 한 번 생각해보게. 반지는 어쩜 길에서 떨어트렸을지도 몰라. 자네라면 그때 어떻게 하겠나? 혹시 하는 마음에 아무래도 신문 광고를 쳐다보지 않을까. 그는 함정이라는 걸 전혀 생각지 않을 거야. 그래서 올 거라고 난 믿어. 한 시간 내로 틀림없이 올 거야."

"오면 어떻게 할 건가?"

"내가 알아서 하겠네. 자네 총 가지고 있나?"

"군용 권총이 하나 있네."

"그럼 총알을 장전해두게. 만일의 경우를 모르니까 말이야."

내가 방으로 가서 권총을 장전해 들고 나오자 홈스는 벌써 거실을 깨끗이 정리하고 바이올린을 켜고 있었다.

"일이 잘 진행되고 있네. 미국에서 연락이 왔는데, 내 생각이 맞았던 것 같아."

"그래?"

"권총은 주머니에 넣어두게. 그리고 그를 유심히 쳐다보거나 하면 안 되네. 괜히 경계심을 줄 필요는 없으니까."

"8시네."

내가 시계를 보며 말했다.

"음, 몇 분 내로 오겠지 뭐. 문을 좀 열어두게. 그리고 열쇠는 안쪽 열쇠 구멍에 꽂아두게. 참 이 책은 어제 노점상에서 발견한 건데, 재밌더라고. 라틴어로 돼있는데, '국제법규'라는 책이야. 벨기에 리에쥬에서 1642년에 출판된 거니까, 찰스 1세의 목숨이 아직 멀쩡이 살아있을 때구먼."

"발행인이 누군데?"

"필립 드 클로이라는 사람이네. 표지 뒤에 '윌리엄 화이트'라고 씌어 있어. 윌리엄 화이트가 누굴까. 아마도 변호사나 그런 계통의 사람이었을 것 같아. 필적에서 그런 냄새가 나거든. 아, 왔나보네."

현관벨이 크게 울렸다. 셜록 홈스는 의자를 들고 입구 쪽으로 갔다. 누군가 현관문을 열어주는 소리가 났다.

"여기가 왓슨 박사님 댁입니까?"

별로 호감스럽지 않은 목소리가 들려왔다. 그리고 계단을 올라오는 소리가 들렸다. 질질 끄는 듯한 발소리였다. 홈스가 이상하다는 표정을 지었다. 그 발소리는 곧 멈춰 서더니 맥없이 방문을 두드렸다.

"들어오세요."

내가 큰소리로 말했다.

들어온 사람은 뜻밖에도 아주 늙은 여인이었다. 노인은 램프 불빛에 눈을 찡그리며 인사를 하더니 손을 떨면서 주머니에 집어넣었다. 홈스는 아주 실망한 표정이었다. 노인이 주머니에서 신문을 꺼내 광고를 가리키며 말했다.

"이것을 보고 찾아왔습니다. 그 결혼반지는 제 딸 샐리의 것이거든요. 결혼한 지 1년 됐지요. 사위는 선박에서 일하는데, 나중에 그 반지가 없어진 걸 알면 난리를 칠 거예요. 원체 다혈질인데다 술까지 마시면 아주 포악해지거든요. 어제밤에 서커스를 보러 갔는데……."

"이 반지 맞습니까?"

나는 짜증이 나서 불쑥 그렇게 물었다.

"네네, 맞습니다. 샐리가 이제 안심을 하겠군요. 정말 감사합니다."

"그런데 할머니는 어디 사시죠?"

내가 연필을 꺼내며 물었다.

"하운즈디치 던컨 가 13번지에요. 좀 멀죠."

"거기서는 어떤 서커스에 간다 하더라도 브릭스턴 가 쪽으로는 지나지 않는데요?"

노인이 불그스레한 눈을 껌벅이며 홈스를 못마땅하게 쳐다보았다.

"저 선생님이 나더러 어디 사느냐고 해서요. 내 딸은 페캄의 메이필드 플레이스 3번지에 살고 있어요."

"할머니 성함은 어떻게 되시죠?"

"소여라고 합니다. 내 딸은 데니스이고요. 톰 데니스와 결혼했죠. 회사에서는 평판이 좋은 모양인데, 배 밖에서는 여자와 술 문제로…… 쯧쯧."

홈스가 내게 눈짓을 하자 나는 노인의 말을 끊었다.

"자 그럼, 할머니, 반지 가져가세요. 딸이 무사히 찾게 되어 잘 됐습니다."

노인은 계속해 고맙다고 말하며 반지를 주머니에 집어넣고는 아까처럼 질질 끌듯 걸어나갔다. 노인이 문밖으로 나가자마자 홈스는 부리나케 방으로 가더니 재킷을 걸치고 나왔다.

"저 노인을 미행해봐야겠어. 분명 공범자야. 자넨 자지 말고 기다리게."

홈스가 재빨리 그렇게 말하고 방문을 나서자 아래층에서는 현관문 닫히는 소리가 들렸다.

의문은 점점 더 커져갔다. 홈스의 추리가 엉터리인지 아닌지는 두고 봐야 할 것 같았다. 그가 기다리라고 하지 않아도 잠은 오지 않았다. 홈스가 돌아온 것은 밤 12시 무렵이었다. 들어서자마자 그의 얼굴빛을 보고 난 모험이 실패했다는 걸 곧 알아차렸다. 그는 분하기도 하고 어이없기도 하다는 표정을 짓고 있었다. 그러다 갑자기 큰소리로 웃어재꼈다. 그러고는 의자에 털썩 앉으며 말했다.

"이것만은 절대 경시청 패거리들한테 알려지면 안 되네. 왜냐하면 내가 그 친구들을 엄청 놀렸거든. 그런데 이 일을 알게 되면 이제 보복으로 심심하면 한 번씩 들먹일 게 뻔해. 어쨌든 나도 언젠가는 보복을 해주겠지만 말이야."

"그러니까……"

"숨길 건 없겠지. 글쎄 노인이 얼마쯤 걸어가더니 다리를 절기 시작하더라고. 그러더니 갑자기 마차를 불러 세우는 거야. 그래서 바짝 가까이 갔는데, 다행히 큰소리로 하운즈디치 던컨 가 13번지에 간다고 말하더라고. 난 얼른 마차 뒤에 올라탔지. 그건 탐정이라면 할 수 있어야 하는 기술이라네. 마차가 던컨 가 13번지로 접어들자 난 미리 내렸어. 그런데 마부가 먼저 내려 문을 열어주는데 노인이 안 내리는 거야. 그래 마부가 안을 들여다보더니 막 욕을 하더라고. 그 안에는 아무도 없었던 거지. 그래서 내가 마부랑 같이 13번지를 찾아갔더니, 거기는 케즈윅이라는 도배장이 집이더군. 소여나 데니스라는 이름은 전혀 모른다는 거야."

"그럼 어떻게 된 거야? 그 할망구가 아무도 못 본 사이에 도망쳤다는 건가? 그럴 수가 있나?"

"할망구는 무슨 할망구? 눈 뜨고 당한 우리가 그야말로 늙은 영감탱이지. 그 노인은 분명 변장한 청년이었을 거야. 감쪽같이 연기를 잘한 거지. 정말 훌륭한 변장이었어. 미행당하고 있는 걸 눈치 채고 교묘하게 나를 따돌린 거야. 하여튼 이놈은 어떤 위험도 각오하고 온 공범인 게 틀림없어. 그런데 왓슨, 자네 아주 피곤해 보이는군. 가서 자게나."

방에 들어가서도 나는 오랫동안 잠을 이루지 못했고, 홈스도 고민에 빠졌는지 조용히 바이올린 연주를 하고 있었다.

글렉슨의 수완

다음날 아침, 신문마다 '브릭스턴 사건' 기사가 크게 실렸다. 기사들 중에는 처음 듣는 생소한 내용도 있었다. 일테면 이런 것들이었다.

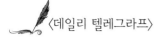

〈데일리 텔레그라프〉

　피해자의 이름이 독일계이며, 범죄의 뚜렷한 동기가 보이지 않고, 벽에 씌어 있는 알 수 없는 글자 내용으로 미루어 볼 때, 이 사건은 정치적인 문제에 얽혀있는 인물의 소행일 것으로 추정하고 있다. 특히 사회주의 단체들은 미국에 많은 지부를 두고 있는데, 그들 사이에 지켜지고 있는 불문율을 이번 피해자가 어긴 것 때문에 그간 추궁을 당한 것으로 보고 있다. 경찰은 이번 사건을 계기로 역사상 손꼽을만한 큰 사건들을 열거하며, 국내 거주 외국인에 대한 철저한 감시를 할 계획이라고 말했다.

　〈스탠더드〉

　피해자는 런던에 거주하고 있던 미국인으로 알려졌는데, 조제프 스탠거슨이라는 비서와 늘 동행하며, 이달 4일에 리버풀 행 열차를 타기 위해 유스턴 역으로 떠났다고 한다. 그러나 역에 도착한 후 두 사람의 행방은 묘연해졌으며, 알려진 바와 같이 들레퍼 씨의 시신이 브릭스턴 가의 한 집에서 발견된 것이다. 스탠거슨의 행방에 대해서는 아직 밝혀지지 않고 있다.

　〈데일리 뉴스〉

　들레퍼와 스탠거슨이 함께 머물고 있던 하숙집을 찾은

건 글렉슨 경감의 헌신적인 활동 덕분이며, 이로 인해 수사
도 탄력을 받을 수 있게 되었다.

"내가 그랬잖은가. 결국 글렉슨과 레스트레이드에게 유리하게 될
거라고."

홈스가 재미있어하며 말했다.

"사건의 경과에 따라 달라질 수 있는 거 아닌가?"

"천만에. 그건 상관 없어. 범인이 잡히면 그 두 사람의 공적으로
되고, 만약 안 잡혀도 그뿐인 거지. 걸이 나오면 그들이 이기고, 안
이 나오면 그들이 지는, 그런 식이지. 간단해. 그 두 사람에겐 무슨
일이 있어도 추종자가 늘 따르거든. 바보에게 열광하는 더 큰 바보
인 셈이지."

"아니, 무슨 소리지?"

아래 현관에서 웅성대는 소리가 나더니 발소리가 들려왔다.

"탐정국의 베이커 가 팀이라네."

태연한 얼굴로 홈스가 말했다. 그리고 동시에 부랑자 같은 옷을
입은 소년 여섯 명이 방으로 들이닥쳤다.

"차렷!"

홈스의 명령에 그들이 일렬로 나란히 섰다.

"다음부터는 비긴즈 혼자만 들어와서 보고를 하고, 다른 사람들은
밖에서 기다리고 있어. 자, 비긴즈, 찾았나?"

"아직 아닙니다."

홈스가 소년들에게 1실링씩을 나눠주었다.

"그럼, 찾을 때까지 계속 하도록. 자, 수고했어. 이제 돌아가도 되고, 다음엔 더 좋은 성과가 있길 바란다."

그러자 소년들이 마치 쥐새끼처럼 우르르 계단을 내려갔다.

"저 부랑 소년 한 명이 탐정 열두 명보다 낫다니까. 탐정은 들키면 사람들이 피하지만 저 애들은 어디든 들어가서 일하기가 쉽거든. 문제라면 조직성이 없다는 거지."

"브릭스턴 사건 때문에 쓰는 건가?"

"물론이지. 뭘 좀 확인하려고. 근데, 저게 누구야. 글렉슨이 아주 싱글거리면서 오고 있네. 여기로 오겠지. 무슨 재밌는 얘기가 있나 본데."

곧 현관벨이 울리며 글렉슨이 급히 뛰어올라왔다.

"아, 홈스 씨, 좋은 소식 있습니다. 사건이 다 밝혀졌어요."

그는 홈스의 손을 잡고 흔들었지만 홈스는 오히려 걱정스런 표정을 지어보였다.

"뭐 단서가 나왔다는 건가요?"

"단서라니요? 하하하. 바로 범인을 잡은 거죠."

"범인의 이름이 뭔데요?"

"아서 샤르팡티에라는 해군이더군요."

글렉슨은 연신 자신만만하게 말했다. 그때 홈스가 안심했다는 듯 슬그머니 미소를 지으며 말했다.

"어쨌든 자, 앉으세요. 담배 피우셔도 됩니다. 어떻게 그런 성과를 올렸는지 얘기 좀 해주시죠. 위스키 좀 드릴까요?"

"좋죠. 어제부터 얼마나 바빴는지 굉장히 피곤하네요. 하도 신경을 많이 썼더니 말이죠. 당신도 인정하겠지만 우리는 정신노동자 아닙니까?"

그러자 홈스가 무표정하게 대답했다.

"글쎄요. 아무튼 어떻게 성공하신 겁니까?"

글렉슨은 느긋한 동작으로 우선 담배를 피워 물었다. 그러더니 느닷없이 무릎을 탁 치며 요란스럽게 말했다.

"멍청한 레스트레이드 때문에 정말 웃겼죠. 그 친구는 엉뚱한 데만 기웃거리고 있지 뭡니까. 비서라는 스탠거슨의 뒤를 계속 캐고 있는 거에요. 스탠거슨은 이 사건과 관련이 없는데도 말이죠. 아마도 어디서 지금 스탠거슨을 체포했는지도 모릅니다."

급기야 그는 웃음을 참지 못하고 숨이 넘어가도록 웃어재꼈다.

"글렉슨 씨는 어떻게 단서를 잡게 된 거죠?"

"자, 다 얘기해드리겠소. 우선 왓슨 씨, 이건 어디까지나 비밀이니까 그리 아시기 바랍니다. 처음 제가 곤란에 빠진 건 피해자의 신원 확인이었어요. 물론 신문에 광고를 내는 방법이 좋다고 말하는 사람들도 있죠. 하지만 나 트바이어스 글렉슨은 그렇게 하지 않았어요. 두 분은 그때 피해자 옆에 모자가 떨어져 있었던 거 기억나시죠?"

"그 모자는 캠버웰 가 129번지, 존 언더우드 상점 제품이죠?"

홈스의 질문에 글렉슨이 어이없다는 듯 쳐다보았다.

"어떻게 그걸 아셨죠? 그 상점에 가보셨군요?"

"아니오."

"오! 기회는 아무리 시시한 기회라도 절대 놓치면 안 됩니다."

"위대한 정신에게는 시시한 거라는 게 절대 없죠."

홈스가 훈계하듯 대답했다.

"그래서 나는 존 언더우드 상점으로 갔죠. 주인이 장부를 쳐다보더니 그 모자를 토키 테라스의 샤르팡티에라는 하숙집에 사는 들레퍼에게 팔았다고 하더군요. 그래서 그의 주소를 알게 된 겁니다."

"와! 굉장히 민첩하시네요!"

"그래서 샤르팡티에의 부인을 만났죠. 창백한 얼굴로 떨고 있더군요. 딸도 같이 있었는데, 질문을 할 때마다 무척 긴장해 있더라고요. 난 아무래도 이상하다는 생각이 들었죠. 결국 뭔가 단서를 눈치챘는데, 아 그 순간을 어떻게 표현할까요! 정말 온몸이 짜릿하더군요. 난 곧바로 들레퍼가 죽은 걸 알고 있느냐고 부인한테 물었어요. 여자가 고개를 끄덕이더군요. 그런데 딸이 갑자기 울기 시작하는 거에요. 뭔가 이상한 게 있다는 생각이 더 들더군요. 그래서 들레퍼가 기차를 타러 몇 시에 집을 떠났냐고 물었죠. 8시라고 하더군요. 스탠거슨이 9시 15분 기차를 타겠다고 말했다는 거에요. '그 후에는 안 만났나요?' 하고 내가 물었더니 여자의 얼굴이 창백하게 변하더군요. 그러면서 간신히 '네' 하고 억지 대답을 하더라고요. 그런 다음 한참 동안 말이 없다가 딸이 차분하게 이렇게 말했어요. '엄마, 거짓말 해서 뭐하려고요. 전부 다 털어놓으세요. 경감님, 그 후에 들레퍼 씨를 만났어요.' 그러자 부인이 화들짝 놀라며 발작을 하듯 말하더군요.

'네 오빠를 죽일 셈이니?' 하고 말이죠. '아서도 밝혀지기를 원할 거에요.' 딸이 계속 말했어요.

그래서 제가 모든 걸 얘기하라고 설득했어요. 그러자 부인이 죄다 털어놓더군요. '아들은 이번 사건에 아무런 관계가 없습니다. 정말 아무 짓도 하지 않았어요. 제가 걱정하는 것은 제 아들이 의심을 받을까 하는 거죠. 하지만 절대 그렇지 않습니다. 제 아들은 그럴 사람이 아닙니다.' 부인은 딸을 나가있으라고 하고는 계속 말했어요. '네, 들레퍼 씨는 우리 집에 3주일 정도 있었어요. 우리집에 오기 전에 비서와 함께 여행을 했나 보더라고요. 가방에 코펜하겐의 호텔 표지가 붙어있었어요. 비서라는 사람은 조용하고 별로 말이 없었고, 들레퍼 씨는 반대로 좀 천박하고 속물 같더군요. 도착한 날 밤에도 고주망태가 돼서 왔는데, 보통 때도 늘 술에 취해 있었어요. 말하는 거나 행동도 싸구려 같았어요. 내 딸 앨리스한테도 입에 담기 뭐한 말을 해대더군요.' '그럼, 뭣 하러 그렇게 참고 지냈나요? 하숙인은 주인이 내보낼 수 있는 것 아닙니까?' 내 말에 부인의 얼굴이 붉어지더군요. 그러면서 이렇게 말했어요. '유혹을 뿌리치기 힘들었죠. 두 사람이 묵는데 1주일에 14파운드를 줬거든요. 경기가 안 좋은 데다 해군인 아들한테 돈을 보내야 하기 때문에 그 돈을 놓치기가 싫었어요. 결국 참다 참다 그 사건을 계기로 나가달라고 했죠. 그래서 그 사람들이 떠났던 겁니다.' '그 다음엔 어떻게 됐나요?' '정말 마음이 후련해지더군요. 그런데 그들이 떠난 후 1시간쯤 됐는데 들레퍼 씨가 다시 온 거에요. 또 술에 취해있더군요. 그 사람은 들어오더니 기차를 놓쳤다면서 횡설

수설 하더니 제 딸을 보고는 같이 도망가자고 하지 뭡니까. 돈은 많으니까 걱정 말라면서, 여왕처럼 모셔주겠다나 뭐 그런 헛소리를 하면서 말이죠. 그러고는 앨리스 손을 막 잡으려고 하는 거예요. 제가 소리를 질렀죠. 그랬더니 마침 휴가 나와있는 아들이 달려왔어요. 한참 엎치락 뒤치락 하다가 그놈이 뛰쳐나가자 아들도 뒤따라 나갔어요. 그놈이 어떻게 하는지 보고 오겠다면서요. 그리고 그 다음날 들레퍼 씨가 죽었다는 소식을 듣게 됐죠.' 부인의 이 얘기를 제가 속기로 전부 적어놓았기 때문에 틀린 데는 없습니다."

홈스가 하품을 하며 말했다.

"재밌네요. 그 다음엔 어떻게 됐습니까?"

"그래서 그날 밤 아들이 몇 시에 들어왔냐고 물었더니, 잠든 뒤라 모른다고 하더군요. 아들이 직접 열쇠로 열고 들어왔다면서요. 부인이 잠든 시각은 11시라고 했어요. 그럼 그 아들이 나간 후 2시간쯤 되거든요. 난 더 이상 물을 것도 없다는 생각이 들었죠. 그래서 샤르팡티에가 있는 곳을 덮쳐 체포했던 겁니다. 녀석은 두꺼운 나무 몽둥이를 들고 있더군요."

"그렇다면 글렉슨 씨는 어떤 추리를 하셨죠?"

"그러니까 샤르팡티에가 들레퍼를 미행하다가 브릭스턴 거리까지 간 거죠. 그리고 거기서 다시 싸움이 일어났는데 마침 녀석이 들고있던 몽둥이에 들레퍼가 맞은 거예요. 하지만 급소를 맞았는지 상처가 하나도 안 남은 겁니다. 녀석은 주위에 아무도 없는 걸 보고는 그 빈집으로 시체를 옮겼어요. 그리고 촛불과 벽의 글씨 등을 남기면서 경찰을 혼란하게 만든 거죠."

홈스가 탄성을 지르며 말했다.

"와! 대단하십니다. 글렉슨 씨, 역시 대단하세요."

"하하하, 나도 그런 생각이 드는군요. 결국 샤르팡티에는 자백했어요. 그런데 저기 레스트레이드가 오는 것 같은데요."

잠시 후, 레스트레이드가 방으로 들어섰다. 보통 때와 달리 태도가 조심스럽고 거만한 티도 내지 않았다. 게다가 어딘지 당황하고 어수선한 표정이었다. 그는 글렉슨을 보고는 좀 불편한 기색을 내비쳤다. 홈스를 따로 만나러 왔기 때문일 것이다. 머뭇거리며 약간 서성이던 그는 말문을 열었다.

"정말 기이한 사건이죠. 수수께끼 같다니까요."

그러자 글렉슨이 뻐기듯 말했다.

"아하, 그렇게 생각하시는군요, 레스트레이드 씨. 그런데 스탠거슨의 행방은 알아냈습니까?"

"네, 비서 조제프 스탠거슨은 오늘 아침 6시에 헐리데이 호텔에서 살해되었습니다."

어둠 속의 광명

우리 세 사람은 너무 놀라 말이 안 나왔다. 마침내 글렉슨은 벌떡 일어났고, 홈스는 이마를 찌푸리고 있었다.

"점점 더 복잡해지는군."

한참 후 홈스가 중얼거렸다.

"처음부터 복잡했었죠. 그런데 이거 내가 회의하러 온 것 같으네요."

레스트레이드가 의자에 앉으며 말했다.

"설마 그거 헛소문은 아니겠죠?"

글렉슨이 망설이듯 물었다.

"내가 직접 호텔 방에 가서 확인한 걸요. 아니 거기 갔다가 발견한 거죠."

"좀 자세히 말씀해주시겠습니까?"

"그러죠. 솔직히 말씀드리면, 들레퍼 살해 사건엔 스탠거슨이 틀림없이 관계되어 있을 거라고 난 생각했어요. 그래서 처음부터 그 사람의 행방을 알아내는 데 초점을 맞췄죠. 그런데 이렇게 되고 보니까 내가 잘못 생각했던 겁니다. 누군가가 3일 저녁 8시 30분쯤에 유스턴 역에서 두 사람을 봤다는 거에요. 그런데 그후 새벽 2시에 들레퍼 혼자 살해돼 발견된 거죠. 그럼 저녁 8시 30분부터 새벽 2시까지 스탠거슨은 어디서 무얼 하고 있었을까요. 나는 일단 리버풀에 전보를 쳐서 스탠거슨의 인상착의를 알려놓고, 유스턴 역 근처의 호텔과 하숙집을 뒤졌어요. 스탠거슨이 역 근처에서 하룻밤을 보내고 다음 날 다시 역으로 가서 들레퍼를 기다렸을 수가 있으니까요. 결국 오늘 아침에 그 부근을 다시 뒤지다가 헐리데이 호텔에 그가 있다는 걸 알았죠. 안내원이 그가 이틀 전부터 누군가를 기다리고 있었다고 하더군요. 그러면서 지금 자고 있다는 거에요. 난 그의 방으로 갔죠. 그런데 그만 끔찍한 장면을 보고 만 겁니다. 방문 밖으로 피가 흘러나와 복도에 흥건히 고여있는 거에요. 내가 소리를 지르자 안내원이 올라왔어요. 그런데 문이 안에서 잠겨있어 안내원과 함께 몸으로 밀어 열었죠. 방안엔 창문이 열려있고, 남자가 잠옷차림으로 쓰러져 있더군요. 이미 죽어있었는데, 시간이 상당히 지난 것 같았어요. 조제프 스탠거슨이 틀림없다고 안내원이 확인해주었죠. 왼쪽 가슴을 칼로 찔렀더군요. 그런데 시체 머리 옆에 무엇이 있었는지 아십니까?"

나는 그 말에 갑자기 소름이 돋았다.

"RACHE 라는 글자가 피로 씌어져 있었겠죠."

홈스가 단호하게 말했다.

"맞습니다."

레스트레이드의 얼굴엔 아직도 공포심이 서려 있었다. 모두들 할 말이 없었다. 범행은 점점 더 잔인하게 느껴졌다.

"우유 배달 소년이 그 호텔방 창문에서 누가 사다리를 타고 내려오는 걸 봤다고 합니다. 소년은 그냥 공사하는 사람인 줄 알고 별로 신경을 안 썼다는 거죠. 근데 나중에 생각해 보니까, 얼굴이 붉은 남자가 밤색 계통의 재킷을 입고 있었다는 거에요. 방에는 대야에 핏물이 남아있고, 이불에도 칼을 닦은 흔적이 선명하게 있었어요."

"방안에 범인의 단서 같은 건 없었나요?"

"다른 건 없고 들레퍼의 지갑이 있었는데, 항상 스탠거슨이 지불을 했다니까 그 전부터 갖고 있던 거겠죠. 80파운드 정도가 들어있고 다른 것도 그대로 있더군요. 그리고 참 전보도 하나 있었는데, 한 달 전 날짜로 미국 클리블랜드에서 온 거였어요. 'JH 유럽에 있음'이라고 씌어 있는데, 발신인 이름은 없더군요."

"그것뿐이라고요?"

"나머지는 뭐 그저 그런 것들이죠. 소설책 하나, 파이프, 컵, 알약 두 개가 든 상자. 그 정도였어요."

그때 셜록 홈스가 벌떡 일어나더니 환호를 질렀다.

"아, 드디어 해결됐습니다!"

두 형사가 어리벙벙한 표정으로 홈스를 쳐다보았다.

"야! 이제 모든 걸 이해했어요. 들레퍼가 역에서 스탠거슨과 헤어졌을 때부터 시체로 발견될 때까지 그 사이에 무슨 일이 일어났는가를 난 직접 본 것처럼 명확히 알게 되었어요. 설명해드릴까요? 레스트레이드 씨, 그 알약을 가지고 왔나요?"

"여기 있어요."

레스트레이드가 작은 상자를 내밀었다. 알약은 흔한 종류가 아니었다.

"가볍고 투명해서 물에 쉽게 녹을 것 같은데."

내 말에 홈스도 같은 생각이었다.

"어, 그럴 것 같아. 자네 미안하지만 아래층에 가서 테리어를 좀 데리고 와주게. 개가 오래 전부터 병이 들어있다고 주인 아주머니가 자네한테 개의 고통을 좀 제거해달라고 부탁하더구먼."

나는 개를 데리고 왔는데, 정말 오래 살지 못할 것 같은 증상이 여러가지 나타나고 있었다.

"알약 하나를 반으로 나누겠습니다."

홈스가 칼로 약을 쪼개며 말했다.

"그리고 반은 다시 상자에 넣어두고, 반은 여기 물이 든 컵 속에 넣겠습니다. 왓슨의 말대로 잘 녹는군요."

레스트레이드가 의심쩍은 표정을 지으며 말했다.

"그런데 그게 스탠거슨의 죽음과 무슨 관련이 있는 거죠?"

"끈기죠! 레스트레이드 씨, 끈기가 중요합니다! 곧 알게 될 테니까 기다려보세요. 자, 이제 우유를 좀 섞어서 개에게 먹여보겠습니다."

홈스가 액체를 개 앞에 놓자 금방 먹어버렸다. 우리는 곧 무슨 일이 벌어지나 긴장감을 갖고 개를 쳐다보았다. 하지만 개는 멀쩡하기만 했다. 홈스는 시간을 계속 쳐다보다가 아무 일도 일어나지 않자 몹시 실망스런 표정으로 변해갔다. 그는 점점 더 초조해하며 안절부절 못하는 행동까지 했다. 두 경찰은 오히려 안심했다는 듯 느긋한 미소를 감추지 못했다. 마침내 홈스는 화가 치밀어 소리를 쳤다.

"들레퍼의 시신에서 내가 냄새를 맡았던 이 알약이 독이 없다니! 이게 어떻게 된 거야. 내 추리가 잘못됐다는 건가. 아니야. 그럴 수 없어! 아, 알겠다!"

그는 상자에서 허겁지겁 다른 알약을 꺼내 아까처럼 두 개로 나눴다. 그리고 똑같이 물에 타고 우유를 섞어 개에게 먹였다. 개는 금방 부들부들 떨며 그 자리에서 죽고 말았다. 홈스는 큰 숨을 내쉬었다.

"내가 좀 더 확신을 가졌어야 했어. 행여 추리에 어긋나는 사실이 나타난다 해도 그럴 때는 반드시 대체될만한 해석이 있는데, 이제야 그걸 깨달았으니 말이야. 보시다시피 알약 중 하나는 독이 없었던 겁니다. 그건 보나마나 뻔한 일이었죠."

나는 머리속에서 안개가 서서히 걷혀가는 것 같았다. 아직 어렴풋하지만 사건의 진상이 드러나고 있다는 느낌이 들었다.

"아마 이상하다는 생각이 들 겁니다. 처음부터 실마리가 보였는데 그걸 이해하지 못하고 있었거든요. 나는 그걸 놓치지 않았죠. 그 후에 일어난 사실들이 계속 더 확신을 주면서 차근차근 예상대로 드러나더군요."

"홈스 씨, 지금 우리가 해야 할 건 그런 설명이 아니라 범인을 잡는 겁니다. 나와 레스트레이드보다는 더 잘 알고 있는 것 같은데, 그렇다면 범인은 누굽니까?"

레스트레이드도 홈스를 몰아붙였다.

"모든 증거를 다 갖고 있는 것 같은데, 더 이상 숨길 필요가 있습니까? 말씀해보세요."

"그렇지. 범인 체포를 늦게 하면 그동안 또 무슨 범행을 저지를지 모르지 않은가."

나도 거들어 재촉했다.

홈스는 고민에 빠졌는지 계속 방안을 왔다갔다 했다.

"더 이상 살인은 안 일어날 겁니다. 그리고 범인이 누군가는 알 수 있어요. 체포하는 것보다는 어렵지 않으니까요. 하지만 곧 체포할

겁니다. 다만 범인은 영리하고 공범이 있기 때문에 아주 조심해서 다뤄야 하죠."

글렉슨과 레스트레이드는 허탈한 심정인 것 같았다. 그들이 미처 말문을 열기 전에 누군가 방문을 두드렸다. 부랑 소년들의 대표인 비긴즈가 지저분한 몰골로 들어왔다.

"마차 불러왔습니다, 선생님."

"그래, 수고했다. 마부가 짐을 좀 실어주면 좋겠는데. 가서 올라 와 달라고 얘기해줄래?"

홈스는 갑자기 여행갈 채비를 했다. 올라온 마부는 하기 싫은 듯 미적미적 홈스 옆으로 가서 가방 묶는 걸 도우려 했다. 순간 찰칵 하 는 금속 소리가 나며 홈스가 벌떡 일어났다.

"자, 이 사람은 들레퍼와 스탠거슨을 죽인 범인 제퍼슨 호프입니 다!"

번개처럼 일이 벌어졌다. 도무지 어떻게 된 건지 생각할 시간도 없었다. 홈스의 눈빛과 자신있는 말투, 그리고 수갑이 채워진 마부 의 그 멍청한 표정만이 지금도 기억난다. 그런데 우리가 얼떨떨해있 는 사이, 마부가 재빠르게 몸을 날려 창으로 달려들었다. 하지만 창 문만 깨지고 그는 다시 피투성이가 된 채 붙잡히고 말았다.

마침내 홈스가 승리의 미소를 지으며 말했다.

"자 그럼, 경찰청까지는 이놈 마차로 가면 되겠군요. 보시다시피 수수께끼 같은 사건도 결국 이렇게 끝나게 됐습니다. 뭐든 질문할 것 있으면 하시죠."

성도의 나라

알칼리 대평원

북미의 중부지역 한복판에는 거대한 사막지대가 있어서 문화의 교류를 저지하는 장벽이 돼왔었다. 그곳엔 눈 덮인 높은 산과 깊은 계곡, 그리고 어마어마한 폭포지대와 대평원도 있었다. 하지만 황폐한 이 지역에는 사람이 살지 않았다. 소수의 부족들이 사냥을 하다가 지나쳐 갈 뿐 늑대나 곰, 등 동물들만이 서식하고 있었다.

특히 시에라블랑카 산맥의 북쪽에서 바라보이는 끝없는 황야는 적막함 그 자체다. 그런데 그 황야 한복판에 좁은 길 하나가 구불구불 지평선까지 이어지고 있으며, 길 위에는 바퀴 자국과 사람의 발자국 흔적이 남아있다. 그리고 자세히 보면 뭔가 하얀 것들이 드문드문 나있는 것도 보인다. 그건 거무스름한 알칼리성 흙모래 속에서 더욱 하얗게 반짝이고 있는데, 바로 뼈들이다. 소의 뼈도 있고, 사람의 뼈도 있다. 그리고 그 범위는 무려 1500마일에 걸쳐 흩어져 있다.

1847년 5월 4일, 한 나그네가 이 광경을 물끄러미 바라보고 서있었다. 남자는 나이를 짐작할 수 없는 점잖은 인상에, 비쩍 마른 얼굴 때문인지 피부는 누르스름한 양피지를 씌워놓은 것 같았다. 긴 머리와 턱수염은 희끗희끗하고 눈에서는 빛이 났다. 그는 총을 들고 있는데, 키가 크고 마른 몸이지만 강인한 체질로 보였다. 그러나 어쨌든 그는 굶주림과 갈증으로 기진맥진해 있는 상태였다.

눈 앞에 보이는 것은 광막한 풍경뿐 물 한 줄기 보이지 않았다. 그는 이제 더 이상 희망이 없다는 것을 느꼈다. 방랑을 끝내고 이곳에서 죽을 것 같은 느낌이 서서히 밀려왔다.

"여기서 죽으나 20년 후에 실크 이불 속에서 죽으나 죽는 건 마찬가지지 뭐."

그는 중얼거리면서 어깨에 짊어지고 있던 짐을 털썩 내려놓으며 앉았다. 그때 짐 속에서 울먹이는 소리가 나며 여자 아이가 얼굴을 내밀었다.

"아파."

"아, 살살 놓았는데."

남자가 미안해하며 아이를 꺼내주었다. 아이는 분홍색 옷에 예쁜 신을 신고 있으며, 얼굴은 창백하지만 남자보다는 훨씬 건강해보였다.

"어떠니?"

아이는 아직도 아픈지 머리를 문지르고 있었다.

"우리 엄마처럼 안 아프게 만져주세요! 그런데 엄마는 어디 있어요?"

"엄마는 볼일이 있어서 가셨어. 조금 있으면 오실 거야."

"이상해요. 그런 말 안 했거든요. 우리 엄마는 항상 갔다온다고 얘기하는데, 벌써 3일이나 지났잖아요. 아저씨, 목 안 말라요? 물도 없고 먹을 것도 없어요?"

"난 아무것도 없구나. 조금만 참고 있으렴. 머리를 아저씨한테 기대고 있어."

두 사람은 사흘 동안 쉬지도 못하고 걸어온 터라, 피로가 몰려들어 곧 잠에 빠지고 말았다. 그로부터 30분 후, 저 아래 황량한 벌판에서는 뭔가 허연 무더기가 일어나고 있었다. 그건 점점 더 커지더니 구름처럼 넓게 펴져갔다. 그런데 가만 보면 구름이 아니라 어떤 대다수 무리가 이동하며 일으키는 모래먼지에 더 가까웠다. 무리들이 이쪽으로 더 가까이 오자 마차와 기수들, 걷는 사람들의 모습이 드러났다. 그들은 서쪽을 향해 가고 있는 유랑자들이었다.

남자와 아이는 커다란 소음이 나는데도 불구하고 잠에 곯아떨어져 전혀 듣지 못했다. 무리들의 맨 앞에는 스무명 정도의 남자들이 총을 든 채 마차를 몰고 있었다. 벼랑 가까이 도착하자 그들은 잠시 멈춰 서서 의견을 나눴다.

"샘물은 오른쪽에 있는데요."

"시에라블랑카 오른쪽으로 가면 그런데 강으로 나가는 길이 있어요."

"물은 걱정 안 해도 됩니다. 하나님은 바위에서도 물이 나오게 하시니까 선택 받은 우리들을 저버리시지는 않을 거에요."

"아멘! 아멘!"

일제히 그렇게 합창을 했다. 그리고 다시 출발을 하려고 하다 한 젊은이가 깜짝 놀라며 저 위에 보이는 바위를 가리켰다. 분홍색 천 같은 것이 눈에 확 띄었던 것이다. 그들은 곧 총을 내리며 인디언들이 아닌가 하고 의심을 했다. 그러자 지도자인 것 같은 젊은 남자가 말했다.

"포니 족들의 지역은 지나왔으니까 저 산을 넘을 때까지는 토인이 없을 거야."

"제가 가서 확인해볼까요, 스탠거슨 씨?"

한 사람이 그렇게 묻자 10여 명이 따라 가겠다고 했다. 그들은 곧 바위를 기어올라 꼭대기에 다다랐다. 그런데 맨 먼저 도착한 사람이 갑자기 소리를 질렀다. 비쩍 마른 한 남자와 아이가 평안한 표정으로 깊이 잠들어 있었기 때문이다. 바위 가에 앉아있던 검은 매 세 마리가 사람들이 닥치자 큰 소리를 내며 날아가 버렸다. 그 바람에 두 사람이 잠에서 깨어났다. 남자는 어리둥절하며 평원을 내려다 보았다. 도저히 믿을 수가 없었다. 적막 그 자체이던 황야에 이렇게 많은 사람들이 있다니! 그는 눈을 비비며 중얼거렸다.

'이런 걸 두고 환상을 본다고 하는 걸까?'

아니었다. 무리들은 곧 두 사람에게 다가가 아이는 안아 올리고 남자는 부축을 해서 같이 아래로 데리고 내려갔다. 남자가 자기를 소개했다.

"존 파리아라고 합니다. 21명 중에서 모두 죽고 나와 이 아이만 살아남았어요. 굶주림과 갈증 때문이었죠."

"이 아이는 당신 아인가요?"

"그렇습니다. 내가 구했으니까요. 아무도 이 아이를 빼앗아가지 못해요. 루시 파리아라고 부를 겁니다. 그런데 당신들은 뭐 하는 사람들입니까? 엄청 많네요."

"만 명 정도 됩니다. 우리는 박해 받은 하나님의 자녀들이자 미로나 천사의 선택된 백성들입니다."

"미로나 천사요? 처음 들어보는 말인데요."

그러자 한 남자가 훈계하듯 말했다.

"농담하는 게 아닙니다. 우리는 팔미라에서 조지프 스미스 님에게 전해졌다고 하는 황금판에 이집트 글자로 적힌 그 거룩한 말씀을 믿는 신도들입니다. 우리의 성전은 일리노이 주 노브에 있는데, 폭도들의 침입을 피해 이렇게 탈출을 하고 있는 것입니다."

존 파리아는 노브라는 이름을 듣고 뭔가가 떠올랐다.

"아, 당신들은 모르몬교 신도들이군요?"

"네, 맞습니다."

"그런데 어디로 가는 겁니까?"

"우리는 하나님께서 예언자를 보내 인도해주시는 대로 갈뿐입니다. 당신도 예언자에게 의지하면 어떻게 해야 할지를 말씀해주실 겁니다."

두 사람을 구조한 남자들은 마차가 있는 곳으로 그들을 데리고 갔다. 마차는 여섯 마리의 말이 끄는 크고 화려한 외관을 자랑하고 있었다. 그곳엔 지도자 같은 면모의 젊은 남자가 위엄있는 표정으로 앉아 있었다. 그는 책을 읽고 있다가 사람들이 와서 설명을 하자 조용히 귀기울여 들었다. 그러더니 존 파리아와 아이에게 진지하게 말했다.

"우리가 당신들을 받아들이려면 같은 종교를 갖고 있어야만 합니다. 작은 상처 하나가 과일 전체를 부패시킬 수 있지요. 나중에 그걸 알게 되느니 차라리 지금 이 황야에서 죽게 내버려 두는 게 더 낫답니다. 어떻습니까? 조건을 받아들이고 우리와 함께 가겠습니까?"

"네. 어떤 조건이든 받아들이겠습니다."

존 파리아가 절실한 말투로 대답했다. 그러자 무리 중 한 사람이 외쳤다.

"그럼, 스탠거슨 씨, 이들에게 음식과 물을 주시고, 우리의 신성한 계율을 가르쳐 주십시오. 그리고 이제 떠납시다. 자, 자이온을 향해!"

스탠거슨은 두 방랑자를 자신의 마차 안으로 들어오게 했다.

"이제 여기서 지내면 됩니다. 그리고 당신들은 영원히 우리의 신도라는 걸 잊으면 안 됩니다. 하나님께서 조지프 스미스 님의 목소리를 통해 그렇게 말씀하셨지요."

유타의 꽃

모르몬교 신도들이 그 마지막 땅에 도착할 때까지 겪은 시련과 고통은 이루 말로 할 수가 없었다. 그들은 미시시피 강을 지나 록키 산맥 서쪽까지 나아갔는데, 맹수와 야만족의 침입, 굶주림과 갈증, 그리고 질병 등 온갖 위협과 싸우며 앵글로색슨 민족의 강인함을 지켜냈다. 하지만 너무나 길고 긴 여정과 위험 앞에서는 강인한 사람들조차도 흔들리지 않을 수 없었다.

그러다 어느날 문득 눈 앞에 유타의 골짜기가 광활하게 펼쳐져 있는 게 보였다. 지도자는 그곳이 바로 약속된 땅이며 영원히 그들의 것이라고 말했다. 신도들은 그 말을 듣고 일제히 무릎을 꿇으며 기도를 올렸다.

예언자인 블리검 영은 어떠한 두려움 앞에서도 굴하지 않는 지도자이며 유능한 행정가이기도 했다. 그는 지도를 그리고 설계를 하며 도시계획을 세웠다. 경작지는 농사를 지을 수 있는 신도들에게 모두 나눠주고, 다른 사람들은 각자의 능력에 맞는 일을 맡았다. 어느덧 길이 생기고 광장이 만들어지며, 1년 후에는 밀밭이 황금빛으로 물들었다. 마을 한가운데에 짓고 있는 교회도 점점 그 위용을 드러내기 시작했다. 새벽부터 밤까지 하나님의 성전을 짓느라 망치 소리가 끊일 날이 없었다.

존 파리아는 그동안 몸이 많이 회복되어 안내자와 사냥꾼으로 열심히 일함으로써 동료들로부터 인정을 받게 되었다. 그래서 그에게도 넓은 땅을 주자는 결정이 내려졌다. 존 파리아는 거기다 직접 집을 짓고 밭을 일궜다. 그는 부지런하고 손재주도 좋아 차츰 좋은 결실들이 나타나기 시작했다. 그리고 3년이 지나고, 6년, 9년, 12년이 지났을 때는 그보다 더 성공한 사람은 보기 드물 정도가 되었다. 이제 그의 이름은 솔트레이크에서 와사치 산까지 퍼져나갔다.

그러나 존 파리아에겐 한 가지 문제가 있었다. 그건 다른 신도들의 감정을 상하게 했는데, 바로 모르몬교 식의 결혼을 하지 않겠다는 것이었다. 이유는 결코 밝히지 않았다. 자연히 사람들은 갖가지 억측을 하며 수근거렸다. 하지만 존 파리아는 굳게 독신을 지키고 성실히 살아갔다. 루시도 아버지의 일을 도우며 처녀로 성장해갔다. 그래서 뭇 남성들의 애를 태우며 부유한 농부의 딸이 되어, 미국 서부에서 가장 아름다운 여인의 표상으로 되어갔다.

하지만 루시가 어엿한 여성이 돼있는 걸 맨 처음 알아본 사람은 그녀의 아버지가 아니었다. 6월의 어느날 아침, 무거운 짐을 잔뜩 실은 당나귀 행렬이 서쪽으로 가고 있었다. 캘리포니아 지방에 불고 있던 골드 러시 때문인데, 솔트레이크가 하필 그 길목에 있었던 것이다. 루시는 아버지의 심부름으로 마침 말을 타고 나오던 참이었다. 행렬에 있던 남자들이 모두들 그녀를 쳐다보았다. 하지만 소떼들로 길이 막혀있어 빠져나갈 수가 없었다. 잠시 기다리다 약간의 틈이 보이자 그녀는 틈새로 말을 몰아 가로질러 나가려 했다. 그러나 순간 뿔 달린 소들에 둘러싸이고 말았다. 그리고 소 한 마리가 뿔로 말을 들이받아 말이 미친듯이 날뛰었다. 잡고있는 고삐를 놓치면 그 자리에서 끝장날 판이었다. 그때 바로 뒤에서 안심하라는 목소리가 들려왔다. 한 남자가 다가와 루시의 말을 잡더니 소 떼를 헤치고 빼내주었다.

"괜찮습니까?"

남자가 진지하게 물었다.

"정말 놀랐어요. 폰쵸가 소 떼들한테 그렇게 겁먹을 줄은 몰랐어요."

그녀는 웃으며 말했다. 키 크고 인상 좋은 젊은 남자는 사냥총을 어깨에 메고 있었다.

"존 파리아 씨의 따님이시죠? 아가씨가 거기서 말을 타고 나오시는 걸 봤거든요. 아버님께서 혹시 센트 루이스의 제퍼슨 호프 가족을 아시는지 물어봐주세요. 우리 아버지와 아주 가깝게 지내셨거든요."

"우리 집에 직접 오셔서 한 번 물어보시죠."

루시의 말에 젊은이는 표정이 환해졌다.

"그럴까요? 그런데 우리 일행이 두 달 동안 산에 있었기 때문에 지금 몰골이 말이 아니라, 아버님께 죄송한 말씀을 미리 드려야겠는데요."

"아버지는 당연히 만나고 싶어하실 거에요. 저를 워낙 끔찍이 아끼시거든요. 그럼 이만 가볼게요. 꼭 오세요."

"안녕히 가세요!"

제퍼슨 호프는 동료들과 함께 네바다 산으로 가서 은광을 찾아내고는 그 채굴 자금을 마련하기 위해 솔트레이크로 돌아오던 참이었다. 그는 계속해 말을 몰았지만 뜻밖에 생긴 일로 인해 마음이 산만해졌다. 젊은 여자의 건강하고 아름다운 모습은 그의 마음 깊이 도사리고 있는 야성을 단번에 흔들어버린 것이다. 그는 자신의 삶에 큰 변화가 오고 있는 걸 느꼈다. 은광의 개발이라든지 그 어떤 중요한 문제들도 이것만큼 영혼을 흔들지는 못했기 때문이다. 이 감정은 그냥 단순한 호기심이 아니었다. 강인한 의지와 자유로운 영혼을 가진 한 남자가 가질 수 있는 열렬한 사랑의 감정, 바로 그것이었다. 그는 지금까지 원하는 일이라면 그 무엇이든 성공해내지 못한 적이 없었다. 그래서 이번에도 마음 깊이 꼭 이루어내고 말겠다고 다짐했다.

그날 밤, 그는 존 파리아의 집으로 찾아갔다. 그리고 그때부터 자주 방문을 하게 되었다. 12년간 일에만 열중해 살던 존 파리아는 바깥 세상이 어떻게 돌아가는지 도통 모르고 있었다. 그러던 차 제퍼슨 호프가 나타나 그에게 세상 소식을 들려주는 사람이 돼주었다. 그가 얘기할 때마다 존과 루시는 즐거워 했다. 제퍼슨은 감시관이나 사냥꾼 등 여러 가지 일을 했으며, 개척을 위해서라면 어떠한 모험도 주저하지 않는 사나이였다. 늙은 파리아는 그가 마음에 들었다. 루시 또한 겉으로 내색은 안했지만 눈빛만은 밝은 행복을 감추지 못했다. 아버지는 그걸 모르더라도 그녀에게 마음이 완전히 사로잡힌 제퍼슨이 그걸 모를 수는 없었다.

어느 여름날 저녁, 제퍼슨이 말을 타고 오자 루시는 현관에 있다가 얼른 달려나갔다. 그는 말에서 내리며 서둘러 말했다.

"제가 떠나게 되었습니다. 지금은 같이 갈 수 없지만 돌아온 다음엔 저랑 같이 떠나실 수 있겠지요?"

"그게 언제쯤일까요?"

"늦어도 두 달 안에 올 것입니다. 우리 사이를 방해하는 건 아무것도 없어요."

"아버지는 뭐라고 말씀하셨나요?"

"은광 사업이 성공하면 동의하겠다고 하셨어요. 일은 걱정 없습니다."

"그래요? 아버지와 그렇게 얘기가 됐다면 저는 결정에 따르겠어요."

"고마워요!"

그는 감정에 복받쳐 말하며 그녀에게 키스했다. 그러고는 안타까움이 더 밀려들기 전에 얼른 말에 올라타고 쏜살같이 떠나갔다. 루시는 그의 모습이 더 이상 안 보일 때까지 그 자리에 서있었다.

존 파리아와 예언자의 대화

제퍼슨 호프의 일행이 솔트레이크를 떠난 지 3주일이 지났다. 존 파리아는 딸이 곧 떠날 것을 생각하자 쓸쓸해졌다. 루시의 행복해 하는 표정으로 봐도 그녀의 마음은 분명한 것 같았다. 사실 존 파리아는 딸을 모르몬교 신도와는 결혼시키지 않겠다고 굳게 마음먹고 있었다. 그건 결혼이 아니라 오욕에 불과한 것이라고 믿고 있었기 때문이다. 그러나 입 밖에 내어 말하기는 무척 위험한 상황이었다. 정말 위험했다. 어쩌다 실수로 말한다 하더라도 박해의 대상이 될 수 있었다. 그 당시 유타 주에서 행해지고 있던 무서운 박해 제도는 그 어떤 종교 재판보다도 더 참혹했다. 스페인 세비야의 종교 재판, 독일의 야간 비밀 재판, 이탈리아의 비밀 결사도 이것에 비하면 아무것도 아닐 정도였다.

이 조직의 무서움은 그야말로 전능함을 보여주었으나 그 실체를 본 사람도 목소리를 들은 사람도 아무도 없었다. 교회에 반대하는 말을 하는 사람은 어느날 쥐도 새도 모르게 사라지고, 어디로 가서 어떻게 되었는지 아무도 알지 못했다. 사람들은 그 보이지 않는 힘의 본질에 대해 아무것도 아는 바가 없었다. 그래서 온갖 의문들이 마음속에 쌓여있어도 절대 입 밖으로 내뱉지 못했다.

이 무서운 힘은 처음엔 모르몬교를 배반한 자에게만 가해졌지만 나중엔 점점 더 범위가 확대되었다. 성인 여자가 부족했기 때문이었다. 여자가 부족하면 일부다처의 교의도 의미가 없어지므로 점차 괴소문이 퍼지기 시작했다. 인디언의 습격이 없는 지방에서 사람들이 살해되거나 약탈이 일어났으며, 어느 날 다른 지방 여자들이 나타나 장로들의 후처가 되곤 했다. 여자들의 얼굴엔 하나같이 공포심이 어려 있었다. 이 지역을 지나가던 나그네들은 어두운 산 속에서 무장한 남자들이 지나가는 걸 보았다고 했다.

결국 이 조직의 정체는 밝혀졌다. 그러나 사람들의 공포심은 더욱 커져만 갔다. 누가 그 잔인한 단체에 소속되어 있는지 알지 못했기 때문이다. 종교라는 이름 뒤에 숨어서 그토록 잔악한 행위를 한 사람들의 이름은 절대 비밀에 붙여져 있었던 것이다. 그래서 친구도 이웃도 그 누구도 믿을 수가 없었다.

어느 날 아침, 날씨가 무척 좋아 존 파리아는 밀밭에 가보려고 했다. 그러다 문득 문소리가 나서 내다보자 웬 뚱뚱한 중년 남자가 마당으로 들어오고 있었다. 가만 보니 블리검 영 예언자였다. 느낌이 아주 안 좋았다. 그가 마당으로 뛰어나가자 예언자는 냉담하게 쳐다보며 안으로 안내돼 들어왔다.

"파리아 씨, 우리 신도들은 이제까지 당신에게 많은 걸 베풀어 주었어요. 사막에서 죽어가는 당신을 구해 오늘날 이렇게 잘 살도록 만들어준 게 다 우리 신도들 덕분이었지."

"지당하신 말씀입니다."

"그래서 우리가 당신에게 요구하는 것은 단 한 가지였어요. 우리 모르몬교의 율법대로 모든 일을 따른다는 조건이었지. 그런데 들리는 소문은 그게 아니더군요."

"저는 약속을 안 지킨 게 없습니다. 어떻게 된 소문인가요? 공공기금에 기부도 하고, 교회에 단 한 번도 안 간 적이 없습니다. 그리고……."

"당신 부인들은 어디에 있나요? 인사를 나누고 싶군요."

예언자가 주위를 둘러보며 말했다.

"아, 저는 아내가 없습니다. 여자 숫자가 부족한 데다 여자를 둘 수 있는 다른 훌륭한 분들이 많으니까요. 저는 외롭지 않습니다. 제 딸이 모든 면에서 잘 해주고 있거든요."

"내가 얘기하고 싶었던 것도 바로 그거였어요. 딸도 다 커서 이제 아름다운 처녀가 되지 않았어요? 그러다 보니 여러 높은 사람들이 딸에게 관심을 갖고 있는 모양입니다."

존 파리아는 속으로 한숨이 나왔다.

"그런데 딸이 이교도 청년과 결혼할 것이라는 소문이 있더군요. 뜬소문이겠죠? 조지프 스미스 님의 율법 13조에 뭐라고 돼있는지 아십니까? '신도의 딸들은 하나님이 선택한 자들과 결혼해야 한다. 이교도와 결혼하는 건 큰 죄악이다.' 이렇게 돼있거든요. 신앙심이 돈독한 당신이 설마 딸을 큰 죄인으로 만들지는 않겠죠?"

존 파리아는 할 말을 잃고 말았다.

"당신의 신앙심이 시험을 받게 될 것입니다. 장로회에서 그렇게 결정을 내렸지요. 딸이 젊으니까 늙은이와 결혼시킬 것까지는 없어요. 또 딸에게도 선택권이 있어요. 이를테면 스탠거슨에게 아들이 하나 있죠. 들레퍼에게도 하나 있고요. 그 두 사람은 당신 딸을 환영하고 있어요. 그러니 딸에게 하나를 고르라고 하세요. 두 사람 다 경제력은 좋으니까요. 물론 신앙심도 좋죠. 당신은 어떻게 생각하시나요?"

한동안 말문을 열지 못하고 있다가 존 파리아가 대답했다.

"생각할 시간을 좀 주십시오. 딸이 아직 어리니까요. 결혼할 나이도 아직 아니거든요."

예언자가 일어서면서 말했다.

"한 달간 생각해보세요. 한 달 후에는 결정을 내려야 합니다."

그가 떠나자 존 파리아는 고민에 빠져들었다. 그러다 문득 부드러운 손이 느껴져 뒤돌아보니 루시가 서 있었다. 그녀의 창백한 얼굴엔 두려움이 서려 있었다.

"얘기 다 들었어요. 그 분 목소리가 하도 커서 그냥 들렸거든요. 아버지, 어떻게 하면 좋을까요?"

파리아는 딸의 머리를 쓰다듬으며 말했다.

"걱정 말고, 그냥 네가 하고 싶은 대로 해. 그 친구에 대한 네 마음은 똑같은 거지?"

루시는 아무 대답도 없이 흐느끼기만 했다.

"그래. 그 친구는 믿음이 가는 사람이야. 여기 남자들과는 다른 크리스챤이지. 내일 네바다로 가는 사람들이 있으니까, 그 편에 이 얘기를 전달해야겠다. 내 느낌이 맞다면, 그 친구는 전보에 채찍질을 한 것보다 더 빨리 달려올 거야."

아버지의 말이 웃겨서 루시는 웃음을 터뜨렸다.

"그 사람이 오면 어떻게 할지 말해주겠죠. 전 아버지가 더 걱정돼요. 소문에, 예언자의 말을 거역했다가 끔찍한 일을 당한 사람들이 많대요."

"아직 한 달이나 시간이 있으니까, 그 안에 이곳을 탈출하는 게 좋을 것 같구나."

"탈출한다고요?"

"그래야 될 것 같아."

"그럼 여기 땅은 어떻게 하고요?"

"가능한 많이 팔아야겠지. 사실은 오래 전부터 이런 생각을 해왔단다. 난 여기 사람들처럼 예언자에게 무조건 추종하고 그런 사람이 아니야. 자유로운 정신을 가진 미국 사람이지. 그리고 남한테 복종하고 아첨하는 건 절대 못해. 만일 누가 우리 밭을 헤치러 오면 총으로 쏴버릴지도 몰라."

"하지만 떠나게 내버려 둘까요?"

"어쨌든 제퍼슨이 올 때까지 기다려보자. 그때까지는 아무 내색하지 말고 조심하렴."

그날 밤 파리아는 문을 꼭꼭 닫고, 총도 잘 닦아 준비해두었다.

위험을 무릅쓴 탈출

다음 날 아침, 존 파리아는 네바다 산으로 떠나는 사람들을 만나 제퍼슨 호프에게 전달할 편지를 부탁했다. 그러고는 곧바로 집으로 돌아왔다. 그런데 대문에 말 두 마리가 매여 있고, 방으로 들어서자 그곳엔 젊은 남자 두 명이 그를 기다리고 있었다. 한 명은 소파에 눕다시피 하고 앉아있으며, 한 명은 창가에 서서 흔한 찬송가를 읊조리고 있었다. 파리아가 들어오는 걸 보며 그 중 한 명이 말했다.

"우리 소개를 하죠. 저 친구는 들레퍼 장로의 아들이고, 저는 조제프 스탠거슨이라고 합니다. 거룩한 하나님의 손길이 당신을 교회로 이끄셨던 그 당시 우리도 함께 사막에 있었죠."

이번엔 다른 젊은이가 말했다.

"하나님께선 당신이 원하실 때 언제든 조용히, 어느 민족이건 간에 가루로 만들어버릴 수 있습니다."

파리아는 침착하게 듣고만 있었다.

"오늘 우리가 찾아온 것은 두 사람 중 선생께서 원하시는 쪽이 선생의 딸을 맞이하라는 분부가 있었기 때문입니다. 나는 아내가 네 명밖에 없지만 들레퍼 씨는 일곱 명이나 되니까 나한테 더 기회가 많을 것 같은데요."

스탠거슨의 말에 들레퍼가 끼어들었다.

"그렇지 않아요. 아내가 지금 몇 명이냐가 중요한 게 아니라 몇 명을 보살필 수 있느냐가 중요한 거죠. 재산은 내가 더 많은 것 같거든요."

이번엔 스탠거슨이 이의를 제기했다.

"하지만 앞으로는 내가 더 많을 가능성이 큽니다. 하나님께서 내 아버지를 선택하시게 되면 가죽 공장이 내 앞으로 떨어지게 되니까요. 그리고 나이가 내가 더 많고, 교회에서 지위도 내가 더 높거든요."

들레퍼가 거울을 쳐다보며 씩 웃으면서 말했다.

"그럼, 따님의 선택에 맡기기로 하고 우리는 가만 있죠."

그들의 말을 듣고 있던 존 파리아는 채찍으로 두 놈을 후려갈기고 싶은 마음이 굴뚝 같았지만 꾹 참고 있었다. 그러다 결국 울화통이 치밀어 내뱉었다.

"이제부터 내 딸이 부르면 오고, 그렇지 않으면 절대 우리 집에 오지 마시오!"

두 청년은 황당해 그를 쳐다보았다. 그들의 경쟁이 존 파리아와 그의 딸을 기쁘게 해줄 줄 알았는데 그게 아니었던 것이다.

"나가는 문은 두 군데 있어요. 하나는 이 문이고, 다른 하나는 그 창문이죠. 자, 어느 문으로 나가고 싶으시죠?"

존 파리아의 얼굴은 심하게 일그러지고 손도 부들부들 떨고 있었다. 그걸 본 두 청년은 문으로 조심스레 나갔다. 스탠거슨이 떠나며 소리쳤다.

"두고 보겠다! 예언자와 네 장로의 신성함에 먹칠을 하다니! 평생 후회할 거요!"

들레퍼도 거들었다.

"하나님께서 복수해주실 거다! 두고 봐라!"

존 파리아는 총을 가지러 2층으로 가려다 루시에게 붙잡히고 말았다. 겨우 손을 뿌리쳤을 때는 놈들도 저 멀리 도망치고 없었다.

"엉터리 신자 놈들! 저놈들한테 시집을 가느니 차라리 죽는 게 낫지! 안 그러니?"

"네, 맞아요, 아버지."

"제퍼슨이 빨리 와야 될 텐데. 저놈들이 또 무슨 일을 벌일지 모르니까 말이다."

이제껏 모르몬교 역사에서 이처럼 대담하게 반항한 예는 없었다. 어떤 작은 위반에도 그렇게 무서운 벌을 내리쳤다면 이같은 배신자에게는 과연 어떤 운명이 닥칠 것인가? 돈도 지위도 다 소용없었다. 파리아보다 더 많은 재산과 지위를 가진 사람이 하루 아침에 사라지고 재산도 교회로 넘어간 적이 여러번 있었던 것이다. 존 파리아도 자신에게 덮친 이 걷잡을 수 없는 공포 아래서 떨지 않을 수 없었다. 정체를 모르는 위험이 서서히 다가오고, 불안감은 갈수록 커져갔다. 그러던 어느 날 아침, 파리아의 예감대로 신호가 나타났다. 눈을 떴는데, 이불에 작은 쪽지 하나가 붙어있는 것이었다.

결단을 내릴 시간으로 29일을 주겠다. 그 후에는……

'그 후에는' 다음에 아무 말이 없는 건 어떠한 협박보다 더 무서웠다. 그런데 모든 문이 닫혀있고 하인들은 전부 별채에서 자는데, 누가 이 방에 들어올 수 있었을까. 파리아는 짐작조차도 할 수 없었다. 그는 종이를 구겨버리고 루시에게 아무 말도 하지 않았지만 속으로는 부들부들 떨고 있었다. 이런 신비한 힘을 지닌 자 앞에서 그 어떤 용기와 무력이 통하겠는가. 왜 상대방은 쪽지만 놓고 가고 그의 심장을 찌르지는 않았을까.

더 놀라운 일은 그 다음날 일어났다. 아침을 먹다가 루시가 깜짝 놀라며 천장을 가리켰다. 거기엔 불로 지져 쓴 것 같은 숫자 28이 박혀 있었다. 예언자가 준 한 달 중 28일이 남았다는 의미인데, 루시는 그걸 눈치 채지 못했다. 그날 밤 파리아는 밤을 세며 지켜보았다. 그러나 아무 소리도 들리지 않고 아무도 오지 않았다. 그런데 아침에 보니 어느새 방문 밖에 27이라고 커다랗게 씌어 있는 것이었다. 그렇게 하루 하루가 지나갔다. 상대방은 반드시 어딘가에 남은 숫자를 적어놓았지만 절대로 모습을 드러내지 않았다.

존 파리아는 불안감에 차츰 메말라 가며, 제퍼슨이 돌아오기만을 손꼽아 기다렸다. 그런데 날짜가 10이 되었는데도 그에게선 아무 소식이 없었다. 말발굽 소리가 들리기만 하면 그는 밖으로 뛰쳐나갔다가 매번 실망하며 들어올 뿐이었다. 급기야 숫자가 3까지 내려가자 존 파리아는 완전히 희망을 잃고 말았다. 탈출을 하려고 해도 주변 지형을 몰라 할 수가 없고, 주요 도로는 모두 철저히 감시되고 있었다. 그런데도 딸을 생각하면 거기서 주저앉을 수가 없었다.

숫자 2를 본 그날 밤, 파리아의 머리 속엔 온갖 무서운 상상만이 가득 들어차 있었다. 자신이 만약 사라진다면 루시는 어떻게 될까. 눈에 보이지 않는 이 그물망을 벗어날 방법은 없는 걸까. 그는 한없는 막막함에 눈물을 참을 수 없었다.

"그런데 이게 뭐지?"

밤의 적막 속에서 뭔가 긁어대는 소리가 들려왔다. 워낙 작은 소리였지만 사방이 조용하다보니 또렷이 들리고 있었다. 현관 쪽에서 나는 것 같아 그는 기다시피 하며 다가갔다. 잠시 끊겼다가 다시 들리는데, 누군가가 문을 두드리는 소리 같았다. 드디어 비밀 재판소의 암살자가 온 것일까. 아니면 마지막 날이라는 경고장을 쓰려고 누가 온 것일까. 존 파리아는 당장 숨이 끊어질 것 같은 고통에 차라리 죽는 게 나을 것 같은 심정마저 들었다. 그래서 문을 확 열어재쳤다.

밖엔 아무도 없었다. 수상한 낌새도 전혀 안 보이고, 맑은 하늘에 별들만 반짝이고 있었다. 그래서 문을 닫으려 하다 문득 아래를 보는데, 바닥에 웬 남자 하나가 납작하게 엎드려 있는 게 아닌가! 파리아는 등골이 서늘해지며 머리털 하나 하나가 전부 곤두서는 것 같았다. 앗! 하고 소리가 나오려는 걸 그는 간신히 눌러 참았다. 그런데 엎드려 있던 남자가 뱀처럼 기어서 조용히 안으로 들어오는 것이었다. 그리고 다 들어와서는 벌떡 일어나 문을 닫았다. 바로 제퍼슨 호프였다.

"아니, 이거! 어떻게 된 건가?"

"먹을 것 좀 주세요. 이틀 동안 물 한 모금 못 마셨어요."

그는 식탁에 달려들더니 남아있는 음식을 허겁지겁 먹어치웠다.

"루시는 잘 지내겠죠?"

정신을 좀 차린 다음 그가 물었다.

"루시한테는 아직 알리지 않았네."

"잘 하셨어요. 지금 사방을 감시하고 있거든요. 전 밖에서부터 기어서 들어왔어요."

존 파리아는 이제야 기운이 나서 제퍼슨의 손을 덥석 잡았다.

"정말 대단해. 이런 위험을 함께 해주다니, 자네 같은 사람도 없을 거야."

"루시 때문입니다. 전 죽을 각오도 하고 있어요."

"근데 어떻게 해야 할까?"

"내일이 마지막 날이잖아요. 그러니까 오늘 밤 안에 실행을 해야죠. 당나귀 한 마리와 말 두 마리를 골짜기에 놔두고 왔는데, 돈 가진 것 좀 있습니까?"

"금화 2천 달러와 현금 5천 달러 있네."

"됐어요. 저는 그보다 더 있으니까요. 일단 산을 넘어서 카슨으로 가야 됩니다. 얼른 루시를 깨우세요."

파리아가 루시를 깨워 준비시키는 동안 제퍼슨은 식량과 물을 꾸리기 시작했다. 루시와 제퍼슨은 재회의 기쁨을 나눌 새도 없었다.

"자, 떠나요. 앞문과 뒷문은 안 되고, 옆 창문으로 나가야 돼요. 길가까지만 나가면 골짜기까지는 2마일밖에 안 되니까, 오늘 밤 안으로 산을 반 정도 넘어갈 수 있을 거에요."

"가다가 붙잡히면 어떻게 하지?"

파리아가 묻자 제퍼슨이 가슴께에서 권총을 내보이며 슬쩍 웃었다. 그들은 곧 모든 불을 끄고 창문으로 가서 조용히 열어두었다. 그러다 짙은 구름이 몰려들 때 한 사람씩 창을 넘어 마당으로 내려섰다. 그러고는 기어서 마당을 벗어나 울타리를 따라 계속 나아갔다. 한데 갑자기 제퍼슨이 두 사람을 잡아채다시피 하며 울타리 아래로 끌어들였다. 어디선가 올빼미 소리 같은 게 들렸기 때문이다. 곧 또다른 올빼미 소리가 대답하는 것처럼 들려왔다. 그리고 울타리 끝쪽에서 불현듯 사람 그림자가 나타나더니 또 다시 어떤 신호 소리가 들렸다. 그것에 맞춰 또 다른 그림자도 모습을 드러냈다.

"내일 밤 자정, 쏙독새가 세 번 울 때."

"알겠습니다. 들레퍼 씨에게 알릴까요?"

"그러게. 그리고 모두에게 알리라고 해. 9에서 7."

"7에서 5."

그들은 무슨 암호 같은 얘기를 나누더니 곧 다른 쪽으로 사라져갔다. 제퍼슨 호프 일행은 발소리가 더 이상 안 들릴 때까지 기다렸다가 잽싸게 뛰어서 밭으로 들어갔다.

"빨리! 빨리 뛰어요!"

그들은 전속력으로 뛰어 밭을 가로지른 다음 길로 접어들었다. 그리고 곧 산길이 이어지는 오솔길로 들어섰다. 머리를 들어 쳐다보자 어둠속에 높은 산봉우리 두 개가 어렴풋이 보였다. 제퍼슨은 말들을 메어놓은 골짜기까지 앞장서 걸어가며 두 사람을 무사히 안내했다. 그리고 거기서 각각 말과 당나귀에 올라탄 다음 험악한 산길을 오르기 시작했다.

그러나 자연은 너무나 거칠고 위험해 말이 제대로 걸을 수조차 없었다. 길이라고 할 수도 없을 만큼 좁은 데다 바위 투성이라 세 사람은 간신히 조심 조심하며 어둠을 뚫고 나아갔다. 아무리 길이 어려워도 무서운 형벌로부터 점점 멀어지고 있다는 생각을 하자 그들의 마음은 힘으로 넘쳐났다.

하지만 한참을 간 것 같은데도 아직 모르몬교의 관할구역을 벗어나지 못했다는 걸 알았다. 바로 옆 큰 바위 위에 보초가 한 명 서있었기 때문이다. 순간, 보초도 일행을 감지하고는 '누구야' 하고 외쳤다.

"네바다로 가는 나그네들입니다."

제퍼슨이 총을 만지며 침착하게 대답했다. 하지만 보초는 총을 겨누고 내려다보았다.

"누구의 허가를 얻은 거죠?"

"장로회 허가를 받았어요."

파리아가 대답했다. 장로회라고 하는 게 가장 신뢰를 받기 때문이었다.

"9에서 7"

보초가 말했다. 그래서 제퍼슨이 얼른 대답했다.

"7에서 5"

그러자 보초의 목소리가 힘차게 울렸다.

"가도 좋습니다. 조심해서 가세요."

거기서부터 길이 훤히 트여있어 세 사람은 말을 재촉해 달리기 시작했다. 그리고 그곳이 모르몬교의 마지막 초소였다는 것을 깨달았다. 그들은 비로소 자유의 땅으로 들어선 것이다.

복수의 천사단

도중에 길을 헤매기도 하며 세 사람은 밤새 말을 몰았다. 다행히 제퍼슨이 산길에 익숙해 매번 헤쳐나갈 수 있었다. 더 불안했던 건 머리 위에서 나무나 바위들이 무너져 떨어지는 것이었다. 실제로 그런 풍경들이 곳곳에 많았다. 어느덧 해가 서서히 떠오르며 모든 산들이 붉게 물들어갔다. 그 아름다운 광경을 보며 탈출자들은 새로운 기운이 솟아났다. 개울가에서 잠깐 허기를 달래자마자 제퍼슨이 말했다.

"지금 우리를 추적하고 있을 거에요. 빨리 도망가는 것만이 최상책입니다. 카슨까지만 가면 되니까 자, 빨리 서두르세요."

또 하루 종일을 달려 그들은 저녁때 바위틈에서 잠시 눈을 붙인 후 계속 나아갔다. 따라오는 추적자는 없는 것 같았다. 30마일 이상 달려왔기 때문에 제퍼슨은 조금 마음이 놓였다. 이쯤 되면 모르몬교도들의 손도 미치지 못할 것 같았다. 그러나 그건 오산이었다. 그들의 무서운 손아귀가 얼마나 멀리까지, 빨리 뻗칠 수 있는지를 그가 몰랐던 것이다.

벌써 식량이 떨어지기 시작해 제퍼슨은 사냥을 나서기로 했다. 산속이 워낙 추워 모닥불을 피워놓고 두 사람을 기다리게 한 다음 그는 길을 떠났다. 그러나 골짜기마다 헤매며 2, 3시간을 걸었는데도 사냥감이라곤 아무것도 보이지 않았다. 할 수 없이 단념하고 막 돌아서는데, 저쪽 튀어나온 바위 위에서 양 비슷하게 생긴 동물이 커다란 뿔을 자랑하며 서있는 게 보였다. 마침 그 동물은 다른 쪽을 보고 서있었다. 그는 조심스레 엎드려 단번에 총을 쏘았고, 동물은 바위 아래로 굴러 떨어졌다. 그런데 너무 커서 그는 동물의 다리와 옆구리 부분만 베어 둘러메고 길을 돌아섰다.

그런데 날이 벌써 어둑해지고 있었다. 그는 초조한 마음으로 달리기 시작했다. 하지만 곧 어이없는 일이 벌어져 있는 걸 깨달았다. 정신없이 사냥감을 찾아 헤매는 동안 그는 엉뚱한 골짜기에 들어와 있었던 것이다. 왔던 길을 찾는다는 건 거의 불가능해 보였다. 골짜기엔 워낙 샛길이 많은 데다 전부 비슷해 분간할 수가 없었기 때문이다. 그는 짐작 가는 곳으로 들어가 1마일 정도를 걷다가 되돌아와 다른 골짜기로 들어가 계속 걸어갔지만 매번 전혀 알 수 없는 곳에 이르곤 했다.

완전히 캄캄해졌을 무렵에야 그는 간신히 왔던 골짜기를 찾을 수 있었다. 그런데 달빛도 없고 양쪽은 높은 바위로 가로막혀 정확한 길이 어딘지는 잘 보이지 않았다. 제퍼슨은 지쳐가고 있었다. 그러나 루시가 기다리고 있고 식량도 마련됐으니, 카슨까지만 무사히 도착하면 된다는 그 희망 하나가 그의 발걸음을 옮기게 했다. 이제 두 사람이 기다리고 있는 골짜기도 저만치에 어스름히 보였다. 그가 떠난 지 5시간, 두 사람은 애타게 기다리고 있을 터였다. 그는 너무 기뻐 야호! 하고 신호를 보냈다. 그런데 아무런 대답도 돌아오지 않았다. 또 한 번 소리를 질러보았지만 역시 마찬가지였다. 그는 순간 불안한 생각이 엄습해 그 귀중한 식량도 팽개치고 미친듯 달리기 시작했다.

모닥불 피운 자리엔 불씨만 겨우 남아있고 두 사람은 온데간데 없었다. 말들도 사라지고 사방은 괴괴할 정도로 조용했다. 불안감은 현실을 확인하는 충격으로 바뀌었다. 그동안 끔찍한 사건이 일어난 게 분명했다. 제퍼슨은 온몸이 부들부들 떨리며 그 자리에서 쓰러져버릴 것 같았다. 그러나 그는 정신을 차리고 나뭇가지에 불을 붙여 주위를 둘러보았다. 아닌게 아니라 땅바닥에 말발굽 자국이 많이 나있었다. 기마대가 와서 두 사람을 잡아간 게 틀림없었다. 방향은 솔트레이크 쪽이었다. 그런데 언뜻 이상한 게 보였다. 제퍼슨의 가슴은 다시 철렁 내려앉았다. 한쪽에 볼록하게 쌓아올려진 붉은 흙더미가 있었던 것이다. 막 만들어진 무덤 같았다. 흙더미 위에 나뭇가지가 하나 꽂혀있어 다가가 보았더니 그 끝에 작은 종이가 매달려 있었다.

솔트레이크 사람
    존 파리아의 무덤
    1860년 8월 4일 죽음.

제퍼슨 호프는 주저앉을 것 같은 무력감에 자신도 파리아처럼 이곳에 영원히 묻혀버리고 싶은 심정마저 들었다. 그러나 루시가 무서운 인간들의 손아귀에 들어간 이상 그는 남은 일생을 복수하는 데 바쳐야 한다는 생각이 들었다. 그는 다행히 꿋꿋한 인내심과 의지력 그리고 인디언들에게서 배운 집요한 복수심을 갖고 있었다. 그는 넋을 잃게 하는 슬픔을 이겨내려면 그 유일한 방법은 복수하는 길밖에 없다는 것을 다시 한 번 다짐했다.

슬프도록 창백한 얼굴로 그는 팽개쳤던 식량을 다시 주위와 불에다 구웠다. 2, 3일 먹을 만큼 양이 준비되자 그는 지친 몸을 쉬지도 않고 다시 솔트레이크 방향으로 걸어가기 시작했다. 말을 타고 왔을 때는 2일이 걸렸지만 쇠약해진 몸과 부르튼 발로 걷다보니 꼬박 5일이 걸렸다. 그리고 6일째 되는 날, 그는 처음 출발했던 독수리 골짜기에 도착했다. 저 아래로 솔트레이크 시가지가 보였다. 기진맥진한 상태지만 그의 눈에 언뜻 보이는 것은 무슨 깃발들과 축제가 있는듯 부산한 움직임이었다. 무슨 일일까 하고 그가 궁금해하고 있는데 문득 말발굽 소리가 나더니 한 남자가 다가왔다. 그가 가끔 일을 도와주곤 했던 쿠퍼라는 모르몬교도였다.

"나는 제퍼슨 호프인데, 기억나시죠?"

쿠퍼는 깜짝 놀라며 제퍼슨을 위아래로 훑어보았다. 지저분한 차림새에 말라빠진 얼굴의 제퍼슨은 거의 알아보기 힘들 정도였다. 그러다 그 사람이라는 걸 깨닫고는 황급히 말했다.

"아니, 여기를 오다니, 미쳤어? 당신과 얘기하는 걸 누가 보면 나도 위험해요. 파리아와 딸을 탈주시켰다는 죄목으로 지금 체포 명령이 내려져 있는데, 몰라요?"

"난 그런 거 하나도 무섭지 않아요. 루시가 어떻게 됐는지 그것만 좀 얘기해주세요."

"어제 들레퍼 씨의 아들과 결혼했어요. 아니, 얼굴이 왜 그래요? 다 죽어가는 사람 같네요."

"내 일은 걱정 마세요."

제퍼슨은 맥없는 목소리로 대답하며 하얗게 질린 채 바위 옆에 주저앉았다.

"결혼을 했다고?"

"어제 했어요. 들레퍼 씨와 스탠거슨 씨 모두 파리아 씨와 그 딸을

98

뒤쫓았는데, 스탠거슨 씨가 파리아 씨를 사살했죠. 그래서 그 사람과 결혼하는 줄 알았는데, 평의회에서 들레퍼 씨에게 더 표를 던졌기 때문에 그쪽으로 결정이 난 모양입니다. 그런데 어느 쪽과 하든 그 딸은 오래 못갈 거에요. 얼굴에 이미 죽음의 그림자가 어려 있더군요. 마치 괴물 같았지요."

돌처럼 굳어있는 제퍼슨의 얼굴엔 두 눈만이 처절하게 빛나고 있었다. 그는 일어나 시가지 쪽으로 걸어갔다. 마음속에 무서운 칼을 갈면서.

쿠퍼의 말은 그대로 맞아떨어졌다. 루시는 시름시름 앓더니 한 달도 채 못돼 생을 끝마치고 말았다. 술주정뱅이인 들레퍼는 존 파리아의 유산을 탐냈기 때문에 아내의 죽음따윈 관심도 없었다. 오히려 그의 여러 부인들이 모르몬교의 관행에 따라 그녀의 빈소에서 밤을 새웠다. 바로 그날 밤이었다. 허름한 옷을 입은 결연한 표정의 한 남자가 갑자기 빈소의 문을 확 열고 들어섰다. 남자는 여자들을 쳐다보지도 않고 곧바로 루시의 관으로 다가가 그녀의 싸늘한 이마에 입을 맞추고는 손가락에서 반지를 빼냈다.

"이걸 끼고 매장하게 놔둘 수는 없지!"

그는 독한 목소리로 외치며 재빨리 빠져나가 사라져버렸다. 너무나 순간적으로 일어난 일이라 쳐다보고 있던 여자들도 자기 눈을 의심했을 정도였다.

제퍼슨은 그길로 산으로 들어가 몇 달 동안 복수의 칼날만 갈고 있었다. 시가지에서는 이상한 소문이 떠돌며, 스탠거슨의 집에 총알이

날아들기도 하고, 바위가 굴어떨어져 들레퍼가 죽을 뻔한 일도 발생했다. 두 사람 측에서는 자신들을 죽이려는 자가 있다는 걸 깨닫고는 산지를 뒤졌지만 매번 실패로 끝나고 말았다. 그들은 점차 외출을 조심하고 집에도 보초를 세우기 시작했다. 그렇게 몇 년이 지나면서 위협이 잠잠해지자 그들은 마침내 세월과 함께 원한의 감정도 끝난 것이라고 믿게 되었다.

그러나 제퍼슨의 뜨거운 복수심은 그동안 단 하루도 식은 적이 없었다. 그는 다른 것을 생각할 여유도 없이 오로지 그 생각에 골몰해 비가 오나 눈이 오나 몸을 혹사시켰다. 그러다 보니 몸이 너무 쇠약해져 오래 버티기 힘들겠다는 생각이 들었다. 이대로 산속에서 죽는다면 복수의 계획은 물거품이 되는 것이다. 그리고 목적을 실행하려면 자금도 있어야 했다. 그는 구체적인 행동에 돌입하기 위해 일단 네바다 광산으로 가서 자금을 마련해보기로 했다.

처음엔 1년만 있으려고 했는데, 사정이 여의치 않아 그는 광산에서 무려 5년이나 있게 되었다. 그의 한결같은 의지는 처음 존 파리아의 무덤을 발견했을 때와 조금도 달라지지 않고 늘 똑같이 불타오르고 있었다. 정의를 실천할 수만 있다면 목숨이 두렵지는 않았다. 그는 마침내 외모와 이름을 바꾸고 솔트레이크로 돌아갔다.

그런데 그동안 모르몬교도들 사이에 분열이 일어나 젊은 신도들 상당수가 유타를 떠나 이교도가 되어 있었다. 거기엔 들레퍼와 스탠거슨도 포함돼 있었다. 그러나 그들이 어디에 있는지는 아무도 모른다고 했다. 다만 들리는 소문에 의하면, 들레퍼는 재산을 많이 팔아

치워 현금을 확보했지만 스탠거슨은 그렇지 못했다는 것이었다. 제퍼슨은 그들을 찾기 위해 닥치는 대로 일을 하며 전 미국을 돌기로 결심했다.

수년이 지나도록 그의 방랑생활은 계속되었다. 그러던 어느 날, 클리블랜드에서 그의 노력이 보상을 받게 되었다. 지나가다 한 창문을 통해 들레퍼의 얼굴을 본 것이다. 제퍼슨은 일단 숙소로 돌아가 구체적인 계획을 짜기 시작했다. 그러나 행운은 거기까지였다. 들레퍼도 자기를 처다보던 제퍼슨의 얼굴을 알아보고는 곧바로 경찰에 신고를 했던 것이다. 들레퍼는 비서로 데리고 있는 스탠거슨과 함께 경찰에 가서, 옛날에 연적이었던 자가 죽이려고 위협한다는 말을 했고, 그 길로 제퍼슨은 유치장에 갇히는 신세가 되고 말았다. 몇 주일 뒤 풀려나 들레퍼의 집으로 가봤지만 그들은 이미 떠나고 없었다. 그러나 그들이 유럽으로 갔다는 것을 알아냈다.

제퍼슨은 한동안 좌절감에 사로잡혔다. 그러나 그 좌절감으로 인해 복수심은 더욱 더 깊어지고 용기도 솟아올라 그는 또다시 끝도 안보이는 추적의 길을 떠났다. 우선 러시아의 상트페테르부르크에 도착했는데, 놈들은 파리로 떠나고 없었다. 코펜하겐으로 가자 거기서는 또 놈들이 런던으로 갔다고 했다. 제퍼슨도 따라 런던으로 갔다. 그리고 거기서 놈들의 뒤를 밟을 수 있었다. 그 후 런던에서 일어난 일에 대해서는 제퍼슨 본인의 고백을 적어놓은 왓슨 박사의 일기를 참조하기로 한다.

왓슨 박사의 회상록 속편

제퍼슨 호프는 처음엔 완강히 저항했지만 이내 포기하고는 홈스를 보며 말했다.

"다치신 건 아니죠? 근데 저를 경찰에 넘길 겁니까? 그러면 제 발을 풀어주면 마차가 밖에 있으니까 그냥 걸어 내려가죠. 이젠 힘도 없네요."

글렉슨과 레스트레이드는 고개를 갸우뚱하며 불안한 표정이었지만 홈스는 그의 말을 믿고 발목의 수건을 풀어주었다. 제퍼슨은 확인이라도 하듯 다리를 벌리며 움직여 보았다. 그는 드물게 보는 튼튼한 체격에 다부진 의지와 결단력이 있는 남자로 보였다.

"선생님은 경찰서장 자리가 비어 있다면 그 자리에 꼭 어울리는 분입니다. 나를 추적하신 걸 보니 솜씨가 대단하더군요."

홈스에게 그는 감탄어린 말도 했다.

"두 분도 같이 가시죠."

홈스가 두 경찰에게 말하며 내게도 같이 가자고 권했다. 우리는 모두 마차로 몰려갔고, 제퍼슨은 당당하게 손님 좌석에 앉았다. 그리고 레스트레이드가 마차를 몰아 우리 일행은 곧 경찰서에 도착했다. 경감 하나가 제퍼슨에게 다가와 이름을 받아 적으며 말했다.

"이번 주 안으로 판사의 취조가 있는데, 지금 하고 싶은 말 있나요? 당신이 하는 말은 다 기록되기 때문에 나중에 불리할 수도 있으니까 조심하는 게 좋을 거예요."

"하고 싶은 말은 많죠. 지금 이분들한테 전부 얘기하고 싶은데요."

"공판까지는 말하지 않는 게 좋을 텐데요."

"난 공판까지 안 갈 것 같네요. 근데 왜 그리 놀라십니까? 자살하겠다는 소리 아니에요. 선생님 혹시 의사세요?"

제퍼슨이 나를 보며 물었다.

"네, 맞아요."

"그럼 여기 손 한 번 대보세요."

그는 손에 수갑을 찬 채 자기 가슴을 가리켰다. 그의 심장은 심하게 요동치며 두근거리고 있었다. 주위가 조용해서 거의 들릴 정도였다.

"음, 대동맥류 같은데요!"

"맞습니다. 지난주에 병원에 갔는데, 의사가 곧 파열할 거라고 하더군요. 산속에서 너무 고생하고 잘 못 먹어서 오랫동안 도진 병입니다. 이제는 다 끝났으니까 언제 죽어도 상관 없어요. 하지만 단순한 살인자로 남고 싶지는 않아요."

형사들은 그에 대해 급히 의논을 했다.

"왓슨 씨, 그의 건강 문제가 심각한 건가요?"

경감이 내게 물었다.

"그렇습니다."

"그럼 제퍼슨 씨, 말씀을 하시죠. 다 기록되니까 알아서 하세요."

제퍼슨은 의자에 앉았다.

"엄청 피로를 느끼고 있답니다. 이젠 죽음에 한 발을 딛고 있는 거나 마찬가지니까 거짓말 할 일은 없어요. 내 얘기를 듣고 어떻게 하시든 그건 선생님들 일이니까 알아서 하세요."

제퍼슨은 차분하게 얘기를 시작했다.

"내가 왜 두 사람에게 복수를 했는지, 선생님들에게는 그리 중요한 얘기가 아닙니다만, 그들은 아버지와 딸을 죽인 살인자들입니다. 그래서 그 대가로 그들도 죽은 것이죠. 사건의 본말은 이렇게 간단한 것이었습니다. 세월이 너무 많이 흘러 법정에 고소를 해도 그들을 처벌할 수가 없었죠. 그래서 내가 법이 되어 사형 집행까지 하게된 것입니다. 나는 그 진실을 다 알고 있었으니까요.

살해된 그 딸은 20년 전에 나와 결혼하기로 한 사람이었어요. 그런데 들레퍼와 강제 결혼을 하고 나서 그만 상심에 빠져 죽음에까지 이르게 되었죠. 난 그때 그녀의 손에서 반지를 빼내 가지고 있었어요. 들레퍼가 죽을 때 그걸 보여주면서 그의 죄가 얼마 만큼이고 내가 왜 보복을 했는지 알게 해주려는 목적이었죠. 나는 그들을 쫓아 미국과 유럽 끝까지라도 갈 생각이었어요. 이제 난 내일 죽을지도 모르지만 내가 할 일을 끝냈으니까 죽어도 여한이 없습니다. 그것도 내가 직접 죽였으니까요. 나는 이제 아무것도 바라는 게 없어요.

놈들은 돈이라도 있었지만 난 돈이 없어서 추적하는 것도 정말 어려웠지요. 런던에 왔을 때는 돈도 다 떨어져서 당장 밥먹이를 해야했어요. 그래서 마부 자리를 얻었던 겁니다. 그냥 밥 먹을 정도밖엔 못 벌었지만 그보다 더 어려운 건 길이 너무 복잡해 그걸 익히는 거였죠. 차츰 호텔과 정류장 위치를 알고 나니까 좀 낫더군요. 놈들을 찾기까지는 오래 걸렸어요. 수없이 묻고 다니던 끝에 캠버웰의 한 하숙집에 있다는 걸 알아냈죠. 이번엔 절대 놓칠 수 없었어요. 놈들을 계속 뒤쫓으면서 적당한 때가 오기를 기다린 겁니다. 온 런던을 돌아다녔을 거에요. 놈들도 치밀하더군요. 꼭 둘이서 외출을 하고, 밤에는 아예 나오지 않았어요. 2주일 동안 보니까, 들레퍼는 항상 술에 취해있고, 스탠거슨은 빈틈없이 정확해 좀처럼 기회가 없었어요. 그래도 별로 조급한 생각은 안 들었는데, 오히려 건강 때문에 일을 해내지 못할까봐 그게 걱정되더라고요.

그런데 어느날 밤, 하숙집 앞을 지키고 있는데, 마차 한 대가 오더니 놈들이 꽤 많은 짐을 싣고는 어디론가 가는 거였어요. 나는 얼른 마차로 그들을 뒤쫓아갔죠. 먼 데로 이사를 가려는가 싶어 난 정신이 번쩍 들더군요. 그들이 유스턴 역에서 내리자 나도 따라 내려 플랫폼까지 뒤따라 갔어요. 놈들은 창구로 가더니 리버풀 행 기차를 묻더군요. 두 세 시간 후에 있다는 대답이 들렸어요. 그러자 스탠거슨은 짜증난 기색이었고, 들레퍼는 오히려 좋아하는 것 같더라고요. 다행히 사람들이 많아서 가까이까지 갔더니 그들이 말하는 게 다 들리더군요. 들레퍼가 볼 일이 하나 있다면서 갔다 오겠다고 하자 스탠거슨이 말리면서 절대 안 된다는 거였어요. 들레퍼는 꼭 가야 된다고 우겼는데, 혼자 가야할 일이기 때문이라나요. 스탠거슨이 뭐라고 했는지는 못 들었는데, 들레퍼가 막 화를 내면서 욕을 하더군요. 그러자 스탠거슨도 더는 뭐라고 못하고 아무튼 헐리데이 호텔에서 만나자고 그러더라고요. 들레퍼는 11시까지는 돌아오겠다고 하면서 그곳을 떠났죠.

난 그 기회를 잡아야겠다고 생각했어요. 둘이 같이 있으면 힘들지만 한 놈씩이면 해치울 수 있을 것 같았죠. 그렇다고 내가 즉흥적인 행동을 한 건 아니었어요. 다 계획이 짜여 있었죠. 말하자면, 무슨 이유로, 누구의 손에 죽는지를 놈이 모르게 한다면 그건 복수하는 의미가 없는 거죠. 마침 그 며칠 전, 어떤 손님이 브릭스턴 가의 빈집을 보러 갔다가 내 마차에다 열쇠를 두고 내린 적이 있었어요. 그 손님이 나중에 찾으러 와서 주긴 했지만 그동안 난 열쇠를 복사해 두었죠. 그래서 이제 아무도 모를 장소가 하나 생겼던 거예요. 문제는 어떻게 들레퍼를 그곳으로 유인하느냐는 거였죠. 들레퍼를 미행했는데, 서너 번 술집으로 들어가더군요. 마지막엔 완전히 취해서 나왔고요. 그러더니 길에 서있는 마차를 타더라고요. 나도 마차로 계속 따라갔죠. 그는 한참을 가더니 원래 있었던 하숙집 근처로 가서 내렸어요. 왜 다시 갔는지는 모르겠지만, 아무튼 내려서 주위를 살피더군요. 그러더니 하숙집으로 들어가는 거였어요. 난 밖에서 기다리고 있었는데, 15분쯤 지났을까, 갑자기 무슨 싸움소리가 들리더니 현관문이 확 열리면서 남자 둘이 나오더군요. 하나는 들레퍼고 다른 하나는 모르는 사람이었어요. 그 남자가 들레퍼를 때리고 발로 차고 하다가 길바닥으로 내동댕이 치더군요. 그러고선 몽둥이를 들고 다가가 욕을 해댔어요. '이 새끼, 한 번만 더 순진한 여자 건드리면 죽을 줄 알아!' 하고 말이죠. 들레퍼 놈은 정신없이 달아나더군요. 안 그랬으면 그 몽둥이에 맞아 죽었을 거예요.

그는 뛰어오다 내 마차를 보더니 허겁지겁 올라탔어요. 그리고는 헐리데이 호텔로 가자고 하더군요. 아, 난 얼마나 기뻤는지 몰라요. 가슴이 쿵쾅쿵쾅 뛰는데, 금방 심장이 터질 것 같더라고요. 그래서 나는 마차를 서서히 몰면서 어떻게 하는 게 좋을지 속으로 생각했죠. 어디 한적한 곳으로 끌고 가서, 거기서 마지막 이별을 해버릴까, 그런 방법을 생각하고 있는데, 마침 놈이 먼저 해결책을 주더군요. 또 술이 먹고 싶다면서 술집 앞에 세워달라는 거였어요. 나더러 기다리라고 하면서요. 결국 놈은 술집이 문을 닫을 때 나왔어요. 완전히 곤드레가 되어서 제 정신이 아닌 채로 말이죠. 나는 뭐 잔인한 방법으로 죽일 생각은 없었어요. 물론 그렇게 죽여야 일이 공평하게 되는 것이지만 말이죠.

언젠가 한 번은 요크 대학 연구실에서 청소부 일을 한 적이 있었는데, 교수 한 분이 그런 말을 하더군요. 남미의 원주민들이 쓰는 독화살에서 채취한 걸로 알칼로이드라는 독극물을 만들었는데, 극히 소량으로도 살인을 할 수 있다는 거였어요. 그때 나는 아무도 없는 틈을 타서 그 알칼로이드를 조금 챙겨놓았죠. 그리고 그걸로 알약을 만들고, 알칼로이드가 들어가지 않은 걸로 또 하나를 만들어 늘 가지고 다녔어요.

마침내 때가 온 겁니다. 자정이 넘어 1시쯤 됐는데, 비가 너무 많이 와서 옷은 완전히 젖어버렸지만 기분만은 더할 수 없이 좋았어요. 정말 환호를 지르고 춤이라도 추고 싶은 마음이었죠. 20년 동안 꿈에서도 잊지 못하던 일을 이루게 되는, 그런 벅찬 순간을 경험해보신 분 혹시 여기 계십니까? 만일 계시다면 그때 내 심정을 이해하실 수 있을 것입니다. 나는 마음을 진정시키기 위해 우선 담배를 한 대 피워 물었는데, 그래도 손은 부들부들 떨리더군요. 나는 존 파리아와 루시의 미소를 떠올리며 무사히 브릭스턴 가의 그 빈 집에 도착했어요. 주위엔 아무도 없고 조용했죠. 들레퍼는 잠에 곯아 떨어져 있고요. 내가 흔들어 깨우자 그는 겨우 일어나 내리더군요. 호텔에 도착한 줄 알았겠죠. 나는 그를 부축해 집안으로 들어갔어요. 존 파리아와 루시가 나를 인도해주는 것 같았어요. 정말입니다.

그런데 갑자기 들레퍼가 왜 이리 어둡냐면서 쿵쿵거렸어요. 그래서 나는 촛불을 켰죠. 그리고 내 얼굴에 비추면서 그를 똑바로 쳐다보았어요. ‘내가 누군지 알겠나?’ 그렇게 묻자 그는 잠시 몽롱한 눈으로 나를 쳐다보더니 어느 순간 공포감에 휩싸이며 얼굴이 떨리고 굳어버리더군요. 그러고는 허옇게 되면서 초죽음이 되었죠. 나는 큰소리로 실컷 웃어주었어요. 복수가 정말 이렇게 달콤한 줄은 꿈에도 생각지 못했거든요. 놈은 미친듯이 도망을 가려고 하더군요. 그때 난 코피가 터지지 않았으면 아마 죽었을지도 몰라요. 나는 안에서 문을 걸어 잠그고는 놈에게 말했어요. ‘일찍이 천벌을 받았어야 할 네놈이 이제야 붙잡혔구나.’ 그러자 놈은 살려 달라고 애걸복걸 하지도 않고 잠자코 있더군요. 아무 소용이 없다는 것을 알았겠죠. 그러고는 자기를 죽일 거냐고 묻더라고요. 루시의 아버지를 죽인 건 자기가 아니라면서요. 그래서 내가 소리 쳤죠. ‘루시의 가슴을 찢어 놓은 건 바로 네놈이지!’ 그러면서 그 독약 상자를 내밀었어요. ‘자, 하나님의 심판을 받자. 하나를 골라 먹어라! 하나는 죽음이고 하나는 삶이다. 네가 고르고 남는 건 내가 먹겠다. 세상에 정의가 있는지, 아니면 우연에 지배되어 사는 것인지 이걸로 한 번 알아보자.' 그러자 놈은 소리를 지르면서 막 기도를 하고 난리더라고요. 나는 칼을 꺼내 놈의 목에다 들이대면서 결국 먹게 했어요. 그리고 나도 먹었죠. 우리는 1분 동안 아무 말도 하지 않고 기다렸어요. 누가 죽고 누가 살게 될지 초긴장의 순간이었으니까요. 결국 들레퍼가 심한 통증을 느끼기 시작하면서 자신이 독약을 먹었다는 걸 알게 됐죠. 그 순간 놈의 얼굴을 나는 죽어도 잊지 못할 거에요. 나는 루시의 반지를 꺼내 그놈에게 보여주었어요. 하지만 놈은 벌써 고통으로 일그러지며 털썩 쓰러지고 말았죠. 그대로 죽더군요. 나는 코피가 계속 나왔어요.

그런 순간 왜 그런 생각이 들었는지 모르겠는데, 코피로 벽에다 글을 쓰고 싶었어요. 그때 내 기분이 아주 좋았기 때문에 그냥 장난 같은 생각이 떠올랐던 것 같아요. 뉴욕에서 한 번은 독일인이 살해된 사건이 있었는데, 시체 머리 위에 RACHE라는 글씨가 씌어 있었다고 하더군요. 비밀 결사대 짓이라고 그때 보도가 됐던 게 문득 생각나서 나도 내 코피로 아무 데나 그렇게 써봤던 거죠.

그리고 집을 나와 마차를 타고 얼만큼 가다가 주머니에 손을 넣어 봤는데 반지가 없어진 거에요. 여기저기 다 찾아봐도 없더라고요. 루시에 대한 하나밖에 없는 증거품이라 무슨 일이 있어도 찾아야 했어요. 위험 같은 건 생각할 수도 없었죠. 나는 마차에서 내려 그냥 걸어갔어요. 문앞까지 갔는데, 아니, 갑자기 안에서 순경이 나오는 거에요. 순간 나는 완전히 취한 것처럼 꾸몄죠. 정말 아찔했어요.

　자, 들레퍼에 대한 얘기는 다 했고, 이제 스탠거슨에게 복수할 차례가 남았죠. 그가 헐리데이 호텔에 있다는 것은 알고 있었기 때문에 그 근처에서 기다리고 있었어요. 그런데 하루종일 나오지를 않더군요. 들레퍼가 안 오니까 아마 이상한 생각이 들어서 그랬는지도 모르죠. 그놈은 신중한 데가 있어서 아주 빈틈이 없더라고요. 나는 그놈 방의 창문을 알아냈어요. 그리고 다음 날 새벽에 호텔 뒷골목에 있던 사다리를 가져다 놓고 그놈 방으로 올라갔죠. 놈이 자고 있기에 깨워서 '네가 한 죗값을 받을 때가 왔다'고 말해주었어요. 그리고 들레퍼가 어떻게 죽었는지를 얘기해준 다음, 똑같이 알약을 꺼내 선택하라고 했어요. 한데 놈이 별안간 나를 덮치려고 달려들더라고요. 그래서 순간적으로 놈의 심장을 찌르게 됐던 거죠. 이게 다입니다. 더할 얘기도 없네요. 너무 피곤하기도 하고요. 미국으로 돌아갈 여비 때문에 계속 이렇게 마부 일을 하고 있는데, 아까 정류장에서 어떤 아이가 나를 찾는 바람에 여기로 왔다가 그만 이분한테 걸려든 거죠. 아직 젊으신 것 같은데 정말 대단하십니다. 나를 살인자라고 하실지 모르지만 나도 선생님들처럼 정의를 실현하기 위해 사는 사람입니다."

　제퍼슨 호프의 설명은 그렇게 끝났다. 모두 그의 말을 숨죽이고 들으며 감동한듯 했다. 한동안 아무도 입을 열지 않고, 레스트레이드가 연필로 속기하는 소리만 듣고 있었다. 마침내 홈스가 먼저 말을 꺼냈다.

"그런데 이해가 안 되는 게 하나 있는데, 광고 보고 반지를 찾으러 온 사람은 누구였죠?"

제퍼슨은 장난스런 눈짓을 해보였다.

"사실 그 광고를 보고는 한참동안 망설였어요. 함정일지도 모르니까요. 그래서 친구한테 부탁을 했죠."

"잘 했네요."

홈스가 감탄하듯 말했다.

"그래도 법 절차는 밟아야겠죠. 목요일에 판사 신문이 있으니까 그때 여러분 모두 좀 출두를 해주세요. 그때까지는 제가 이 용의자를 보호하고 있겠습니다."

경감은 곧 간수들을 불러 제퍼슨 호프를 데려가게 했다. 그리고 나와 홈스는 하숙집으로 돌아왔다.

결말

목요일이 되자 법정에서 출두하라는 소환이 왔다. 그러나 우리는 증언을 하러 갈 필요가 없었다. 제퍼슨 호프는 체포된 다음 날 아침에 결국 동맥류 파열로 숨을 거뒀기 때문이다. 그는 마음이 편안했는지 미소를 띤 채 싸늘하게 누워있었다.

"글렉슨과 레스트레이드는 호프가 죽어서 김샜을 거야. 잘난 체 좀 하려고 했는데 그만 기회가 없어졌으니 말이야."

그 다음 날 밤에 홈스가 그렇게 말했다.

"그 두 사람이 범인을 잡은 것도 아닌데 뭘?"

내 말에 홈스는 짜증을 냈다.

"요즘 세상은 말이야, 무엇을 했느냐가 중요한 게 아니라, 그냥 무엇을 했다고 믿게 만들면 다 되는 세상 아닌가?"

그러더니 잠시 말을 끊었다가 다시 시작했다.

"이번 사건만큼 대단한 건 없었던 것 같아. 나같으면 다른 건 다 관두고라도 이 사건을 맡았을 거야. 아무튼 이 사건은 단순하긴 하지만 배울 점이 많았어."

"이게 단순하다고?"

내가 놀라자 그는 미소를 지었다.

"그럼, 단순했지. 왜냐면 나는 아주 평범한 추리를 했고 아무한테도 도움을 안 받으면서 사흘만에 범인을 잡았으니까 말이야."

"그건 그랬어."

"내가 언젠가 말했지만, 이상한 점이 있으면 그건 사건의 중요한 단서가 되기 쉽지 절대로 그냥 볼 게 아니라니까. 이런 사건을 풀 때 중요한 점은, 과거로 거슬러 올라가서 풀 수 있겠느냐 하는 점이야. 방법은 별로 어렵지 않아. 그런데 그렇게 하려는 사람이 거의 없지. 종합적으로 사고를 할 수 있는 사람이 50명이라면 분석적으로 추리를 할 수 있는 사람은 하나 정도밖에 안 되거든."

"무슨 말인지 잘 이해가 안 되는데."

"그렇겠지. 예를 들어, 어떤 사건을 얘기할 때 순서대로 얘기하면 대부분 그 결말을 쉽게 이해할 수 있지. 그런데 반대로, 어떤 한 가지 결과를 놓고 그게 어떤 순서를 거쳐 나왔는지 알아맞춰 보라고 하면 아는 사람이 거의 없어. 이게 바로 분석적 추리지."

"아하, 알겠구먼."

"이 사건이 바로 그런 경우였네. 자 들어보게. 내가 어떻게 추리를 했냐 하면, 나는 백지 상태로 아무것도 모른 채 그 빈집으로 갔다네. 길에서부터 조사를 시작했지. 마차 바퀴 자국이 선명하게 남아있더군. 그래서 간밤에 마차가 왔다는 것을 알았네. 근데 마차의 바퀴 간격이 좁은 것이더라고. 그건 자가용 마차가 아니라 합승마차라는 소리지. 그리고 나서 마당으로 들어갔는데, 마침 땅이 점토질이라 발자국이 잘 남아 있더라고. 그냥 보면 모르지만 나같은 전문가 눈에는 그 발자국들의 행동이 보이거든. 탐정학에서 이 발자국 연구만큼 중요하면서도 소홀히 여겨지는 건 아마 없을 거야. 나는 발자국에 대해 평소 관찰을 많이 했기 때문에 그 수많은 발자국 중에서도 맨 먼저 걸어간 두 남자의 발자국을 찾아냈지. 한 남자는 키가 크고, 다른 남자는 좋은 구두를 신고 있었어. 그리고 집안에 들어가서도 확인해보니까 그게 맞더라고. 좋은 구두를 신은 남자가 쓰러져 있었던 것이지. 그러니까 그게 살인이라면 범인은 키 큰 남자 쪽이었어. 죽은 남자가 험악한 표정을 짓고 있었던 건, 자신이 죽을 거라는 걸 알았다는 의미야. 심장마비라든지 자연사의 경우엔 절대로 공포스런 표정을 짓지 않거든. 그리고 시체 입에서 시큼한 냄새가 나는 걸 보니까 독살 당했다는 생각이 들더군. 얼굴이 증오와 공포심으로 일그러져 있는 것만 봐도 그렇게 단정지을 수 있었지.

그런데 살해 동기가 무엇인지, 그걸 알아내야 하는 문제가 남아있었어. 돈과 금품이 그대로 있는 걸 보니까 강도는 아니었어. 그럼 정치적 보복일까, 아니면 치정관계? 풀기가 힘들었던 건 바로 그 문제였지. 그런데 나는 처음부터 치정 문제라는 생각이 들더라고. 왜냐하면 정치적 목적의 암살이라면 재빨리 해치우고 도망을 가는데, 이 살인자는 서두른 기색도 없이 침착하게 했기 때문이지. 오랫동안 방에 머무르면서 여기저기 서성거렸다는 게 발자국으로 다 나타나 있었거든. 게다가 벽에 써있는 글자를 보고 더 그런 확신이 들었어. 그건 틀림없이 속임수로 보였으니까. 가뜩이나 여자 반지까지 발견되지 않았나? 결론은 거기서 난 거지. 나는 방을 조사해본 뒤, 범인이 키가 크고, 토리치노포리 담배를 피우며, 손톱이 길다는 것을 알아냈네. 바닥에 핏자국은 있는데 싸운 흔적이 없는 걸로 봐서 범인의 코피가 아닌가 생각을 했는데, 피가 떨어져 있는 곳을 자세히 보니까 역시나 범인의 발자국과 같은 방향으로 나있더라고.

나는 그 집을 나온 다음 클리블랜드 경찰에 전보를 쳐서 들레퍼의 결혼 사항을 알려달라고 했지. 답장이 금방 왔는데, 제퍼슨 호프라는 남자한테 위협을 받고 있다고 보호요청을 한 적이 있었다는 점과, 그 호프라는 남자가 지금 유럽에 있을 거라는 내용이었어. 자, 이쯤 되면 수수께끼는 풀린 거나 마찬가지 아니겠나? 이제 남은 일은 범인을 체포하는 것 뿐이었지. 나는 처음부터 들레퍼와 함께 그 집에 들어간 남자가 바로 그 마차를 몰고 간 사람이라고 생각했어. 왜냐하면 길거리에 마차 바퀴 자국과 말발굽 자국이 어지럽게 널려 있었는데, 그건 다시 말해 주인이 없이 말만 이리저리 움직였다는 얘기거든. 그렇다면 마부는 어디에 있었을까. 그 집안에 들어가 있었겠지. 안 그런가? 런던에서 누군가를 미행하려면 마부 일을 하는 것만큼 좋은 것도 없을 거야. 난 이런 생각을 계속 하면서 아무래도 제퍼슨 호프가 런던에서 마부 일을 할 것 같은 확신이 들더라고. 그리고 이름을 바꾸지도 않았을 것 같았어. 아는 사람도 없는 외국에 와서 굳이 이름을 바꿀 이유가 없었을 테니까. 그래서 나는 부랑자 애들을 시켜 합승마차 조합을 뒷조사 했지. 아닌게 아니라 제퍼슨 호프가 있더라고. 그 다음은 자네도 봤다시피 그렇게 전개된 것이었네. 어떤가? 내 추리가 논리적으로 빈틈없이 맞아 떨어지지 않았나?"

"놀랍구먼! 자넨 대단한 공적을 세웠어. 이건 꼭 발표해야겠네. 자네가 안 하면 나라도 대신 하겠네."

"뭐, 하고 싶으면 하게나. 참, 이거 읽어 보게."

홈스는 내게 신문 한 장을 내밀었다.

〈에코〉지인데, 이미 그 사건에 대한 기사가 실려 있었다.

들레퍼 씨와 스탠거슨 씨의 살해 용의자로 지목됐던 제퍼슨 호프가 갑자기 사망하는 바람에 대중의 선풍적인 관심을 불러일으켰던 이 사건은 흥미를 잃게 되었다. 따라서 사건의 진실은 영원히 묻히게 되었는데, 믿을만한 소식통에 의하면 이 사건은 모르몬교와 연애에 관련된 원한 때문에 일어난 것이라고 한다. 피해자 두 사람은 전 모르몬교도였으며, 용의자 제퍼슨 호프도 솔트레이크 출신이다.

결론적으로 이 사건은 우리 경찰의 우수성을 확실하게 입증한 것이 되었으며, 외국인들 사이의 문제는 영국 영토 안으로 끌고 들어오지 말고 그들 나라 안에서 해결하는 것이 현명하다는 것을 보여준 결과가 될 것이다.

이번 사건의 용의자가 신속하게 체포될 수 있었던 것은 전적으로 글렉슨 형사와 레스트레이드 형사 두 사람의 공적 덕분이다. 용의자는 셜록 홈스 씨 집에서 체포되었다고 하는데, 홈스 씨는 아마추어 탐정으로 활동하고 있다고 한다. 그는 두 명형사의 지도를 받아 앞으로 능력있는 탐정이 될 것으로 보인다. 두 형사에게는 곧 표창장을 주기로 결정됐다고 한다.

"내가 말하지 않았나? 우리가 하는 범죄 연구는 결국 그들한테 표창장을 받게 해주는 것밖엔 안 된다고 말이야."

홈스가 웃으며 자조 섞인 말을 했다.

"상관 없어. 내가 다 기록해 놓았으니까, 이걸로 세상에 알리지 뭐. 자네는 그동안 자부심을 누리고 있게."

네 사람의 서명

추리의 과학

셜록 홈스는 벽난로 위 선반에서 병 하나를 집어들고 작은 가죽
주머니에서 주사기를 꺼내들었다. 그러고는 왼쪽 소맷부리를 걷어
올린 다음 주사 바늘 자국이 수없이 나있는 팔과 손목 부위를 한동안
쳐다보더니 또 다시 그 부위에 주사기를 찔러넣고 만족한 듯 긴 한숨
을 내쉬었다. 그런 다음 홈스는 긴 소파에 몸을 파묻다시피 하고 누
웠다. 지난 몇 달 동안 나는 그가 하루에 세 번이나 이렇게 하는 걸
지켜보았다. 아무 말도 하지는 않았지만 난 솔직히 짜증이 나고, 그
에게 충고하지 못하고 있는 내 자신에게 화가 치밀었다. 그래서 언
젠가는 그에게 말해야겠다고 마음 먹고 있었다. 하지만 홈스는 냉정
하고도 남을 우습게 보는 듯한 태도가 있어서, 남의 충고 같은 건 결
코 용납하지 않을 사람으로 느껴졌다. 그에게는 특유의 카리스마와

거만함 그리고 놀라운 재능들이 있어서 때로는 반박을 하려다가도 나도 모르게 주춤하게 되곤 했다.

그런데 하루는 내가 식사 때 와인을 마셨는데, 술기가 조금 있어서 그랬는지는 모르지만 극단적으로 침착한 그의 약물 행위에 나는 결국 폭발을 하고 말았다.

"그래, 오늘은 뭘 할 건가? 모르핀인가, 코카인인가?"

그는 책을 읽고 있다가 게슴츠레한 눈으로 나를 쳐다보았다.

"코카인 7퍼센트 액이야. 자네도 해보고 싶나?"

"천만에! 아프가니스탄에서 돌아온 후 아직 제대로 회복이 안 됐어. 무리한 스트레스를 줄 필요는 없지."

내가 일고의 가치도 없다는 듯 잘라 말하자 그는 빙그레 웃었다.

"아무래도 몸에 안 좋긴 해. 하지만 정신적으로 자극을 주고 가볍게 해주는 그 환상적인 효과에 비하면 몸에 좀 나쁜 건 아무것도 아니지."

내가 다시 정색을 하고 말했다.

"자, 생각해봐! 그냥 그 정도라면 별 문제도 아니지. 뇌가 자극을 받아 일시적으로 기분은 좋아지겠지만, 하지만 자꾸 그런 무리한 자극을 주게 되면 결국은 기능 항진이 일어나 점점 쇠약해지는 거라고. 그렇게 되면 그 다음엔 우울증이 오거든. 그거 알고 있나? 백번 생각해봐도 그건 절대 권장할 일이 아니야. 왜 자네는 그렇게 일시적인 쾌락을 즐기면서 그 좋은 재능을 망치려고 하지? 이건 그냥 친구로서 하는 충고가 아니라, 의사로서 자네 스스로 건강에 책임을 지라고 하는 소리야."

홈스는 별로 기분 나빠 보이지 않았다. 그는 두 손 끝을 붙이고는 오히려 진지하게 듣고 있었다.

"나는 정신적으로 침체상태가 되는 걸 무척 싫어한다네. 하지만 생각할 거리가 생기면, 그러니까 무슨 복잡한 암호문이라든지 분석 문제 같은 게 생기면 난 금방 내 의도대로 거기에 몰입할 수 있어. 그럴 때는 인공적인 자극이 필요 없지. 어쨌든 나는 다람쥐 쳇바퀴 돌 듯 지루한 일상은 못 견뎌. 뭔가 자극 받는 걸 좋아하기 때문에 이런 별난 직업을 선택한 거지. 아니 택한 게 아니라 창조했지. 왜냐하면 나처럼 이렇게 일하는 사람은 이 세상에 나 혼자뿐이니까."

"자네가 유일한 사설 탐정이라고?"

"그렇지. 유일한 시설 자문 탐정이지. 특히 탐정 문제에 있어서는 내가 마지막 해결사이자 상고재판소 아니겠나. 글렉슨과 레스트레이드, 아셀니 존스 같은 사람들도 매번 해결을 못하고 나를 찾아오거든. 나만한 전문가가 없으니까 말이야. 그렇다고 해서 내가 명성을 바래서 하는 건 아니야. 신문에 내 이름이 나지도 않아. 그냥 타고난 내 재능을 발휘할 수 있는 일 그 자체, 그걸 찾아낸 기쁨이 나한테는 보상이지. 지난 번 제퍼슨 호프 사건 때, 내가 일하는 걸 자네도 봤다시피 말이야."

"아! 알지. 그렇게 감동을 받은 일도 없었을 거야. 그래서 내가 '주홍색 연구'라는 제목을 붙여서 책을 쓰지 않았나?"

하지만 홈스는 우울한 표정으로 고개를 저었다.

"나도 조금 읽어봤는데, 솔직히 말해 별로 잘 표현된 것 같지는 않더군. 사실 탐정수사는 과학적으로 엄격하게 해야 하거든. 그래서 냉정하고 인정에 흔들리지 않는 태도로 파헤쳐야 하지. 그런데 자네는 그걸 마치 무슨 낭만적인 얘기인 것처럼, 유클리드의 5정리에다 사랑 이야기를 섞어놓은 것처럼 써놓았더라고."

"사실 그 사건엔 로맨스도 있었잖은가? 내가 거짓을 쓴 건 아니지."

나도 항변을 했다.

"사실이라도 좀 잘라내는 게 좋지. 적어도 사실을 다룰 때에는 전체적으로 균형있게 처리해야 한다고. 그 사건에서 눈여겨 볼만한 건, 결과를 놓고 원인으로 거슬러 올라가면서 추리하는 방법을 내가 어떻게 이용했나 하는 대목뿐이야."

그를 기쁘게 하기 위해 열심히 썼는데 그가 그런 식으로 말을 하자 나는 짜증이 났다. 어쩌면 그의 비판은, 책 전반에 걸쳐 자신에 대한 얘기가 너무 적었다는 불만이었는지도 모른다. 언제나 자부심으로 꽉 차있는 그의 태도가 더 울화통이 치밀게 했다. 몇 년 동안 함께 살면서 나는 이 친구에게서 조용하면서도 차분하고 현명한 자세를 봐왔지만 그 뒤에는 어느 정도 허영심이 도사리고 있다는 것도 여러 차례 느낀 적이 있었다. 하지만 나는 아무런 대꾸도 하지 않고 다리 상처를 치료하며 앉아있었다. 아프가니스탄에서 입은 총상으로 걷는 데는 문제가 없지만 날씨가 안 좋으면 통증이 아주 심했기 때문이다.

홈스가 파이프를 피워 물며 계속 말을 했다.

"요즘은 대륙에서도 내 얘기를 하는 모양이야. 지난 주에는 프랑수와 르 빌라르 라는 사람한테서 부탁을 하나 받았어. 프랑스 경찰계에서 좀 이름 있는 사람이지. 켈트인답게 날카로운 직감은 있는데, 광범위하고 정확한 지식이 부족한 것 같아. 유언장에 관한 사건인데, 몇 가지 점이 눈길을 끌더라고. 그래서 비슷한 사건 두 가지, 그러니까 1857년 리가 사건과 1871년 세인트루이스 사건을 참조해 보라고 했더니 적절한 해답을 찾았다고 편지가 왔네."

그러면서 홈스는 구겨진 편지를 내게 내밀었다. 거기엔 '눈부신' '거장의 솜씨' '대단한 재능' 같은 단어가 열거돼있었는데, 그 프랑스인이 홈스를 얼마나 대단하게 칭송하는지 한눈에 알 수 있는 대목이었다.

"학생이 스승에게 올리는 편지 같네."

내 말에 홈스가 시큰둥하니 대답했다.

"그래, 내가 자문해준 걸 가지고 너무 높이 평가한 거야. 그 사람도 재주는 많더라고. 탐정이 꼭 지녀야 할 세 가지 재능 가운데 두 가지는 갖고 있으니까. 관찰력과 추리력 말이야. 그런데 지식은 좀 부족해. 그는 요즘 내 형편없는 글을 프랑스 어로 번역하고 있다는군."

"뭐? 자네가 글을 썼다고?"

"모르고 있었나? 별 건 아니지만 논문을 몇 편 썼거든. 전문적인 문제에 관한 것들인데, 일테면 '담배를 식별하는 방법' 같은 것들이지. 형사재판에서는 항상 담뱃재를 유심히 관찰한다거나 또 그게 중요한 단서를 제공할 때가 많이 있어서 말이야. 만약 살인범이 인도

산 랑카 여송연을 피운다는 게 확인되면 수사 범위가 당연히 좁혀질 수 있지. 전문적인 훈련이 쌓이게 되면 토리치노포리 담배의 검은색 재와 버즈아이 담배의 하얀색 재를 양배추와 감자의 차이처럼 구별할 수가 있거든."

"하여튼 자네는 사소한 것들에 대해 뛰어난 관찰력이 있다니까."

내 말에 그가 계속 설명을 이어갔다.

"사소한 것들이 중요하다는 걸 잘 알고 있거든. 또 한 논문은 발자국의 탐색에 관해 쓴 것인데, 발자국을 보존하기 위해서 석고를 바르는 방법에 대한 것이고, 또 다른 논문은 직업이 손의 모양에 끼치는 영향에 대해 쓴 거라네. 예를 들어, 기와장이라든지 선원, 코르크 자르는 사람, 식자공, 방직공 등의 손 모양을 석판에다 그려 표시했지. 과학적으로 일하는 탐정에게는 아주 유익한 자료가 될 수 있어. 특히 신원 불명의 사체나 범죄자의 전과를 알고 싶을 때 말이야. 그런데 내가 너무 재미없는 얘기만 하고 있는 건 아닌가?"

"천만에. 아주 재미있게 듣고 있네. 자네가 그걸 실제로 써먹는 걸 봤기 때문에 더 흥미있게 들리는군. 그런데 관찰과 추리는 비슷한 거 아닌가?"

홈스는 소파에 몸을 깊숙이 파묻으며 푸른빛이 나는 담배 연기를 소용돌이 모양처럼 뿜어냈다.

"아니, 그렇지 않아. 예를 들어, 자네가 아침에 빅모어 가에 있는 우체국에 갔다고 하면 그건 관찰이고, 거기서 전보를 하나 치고 왔다면 그건 추리라고 할 수 있지."

"와우! 두 가지 다 맞혔는데, 근데 어떻게 그걸 알았지? 아침에 갑자기 생각나서 갔다왔거든. 그리고 아직 아무한테도 말 안 했는데."

내가 놀라며 말하자 그가 설명을 했다.

"간단히 알 수 있지. 너무 간단해서 사실 설명이 필요 없을 정도야. 하지만 관찰과 추리의 분명한 차이를 아는 데는 도움이 될 거야. 내가 관찰한 바에 의하면, 자네 구두에 붉은색 흙이 묻어 있는데, 지금 빅모어 가 우체국 건너편에서 바닥 공사를 하고 있거든. 그래서 거기가 흙바닥인데, 우체국에 가려면 그 길을 지나지 않고는 어렵게 돼있지. 그렇게 유난히 붉은 색 흙은 이 근처에서 거기밖에 없어. 자, 여기까지가 관찰이고, 이제 추리로 넘어가보겠네."

"그래, 전보에 대해서는 어떻게 그런 추리가 나왔나?"

"아까 오전 내내 자네하고 여기 앉아있을 때 자네가 편지 쓰는 걸 못 봤거든. 그리고 자네 책상 서랍이 열려있었는데, 거기에 우표와 엽서들이 들어있더라고. 그럼, 자네가 우체국에 간 건 다른 이유가 아니라 전보를 치러 간 것이지. 이렇게 필요 없는 요인들을 잘라내고 보면 핵심이 드러나는 거라네."

"정말 그러네. 근데 이건 아주 단순한 경우니까 자네가 맞출 수 있었겠지. 다른 예를 가지고 테스트해보면 안 될까?"

"안 될 것도 없지. 오히려 코카인을 안 해도 되니까 더 좋지 뭐. 어떤 예인지 말해보게. 머리를 짜내봐야지."

홈스는 흔쾌히 받아들였다.

"언젠가 한 번 자네가 이런 말을 했지. 사람들이 일상에서 사용하는 물건들을 보면 그 사람의 개성을 알 수 있다고. 어쩔 수 없이 나타나니까 말이야. 이 회중시계 좀 봐. 누가 나한테 준 건데, 원래 그 주인의 성격과 습관을 알 수 있겠나?"

이건 분명 어려운 문제일 거라는 생각을 하며 나는 그를 떠보았다. 평소에 잘난 체 하는 그의 태도도 이 기회에 꺾어보고 싶었다. 홈스는 시계의 무게를 가늠해보고 글자판도 자세히 들여다본 다음 뒤뚜껑을 열더니 돋보기를 대고 그 안을 찬찬히 살펴보았다. 그러더니 뚜껑을 닫고는 맥없는 표정으로 나한테 돌려주었다. 나는 속으로 은근히 웃음이 나왔다.

"얼마 전에 분해를 해서 깨끗이 닦은 거라 아무것도 알 수가 없구먼. 단서 될 만한 게 거의 없어."

그가 자신 없는 어투로 말했다.

"맞아. 나한테 주기 전에 닦았다고 하더라고."

나는 그가 알아맞출 수 없으니까 둘러대는 식으로 말하는 게 솔직히 못마땅했다. 그러면 청소하지 않았다면 뭔가를 알아낼 수 있었단 말인가. 속으로 그런 의심이 들었다. 그때 홈스가 다시 말을 했다.

"별로 큰 효과는 없었지만 그래도 헛수고는 아니었어. 만약 틀리면 말해주게. 이 시계는 원래 자네 형이 가지고 있던 건데, 형도 아버지한테서 물려받은 것이지."

그의 눈빛은 몽상에 잠긴듯 천장을 바라보고 있었다.

"뒷면에 HW라고 써있으니까 그렇겠지."

"그래. W는 자네의 성이지. 제작된 건 50년쯤 됐고, 이니셜도 오

래 전에 새긴 거야. 장남한테는 대개 귀금속 종류를 물려주고, 이름
도 아버지와 같은 이름을 지어주는 경우가 많지. 자네 아버지가 오
래 전에 돌아가셨다고 했으니까 이 시계는 틀림없이 장남이 가지고
있었을 거야."

"거기까지는 맞았어. 다른 것 더 알아낸 거 있나?"

내가 물었다.

"자네 형은 아주 허술하게 살았던 사람이야. 환경도 좋고 잘 살 수
있는 기회도 많았는데 다 놓쳐버렸지. 그래도 가끔은 좀 풀릴 때도
있었는데, 그만 말년에는 술을 못 끊어가지고 돌아가셨군. 내가 알
아낸 건 이 정도네."

나는 깜짝 놀라 일어나서는 아픈 다리를 끌며 방안에서 왔다갔다
했다.

"좀 기분이 안 좋군. 자네가 그런 짓을 할 거라고는 전혀 생각지 못
했거든. 내 형의 불행한 삶에 대해 그렇게 뒷조사를 했다니. 그래 놓
고는 마치 기발하게 추리해낸 것처럼 말하고 있어. 이 오래된 시계
를 가지고 그 정도 말을 누가 못하겠나? 자넨 너무 지나친 수법을 써
서 속이고 있는 것 같네."

그러자 홈스가 차분한 어투로 말을 꺼냈다.

"잠깐, 내 말 좀 들어보게. 내가 미처 생각지 못했던 게 있는데, 난
그걸 추상적인 방법으로 접근했기 때문에 자네가 그렇게 심하게 기
분 나빠 할 줄은 몰랐지. 그리고 그 시계를 봤을 때 자네한테 형이 있
는 줄도 나는 몰랐거든."

"그게 사실이라면 정말 대단하구먼. 어떻게 그리 좔좔 알아맞출 수 있는 거지? 처음부터 끝까지 말이야."

"그냥 운이 좋았던 거지. 가능성이 보이는 것을 말했던 것뿐인데, 다 맞을 거라고는 생각지 못했지."

"그냥 되는 대로 추측한 게 아니었다고?"

"그건 절대 아니지. 나는 멋대로 추측하고 그러지는 않아. 그건 아주 나쁜 습관이야. 논리적으로 할 수 있는 능력을 좀먹는 거라고. 내 논리의 내용을 쭉 따라가지 못했기 때문에 자네가 이해하지 못했던 거지. 그리고 아주 사소한 것들이 포괄적인 추리의 단초가 될 수 있는데 자네가 그걸 못봤던 거야. 일테면, 자네 형이 허술하게 살았던 사람이라고, 내가 그렇게 말을 시작했지? 왜 그런 말이 나왔냐 하면, 시계를 잘 들여다보게. 온통 여기저기 긁힌 자국 투성이잖아. 그건 바로 주머니에다 열쇠니 뭐니 다른 거친 물건들을 한꺼번에 넣고 다녔다는 증거지. 그 비싼 50기니짜리 시계를 그렇게 함부로 다루는 사람이라면 분명 허술하기 짝이 없는 사람이지 뭔가? 그 정도 추리는, 그러니까 아무것도 아니네. 또 그런 비싼 물건을 아버지한테서 물려받았다면 그런 사람은 한 마디로 복있는 사람이라고 할 수 있지 않겠어? 그 정도는 뭐 대단한 추리라고 할 수가 없지."

나는 고개를 끄덕이는 수밖에 없었다.

"영국 전당포에서는 흔히 시계 뒤뚜껑 안쪽에다 수령 번호를 가는 핀으로 써두곤 한다네. 그게 표를 달아두는 것보다 훨씬 더 확실하기 때문이지. 돋보기로 들여다보니까 번호가 무려 네 개나 써있더라고. 이 사실은, 첫째, 형이 돈이 없을 때가 자주 있었다는 걸 나타내고 있고, 둘째, 물건을 되찾아갔다는 건 가끔 형편이 좋을 때도 있었다는 거지. 그리고 마지막으로, 태엽 감는 구멍 쪽을 보면 온통 부딪친 자국이 나있는데, 그건 태엽 감는 열쇠 때문이야. 술 마시고 떨리는 손으로 태엽을 감았기 때문에 그런 것이거든. 술꾼들의 시계는 보통 다 그래. 어떻게 생각하나?"

"햇빛처럼 환하네. 내가 오해해서 미안하군. 자네 실력을 믿었어야 했는데. 참 요즘은 무슨 일을 맡고 있나?"

"아무것도 안 해. 그래서 이 코카인 주사를 맞고 있는 거야. 난 머리를 안 쓰면 못살거든. 이 일 말고 다른 어떤 일을 내가 인생의 목적으로 삼을 수 있겠나? 창가에 서서 밖을 좀 내다보게나. 세상이 얼마나 황량하고 시시한지 말이야. 안개는 매일 뿌옇게 끼어서 거무죽죽하지, 정말 음산하고 메말라 보이지 않나? 어떻게 생각하나? 재능만 있으면 뭐해? 그걸 써먹을 수 있는 무대가 있어야지. 범죄가 평범하니까 삶도 평범한 거야. 세상이 평범한 능력만 원하고 있잖아."

내가 말하려고 막 입을 여는데 하숙집 주인이 문을 노크하며 명함을 하나 가지고 들어왔다.

"젊은 부인이 찾아오셨네요."

그녀가 홈스에게 말하며 명함을 내밀었다.

"메리 모스턴? 모르는 사람인데, 들어오라고 해주세요."

그는 주인 아주머니에게 말하며 내게는 그냥 앉아 있으라고 했다.

사건의 진술

모스탠 양은 언뜻 보아 침착한 태도로 들어왔다. 키가 작고 날씬하며 금발 머리에, 옷차림도 반듯하고 장갑을 끼고 있었다. 그러나 전체적으로 수수하고 장식품을 안 한 것으로 보아 그리 넉넉한 형편은 아닌 것 같았다. 옷은 회색빛 계통의 평범한 모직으로 돼있고, 모자도 아주 수수한데 한쪽에 흰색 작은 깃털 하나가 꽂혀 있어 그나마 조금 돋보이는 감이 있었다. 얼굴은 그리 미인도 아니고 피부도 보통인데, 호감스러운 인상에 파란 눈을 하고 있어 우아하고 예민해보였다. 나는 여러 나라들을 돌아다녀봤지만 이렇게 섬세한 성격이 그대로 드러나있는 얼굴은 본 적이 없었다. 그녀는 의자에 앉으며 입술과 손을 떨고 있었다. 뭔가 심한 걱정에 시달리고 있는 것 같았다. 그러면서 말문을 열었다.

"선생님이 세실 폴레스터 씨의 일을 해결하셨던 게 생각나서 이렇게 찾아왔습니다. 그 부인께서 선생님 덕분에 집안 일이 해결됐다면서 굉장히 실력있는 분이라며 탄복하시더군요."

"세실 폴레스터 부인이요? 그냥 조금 도와드린 것밖엔 없는데요. 아주 간단한 사건이었죠, 아마?"

기억을 더듬으며 홈스가 말했다.

"그런데 제가 말씀드릴 일은 간단한 게 전혀 아닙니다. 저는 지금 어떻게 설명할 수 없는 아주 이상한 상황에 처해 있어요."

홈스는 여인의 말에 눈빛을 빛내며 손을 맞대고 비볐다. 그의 독수리 같은 날카로운 얼굴이 갑자기 긴장하며, 의자에서 등을 떼고 몸을 앞으로 내밀었다. 그러면서 사무적으로 말했다.

"네, 말씀하시죠."

나는 자리를 피해주는 게 나을 것 같아 일어서며 말했다.

"실례하겠습니다."

그런데 젊은 부인이 뜻밖에도 나를 보며 말했다.

"함께 들어주시면 더 좋겠는데요."

그래서 나는 다시 자리에 앉았다.

"간단히 말씀드리겠습니다. 제가 어릴 때 아버지가 인도에서 장교로 복무하시면서 저를 영국으로 보냈습니다. 어머니는 이미 그 전에 돌아가셨고요. 그런데 영국에 친척이 없어서 아버지는 저를 에든버러의 한 기숙학교에 넣으셨어요. 거기서 열일곱 살까지 있었죠. 그리고 1878년에 아버지가 1년 휴가를 얻어서 영국으로 오셨습니다. 런던에서 저한테 전보를 보내셨더라고요. '무사히 도착. 랭검 호텔에 있으니 곧 만나자.' 하고요. 아버지의 정이 느껴졌었죠. 그래서 호텔로 찾아갔는데, 아버지가 전날 밤에 외출하신 후로 아직 안 돌아오셨다는 거에요. 거기서 하루 내내 기다렸는데도 아무 소식이 없더라고요. 밤이 되니까 호텔 지배인이 경찰에 신고하는 게 좋겠다고 해서 신고를 하고, 다음 날엔 모든 신문에 광고를 냈죠. 그런데도 연락이 없었어요. 지금까지 전혀 아무런 소식이 없습니다. 희망에 차서 영국으로 오셨을 텐데……."

그녀는 입을 가리며 흐느꼈다.

"날짜가?"

홈스는 노트를 펼치며 물었다.

"그날이 1878년 12월 3일이었어요. 10년 정도 지났죠."

"아버지의 물건은?"

"호텔에 있었어요. 단서가 될만한 건 아무것도 없더라고요. 옷과 책 몇 권, 그리고 앤다만 섬에서 가져온 진귀한 물건들이 좀 있었죠. 아버지가 그곳 교도소에서 근무하신 적이 있거든요."

"런던에 친구들이 있었나요?"

"제가 알기론 한 분이 계셨어요. 같은 군인이셨던 숄트 소령이라는 분이죠. 그 얼마 전에 퇴역해서 아퍼 노드에 살고 계셨는데, 제가 그때 물어보니까 그분은 아버지가 런던에 오신 것도 모르고 계시더라고요."

"이상하군요."

홈스가 고개를 갸우뚱하며 말했다.

"더 이상한 이야기는, 약 6년 전에 일어난 일인데, 정확히 말해 1882년 5월 4일이었죠. 〈타임스〉 지에 메리 모스탠 양의 주소를 찾는다는 광고가 난 거에요. 그런데 광고 낸 사람의 이름과 연락처가 없더라고요. 그때 저는 세실 폴레스터 부인 댁에 가정교사로 들어가 살고 있었거든요. 그래서 그 댁 주소로 저도 광고를 냈죠. 그랬더니 바로 그날 저한테 소포가 하나 왔는데, 크고 무척 아름다운 진주가 들어있는 거에요. 아무 설명도 없이 말이죠. 그리고 그 다음 해부터 계속 같은 날, 그 비슷한 진주를 하나씩 보내오고 있어요. 설명은 전허 없이요. 그래서 그 진주를 감정 받아 봤더니 값이 무척 나가는 거라고 하더군요. 가져왔는데, 한 번 보시겠어요?"

그녀가 상자를 열자 이제껏 한 번도 본 적이 없는 아름다운 진주 여섯 개가 들어있었다.

"참 재밌는 얘기군요. 다른 일은 또 뭐가 있었죠?"

"네, 바로 오늘 또 다른 일이 있었어요. 그래서 이렇게 왔죠. 아침에 이 편지를 받았는데, 자 읽어보세요."

홈스는 편지 봉투부터 살펴보았다.

"소인은 런던 남서쪽 우체국이네요. 7월 7일이라, 음! 남자의 엄지손가락 지문이 남아있군요. 아마도 배달부의 지문이겠죠. 편지지가 고급스럽고 한 묶음에 6펜스짜리 봉투를 썼네요. 주소는 안 씌어 있고요. '오늘 밤 7시 루이섬 극장 밖 왼쪽 끝에서 세 번째 기둥으로 오세요. 의심스러우면 친구 두 명을 데리고 오시기 바랍니다. 당신이 당하고 있는 부당한 고통에 대해 보상을 받도록 도와드리겠습니다. 경찰과 함께 오면 안 됩니다. 그러면 모든 게 허사가 됩니다. 미지의 친구로부터.' 정말 재미있는 미스테리군요. 어떻게 하실 겁니까, 모스탠 양?"

"바로 그걸 여쭤보려고 왔어요."

"그럼, 함께 가시죠. 참! 왓슨 자네도 같이 가게나. 아주 잘 됐구먼. 친구 두 명을 데리고 와도 좋다고 했으니까. 이 친구랑은 전에도 함께 일한 적이 있거든요."

"같이 가주시겠어요?"

그녀는 간절히 부탁하는 표정으로 나를 보며 물었다.

"제가 도움이 된다면야 영광이죠."

내가 강조하듯 말했다.

"두 분 다 참 친절하세요. 제가 좁은 환경에서 살다 보니까 의지할 만한 친구가 없거든요. 그럼, 6시에 여기로 오면 될까요?"

그녀는 환하게 웃으며 말했다.

"네, 늦지 않게 오세요. 그런데 한 가지만 더 물어보겠습니다. 이 편지의 필적이 진주를 보낸 소포의 필적과 같은가요?"

"그것도 여기 가져왔어요."

그녀는 종이 여섯 장을 꺼내 보여주었다.

"아주 꼼꼼한 의뢰인이시네요. 직감도 강하시고요."

홈스는 종이를 책상에 펼쳐놓고는 예리한 눈빛으로 살펴보았다.

"편지 빼고 나머지는 필적을 꾸몄네요. 하지만 다 같은 필적이에요. 보세요. e를 그리스어 식으로 쓰고, 마지막 s를 휘어지게 쓴 게 다 같죠. 근거 없는 희망을 드릴 생각은 없지만, 자 보세요, 이 필적이 아버지의 필적과 혹시 비슷한 건 아닙니까?"

"아니, 전혀요."

"그렇게 대답하실 줄 알았습니다. 그럼, 6시까지 오십시오. 이 종이는 여기 두고 가시죠. 다시 좀 확인해보겠습니다."

"그럼, 이따가 뵙겠습니다."

그녀는 밝은 표정으로 말하며 방을 나갔다.

나는 창가로 가서 그녀가 길을 건너 사람들 속에 묻힐 때까지 계속 바라보았다.

"참 매력있는 여자군!"

내가 돌아서며 말하자 홈스는 파이프에 다시 불을 붙이며 소파에 몸을 파묻었다.

"그랬나? 난 생각을 못했네."

"자네는 가끔 기계처럼 삭막한 데가 있단 말이야."

내가 소리를 치는데도 그는 가만히 미소만 짓고 있더니 말을 꺼냈다.

"상대방의 어떤 특성에 휘말려서 판단을 잘못 하는 일이 생기면 안 되지. 의뢰인도 어디까지나 문제 속의 하나의 요소일 뿐이야. 감정에 약해지는 건 냉정하고 명백하게 추리하는 데 있어서 피해야 할 적이거든. 내가 알고 있는 여성 중에서 가장 매력적인 여성은 보험금을 노리다 세 명을 독살해서 교수형을 받았고, 내가 가장 싫어했던 남자는 런던의 빈민들에게 25만 파운드 이상을 기부한 자선가였다네."

"하지만 이 부인은……."

"나한테는 예외가 없어. 예외는 규칙을 깨니까. 자네 혹시 필적으로 성격을 알아맞춰 본 적 있나? 이 필적 어떻게 보이나?"

"쉽게 잘 씌어 있네. 일을 많이 한 사람이고, 인격도 이만 하면 좋을 것 같은데."

내 대답에 홈스는 고개를 저었다.

"여기 길게 쓴 글자를 봐. 짧은 글자랑 선이 비슷하지. d는 a로 보이고, c는 e같기도 하지 않아? 반듯한 사람이라면 글자도 제대로 쓰지. 긴 글자는 길게 말이야. 그런데 이 남자의 k는 어딘지 불안해보이고, 또 대문자들은 거만해보이거든. 자, 내가 나갈 일이 좀 있네. 자네는 이 책을 보고 있게. 세상에서 가장 놀랄만한 책 가운데 하나니까. 윈우드 리드의 〈인류의 고난〉이라는 책이야. 한 시간 내로 돌아오겠네."

나는 창가에 앉아 책을 펼쳤지만 생각은 자꾸만 전혀 딴 데로 흘러가고 있었다. 다름 아닌 좀 전의 방문자, 메리 모스탠을 떠올리고 있었던 것이다. 그녀의 미소와 은은한 목소리, 그리고 그녀의 인생을 어둡게 뒤덮고 있는 알 수 없는 미스테리. 열일곱 살에 아버지가 실종되었다면 지금 그녀 나이는 스물일곱 살이다. 젊음에 성숙함이 더해가는 얼마나 아름다운 나이인가. 그렇게 몽상에 잠겨있는데 불현듯 어떤 위험한 생각이 머리를 스치고 지나갔다. 나는 얼른 최근에 나온 병리학 논문들을 뒤져보았다. 세상에 내가 이런 걸 생각하다니, 말도 안 돼! 다리 부상에다 은행 예금 몇 푼밖에 없는 군의관 출신이! 홈스 말마따나 그녀는 문제 속의 하나의 요소일 뿐이지 않은가. 나의 미래가 불투명하다면 남자답게 똑바로 보고 대처해야지 망상속의 도깨비불에서 희망을 찾으려 해서는 안 되는 것 아닌가.

해결책을 찾아서

홈스는 5시 반에 돌아왔는데, 기분이 좋고 들떠있었다. 그는 늘 이렇게 쾌활한 기분 아니면 아주 우울한 기분, 둘 중의 하나였다.

"이 사건엔 그리 특별한 미스테리가 있는 것 같지는 않아. 총체적으로 보면 해답은 하나뿐이지."

그는 내가 따라준 홍차잔을 집어들며 말했다.

"벌써 해결한 거야?"

"아니, 그렇게까지는 아니지만 어떤 암시가 보여. 자세한 건 이제부터 조사해봐야 되는데, 아무튼 암시하는 바가 분명히 있어. 그 숄트 소령이라는 사람이 1882년 4월 28일에 죽었더라고."

"아, 그래? 근데 홈스, 내가 머리가 나빠서 그런지 모르겠네만 그게 무슨 암시가 된다는 거지?"

"그걸 모른다고? 설마? 자, 들어보게. 모스탠 씨가 런던에서 만날만한 사람은 숄트 소령 뿐이었지. 그런데 숄트 소령은 모스탠 씨가 런던에 온 지도 몰랐다고 했고, 그 4년 뒤에 죽었어. 그가 죽은 지 1주일도 채 안 됐을 때 모스탠 양에게 비싼 선물이 왔고, 그 후 매년 왔다고 했네. 그리고 이번엔 모스탠 양이 부당하게 고통받고 있다는 편지가 날라왔어. 그게 무슨 뜻이겠나? 바로 그 아버지의 실종을 의미하는 게 아니겠어? 그러니까 숄트가 죽은 후부터 선물이 온 걸 보면 숄트의 상속인이 어떤 내막을 알기 때문에 모스탠 양에게 보상을 해주려고 하는 행동으로 보인다는 거야. 그게 아니면 무슨 이유 때문이겠나?"

"그런데 방법이 좀 이상하지 않나? 그리고 6년 동안 아무 말도 없다가 왜 이제 와서 그런 편지를 보내지? 도대체 어떤 보상을 해주겠다는 걸까? 아버지가 아직 살아있을 것 같지는 않고, 그렇다고 그녀가 다른 무슨 부당한 일을 당하고 있는 것도 아니고, 그럼 뭘까?"

홈스가 말했다.

"분명히 복잡하기는 하지. 그래도 오늘 밤이면 모든 것이 풀릴 것 같네. 아, 마차가 왔군. 모스탠 양이 왔겠지. 자, 준비 됐으면 나가세. 시간이 좀 늦은 것 같아."

나는 모자와 무거운 지팡이를 챙겼고, 홈스는 권총을 주머니에 집어넣었다. 어떤 위험이 닥칠지도 모른다는 생각을 한 것 같았다.

모스탠 양은 검정색 옷을 입고 있었는데 표정이 침착하면서도 몹시 창백해 보였다. 뭔지 모를 기묘한 일이 기다리고 있는 상황에서 조금이라도 불안을 느끼지 않을 수는 없었을 것이다. 하지만 그녀는 홈스의 질문에 차분하게 대답했다.

"숄트 소령은 아버지와 가까운 사이였습니다. 아버지는 편지에 항상 그분 얘기를 쓰셨죠. 두 분은 인도 앤다만 섬에서 같이 근무하셨거든요. 그런데 아버지 책상에서 이상한 쪽지가 하나 나와서 혹시 도움이 될까 싶어 가지고 왔어요."

홈스는 쪽지를 받아 조심스럽게 펼치고는 확대경을 대고 들여다보았다.

"인도산 종이네요. 핀으로 나무판자에 붙여놓았던 건데, 도면이군요. 방과 복도, 출구 등을 그린 건물의 평면도인 것 같습니다. 빨강색 잉크로 십자 표시를 그렸고, 여기 희미하게 씌어있는 게 '왼쪽에서 3.37'이라고 돼있네요. 그리고 여기 왼쪽에 십자 표시의 가로

줄 네 개를 연결해놓은 것 같은 그림도 있고요. 그 옆으로 갈겨쓴 글씨가 있군요. '네 사람의 서명 — 조너던 스몰, 마호메트 싱, 압둘라 컨, 도스트 애크벌' 이라고 씌어 있네요. 이게 이 사건과 무슨 관계가 있는지는 솔직히 모르겠는데요. 하지만 중요한 서류란 건 분명해요. 깨끗이 잘 보관된 걸 보면 아마도 지갑 속에다 넣어가지고 다녔던 것 같군요."

"네, 지갑 속에 있었어요."

"그럼, 잘 보관해두십시오. 언젠가 쓸 일이 있을지도 모르니까요. 아무래도 이 사건이 생각보다 훨씬 더 복잡하고 깊이 파들어 가야 할 것 같은 생각이 드는군요. 다시 한 번 고민을 좀 해봐야겠습니다."

그는 마차 좌석에 등을 기대고 어딘가 한 곳을 쳐다보며 생각에 빠져들어갔다. 그동안 모스탠 양과 나는 잠시 후에 일어날 모험에 대해 소곤거리며 얘기를 했다.

9월의 어느 초저녁, 곧 비가 내릴 것처럼 어둑한 하늘에 안개까지 자욱이 끼어 있는 날이었다. 스틀랜드 거리의 가로등이 질척거리는 흙바닥을 희미하게 비추고 있었다. 그리고 가게들에서는 노란 불빛이 흘러나와 그렇지 않아도 무거운 대기를 더 침울하게 보이게 했다. 끝없이 지나가는 사람들을 쳐다보는데 문득 어떤 기분 나쁜 망령이 떠올랐다. 슬픈 얼굴과 기쁜 얼굴, 수척한 얼굴과 쾌활한 얼굴, 모든 사람의 운명처럼 어둠에서 빛 속으로 들어가고, 또 빛에서 어둠 속으로 사라지고 있었다. 나는 외적인 것에 그리 좌우되는 성격은 아니지만 우울한 날씨에다 뭔가 기괴한 일이 있어서인지 솔직히 기분이 좀 울적했다. 모스탠 양도 그렇게 보였다. 하지만 홈스는 외적인 일에 마음이 동요되는 사람이 아니었다. 그는 이따금 수첩에 뭔가를 적고 있었다.

루이섬 극장에 도착하자 양쪽 입구에 이미 많은 사람들이 줄을 서 있었다. 우리가 약속 장소인 세 번째 기둥에 거의 다가가는데, 큰 키에 거무스름한 피부의 한 마부가 말을 걸어왔다.

"모스탠 양이십니까?"

"네, 제가 모스탠입니다. 이분들은 친구고요."

그녀의 대답에 남자가 날카로운 눈길로 우리를 쳐다보았다.

"아가씨, 실례지만 이분들이 경찰이 아니라는 걸 맹세하실 수 있습니까?"

남자가 완고하게 따져 물었다.

"네, 맹세합니다."

남자가 곧바로 휘파람을 휙 불자 한 부랑자가 건너편에 서있는 마차를 끌고 와 문을 열었다. 남자는 우리를 마차에 타게 하고는 자신은 마부 자리로 올라탔다. 그리고 곧 빠른 속도로 달리기 시작했다.

상황은 정말 묘하게 흘러가고 있었다. 정확히 알 수 없는 일로, 어디로 가는지도 모르고 가고 있었으니 말이다. 쉽게 말하면 그냥 장난짓일 수도 있고, 아니면 아주 중요한 일이 일어날 수도 있는, 둘 중하나일 것이다.

모스탠 양은 전혀 당황하는 기색이 아니었다. 그래도 나는 아프가니스탄에서 겪었던 일을 얘기해주며 그녀의 마음을 가라앉혀주려고 했다. 그런데 막상 내가 마음이 가라앉지 않고 정신이 딴 데로 쏠리는 바람에 횡설수설 하고 말았다. 마차가 가는 방향을 처음엔 어느 정도 알고 있었지만 얼마 안 가 곧 어디가 어딘지 분간할 수가 없었다. 안개가 낀 데다 런던 지리에 어둡기 때문이었다. 어쨌든 꽤 먼 데로 가고 있는 것 같았다. 그런데 셜록 홈스는 눈 하나 깜박 하지 않고 앉아서 마차가 지나가는 곳의 이름을 줄줄이 불러대고 있었다.

"로체스터 거리. 여기는 빈센트 광장. 이제 북스홀 다리로 들어가네. 서리 주로 가는 모양이야. 봐, 내 말이 맞잖아. 지금 다리를 건너가고 있지. 강물이 반짝거리네."

잠깐 동안이었지만 템즈 강에 불빛이 비치고 있는 게 보였다. 마차는 재빠르게 다리를 건너 복잡한 거리 속으로 달려 들어갔다. 홈스가 계속 중얼거렸다.

"원즈워스 거리, 플라이올리 거리, 라크홀 골목, 스톡웰 광장, 로버트 거리, 콜드하버 골목, 별로 점잖은 동네로 가는 것 같지는 않은데."

아니나 다를까, 마차가 정말 어딘지 기분 찝찝한 동네로 들어서고 있었다. 칙칙한 벽돌집들이 줄줄이 늘어서있으며, 군데군데 끼어있는 술집에서 어두운 조명이 새나오고 있었다. 좀 더 계속 가자 앞마당이 있는 2층짜리 주택들이 쭉 붙어있고, 또다시 칙칙한 색깔의 벽돌집들이 끝도 없이 늘어서있었다. 도시의 삭막함이 자연 속으로 파고 들어가 마치 괴물을 보는 듯 했다. 마차는 다시 다른 동네로 접어들더니 세 번째 집 앞에서 멈춰 섰다. 주위의 집들은 모두 빈집처럼 보이고, 우리가 멈춰선 집도 부엌 창문에만 희미한 불빛이 있을뿐 전체가 캄캄했다. 문을 두드리자 노란색 터번을 머리에 두른 인도인 하인이 나와 맞이해주었다. 허름한 교외지역 주택에 이런 하인이 있다는 게 전혀 어울리지 않아 보였다.

"주인님이 안에서 기다리고 계십니다."

그의 말이 끝나기도 전에 안쪽에서 크고 날카로운 소리가 들려왔다.

"이리 모셔라. 이리로 오시라고 해."

대머리 남자 이야기

하인이 지저분하고 아무런 장식도 없는 복도로 우리를 데려가더니 오른쪽 방문을 열어주었다. 방안엔 노르스름한 전등이 켜있고, 키 작은 한 남자가 서있었다. 남자는 머리가 거의 다 벗겨진 대머리인데, 둘레에만 붉고 뻣뻣한 머리털이 남아있고 가운데는 반들반들한 민머리가 불룩 솟아있어 마치 나무숲 위의 산꼭대기 같았다. 그는 두 손을 맞대고 비비면서 얼굴을 계속 실룩실룩 움직였다. 게다가 금방 웃고 금방 찌푸리며 도무지 종잡을 수 없는 표정을 짓고 있었다. 남자는 아랫입술이 처져있어 덧니가 누렇게 튀어나온 걸 자꾸만 가리려고 손을 갖다 댔다. 대머리라 그렇지 아주 젊은 것 같았다. 나중에 안 사실이지만 그는 겨우 서른 살이었다.

"어서 오십시오. 이쪽으로 들어오세요. 방이 작은데 제 취향대로 만들다 보니까 이렇게 됐습니다. 런던 남쪽의 사막 같은 동네에서 예술의 오아시스를 꾸몄죠."

안으로 들어간 우리는 모두 놀라 눈을 휘둥그레 떴다. 마치 놋쇠 그릇에 다이아몬드를 박은 형상이랄까. 겉으로 보기에 전혀 보잘 것 없는 이 집에 도무지 어울리지 않는 풍경이 눈 앞에 나타난 것이었다. 화려하고 고급스러운 커튼과 비단으로 덮은 벽, 멋들어진 액자를 끼운 그림들과 동양 화병들, 부드럽고 아름다운 호박색 카페트, 바닥에 깔려있는 커다란 호랑이 가죽, 그리고 비둘기 모양의 은제 조명이 황금 줄에 매달려 방 한가운데에 걸려 있었다. 더구나 방안엔 말로 표현할 수 없는 그윽한 향기가 감돌고 있었다.

"저는 새디어스 숄트라고 합니다. 당신이 모스탠 양이시죠? 그리고 이분들은……?"

"네, 이분은 셜록 홈스 씨고, 이쪽 분은 왓슨 박사십니다."

"아, 의사 선생님이십니까? 혹시 지금 청진기 가지고 계십니까? 부탁 좀 드려도 괜찮을지 모르겠는데, 심장이 좀 이상한 것 같아서요. 심장 판막에 무슨 이상이 있는 건지, 좀 봐주시면 고맙겠습니다."

그 작은 남자가 갑자기 활발하게 말을 했다. 그래서 심장을 진찰해 보니까 다른 증상은 없는데 공포심으로 온몸을 부들부들 떨고 있었다.

"정상인 것 같습니다. 걱정하실 건 없을 것 같네요."

"제가 너무 소심하게 보인 것 같군요, 모스탠 양. 오랫동안 심장이 안 좋았는데, 무슨 이상이 생긴 것 같아서 그랬습니다. 선생님 말씀을 들으니까 이제 안심이 되네요. 모스탠 양 아버지께서도 그렇게 심장에 무리만 가지 않았더라도 지금 살아계실 텐데요."

조심성 없이 쉽게 말을 내뱉는 그의 경박스런 태도에 나는 화가 치밀어 뺨을 한 대 갈겨주고 싶은 마음이 들었다. 모스탠 양은 얼굴이 새파랗게 변하며 곧바로 의자에 주저앉았다.

"아버지가 돌아가셨을 거라고 늘 생각하고 있었어요."

그녀가 힘겹게 말했다.

"제가 모든 내용을 잘 알고 있습니다. 그리고 당신이 정당한 보상을 받도록 도와드리겠습니다. 제 형 바솔로뮤가 뭐라고 하든 상관 없어요. 형을 만나야 하는데, 친구분들과 같이 오셔서 잘 됐습니다. 이렇게 세 분이 계시면 그를 두려워 하지 않아도 되니까요. 형은 외부에 일이 알려지는 걸 싫어하니까 우리끼리 조용히 처리하도록 하죠."

숄트는 눈이 촉촉이 젖은 채 우리의 생각을 살피듯 쳐다보았다.

"무슨 말씀을 하시는 건지 전혀 짐작할 수가 없군요."

홈스의 말에 나도 옆에서 고개를 끄덕였다.

"그러시겠죠. 이 키안티 좀 드시겠어요, 모스탠 양? 아니면 토케이를 드시겠습니까? 다른 와인은 없거든요. 저는 담배 한 대 피우겠습니다. 향기가 강한 동양 담배죠. 제가 좀 신경이 예민한데 이 물담배를 피우면 신경이 가라앉더라고요."

우리 세 사람은 턱을 괴고 앉아있고, 이 이상한 대머리 남자는 혼자 담배를 피우고 있었다.

"저는 워낙 내성적인 성격이라, 다시 말씀드리면 세련된 취미를 갖고 있어서 경찰관들처럼 거친 사람들은 만나고 싶지 않습니다. 천박하고 물질만 아는 사람들은 자연히 피하게 되더라고요. 그래서 거칠고 교양 없는 사람들과는 섞지를 않죠. 저는 보시다시피 이렇게 우아한 분위기를 좋아합니다. 예술을 후원하기도 하고요. 이런 것이 저의 취미 생활이거든요. 저 풍경화는 코로의 작품이죠. 그리고 저쪽 건 감정은 안 해봤지만 부글로의 작품이 틀림 없어요. 저는 근대 프랑스 화가들의 작품을 선호하고 있습니다."

그때 모스탠 양이 말을 끊었다.

"실례지만 숄트 씨, 저에게 하실 말씀이 뭔지, 빨리 좀 얘기해주시면 좋겠는데요."

"네, 시간이 걸릴 것 같습니다. 형을 만나러 노드로 가야 하니까요. 형이 제 말대로 해줄지 알아봐야 합니다. 형은 지금 제 생각과 달라서 화를 내고 있거든요. 어젯밤에도 티격태격 했죠. 형이 화를 내면 얼마나 무서운지 상상도 못하실 거예요."

"노드로 가야 하다면 지금 서둘러야 되는 거 아닌가요?"

내가 대뜸 물어보자 그는 얼굴이 빨개지도록 큰 소리로 웃어재꼈다.

"그렇게 할 수는 없습니다. 갑자기 우리가 가면 형이 무슨 말을 할지 모르니까요. 그리고 가기 전에 서로의 상황도 알아두어야 하고요. 저도 이 일에 대해 모르는 게 몇 가지 있는데, 아는 한 다 말씀드리겠습니다. 제 아버지는 이미 알고 계시듯 존 숄트 씨입니다. 11년 전에 인도에서 퇴역하시고 귀국하셨죠. 아버지는 거기서 돈을 많이 벌어 값비싼 물건들도 많이 모으신 다음 하인들을 데리고 돌아오셨어요. 그리고 아퍼 노드에 큰 저택을 구입하셔서 남부럽지 않게 사셨습니다. 자식은 쌍둥이인 바솔로뮤와 저, 둘뿐이죠.

모스탠 씨가 실종됐을 때의 상황이 분명히 기억나는데, 신문에서 그 기사를 읽고는 형과 함께 아버지 있는 데서 얘기를 했습니다. 아버지도 그 사건에 대해 여러 추측을 하시더군요. 그때는 아버지가 그런 비밀을 숨기고 있는 줄 정말 몰랐죠. 아버지가 바로 모스탠 씨의 삶을 알고있었던 유일한 사람이라는 것을 형과 나는 상상도 하지 못했습니다. 하지만 그 무렵부터 뭔가 알 수 없는 위험이 아버지 주변에 어른거리고 있다는 것을 눈치 채게 됐어요. 아버지는 혼자 외출하는 걸 몹시 꺼려하시며 권투선수 두 명을 문지기로 고용할 정도였지요. 아버지는 어떤 말도 하시지 않았지만 다리를 저는 한 남자를 아주 경계하고 있는 것 같았습니다. 한 번은 그 남자에게 총을 쏘기까지 했는데, 잡고 보니까 그냥 행상인이었다는 거에요. 그래서 결국 많은 돈을 지불해야 했죠. 우리는 아버지가 병적인 것 아닌가 생각을 했는데, 계속해서 여러 가지 일이 일어나더라고요.

그러다가 1882년 초에 인도에서 편지가 하나 왔는데, 아버지가 그걸 보시고는 큰 충격을 받으시더군요. 아침 식사 때였는데, 내용을 보시더니 혼절을 하시고는 그대로 자리에 누우셔서 그 며칠 후에 돌아가셨습니다. 편지는 결국 못봤지만 아버지가 들고 계실 때 언뜻 보인 걸로는 그냥 몇 자 갈겨쓴 짧은 내용이었어요. 아버지는 몇 년 전부터 병이 있었는데, 그때 쇼크 때문에 갑자기 악화됐던 거죠. 돌아가시기 전에 마지막 얘기를 하시더군요. 굉장히 괴로워 하시면서요. 아버지가 하시던 그대로 얘기해보겠습니다.

'내 마음에 한 가지 걸리는 게 있구나. 모스탠 씨 딸 말이다. 한 순간의 그 저주받은 욕심 때문에 내 삶은 죄로 좀먹어가고 말았다. 그녀의 것이 되었어야 할 것들을 내가 다 빼앗았으니까. 이 재산의 절반 정도를 말이다. 하지만 내가 다 쓴 건 아니란다. 사람을 한없이 어리석게 만드는 건 바로 물질에 대한 끝없는 탐욕이지. 이렇게 가지고도 누구한테 나눠준다는 건 소름끼치게 싫더구나. 저기 진주 목걸이 보이지? 그녀한테 보내려고 내놓았는데 자꾸만 망설여져서 못보냈다. 아글라 보물들은 그녀에게도 정당한 몫이 있으니까 나눠주도록 해라. 내가 죽은 다음에 말이다. 모스탠이 어떻게 죽었는지 얘기를 해주마. 그 사람은 오래 전부터 심장이 안 좋았는데 말을 안 하고 있었지. 나만 알고 있었다. 인도에 있을 때 그 사람과 나는 꽤 많은 돈을 벌고 보물도 많이 챙겼단다. 그래서 내가 영국으로 올 때 그걸 몽땅 가지고 왔는데, 그가 휴가차 귀국해서는 곧바로 나를 찾아와 자기 몫을 달라고 하더구나. 그래서 분배 문제를 얘기하게 됐는데 서로 의견이 엇갈리는 바람에 감정이 심하게 격해졌지. 그가 갑자기 벌떡 일어나더니 얼굴이 잿빛으로 변하며 쓰러지더구나. 그때 보물 상자 모서리에 머리가 부딪쳤어. 내가 얼른 들여다봤는데, 그는 이미 죽어있었단다. 난 정신이 멍해 잠시 그냥 서있었다. 그리고 도움을 구해야 한다는 생각이 먼저 들었지. 그런데 어쩌면 내가 살해혐의를 받을 수 있겠다는 생각이 들더라고. 게다가 경찰의 조사를 받게 되면 보물들이 다 까발려지지 않겠니. 모스탠이 여기 온 줄은 아무도 모를 테고 말이다. 그래서 괜히 알릴 필요가 없겠다는 생각을 했다. 그러고 있는데 하인 랠 초더가 방문 앞에 와있더라고. 그러더니 방으로 들어와 문을 잠그면서, 살해하신 거 누구한테 알릴 것 없이 우리끼리 그냥 처리하죠, 하고 말하더구나. 그래서 난 내가 죽이지 않았다고 말했지. 그랬더니 그는 싱긋이 웃으면서, 싸우는 소리다 들었지만 자기는 절대 말하지 않겠다고, 그러니 아무도 몰래 처리해버리자고, 또 그렇게 말하더라고. 그래서 그렇게 하기로 결정을 했다. 하인도 나를 의심하는데 하물며 아무것도 모르는 12명의 배심원들에게 무슨 증명을 해보일 수가 있겠니. 그래서 그날 밤에 바로 시체를 처리했지. 그 며칠 후부터 언론에 모스탠의 실종 기사가 나오더구나. 이제 그 사람 몫을 너희들이 좀 돌려주면 좋겠다. 보물을 숨겨둔 장소는…….'

그 순간 아버지는 표정이 무섭게 변해갔습니다. 눈을 크게 뜨고 얼굴이 일그러지며 무섭게 소리치시더군요. 도저히 잊을 수 없는 목소리였습니다. '내쫓아! 제발 저놈을 내쫓아!' 하고요. 그래서 아버지의 시선 쪽으로 돌아보니까 어두운 창문으로 웬 사람 얼굴 하나가 보이더군요. 코를 창문에 붙이고 있었는데, 얼굴에 수염이 덮여있고 눈빛은 살기로 가득 차 있었어요. 형과 제가 창가로 달려갔을 때 놈은 이미 떠나고 없었죠. 곧 아버지한테로 돌아왔지만 아버지는 벌써 숨이 끊어진 다음이었습니다. 그날 밤에 우리는 정원을 샅샅이 뒤져보았는데 창 아래에 발자국이 하나 보일뿐 그 어디에도 침입한 흔적이라곤 없었습니다. 그 발자국마저 없었다면 우리가 상상의 얼굴을 본 거라고 생각할 뻔 했죠. 그런데 바로 그 후부터 눈에 보이지는 않지만 어떤 힘이 뻗치고 있다는 것을 증거하는 몇 가지 징조가 나타나기 시작했어요. 다음 날 아침에 아버지 방의 창문이 열려있었고, 옷장과 상자를 샅샅이 뒤진 흔적이 있었습니다. 그리고 상자 위에 '네 사람의 서명'이라는 글씨가 거칠게 씌어진 쪽지가 놓여있었어요. 다른 방들도 가보니까 온통 뒤졌더군요. 그런데 아무것도 도둑맞은 건 없었어요. 형과 나는 당연히, 이 기괴한 일이 아버지가 평생 느끼셨던 공포심과 관련이 있을 거라고 생각했습니다. 하지만 지금까지도 풀리지 않는 수수께끼로 남아있어요."

그는 물담배에 다시 불을 붙이고는 한동안 생각에 잠겨있었다. 우리는 모두 얼떨떨한 채 귀를 기울이고 있었다. 모스탠 양은 좀 전에 아버지의 얘기를 들을 때 거의 죽은 사람처럼 백짓장이 되어 걱정스러울 정도였다. 홈스는 잔뜩 호기심 어린 눈빛으로 의자 깊숙이 등을 기대고 먼 곳을 응시했다. 좀 전까지만 해도 인생이 따분하다며 한탄스럽게 말했던 그의 표정이 떠올랐다. 어쨌든 지금 그에게는 따분할 새가 없이 머리를 최대한으로 쓸 수 있는 문제가 놓여있는 것이다.

새디어스 숄트는 우리의 표정을 보며 만족한 듯 계속 담배를 피우며 얘기를 이어나갔다.

"결국 형과 저는 보물이 어디에 있을까 너무나 궁금했습니다. 그래서 몇 주일, 몇 달 동안 정원을 샅샅이 뒤졌죠. 그런데 나오지 않더군요. 정말 미칠 것 같았어요. 아버지가 꺼내놓으신 그 진주 목걸이를 보면 보물들이 얼마나 대단할지 짐작이 가더군요. 형은 그 진주

목걸이가 비싼 것이라며 주지 않겠다고 해서 저랑 다퉜습니다. 형도 아버지와 비슷한 성격이 있거든요. 그 목걸이를 주게 되면 결국 사람들에게 알려져 일이 복잡하게 된다는 거죠. 그래도 제가 형을 설득해서 모스탠 양의 주소를 알아내 목걸이를 보내주기로 얘기가 됐던 것입니다. 불편하시지 않게 일정한 시간을 두고 보내드리기로 말이죠."

"친절에 감사드립니다. 정말 고마웠어요."

모스탠 양이 진심으로 말하자 숄트는 손을 가로저었다.

"우리는 그저 모스탠 양의 재산을 보관하고 있었던 셈입니다. 저는 그렇게 생각하고 있었습니다. 형은 저랑 다르게 생각했지만요. 우리는 돈도 많이 있었지만 다 필요하다고는 생각지 않았습니다. 게다가 젊은 여인한테 그런 비열한 짓을 해서는 안 된다고 생각했어요. '악취미는 범죄를 유발한다'는 말도 있지 않습니까? 그래서 저는 하인 하나와 윌리엄스를 데리고 폰티셀리 집을 나왔습니다. 그런데 바로 어제 아주 중대한 일이 일어났어요. 마침내 보물이 발견된 것입니다. 그래서 곧바로 모스탠 양에게 연락을 했던 거죠. 이제 우리가 할 일은 폰티셀리로 가서 우리의 몫을 요구하는 것뿐입니다. 어제 저녁에 형한테 얘기를 해두었으니까 반가울 것까지는 없어도 만나기는 할 겁니다."

말을 마친 새디어스 숄트는 여전히 얼굴을 실룩거리며 화려한 의자에 앉아있고, 우리 세 사람은 이 사건의 묘한 점들에 대해 곰곰이 생각하고 있었다. 그러다 홈스가 먼저 자리에서 일어났다,

"당신은 훌륭하신 분입니다. 그래서 말씀드리는데, 당신이 모르고 있는 일 몇 가지를 밝혀드릴까 하는데요. 하지만 지금 시간이 늦었으니까 우선 이 사건부터 해결하러 가는 게 좋을 것 같습니다."

숄트는 물담배를 치우고 털이 달린 긴 코트를 꺼냈다. 그러고는 날씨가 더운데도 단추를 목까지 다 채워 입고 털모자까지 쓴 다음 외출 준비를 했다.

"저는 워낙 약한 체질이어서 몸을 조심해야 하거든요."

우리가 탄 마차는 서둘러 달리기 시작했다. 마부에게 이미 행선지를 말해놓은 것 같았다. 새디어스 숄트는 마차 소리보다 더 큰 목소리로 연신 떠들어댔다.

"제 형은 영리한 사람입니다. 그가 어떻게 보물을 찾아냈는지 말해주더군요. 우선 집안 어딘가에 있을 거라고 단정을 지어놓고는, 집의 전체 용적을 계산해봤답니다. 그런데 건물 전체 높이가 74피트인데, 각 층의 방의 높이와 층 사이의 간격을 모두 합해도 총 70피트밖에 안 됐다는 거에요. 그래서 왜 4피트나 차이가 나는 건지 의문이 들게 됐던 거죠. 의심할 곳은 건물의 꼭대기 부분밖에 없었다고 합니다. 그래서 위층 방의 천장을 뚫어보았더니 거기에 바로 다락방이 있었다는 거죠. 보물상자는 그곳에 감쪽같이 숨겨져 있었던 겁니다. 형은 보석 가격을 50만 파운드 이상으로 보고 있더군요."

어마어마한 금액을 들은 우리는 눈을 휘둥그레 뜨며 서로를 쳐다보았다. 모스탠 양은 이제 자기 몫을 챙길 수만 있다면 가난한 가정교사 신세에서 한 순간에 거부로 바뀔 수도 있었다. 모스탠 양을 위해서라면 기뻐해주는 게 당연한 일일 텐데 나는 내 초라한 상황을 떠올리며 마음이 한없이 무거워졌다. 나는 간신히 축하의 말을 하고는 힘이 쭉 빠져버렸다. 솔트의 말도 더 이상 들리지 않았다.

그는 만성 우울증에 시달린 듯 온갖 증상들을 늘어놓으며, 내게 수많은 약들에 대한 효과를 물었다. 나는 꿈속에서 듣듯 아무 대답도 하지 않고 그냥 흘려듣기만 했다. 하지만 내가 이따금 몇 마디는 했던 모양인데, 솔트가 내 대답을 기억하고 있지 않기를 바랄 뿐이다. 홈스는 내가 솔트에게, 피마자 기름을 마시는 건 매우 위험하며, 진정제에 스트리키닌을 많이 섞으라는, 그런 엉터리 같은 말을 했다고 한다. 다행히 마차가 도착하면서 그 곤욕스런 순간을 벗어날 수 있었다.

"모스탠 양, 폰디셀리 저택에 도착했습니다."

새디어스 솔트가 마차에서 내리는 그녀의 손을 잡아주며 말했다.

폰디셀리 저택의 참극

우리가 도착한 건 밤 11시 무렵이었다. 안개가 끼어 답답했던 대도시와 달리 그곳은 공기가 산뜻했다. 서쪽에서 서늘한 바람이 불어오며 구름 사이로 반달이 떠있는 게 보였다. 그렇게 어두운 밤은 아니었는데 솔트가 마차의 램프를 떼어내 발 아래를 비쳐주었다.

저택 주위로 넓은 정원이 펼쳐져 있으며, 건물은 높은 담으로 둘러싸여 있었다. 출입문은 단 하나 있는데, 숄트가 특이하게 노크를 하자 안에서 걸걸한 목소리가 들려왔다.

"누구시오?"

"나야, 맥머드. 내 노크 소리 알 텐데?"

중얼거리는 소리와 열쇠 다발 소리가 들리더니 키 작은 한 남자가 다가와 문을 열어주었다. 남자는 우리를 수상쩍은 눈빛으로 쳐다보았다.

"아, 새디어스 님이시군요. 그런데 이분들은 누구십니까? 주인님은 모르고 계시던데요."

"아, 그래? 어떻게 된 거지? 내가 어제 저녁에 친구 몇 사람과 같이 온다고 분명히 얘기했는데."

"오늘 하루종일 방에서 안 나오시고 아무 얘기도 없으셨습니다. 제 마음대로 할 수 없다는 거, 새디어스 님이 잘 알고 계시지요? 어르신은 들어가셔도 되지만 친구분들은 좀 기다리셔야겠습니다."

생각지도 않은 일이었다. 새디어스 숄트는 난처해하며 주위를 두리번거렸다.

"좀 그렇군, 맥머드! 내가 보증하면 되지 않겠나? 가뜩이나 젊은 부인도 계시는데 이 늦은 밤에 밖에서 기다리라고 할 수는 없잖은가."

"죄송합니다, 새디어스 님. 이분들이 주인님의 친구들은 아니니까요. 저는 주인님에게 충실해야 대우를 받는 입장입니다. 어르신의 친구분들은 제가 어떻게 할 수가 없죠."

문지기는 완강하게 버텼다. 그때였다.

"아니, 이거 맥머드 아닌가! 나 기억나나? 4년 전에 알리슨 권투장에서 자네 후원 행사로 내가 3라운드까지 자네랑 경기를 했잖은가?"

"아이고, 이거 셜록 홈스 씨 아니세요? 정말 못 알아봤네요. 그렇게 계시지 말고 제 턱을 한 방 갈겼으면 금방 알았을 텐데요. 타고난 소질이 있으시던데, 그만 두셨나보죠?"

프로 권투선수가 소리치듯 말했다.

"왓슨, 자네 생각은 어떤가? 내가 다른 일에는 전부 재주가 없어도 이 과학적 일에는 아직 가능성이 있는 거지? 이젠 이 사람이 우리를 밖에다 놔두지 않을 거야, 두고 봐."

홈스가 웃으며 말하자 문지기가 대답했다.

"네, 들어오십시오. 죄송합니다, 새디어스 님. 사실은 주인님 분부가 워낙 엄격하셔서 친구라는 걸 확인하기 전에는 들어오시게 할 수가 없었거든요.

저택 앞에 작은 뜰이 있고 자갈길이 깔려있으며, 불빛이라곤 없이 저택 전체가 캄캄한데 달빛 한 줄기가 겨우 다락방 창문을 비추고 있었다. 커다란 저택이 마치 죽은 것처럼 시커멓게 버티고 있어 은근히 몸이 오싹해졌다.

"좀 이상한데요. 무슨 일이 있는 것 같습니다. 우리가 온다는 걸 아는데, 형 방에 불이 꺼져있거든요. 무슨 일일까?"

숄트가 말했다.

"형은 늘 이렇게 엄격하게 감시하시나요?"

홈스가 물었다.

"네, 아버지가 하셨던 것처럼 하고 있습니다. 형은 아버지의 사랑을 무척 많이 받았거든요. 저는 가끔 아버지가 형한테만 무슨 중요한 말을 해두신 거 아닌가 하는 생각이 들 때도 있어요. 저기 달빛 비치는 곳이 형의 방인데, 아무리 봐도 불이 켜있지 않네요."

"그러네요. 그런데 현관 옆 창문에서 희미한 불빛이 보이는데요."

홈스가 말했다.

"아, 저긴 가정부 방입니다. 저 아주머니한테 물어봐야겠어요. 잠깐 여기서 기다려주시겠어요? 여럿이 갑자기 가면 놀랄 테니까요. 그런데, 이게 무슨 소리죠?"

그가 램프를 높이 들어올렸는데 손이 몹시 떨려 빛이 어른거리며 춤을 추었다. 모스탠 양도 내 팔을 잡았고, 모두들 긴장하며 가만히 서 있었다. 캄캄한 적막에 잠겨있는 집에서 느닷없이 슬픔에 흐느끼는 여자의 목소리가 들려왔다.

"가정부 아주머니의 목소리인데요. 여자는 그녀밖에 없거든요. 잠깐만 여기 계세요."

그는 급히 걸어가 아까처럼 특이하게 현관을 두드렸다. 그러자 곧 나이 든 여자가 나와 문을 열어주었는데, 그를 보고는 뛸 듯이 기뻐했다.

"아이고, 새디어스 님. 어서 오세요! 정말 잘 오셨어요, 새디어스

님!"

반가워하는 소리가 계속 들리며 곧 문이 닫혔다.

홈스는 저택 여기저기를 살펴보고는 정원 한쪽에 쌓여있는 잡동사니 쪽으로 다가갔다. 모스탠 양과 나는 그냥 서있었는데, 우리 둘은 서로의 손을 잡고 있었다. 사랑이란 참 신비하고도 알 수 없는 것이었다. 우리는 어제까지 단 한 번도 만난 적이 없고, 사랑의 고백은 커녕 눈길조차 주고받은 일이 없는데, 조금 전부터 같은 어려움을 겪으며 어느새 자연스럽게 손을 잡게 됐던 것이다. 나는 그때 일을 생각하면 지금도 신기하기만 한데, 그때 당시는 그게 아주 자연스럽게 느껴졌었다. 그녀 또한 나에게서 어떤 위안과 편안함을 본능적으로 느꼈다고 그후 가끔 얘기하곤 했다.

그녀가 주위를 둘러보며 말했다.

"여긴 분위기가 이상해요. 영국의 두더지를 전부 모아 여기다 풀어놓은 것 같아요. 오스트레일리아 발라래트 근처의 산에서 이런 비슷한 곳을 본 적이 있는데, 시굴자들이 파헤쳐놓은 곳이더라고요."

"여기도 그래서 생긴 것이죠. 보물을 찾느라고 말이죠. 6년 동안 계속 찾았다니까 땅이 이렇게 완전히 자갈밭처럼 된 것도 무리는 아니겠죠."

홈스의 말이 막 끝나자 숄트가 팔을 내두르며 공포의 표정으로 뛰어나왔다.

"형에게 무슨 일이 일어난 것 같습니다. 무서워요! 저는 신경이 약해서 볼 수가 없어요."

숄트는 공포에 떨며 거의 울부짖고 있었다. 하지만 홈스는 언제나 그렇듯 냉정하고 사무적으로 말할 뿐이었다.

"안으로 들어가볼까요?"

"네, 들어가시죠. 저는 이제 생각할 힘도 없어요."

숄트는 간절히 매달리듯 말했다. 우리는 그를 따라 복도 왼쪽에 있는 방으로 들어갔다. 가정부가 부들부들 떨며 서성이고 있다가 모스탠 양을 보고는 좀 차분해졌다.

"아가씨, 참 인상이 좋고 편안해보이시네요. 하느님의 은총이 있기를 빕니다. 그런데 여기는 지금 끔찍한 일이 벌어졌어요."

울먹이는 가정부를 모스탠 양이 위로하자 그녀는 마음이 조금 가라앉는 듯 했다.

"주인님은 방문을 잠그시고 하루 종일 아무 대답을 안 하셨어요. 그런 일이 가끔 있긴 했지만요. 그런데 1시간쯤 전에 뭔가 이상한 생각이 들어서 방문 열쇠구멍으로 들여다봤지요. 새디어스 님, 가서 직접 보세요. 주인님을 10년 동안 봐왔지만 저런 얼굴은 한 번도 본 적이 없습니다."

홈스가 먼저 앞장서 가고 숄트는 부들부들 떨며 뒤를 따라갔다. 그는 너무 떠는 바람에 층계를 오를 수가 없어 내가 부축을 해줘야 할 정도였다. 홈스는 그 와중에도 확대경을 꺼내 층계에 깔려있는 양탄자 위를 살펴보았다. 눈에 잘 띄지도 않는 얼룩이 드문드문 있었던 것이다. 모스탠 양과 가정부는 아래층에 남아있었다. 세번째 층계를 올라가자 긴 복도가 나왔는데, 오른쪽에는 커다란 태피스트리가 걸려있고, 왼쪽에는 세 개의 문이 쭉 나있었다. 우리가 들어갈 방은 그 세 번째 문이었다. 홈스가 노크를 했는데도 아무 대답이 없자 손잡이를 돌려보았다. 문은 안에서 굳게 잠겨있었다. 그래서 그도 열쇠구멍으로 들여다보다가 순간 깜짝 놀라며 일어서고 말았다. 좀 전의 침착하던 표정과는 완전히 다른 얼굴이었다.

"완전히 악마 같아. 왓슨, 자네가 한 번 보게."

그래서 나도 허리를 굽혀 들여다보다가 공포감에 그만 뒤로 물러설 수밖에 없었다. 방안엔 어렴풋이 달빛이 비쳐들고 있었다. 남자는 문쪽을 정면으로 보고 있었는데 몸은 어둠에 가려 보이지 않고 얼굴만 공중에 매달려 있는 형상이었다. 바로 새디어스 숄트, 그 남자의 얼굴이었다. 반들반들한 대머리와 남아있는 붉은 머리털, 창백한 얼굴색, 어느 모로 봐도 영락없는 그 사람이었다. 얼굴은 혐오스런 미소를 띤 채 그대로 굳어있는 것처럼 움직이지 않고 있었다. 게다가 달빛이 비쳐들며 적막감이 감도는 방안은 그 괴기스런 표정과 함께 소름끼치는 분위기를 자아내고 있었다. 더 공포스러운 건 우리를 안내한 남자와 그 얼굴이 너무나 똑같다는 점이었다. 그래서 새디어스 숄트가 옆에 있나 확인해보지 않고는 믿을 수가 없을 정도였다. 그때서야 나는 그들 형제가 쌍둥이라고 했던 말이 떠올랐다.

"무섭네! 무슨 일일까?"

내가 홈스에게 말했다.

"우선 문을 부숴야겠어."

홈스가 문에다 온몸을 부딪쳐봤다. 그래도 문은 열릴 기미가 전혀 안 보였다. 결국 세 사람이 같이 부딪쳤더니 문이 콰당탕 하며 넘어졌다.

방안은 무슨 화학 실험실과도 같았다. 벽면엔 유리병들이 두 줄로 놓여있고, 테이블 위에는 분젠과 시험관들, 약품병들이 널려있었다. 그런데 무슨 약품인지 거무스름한 액체가 흘러나와 코를 찌를 만큼 강한 냄새가 풍기고 있었다. 그리고 구석엔 나무판들과 회반죽이 놓여있으며, 방 한가운데에 발판이 있고, 그 위로 천장이 뚫려있었다. 또 발판 옆에는 밧줄이 한 묶음 놓여있었다. 이 집 주인은 테이블 옆 의자에 머리를 왼쪽으로 떨어뜨린 채 기묘하면서도 오싹한 미소를 짓고 늘어져 있었다. 몇 시간 전에 숨이 끊어진 것 같았다. 사체는 얼굴뿐 아니라 몸 전체가 이상하게 뒤틀려 있는 모습이었다. 손 하나는 테이블 위에 놓여있었는데, 그 옆으로 묘하게 생긴 도구가 하나 있었다. 막대기에다 끈으로 돌멩이를 묶은 것인데, 망치 비슷한 모양새였다. 그리고 그 옆엔 박박 찢은 편지가 널려있었다. 홈스가 그걸 집어 뭔가를 눈치챘다는 듯 눈썹을 치켜올리며 나한테 주었다.

"자네가 좀 읽어보게나."

나는 불빛에 대고 읽어보았다.

"네 사람의 서명이라고 씌어있네. 이게 무슨 뜻이지?"

"살인을 뜻하겠지. 내 짐작이 맞았어. 왓슨, 이리 와보게!"

홈스는 사체 위로 몸을 굽혀, 귀 위에 꽂혀있는 검은색 가시 같은 것을 가리켰다.

"가시 같네."

내가 말했다.

"바늘이야. 조심해서 만지게. 독이 묻어있을지도 모르니까."

나는 그걸 살며시 뽑아냈다. 살갗엔 거의 아무런 흔적도 남아있지 않았다.

"나는 하나부터 열까지 전부가 다 수수께끼네. 점점 더 모르겠어."

내 말에 홈스가 대답을 했다.

"그래? 점점 드러나고 있잖은가. 이제 한 두 가지만 더 알아내면 다 풀릴 것 같네."

그때서야 순간 새디어스 숄트의 존재를 잊고 있었다는 게 생각났다. 그는 문 앞에 서서 다가오지도 못하고, '공포' 그 자체로 덜덜 떨고 있었다.

"보물이 없어졌어요! 누가 보물을 훔쳐갔어요! 저 구멍은 우리가 보물을 꺼낼 때 쓴 구멍이에요. 저도 도와주었거든요. 제가 형을 마지막으로 본 사람입니다! 어젯밤에 제가 여기서 나갈 때 형이 문을 잠그는 소리를 들었어요."

"몇 시쯤이었죠?"

"10시쯤이요. 그런데 이렇게 죽어있다니! 만약 경찰을 부르면 제가 혐의를 받겠죠? 보나마나죠. 하지만 여러분들이 보셨다시피, 제가 그런 건 아니잖아요? 만일 제가 그랬다면 여러분들을 이렇게 모시고 오지는 않았겠죠. 어떻게 하죠? 정말 미쳐버리겠네!"

그는 두 팔을 휘두르고 발을 쿵쾅대며 어쩔 줄 몰라 했다.

"걱정 마세요, 솔트 씨. 침착하시고, 경찰서에 가서 이 상황을 그대로 보고하세요. 자, 내 말대로 하겠다고 약속하세요. 우리는 여기서 기다리고 있겠습니다."

홈스가 그의 어깨를 잡으며 달래듯 말했다.

키 작은 남자는 혼이 나간 듯 비틀대며 어둠속의 충계를 천천히 내려갔다.

셜록 홈스의 논증

"왓슨, 지금부터 30분간 시간 여유가 있는데, 내 생각은 거의 결론이 났네. 하지만 내가 지나치게 자신감을 갖고 있는지도 몰라. 그리고 겉으로는 사건이 단순하게 보이는데, 밑바닥엔 또 뭐가 있는지 모르거든."

홈스는 두 손을 비비며 말했다.

"단순하다고?"

"그렇지. 발자국 남으니까 저쪽으로 가세나. 자, 내가 얘기해보겠네. 첫째는, 그가 어떻게 들어왔고, 어떻게 나갔는가 하는 점이네. 방문은 어제 밤 이후로 안 열린 것 같으니까, 창문을 보자고."

그는 램프를 들고 창문으로 가서 계속 살펴보며 혼자 중얼거리듯 말했다.

"창문은 안에서 잠겨있군. 제법 단단한데. 한 번 열어볼까. 음, 흠통이 없네. 지붕이 저렇게 높은데 어떻게 창문으로 다가왔을까. 어젯밤에 비가 좀 왔지. 저기 방문 앞에 진흙 묻은 발자국이 하나 있고, 여기도 둥그런 모양으로 나있어. 그리고 테이블 바로 옆에도 하나 있지. 이보게 왓슨, 이 정도면 증거물로 너무나 확실한 거 아니겠나?"

나는 뚜렷이 나있는 진흙 자국을 들여다보았다.

"이건 발자국이 아니네?"

내가 말했다.

"그것보다 더 중요한 것이지. 바로 의족 자국일세. 방문 앞에 있는 건 발자국인데, 뒤꿈치에 쇠가 박힌 무거운 신발을 신었고, 그 옆에 있는 건 의족 자국이야."

"그럼 그 의족의 남자가?"

"그렇다네. 그런데 한 사람 더 있어. 한 패거리지. 보통 선수들이 아니야. 자네, 벽 타고 저기 올라갈 수 있겠나?"

나는 창밖으로 내다보았다. 달빛은 여전히 이쪽을 비추고 있었다. 땅에서 창문까지는 60피트 정도 되는데, 벽 어디에도 발 디딜 데가 없고, 벽돌 사이도 촘촘해 틈이라곤 없었다.

"난 불가능하네."

"그렇지. 누가 도와주지 않고는 불가능하지. 누가 이 안에서 저 밧줄을 내려주면 모를까, 그러면 의족의 남자도 올라올 수 있지 않겠나? 나갈 때도 같은 방법으로 하는 거지. 그 의족의 남자는 밧줄 타는 기술은 좋은데, 선원 출신은 아니야. 어떻게 아느냐 하면, 손바닥이 딱딱한 사람이 아니거든. 확대경으로 들여다보니까 손바닥이 벗겨져 핏자국이 나있더라고. 특히 밧줄 끝 부분에 말이야. 그건 허둥지둥 급하게 내려갔다는 뜻이지."

"그렇군. 그런데 난 아직도 이해를 못 하겠어. 도대체 그 패거리들이 누굴까?"

"이 패거리들이 보통이 아닌 것만은 분명해. 범죄 역사에 새 장을 열지도 모르겠어. 참, 이 비슷한 사건이 인도에서도 있긴 했네."

"아무튼 어떻게 여기를 들어왔을까? 방문은 잠겨있고, 창문은 도저히 접근할 수가 없고, 그럼 굴뚝을 타고 들어왔단 말인가?"

"난로의 쇠막대는 너무 작아서 저걸로 하기는 어려울 것 같은데."

홈스는 곰곰이 생각에 잠겨 혼자 말했다.

"어떻게 들어올 수 있었을까?"

나는 또 다시 물었다.

"자네는 내 말을 깊이 생각해보지 않는군. 내가 그렇게 말했잖은가. 불가능한 것들을 다 쳐내고 나면 마지막에 남은 것이 진실이라고 말이야. 놈은 문으로 들어온 것도 아니고, 창문으로도 아니고, 굴뚝으로도 아닐세. 그러면 방안에 숨어 있었느냐? 그것도 아니지. 숨을 데가 없으니까. 그러면 어디로 들어왔겠나?"

"천장 구멍으로 들어왔다고?"

"당연하지. 그렇게밖에는 생각할 수가 없지 않은가. 자, 이 램프를 좀 들어주게. 다락방을 좀 봐야겠어. 보물이 있었던 방 말이야."

그는 발판 위에 올라서서 천장 들보를 잡고는 훌쩍 뛰어 위로 올라갔다. 나도 마찬가지로 그렇게 했다. 다락방은 들보 사이에 판자를 붙여 만들어져 있었으며, 아무것도 없고 먼지만 가득 쌓여있었다.

"여기 보게. 이게 지붕으로 나가는 창문이구먼. 그러니까 한 놈이 이리 들어온 거야. 무슨 단서가 있나 좀 찾아보세."

홈스가 마룻바닥에 램프를 대고 비추다가 기겁을 하며 놀라 움찔했다. 나 또한 등골이 서늘해졌다. 바닥에 온통 발자국이 나있었던 것이다. 워낙 뚜렷하게 나있었는데, 크기가 성인의 절반밖에 안 되는 발자국이었다.

"홈스, 어린아이가 이런 끔찍한 짓을 하다니."

내가 작은 소리로 말했다.

"나도 깜짝 놀랐네. 하지만 이건 당연한 일이야. 난 이미 알고 있었지만 잠시 잊고 있었어. 자, 이제 내려가세."

내려온 다음 내가 심각하게 물었다.

"그러면 그 발자국은 무슨 뜻인가?"

"왓슨, 스스로 좀 분석을 해보게. 내 방법을 가지고 활용해보란 말이네. 그러고 나서 나중에 그 결과를 비교해보세. 도움이 될 테니까 말이야."

그는 좀 짜증을 내며 말했다.

"딱 들어맞는 생각이 안 떠오르니까 그렇지."

내 말에 그가 대답했다.

"잠시 후면 알게 될 거야. 여기는 이제 더 볼 건 없는 것 같은데, 그래도 자세히 봐두세."

홈스는 얼른 확대경과 줄자를 꺼내 무릎을 꿇더니 코를 마룻바닥에 바짝 대고 눈은 번득이면서 여기저기를 재고 다녔다. 동작이 워낙 사뿐사뿐하고 소리도 나지 않아 마치 훈련된 경찰견이 냄새를 맡으며 추적해가는 것 같았다. 그러다 순간 나는 이런 생각이 들었다. 저런 정력과 날카로운 관찰력을 법을 지키기 위해서가 아니라 법을 어기기 위해 쓴다면 그가 얼마나 무서운 범죄자가 될 수 있을까 하고. 그는 계속 혼자 중얼거리며 돌아다니더니 갑자기 큰 소리로 환호를 했다.

"와, 운이 좋은데! 첫 번째 놈이 글쎄 크레오소트를 밟은 거야. 이 지독한 냄새가 그건데, 저 큰 병에 금이 가서 거기서 흘러나오고 있군. 병 바로 옆에서 놈의 발자국을 찾았지 뭔가."

"그래서?"

내가 물었다.

"무슨 뜻인지 모르겠나? 놈은 이제 잡힌 거나 다름없지. 이 정도면 세상 끝까지라도 가서 잡을 수 있는 개를 내가 알고 있거든. 특별히 훈련된 사냥개가 이 강한 냄새를 뒤쫓아 얼마나 멀리 갈 수 있을 것 같나? 그건 비례의 계산에서, 세 개의 기지수에서 한 개의 미지수를 구하는 정도의 일밖엔 안 돼. 얼마나 가냐 하면…… 아니 벌써 경찰들이 왔나보네."

시끄러운 발소리와 말소리가 들려오고, 현관문 닫히는 소리가 크게 울렸다.

"저 사람들이 들어오기 전에 시체의 팔과 다리를 조금 만져보게. 어떤가?"

"근육이 나무처럼 딱딱하군."

"그럴 거야. 보통 죽었을 때와는 달리 이런 경우는 충격으로 인한 근육 수축현상을 나타내고 있지. 이런 표정을 두고 히포크라테스의 미소니 경련적인 웃음이니 하는데, 자네는 어떤 생각이 드나?"

"뭔가 독성이 있는 식물성 알칼로이드로 죽었군. 경직쇼크를 일으키는 스크리키닌과 비슷한 액체였을 거야."

"이 표정을 보고 나도 그런 생각이 들었지. 아까 바늘을 빼낸 곳이 말일세, 가만히 보니까 사람이 의자에 반듯이 앉아있으면 바로 저 천장 구멍과 일직선으로 맞는 위치구먼. 바늘을 한 번 살펴보게나."

나는 바늘을 집어 램프 아래에 대고 찬찬히 들여다보았다. 바늘 끝에 무슨 물질인지 반들거리는 게 발라져 있었다.

"영국제 바늘일까?"

홈스가 물었다.

"아닌 것 같은데."

"이 정도면 자네도 이제 추리할 수 있겠지? 그런데 정규군이 왔으니까 우리 예비군은 슬슬 물러나도 되겠는데."

발소리가 방문 앞에서 크게 울리며 가슴이 떡 벌어진 남자가 방안으로 들어섰다. 얼굴이 붉어 다혈질로 보이는 남자는 두꺼운 눈꺼풀 속의 작은 눈을 자주 깜박거렸다. 하지만 눈빛은 날카로운 데가 있었다. 그리고 경관 한 사람과 새디어스 숄트가 들어왔다.

"이거 원, 큰 사건이 벌어졌군! 아니, 방안에 누가 있네. 웬 사람들이 이렇게 많아?"

남자는 탁한 목소리로 소리쳤다.

"아, 저 기억나십니까, 아셀니 존스 씨?"

홈스가 예의를 갖춰 물었다.

"아, 네! 이론가 셜록 홈스 씨 아니십니까? 기억하다마다요! 비숍게이트 보석 사건 때 만났었죠. 그때 우리한테 일장 강의를 하지 않았습니까? 당신이 그 사건에 대해 조언을 해준 건 좋았지만 사실 조언 때문보다는 운이 잘 따랐었죠."

"전 그냥 간단한 추리를 했던 것 뿐이지요."

"뭐라고요? 진실을 받아들여야죠. 참, 이번 건은 어떻게 보십니까? 이건 정말 보통 일이 아닌데요. 확실한 사실이 이렇게 벌어졌는데, 무슨 이론이 먹혀들겠어요? 다른 사건 때문에 마침 노드에 와있다가 연락을 받았죠. 당신은 이 사람의 사인이 뭐라고 생각하십니까?"

"내가 이론을 말할만한 사건이 아닌 것 같은데요."

홈스가 늦을새라 얼른 말했다.

"그런 건 사실이지만 때로는 당신이 정곡을 찌르기도 한다는 걸 우리가 부정하는 건 아닙니다. 세상에! 저 문에 자물쇠가 채워져 있었다는 거군요. 50만 파운드나 되는 보석이 없어졌다니! 창문은 어땠죠?"

"닫혀있었어요. 문앞엔 발자국이 남아있었고요."

"창문이 닫혀있었으면 발자국은 이 사건과 관계가 없겠죠. 그건 당연한 일 아닙니까? 그런데 이 사람은 발작이 일어나 죽었는데, 어떻게 해서 보석이 없어진 걸까요? 아하! 알았다. 난 가끔 이렇게 기발한 생각이 떠오른다니까. 자네 잠깐 나가있게나. 숄트 씨도 자리 좀 비켜주세요. 홈스 씨, 이 사건을 어떻게 생각하십니까? 숄트 씨가 어제 밤에 형과 같이 있었다고 자백을 했는데, 형이 발작으로 죽었다면 숄트 씨가 바로 보물을 훔쳤다고 볼 수도 있지 않겠어요?"

"그럼 죽은 사람이 일어나 안에서 문을 잠궜단 말인가요?"

"아! 그렇군요. 그럼 상식적으로 한 번 생각해보죠. 새디어스 숄트가 여기 왔다가 형과 다퉜어요. 그리고 형이 죽었고, 보석은 없어졌어요. 여기까지 다 맞는 얘기죠? 그런데요, 새디어스가 돌아간 다음에 아무도 그 형을 만난 사람이 없다고 했어요. 그리고 그가 침대에서 잔 흔적도 없고요. 게다가 새디어스는 정신 나간 사람처럼 이상하고, 인상도 무척 안 좋습니다. 그래서 종합적으로 판단해, 새디어스를 감시할 필요가 있다고 봅니다. 그물이 곧 그를 잡게 되겠죠."

"당신은 아직 이 사건을 파악하지 못하고 계시는군요. 이 바늘엔 분명 독이 묻어 있었을 겁니다. 귀 윗부분에 꽂혀있었는데 아직 작은 흔적이 남아있어요. 그리고 이런 글이 씌어진 종이쪽지가 이렇게 찢어진 채 테이블 위에 놓여있었고, 이런 이상한 도구도 같이 있었죠. 이런 사실들을 놓고 볼 때 당신은 무슨 생각이 듭니까?"

뚱뚱한 체격을 으쓱하며 경감이 말했다.

"내 생각 그대로죠. 새디어스가 그 보석들을 빼냈을 거라고 난 장담합니다. 독이 묻어있는 바늘을 그가 살인용으로 썼다고 해서 이상할 건 전혀 없죠. 그리고 그 종이쪽지는 헷갈리게 하려는 속임수라고 봐야 합니다. 다만 남은 문제는 그가 어떻게 방을 빠져나갔을까 하는 점이죠. 사실 저기 천장에 구멍이 뚫려있긴 하지만요."

뚱뚱한 몸인데도 놀라울 정도로 민첩하게 그는 발판 위로 올라서서 다락방으로 뛰어올랐다. 그러고는 창문을 찾았다며 소리를 질렀다.

"아니, 뭘 찾을 때도 있나보네. 가끔은 이성의 빛이 희미하게 켜질 때도 있는 모양이지. 자신이 똑똑하다고 믿는 어리석은 사람만큼 골치 아픈 존재도 없다니까(이건 프랑스 말이었다)."

홈스가 어깨를 들어올리며 말했다. 그때 아셀니 존스가 위에서 내려왔다.

"글쎄, 내 말이 맞다니까요. 아무리 이론이 좋아도 사실을 못 따라간다니까. 내 생각이 맞다는 게 완전히 증명됐어요. 지붕으로 나가는 창문이 있는데, 반쯤 열려있더라고요."

"내가 열어놓은 거에요."

"아 그래요? 그럼 당신도 알고 있었네요? 아무튼 누가 발견했든 놈이 그곳으로 도망쳤다는 게 밝혀졌네요. 자, 경사!"

경감은 실망한 듯 괜히 경사를 불렀다.

"네."

경사가 복도에 있다가 달려왔다.

"숄트 씨에게 들어오시라고 하게. 아, 마침 오시네. 제가 직무상 말씀드리는데, 숄트 씨께서는 어떤 진술을 하신다 해도 모두 불리할 수밖에 없게 됐습니다. 형의 죽음과 관련이 있으니, 여왕 폐하의 이름으로 당신을 체포합니다."

"아, 역시나 이렇게 되는군요. 말하지 않았어야 했는데……."

새디어스 숄트는 두 팔을 벌리고 우리를 쳐다보며 말했다.

"걱정 마세요, 숄트 씨. 범인을 곧 찾도록 할 테니까요."

홈스가 말했다.

"그런 약속은 안 하는 게 좋을 거요, 이론가 선생. 장담할 수 없으니까 말이오."

경감이 큰 소리를 쳤다.

"그럼 그 사람의 혐의를 당장 풀어드리죠. 그리고 보너스로, 어젯밤에 이 방을 침입한 두 사람 중 한 사람의 이름과 인상 착의를 알려드리겠습니다. 우선 이름은 조너던 스몰이고요, 작은 키에 민첩한데 오른쪽 발이 없군요. 그래서 의족을 끼고 있지요. 왼쪽 신발은 끝이 네모난 모양이고 뒤꿈치에 쇠가 박혀 있어요. 교육을 받은 게 없는 중년 나이에 얼굴이 햇빛에 몹시 그을려 있고, 게다가 전과도 있네요. 그리고 손바닥이 많이 벗겨져 있어요. 어떻습니까? 좀 참고가 됐는지요? 또 한 사람은……."

"또 한 사람?"

아셀니 존스는 어이없다는 투로 반응을 했지만 실은 기가 질릴 정도로 압도됐다는 게 은근히 드러났다.

"또 한 사람은 조금 특이한 데가 있지요. 왓슨, 잠깐 이리 좀 와보게."

홈스는 나를 복도로 끌고 갔다.

"이렇게 뜻밖의 사건이 일어나 이 모험의 원래 목적이 좀 빗나간 것 같구먼."

"나도 지금 그렇게 생각하던 참이네. 모스탠 양을 이런 데서 언제까지 있게 할 수도 없고 말이야."

"바로 그 얘기야. 자네가 같이 가는 게 어떻겠나? 로워 캠버웰의 세실 폴레스터 부인 집인데, 여기서 별로 안 멀거든. 자네가 이리 다시 오겠다면 난 기다리겠네. 하지만 자네도 피곤할 것 같은데."

"아니, 전혀. 이 사건이 밝혀질 때까지는 도저히 마음이 안 놓일 것 같네. 나도 험한 인생을 조금은 겪어본 사람이지만 이렇게 기괴한 일을 보니까 신경이 완전히 곤두서서 잠이 안 올 것 같아. 어쨌든 다시 와서 자네랑 같이 파헤쳐보고 싶네."

"자네가 오면 나한테는 큰 도움이 되지. 우리는 우리 식으로 수사를 해보는 거야. 존스는 제멋대로 하라고 내버려두는 거지 뭐. 그리고 모스탠 양을 바래다준 다음에 핀틴 가 3번지로 가게. 거기 오른쪽 세 번째 집이 새 박제품을 파는 곳인데, 상호가 셔면이야. 창가에 보면 토끼를 물고있는 족제비가 있지. 아무튼 그 주인 영감한테 내 얘기를 하면서 당장 토비가 있어야 한다고 그렇게 말하게. 그리고 토비를 데려오면 되네."

"토비가 개인가?"

"그렇다네. 이상한 잡종인데, 냄새를 굉장히 잘 맡아. 런던의 모든 경찰관들보다 토비 한 마리가 훨씬 더 도움이 될 거야."

"알겠네. 지금 1시니까 말이 잘 달리기만 하면 마차로 3시 안에는 오겠군."

"나는 가정부를 다시 좀 만나봐야겠어. 무슨 새로운 얘기가 나올지 모르니까. 그리고 새디어스가 그러는데, 저 옆 다락방에서 자는 인도인 하인이 있다는구먼. 그자도 좀 봐야겠어. 그런 다음엔 존스의 콧방귀 뀌는 소리나 좀 들어주지 뭐. 사람은 자신이 이해를 못하는 것에 대해 비웃는 경향이 있거든(이건 독일 말이다). 역시 괴테가 멋진 말을 했다니까."

크레오소트

모스탠 양은 그동안 겁에 질려있는 가정부 옆에서 그녀를 위로하며 차분하게 앉아있었다. 그녀는 매우 평온하고 침착해보였다. 그러나 마차를 타자마자 긴장이 풀렸는지 감정을 주체하지 못하고 울기 시작했다. 그녀에겐 무척이나 힘겨운 모험이었던 것이다.

나중에 그녀는 그때 일을 떠올리며 내가 무척 쌀쌀맞게 대했다고 말했다. 나로서는 그때 가슴속에서 싸움이 일어나고 있었지만 그녀가 알 리가 없었던 것이다. 그녀를 향한 나의 동정심과 연정은 숄트의 집 정원에서 그녀의 손을 잡았던 그 순간과 똑같았는데도 가슴속에서는 억눌러야 한다고 요구하고 있었기 때문이다. 단 하루밤에는 그녀를 겪어보지 않았지만 온화하고 부드러운 그녀의 성품을 그보다 더 잘 느낄 수는 없었을 것이라는 생각이 들었다. 그래서 결국 마지막 순간에 사랑의 고백이 터져나오려 했는데, 두 가지 생각이 내 입을 막아버리고 말았다.

첫째로는, 그녀의 신경이 몹시 피곤하고 혼란스런 상태에 있었기 때문에 그런 순간에 사랑 얘기를 한다는 것은 자칫 부담을 주고 뻔뻔스런 행위가 될 수 있다는 점이었다. 둘째로는, 그녀가 큰 부자가 될 수 있다는 사실이었다. 실제로 홈스가 수사에 성공할 경우, 그녀는 많은 재산이 생기게 된다. 따라서 내가 그녀의 재산을 노리는 남자처럼 보일 우려가 있었다. 그건 올바른 자세도 아니고 퇴역 군의관으로서 명예로운 일도 아닐 것이었다. 나는 그녀에게 절대로 그렇게 보이고 싶지 않았다. 결국 그 보물이야말로 그녀와 나 사이를 가로막고 있는 장애물이 됐던 셈이다.

우리는 세실 폴레스터 부인 집에 새벽 2시쯤 도착했다. 그녀는 모스탠 양이 이상한 편지를 받고 나갔기 때문에 몹시 궁금해 그녀가 돌아오기를 기다리고 있었다. 부인은 중년 나이에 고상한 분위기를 갖고 있었는데, 모스탠 양을 보고는 무척 기뻐하며 부모처럼 맞이해주었다. 모스탠 양이 그냥 단지 돈을 받고 일하는 사람이 아니라 가족처럼 대우를 받고있는 사람이라는 걸 알 수 있었다. 폴레스터 부인은 나에게 안으로 들어가 오늘 밤에 있었던 일을 얘기해달라고 했다. 하지만 나는 사건 조사가 더 진전된 다음 꼭 다시 와서 얘기해주겠다고 약속하며 그곳을 떠났다.

마차를 타고 가며 뒤돌아보자 두 사람은 현관 앞에서 손을 잡은 채 서있었다. 반쯤 열려진 현관문으로 집안의 청결한 층계참과 은은한 불빛의 스테인드글라스 창문 등이 얼핏 보였던 게 생각난다. 지극히 영국적인 평온한 가정 분위기라는 느낌이 물씬 들었다. 가뜩이나 기괴하고 음산한 풍경을 보고 왔던 터라 문득 마음이 따뜻해지는 것 같았다.

핀틴 골목엔 2층 집들이 쭉 늘어서 있었다. 홈스가 말한 대로 세 번째 집에 가서 두드렸는데 한참동안 아무런 대답이 없었다. 그러다가 2층 창문이 열리며 누군가가 욕을 퍼부었다

"조용히 못 해, 이 술주정뱅이야! 계속 시끄럽게 하면 개 마흔 세 마리를 풀어버릴 테니까!"

"아, 한 마리만 주면 되는데요?"

내가 말했다.

"시끄럽다니까! 안 가면 쇠망치를 네 녀석 머리에다 떨어트려버린다!"

남자는 계속 윽박질렀다.

"저는 개 한 마리가 필요하다고요! 셜록 홈스가……."

내 말이 끝나기도 전에 창문이 쾅 하고 닫히더니 곧 자물쇠 풀리는 소리가 들리고 현관문이 열렸다. 서면 영감은 키가 크고 허리가 굽었으며 파란색 안경을 쓰고 있었다.

"홈스 씨 친구시면 자, 들어오세요. 아까 미안했습니다. 너무 기분 나쁘게 생각지는 마세요. 밤중에 장난치는 애들이 많거든요. 그

런데 홈스 씨가 뭘 부탁했나요?"

"개 한 마리가 필요하다고 해서요."

"아! 토비요?"

"네, 맞습니다."

"토비는 왼쪽 7호실에 있어요."

서먼은 촛불을 들고 갖가지 종류의 동물 사이로 걸어갔다. 어두운 불빛 아래 구석구석에서 기묘한 동물들의 눈이 반짝거리고 있었다. 영감이 곧 토비를 데리고 나왔다. 녀석은 털이 길고 귀가 늘어져 있으며, 스패니얼 종과 라챠 종이 반반 섞인 것으로 걷는 모습이 비틀거리며 이상했다. 처음엔 잠시 망설이더니 내가 각설탕을 주자 먹고는 순순히 나를 따라 마차에 올라탔다.

폰디셀리 저택에 도착한 건 정각 3시였다. 홈스는 파이프 담배를 피며 현관 앞에 서있었다.

"어, 데려왔네! 토비야, 어서 와라! 자네가 떠난 다음에 아셀니 존스 그 친구 대단히 한 건 하던데? 숄트와 맥머드뿐 아니라 문지기, 가정부, 하인까지 아무튼 전부 다 경찰서로 데려갔으니까. 그 경사만 여기 남아있네. 개는 여기에 두고 2층으로 올라가세."

우리는 토비를 홀에 묶어놓고 2층으로 올라갔다. 시체에 흰 천을 씌워놓은 것만 다를뿐 방안은 아까와 똑같은 상태였다. 경사가 피곤한 얼굴로 구석에 앉아있었다.

"그 램프 좀 빌려주세요, 경사님."

홈스가 램프를 받아들고는 내게 말했다.

"왓슨, 이 램프를 내 앞에 좀 묶어주게. 다락방 창문으로 나가보려고 그러네. 자, 됐네. 그리고 내 손수건을 크레오소트에 적셔주게. 같이 가보세."

우리는 아까처럼 다시 올라갔다. 홈스는 바닥의 발자국에 램프를 가까이 대고 살펴보았다.

"발자국을 자세히 보게. 특이한 점 못 느끼나?"

"어린 아이 발자국이거나 체격이 작은 여자 발자국 같은데."

"그래, 크기는 그렇고, 다른 점은 뭐 없나?"

"다른 점은 없는 것 같은데."

"이걸 보게. 먼지 위에 오른쪽 발자국 보이지? 그럼 내가 왼쪽 발자국을 내보겠네. 어떻게 다른가?"

"자네 발자국은 발끝이 붙어있고, 저쪽 건 하나하나 다 떨어져 있군."

"그렇지. 바로 그거야. 그리고 저기 창문으로 가서 냄새를 맡아보게. 나는 이 손수건을 갖고 여기 있겠네."

창문 옆으로 가자 타르 냄새가 코를 찔렀다.

"범인이 도망치면서 그곳에 발을 댄 거야. 자네가 냄새를 맡을 정도면 토비에게는 일도 아니겠구먼. 자, 그럼 개를 풀어서 블론댄(샤를르 블론댄, 1824~1897 프랑스의 유명한 곡예사)의 곡예쇼를 보러 가자고."

나는 정원으로 나가고, 홈스는 다락방 창문을 통해 지붕으로 나갔다. 어둠 속에서 그의 모습이 반딧불처럼 보였다. 잠시 굴뚝에 가려 보이지 않다가 다시 나타나더니 반대쪽으로 사라졌다. 내가 그쪽으로 돌아가보자 그는 지붕 끝에 앉아있었다.

"왓슨, 거기 있나?"

"어, 왔네."

"여기가 바로 그곳이네. 거기 검은 물체가 뭔가?"

"물통인 것 같네."

"뚜껑 있나?"

"어, 있어."

"사다리는 안 보이나?"

"없는데."

"제기랄! 여기가 가장 위험한 장소거든. 어쨌든 놈이 올라왔으니까 내려갈 수도 있겠지. 자, 그 물통 단단하겠지?"

홈스는 옆으로 움직이는 것 같더니 가슴에 달려있는 램프가 벽을 타고 천천히 내려오는 게 보였다. 그러고는 물통 위로 뛰어내렸다.

"별 것 아니네. 놈이 지나간 곳에 기와들이 흩어져 있더라고. 그리고 이것 보게. 아마도 서두르다가 떨어트린 것 같아. 아무튼 내 진단이 정확히 맞는 것 같네."

그가 내민 물건은 풀줄기로 짠 작은 주머니였는데, 싸구려 구슬이 실에 꿰어 장식되어 있었다. 담뱃갑 크기인데 속에는 숄트의 머리에 꽂혀있던 바늘과 같은 것이 반 다스 정도 들어있었다.

"그 무서운 바늘이네. 조심하게, 손에 안 닿도록. 이걸 찾았으니 얼마나 다행이야. 이게 그 놈이 갖고있던 전부라면 자네나 내가 이것에 찔릴 염려는 없겠네. 안 그런가? 그런데 자네 앞으로 6마일쯤 걸어갈 수 있겠나, 왓슨?"

"그럼."

내가 대답했다.

"자네의 다리 형편으로?"

"걸을 수 있다니까."

"그럼 가세. 자, 토비야! 토비 잘 하지? 냄새 맡으면서 가!"

홈스가 크레오소트에 적신 손수건을 토비의 코에 가까이 대자 토비는 다리를 벌린 채 서서는 포도주 감식가처럼 음미하듯 눈을 이상스럽게 감았다 떴다. 그 다음엔 홈스가 손수건을 멀리 던져놓고 토비를 물통 쪽으로 데리고 갔다. 그러자 토비는 갑자기 목소리를 떨며 크게 짖어대더니 코를 땅에 대고 꼬리는 들어올렸다. 그러고는 냄새가 나는 쪽으로 달려가기 시작했다.

천천히 해가 밝아와 싸늘한 어둠 속에서 앞을 조금 볼 수 있게 되었다. 저택은 온통 컴컴한 채 음산하고 서글픈 모습으로 휑하니 서 있었다. 그리고 정원은 곳곳이 파헤쳐져 있어 우리는 구덩이를 피해 다녀야만 했다. 또한 여기저기에 쓰레기들이 쌓여있고, 나무들도 쓰러져 있어 저택을 더욱 더 비극적이고 불길하게 보이게 했다. 토비는 계속 코를 킁킁대며 돌아다니더니 이윽고 한 밤나무 옆에 멈춰 섰다. 그 옆에는 담이 있었는데 벽돌이 몇 개 빠져있고 구멍이 나있었다. 홈스가 담으로 올라가 개를 담 밖으로 내려놓았다. 그러면서 내게 말했다.

"의족을 한 녀석의 손자국이 보이네. 손에서 난 피가 여기 묻어 있거든. 어젯밤 이후로 비가 안 와서 정말 다행이네. 28시간 전에 도망쳤지만 아직도 냄새가 남아있을 거야."

그건 믿을 수 없는 소리라고 나는 속으로 생각했다. 런던 교외 지역이라 그 사이에 수많은 마차들이 지나갔을 것이기 때문이었다. 그러나 내 의심은 곧 사라졌다. 토비가 그 특이한 걸음걸이로 쉴새없이 계속 냄새를 따라 걸어갔던 것이다.

"자네가 오해할까봐 미리 말하는데, 이 수사의 결론은 범인 중 한 사람에게 우연히 묻어있는 이 화학약품만으로 끝나는 건 아니라네. 이미 여러 가지가 밝혀졌으니까 범인을 찾는 것도 여러 가지 방법으로 할 수 있지. 그런데 이 방법이 가장 쉬운 데다 너무 분명하게 밝혀진 행운도 있었으니까 확인할 필요가 있었던 거야. 하지만 이 단서가 나오는 바람에 사실 수수께끼를 푸는 재미가 없어졌다네."

그래서 내가 말했다.

"이보게, 재미는 지금도 충분히 많네. 자네가 이 사건을 풀어나가는 방법이 지난번 제퍼슨 호프 때보다 더 감탄스러우니까 말이야. 나는 이번 사건이 더 깊이 있고 복잡하게 보이네. 일테면 의족의 남자가 범인이라는 것에 대해 어떻게 그토록 확신을 갖는지 난 정말 모르겠어."

"아, 그거? 그건 아주 간단한 일이지. 무슨 연극처럼 꾸미려는 게 전혀 아니야. 너무도 확실한 증거니까 말이야. 교도소 경비대를 관리하고 있던 두 명의 장교가 어느날 우연히 그 보물에 대해 알게 됐다네. 그 두 사람에게 도면을 그려준 사람은 조너던 스몰이라는 영국인이었지. 이 이름 기억나나? 모스탠 씨가 갖고 있던 쪽지에 적혀 있었잖은가. 그는 이 일에 관련된 사람들의 이름을 종이에 적었던 거야. 그래서 '네 사람의 서명'이라고 쓴 것이지. 아무튼 두 장교가, 아니 어쩌면 그 중 한 사람이 보물을 가지고 영국으로 돌아왔는데, 와서는 처음에 약속한 대로 조건을 이행하지 않았어. 그럼 조너던 스몰은 왜 자기 몫을 가지러 가지 않았을까. 뻔하지 뭐. 모스텐이 교도소 죄수들과 가깝게 지내면서 도면을 만들었는데, 조너던 스몰과 다른 패거리들이 그때 죄수로 있었기 때문에 나갈 수가 없었던 거야."

"하지만 그건 단지 추측이 아닌가?"

"그렇지 않네. 이건 유일한 가정이고, 사실을 완전히 설명할 수 있다네. 자, 그럼 들어보게. 결국 숄트 씨는 보물을 혼자 독차지하고 몇 년간 아주 잘 살고 있었어. 그런데 어느날 인도에서 편지가 하나 날아와서는 그를 공포에 빠트린 거야. 그게 무슨 편지였을까?"

"그가 이용한 사람들이 석방됐다는 편지였겠지."

"탈출했다는 소식이었을지도 모르지. 아마 그거였을 거야. 왜냐하면 숄트는 그들의 형기를 알고 있었을 거란 말이야. 석방됐다는 편지였다면 그렇게 충격을 받지는 않았겠지. 그래서 숄트는 그때부터 의족의 남자를 조심하기 시작했다네. 이 남자는 백인이야. 숄트가 백인 행상인에게 총을 쐈다는 걸 보면 분명 그 의족의 남자로 착각했다는 것이거든. 다른 죄수들은 인도인이거나 이슬람 교도일 거야. 그러니까 의족의 남자는 조너던 스몰과 같은 사람이라고 결론

내릴 수 있다네. 어떤가? 이상한 점 있나?"

"아니네. 추리가 아주 날카로운 것 같네."

"조너던 스몰의 입장에서 한 번 생각해볼까? 그는 당연히 자기 몫을 챙기고 숄트에게 복수하기 위해 그가 사는 곳을 알아냈겠지. 그리고 저택에 살고있는 한 사람과 연결이 되었을 거야. 하지만 보물이 있는 장소를 찾아낼 수가 없었어. 그건 숄트 씨와 죽은 하인밖엔 몰랐으니까. 그러던 중 어느날 그는 숄트 씨가 큰 병에 걸려 있다는 걸 알게 됐다네. 그가 죽으면 보물도 못 찾게 될 것 같아 스몰은 위험을 무릅쓰고 숄트 씨가 누워있는 방 창가로 다가갔지. 그런데 두 아들이 침대 옆에 있어서 결국 포기를 하고 말았어. 하지만 그는 마음이 급한 데다 원한에 사무쳐 있었기 때문에 그날 밤 결국 침실로 몰래 들어갔지. 그러고는 서류를 온통 뒤진 다음, 자신이 왔었다는 증거를 종이쪽지에 적어놓았어. 그건 아마 오래 전부터 그가 생각해왔던 내용이었을 거야. 다시 말해, 만약 숄트 씨를 죽일 경우 그런 내용을 시체 위에다 놓아두려고 했던 것이지. 그냥 살인이 아니라 네 사람의 동의하에 정의로운 행동을 한 것이라는 뜻을 전달하기 위해서 말이야. 이런 색다른 방법이야말로 범인을 찾아낼 수 있는 가장 유력한 단서가 되어주지. 어떤가? 잘 이해가 됐나?"

"어, 이해했네."

"그럼, 조너던 스몰이 그 다음에 취한 수단은 무엇이었을까? 숄트 씨의 아들들이 보물을 찾는 장면을 몰래 지켜볼 수밖에 없었겠지. 그러다 우연히 그 다락방에서 발견됐다는 걸 알게 됐을 거야. 그가 저택 안의 한 사람과 연결돼있다는 건 이 대목에서 더 분명하게 드러나고 있어. 하지만 조너던 스몰은 의족 때문에 높은 지붕으로 올라갈 수가 없으니까 다른 패거리들을 데리고 와서 도움을 받은 것이지. 그런데 그 때 한 명이 그만 발에 크레오소트를 묻힌 바람에 결국 토비를 동원하게 됐고, 다리가 불편한 퇴역 군의관 선생까지 6마일이나 걸어가게 됐던 거라네."

"그러면 실제로 숄트 씨의 아들을 살해한 건 스몰이 아니라 그의 하수인들이란 말이네?"

"그건 그렇지. 스몰은 숄트 씨의 아들을 죽일 생각까진 없었고 그냥 묶어 재갈을 물리는 정도로 하려고 했었겠지. 그래서 그가 몹시 화를 냈던 것 같아. 방안에 발자국이 온통 나있는 걸 보면 그가 발을 동동 굴렀다는 얘기거든. 어쨌든 패거리들이 바솔로뮤 숄트 씨를 죽여버렸으니 자기도 보물 상자를 찾은 다음 방으로 내려섰던 것이지. 내 추리는 여기까지네. 스몰의 체격은 중년답게 당당하고, 앤다만의 햇빛 때문에 얼굴이 많이 그을려 있을 거야. 키는 걸음폭으로 짐작되고, 수염을 기르고 있지. 새디어스 숄트가 창문으로 보았다는 그 얼굴 말이네. 그게 유일한 인상착의라네."

"그 패거리들은 어떤 사람들이었을까?"

"그건 어렵지 않아. 자네도 알아맞출 수 있지. 참 아침공기가 좋네! 저기 구름 좀 보게. 꼭 홍학의 깃털 모양처럼 담홍색으로 떠있군. 런던을 감싸고 있는 구름 위에서 태양이 내려다보고 있는 것 같지 않나? 태양은 모든 사람에게 빛을 내려보내고 있지만 자네와 나만큼 지금 기괴한 일에 몰두하고 있는 사람도 많지 않을 거야. 자연의 위대한 힘 앞에서 하찮은 욕심 때문에 아득바득 살고 있는 우리의 처지가 참 얼마나 한심한 건지. 자네 참, 장 파울 리히터의 작품을 많이 읽었다고 했지?"

"어, 칼라일을 통해 알게 됐다네."

"그러니까 시냇물을 따라 가다가 그 원천인 호수에 도달한 셈이군. 그가 기묘한 말을 했는데, 인간의 위대함을 증명하는 것은 스스로 자신의 미약함을 인식하는 힘에 있다는, 그런 말을 했지. 그런 인식을 할 수 있다는 것 자체가 자신의 고귀성을 증명하는 것 아닐까? 자신 안에 그런 평가를 할 수 있는 힘이 있는 거나 마찬가지니까 말이야. 리히터의 저작들에는 깊은 사상들이 많이 있지. 자네, 권총 가지고 왔나?"

"지팡이만 가지고 왔는데."

"놈들과 부닥치게 되면 권총이라도 하나 있어야 되는데… 그럼 조녀던은 자네가 맡고 다른 놈들은 내가 총으로 쏘아버리겠네."

그는 권총을 꺼내 총알을 두 발 재더니 오른쪽 주머니에 집어넣었다.

우리는 토비를 따라 시골길을 계속 걷다가 큰길로 접어들었다. 노동자들이 벌써 움직이는 모습이 보이고, 여자들도 일어난 차림으로 현관 앞을 쓸고 있었다. 선술집들도 벌써 문을 열었는지 해장술을 마신 거친 남자들이 입을 닦으며 나오고 있었다. 선술집 주변에서 어정거리고 있던 개들이 우리를 수상쩍게 쳐다보는데도 토비는 눈 하나 꿈쩍하지 않고 여전히 코를 땅에 박은 채 열심히 앞으로 걸어갔다. 우리는 케닝턴 거리까지 나왔다. 놈들은 일부러 길을 꼬불꼬불 걸어간 것 같았다.

케닝턴 거리 끝에서 왼쪽으로 가면 본드 거리에서 마일즈 거리로 들어가는 길이 하나 있다. 그 길로 가다가 나이트 광장으로 들어가는 곳에 이르자 토비가 갑자기 멈춰 서더니 한쪽 귀를 바짝 세우고 다른쪽 귀는 늘어뜨린 채 왔다 갔다 하는 동작을 되풀이 했다. 그러다가 그 자리에서 뱅뱅 돌기 시작했다. 토비는 동정을 구하는 표정으로 우리를 쳐다보기도 했다.

"토비가 왜 저러지? 놈들이 마차를 타지도 않았을 거고, 기구를 타고 날아가지도 않았을 텐데 말이야."

홈스가 그렇게 말했다.

"아마 여기서 그들이 멈춰서 있었나?"

"그렇지! 잘 하고 있어, 토비! 걷기 시작하는군."

토비는 걷다가 다시 한 번 주변을 돌아다니며 냄새를 맡더니 뭔가 확신이 선듯 훌쩍 뛰어올랐다. 그러고는 더 달려가려고 했다. 홈스도 눈을 반짝거렸다. 우리는 화이트 이글 술집 바로 뒷편에 있는 한 회사의 목재 창고까지 갔다. 거기서 토비는 다시 거의 미친듯 노동자들이 일하고 있는 내부로 달려들어갔다. 그러고는 톱밥들이 쌓여있는 통로를 지나 크게 한 번 짖어대더니 수레에 실려있는 큰 물통으로 갔다. 그 위에 올라선 토비는 마침내 혀를 내밀고 눈은 흥분된 채 우리를 쳐다보았다. 자신이 잘 했다는 걸 알아달라는 행동 같았다. 물통 옆과 수레바퀴에 거무스름한 액체가 묻어 있고 크레오소트 냄새가 물씬 풍겼다. 홈스와 나는 서로를 쳐다보며 어이없어 하다가 결국 웃음을 터트리고 말았다.

베이커 거리 유격대

"**어**떻게 된 거지? 토비의 코도 믿을 수가 없는 거야?"

내가 묻자 홈스는 토비를 물통에서 내려준 다음 밖으로 나가며 말했다.

"아니, 토비는 제 능력대로 했을 뿐이야. 런던에서 하루에도 얼마나 많은 크레오소트가 운반되겠나. 그러니 이런 일이 일어날 수밖에 없지. 요즘 특히 목재를 건조시키느라 크레오소트의 사용량이 많다고 하더라고. 토비가 잘못한 건 아니야."

"그럼 이제 원래 그 냄새가 났던 곳으로 돌아가야 하나?"

"그래야지. 다행히 그리 많이 되돌아가지는 않아. 아까 그 나이트 광장에서 토비가 뱅뱅 돈 건, 두 가지 냄새가 반대 방향으로 나눠져 있었기 때문이야. 우리가 아마도 잘못 들어왔는지 모르겠어. 이번엔 반대 방향으로 가보세."

토비와 우리는 광장에서 반대 방향으로 걸어갔다.

"아까는 차도로 갔는데 이번엔 보도로 가고 있는 걸 보니까 맞을 것 같네. 이번엔 확실해."

홈스가 말했다.

토비는 강가를 따라 가다가 벨몬트 광장에서 프린스 거리로 들어갔다. 그리고 브로드웨이의 끝에서 왼쪽으로 돌자 다시 강가로 나왔는데, 그곳에 작은 선창이 있었다. 토비는 짙은 색의 강물을 내려다보며 코를 킁킁거렸다.

"놈들이 여기서 배를 탔나. 운이 안 좋은데."

5, 6척의 작은 배를 바라보며 홈스가 말했다. 배마다 토비를 실어봤지만 아무런 반응도 보이지 않았다.

허름한 창고 옆에 벽돌집이 있는데, 창문에 나무 간판이 걸려있었다. 거기엔 '모디케아이 스미스' 라는 큰 글씨 아래 '배를 빌려드립니다' 라고 씌어 있었다. 그리고 다른 간판에는 증기선도 있다는 말이 씌어 있었다. 홈스는 그 주위를 둘러보며 괘씸하다는 표정을 지었다.

"일이 복잡해지네. 놈들이 생각했던 것보다 빈틈없이 했는 걸. 여기다 미리 준비를 해놓고 도망친 것 같아."

홈스가 벽돌집 문을 두드리자 여섯 살쯤 된 남자아이가 뛰어나오고 이어서 불그스름한 얼굴의 덩치 큰 여자가 스펀지를 들고 나오며 소리쳤다.

"빨리 와, 잭. 얼른 와서 씻어야지. 아빠 오셔서 너 그렇게 더러운 것 보면 야단치실 거야."

"꼬마야! 네 볼이 장밋빛처럼 아주 예쁘구나! 잭, 너 뭐 갖고 싶은 것 없니?"

홈스가 얼른 말을 걸었다. 아이는 조금 생각해보는 것 같았다.

"1실링이요."

"더 좋은 것 아니고?"

아이는 다시 생각을 해보았다.

"그럼 2실링 갖고 싶어요."

"자, 받아! 아이가 착하네요, 스미스 부인."

"고맙습니다만 엄청 개구쟁이죠. 이젠 힘에 부치네요. 남편이 며칠씩 집에 없으면 더 힘들어요."

"아, 남편께선 안 계시는군요. 그럼 어떡하죠. 스미스 씨에게 볼일이 있어서 왔거든요."

홈스가 몹시 실망한 듯 말했다.

"어제 아침에 떠났어요. 걱정이 되는군요. 그런데 배에 대해 물으시려면 나한테 물어도 돼요."

"아, 그래요? 증기선을 빌리고 싶은데요."

"증기선은 안 되는데요. 남편이 타고 갔거든요. 그런데 이상하네…… . 왜 석탄을 울릿지에 갔다올 만큼밖에 안 실었을까. 거룻배를 타고 갔으면 이렇게 불안하지 않을 거예요. 더 멀리 갈 때도 있고, 오래 머물 때도 자주 있으니까요. 그런데 어제는 왜 증기선을 타고 갔는지 모르겠네요."

"석탄은 부두에서도 살 수 있을 거예요."

"그건 아는데요. 남편은 그렇게 하지 않거든요. 조금 사면서도 곧잘 싸우게 되니까요. 더구나 그 의족을 한 남자는 생긴 것도 이상하고 말투도 정말 이상해요. 뭐 하는 사람인지 모르겠어요. 이 근처에서 늘 어슬렁거리고 있거든요."

"의족을 한 남자요?"

홈스는 놀란 표정을 지어보였다.

"네, 원숭이처럼 생긴 남잔데 가끔 남편을 찾아와요. 어젯밤에도 와서 남편을 깨웠는데, 뭐 약속이 돼있었는지 남편이 증기선에 시동을 걸어놓았더라고요. 저는 솔직히 자꾸 불안한 생각이 들어요."

홈스는 어깨를 움츠리며 말했다.

"괜찮을 거에요. 걱정 마세요. 그런데 어젯밤에 온 남자가 의족을 단 사람인 건 어떻게 아셨지요? 확신하는 이유라도 있습니까?"

"그 사람 목소리가 분명했어요. 탁하고 쉰듯한 목소리거든요. 새벽 3시쯤 됐을 거에요. 누가 막 창문을 두드리면서 말하더라고요. '일어나요. 떠날 시간 됐어요.' 하고요. 남편은 소리를 듣고 부리나케 일어나더니 아들을 깨워 둘이 같이 나갔어요. 아들도 배를 타거든요. 나한테는 아무 설명도 안 하더군요. 그런데 의족이 돌 위를 걸어가는 소리가 들렸어요."

"그 남자 혼자 왔나요?"

"그건 모르겠는데요. 다른 소리는 못 들었어요."

"큰일났네, 이거. 우리는 증기선이 필요해서 왔거든요. 댁의 증기선이 좋다고 누가 말하더라고요. 증기선 이름이 뭐죠?"

"오로라 호에요."

"아, 맞아! 초록색에 노란색 줄이 쳐있는 낡은 배죠? 그리고 폭이 넓은 편이죠?"

"아니에요. 이 강의 어느 배보다도 수리가 잘 돼있어요. 근래에 새로 칠을 했는데, 검은색 바탕에 빨강색 줄무늬가 두 개 그어져 있죠."

"네, 감사합니다. 남편 문제는 너무 걱정하지 마세요. 곧 오시겠죠. 강을 따라 가다가 혹시 오로라 호를 보면 부인이 걱정하고 있다고 전해드리겠습니다. 굴뚝이 검은색이죠?"

"아니에요. 검은색에 흰색 줄이 들어가 있어요."

"아, 알겠습니다. 그럼 안녕히 계세요. 왓슨, 저기 저 배를 타고 가세. 사공이 있네."

배에 올라타며 홈스가 말했다.

"저런 사람들과 말할 때 조심할 점은, 그들이 하는 말을 우리가 중요하게 듣는다는 눈치를 보이면 안 된다네. 만일 그런 낌새를 느끼면 저런 사람들은 더 이상 말을 안 해버리거든. 오히려 이쪽이 잘못 알고 있다는 생각을 하게 되면 그들은 우리가 궁금한 건 뭐든 다 얘기해주지."

"어쨌든 상황이 뚜렷해진 것 같네."

내가 말했다.

"그럼 어떻게 하면 좋을까?"

"증기선을 타고 오로라 호를 뒤쫓아가야지."

"그건 안 돼. 오로라 호가 어느 부두에 있을지 모르니까. 부두가 엄청 많거든. 아마 다 뒤지는데 며칠 걸릴 거야."

"그럼 경찰의 도움을 받는 건 어떤가?"

"아니야. 지금까지 해왔으니까 끝까지 혼자 해보고 싶네. 물론 마지막에는 아셀니 존스에게 연락할 생각이네."

"그렇다면 부두에다 광고를 내면 어떨까?"

"그건 더 위험해. 범인들이 추격 받는 걸 알게 되면 외국으로 튈 테니까 말이야. 지금 당장도 도망칠 가능성이 있지만 안전하다고 느끼고 있다면 서두르지는 않을 거야. 이런 점에서는 존스가 필요하기도 해. 왜냐하면 그의 판단이 신문에 실리게 되면 범인들은 그걸 보고 존스가 엉뚱한 추측을 하고 있다고 생각할 테니까."

"그럼 어떻게 하는 게 좋겠나?"

밀뱅크 교도소 근처 강가를 걸으며 내가 물었다.

"저 마차를 타고 일단 집으로 돌아가세. 그리고 아침을 먹고 1시간 정도 눈을 붙이세. 오늘 밤에도 또 걸어야 하니까. 이봐요, 우체국 앞에서 잠시 좀 세워줘요. 토비는 또 할 일이 있을지 모르니까 데리고 있어야겠어."

우체국 앞에 마차를 세워놓고 홈스는 들어가 전보를 쳤다. 그리고 다시 마차를 타고 가다가 그가 물었다.

"누구한테 전보를 쳤는지 알겠나?"

"아니, 모르겠는데."

"제퍼슨 호프 사건 때 내가 이용한 베이커 거리 유격대 기억나나?"

"그럼, 기억나지."

나는 웃으며 대답했다.

"그들이 필요할 것 같네. 일단 그들을 써봐야겠어. 소년 대장 비긴 즈한테 전보를 보냈는데, 아마 우리가 아침 식사를 끝마치기 전에 부하들과 함께 도착할 거야."

그때 시각이 8시에서 9시 사이였다. 나는 간밤에 계속 긴장해 있었기 때문에 몸이 축축 처지기 시작했다. 정신이 몽롱해지고 기운도 남아있지 않았다. 나는 홈스처럼 정열이 솟구치지도 않고, 사건의 추상적인 면을 잘 이해하고 있지도 않았다. 바솔로뮤 숄트가 어떤 사람이었는지도 모르고, 가해자들에 대해서도 반감만을 가질 수는 없었다. 하지만 보물에 대해서는 달랐다. 그 중 일부는 정당하게 모스탠 양에게 돌아와야 했다. 보물을 되찾을 수만 있다면 나는 그것을 위해 위험을 무릅쓸 각오가 돼있었다. 사실 그녀가 보물을 찾게 되면 그녀는 영원히 내가 만날 수조차 없는 존재가 되어버릴지도 모른다. 그러나 그런 생각에 치우친다면 그녀를 진심으로 사랑하는 게 아닐 것이다. 아무튼 홈스는 범인을 찾기 위해 끝까지 추적하겠지만 나로서는 보물을 찾기 위해서라면 그보다 열 배는 더 노력해야 할 충분한 이유가 있었던 것이다. 집에 도착해 샤워를 하고나자 몸이 좀 가뿐해졌다. 식탁엔 신문이 펼쳐져 있고, 홈스는 막 커피를 따르고 있었다.

"기사가 나왔네, 왓슨. 존스와 기자가 함께 만들어냈겠지. 우리가 다 생각했던 대로야. 일단 식사부터 하세."

신문엔 '아퍼 노드의 기괴한 사건'이라는 제목으로 기사가 실려 있었다. 그리고 스탠더드 지에는 다음과 같은 기사가 실려 있었다.

어젯밤 12시쯤 어퍼 노드의 폰디셸리 저택에서 바솔로뮤 숄트 씨가 죽은 채로 발견되었다. 사인은 현장 상황으로 미루어 보아 범죄에 의한 것으로 추정되고 있다. 숄트 씨의 몸에 폭행을 당한 흔적은 없지만 고인의 아버지가 상속한 인도산 고가품 보석들이 모두 도난당한 상태다. 사건현장을 최초로 발견한 사람은 고인의 동생인 새디어스 숄트 씨, 그리고 방문자로 함께 갔던 셜록 홈스 씨와 왓슨 박사였다.

다행히 유능하기로 이름 난 아셸니 존스 경감이 때마침 노드 경찰서에 있다가 소식을 듣고 30분 후 현장에 도착했다. 오랜 경험에 의한 노련한 솜씨로 그는 즉시 범인 색출에 나서, 피해자의 동생인 새디어스 숄트 씨와 가정부, 하인, 문지기 등을 현장에서 체포하는 성과를 올렸다.

범행 상황으로 보아, 범인이 집안의 구조를 잘 알고 있는 자였다는 건 분명하다. 존스 경감의 예리한 관찰력에 의하면, 범인들은 저택의 지붕에 있는 창문을 통해 피해자의 방 위쪽에 있는 다락방으로 침입했다고 한다. 이 사실을 결정적으로 증명하는 단서도 발견된 만큼 이번 사건은 단순한 강도행위가 아니라는 걸 입증하고 있다.

경찰이 이런 책임의식과 민첩한 행동의 결과를 내보임으로써 한 사람의 숙련된 능력이 얼마나 유익한 것인지를 다시 한 번 증명하게 되었다. 이러한 사실은 또한 우리나라 경찰력을 더 세분화해서 사건의 접촉을 보다 원활하고 긴

밀하게 할 수 있도록 해야 한다는 주장에 불을 지폈다고 볼
수 있다.

"대단하지 않나?"
홈스는 커피를 마시며 우습다는 표정으로 말했다.
"우리도 까딱 하단 체포당할 뻔 했네."
"그러게 말이야. 하지만 그가 다시 너무 정력적이다 못해 발작을
일으키기라도 하면 어떻게 될지 모르지."
그때 갑자기 초인종이 크게 울리며 곧 하숙집 주인인 허드슨 부인
의 당황스런 목소리가 들려왔다. 나는 깜짝 놀라 일어섰다.
"아니, 이거! 홈스, 우리를 잡으러 온 거 아니야?"
"아니네. 경찰들이 아니라 베이커 거리 유격대일세."
홈스가 말하는 동안 벌써 와자지껄 하니 여러 명이 계단을 올라오
는 소리가 들렸다. 그러더니 10여 명의 꾀죄죄한 부랑아들이 방안으
로 들어섰다. 그들은 곧 규율을 지키며 나란히 늘어서서 우리를 바
라보았다. 그 중 가장 키가 크고 나이 들어 보이는 소년이 위엄을 갖
추며 앞으로 나왔다.
"전보를 받고 모두 호출했습니다. 교통비는 3실링 6펜스 들었습
니다."
그러자 홈스가 은화를 내밀며 말했다.
"자, 이거 받아, 비긴즈. 앞으로는 네가 일괄 보고를 받아서 나한
테 전해주면 좋겠구나. 전부 다 오지 말고 말이다. 지금은 어차피 이

렇게 왔으니까 설명하마. 오로라 호라는 증기선을 찾고 있단다. 소유주는 모디케아이 스미스이고, 배 색깔은 검은색에 빨강색 줄이 두 개 그어져 있어. 굴뚝은 검은색 바탕에 흰색 줄이 한 개 들어가 있고. 템즈 강 어딘가에 있을 거야. 한 사람은 밀뱅크 건너편에 있는 모디케아이 스미스의 부두를 지키고 있어야 한다. 그러다가 증기선이 들어오는 게 보이면 즉각 보고하도록. 나머지 사람들은 두 팀으로 나눠서 강 양쪽을 감시해야 한다. 어쨌든 찾는 대로 곧장 보고해야 돼. 알겠나?"

"알겠습니다, 대장님."

비긴즈가 힘차게 대답했다.

"보수는 지난번과 같다. 하지만 배를 발견한 사람에게는 1기니를 더 주겠다. 자, 이거 오늘 일당이다. 빨리 출발해라."

홈스는 소년들에게 1실링씩을 주었다. 그들은 즉시 밖으로 나가더니 줄을 지어 걸어갔다.

"만약 증기선이 강에 있다면 저 녀석들이 틀림없이 찾아낼 거야. 녀석들은 어디든지 갈 수 있고, 무엇이든지 볼 수도 있고, 또 사람들이 하는 말을 들을 수도 있거든. 아마 오늘 저녁까지 알아낼 걸. 이제는 보고를 기다리는 것밖엔 할 게 없어. 오로라 호를 찾아내야지만 다른 진행을 할 수 있으니까."

홈스는 파이프 담배를 피워 물었다.

"토비에게도 먹을 것을 좀 줘야겠지. 자네는 한숨 자게, 홈스."

"아니, 피곤하지 않네. 나는 체질이 특이해서 게으름을 피우면 더 기운이 없고 축축 늘어지는데 한 번 일에 집중했다 하면 전혀 피로감을 안 느끼거든. 담배 피우면서 우리의 아름다운 손님이 가져온 이색다른 사건을 좀 생각해봐야겠네. 그런데 이 사건이야말로 세상에서 가장 단순한 사건이 아닐까 싶어. 왜냐하면 의족을 한 남자가 흔한 것도 아니고, 공범자도 아주 이색적인 인물이니 말일세."

"아, 그 공범자 말인가?"

"그렇다네. 놈의 발자국은 작았어. 그리고 신발을 한 번도 신지 않은 자연스런 발이었지. 게다가 몸이 아주 날렵했고, 돌을 매단 막대기와 독침을 사용했어. 이런 사실들에 대해 자네는 어떤 생각이 드나?"

"원시인 같군! 조너던 스몰과 함께 감옥에 있었던 인도인 중 하나가 아닐까?"

나는 자신있게 큰 소리로 말했다.

"아닌 것 같네. 처음엔 나도 그렇게 생각했었지. 그러다가 발자국을 보고는 아니라는 생각이 들었어. 인도인 중에 키가 작은 인종이 있긴 한데, 발자국이 그렇지가 않아. 그리고 인도인들은 대체로 발이 길고 볼은 좁은 편이고, 이슬람교도들은 샌들을 신기 때문에 엄지발가락이 따로 떨어져 있는 경우가 많지. 그리고 그 독침은 입으로 부는 화살통으로 쓰는 방법밖에 없다네. 그렇다면 어떤 원시인일까?"

"남아메리카 쪽?"

나는 되는 대로 그냥 대답해보았다. 그러자 홈스가 책장에서 두꺼운 책을 한 권 꺼내들었다.

"이건 지명사전인데, 가장 권위 있는 책이라고 할 수 있지. 뭐라고 설명돼있는지 한 번 볼까? '앤다만 제도 : 수마트라 북방으로 340마일 떨어져 있는 뱅골만에 위치. 습한 기후, 산호초, 상어, 브레어 항구, 감옥……. 아, 여기 있네! 앤다만 제도의 토착민은 지구상 가장 작은 인종이라는 특성이 있다. 그러나 아프리카의 부시맨, 아메리카의 뿌리 캐는 인디언, 또는 푸에고 제도의 토착민이 가장 작은 인종이라고 말하는 인류학자도 있다. 평균 키는 4피트 미만이며 성인 중에도 이보다 훨씬 작은 사람들이 많다. 거칠고 음침해 접근하기 어려운 인종이지만 한 번 신뢰를 얻으면 헌신적인 태도를 내보인다. 왓슨, 바로 이 대목이야. 계속 읽어보세. 못 생긴 머리와 작은 눈, 비뚤어진 얼굴 형태를 하고 있으며, 손발이 아주 작다. 선원들에게는 공포의 대상으로, 돌을 매단 곤봉을 사용해 사람의 머리를 때리거나 독침으로 사살한 다음 그 고기를 먹으며 잔치를 벌인다. 왓슨, 이 사건은 엄청 더 끔찍스러운 일들이 일어날 뻔 했던 것 같네. 조너던 스몰은 그놈을 끌어들인 걸 후회했을 거야."

"어떻게 그런 놈을 찾아냈을까?"

"글쎄 말이야. 어쨌든 스몰이 앤다만에서 나온 건 분명하니까 거기 원주민하고 같이 왔을 수도 있지. 곧 밝혀지겠지 뭐. 아무튼 왓슨, 자네 되게 피곤해 보이는데, 거기 소파에 좀 눕게나. 내가 잠들게 해주겠네."

그는 바이올린을 잔잔히 연주하기 시작했다. 즉흥적으로 그가 만든 곡인데, 그는 평소에도 곧잘 곡을 만들곤 했다. 그의 진지한 표정과 가느다란 팔, 그리고 바이올린의 활이 어렴풋이 눈앞에 어른거리며 이내 난 바다 위에 떠있는 기분이 들었다. 그리고 메리 모스턴의 아름다운 얼굴이 떠오르며 잠에 빠져들었다.

사슬이 끊어지다

내가 잠에서 깼을 때는 오후도 다 끝나가는 무렵이었다. 셜록 홈스는 바이올린을 옆에 놓고 책을 읽고 있었다. 내가 부스럭대는 소리에 그는 나를 쳐다보았는데, 몹시 어둡고 걱정에 잠긴 얼굴이었다.

"자네 깊이 자더군. 말소리 때문에 깰까봐 걱정되더라고."

"전혀 안 들렸어. 뭐 새 소식 있었나?"

"유감스럽게도 없다네. 솔직히 놀랍고 실망스러워. 지금쯤은 알수 있으리라고 생각했거든. 좀전에 비긴즈가 왔었는데, 증기선의 행방이 묘연하다는 거야. 지금 한 시간이 급한데 말이야."

"내가 뭐 할 일 없나? 피곤도 말끔히 가셨고 오늘 밤 더 멀리도 갈수 있을 것 같은데."

"아니네. 지금은 아무것도 할 수가 없어. 보고를 기다리는 수밖에 다른 일을 할 수가 없네. 자네는 다른 일 있으면 하게. 나는 여기서 기다려야 되니까."

"그러면 난 세실 폴레스터 부인 댁에 갔다 오겠네. 꼭 다시 들르겠다고 했거든."

"세실 폴레스터 부인?"

홈스는 넌즈시 웃으며 말했다.

"물론 모스탠 양도 만나봐야지. 일이 어떻게 돌아가는지 몹시 궁금할 테니까."

"나같으면 얘기하지 않을 거야. 여자들은 결코 믿어서는 안 되거든. 아무리 훌륭한 여자라도 말이야."

나는 그런 한심한 말에 대꾸할 시간이 없었다. 그래서 빨리 갔다 오겠다는 말만 하고 떠났다.

"그럼 행운을 비네! 그리고 미안하지만 강을 건너가니까 토비를 좀 데려다주게. 아무래도 토비가 필요 없을 것 같네."

그래서 나는 가는 길에 우리의 존경스런 잡종견 토비를 주인에게 돌려주고 세실 폴레스터 부인 집으로 갔다. 모스탠 양은 조금 피곤해 보이기는 했지만 열심히 귀를 기울였다. 나는 사건의 끔찍한 부분은 빼고 모든 얘기를 해주었다. 숄트 씨가 어떻게 살해되었는지도 물론 생략했다. 다 듣고 나자 두 사람은 몹시 놀라워 했다.

"무슨 로맨스 소설 같아요! 처음엔 여자에게 나쁜 일이 생기고, 그 다음에 50만 파운드의 보물이 나오고, 이어서 원시인과 의족을 한 범인들 얘기가 나오니까 말이죠. 흔한 얘기가 아니잖아요."

폴레스터 부인이 말하자 모스탠 양도 덧붙여 말했다.

"게다가 노련한 두 명의 기사가 도와주려고 나타난다는 얘기도 그럴 듯 해요."

모스탠 양은 미소를 지으며 나를 쳐다보았다.

"아니, 메리, 수사의 결과에 따라 당신의 운이 달라지는데 그렇게 남의 일처럼 말하다니! 대단한 부자가 되어 높은 곳에서 사는 것이 어떤 기분일지 한 번 상상해봐요."

폴레스터 부인이 그렇게 말하는데도 모스탠 양은 조금도 들뜨는 기색이 없었다. 난 그녀의 태도를 보고는 정말 뿌듯하고 기쁘지 않을 수 없었다. 그녀의 당당한 자세는 그런 일 따위엔 관심도 없는 것처럼 보였다. 그러면서 이렇게 말했다.

"새디어스 숄트 씨가 걱정 되요. 너무 잘 해주시고 좋으신 분인데. 그분이 혐의를 벗게끔 우리가 도와드려야 할 텐데요."

내가 그곳을 떠나 하숙집으로 돌아왔을 때는 벌써 밤이었다. 홈스는 보이지 않았다. 그가 혹시 쪽지를 써놓지 않았을까 하고 봤지만 그런 건 없었다. 마침 허드슨 부인이 올라오기에 물었다.

"셜록 홈스는 나갔습니까?"

그러자 그녀는 목소리를 낮추며 걱정하는 표정으로 말했다.

"아니오. 방에 계세요. 어디 아프신가요?"

"왜요? 무슨 일 있었나요?"

"네, 좀 이상했어요. 방안에서 계속 왔다갔다 걸으시더라고요. 발소리 때문에 머리가 아플 지경이었죠. 그리고 혼자 계속 중얼거리면서 초인종 소리가 날 때마다 누구 왔느냐고 묻더라고요. 지금도 방에서 왔다갔다 하시는 소리가 들려요. 해열제 드시겠느냐고 물었더니 아무 대답도 안 하고 나를 뚫어지게 쳐다만 보는 거예요. 그래서 그냥 나올 수밖에 없었죠."

"괜찮을 거예요, 부인. 전에도 그런 적이 있었거든요. 너무 신경이 곤두서서 그랬을 거예요."

그러나 괜찮은 일이 아니었다. 예상치 않았던 공백 상태가 홈스의 예민한 신경을 얼마나 자극했던지 그는 잠을 한숨도 못 자고 밤새도록 방안에서 서성거렸던 것이다. 아침 식탁에 나온 그는 몹시 지친 모습으로 열이 있는 듯 얼굴이 불그레 했다.

"자네는 자기 자신을 너무 힘들게 하고 있어. 밤새도록 서성거리는 소리가 들리던데."

"어, 잠이 안 오더라고. 이 사건이 나를 약올리고 있어. 범인과 증기선은 알아냈는데 어디에 있는 줄을 모르니, 이거 원 답답해서 말이야. 생각지도 않았던 문제가 생기다니, 참 한심하지. 다른 녀석들을 보내서 강 양쪽을 샅샅이 뒤져보라고 했는데도 아직 아무런 소식도 없고, 스미스 부인도 남편 소식을 아직 못 들었다는군. 배를 강 속에 가라앉혔나 하는 생각도 들어."

"혹시 스미스 부인이 거짓말을 한 걸까?"

"그렇지는 않을 거야. 여기저기 알아보니까 그런 증기선이 있는 건 맞더라고."

"그럼 강을 거슬러 올라갔을까?"

"그럴 수도 있어서 녀석들에게 리치먼드까지 가보라고 했네. 만약 오늘도 소식이 없으면 내일 내가 나가서 범인을 찾아봐야겠어. 하지만 오늘은 보고가 들어오겠지."

그러나 보고는 없었다. 이제 노드의 살인 사건 이야기는 모든 신문에 실렸다. 그런데 기사마다 새디어스 숄트를 의심하는 내용으로 씌어 있었다. 그리고 내일 검시할 거라는 내용 외에 다른 새로운 소식은 없었다. 저녁에 모스탠 양에게 보고를 하러 갔다가 돌아왔는데, 홈스는 기분이 안 좋아 보였다. 내 말에 대답도 하지 않고 저녁 내내 무슨 화학 실험을 하고 있었다. 나중엔 코를 찌르는 냄새 때문에 견딜 수가 없었다. 실험 도구 부딪치는 소리는 새벽 2, 3시까지도 계속 들렸다.

새벽에 잠에서 깼는데 홈스가 후줄근한 선원 옷차림으로 빨강색 스카프를 목에 두르고 침대 옆에 서있는 게 보였다. 내가 놀라서 묻자 그가 말했다.

"강으로 나가봐야겠네. 그런데 왓슨, 아무리 생각해봐도 방법은 한 가지밖에 없는 것 같네. 아무튼 해볼만한 가치는 있을 것 같아."

"내가 같이 갈까?"

"아니야. 자네가 여기 있는 게 나한테는 더 도움이 되네. 나도 나가고 싶지는 않아. 비긴즈가 어젯밤에는 무척 낙담해있던데 오늘쯤은 보고가 있겠지. 편지나 전보가 오면 자네가 알아서 처리하게. 할 수 있겠지?"

"걱정 말고 갔다 오게."

"내가 어디 있을지 모르니까 자네가 나한테 연락은 못할 걸세. 하지만 별로 오래 있지는 않을 거야. 어쨌든 정보를 얻는 대로 곧 돌아오겠네."

아침 식사 시간까지도 아무런 소식이 없었다. 그런데 문득 스탠더드 지를 펼쳐보니까 사건에 대한 새로운 보도가 실려 있었다.

이번 아퍼 노드의 살인사건은 처음에 생각했던 것보다 훨씬 더 복잡한 내막이 있을 가능성이 있다고 관계자들은 보고 있다. 따라서 새디어스 숄트 씨를 유력한 용의자로 보고 수사를 진행했던 경찰 당국은 어젯밤에 그와 가정부 번스턴 부인을 석방조치하였다. 당국은 새로이 진범 파악에 나서 단서를 포착한 상태며, 아셀니 존스 경감이 사건 해결에 총력을 기울이고 있는 만큼 조만간 좋은 성과가 나오리라고 기대되고 있다.

'음, 나쁘지는 않군. 어쨌든 숄트 씨가 풀려났으니까. 그런데 새로운 단서가 도대체 뭘까. 틀렸을 경우에 경찰이 늘 하는 상투적인 말이겠지 뭐.' 나는 속으로 생각하며 신문을 식탁에 던졌다. 그러다 얼핏 사람을 찾는다는 광고가 눈에 들어왔다.

사람을 찾습니다 : 선원 모디케아이 스미스와 그의 아들 짐이 지난 화요일 오전 3시쯤 증기선 오로라 호(검은색 선체

에 빨강색 줄이 두 개 그어져 있고, 굴뚝은 검은색에 흰색 줄이 하나 그어져 있음)를 타고 스미스 선창에서 출발한 이후 지금까지 소식이 없습니다. 이 두 사람과 오로라 호의 소재를 아시는 분은 스미스 씨의 부인이나 베이커 거리 221B로 연락해 주시면 사례금 5파운드를 드리겠습니다.

이건 홈스의 광고가 틀림없었다. 범인들이 이 광고를 본다 해도 행방불명된 가족을 찾는 여자의 안타까움 이상으로 생각할 것 같지는 않았다.

또 긴 하루가 지나가고 있었다. 홈스도 돌아오지 않고, 광고를 보고 누가 찾아오지도 않았다. 책을 읽어보려고 했지만 머릿속은 자꾸만 이 기괴한 사건으로 가득 차고 말았다.

홈스의 추리에 무슨 잘못된 문제가 있는 건 아닐까 하는 생각이 들었다. 시작부터 잘못된 전제를 두고 계속 어긋난 추리를 해왔던 건 아니었을까. 그가 실수한 걸 한 번도 본 적은 없지만 아무리 날카로운 추리가라도 실수할 수는 있을 것이다. 지나치게 정교한 이론을 내세움으로써 오히려 바로 가까이에 있는 더 명확하고 상식적인 해답을 놓치는 수도 있지 않겠는가. 그러나 나 또한 증거의 현장을 목격했고, 홈스가 그렇게 추리하는 근거도 충분히 이해하고 있었다.

오후 3시쯤 초인종이 울리며 수선스런 목소리가 들리더니 뜻밖에도 아셀니 존스가 방문 앞에 나타났다. 그런데 그의 표정이 지난번 아퍼 노드에서 거드름을 피우며 상식이 어쩌고 저쩌고 하면서 잘난 체하던 것과는 영 다른 모습이었다. 어딘지 수그러지고 겸손한 자세에 미안한 표정도 엿보였다.

"안녕하십니까, 선생님. 셜록 홈스 씨는 안 계신다고 들었습니다만."

"네, 언제 돌아올지 모르는데요. 기다리고 싶으시면 거기 의자에 앉아서 담배 한 대 피우시죠."

"네, 감사합니다. 그럼 기다려보겠습니다."

존스는 큰 손수건을 꺼내 얼굴을 닦았다.

"위스키 한 잔 드릴까요?"

"네, 반 잔만 주세요. 날씨가 벌써부터 왜 이리 더운지 모르겠네요. 노드 사건에 대해 제가 얘기한 것 알고 계시죠?"

"물론이죠. 지난번에 들었잖습니까?"

"그런데 제 생각을 바꿔야 할 것 같습니다. 그동안 숄트 씨를 내내 감시하고 있었는데, 그만 허사로 돌아갔으니까요. 숄트 씨에게 그 무엇보다도 확실한 알리바이가 성립되고 말았습니다. 그 사람이 형의 방을 나간 후부터의 행적이 증명됐어요. 그러니 이제 지붕 위로 올라가 천장을 통해 방으로 내려온 사람이 그가 아니었다는 게 분명해진 거죠. 아무튼 이 사건은 너무 힘에 부쳐 수사관으로서의 위신이 땅에 떨어질 지경입니다. 그래서 좀 도움을 청하고자 이렇게 방문했습니다."

"뭐, 누구나 도움을 청할 때도 있는 거죠."

내 말에 존스는 또 다시 그 쉰 듯한 목소리로 솔직한 얘기를 늘어놓았다.

"셜록 홈스 씨는 정말 대단한 분이시죠. 자기 이론이 분명하지 않습니까? 젊으신 분인데도 수많은 사건들을 그렇게 맡으면서 한 번도 틀린 적이 없었죠. 변칙을 사용해 단번에 결론을 내리는 방법이 좀 급하기는 하지만, 그래도 전체적으로 보면 이 분야에서 가장 재능 있는 분이라고 저는 생각합니다. 전 그분을 확실히 인정하고 있지요. 아침에 홈스 씨한테서 전보를 받았는데, 어떤 단서를 잡으신 모양이에요. 자 한 번 보세요."

곧 베이커 거리로 오시기 바람. 내가 없더라도 기다리실 것. 숄트 사건의 패거리를 처치하고 있음. 마지막 장면을 목격하고 싶으면 함께 가겠음.

"아주 좋은 소식이군요. 단서를 다시 잡은 것 같네요."

내가 말하자 존스가 무척 반가운 듯 소리를 쳤다.

"그럼 홈스 씨도 실수를 했단 말인가요? 뭐 아무리 뛰어난 탐정도 추리를 잘못할 때가 있겠죠. 이번 단서도 두고 봐야겠네요. 하지만 우리 경찰들은 실수가 용납이 안 됩니다. 누가 온 것 같은데, 혹시 홈스 씨 아닐까요?"

누군가 숨을 헐떡이며 계단을 힘겹게 올라오는 발소리가 들렸다. 그리고 곧 숨을 몰아쉬며 우리 방으로 들어섰는데, 선원 복장을 한 늙은 남자였다. 그는 등이 굽어있고 몸을 떨고 있었다. 그리고 머리를 스카프로 감싸고 있어서 날카로운 눈빛과 긴 턱수염이 더 강조돼 보였다.

"무슨 일로 오셨죠?"

내가 묻자 그는 조심스럽게 주위를 둘러보며 말했다.

"셜록 홈스 씨를 만나러 왔습니다만."

"지금은 안 계시는데, 전할 말씀 있으면 저한테 하셔도 됩니다."

"직접 말씀드리고 싶은데요."

"저한테 하셔도 된다니까요. 모디케아이 스미스의 배 때문에 오셨죠?"

"네, 맞습니다. 배가 어디 있는지 알고 있거든요. 놈들이 있는 장소도 알고 있지요. 그리고 보물을 숨겨둔 곳도 알고 있습니다. 나는 전부 다 알고 있어요."

"그러니까 저한테 말씀하세요. 전해드릴 테니까요."

그러나 늙은이는 계속 고집을 부렸다.

"직접 얘기하고 싶군요."

"그럼 돌아올 때까지 기다리세요."

"그건 좀 곤란한데요. 하루를 다 허비하게 되니까요. 그럼 뭐, 할 수 없죠. 홈스 씨가 직접 찾아보든지 해야죠."

노인은 그렇게 말하며 또 힘들게 다리를 끌면서 막 떠나려 했다. 그때 아셀니 존스가 문을 가로막고 서서 그를 제지했다.

"아니, 이거 왜 이래요! 생판 모르는 사람들이 왜 나한테 이러는 거요!"

노인은 지팡이를 바닥에 탕탕 내리치며 언성을 높였다.

"시간을 허비한 것에 대해 보상은 해드릴 테니 잠깐만 앉아보세요. 홈스는 곧 돌아올 겁니다."

내가 말하자 노인은 두 손으로 얼굴을 감싸며 소파에 앉았다. 존스와 나는 다시 담배에 불을 붙이며 얘기를 시작했다. 그러다 한 순간, 갑자기 홈스의 목소리가 들려왔다.

"나도 한 대 주게."

우리는 깜짝 놀라 자리에서 일어났다. 홈스가 바로 옆에서 웃고 있는 게 아닌가!

"아니, 홈스! 언제 돌아왔나? 그런데 그 노인은 어디 간 거지?

"노인도 여기 있지. 이것들을 보라고. 가발, 턱수염, 눈썹, 다 있잖은가. 내가 생각해도 그럴듯 하게 변장을 한 것 같은데, 정말 감쪽같이 속아넘어가는군."

"전혀 몰랐어요! 홈스 씨, 배우 같은 데가 있으시군요. 배우가 됐으면 아주 유명해지셨겠어요. 기침 소리도 어쩌면 그렇게 궁핍한 늙은이 소리랑 똑같은지. 그리고 또 그 걸음걸이는 어쩌고요. 주당 10파운드는 충분히 받을만한 배우의 연기라고 해야겠죠. 그런데 눈빛이 날카로운 게, 당신이 아닌가 하는 생각은 순간 들었어요."

존스가 반갑다는 듯 큰 소리로 말했다.

홈스는 천천히 담배에 불을 붙였다.

"내가 요즘엔 이런 차림을 하고 일할 수밖에 없어요. 특히 왓슨이 내가 다룬 사건들을 책으로 써서 출판한 다음부터는 범죄자들이 내 얼굴을 알아볼 때가 많기 때문에 변장을 안 하면 안 되거든요. 근데 전보는 받으셨나요?"

"네, 그래서 여기 온 것 아닙니까?"

"무슨 진전이 좀 있었습니까?"

"아니오. 전부 다 허사로 돌아갔어요. 용의자로 체포한 두 사람을 석방했고, 나머지 두 사람도 단서가 없는 바람에 석방했죠."

"걱정 마세요. 내가 다른 두 사람을 잡을 테니까. 그런데 내 지시를 좀 따라줘야 합니다. 공로는 당신에게 돌아가도록 해드리겠는데, 대신 내가 하라는 대로 꼭 해줘야 합니다. 하실 수 있겠어요?"

"그럼요. 내가 체포할 수만 있다면 뭐든지 하죠."

"그럼 우선, 성능 좋은 증기선 한 척을 7시에 웨스트민스터 아래쪽에 대기시켜 주세요."

"그건 간단하죠. 그 부근에 항상 준비하고 있으니까요."

"그리고 만약을 대비해 힘 쓸 수 있는 요원을 보내서야 합니다."

"증기선에는 그런 경관이 항상 두 세 사람은 있죠. 또 필요하신 건 없습니까?"

"범인을 체포한 다음엔 훔쳐간 보물을 찾아야겠죠. 그런데 그 보물의 절반은 어떤 여성에게 돌아가야 하기 때문에, 그 여성에게 그걸 보일 수 있다면 여기 왔슨 박사가 무척 기뻐할 것 같습니다. 그러니까 그 보물 상자를 그녀가 먼저 열게 하면 좋을 것 같은데요. 안 그런가, 왓슨?"

"그럴 수 있다면 더 없이 좋겠죠."

"특별한 요청이군요. 하긴 이 사건 자체가 워낙 특별하긴 하죠. 뭐, 알겠습니다. 그렇게 해드려야죠. 하지만 보물은 일단 모든 조사가 끝날 때까지 경찰에서 보관하고 있어야 합니다."

"물론이죠. 그리고 또 한 가지는, 내가 직접 조너던 스몰에게서 듣고 싶은 말이 몇 가지 있어요. 어디서 만나든 비공식적으로 하는데, 그때 감시만 잘 하면 문제는 없을 겁니다."

"그런데 사실 나는 조너던 스몰이라는 남자가 실제로 있는지도 모르겠더라고요. 정확한 건 당신 혼자 알고 있는 것 아닙니까? 어쨌든 그자를 잡아서 얘기를 하고 싶으시다면 우리로서는 반대할 이유가 없죠 뭐."

"그럼 그리 알겠습니다."

"다른 건 더 없습니까?"

"내 마지막 제안은, 함께 식사를 하자는 것입니다. 30분이면 준비할 수 있거든요. 굴과 꿩, 그리고 썩 괜찮은 와인도 있지요. 왓슨, 자네는 내가 요리도 잘 한다는 걸 몰랐겠지."

섬 남자의 마지막 순간

식사는 썩 즐거웠다. 홈스는 가끔 말을 많이 할 때가 있는데, 오늘 밤이 바로 그런 때였다. 그는 몹시 흥분해 있었다. 유쾌하고 화기

애애하게 줄곧 얘기하는 그의 모습을 보는 게 처음이었다. 그는 여러 가지 화제를 끄집어냈는데, 도자기라든지 스트라디바리우스, 실론의 불교, 미래의 군함 등에 대해 상당히 전문가적인 이론을 갖추고 있었다. 그가 유난히 이렇게 쾌활한 건 2, 3일 동안 극도로 우울했던 것의 반작용 같은 것이었다. 존스도 터놓고 친근하게 대하는 걸 보니까 그럭저럭 괜찮은 사람이었다. 수사가 거의 마무리 단계에 접어들고 있어서 우리는 모처럼 유쾌한 저녁 시간을 보낼 수 있었다. 그런데 세 사람이 모인 이유에 대해서는 아무도 말하지 않았다.

식사가 끝난 후 홈스는 시간을 언뜻 보더니 세 개의 술잔에 와인을 따랐다.

"자, 마십시다. 오늘 밤의 성공적인 모험을 위해 떠날 시간이 됐거든요. 왓슨, 자네 권총 갖고 있겠지?"

"예전에 쓰던 군용 권총이 있는데."

"그거라도 가지고 가세. 뭐든 있으면 좋으니까. 어, 마차가 도착했군."

7시 조금 넘어 우리가 웨스트민스터 부두로 가자 이미 증기선이 도착해 기다리고 있었다. 홈스는 날카로운 눈빛으로 증기선을 살펴보았다.

"경찰 배가 틀림없이 맞는 거죠?"

"네, 그렇습니다. 램프가 초록색이거든요."

"그걸 좀 제거해주세요."

램프를 떼어낸 후 우리는 배에 올라 밧줄을 풀었다. 우리 세 사람은 배 끝머리에 앉고, 머리쪽엔 경관 두 명이 앉았다.

"어디로 가는 거죠?"

존스가 물었다.

"런던 탑으로 갑니다. 배는 제이콥슨 조선소 건너편에 대라고 하세요."

증기선은 꽤 속력이 좋았다. 다른 배들을 모두 따돌릴 정도였다. 홈스는 매우 만족한 표정을 지으며 말했다.

"이 강에 있는 모든 배들을 따라잡을 수 있어야만 합니다."

"그건 모르겠지만 아마도 이것보다 빠른 증기선은 거의 없을 거예요."

"오로라 호는 이보다 더 빠르거든요."

홈스는 강조해 말하며 왓슨에게로 얼굴을 돌렸다.

"왓슨, 며칠 동안 보고도 없고 해서 내가 엄청 스트레스 받은 거 자네도 알고 있지? 그래서 밤새 화학 실험을 하면서 생각을 비웠다네. 어떤 유명한 정치가가 이런 말을 했어. '다른 일에 몰두하는 게 곧 가장 최선의 휴식이다'라고 말이야. 그때 나는 탄화수소의 용해 실험에 성공하면서 다시 숄트 문제로 돌아가 처음부터 사건 전체를 재고해볼 수 있었다네. 그런데 스몰이라는 남자가 꽤 치밀한 점은 있는데, 그렇다고 해서 고도의 술책을 쓸 사람은 아닌 것 같더라고. 왜냐하면 그런 건 상당한 지식이 있어야 하거든. 그리고 왠지 그자가 런던에 머물고 있을 것 같았어. 그건, 얼마 전부터 그가 폰디셸리 저택을 계속 주시하고 있었던 걸로 알 수 있지. 그리고 보물을 훔쳐간 다음에도 얼마간 런던에 머무를 거야. 그걸 감춰야 할 시간이 필요하니까 말이야. 아무튼 그럴 가능성이 많아."

"그건 일을 시작하기 전에 미리 다 계획해놓았을 지도 모르지."

내가 말했다.

"아니, 그렇게 할 수가 없어. 지금 그들이 있는 은신처가 숨을 수 있는 유일한 곳이기 때문에 모든 일을 끝낼 때까지는 그곳을 떠날 수가 없거든. 그리고 그들의 외모가 특이하기 때문에 사람들 눈에 띄지 않으려고 조심했겠지. 그래서 어두울 때 일을 끝내고 돌아가려고 했을 거야. 그런데 그들이 새벽 3시쯤 증기선을 탔다면 곧 날이 밝아졌을 거란 말이야. 결론적으로, 그들은 멀리 가지 못하고 어딘가에 숨어있을 거란 얘기지. 스미스에게는 배를 대기시켜준 보상으로 충분한 돈을 쥐어줄 거고. 그런 다음 글레이브즈엔드나 다운즈 부근에서 배를 바꿔 타고 미국이나 다른 곳으로 가겠지."

"도대체 스미스의 증기선은 어디에 있는 걸까? 집 안으로 갖고 들어갈 수도 없을 거고 말이야."

"물론이지. 그래서 어딘가에 숨어 있을 거라고 난 생각했다네. 그냥 부두에 두면 경찰에 잡히니까, 방법은 딱 한 가지가 있지. 수리하는 곳에 맡겨 겉모양을 바꾸는 방법일세. 그러면 잡히지도 않고, 필요할 땐 끄집어내 쓸 수도 있고 말이야."

"무척 간단한 방법이군."

"간단한 방법이긴 한데, 가장 생각이 못 미치는 방법이기도 하지. 어쨌든 난 수리공장을 다 가보기로 했네. 열다섯 군데를 실패하고 열여섯 번째로 제이콥슨의 공장에 갔는데, 이틀 전에 의족을 한 남자가 와서 배를 맡겼다고 하더라고. 배에는 아무 이상이 없었다는군. 그런데 바로 그 순간, 모디케아이 스미스가 나타난 거야. 술에 잔뜩 취해 있더라고. 나는 물론 그가 누군지 몰랐지. 그 사람 스스로 자기 이름과 배 이름을 큰 소리로 말했기 때문에 알게 된 거야. 그러면서 저녁 8시에 손님 두 명이 있어서 꼭 출발해야 된다고 떠들더라고. 직원들에게 은화를 넉넉히 주면서 말이야. 그러고 나서는 또 술집으로 들어가는 거야. 그래서 나는 한 아이에게 증기선을 잘 보고 있으라고 일러두고 왔다네. 배가 떠날 때 아이가 손수건을 흔들어 신호를 해주기로 했지. 우리는 강을 따라 가기만 하면 되네."

"잘 됐군요. 그들이 진범인지 아닌지는 모르겠지만 말이죠. 하지만 저 같으면 제이콥슨의 공장으로 경관들을 보내서 놈들이 배를 탈 때 아예 체포해버리겠는데요."

존스가 호들갑스럽게 말했다.

"아니오. 그건 절대 안 됩니다. 스몰이 꽤 치밀한 녀석이라 뭔가 이상한 낌새가 보이면 일주일이라도 더 숨을 수 있거든요."

"아니면, 모디케아이 스미스를 몰아붙여 녀석이 숨어있는 곳으로 가게 하는 방법도 있지."

내가 그렇게 말했다.

"그런 방법을 썼다간 괜히 하루만 더 지체될 수도 있어. 스미스가 녀석들이 숨어있는 장소를 알 확률은 1퍼센트 정도일 거야. 술이나 마시고 돈이나 잘 받으면 그만이지, 뭐 쓸데없이 그런 걸 알려고 하겠나. 녀석들도 스미스에게 시킬 일이 있으면 심부름꾼을 보내겠지.

아무튼 모든 방법을 궁리해 봐도 이 방법이 가장 최선일 거라는 결론이 들더라고."

우리가 탄 배는 템즈 강의 다리들을 하나하나 지나가고 있었다. 런던 중심가 부근을 지날 때 세인트 폴 성당의 십자가가 석양에 물들어 황금빛으로 빛나고 있었다. 런던탑에 도착했을 때는 벌써 어둑어둑 했다.

"저게 제이콥슨의 공장이니까 여기서 천천히 왔다갔다 하고 있으면 될 것 같네."

홈스가 돛과 그물이 많이 몰려있는 곳을 가리키며 말했다. 그러면서 쌍안경으로 그곳을 살펴보았다.

"아이의 모습이 보이는데 아직 손수건은 흔들지 않는군."

"하류 쪽으로 좀 더 내려가면 어떨까요?"

존스가 진지하게 말했다.

"장담할 수는 없지만 녀석들은 분명 강을 내려갈 겁니다. 여기가 바로 들키지 않고 공장을 볼 수 있는 장소거든요. 오늘 날씨가 좋아 잘 보일 거에요. 그냥 여기서 기다리기로 하죠. 저기 보세요. 가스등 불빛 속에 사람들이 많이 지나다니고 있죠?"

홈스가 말했다.

"공장에서 퇴근하는 사람들이겠죠?"

"그렇죠. 저렇게 초라해 보이는 젊은이들이지만 인간의 내면에는 누구나 생명의 작은 불꽃이 타오르고 있죠. 사람은 외모를 보고는 절대 모릅니다. 따라서 어떠한 것도 단언할 수 없어요. 인간은 풀 수 없는 수수께끼죠."

홈스의 말에 내가 거들었다.

"인간은 동물에게 깃든 영혼이라고, 누가 말했었지."

"윈우드 리드가 아주 멋진 말을 했다네. 인간은 한 사람씩 개체로 볼 때는 알 수 없는 수수께끼지만, 집단으로 볼 때는 수학적 확실성을 드러내는 존재라고 했지. 예를 들어, 한 사람이 어떤 행동을 할지는 예측할 수 없지만, 한 집단의 행동은 예측할 수 있다는 거야. 개인은 다 다르고 숫자도 많지만, 집단의 평균 수치는 일정하다는 거지. 아, 저기 손수건을 흔드는 게 보이네."

"아, 정말 그러네."

나도 따라 소리를 질렀다.

"저기 보게, 오로라 호가 오고 있어. 빠른 속력으로 달려오네! 기관사, 빨리 속도를 내요! 저기 노란 불빛이 나는 증기선을 따라잡아야 하거든요. 놓치면 안 돼요!"

홈스가 외쳤다.

오로라 호는 우리가 못 보는 사이에 공장에서 나와 다른 배들 뒤로 지나갔다. 그러고는 굉장히 빠른 속도로 강을 따라 달려갔다. 존스가 그걸 보면서 소리쳤다.

"와 엄청 빠르네. 따라 잡을 수 있을까요?"

"잡아야 해요. 불을 세게 때세요. 배가 타도 할 수 없어요. 놈들을 잡아야 합니다!"

홈스는 이를 갈듯 소리를 질러댔다.

벌써 거리가 한참이나 멀어지고 있었다. 배 엔진들이 으르렁 대며 요란한 소리를 내고, 뱃머리는 물살을 헤치며 거세게 파도를 밀어붙였다. 오로라 호도 하얀 물거품을 날리며 우리 앞에서 쏜살같이 달려가고 있었다. 우리는 배들 사이로 이리저리 피해가며 오로라 호를 놓치지 않으려고 바짝 추적해갔다.

"불을 더 때요. 최대한으로 때요."

홈스는 기관실을 들여다보며 열에 들뜬 얼굴로 외쳤다.

"좀 가까워진 것 같아요."

존스가 오로라 호를 뚫어지게 쳐다보며 말했다.

"2, 3분 안에 따라잡을 수 있을 것 같네."

내가 말했다.

그러나 바로 그 순간, 뜻밖의 불운이 나타났다. 큰 예인선이 갑자기 우리 앞으로 들어선 것이다. 간신히 충돌을 피하기는 했지만 다시 원래의 코스로 들어서서 오로라 호를 발견했을 때는 너무나 멀리 떨어져 있었다. 그러는 사이 어느새 밤이 되어가고 있었다. 우리는 배를 최대한으로 가동시킬 수밖에 없었다. 워낙 무서운 속도로 달리는 바람에 작은 선체가 요란하게 흔들렸다.

한참을 가서야 앞에 있던 오로라 호의 희미한 모습이 마침내 뚜렷하게 보이게 되었다. 존스가 탐조등을 비추자 갑판 위에 있는 사람들이 보였다. 한 남자가 뭔가 시커먼 물건을 끌어안고 배끝에 앉아 있으며, 그 옆에 웅크리고 있는 검은 물체는 뉴펀들랜드 개와 비슷해 보였다. 스미스는 기관실 앞에서 셔츠를 벗은 채 석탄을 넣고 있고,

그 아들은 키를 잡고 있었다. 배는 이제 300걸음 정도로 가까워지다가 250걸음까지 좁혀졌다. 나는 수많은 일을 겪으며 여러 나라에서 여러 가지 동물도 사냥해봤지만 이 템즈강에서 전속력으로 달리며 사람을 사냥하던 때처럼 정말 신나는 스릴을 맛본 적은 없었다. 우리는 점점 더 가까이 다가갔다. 밤의 적막 속에서 덜컥거리는 오로라 호의 엔진 소리가 들려왔다.

존스가 멈춰 서라고 큰 소리로 명령했다. 두 배는 계속 날아갈 듯 달리고 있었지만 거리는 이미 보트 네 척 정도의 길이로 좁혀져 있었다. 강 한쪽은 바킹 지역이고, 다른 쪽은 플럼스테드의 늪지대였다. 우리가 명령을 하자 배끝에 앉아있던 남자가 일어나더니 욕을 퍼부어댔다. 체격은 좋은데 오른쪽 다리가 나무로 만든 의족이었다. 그 옆에 웅크리고 있던 검은 물체도 덩달아 일어났다. 가만 보니 아주 작은 인종인데 머리가 크고 못생긴 데다 머리털도 헝클어져 있었다. 홈스는 이미 권총을 들고 있었고, 나도 이 괴이하게 생긴 야만인을 보고는 권총을 꺼내들었다. 작은 두 눈은 음침하게 번득이고, 두꺼운 입술 사이로 삐져나온 이빨은 잔인한 동물처럼 포악해 보였다.

"저놈이 손을 들면 발사하게."

홈스가 나직이 말했다. 이제 두 배 사이의 거리는 보트 한 척 정도의 길이밖에 안 돼 놈들은 바로 손에 닿을 듯 가까이 있었다. 그런데 짐승처럼 생긴 더러운 난쟁이가 뒤집어쓰고 있는 옷 속에서 짧은 나뭇조각을 꺼내더니 입에 물었다. 그 순간, 홈스와 나의 권총이 동시에 발사되었다. 난쟁이는 두 팔을 휘저으며 물속으로 빠지고 말았다. 그의 무서운 두 눈이 하얀 물거품 속에서 잠시 떠올랐다 사라져갔다. 그때 동시에 의족의 남자는 배의 키를 힘껏 잡아당기며 방향을 돌려 남쪽으로 나아갔다. 우리도 곧바로 그 뒤를 쫓아갔는데, 놈의 배는 벌써 강가로 다가서고 있었다. 하지만 강가는 물이 고여있는 늪지대일 뿐이었다. 오로라 호는 뱃머리가 공중으로 들리며 늪 속에 처박히고 말았다. 의족의 남자는 허둥지둥 배 밖으로 뛰어내렸지만 금방 다리가 무릎까지 빠져들어갔다. 그러고는 아무리 움직이려고 해도 꼼짝할 수가 없었다. 그는 미친 듯이 고함을 지르며 한쪽 다리로 허우적거렸다. 그러나 그러면 그럴수록 그는 늪 속으로 더 잠겨들었다.

우리가 거기까지 갔을 때 그는 완전히 늪에 박혀 서있었다. 그래서 어깨에 밧줄을 묶어 겨우 끌어낼 수 있었다. 스미스와 그의 아들은 얼떨떨한 표정으로 배에 앉아 있었다. 우리는 그들을 우리 배에 타게 한 후 오로라 호를 끌어다 배 뒤에 연결시켰다. 보물 상자는 갑판에 그대로 있었는데 열쇠도 없이 엄청 무거웠다. 우리는 그걸 선실로 옮겨다놓고 천천히 배를 돌려 강을 따라 올라가기 시작했다.

"왓슨, 이것 보게. 우리가 조금이라도 권총을 늦게 쐈으면 정말 큰일 날 뻔 했지."

홈스가 나무로 된 승강구를 가리키며 말했다. 우리가 서있던 자리 바로 뒤에 살인용 화살촉 하나가 박혀있었던 것이다. 권총을 쏜 순간 홈스와 나 사이로 날아왔음에 틀림없다. 홈스는 그걸 보고 빙긋이 웃으며 어깨를 들썩였지만 난 솔직히 끔찍한 죽음이 떠오르며 온몸에 소름이 끼쳤다.

아글라의 보물

우리의 포로는 오래 전부터 죽도록 노력해 얻은 보물 상자를 앞에 두고 앉아 있었다. 햇볕에 그을려 온통 주름 투성이인 얼굴은 그의 삶이 힘겨운 노동으로 점철돼왔다는 것을 증명해주고 있었다. 또한 수염으로 뒤덮인 턱이 유난히 튀어나온 건 그가 한번 작정한 일에 고집스럽게 매달리는 기질이라는 것을 말해주고 있었다. 흰머리가 희끗희끗 나있는 것을 보면 나이는 50이 넘은 것 같았다. 고함을 칠 때와 달리 조용히 앉아있는 모습에서는 그리 사나운 인상으로 보이지 않았다. 그는 수갑을 찬 채 얼굴을 푹 수그리고 보물 상자를 바라보았다. 이런 사태를 발생시킨 원인이 되었던 그 보물상자, 그의 표정엔 슬픔이 어려 있었다.

"조너던 스몰, 이렇게 됐으니 참 안 됐군."

홈스가 담배에 불을 붙이며 말했다.

"뭐, 그렇습니다. 이렇게 잡힐 거라고는 생각지 못했죠. 제가 숄트 씨를 죽이지 않았다는 건 성서에 손을 얹고 맹세할 수 있습니다. 그 악마 같은 통가 놈이 저주를 받아 화살촉을 쏘았지요. 저는 손톱만큼도 모르고 있었어요. 하지만 이제 무슨 소용이 있습니까. 다 끝난 일인데요."

"자, 담배나 피우게. 이것도 좀 마시고. 온통 젖어있으니 말이야. 자네가 밧줄을 타고 올라가는 동안 그 작은 검둥이 녀석이 숄트 씨를 헤치울 줄 어떻게 알았겠나?"

"마치 보신 것처럼 잘 아시네요. 전 그때 사실 방에 숄트 씨가 없을 줄 알았어요. 보통은 저녁 식사 시간이라 아래층으로 내려가 있을 때거든요. 이제 모든 걸 털어놓겠습니다. 진실을 얘기하는 게 나 자신을 위한 최선의 변호가 될 테니까요. 솔직히 그 아들이 아니라 늙은 숄트와 맞닥트렸다면 저는 그를 죽여버렸을 것입니다. 놈의 목을 베는 것쯤이야 이 담배를 피우는 것만큼이나 쉬우니까요. 하지만 아무 잘못도 없는 아들에게 손댄다는 건 생각조차 안 해봤습니다."

"아셜니 존스 경감이 자네를 처리할 걸세. 그 전에 내 집으로 가서 자네와 얘기를 좀 하고 싶네. 모든 사실을 있는 그대로 다 얘기하면 나도 좀 도와줄 방법이 있을지 몰라. 일테면 그 화살촉의 독이 워낙 빨리 퍼져갔기 때문에 자네가 방에 도착하기도 전에 숄트 씨가 이미 죽어 있었다는 사실 같은 것 말이야. 그런 걸 내가 증명해줄 수도 있겠지."

"네, 그랬습니다. 제가 창문으로 들어갔을 때는 이미 죽어 있었어요. 그 사람 얼굴을 보고는 얼마나 소름이 끼치든지, 정말 섬뜩했죠. 통가 놈이 지붕으로 도망치지 않았다면 거의 죽여버리고 싶었어요. 게다가 곤봉과 화살촉을 놓고 나왔다고 하더라고요. 그래서 선생께서도 단서를 잡을 수 있었겠죠. 그런데 어떻게 저를 찾아냈는지 모르겠네요. 정말 씁쓸합니다. 내 정당한 권리로 50만 파운드를 가질 수 있는데, 내 인생의 전반부는 엔다만 섬에서 방파제를 쌓으며 보냈고, 후반부는 다트무어 형무소에서 땅을 파며 보내야 하니 말입니다. 아크메트라는 장사꾼을 통해 아글라의 보물을 알게 된 날이 바로 내 인생에 불행이 시작된 날이죠. 그 보물을 손에 넣은 사람에게는 죄다 저주가 일어나니까요."

두 사람이 얘기하고 있는 선실에 아셸니 존스가 나타났다.

"아주 분위기가 좋으시군요. 저도 술 한 잔 주시겠습니까? 우리의 성공을 축하하는 의미에서 말이죠. 또 한 사람을 산 채로 잡지 못한 건 아쉽습니다. 하지만 어쩔 수가 없었죠. 사실 증기선을 따라잡는 것만도 큰일을 한 것이니까요."

"끝이 좋으면 모든 것이 좋은 겁니다. 그런데 오로라 호가 그렇게 빠를 줄은 몰랐네요."

홈스가 말했다.

"스미스가 그러는데, 강에서 빠르기로 유명한 배였다는데요. 그래서 조수만 한 사람 있었어도 안 붙잡혔을 거라고 하더라고요. 그리고 노드 사건에 대해서는 아무것도 몰랐다고 하는군요."

존스의 말에 스몰이 거들었다.

"맞아요. 그 사람은 아무것도 몰랐어요. 내가 말하지 않았거든요. 그 증기선이 빠르다는 말을 듣고는 그 사람을 찾아간 겁니다. 물론 돈은 충분히 줬죠. 그리고 글레이브즈엔드에서 브라질로 가는 배를 타게 되면 보수를 더 주겠다고 했어요."

"큰 죄를 저지른 건 아니니까 심하게 처벌하지는 않겠네. 우리는 범인을 잡을 때는 빠르지만 처벌할 때는 별로 빠르지 못하거든."

거만하게 으스대며 존스가 말하자 홈스는 비웃듯 미소를 지었다. 존스는 또 이렇게 말했다.

"곧 복스홀 다리에 도착하니까 왓슨 씨는 보물 상자를 가지고 내리셔도 됩니다. 말씀 안 드려도 아시겠지만 이건 제가 큰 책임을 지는 일이거든요. 정말 그렇게 한 적이 없어요. 하지만 약속을 한 거니까 해드려야죠. 어쨌든 경관 한 사람을 같이 보내겠습니다. 마차로 가실 건가요?"

"네, 마차로 가겠습니다."

"열쇠만 있었어도 상자를 열어서 확인하겠는데, 정말 유감입니다. 가서 상자를 부숴야겠군요. 이보게 스몰, 열쇠는 왜 없나?"

"강에 버렸어요."

스몰은 퉁명스럽게 말했다.

"정말 골치 아픈 놈이군. 여러 가지로 속 썩이네. 아무튼 왓슨 씨, 꼭 조심해 주시기 바랍니다. 그리고 베이커 거리 집에서 만나죠. 우리가 거기서 기다리고 있겠습니다."

복스홀에서 세실 폴레스터 부인 집까지는 마차로 25분 정도 걸렸다. 늦은 시각에 찾아간 터라 하녀는 무척 놀라워 했다. 그녀는 폴레스터 부인은 외출 중이며 모스탠 양은 응접실에 있다고 했다. 나는 경관을 마차에서 기다리게 하고 혼자 들어갔다.

그녀는 흰색 옷을 입고 창가에 앉아있었다. 전등의 은은한 빛이 그녀의 우수 어린 얼굴과 아름다운 머리카락 위로 내리비치고 있었다. 마음 속에 어떤 번민이 깃들어 있는 것 같았다. 그녀는 내 발소리를 듣고는 곧장 일어나며 무척 놀라면서도 반가워 했다.

"저는 폴레스터 부인이 벌써 돌아오신 줄 알았어요. 당신이 오시리라는 건 전혀 생각지 못했네요. 오늘은 무슨 소식이 있나요?"

"소식보다 더 좋은 걸 가지고 왔습니다."

나는 보물 상자를 테이블 위에 올려놓으며 속으로는 우울한 기분이었지만 애써 즐거운 말투로 얘기를 했다.

"이 세상의 모든 소식을 합한 것만큼의 가치가 있겠죠. 당신에게 큰 재산이 될 것을 가지고 왔습니다."

그녀는 무심한 듯 상자를 바라보았다.

"이게 그 보물인가요?"

"네, 바로 그 보물입니다. 절반은 당신 것이고, 절반은 새디어스 숄트 씨 것이죠. 각자에게 20만 파운드씩이 돌아가는 셈입니다. 영국에서 이렇게 부유한 젊은 여성은 별로 없을 거예요. 대단한 일 아닙니까?"

지금 생각해보면 그때 나의 과장스런 말투를 그녀도 느꼈던 것 같다. 그녀가 눈썹을 치켜올리며 의아한 듯이 나를 쳐다보았기 때문이다.

"그렇게 된다면 모두 당신 덕분이죠."

그녀는 그저 담담하게 말했다.

"아니에요. 제가 아니라 제 친구 셜록 홈스 덕분이죠. 그의 천재적인 재능으로도 어려웠는데, 만약 제가 했다면 어떤 단서 하나도 못 찾았을 거예요. 사실 홈스도 마지막에는 실패할 뻔 했거든요."

"좀 앉아서 자초지종을 얘기해주세요, 선생님."

그녀의 부탁에 나는 지난번에 얘기한 그 이후부터의 일을 설명해주었다. 홈스가 수사 방법을 바꾼 것, 오로라 호를 발견하게 된 것,

아셀니 존스의 방문, 저녁무렵에 범인을 체포하러 출발했던 일, 템즈 강에서의 필사적인 추적 등. 그녀는 입을 다물지 못하고 내 얘기를 열심히 들었다. 그러다가 하마터면 죽을 뻔 했던 독화살 얘기를 하자 그녀는 거의 기절할 정도로 놀라며 얼굴이 새파래졌다. 그녀는 물을 한 모금 마시며 말했다.

"두 분께서 저 때문에 그렇게 위험한 일을 당하시다니, 정말 뭐라고 말씀을 드려야 할지."

"다 끝난 일인걸요 뭐. 별로 큰일도 아니었어요. 이제 끔찍한 얘기는 그만 하고 재밌는 얘기 할까요? 이 보물 상자는 당신이 맨 먼저 열게 하려고 허락을 받아 가져온 겁니다."

"저도 빨리 보고 싶군요."

그녀는 말은 그렇게 했지만 조금도 기쁜 말투가 아니었다. 그저 우리의 노력에 대해 무관심한 태도를 보이지 않으려는 것 뿐이었다. 상자를 가까이 들여다보며 그녀가 말했다.

"상자가 아주 멋지네요. 인도산 세공품인가 봐요."

"맞습니다. 바라나시의 세공품이죠."

"어? 엄청 무겁네요! 상자 값만 해도 꽤 나갈 것 같은데요. 근데 열쇠는 어디 있죠?"

그녀는 상자를 들어보려 하며 말했다.

"스몰이 템즈 강에 버렸다는군요. 부젓가락 있으면 좀 빌려주세요."

모스탠 양이 가져온 부젓가락을 자물쇠 아래 구멍에다 넣고 돌렸더니 우지끈 하며 자물쇠가 떨어져 나갔다. 나는 조심스럽게 상자의 뚜껑을 들어올렸다. 그 다음 순간, 우리는 너무 놀란 나머지 그대로 마비돼버린 것 같았다. 상자 속은 텅 비어있었던 것이다.

상자가 무거운 건 조금도 이상하지 않았다. 겉이 두꺼운 무쇠로 둘러싸여 있었기 때문이다. 튼튼한 상자인 만큼 귀중품을 넣는 용도인 건 분명해 보였지만, 아무튼 상자엔 진귀한 물건이라곤 아무것도 없었다. 완전히 비어있었다.

"보물이 없어졌네요."

모스탠 양의 목소리는 극히 차분했다. 나는 그녀의 목소리를 듣는 순간, 마음속의 어떤 무거운 것이 사라지는 걸 느꼈다. 이 보물의 존재가 그동안 나를 엄청 무겁게 짓누르고 있었던 것이다. 그러나 막상 이 순간에서야 나는 그걸 깨닫고 있었다. 감히 내 멋대로 하는 생각이었지만 나는 우리 두 사람 사이에 비로소 장벽이 사라졌다는 걸 느낄 수 있었다. 내 입에서 무심결에 이런 소리가 터져나왔다.

"오, 하느님, 감사합니다!"

"왜요?"

그녀가 물었다.

"내 손이 뻗을 수 있는 곳으로 당신이 돌아왔으니까요."

나는 그녀의 손을 잡았다. 그녀도 빼려고 하지 않았다.

"왜냐고요, 메리? 당신을 사랑하고 있기 때문이죠. 그 누구 못지 않게 성실한 마음으로요. 그동안 보물의 존재가 내 고백을 가로막고 있었어요. 하지만 이제 보물도 없으니 이렇게 내 마음을 솔직히 말할 수가 있군요."

"그럼 나도 그렇게 말할게요. 하느님, 감사합니다."

그녀가 나직이 속삭였다. 나는 그녀를 끌어안았다. 그날 밤에 나는 바로 나 자신의 보물을 찾았다는 사실을 깨달았다.

조너던 스몰의 기이한 이야기

마차에 대기하고 있던 경관은 내가 한참이나 안 나오는데도 무척 느긋하게 기다리고 있었다. 내가 빈 상자를 들고 가 보여주자 그의 표정이 어두워졌다.

"그럼 상금은 날아갔네요! 보물도 없는데 상금이 나오겠어요? 나와 샘 브라운이 10파운드쯤은 받을 줄 알았는데."

그가 투덜거리며 말했다.

"숄트 씨는 부자니까 그래도 상금을 주겠죠."

그러나 경관은 희망이 없다는 듯 고개를 가로저었다.

"별 볼일 없는 사건이었어요. 존스 경감 님도 그렇게 생각하실 것 같은데요."

그의 말대로 집으로 돌아가 존스 씨에게 빈 상자를 보이자 그도 한숨을 푹 내쉬었다. 홈스와 존스, 스몰은 계획을 바꿔 경찰서에 먼저 들렀다가 이제 막 집에 도착해 있었다. 홈스는 피곤한 듯이 소파에 푹 파묻혀 앉아있고, 스몰은 멍한 얼굴로 홈스 앞 의자에 앉아있었다. 그에게 빈 상자를 보여주자 큰 소리로 웃어재꼈다. 그때 아셀니 존스가 소리쳤다.

"바로 네놈 짓이구나, 스몰!"

"물론이죠. 아무도 절대로 찾을 수 없는 곳에다 감춰두었죠. 어차피 내 것이 못 된다면 그 누구의 손에도 들어가선 안 되니까요. 그 보물을 가질 수 있는 사람은 교도소에 함께 있던 세 사람과 나밖에 없거든요. 나는 내 동료들을 항상 나와 똑같이 생각하고 있어요. 그래서 네 사람의 서명이라는 암호를 우리가 쓰고 있었죠. 내 친구들도 나한테 잘 했다고 말할 겁니다. 숄트나 모스탠, 그 자식들에게 보물을 넘겨주느니 템즈강에 던져버리는 게 훨씬 낫다고 말할 테니까요. 그랬어요. 당신들한테 쫓길 때 그걸 강으로 던져버렸어요. 고생했지만 당신들 헛수고 하신 거에요."

"웃기고 있네. 그렇다면 상자를 통째로 던지는 게 더 쉬웠을 텐데."

아셀니 존스가 딱 잘라 말했다.

그러자 스몰이 곁눈질로 눈치를 보며 말했다.

"그랬다면 당신들이 주울 수도 있겠지요. 강바닥에서 쇠로 된 상자 하나 못 찾겠어요? 그래서 난 5마일에 걸쳐 넓게 뿌렸죠. 그 정도면 아마 못 찾을 겁니다. 물론 아까웠죠. 정말 미치는 줄 알았으니까요. 하지만 이제 와서 어쩌겠어요. 인생엔 좋은 때도 있고 나쁜 때도 있는 것 아니겠습니까? 난 그런 걸 가지고 한탄할 만큼 수양을 못 쌓은 사람은 아닙니다."

경감이 고함을 질렀다.

"지금 이게 심각한 일이라는 걸 모르고 있나? 계속 거짓말 할 생각 말고 법과 정의에 따라 재판을 받으면 그나마 희망이 생길지도 모르겠다, 스몰."

"법과 정의? 한심한 법과 정의라고요? 그러면 우리의 보물을 다른 사람에게 주란 말인가요? 손 하나 까딱 하지 않은 사람에게 보물을 주라는 그런 법과 정의가 도대체 어디 있습니까? 내가 어떻게 그 보물을 찾게 됐는지 얘기해 드릴까요? 무려 20년 동안이나 온갖 열병이 들끓는 늪지대에서 매일같이 낮에는 나무를 베고 밤에는 더러운 감옥에서 쇠사슬에 묶인 채 모기에 뜯기고 열병에 시달리면서 살아온 얘기 말이죠. 거기다 흑인 교도관들이 백인을 괴롭혀 자신들의 열등감을 해소하려고 얼마나 폭력을 해대는지 수없이 찔리고 살았던 얘기 말입니다. 그런 고생 끝에 보물을 얻게 된 거죠. 그런데 그걸 다른 사람이 차지한다고요? 뭐 법과 정의가 어떻다고요? 난 감옥에 앉아있는데 누구는 내 돈으로 궁궐 같은 집에서 왕처럼 산다고요? 그러느니 차라리 깨끗이 교수대로 가거나 독화살을 맞아 죽는 게 훨씬 낫죠."

스몰은 그렇게 말하며 이제까지 억누르고 있던 심정을 폭발시켰다. 분노와 격정으로 그의 눈빛이 사납게 이글거리며, 손목에 있는 수갑이 부딪쳐 요란한 소리를 냈다. 나는 죽은 숄트 소령 생각이 났다. 원한을 품고있는 죄수가 자신의 목을 노리고 있다는 걸 알았을 때 그의 공포심은 얼마나 심했겠는가.

홈스가 나직이 말했다.

"우리가 자네의 그런 사정을 전혀 모르고 있었는데 어떻게 자네 입장을 두둔할 수 있었겠나?"

"아, 선생은 내 입장을 인정하시는군요. 내가 이렇게 붙잡힌 건 선생 때문이지만 원한은 없습니다. 선생께선 당연히 하실 일을 한 것이니까요. 다 털어놓고 얘기하겠습니다. 내가 하는 얘기는, 하늘에 맹세하는데, 거짓은 전혀 없습니다. 아, 술잔을 주시다니 고맙습니다.

나는 파쇼어 부근에서 태어났습니다. 지금도 그곳엔 스몰이라는 성을 가진 사람들이 많이 살고 있죠. 늘 그곳으로 돌아가고 싶지만 나를 반겨줄 사람도 없을 거고, 또 좋은 일을 한 것도 없으니까 생각만 하고 있었지요. 우리 가족은 모두 교인이고 평판도 좋았는데, 나 혼자만 건달처럼 살았거든요. 그러다가 복잡한 여자 문제가 생겨서 도피하다시피 군대에 가게 됐던 거죠. 마침 보병 3연대가 인도로 간다고 해서 그리 지원을 했던 겁니다. 그런데 군대에 있을 팔자가 아니었는지, 훈련을 마치고 겐지즈 강으로 수영을 하러 갔다가 그만 악어한테 물려버리고 말았죠. 내 오른쪽 다리가 잘려나간 겁니다. 그때 존 홀더라는 중사와 같이 수영을 했는데 그 사람이 워낙 수영 선수라 나를 강가로 끌어내줬어요. 안 그랬으면 나는 그대로 죽었을 거에요. 그래서 5개월간 병원에 있었죠. 군대에서는 당연히 쫓겨났고요. 그렇다고 해서 다른 일도 할 형편이 못 됐어요. 삶의 바닥까지 갔던 겁니다. 스무살도 못 돼 불구자가 됐으니까요.

하지만 그 불행은 사실 하늘의 은총이었습니다. 쪽이라는 식물을 재배하는 아벨 화이트라는 사람이 마침 작업장의 감독을 찾고 있었는데, 내가 있던 군대의 연대장과 잘 아는 사이였죠. 얘기가 너무 기니까 간단히 말씀드리겠습니다. 아무튼 나는 감독이 돼서 말을 타고 일을 하게 되었어요. 재배지를 둘러보면서 인부들을 감시하고, 일 안 하는 사람들을 보고하는 그런 임무였죠. 보수도 괜찮고 숙소도 있어서 나는 그런대로 만족하며 살고 있었어요. 화이트 씨는 인정이 있는 분이라 자주 내 숙소에 들러 같이 담배도 피우고 그랬죠. 타지에 같이 있는 백인들끼리는 서로 인간적인 정을 깊이 느끼는 게 있거든요. 하지만 나는 결코 행운이 따라주지 않는 운명이었죠. 갑자기 인도민병들의 반란이 일어났던 겁니다. 20만 명이나 되는 민병들이 들고 일어나 나라 전체가 지옥처럼 돼버렸어요. 지금은 물론 다 아는 얘기지만 나는 직접 내 눈으로 그 현장을 다 본 사람입니다. 화이트 씨의 농장은 마트라는 곳에 있었는데, 유럽인들이 매일같이 우리 농장을 지나 군부대가 있는 아글라로 피신하고 있었어요. 그런데 화이트 씨는 그 폭동이 곧 끝날 것이라며 태연하게 집에 앉아서 술이나 마시고 있었죠. 사방에 불이 나고 난리인데도 그는 고집을 꺾지 않았습니다. 나도 도슨이라는 사람과 함께 거기 남아있었죠. 그는 회계를 맡아보던 사람이었습니다.

그러던 어느날, 일을 끝내고 숙소로 돌아가는데, 개천가에 무슨 큰 물체가 있더라고요. 가까이 다가가서 보니까, 세상에, 도슨의 아내가 갈기갈기 찢겨져 죽어있는 게 아니겠어요? 게다가 좀 떨어진 곳에 도슨 역시 권총을 손에 쥔 채 죽어있었고, 네 명의 민병들 시체도 그 근처에 있었죠. 나는 어찌 해야 할지를 몰라 그 자리에 서있었습니다. 그런데 그때 화이트 씨의 집에서 검은 연기가 솟아오르고 있더군요. 불길도 이미 높이 타오르고 있었어요. 나는 순간, 가봐야 화이트 씨를 구하기는커녕 나만 죽을 수 있다는 생각이 들었습니다. 실제로 그 집 주위엔 폭도들 수 백 명이 있는 게 보였으니까요. 이미 몇 명이 나를 발견하고는 총을 쏘았는데 머리 위로 날아갔죠. 나는 정신없이 말을 달렸습니다. 그러다 밤이 깊어서야 아글라의 성 안으로 숨어들어갔어요. 그러나 거기도 안전하지는 못했어요. 수백만 명의 폭도들이 영국인 몇 백 명에게 싸움을 건 것이니까요.

아글라에는 벵골 제3연대와 시크교도들, 기병 2개 중대, 그리고 포병 1개 중대가 있었는데, 의용군을 모집하기에 나도 참가를 했어요. 우리는 7월 초에 성 밖으로 돌격을 해서 샤궁지에서 폭도들을 격퇴시켰죠. 그런데 탄약이 떨어지는 바람에 곧 후퇴할 수밖에 없었어요. 우리는 성 안에 있다가 강 건너편에 있는 요새로 옮겨갔습니다. 그 요새에 대해 들어본 적 있습니까? 아주 희한한 곳이었죠. 일단 엄청나게 넓은데 몇 에이커인지 알 수도 없을 정도였어요. 우리는 인원이 많지 않아 요새의 중요한 곳들에 보초를 세우는 것만도 힘들었기 때문에 수많은 문 전체에다 인원을 배치할 수는 없었습니다. 그래서 문 하나에 백인 한 명과 토착민 두 명씩을 세우게 했죠. 나는 남서쪽에 있는 작은 문을 시크교도 두 명과 함께 밤에 몇 시간 동안 지키게 됐습니다. 위급한 일이 생기면 총을 쏘아 중앙 본부에 알리게 되어 있었죠. 그런데 본부가 상당히 떨어져 있는데다 가는 길이 미로처럼 복잡해, 실제로 위험한 상황이 닥쳤을 때 과연 도움을 받을 수 있을지는 의문이었어요. 하지만 나는 1개 분대를 거느리고 있어서 조금은 으쓱해 있었어요. 같이 보초를 섰던 부하 두 명은 몸집이 좋고 험악하게 생겼는데 이름이 마호메트 싱과 압둘라 컨이었고, 그전에도 반란군으로 활동한 적이 있었다고 하더군요. 둘은 영어를 제법 했는데도 나와는 말을 하려고 하지 않았어요. 자기들끼리 알아듣는 언어로 밤새 떠들더라고요. 나는 그냥 바깥 풍경이나 쳐다볼 수밖에 없었죠. 강 건너편에선 북소리와 고함 소리가 계속 들려와 적의 위험이 한시도 잊혀지지 않았어요. 그리고 2시간마다 순시병이 돌면서 안전을 확인하고 있었어요.

그러던 3일째 밤이었죠. 날씨가 잔뜩 흐리더니 간간이 비가 내리더군요. 그런 날씨에 장시간 서있어야 한다는 게 보통 힘든 일이 아니었습니다. 그래서 그 시크교도들에게 말을 걸었는데 도통 상대를 안 해주는 거였어요. 그러다 새벽 2시쯤 순시병이 왔기에 잠시 몇 마디 할 수 있었죠. 얼마 후 나는 파이프에 불을 붙이려고 잠깐 총을 내려놓았어요. 그런데 바로 그 순간, 두 놈이 나한테 덤벼들지 뭡니까? 한 놈은 내 총을 가로채 머리에 겨누고, 또 한 놈은 칼을 내 목에 들이대면서 움직이면 죽여버리겠다고 하더군요. 순간 내 머리에 떠오른 생각은, 놈들이 반란군 쪽인데 우리가 감쪽같이 속았다는 거죠. 정말 그런 충격이 또 있었을까요? 성문을 뺏기고 요새가 함락되는 날에는 어떤 일이 벌어질지 끔찍한 생각밖에 안 들더군요.

내가 얘기를 지어낸다고 생각하실지 모르지만, 난 그때 내 자신의 목숨을 생각할 겨를이 없었습니다. 마지막 외침이 된다 하더라도 중앙 본부에 위험을 알려야 한다고 생각하고 막 소리를 지르려 했죠. 내가 진짜로 용기를 내보이니까 그 중 한 놈이 멈칫 하더니 조용한 소리로 말하더라고요. '요새는 안전하니까 소리 지르지 마시오. 반역자는 없단 말이오.' 녀석은 꽤 그럴듯하게 말하더군요. 그래서 나는 일단 놈들을 지켜보기로 하고 가만히 있었죠. 그러자 이번엔 압둘라 컨이 말했어요. '자, 우리 쪽에 들어오든지 이대로 죽든지 한쪽을 선택하시오. 시간이 없어요. 그리스도의 이름으로 우리와 함께 하지 않겠다면 당신을 강으로 던지겠소. 그런 다음 우리는 반란군 동지들한테로 갈 거요. 아무튼 당신의 선택에 달렸소. 삶이냐, 죽음이냐? 3분을 주겠소. 다음 순찰이 오기 전까지 결정을 내려야 하니까.'

그래서 내가 그랬죠. '어떻게 결정하라는 거요? 당신들 쪽에 들어가면 뭘 어떻게 한다는 건지 자세한 설명도 없이 말이오. 요새가 안전하지 못할 거라면 나는 당신들 말에 따를 수가 없소. 칼로 나를 찔러도 어쩔 수 없다는 걸 알아두시오.' 하고 말입니다. 그랬더니 놈들이 이러더군요. '요새 문제는 걱정할 것 없소. 당신들이 인도에 와서 노리는 바로 그걸 해달라는 거요. 그리고 당신도 부자가 될 수 있소. 오늘 밤에 우리와 함께 행동한다면 다 같이 공평하게 나누겠다고 약속하오. 시크교도들은 그 누구도 약속을 배반하지 않소. 보물의 4분의 1을 당신에게 주리다.' '무슨 보물을 말하는 건지 자세히 설명해주시오. 나도 부자가 되기 싫은 것은 아니오.' '그럼 맹세한다는 거요? 앞으로 영원히 우리를 배반하지 않겠다는 거요?' '그러겠소. 다시 말하지만, 요새에 위험한 일이 닥치지만 않으면 말이오.' '그럼 나도 동료와 맹세하겠소. 보물의 4분의 1은 분명히 당신에게 주겠소.' '그런데 우리는 세 사람이잖소?' 내가 물었죠. 녀석이 설명하더군요. '도스트 애크벌이라는 동료가 또 하나 있소. 그도 잠시 후에 우리와 합류할 거요. 이봐 마호메트 싱, 거기 서 있다가 그 친구가 오면 알려주게. 내가 이렇게 솔직히 얘기하는 이유는, 유럽인들이 약속을 잘 지키고 또 당신에게 신뢰가 가기 때문이오. 만약 당신이 거짓말 잘 하는 힌두교도였다면 당신은 벌써 저 강 속에 있을 거요. 하지만 시크교도들과 영국인들은 서로를 잘 알고 있소. 자, 내 말 잘 들으시오. 북부 지방에 소왕국을 다스리고 있는 마하 라자라는 왕이 있소. 부친의 재산 말고도 그가 모은 재산이 꽤 있는 사람이오. 워낙 수전노라 돈을 쓰지는 않고 쌓아두기만 했으니까. 그런데 반란이 일어나자 토착민 쪽과 영국인 쪽 어디에도 가담하지 않고 기회만 보고 있었소. 그러다 백인들 세상이 끝나가는 조짐이 보이기 시작했지. 하지만 그는 교활한 사람이라 어떻게든 재산의 절반은 건지기 위해 철저한 준비를 잘 해놓았소. 금과 은은 왕국 안의 땅 속에 파묻어뒀고, 진귀한 보석들은 쇠로 된 함에다 넣어 아글라의 요새에 감춰두려는 계획을 세운 거요. 그러니까 반란군이 이기면 금과 은을 건질 수 있고, 영국군이 이기면 보물을 건질 수 있는 거지. 어쨌든 중요한 건 지금부터요. 보물을 아글라의 요새로 비밀리에 가져올 하인이 아크메트라는 사람인데, 지금 아글라 시내에서 이리로 오려고 하고 있소. 그에게 길을 안내할 사람이 바로 내 형제나 다름없는 도스트 애크벌이고, 그가 이 비밀을 나한테 알려준 거요. 그래서 오늘 밤에 도스트 애크벌이 아크메트를 이 문으로 데려오기로 한 거요. 잠시 후면 아크메트는 저 세상으로 가는 거지. 그리고 그 엄청난 보물을 우리가 똑같이 나눠갖자는 얘기요. 알아듣겠소?'

사방에 시체가 널려있다 보니까 사람 목숨이 대수롭지 않게 여겨지더군요. 그 하인이 죽든 살든 나한테는 아무런 문제도 안 되고, 솔직히 보물에만 관심이 가더란 말입니다. 나는 이미 속으로 결정을 내리고 있었죠. 그런데 압둘라 칸은 계속 열심히 설득을 하더라고요. '이 보물만 가지면 큰 부자가 될 수 있단 말이오. 이보다 더 좋은 방법이 있겠소? 자, 우리 쪽에 가담할 건지 아닌지 결정을 내리시오.' 그래서 나는 가담겠다고 대답했죠. 그는 기뻐하며 나를 믿겠다고 하더군요. 그러고는 내 총을 돌려줬어요. 그날 밤엔 가뜩이나 비까지 추적추적 내리더라고요. 사방이 컴컴하니 아무것도 안 보였죠.

그런데 갑자기 앞쪽 둑 부근에서 램프 불빛 하나가 나타나더니 천천히 다가왔어요. '왔다!' 내가 소리를 쳤죠. 그랬더니 압둘라 칸이 조용히 말하더군요. '누군지 물어보시오. 그 녀석이 오면 당신은 여기 지키고 있고 우리가 보물 있는 데로 들어가겠소. 뒤처리는 우리가 할 테니까. 그 녀석이 분명 맞는지 잘 확인하시오.' 불빛이 다가오다 멈췄다 하더니 결국 두 사람의 그림자가 보이기 시작했어요. 그들은 둑을 내려와 살금살금 이쪽으로 건너오더군요. 확인을 해보니까 기다리던 두 사람이 맞더라고요. 한 사람은 키가 엄청 크고, 또 한 사람은 작고 뚱뚱했는데 머리에 터번을 두르고 짐보따리를 들고 있었어요. 그 작은 남자는 잔뜩 긴장해 덜덜 떨고 있더군요. 눈은 쥐새끼처럼 깜박거리면서 주위를 두리번거리고요. 이 남자를 죽여야 한다고 생각하니까 온몸에 소름이 쫙 끼치는데, 그래도 보물을 생각하면서 냉정하게 마음먹었죠. 그런데 녀석이 내가 백인인 걸 보고는 나한테 도와달라며 애걸을 하는 거였어요. 그와 얘기를 하게 되면 죽이기가 너무 어려울 것 같아 나는 그를 본부로 데리고 가라고 시켰죠. 세 사람이 그에게 바짝 붙어 성 안으로 들어가고, 나는 문 앞에 남아있었어요.

그런데 발소리가 잦아들고 한참 멀어졌다 싶었는데, 갑자기 싸우고 때리는 소리가 들려오더라고요. 그러고는 누군가가 이쪽으로 허겁지겁 달려오는 거였어요. 순간 공포감이 들더군요. 램프를 비춰봤더니 작은 남자가 피를 흘리며 달려오고 있고, 키 큰 남자가 그 뒤에서 칼을 들고 쫓아오고 있었어요. 작은 남자가 얼마나 빨리 달리는지 키 큰 남자가 도저히 따라잡지를 못하더라고요. 그렇게 빠른 남자는 난생 처음 봤어요. 나는 순간, 작은 남자가 성문 밖으로 나가버리도록 내버려두면 목숨은 건질 수 있겠다는 생각이 들더군요. 하지만 그건 아주 짧은 순간에 불과했어요. 보물을 건져야 했기 때문이죠. 그가 내 앞까지 왔을 때 총을 내밀자 그만 토끼처럼 나뒹굴어지고, 곧 키 큰 남자가 달려들어 칼로 그를 두 번이나 찔렀어요. 작은 남자는 그대로 쓰러져 죽고 말았어요. 내 얘기가 다 사실이라는 걸 아시겠어요? 아무튼 나한테 득이 되든 아니든 있는 그대로 얘기하고 있으니까요."

그는 수갑 찬 손으로 홈스가 준 술잔을 들고 마셨다. 나는 솔직히,

그렇게 잔인한 무리들에 가담해 행동했던 남자가 이제 와서 이렇게 태연하고 경박스럽게 말하는 걸 듣고는 기분이 아주 안 좋았다. 그에게 어떤 죗값이 내려지더라도 동정심은 생기지 않을 것 같았다. 홈스와 존스도 열심히 듣고는 있었지만 별로 못마땅한 표정이었다. 스몰도 눈치를 챘는지 목소리에 조금 힘을 주었다.

"물론 나쁜 짓을 한 거죠. 하지만 그런 상황에서 보물을 마다할 사람이 얼마나 있겠어요? 그리고 혼자 잘난 척 하고 거절했다가는 목숨이 날아갔겠죠. 그리고 또 만약에 그 키 작은 남자를 도망치게 내버려뒀다면 나는 총살을 당했겠죠. 그래서 우리는 미리 생각해둔 장소에 시체를 갖다 파묻었어요. 그리고 녀석의 짐보따리를 풀어보니까 보물 상자가 들어있더군요. 뚜껑을 열자 어릴 때 책에서나 읽던 휘황찬란한 보석들이 눈부시게 빛나고 있었어요. 우리는 넋 나간 듯 바라보고 있다가 모두 꺼내 세어봤습니다. 다이아몬드가 143개나 되더군요. 그 중에는 '무굴황제' 라는 이름의 다이아몬드가 있었는데, 세계에서 두번째로 큰 거였죠. 그리고 에메랄드가 97개, 루비 179개, 석류석 40개, 사파이어 210개, 마노 61개, 그밖에도 잘 모르는 보석들이 잔뜩 들어있었어요. 그리고 또 최상급 진주가 300여개 있었고, 그 중 12개는 황금으로 된 왕관에 박혀있었어요. 그런데 숄트한테서 내가 상자를 꺼내온 다음에 보니까 그 진주 12개가 없어졌더라고요. 아무튼 우리는 잘 숨겨두었다가 나중에 조용해지면 넷이서 나누어 갖기로 다시 한 번 맹세를 했습니다. 그리고 숨겨둔 장소를 그린 지도를 네 장 만들어 네 사람이 각각 서명을 했어요.

인도의 반란이 어떻게 끝났는지는 다 알고 계실 테니까 새삼스레 설명할 필요는 없고요. 어쨌든 영국군이 기세를 높여가자 나는 국경을 넘어 탈출했어요. 그리고 곧 아글라의 요새는 무너졌죠. 이제 머지않아 보물을 꺼내 먼 곳으로 떠날 날만을 우리 네 사람은 손꼽아 기다리고 있었어요. 그런데 그 꿈은 하루 아침에 산산조각이 나고 말았습니다. 결국 우리는 아크메트 살해범으로 체포당했으니까요. 어떻게 그게 밝혀졌는지 아십니까? 믿을 수 없는 일이 있었죠. 마하 라자가 하인 아크메트에게 보석을 맡기면서 부하를 시켜 그 뒤를 감시하게 했던 겁니다. 동양인들이 의심이 많지 않습니까? 그래서 부하는 철저히 따라붙어 아크메트가 성문 안으로 들어가는 것까지 확인했습니다. 그런데 다음날 그가 성문 안으로 들어가보니까 아크메트가 보이지 않는 거였어요. 그래서 이상한 생각이 들어 경비대에 알렸고, 그게 위에까지 보고됐던 거죠. 곧바로 수사가 진행되고 시체가 나오니까 우리는 별 수 없이 재판에 넘겨지게 됐던 것입니다.

그런데 재판이 진행되는 동안 보석에 대한 얘기는 전혀 나오지 않았어요. 마하 라자가 인도에서 추방당했기 때문에 그 보석에 대해 특별히 얘기할 사람이 없었던 거죠. 아무튼 세 사람은 종신형을 받았고, 나는 사형선고를 받았어요. 나도 나중엔 종신형으로 감형이 됐지만 말이죠. 우리는 그렇게 감옥에서 비밀을 품은 채 살아가기 시작했어요. 하지만 그처럼 막대한 재산이 있는데도 불구하고 간수들한테 얻어맞으며 짐승과도 같은 취급을 당한다는 건 정말이지 견딜 수 없는 일이었습니다. 미쳐버리지 않은 것이 이상할 정도였죠.

그러나 끈질긴 인내 끝에 마침내 희망이 보이기 시작했어요. 나는 마드래스로 이송됐다가 다시 앤다만 제도의 브레어 섬으로 이송되었는데, 그곳엔 백인 죄수가 극히 적었기 때문에 행동을 좀 조심하자 금방 특별 대우를 해주더라고요. 그래서 호프타운이라는 곳에 있는 한 오두막 집에서 꽤 자유롭게 지낼 수 있었죠. 하지만 열병이 들끓고, 식인종들이 독화살로 죽이려고 늘 노리고 있는 지역이었어요. 어쨌든 땅 파고 감자 심고 하루 종일 노동을 했지만 밤에는 내 시간을 좀 가질 수 있었어요. 그래서 틈틈이 군의관한테서 약 조제법을 배웠죠. 그러면서 탈출할 기회도 늘 엿보고 있었어요. 군의관 섬머튼이 오락과 도박을 좋아해 밤이면 젊은 장교들이 그의 숙소에 자주 모여 카드놀이를 했어요. 약 조제실과 그의 숙소 사이에 작은 창문이 하나 있어서 나는 일이 없을 땐 창문을 통해 그들의 카드놀이를 구경하곤 했죠. 그 장교들 중엔 숄트 소령과 모스탠 대위 그리고 브라운 중위와 간수 두세 명이 있었어요. 그런데 군인들이 늘 지더군요. 숄트 소령은 거의 항상 졌어요. 그러다 보니까 도박으로 날리는 돈이 점점 커졌죠. 그의 얼굴이 차츰 어두워지고 급기야는 폭주를 하기 시작하더군요. 어느날 밤엔 정말 왕창 잃었다고 하더라고요. 그리고 나서 모스탠 대위와 함께 비틀거리며 내 숙소 앞으로 지나갔어요. 두 사람은 아주 친한 사이였죠. 그때 숄트가 하는 소리가 들렸어요. '모스탠, 난 이제 물러나야겠어. 파멸한 거야.' 그러자 모스탠이 말했어요. '바보 같은 소리는 그만 두게. 나도 엄청 힘들다네. 하지만……' 그 다음 말은 안 들렸지만 나는 이미 깊은 생각에 빠져들어 갔어요.

그런데 이틀 뒤, 숄트 혼자 바닷가를 산책하고 있는 모습이 보였어요. 난 순간 좋은 기회라는 생각이 들었죠. 그래서 다가가 이렇게 말했습니다. '소령님, 제가 50만 파운드의 보물이 숨겨져 있는 장소를 알고 있는데, 제가 쓸 수 없으니까 그걸 어떤 분에게 드리면 저의 형기를 줄여주지 않을까 하는 생각이 들어서요.' 소령이 눈을 휘둥그레 뜨며 반신반의하듯 내 얼굴을 뜯어보더군요. '50만 파운드라고?' '네 그렇습니다. 갖가지 보석들이죠. 그 보석들 주인이 추방당하고 없기 때문에 먼저 갖는 사람이 소유할 수 있거든요.' '그럼 국가 소유가 되겠지.' 숄트는 대뜸 그렇게 말했지만, 어딘지 내 손아귀에 들어온 듯한 느낌이 들었어요. 그래서 나는 차분하게 물었죠. '그러면 국가에 알려야 하는 건가요?' 그가 펄쩍 뛰며 말하더군요. '아니야, 함부로 하지 마. 나중에 후회할 거야. 근데 그 보물이 어디 있다는 건가?' 나는 모든 걸 다 얘기해주었어요. 그러나 장소만은 거짓말을 했습니다. 숄트는 한참이나 생각에 잠겨있더군요. 입술이 떨리면서 말이죠. 그러더니, 아무한테도 얘기하지 말라고 하더라고요. 조만간에 나와 다시 얘기를 하겠다면서.

그리고 이틀 뒤 밤에 모스탠과 함께 내 오두막으로 왔어요. 그러면서 이렇게 말하더군요. '모스탠 대위와 함께 깊이 생각해봤는데, 이건 정부가 간섭할 일이 아니라 스몰 자네의 일이니까 당연히 자네가 원하는 쪽으로 결정할 수 있는 권리가 있다고 보네. 그래서 묻는데, 그 대가로 무엇을 원하나? 타협을 해보세. 그리고 그 보물을 우리한테 주면 좋겠네.' 나는 가능한 태연하게 말하려고 하는데 숄트의 눈빛은 이미 흥분과 탐욕으로 번득이고 있었어요. 내가 말했죠. '저 같은 처지에서 할 수 있는 타협은 하나밖에 없죠. 석방되도록 도와주시면 됩니다. 제 친구들 세 명도 같이 말이죠. 그러면 두 분에게 5분의 1을 드리겠습니다.' '음, 5분의 1이라고! 별론데.' 숄트가 그렇게 말하더군요. '그래도 한 사람당 5만 파운드나 되는데요.' 내가 말했죠. 그랬더니 숄트가, 그럼 자기가 어떻게 도와주면 되느냐고 묻더라고요. 그래서 내가 설명해줬죠. '바다를 건너갈 배와 식량이 필요합니다. 캘커타나 마드래스에 가면 쓸만한 요트나 범선들이 많이 있으니까 그걸 한 척 가져다 주면 됩니다. 그리고 인도 해안 아무 데나 우리를 내려주면 당신들의 일은 다 끝나는 겁니다.' 그가 말하더군요. '한 사람이면 좋을 텐데.' 하고요. 나는 절대 안 된다고 했죠. '네 사람이 함께 떠날 수 없으면 취소하겠습니다. 우리는 함께 행동하기로 맹세했거든요.' '모스탠, 스몰은 결코 친구들을 배신하지 않는 의리있는 사람인 것 같네. 믿어도 좋겠어.' 숄트가 그렇게 말하자 모스탠이 이러더군요. '그게 정당한 일이 아니라서 말이야. 아무튼 자네 말마따나 돈 있으면 장교 직도 유지할 수 있겠지.' '자 스몰, 그럼 자네가 원하는 대로 그렇게 하겠네. 일단 보물이 있다는 게 사실인지 아닌지 조사를 해봐야 되니까 숨겨놓은 장소를 말해주게. 휴가차 교대를 할 때 인도로 나가 조사해보겠네.' 숄트가 그렇게 말했어요. 나는 더 침착하게 여유를 부리며 말했죠. '너무 서두르지 않으셔도 됩니다. 저도 친구들한테 동의를 구해야 되니까요. 우리는

네 명이 합의하지 않으면 못 하거든요.' 그러자 숄트가 소리치더군요. '멍청한 소리는 관두게! 우리가 계약하면 그만이지 저 검둥이 세 명이 무슨 상관이 있나?' '검든 희든 그들은 내 친구들입니다. 우리는 반드시 네 명이 함께 하기로 했습니다.' 나 또한 물러서지 않고 그렇게 말했어요.

결국 그날은 결정을 못 내리고 그 다음에 우리 네 명이 함께 있을 때 합의를 봤습니다. 우리는 두 장교에게 아글라 요새의 지도를 주면서 보물이 있는 곳을 알려주었어요. 그리고 숄트가 보물을 확인하는 대로 라틀랜드 섬에다 배를 대주기로 한 거죠. 우리가 떠나고 숄트가 복귀한 다음엔 모스탠이 아글라로 가서 우리와 합류해 마침내 거기서 보물을 분배하기로 그렇게 약속했던 것입니다. 우리는 정말 진지하고 엄숙하게 맹세를 했어요. 내 얘기가 너무 지루할 것 같아 가능한 빨리 끝내도록 하겠습니다. 존스 씨는 나를 빨리 감방에 넣고 싶어서 아까부터 기다리고 계시는 것 같은데, 조금만 더 기다려주십시오.

그런데 숄트 놈이 인도로 나간 후로 종적을 감춘 겁니다. 얼마 후 모스탠이 어떤 배의 승객 명단에서 그의 이름을 봤다고 하는데, 집안의 누군가가 죽으면서 숄트에게 많은 재산을 남겼다는 것이죠. 어쨌든 함께 군은 맹세를 한 다섯 명을 배신하다니, 그놈도 참 한심한 놈이죠. 결국 모스탠이 아글라에 가서 확인해봤더니 보물은 당연히 자취를 감추고 없었다는 겁니다. 그날 이후로 나는 숄트에게 복수할 날만을 기다리며 살아왔습니다. 밤마다 그 꿈을 꾸었을 정도니까요.

도저히 참을 수 없는 지경이 되자 죽는 것도 두렵지 않고 그냥 무조건 탈출해 그놈을 죽여야겠다는 생각밖에 안 들더군요. 몇 년을 기다려야 한다고 생각하면 미칠 것 같더라고요. 나는 평생 뭐를 해야겠다고 결심하면 그대로 했어요. 아까 내가 얘기했죠. 군의관한테서 약 조제법을 조금 배웠다고 말이죠.

하루는 그 군의관이 열병에 걸려 누워있는데, 죄수들이 한 토착민을 찾아서 데려왔어요. 그 토착민은 병에 걸려 숲에서 죽어가고 있다가 발견됐던 거죠. 그래서 내가 약을 써 두달쯤 치료를 해줬더니 깨끗이 나아 일어날 수 있게 되었어요. 그랬더니 녀석이 나한테 고마워하며 떠나지를 않더라고요. 내가 토착민 언어를 몇 가지 알아들으니까 더더구나 안 떠나고 내 주위에 남아있었죠. 통가라는 이름의 젊은 녀석이었는데, 배에 대해 잘 알고 카누 한 척도 가지고 있었어요. 그래서 나는 마침내 탈출할 수 있는 기회가 왔다는 걸 알았죠. 그리고 통가에게 그 얘기를 해줬어요.

우리는 밤에 보초가 서지 않는 부두에서 만나기로 했습니다. 그가 카누에다 식량을 실어오기로 하고요. 통가는 난쟁이지만 믿을만한 친구였어요. 그리고 나한테는 충성을 바치는 녀석이었죠. 그런데 그날 밤이 되자 하필 부두에 교도관 하나가 서있는 거에요. 평소 하도 못 살게 구는 놈이라 내가 벼르고 있었는데 마침 잘 됐다는 생각이 들더군요. 운명이 나에게 복수할 기회를 준 것이나 다름 없었죠. 녀석이 바다를 향해 서있기에 머리를 박살내버릴 돌이 없나 하고 주위를 찾아봤지만 안 보였어요. 순간 기발한 생각이 떠오르더군요. 내 의족을 풀었어요. 그리고 녀석에게 달려들어 머리에 내리쳤죠. 두개골을 완전히 부숴버린 겁니다. 그래서 우리는 카누를 타고 바다로 나갔어요. 통가는 기특하게도 필요한 모든 걸 준비해 왔더군요. 야자수로 된 돗자리 같은 것으로 돛도 만들 수 있었어요. 그렇게 10일 동안 바다에 운명을 맡긴 채 헤매다가 11일만에 순례자들이 탄 여객선에 구조되었죠. 싱가포르에서 메카의 항구 지다로 가는 배더라고요. 순례자들이 좀 이상하긴 했지만 대충 지낼 수 있었어요. 한 가지 좋았던 점은, 남의 일을 알려고 하지 않는다는 거였죠. 그후 통가와 내가 겪은 일들은 전부 얘기해봐야 별로 재밌지도 않고, 또 밤새 얘기해도 모자라니까 그만두겠습니다.

하여튼 그래서 온 세상을 돌아다니게 됐는데, 이상하게도 항상 일이 꼬여서 런던에 못 가게 되더군요. 물론 원래의 목적은 결코 잊지 않았죠. 그래서 밤마다 꿈에 숄트가 나타났어요. 그놈 죽이는 꿈을 아마 100번은 꿨을 거에요. 그러다 3, 4년 전에야 간신히 영국에 갈 수 있었어요. 숄트의 집은 어렵지 않게 찾았죠. 그래서 우선 보물을 팔았는지 안 팔았는지 그것부터 조사하기 시작했습니다. 그 일을 도와준 사람이 있는데, 피해가 갈 수 있으니까 이름은 밝히지 않겠어요. 어쨌든 그 사람을 통해 알아본 결과, 보물을 팔지는 않았더군요. 그래서 숄트를 만나려고 해보았는데, 워낙 철통같이 경호를 하고 있어 도저히 접근할 수가 없었어요. 두 아들과 하인, 그리고 권투선수 두 명이 지키고 있었으니까요.

그러다 어느날 숄트가 거의 죽어가고 있다는 걸 알게 됐어요. 미

칠 것 같더라고요. 내 손으로 죽이지 못할 것 같아서요. 난 곧바로 놈
의 집으로 달려갔죠. 그리고 창문으로 몰래 봤더니 그놈이 침대에
누워있더군요. 두 아들은 침대 옆에 서있고요. 들어가서 세 사람과
붙어볼까 하고 막 생각을 하고 있는데 그놈의 숨이 끊어지지 뭡니
까? 그래서 기다렸다가 그날 밤에 방으로 숨어들어갔어요. 보물을
숨겨둔 장소에 대한 무슨 쪽지라도 없을까 해서요. 서류를 다 뒤졌
지만 없더군요. 정말 미쳐서 폭발할 것 같았죠. 그런데 방을 나오려
던 순간 퍼뜩 그런 생각이 들었어요. 우리 네 사람의 원한이 맺혀 있
다는 표시라도 남기고 가야겠다는 생각 말이죠. 그래서 네 사람의
이름을 써서 놈의 가슴에 핀으로 붙여놓았던 것입니다. 어차피 떠나
는 마당에 우리를 기념하는 한 마디는 남겨야 하지 않겠습니까?

그 무렵 나는 거리에서 통가를 식인종이라고 구경시키며 돈을 받
아 생활해가고 있었어요. 폰디셀리 저택의 소식은 계속 듣고 있었
죠. 아들들이 보물을 찾고 있다고 하더군요. 그러던 어느날, 드디어
그렇게도 기다리던 일이 일어났습니다. 보물이 발견된 것이죠. 꼭대
기 다락방에 숨겨져 있었어요. 참 한숨이 나오더군요. 내가 이 몸으
로 어떻게 거길 올라갈 수 있겠어요? 그러다 마침 지붕에 창문이 있
다는 걸 알아냈죠. 우리는 바솔로뮤 숄트 씨가 저녁 식사를 하는 시
간에 맞춰 거기로 갔어요. 그리고 통가가 허리에 밧줄을 매달고 어
렵지 않게 지붕으로 올라가는 데까지 성공했어요. 그런데 결국 운이
안 따라 주더군요. 숄트 씨가 아직 방에 있었던 겁니다. 내가 방으로
내려갔을 때는 통가가 이미 그를 죽인 다음이었어요. 통가는 그걸

당연하게 생각했던 거죠. 나중에 내가 막 야단을 쳤더니 그때서야 몹시 당황하더라고요. 어쨌든 나는 보물상자를 챙긴 다음 테이블 위에다 네 사람의 서명이 적힌 쪽지를 남겨두었어요. 당연한 권리가 있는 네 사람이 보물을 가져갔다는 것을 알린 거죠. 그리고 나올 때 나는 밧줄을 타고 내려오고, 통가는 밧줄을 끌어올린 다음 창문을 닫고 지붕창으로 빠져나왔어요.

이제 모든 얘기를 다 한 것 같습니다. 오로라 호는 그 전에 이미 수배해두었어요. 굉장히 빠른 배라고 소문나 있더라고요. 우리를 여객선까지 무사히 데려다주면 대가는 충분히 치르겠다고 약속했죠. 스미스는 우리의 비밀을 전혀 몰랐어요. 내가 이렇게 모든 사실을 하나도 빠짐없이 얘기한 것은, 결국 이래야지만 내 결백이 증명될 수 있기 때문입니다."

"참 재밌는 사건이었구먼. 그런데 새로운 게 아무것도 없네. 자네가 밧줄을 사용했다는 것만 빼고 말이야. 밧줄은 내가 생각을 못했지. 한데 통가가 화살촉을 다 방에다 놓고 나간 줄 알았는데, 배에서 우리한테 한 개를 날리더라고."

셜록 홈스가 말했다.

"방에서 다 떨어뜨렸는데 한 개가 통 속에 남아있었나 보더라고요."

"아, 그랬군."

스몰은 이제 친절하게 묻기까지 했다.

"또 알고 싶으신 것 있습니까?"

"아니, 고맙네. 됐어."

홈스의 대답에 존스가 나서서 말했다.

"홈스 씨, 당신은 이번 사건을 해결했고, 또 범죄 감식에 있어 대단한 능력을 갖고 계시다는 걸 우리가 여실히 보게 됐습니다. 하지만 나한테는 의무가 있으니까 이자를 데려가야 할 것 같습니다. 시간은 충분히 드렸다고 보고요. 자, 그럼 두 분의 노력에 감사드립니다. 나중에 재판 때 다시 좀 출두해주세요. 밖에서 마차와 경찰이 기다리고 있어서 이만 떠나겠습니다. 안녕히 계세요."

스몰도 나가며 인사를 했다.

"안녕히 계십시오."

"먼저 나가게, 스몰. 자네 의족에 뒤통수를 맞을지도 모르니까."

존스가 경계하듯 그렇게 말했다.

나는 침묵한 채 담배만 피우고 있다가 홈스에게 말했다.

"이 연극도 결국 막을 내렸군. 난 이제 자네의 수사방법을 관찰할 기회가 없을 것 같네. 모스탠 양이 내 결혼 신청을 받아들였거든."

홈스는 전혀 반가워하지 않았다.

"짐작했다네. 하지만 축하한다는 말은 못 하겠네."

"내가 뭐 잘못한 거라도 있나?"

"아니네. 그녀는 대단히 매력있는 여성이고 이번 사건에서도 많은 도움을 준 게 사실이라네. 그녀의 아버지가 갖고있던 아글라의 지도를 잘 보존하고 있지 않았나? 그런데 연애는 감정적인 것이라 질서정연하고 냉철한 이성과는 조화가 될 수 없는 거라고 나는 보고 있네. 나는 이성을 훨씬 더 존중하는 사람으로서, 판단력을 흐리게 하는 결혼 따위는 결코 하지 않을 걸세."

그래서 내가 웃으며 말했다.

"내 판단력으로 결혼이라는 시련을 이겨낼지도 모르지 뭐. 근데 자네 무척 피곤해 보이는데."

"어, 그래. 벌써 반동현상이 나타나는 것 같아. 앞으로 일주일 동안은 늘어져 살게 될 거야."

"자네는 정말 희한한 사람이야. 말로 할 수 없을 정도로 게으르다가 또 무섭도록 발작적으로 일하다가 그러니 말이야."

"자네 말이 맞아. 괴테가 이런 시를 썼지. '자연이 그대를 단지 하나의 인간으로 창조했다는 사실이 안타깝구나. 칭찬을 받을 사람으로도, 벌을 받을 사람으로도 될 수 있는 바탕이 있는데.' 그런데 참 이번 사건은 내가 추측했던 대로 그 저택 안에 끄나풀이 있었어. 분명 집사인 랄 래오였을 거야. 존스가 잡은 한 마리 물고기가 바로 그였던 거지."

"그런데 일이 공평하지 못했어. 사건 해결은 다 자네가 했는데, 나는 아내를 만났고, 존스는 명예를 얻었지만 자네는 얻은 게 없지 않나?"

"나한테는 코카인 병이 있지."

홈스는 그렇게 말하며 병을 집어들었다.

바스커빌의 개

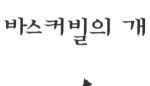

셜록 홈스

그날 따라 홈스는 벌써 아침 식탁에 나와 있었다. 밤을 새울 때 외에 그는 항상 늦게 일어나는 습관이 있었던 것이다. 나는 간밤에 손님이 놓고 간 지팡이를 들고 난로 앞에 서있었다. 피넌 로여라는 질 좋은 야자나무로 만들어진 지팡이인데, 두툼한 손잡이 아래로 넓이 1인치 정도의 은테가 둘러져 있으며, 그 위에 '왕립 외과의학회 회원 제임스 모티머 씨에게, CCH의 친구들로부터. 1884년'이라고 씌어 있었다. 그 지팡이는 나이 든 의사가 항상 갖고 다니는 듯한 점잖고 편해 보이는 모양새였다.

"왓슨, 뭐 좀 알아냈나?"

홈스는 나와 반대 방향으로 앉아 있었고, 나는 무슨 특별한 행동을 한 것도 아니었다. 적어도 그런 눈치조차 주지 않았다고 생각했다.

그런데 그가 느닷없이 물었다.

"내가 뭘 하고 있는데? 자넨 뒤에도 눈이 달렸나?"

"내 바로 앞에 반짝반짝 빛나는 은 주전자가 있거든."

그러면서 홈스는 말했다.

"아무튼 그 지팡이를 보고 뭐라도 알아낸 게 있나? 우리 둘 다 없을 때 왔다 갔으니 뭣 때문에 그 손님이 왔는지, 그 지팡이만이 유일한 근거가 되고 있으니 말일세. 그걸 보고 어떤 사람인지 추리 좀 해보게."

나는 홈스의 추리방법을 흉내내며 말했다.

"내 생각엔, 현재 꽤 이름 있는 의사로 나이도 들고 존경도 받고 있는 그런 사람일 것 같네. 주변 사람들한테서 이런 지팡이를 받을 정도면 말이야."

"좋아! 그리고?"

홈스가 말했다.

"그리고 지방에서 개업했고, 진찰을 하러 아주 많이 걸어다니고 있어."

"왜?"

"왜냐하면 지팡이가 처음엔 꽤 근사했을 텐데 이렇게 마구 닳아진 걸 보면 이건 도시에서 가지고 다닌 정도가 아니거든. 두꺼운 쇠가 이렇게나 많이 닳아있지 않나?"

"바로 그거야!"

"그리고 또 여기 써있는 글자를 보게. CCH라! 수렵회 이름일 것 같은데. 그러니까 그 지방 수렵회 회원들이 이 의사한테 감사의 표시로 이 지팡이를 선물한 게 아닐까?"

"왓슨, 이제부터 자네를 다시 생각해야겠는데."

홈스는 의자에 등을 기대며 담배 불을 붙였다.

"자네는 자신이 갖고 있는 능력을 너무 평가절하 하는 것 같네. 그동안 별 것 아닌 내 성과들에 대해 자네가 훌륭하게 기록을 해주었는데, 말하자면 자네는 빛나는 재능은 없을지 몰라도 그 빛을 전파하는 능력은 갖고 있어. 세상엔 스스로 천재성을 타고 나진 못했지만 천재를 자극해서 그 재능을 끌어낼 줄 아는 사람들이 있거든. 왓슨, 난 정말 자네의 덕을 많이 보고 있네."

홈스가 나한테 그런 말을 한 건 처음이었다. 그의 탐정술에 대해 세상의 좋은 평판을 얻기 위해서 내가 기울이는 노력에도 불구하고 그는 언제나 무관심한 태도를 보였기 때문에 솔직히 섭섭한 적도 있었다. 하지만 막상 그런 소리를 듣고 보니 생각보다 훨씬 기분이 좋았다. 내가 홈스한테서 그런 평가를 받을 만큼 그의 탐정 방법을 응용할 수 있게 되었다는 것이 정말 자랑스러웠다. 그는 내가 들고 있던 지팡이를 잡아들고는 잠시 훑어보았다. 그러더니 흥미가 당기는지 환한 창문 쪽으로 가서 확대경을 대고 자세히 살펴보기 시작했다.

"음, 재밌는 구석이 있구면. 여기서 드러난 한두 가지 사실에 기초해 몇 가지 추리가 나오겠어."

"혹시 내가 캐치를 못한 거 있나? 중요한 점은 놓치지 않은 것 같은데"

순간 나는 체면이 구겨지는 건 아닌가 하는 생각이 들었다.

"왓슨, 유감스럽게도 자네 추리는 틀린 것 같네. 자네가 나를 많이 자극해준다고 말한 것은, 다시 말하면 자네의 생각을 듣다가 해답을 찾을 때가 많다는 뜻이었다네. 그런데 사실 이번엔 자네가 완전히 틀린 건 아니야. 이 사람이 지방의 개업의사인 건 분명해. 많이 걸어 다닌 것도 맞고."

"내가 말한 그대로네. 그게 전부 아닌가?"

"아니라네. 그렇지 않아. 의사에게 준 선물이라면 CCH에서 H는 수렵회(Hunt)라기보다는 병원(Hospital)일 가능성이 많고, 그렇다면 CC는 체링 크로스(Charing Cross)라는 게 자연스럽게 연상되지."

"음, 듣고 보니 그렇군."

"분명히 내 말이 맞을 거야. 그리고 이게 올바른 가설이라면 이 낯선 방문객에 대한 추정을 할 수 있는 단초가 생긴 거라네."

"그럼 체링 크로스 병원이 맞다면, 그 다음엔 어떤 추정을 할 수 있나?"

"안 떠오른단 말인가? 내 방법을 생각해 응용해보게."

"물론 지방에서 개업하기 전에 런던에서 일했겠지. 그것밖에는 떠오르는 게 없는데."

"좀 더 넓게 생각해보게. 일테면 어떤 상황일 때 이런 선물을 받겠는가 하는 거 말이야. 친구들이 어떤 때 그에게 이런 기념을 하게 됐을까? 그건 아마도 모티머 박사가 개업을 하게 됐을 때 아닐까? 이 지팡이는 분명 선물로 받은 것이고, 그가 런던에서 지방으로 옮겨갔다는 것도 틀림 없어. 그렇다면 이건 분명히 그가 병원을 옮겨갈 때

받은 것이라고 추리할 수 있을 거네."

"그게 맞을 것 같군."

"그리고 런던 병원에 있을 때 높은 직책에 있지는 않았어. 왜냐하면 의사로서 명성이 있어야만 어떤 지위를 얻을 수 있고, 또 그런 사람이 지방으로 가서 개업하지는 않거든. 그럼 런던에서 그는 어떤 의사였을까? 그냥 보통 외과의사나 내과의사, 아니면 막 의대를 졸업한 정도가 아니었을까 싶네. 런던병원을 떠난 건, 지팡이에 새겨진 연도로 볼 때, 5년 전이야. 그렇다면 중년 나이는 아니겠지. 오히려 서른 살도 안된 젊은 친구일 가능성이 더 많다네. 순하고 패기라곤 없는 어리버리한 녀석으로, 개를 기르고 있는데, 개가 테리어 종보다는 조금 크고 매스티프 종보다는 좀 작은 그런 종류일 거야."

홈스는 소파에 푹 파묻혀 담배 연기로 도너츠를 만들며 그런 말을 하고 있었다. 난 어이가 없어 웃고 말았다. 그러고는 책장에서 의사 연감을 꺼내며 말했다.

"개에 대해서는 확인할 방법이 없지만 나이나 경력사항에 대해서는 몇 가지 알아볼 수가 있지."

연감을 펼쳤더니 같은 이름의 의사가 몇 명 있었는데, 우리가 짐작하는 그런 사람은 한 사람밖에 없었다.

제임스 모티머, 1882년 왕립 외과의학회 회원. 데븐 주 다트무어 그림펜에 거주. 1882년부터 1884년까지 체링 크로스 병원에서 외과의사로 근무. 논문 '질병은 격세유전인가?'로 비교병리학 부문의 잭슨 상 수상. 스웨덴 병리학회 회원. 논문으로, '격세유전의 돌연변이 사례'(1882년 〈랜시트〉지 게재), '인간은 진화하는가?'(1883년 〈심리학회〉지에 게재) 등이 있음. 그림펜, 솔즐리, 하이베로우 교구의 의무관.

"수렵회에 대해서는 나와 있지도 않네."

홈스가 비아냥거리듯 말했다.

"하지만 자네가 추리한 대로 지방의 의사인 건 분명하군. 내 추리도 대충 다 맞는 것 같지 않나? 그에 대해서 표현한 단어들, 어떻게 생각하나, 왓슨? 내가 산 경험에 의하면, 순하지 않은 사람이 남들한테서 그런 호의를 받는 건 어렵고, 사람이 패기가 있다면 런던을 떠나 지방으로 가지는 않을 것이며, 어리버리한 사람이 아니라면 남의 집을 방문했다가 명함도 남기지 않고 지팡이를 놓고 갈 리는 없을 거란 말이지."

"그럼 개 얘기는 뭔가?"

"개가 늘 주인의 지팡이를 물고 따라다니고 있어. 지팡이가 무거워서 꽉 물기 때문에 이빨 자국이 선명하게 나있거든. 이빨 자국으로 보면 테리어 종도 아니고 매스티프도 아니고…… 가만…… 아, 맞아! 바로 스패니얼 종이네!"

그는 왔다갔다 걸으며 말하더니 창가에서 멈춰서고는 그렇게 확신에 차 결론을 내렸다.

"이보게, 자넨 어떻게 그렇게도 자신감이 있나?"

"그야 당연하지. 그 개가 지금 바로 주인과 함께 현관 앞에 있거든. 왓슨, 자네도 같이 있어주게. 같은 의사니까 도움이 될지도 몰라. 계단을 올라오는 발자국 소리만 듣고는 그것이 좋은 징조일지 나쁜 징조일지 아무도 모른다네. 과학자 제임스 모티머 박사가 범죄 전문가 셜록 홈스에게 뭣 때문에 오는지 말이야. 들어오세요!"

방문객이 들어오는 걸 보고 나는 깜짝 놀랐다. 전형적인 시골의사와는 완전히 다른, 큰 키에 마른 몸매, 날카로운 눈빛에 새부리처럼 생긴 긴 코, 그리고 금테 안경을 쓴 모습이었기 때문이다. 의사 같은 분위기는 풍겼지만 외투가 지저분하고 바지도 구깃구깃 했다. 젊은 나이인데도 등이 구부정하고, 인상은 호인처럼 온화해 보였다. 그는 지팡이를 보며 대뜸 환호를 질렀다.

"아! 여기 있구나. 다행이네."

그러면서 설명을 했다.

"제가 지팡이를 여기다 뒀는지 해운사무실에 뒀는지 기억이 잘 안 났거든요. 절대 잃어버리면 안 되는 지팡이라……."

"선물 받으신 건가 봐요?"

홈스가 말했다.

"네, 그렇습니다."

"체링 크로스 병원에서죠? 결혼 기념으로 친구들이 주었나보죠? 아니, 내가 잘못 맞췄나!"

홈스는 마치 실수한 듯 고개를 가로저었다.

모티머 박사가 좀 당황해 하며 놀란 표정을 지었다.

"뭘 잘못 맞췄다는 거죠?"

"아니, 우리가 생각했던 것과 다른 것 같아서요. 그럼 결혼하실 때 받으신 거 맞네요?"

"네, 맞습니다. 결혼하면서 병원을 그만 뒀거든요. 고문의사 직도 포기했죠. 가정을 꼭 이루고 싶었으니까요."

"아, 그랬군요. 그럼 제임스 모티머 박사님은……"

"그냥 선생이라고 불러주세요. 저는 그냥 왕립 외과의사회 회원일 뿐이니까요."

"선생은 아주 뛰어난 두뇌를 가지신 것 같은데."

"아닙니다, 홈스 씨. 저는 그저 초보 과학자일 뿐입니다. 넓고 넓은 바닷가에서 신비의 조개껍질을 줍고 있는 거나 마찬가지죠. 그런데 제가 지금 셜록 홈스 씨와 얘기하는 거 맞는 거죠?"

"네, 맞습니다. 이쪽은 친구 왓슨 박사지요."

"처음 뵙겠습니다. 성함은 이미 많이 들었습니다. 그런데 홈스 씨, 선생의 뇌모양이 무척 흥미롭군요. 눈 윗부분이 이렇게 길게 잘 빠진 두개골은 처음 보거든요. 혹시 실례가 아니라면 좀 만져봐도 되겠습니까? 선생의 두개골을 모형으로 만들어서 인류학 박물관에 전시해놓으면 좋을 것 같은데요. 뭐 기분 좋으라고 하는 소리가 아니라 정말 마음에 듭니다."

"일에 아주 열정이 많으신 분이군요."

그러면서 홈스는 그에게 담배를 권했다.

"둘째 손가락을 보니까 담배를 직접 말아서 피우시는 것 같은데요."

홈스가 그렇게 말하자 의사는 자신의 담배와 종이를 꺼내더니 익숙한 솜씨로 금방 말아 입에 물었다. 그의 긴 손가락은 마치 곤충의 더듬이처럼 섬세하고 민첩하게 움직였다. 지켜보는 홈스의 눈빛으로 보아 그 괴짜 손님한테 흥미를 느끼고 있다는 걸 알 수 있었다.

"한 가지 물어보겠습니다. 어제 오셨다가 오늘 또 이렇게 오신 건, 단지 제 머리를 살펴보기 위해서만은 아닌 것 같은데요?"

"물론이죠. 그러나 모형을 뜨고 싶다는 건 정말입니다. 허락해주시면 너무나 감사하겠습니다. 그리고 다른 이유는…… 갑자기 저한테 아주 심각한 문제가 생겨서, 유럽에게 둘째로 전문가이신 선생에게……"

"그 첫째 전문가가 누구신지 이름을 좀 알 수 있을까요?"

홈스가 약간 불쾌한 듯 물었다.

"치밀한 과학정신을 가진 사람이라면 누구나 프랑스인 베르티용의 업적에 굉장한 찬사를 보내고 있죠."

"그럼 그 사람하고 얘기하는 게 좋지 않을까요?"

"치밀한 과학정신을 가진 사람이라고 제가 말씀드렸습니다. 그러나 실제로 문제를 해결하는 건 선생이 단연 최고라고 알려져 있죠. 제 표현이 혹시 선생의 기분을 상하게 했다면……"

"아니, 뭐…… 그건 그렇고, 자, 저한테 무슨 도움을 원하시는지 말씀하시죠."

바스커빌 집안의 저주

"**네,** 지금 주머니 속에 문서가 들어있습니다."

모티머 씨가 말했다.

"들어오실 때부터 알고 있었어요."

모티머 씨의 말이 끝나기가 무섭게 홈스가 말했다.

"오래된 문서인데요."

"진본이라면 18세기 초쯤 되겠죠?"

"어떻게 아셨죠?"

"서류가 옷 사이로 빠져나와 있어 보였거든요. 고문서 감정가가 10년 전후의 차이를 판별해내지 못한다면 전문가라고 할 수 없겠죠. 제가 그 분야에 대해 논문을 하나 쓴 게 있는데 읽으셨는지 모르겠네요. 자, 선생의 그 문서는 1730년으로 짐작됩니다만."

"정확히 1742년입니다."

모티머 씨는 재킷 안주머니에서 문서를 꺼냈다.

"이 문서는 찰스 바스커빌 경이 저한테 맡긴 것인데, 바스커빌 집안에서 오래 전부터 내려오고 있던 문서죠. 그런데 3개월쯤 전에 그분이 갑자기 비극적으로 죽는 바람에 데븐셔 지방에서 난리가 났어요. 저는 그분의 주치의면서 친구이기도 했는데, 그분은 의지가 강하고 현실적인 성격이었기 때문에 비현실적인 일에는 별로 신경을 안 썼죠. 그래도 이 문서는 아주 중요하게 여기고 있었어요. 아마 자신도 결국 죽음을 당하리라고 각오하고 있었던 것 같아요."

홈스는 문서를 받아 펼쳐보았다.

"왓슨, 이것 좀 보게. S자가 길었다 짧았다 하는데, 이게 바로 연대를 짐작할 수 있는 특징 중 하나였다네."

오래 되어 누렇게 변한 종이 위에 '바스커빌 저택, 1742년' 이라고 씌어 있었다.

"성명서처럼 생겼네요."

"그렇습니다. 그 가문에 관해 전해 내려오는 어떤 이야기를 기록해놓은 것이죠."

"선생이 저를 보러 오신 건 그 전설 때문이 아니라 실질적인 어떤 문제 때문이겠죠?"

"물론입니다. 가장 실질적이면서 시급한 문제 때문이죠. 24시간 안으로 결정을 내려야 하니까요. 사건은 결국 이 문서와 깊은 관계가 있습니다. 괜찮으시다면 제가 읽어보겠습니다.

홈스는 소파에 푹 기대 앉아 눈을 감았다. 그리고 모티머 씨는 높은 목소리로 그 기묘한 이야기를 읽기 시작했다.

바스커빌 가문의 사냥개에 대한 전설은 이미 많은 기록으로 전해오고 있지만 내가 지금부터 새로 기록하려는 건 그중에서도 가장 진실에 가까운 이야기라고 확신하고 있다. 왜냐하면 내가 휴고 바스커빌의 직계 후손이며, 따라서 집안 대대로 전해져 내려오는 이 이야기를 아버지한테서 쭉 들어왔기 때문이다. 여러분들은 정의의 신이 죄를 벌하시는 것과 마찬가지로 또한 죄를 용서하신다는 것도 믿어야 한다. 마음 깊이 누군가를 저주했다 할지라도 기도와 참회를 통해 용서받을 수 있는 것이다. 그러므로 여러분들이 인과응보를 두려워하지 않고 신중하게 처신한다면 그간 우리 가문을 괴롭혀온 오랜 수난들이 다시는 활개를 치지 못하게 될 것이다.

이 저택은 대혁명시대에 휴고 바스커빌이 소유하고 있었는데, 그는 무신론자이며 무척 난폭하고 음탕한 데가 있어 주위에서 악명 높기로 유명했다. 그런 그가 저택 근처에 살고 있는 한 농부의 딸을 사랑하게 되었다. 그 추악한 욕정을 사랑이라는 아름다운 단어로 부를 수 있다면 말이다. 하지만 그 처녀는 현명하게 처신하며 그를 피해다녔다. 그러다 성 미카엘 축일에 그녀의 아버지가 없는 틈을 이용해 남자는 패거리를 동원해서 그녀를 납치하고 말았다. 그들은 저택 2층 방에 그녀를 감금해놓고, 늘 하던 대로 밤마다 홀에서 술파티를 벌였다. 그들의 고함소리와 무서운 욕지거리가 쩡쩡 울릴 때마다 그녀는 온 몸이 얼어붙는 듯 했다. 특히 휴고 바스커빌의 욕설은 공포 그 자체였기 때문에 그걸 따라 하는 사람은 지옥에 떨어질 거라는 소문이 있을 정도였다. 결국 참다 못한 그녀는 남자도 하지 못할 과감한 일을 단행했다. 벽을 뒤덮고 있는 담쟁이넝쿨을 타고 탈출해

도망을 친 것이다.

　파티를 하던 휴고는 먹을 것과 마실 것, 그리고 뭔가 나쁜 것을 들고 그녀가 있는 2층 방으로 올라갔다. 그런데 이게 왠일인가, 잡아놓은 새가 사라지고 없는 것이었다. 그는 미친 사람처럼 계단을 뛰어내려가 식당으로 들어갔다. 그러고는 술병과 그릇들을 걷어차면서 그날 밤 안으로 그 여자를 다시 찾아내고야 말겠다며 고래고래 소리를 질렀다. 악마처럼 날뛰며 울부짖는 그를 패거리들은 그저 바라보고만 있었다. 그러다 그 중 가장 거친 놈 하나가 사냥개를 풀어 그녀를 쫓으라고 휴고에게 말했다. 휴고가 눈을 번쩍 뜨며 밖으로 뛰쳐나가더니 개를 모두 풀어놓으라고 마부들에게 소리쳤다. 그는 우선 개들에게 여자의 손수건 냄새를 맡게 한 뒤, 그녀의 집쪽으로 몰아갔다. 가는 도중 그는 미친 듯 고함을 지르며 달빛이 내리비치는 황무지를 지나갔다. 여자는 자기 집으로 가려면 그 길을 꼭 지나가야만 했다. 술에 취해있던 패거리들도 처음엔 갑작스레 일어난 사태에 어리둥절해 있다가 곧 정신을 차리고는 권총과 말을 준비해 휴고를 뒤따라갔다. 모두 13명이었다.

　그들이 1, 2 마일쯤 갔을 때 한 양치기가 보였다. 그래서 개를 데리고 추격하는 사람을 봤느냐고 그에게 물었더니 양치기는 두려웠는지 처음엔 아무 말도 안 하다가 간신히 입을 열었다.

"여자가 사냥개들에게 쫓겨 도망치는 걸 봤지요. 그리고 말을 타고 가는 바스커빌 어른과 그 뒤를 따라가는 무시무시한 사냥개 한 마리도 봤고요. 하느님, 개에게 당하지 않도록⋯⋯."

양치기의 말에 패거리들이 욕을 해대고는 다시 떠났다. 그런데 얼마 안 가 섬뜩한 장면이 나타났다. 말발굽 소리가 들리는가 싶더니 한 마리 말이 안장도 없이 고삐를 땅에 늘어뜨리고 터벅터벅 걷고 있는 것이었다. 일순 공포감이 밀려왔다. 다행히 혼자라 아니라, 그들은 서로 바짝 붙어 계속 나아갔다. 얼마간 가다 보니까 바스커빌의 사냥개들이 보였다. 개들은 협곡의 낭떠러지 위에서 코를 킁킁거리고 있었다.

패거리들도 말을 세웠다. 그들은 이미 술이 깨어있었지만, 어쩌면 아직 덜 깬 사람들 세 명이 용감하게도 골짜기 아래로 말을 몰고 내려갔다. 그 깊은 곳에 이르자 뜻밖에도 넓은 공터가 있고, 거석이 세워져 있었다. 그리고 환히 내리비치는 달빛 아래 여자와 휴고 바스커빌이 쓰러져 있었다. 세 남자는 등줄기에 소름이 확 끼치며 머리카락이 곤두서는 것 같았다. 그건 여자와 휴고의 시체 때문이 아니었다. 사냥개처럼 생긴 시커먼 짐승 하나가 휴고의 목을 물어뜯고 있었기 때문이었다. 짐승은 눈에 살기가 가득한 채 주둥이 아래로 피를 뚝뚝 흘리며 그들에게로 고개를 돌렸다. 세 남자는 비명을 지르며 있는 힘을 다해 그곳을 빠져나왔다. 너무나 충격이 심한 나머지 한 사람은 그날 밤에 죽고 말았고, 다른 두 사람도 그만 폐인으로 생을 마쳤다고 한다.

이상이 우리 가문에 전해져오고 있는 그 저주스런 사냥개에 대한 이야기다. 내가 이렇게 자세히 기록하는 이유는, 사실을 정확히 아는 것이 소문이나 추측으로 아는 것보다 공포감을 덜 준다고 생각하기 때문이다. 우리 가문에선 많은 사람들이 갑자기 수수께끼처럼 잔인한 죽음을 당해왔다. 성서에도 나와 있듯이, 죄를 지은 자들에게는 그 3, 4대 후손에게까지 벌을 내린다고 한다. 그러나 자비로운 하느님께서는 죄 없는 우리 후손들을 그 무한한 섭리로 지켜주고 계신다. 그러므로 여러분들은 한밤중에 그 황무지를 지나가지 않도록 특히 명심해 지켜주기 바란다.

'이 얘기는 휴고 바스커빌의 자식들인 로저와 존, 엘리자베스에게 절대로 알리지 말아달라고 부탁한 것이다.'

모티머 씨는 다 읽고 난 다음 안경을 벗으며 셜록 홈스를 바라보았다. 그때 홈스가 하품을 하면서 담배꽁초를 난로 속에 던져넣었다.

"그래서요?"

"재미가 없었나보죠?"

"동화 수집가들은 재미있겠죠."

그러자 모티머가 주머니에서 신문 한 장을 꺼냈다.

"여기 다른 소식도 있어요. 6월 14일자 〈데븐 카운티 크로니클〉 지인데, 찰스 바스커빌 경의 죽음에 관한 기사가 실려있죠."

홈스는 약간 긴장된 표정으로 상체를 앞으로 기울였다.

다음 선거에서 데븐 중부 지역의 자유당 후보로 올라있던 찰스 바스커빌 경이 최근 갑자기 사망하자 그 지역 일대에 어두운 그림자가 덮치고 있다. 찰스 경은 바스커빌 저택에서 오래 살지는 않았지만 온화한 성품과 관대함으로 많은 사람들로부터 존경을 받아왔었다. 그는 특히 오랫동안 불운에 시달리며 쇠퇴해갔던 명성있는 가문을 다시 일으켜놓은 입지전적인 인물이었다. 알려진 바와 같이, 그는 남아프리카에서 투기사업을 해 큰 돈을 모았다. 그리고 돈을 더 벌기 위해 계속 집착하다 행운의 여신이 등을 돌리기 전에 현명하게도 빨리 영국으로 돌아왔다. 그는 바스커빌 저택에 정착해 여러가지 계획을 세우며 일을 벌여가고 있었다. 하지만 2년만에 그가 죽음으로써 그 모든 계획은 중단되어야 했다. 특히 그는 자식이 없었기 때문에 전 재산을 투자해 그 지방의 발전에 힘쓰겠다고 공표했던 것이다.

검찰의 조사결과가 그의 사인을 완전히 밝혀낸 것은 아니지만 최소한 미신에 의한 소문은 잠재울 수 있게 된 것 같다. 타살의 흔적이 전혀 없었기 때문에 자연사로 결론을 내린 것이다.

부인을 잃고 혼자가 된 찰스 경은 정신적인 면에서 오랫동안 힘든 생활을 해왔다고 볼 수 있다. 엄청난 재산이 있는데도 그는 검소하게 생활하며, 고용인도 바리모어 부부 두 명밖에 두지 않았다. 남자는 집사로 일하고 여자는 요리 등을 했다. 이들 부부와 몇몇 가까운 사람들의 말에 의하면, 찰스 경의 건강이 그 즈음 많이 나빠지고 있었는데 특히 심장이 안 좋았다고 한다. 그래서 호흡곤란 증세가 나타날 때도 있었고 심할 때는 발작을 일으킨 적도 있었다는 것이다. 찰스 경의 주치의였던 제임스 모티머 박사도 같은 진단을 내놓았었다.

찰스 바스커빌 경은 매일 밤마다 주목나무 오솔길을 산책하곤 했다. 6월 4일 밤에도 그는 나가면서 바리모어에게 다음 날 런던에 갈 것이니 준비를 해놓으라고 일렀다. 그러고는 담배를 피우며 산책길로 갔다. 하지만 그걸로 끝이었다. 그는 더이상 돌아오지 않은 것이다. 자정 무렵, 현관문이 열려있는 것을 본 바리모어는 깜짝 놀라 램프를 들고 오솔길로 나섰다. 그런데 하필 비가 와 발자국이 잘 보이지 않았다. 하지만 오솔길 중간쯤에 있는 황무지로 통하는 작은 문 앞에서 찰스 경의 발자국들이 보였다. 그러나 찰스 경이 그 문으로 나간 흔적은 없었다. 바리모어는 계속 오솔길을 따라 내려갔다. 그리고 그 길 끝에 찰스 경이 죽은 채 쓰러져 있는 게 보였다. 이상한 건 그 문 앞에서부터 찰스 경의 발자국 모양이 달라져 있었다는 것이다. 때마침 그때 머피라는 집시가 그 근처 황무지를 지나다 무슨 비명소리를 들었는데, 술에 많이 취해있었기 때문에 어디서 들린 건지는 분간을 못했다고 증언했다.

찰스 경의 몸엔 폭행을 당한 흔적이 전혀 없었다. 하지만 극도로 고통스런 표정을 짓고 있었는데, 그건 호흡곤란이나 심장마비로 죽을 때 흔히 나타나는 현상이라고 의사가 설명했다. 결국 검시를 해본 결과 오랜 지병이 있었다는 게 밝혀졌고, 배심원도 의사의 증언을 토대로 판결을 내리게 되었다. 사건이 그렇게 조용히 마무리되어 그나마 다행이었다. 왜냐하면 찰스 경의 후계자가 빨리 결정되어 중단된 계획들을 재개하는 것이 중요하기 때문이다. 검시관의 증언이 결국은 이 사건에 관련된 숱한 미신들을 사라지게 할 수 있었던 것이다. 찰스 경의 가장 가까운 혈연은 동생의 아들인 헨리 바스커빌로, 현재 미국에 거주하고 있으며, 그에게 알리기 위해 찾고 있다고 한다.

"홈스 씨, 이게 바스커빌 경의 죽음에 관해 세상에 발표된 유일한 기사입니다."

"몇 가지 흥미로운 점들이 있군요. 그 당시 신문에서 읽기는 했는데 제가 그때 마침 로마 교황청의 마노 조각품 사건에 매어있었거든요. 그래서 다른 사건들에 관심을 가질 수가 없었죠. 그런데 세상에 알려지지 않은 얘기는 뭐가 있나요?"

홈스는 의자에 깊숙이 앉아 양 손가락 끝을 붙이며 냉정한 표정으로 모티머의 말을 기다렸다. 그런데 모티머는 무슨 이유인지 사뭇 흥분한 어투로 말을 꺼냈다.

"지금까지 아무한테도 말 안 한 건데요, 의사가 미신을 믿는다고 할까봐 그게 싫어서요. 또 다른 이유는, 이미 신문에 보도돼 끔찍한 소문이 퍼져 있는데 제가 이런 말을 하면 이제는 정말 바스커빌 저택에 들어가려는 사람이 없을 것 같았기 때문입니다. 이런 두 가지 이유 때문에 괜히 좋지도 않은 말을 할 필요가 없다고 생각했는데, 선생한테는 모든 걸 솔직하게 털어놓아도 괜찮겠지요. 그 황무지 지역에는 사람들이 거의 안 살기 때문에 이웃끼리는 아주 가깝게 지내고 있어요. 그래서 저도 찰스 경과 자주 만났습니다. 프랭클런드 씨와 스테이플튼 씨 외에는 교육받은 사람도 없지요. 찰스 경은 사교성이 없는 사람인데, 병이 나면서부터 저와 더 친하게 되었어요. 그분이나 저나 또 과학을 좋아하다보니까 얘기도 많이 하게 됐고요. 그런데 몇 달 전부터 그분의 신경조직에 이상현상이 나타나고 있었어요. 그는 집안에서는 산책을 해도 황무지로는 절대로 나가지 않았습니다. 홈스 씨, 믿기지 않으시겠지만, 그분은 바스커빌 가문에 무서운 운명이 덮쳐오고 있다는 걸 정말로 믿고 있었어요. 그가 알고있는 선조대의 모든 일들 중에 밝은 내용은 하나도 없었으니까 그럴만도 했죠. 항상 어떤 무서운 존재에 대한 생각에 사로잡혀 있었던 것입니다. 그 비극이 일어나기 3주일쯤 전 밤에 마차로 저택에 간 적이 있었어요. 그분이 현관에 나와있더군요. 그런데 제가 마차에서 내려 걸어가는데, 그분이 제 뒤로 뭔가를 잔뜩 공포에 싸인 눈빛으로 쳐다보고 있지 뭡니까? 그래서 돌아보았더니 집 입구 쪽에서 송아지 크기만한 검은 짐승 하나가 얼핏 지나가는 게 보이더라고요. 찰스 경이 너무 공포에 질려있었기 때문에 제가 그곳으로 가서 자세히 둘러보았는데 동물은 벌써 사라지고 없더군요. 그분에겐 그 일이 심한 충격으로 남았던 것 같습니다. 그날 그분은 자기가 왜 그리 놀랄 수밖에 없었는지 설명을 해주면서 좀전에 제가 읽어드린 그 얘기를 저더러 가지고 있어달라고 하더군요. 제가 말씀드린 이런 얘기들이 이 집안에 잇달아 일어나는 비극을 생각해 볼 때 뭔가 심상치 않은 연관성이 있는 것 같거든요. 그 당시에는 저도 이분이 하찮은 동물 하나 가지고 왜 이리 공포에 떠는지 이상하다는 생각을 했었습니다. 그래서 제가 그분에게 런던으로 가라고 권했지요. 심장이 안 좋은 건 분명한데 이런 식으로 늘 불안에 떨며 산다면, 물론 그게 망상 때문이긴 하지만 말이죠, 아무튼 건강에 치명적인 영향을 끼치니까요. 도시에 가서 기분전환을 하고 오는 게 좋을 것 같았지요. 그런데 바로 그 마지막 순간에 그런 비극을 당하고 만 것입니다. 찰스 경의 집사 바리모어가 저한테 마차를 보내 한 시간도 안 돼 저택에 도착했어요. 저는 신문할 때 정확히 말하려고 주위를 살펴보았지요. 황무지로 나가는 문 앞에서 그의 발걸음이 멈춰있고, 그 다음부터 오솔길에 쭉 나있는 발걸음은 모양이 달라져 있었어요. 그리고 자갈길에는 바리모어의 발자국만 있더군요. 그런 다음 저는 시체를 자세히 살펴보았지요. 찰스 경은 두 팔을 내뻗고 엎드린 자세로 있었는데 손가락은 땅속에 박혀 있었습니다. 얼굴은 아까도 말씀드린 것처럼 공포로 일그러져 무서울 정도였고요. 몸에는 아무 상처도 없었어요. 그런데 나중에 신문할 때 바리모어가 한 가지 틀린 진술을 하더군요. 시체 주변에 아무런 흔적도 없었다고 한 겁니다. 그가 못 본 거죠. 저는 봤거든요. 좀 떨어진 곳에 있었는데, 아주 뚜렷한 흔적이……"

"발자국이었습니까?"

"네, 발자국이었습니다."

"남자 것이었나요? 여자 것이었나요?"

모티머는 순간 이상한 표정으로 우리를 쳐다보더니 목소리를 낮게 깔고 속삭이듯 말했다.

"홈스 씨, 그 흔적은 커다란 사냥개의 발자국이었습니다!"

문제점

그 말을 듣고 난 솔직히 소름이 확 돋았다. 모티머 박사의 목소리도 떨리고 있었다. 홈스도 마음에 동요가 일어나는지 몸을 일으켰다. 그는 깊은 흥미가 당길 때면 늘 그렇듯 눈빛이 더욱 싸늘하고 날카롭게 변해갔다.

"사실인가요?"

"그럼요. 지금 당신을 보고 있듯이 그렇게 똑똑히 보았습니다."

"아무한테도 얘기 안 하셨다고 했죠?"

"이런 얘기 해봐야 무슨 소용이 있겠습니까?"

"그런데 왜 다른 사람들은 그 동물 발자국을 못 봤을까요?"

"발자국이 시체에서 20야드쯤 떨어져 있었기 때문에 아무도 그런 생각을 못했던 거겠죠. 저도 그 전설 이야기를 몰랐다면 못 봤을 겁니다."

"황무지에는 양을 지키는 개가 꽤 있겠죠?"

"물론이죠. 하지만 제가 본 건 양치기 개가 아니었어요."

"엄청나게 컸다고요?"

"네, 엄청 컸습니다."

"어쨌든 그 개가 시체에 접근하지도 않았던 거죠?"

"그렇죠."

"그날 밤 날씨는 어땠습니까?"

"습하고 좀 으슬으슬했어요."

"오솔길이 어떻게 생겼죠?"

"양쪽으로 높이가 12피트쯤 되는 주목나무 울타리가 있는데, 엄청 오래되고 빽빽하게 우거져 뚫고 들어올 수가 없어요. 그리고 그 사이로 폭이 8피트쯤 되는 길이 나있죠."

"울타리와 길 사이엔 아무것도 없고요?"

"폭이 6피트쯤 되는 잔디밭이 양쪽으로 있죠."

"그러니까 문으로만 밖으로 나갈 수 있네요?"

"그렇습니다. 그 쪽문으로만 나갈 수 있어요."

"다른 문은 없습니까?"

"네, 없습니다."

"그러니까 그 오솔길로 가려면 저택에서 내려가든지 아니면 그 쪽문으로 들어오든지 해야겠군요?"

"오솔길 끝에 있는 정자를 통해 들어올 수도 있습니다."

"찰스 경이 거기까지 갔나요?"

"아니오, 약 50야드 떨어진 곳에서 발견됐어요."

"그럼 선생이 발견한 발자국은, 이건 아주 중요한 점인데요, 길바닥에만 있고 잔디밭에는 없었습니까?"

"잔디밭에는 발자국이 안 나거든요."

"그럼 발자국이 쪽문과 같은 길쪽에 있었습니까?"

"네, 그랬습니다."

"그 쪽문은 닫혀 있었나요?"

"자물쇠로 채워져 있었죠."

"문 높이가 얼마나 됩니까?"

"4피트쯤 될 거에요."

"그 정도면 누구든 뛰어넘을 수 있겠네요."

"그렇겠죠."

"그 쪽문 앞에는 아무 흔적이 없었나요?"

"뭐 특별한 것은……"

"아니, 이제까지 조사를 안 한 겁니까?"

"했죠. 제가 직접 했어요. 그 앞이 짓이겨져 있더군요. 찰스 경이 5, 10분쯤 서성였던 것 같아요."

"그건 어떻게 아셨죠?"

"담뱃재가 떨어져 있었거든요."

"좋습니다! 왓슨, 이분은 내 맘에 드는 동료군. 그럼 발자국은요?"

"그 자갈길 앞쪽에 그분의 발자국이 보였고 다른 발자국은 없던데요."

셜록 홈스는 갑자기 답답한 듯 무릎을 탁 쳤다.

"아, 내가 그 현장에 있었어야 했는데! 모티머 선생, 이건 아주 흥미로운 사건입니다. 과학자에게는 굉장한 기회가 되는 사건이에요. 모티머 선생, 왜 그때 저에게 연락하지 않았습니까? 지금은 가봐야 흔적도 다 없어졌을 테니 말이죠."

"연락할 수가 없었죠. 그랬다면 이제까지 제가 말한 사실이 세상에 다 알려지게 되는데…… 저는 그렇게 하고 싶지 않았어요. 그리고 또……."

"또 뭐죠?"

"아무리 귀신 같은 탐정도 어찌 해볼 수 없는 영역이 있거든요."

"뭐, 초자연적인 걸 말씀하시는 겁니까?"

"꼭 그런 건 아니지만……."

"그렇게 생각하고 계시는 것 같은데요?"

"그 사건이 일어난 후, 자연의 이치상 맞지 않는 이상한 일이 몇 가지 일어났기 때문이지요."

"어떤 일이죠?"

"그 사건이 일어나기 전에 이미 바스커빌 집안의 전설과 관련된 그 괴상한 동물을 황무지에서 봤다는 사람들이 있었습니다. 봤다는 사람들 말이, 그 짐승은 빛이 나면서 유령처럼 창백했다는 거에요. 세 사람이 모두 똑같은 얘기를 했는데, 그 커다란 괴물은 제가 생각하기에 그 전설 속의 무서운 사냥개와 똑같은 것 같습니다."

"그런데 과학자이신 선생도 그걸 단순히 초자연적인 현상이라고 생각하시는 겁니까?"

"사실 저는 어떻게 생각해야 좋을지 모르겠습니다."

홈스는 어깨를 들썩거리더니 말했다.

"제가 하는 일은 이 세상에서 실제로 일어나는 일들을 조사하는 것인데, 사실 악과도 싸워봤습니다. 마귀와 맞서 싸운다는 건 능력 밖이고요. 어쨌든 선생은 발자국을 분명히 보시지 않았습니까?"

"전설 속의 그 사냥개도 실제로 사람의 목을 물었으니까 현실적인 거라고 할 수 있죠. 그러면서 악마성을 지닌 짐승이죠."

"완전히 초자연론자가 되셨군요. 그렇게 생각하시면서 왜 저에게 이 문제를 상의하는 거죠? 그리고 찰스 경의 사건은 조사해도 소용없다면서 왜 저에게 조사를 부탁하시는 거죠?"

"선생한테 조사를 부탁하지 않았습니다."

"그럼 뭘 어떻게 해달라는 거죠?"

"헨리 바스커빌 경을 제가 어떻게 대하면 좋을지 그걸 조언해주시면 되겠습니다."

모티머는 시간을 쳐다보았다.

"헨리 경은 1시간 15분 후 워털루 역에 도착합니다."

"그분이 상속자인가요?"

"그렇습니다. 찰스 경이 죽고나서 알아보니까 캐나다에서 농사를 짓고 있다고 하더군요. 보고서에 의하면 훌륭한 분인것 같아요. 제가 의사로서 이런 말을 하는 게 아니라, 찰스 경의 유언 집행인으로서 하는 말입니다."

"상속 권리를 주장하는 다른 사람은 없나 보죠?"

"한 사람도 없습니다. 찰스 경의 두 동생 중 막내인 로저 바스커빌이 우리가 조사한 유일한 혈육입니다. 찰스 경의 3형제 중 일찍 죽은 둘째가 이 헨리 바스커빌의 아버지이죠. 로저 바스커빌은 선대인 휴고와 성격이나 모습이 똑같이 포악한 피를 갖고 있었다고 합니다. 그는 중앙아메리카로 도망갔다가 1876년에 죽었다고 하더군요. 그래서 헨리가 이 집안에 남아있는 마지막 사람이 된 거죠. 이제 1시간 5분 후면 그 사람을 만날 건데, 홈스 씨, 제가 그 사람에게 어떻게 하면 좋을지 말씀 좀 해주세요."

"그야 저택으로 들어가게 하면 되는 거 아닙니까?"

"하지만 그 집안에 들어가는 사람마다 끔찍한 운명에 휘말렸다는 걸 생각해보세요. 만약 찰스 경이 죽기 전에 저와 마지막 얘기를 할 수 있었다면, 그분은 상속자를 그런 무시무시한 집으로 들어가게 하지 말라고 충고했을 겁니다. 그러나 보잘 것 없는 황량한 그 지방의 발전에도 저택에 주인이 사느냐 안 사느냐가 큰 영향을 미칠 겁니다. 만약 주인이 거기 살지 않는다면 찰스 경이 그동안 일궈온 모든 사업은 허망하게 끝나고 말겠죠. 저는 이 문제에 대해서는 어떻게 해야 할지 분명한 생각을 갖고 있지만 그래도 선생의 의견을 듣고 싶군요."

홈스는 잠시 생각하다 말했다.

"그러니까 쉽게 말하면, 선생의 생각에 저택엔 악마가 있기 때문에 바스커빌 가문의 사람이 다트무어에 살기는 위험하다는 거죠?"

"그런 증거가 있지 않습니까?"

"하지만 선생의 그 초자연설이 들어맞는다면, 헨리라는 사람이 런던에 살든 데븐셔에 살든 악마는 똑같은 영향을 미칠 겁니다. 어느 지역에서만 힘을 쓰는 그런 악마는 없을 테니까요."

"홈스 씨, 당신이 저처럼 이 문제에 직접 관계된다면 그렇게 쉽게 말씀하시지는 않을 것입니다. 이제 50분 후면 그분을 만나게 됩니다. 어떻게 하면 좋을까요?"

"제 말씀은 선생의 개를 데리고 마차를 타고 워털루 역으로 가서 헨리 경을 만나시라는 겁니다."

"그런 다음엔요?"

"이 사건에 대한 제 생각이 결정될 때까지 그에게 아무 말도 하지 마십시오."

"시간은 얼마나 걸릴까요?"

"24시간 동안 생각해보겠습니다. 내일 10시에 이리 다시 와주세요. 헨리 경도 같이 오시면 계획을 세우기가 좋을 겁니다."

"네, 알겠습니다, 홈스 씨."

모티머는 생각에 잠긴듯 하면서 일어나 서둘러 방을 나갔다. 홈스가 계단에서 그를 다시 불렀다.

"참, 한 가지만 더 묻겠는데요, 찰스 경이 죽기 전에 황무지에서 그 동물을 본 사람이 몇 명이라고 했죠?"

"세 사람이요."

"그 후에도 본 사람이 있었나요?"

"그 후론 못 들었어요."

"알겠습니다. 안녕히 가세요."

홈스의 표정이 만족스러워 보였다. 마음에 드는 일을 맡은 것 같았다.

"왓슨, 자네 외출할 건가?"

"음, 내가 도울 일이 없다면 나갈까 하는데."

"아직은 없네. 실제 행동으로 들어가면 자네 도움이 필요할 걸세. 이 사건은 정말 굉장하구먼. 아주 특이한 점이 있어. 자네 혹시 브래들리 가게 앞을 지나게 되면, 미안하지만 제일 강한 담배로 1파운드만 주문해주게. 그리고 저녁 때까지 나 혼자 있고 싶네. 저녁에 만나서 서로의 생각을 비교해보는 것도 재미있을 것 같아."

홈스는 생각을 집중해야 할 때 혼자 있는 것을 좋아했다. 그는 모든 자료를 놓고, 선택하고 이론을 만든 다음 본질적인 것과 피상적인 것을 구별해 결정을 내리고는 했다. 그날 나는 하루 종일 클럽에서 지내고 저녁에 집으로 들어갔다. 거의 9시 무렵이었다. 그런데 방문을 열자마자 연기가 자욱히 차있어 난 불이 난 줄 알았다. 알고 보니 값싸고 독한 담배 연기 때문이었다. 뿌연 풍경 속에 파자마 차림의 홈스 모습이 희미하게 보이기 시작했다. 내가 기침을 하자 그가 말했다.

"감기 걸렸나, 왓슨?"

"아니, 이 엄청난 독가스 때문이지."

"어, 정말 연기가 많이 차있네."

"그냥 많은 게 아니라 이건 도저히 참을 수 없을 정도구먼!"

"그럼 창문을 열게! 자넨 하루 종일 클럽에 있었구먼?"

"아니! 어떻게 그걸 알았어?"

"맞지?"

"그렇다니까! 근데 어떻게……."

홈스는 나를 보고는 웃어재꼈다.

"왓슨, 자네는 참 순수한 면이 있기 때문에 내 추리력을 좀 시험해보고 싶었다네. 일테면 비가 오는 날 말일세, 한 신사가 외출을 했는데 저녁에 집에 돌아올 때까지 신발이나 모자가 전혀 젖지 않고 멀쩡하게 있다면, 그건 바로 그가 돌아다니지 않고 어딘가에 줄곧 앉아있다 왔다는 뜻이겠지? 하지만 그에겐 같이 있을만한 친한 친구도 없어. 그렇다면 그가 하루 종일 어디에 있었겠나? 그건 뻔한 일 아니겠어?"

"음, 그렇군."

"이 세상은 말일세, 알고 보면 뻔한 일이 많은데 사람들은 그걸 관찰하지 않거든. 그렇다면 난 어디를 갔다온 것 같나?"

"자네도 한 군데 계속 있었겠지."

"천만에, 나는 데븐서에 갔다 왔다네."

"자네 영혼만 갔다왔겠지."

"맞아. 영혼이 빠져나간 이 몸은 여기 의자에 앉은 채로, 좀 심했지만 두 주전자의 커피와 엄청나게 많은 담배를 피웠다네. 그리고 사람을 시켜 그 황무지에 대한 지도를 사왔는데, 내 영혼은 하루 종일 그 황무지를 헤매고 다녔지. 눈 감고도 그곳 지리가 다 보일 정도라네."

그는 지도를 펴 보여주었다.

"여기가 바스커빌 저택이야."

"주변에 숲이 있네."

"그렇지. 주목나무 오솔길은 여기 안 보이는데…… 자, 여기 황무지 있지? 바로 이 옆으로 나 있을 거야. 여기는 그림펜 마을인데, 모티머 의사가 사는 곳이지. 그리고 이곳을 보게. 5마일 안으로 집이 몇 채밖에 없어. 그리고 14마일 떨어진 곳에 프린스타운 교도소가 있네."

"무척 황량한 곳이군!"

"그렇다네. 내용은 더 황량하지. 악마가 사람의 운명을 손에 넣으려 하니……"

"아니, 자네도 초자연설에 빠진 건가?"

"아무튼 우리가 먼저 해결해야 할 문제가 두 가지 있는데, 하나는 이 사건에 범죄가 관련되어 있나 하는 것이고, 둘째는 범죄에 관련되어 있다면 무슨 이유와 어떤 방법으로 했나를 알아봐야 한다네. 그런데 모티머 씨 말이 맞다면, 그래서 자연의 이치를 넘어선 어떤 악마를 상대해야 한다면 조사는 아예 시작도 하지 않는 게 낫지. 하지만 미리 항복부터 할 게 아니라 다른 가능한 가설을 검토해서 세워나가야겠지. 저 창문 좀 닫아주게나, 왓슨. 이상하게 들릴지 모르지만, 밀폐된 곳에서 생각은 더 잘 집중되거든. 그렇다고 상자 속으로 들어가야 한다고 말하고 싶지는 않지만, 난 그렇게 확신하고 있다네. 어떤가? 자네도 이 문제에 대해 생각 좀 해봤나?"

"물론, 하루종일 생각해봤지."

"어떤 생각이 들었나?"

"난 전혀 이유를 모르겠네."

"분명히 이상한 점이 몇 가지 있어. 일테면 발자국 모양이 변했다는 거 말이야. 그건 이해가 안 되거든."

"모티머 씨 말은, 찰스 경이 오솔길 한쪽에서 발끝으로 걸어간 것 같다고 한 것 같은데."

"그건 검시 때 누가 한 말을 덩달아 한 거야. 산책할 때 발끝으로 걷는 사람이 누가 있겠나?"

"그럼 무슨 뜻일까?"

"뛰어갔다는 얘기지, 왓슨. 정신없이 도망친 거야. 심장이 막혀서 쓰러져 죽을 때까지 뛰었다는 얘기라고."

"뭐가 무서워서 그렇게 도망쳤을까?"

"그런데 도망치기 전에 이미 공포에 질린 흔적이 있었다네."

"어떻게 그걸 알았나?"

"왜냐하면 그는 어떤 공포의 대상을 보고도 집으로 뛰어간 게 아니라 그 반대 방향으로 뛰어갔거든. 그건 이미 정신이 나가있었다는 얘기지. 또 한 가지는, 그가 누구를 기다리고 있었다는 거야. 그런데 왜 집안에서가 아니라 오솔길에서 기다렸는지, 그걸 알 수가 없네."

"누구를 기다렸을까?"

"그는 나이도 많고 몸도 안 좋은 사람인데…… 물론 저녁 산책을 하는 건 이해할 수 있지. 하지만 그날 밤은 비도 왔고 날씨도 유독 안 좋았는데, 그런 상황에서 10분이나 담배를 피우며 서있었다는 건 좀 웃기는 일 아닌가?"

"그 사람은 밤마다 산책을 했다면서?"

"하지만 그가 밤마다 쪽문 앞에서 누군가를 기다렸다는 건 말도 안 되는 소리야. 오히려 황무지를 꺼림칙하게 여겼으니까 말이야. 그런데 아무튼 그날 밤은 누군가를 기다렸어. 런던으로 가기 전날이었지. 왓슨, 이제 좀 윤곽이 그려지는 것 같네. 거기 내 바이올린 좀 집어주게. 일단 내일 아침 모티머와 헨리 경을 만날 때까지는 아무 생각 안 하는 게 좋겠어."

헨리 바스커빌 경

아침 일찍 식사를 하고 우리는 그들을 기다렸다. 손님들은 약속 시간을 정확히 지켜 정각 10시에 도착했다. 젊은 예비남작인 헨리 경은 체격은 작은데 동작이 민첩하고 검은 눈동자에 서른 살쯤 돼보이며 의지가 강해 보였다. 그는 붉은색 계통의 트위드 옷을 입고 있었는데, 마치 항상 밖에서 산 사람처럼 비바람에 시달린 모습이었다. 그러나 어딘지 침착한 눈빛과 차분하고 자신감 있는 자세를 가지고 있으며, 한 마디로 신사다운 몸가짐을 하고 있었다.

"헨리 바스커빌 경을 소개하겠습니다."

모티머가 말했다.

"아닙니다. 경이라뇨……."

그가 말했다.

"그런데 참 묘한 우연인 것 같습니다, 셜록 홈스 선생님. 사실 저는 모티머 박사께서 약속을 잡아놓으신 줄도 모르고, 저 스스로 선생을 만나러 오려고 했었거든요. 선생께서 워낙 문제를 잘 해결하신다고 들어서요. 오늘 아침에 이상한 일이 하나 생겼는데, 도저히 이해가 안 됩니다."

"자 앉으세요, 헨리 경. 런던에 오자마자 무슨 이상한 일이라도 겪으신 모양이죠?"

"별로 대단한 일은 아닙니다. 무슨 장난이었는지도 모르겠어요. 아무튼 아침에 이게 배달돼 왔습니다."

헨리 경은 봉투 하나를 테이블 위에 놓았다. 우리 세 사람은 동시에 그걸 들여다보았다. 흔한 봉투인데, 거기엔 '노섬벌랜드 호텔, 헨리 바스커빌 경 귀하' 라고 휘갈겨 씌어 있으며, 소인은 '체링 크로스' 이고, 발송 날짜는 전날 저녁이었다.

"당신이 노섬벌랜드 호텔에 묵고 있는 걸 누가 알죠?"

홈스는 날카로운 시선으로 방문객에게 물었다.

"아는 사람이 없죠. 모티머 박사를 만나고 나서 그 호텔을 정했거든요."

"그럼 모티머 씨께서 이미 그곳에 묵고 계셨나요?"

"아니오, 저는 친구 집에 있었어요."

모티머가 대답했다.

"음! 그렇다면, 두 분의 행동을 예의주시하는 사람이 있는 것 같은데요."

홈스는 봉투 속에 있는 종이를 꺼냈다. 그곳엔 인쇄된 글자를 오려서 풀로 붙인 한 줄의 문장이 있을 뿐이었다.

'생명과 이성을 존중하는 자는 황무지를 피하라'

단 '황무지' 만은 잉크로 직접 씌어 있었다. 헨리 바스커빌 경이 말했다.

"홈스 선생, 도대체 이게 무슨 뜻일까요? 저한테 관심을 갖고 있는 사람이 누군지 혹시 짐작 가는 사람 있습니까?"

"모티머 씨, 어떻게 생각하십니까? 이 편지엔 초자연적인 내용은 전혀 없는 것 같은데요."

"물론 그렇습니다. 그러나 이 편지를 보낸 자는 찰스 경의 사건에 초자연적인 어떤 것이 있다고 믿고 있는 지도 모르죠."

"무슨 일이 있었나요? 제 일을 두 분이 훨씬 더 많이 알고 계신 것 같군요."

헨리 경이 날카로운 눈빛으로 물었다.

"헨리 경, 우리가 알고 있는 걸 다 말씀드리겠습니다. 하지만 우선 이 편지가 무척 주목하게 만드는군요. 왓슨, 어제 날짜 〈타임스〉 지 있나?"

"어, 여기 있네."

홈스는 신문을 받아 여기저기 훑어보았다.

'바로 이 사설이야. 자유무역에 관한 것이지. '개인은 물론 산업에서 보호관세는 꼭 필요한 것이며 국가의 발전에도 깊은 관련이 있다고 착각할 수 있다. 그러나 보호주의적 법규제만이 모든 걸 해결할 수 있다고 생각한다면 우리는 올바른 이성을 가지고 있다고 할 수 없다. 장기적 관점에서 보면 보호관세는 오히려 절대빈곤을 초래할 수 있으며, 무역의 올바른 가치를 무너뜨리는 것이 될 것이다. 그러므로 국가는 물론 개인의 생활수준을 떨어트리는 원인으로 보는 것이 당연하다.' 왓슨, 자네는 어떻게 생각하나?"

홈스는 흥분하며 두 손을 비비면서 큰 소리로 말했다. 모티머 씨는 관심이 가는 듯 홈스를 쳐다보았고, 헨리 경은 어리둥절한 표정으로 이렇게 말했다.

"저는 관세니 뭐 그런 일은 모르지만 이 편지와는 관련이 없는 것 같은데요."

"아닙니다, 헨리 경. 그 문제에 더 가까이 다가가고 있는 것입니다. 왓슨이 제 방법을 잘 알고 있는데, 그도 아직 이 문장의 뜻을 파악하지 못하고 있는 것 같아요."

그래서 내가 말했다.

"솔직히 어떤 관계가 있다는 건지 난 전혀 이해를 못하겠네."

"왓슨, 아주 깊은 관계가 있다네. 왜냐하면 편지에 붙여진 인쇄 글자는 신문에서 오려낸 것이거든. '생명' '이성' '존중하다' '……를' '멀리하다' 이런 낱말들을 어디서 찾았을지 짐작이 안 가나?"

"아! 정말 그러네요. 놀라운데요."

헨리 경이 소리쳤다.

"그래도 이해가 안 된다면 '피하다 (keep away)' '……로부터 (from the)'가 한꺼번에 오려졌다고 생각하면 이해할 수 있겠죠?"

"아! 정말 대단하시군요! 홈스 씨, 저는 정말 상상도 하지 못한 일입니다."

모티머는 어안이 벙벙한 채 홈스에게 계속 말했다.

"이 낱말들은 신문에서 오려낸 거라고, 그냥 그렇게만 말했다면 별로 놀라지도 않았을 겁니다. 그런데 선생께서는 구체적인 신문 이름과 사설까지 얘기하셨어요. 어떻게 그걸 알아내신 겁니까?"

"모티머 선생, 당신은 흑인과 에스키모인의 두개골을 구별할 수 있으시죠?"

"물론이요."

"어떻게 아시죠?"

"저는 그걸 오래 전부터 취미로 즐겨왔으니까 쉽게 알 수 있죠. 눈 윗부분의 파인 모양이라든지, 안면의 각도, 턱뼈의 곡선 등등……."

"저에게도 이건 취미에 불과하고 선생처럼 쉽게 구별할 수 있습니다. 일테면 5호 활자로 씌어 있는 〈타임스〉 신문과 허접한 석간 신문들의 인쇄체는 큰 차이가 있죠. 범죄전문가에겐 인쇄체 식별이 기본 지식에 속하거든요. 게다가 〈타임스〉의 사설 글자체는 확연히 다르기 때문에 이 편지에 붙여진 글자가 이 신문에서 땄다는 건 금방 알 수 있었죠. 그리고 이 편지를 어제 부쳤으니까 아무래도 어제 신문에서 낱말을 찾았을 겁니다."

"그럼 선생의 말씀을 종합해보면, 어떤 사람이 이 신문의 낱말을 가위로 오려서……."

헨리 경이 말을 꺼냈다.

"손톱 자르는 가위죠."

홈스가 말을 끊었다.

"'피하다'라는 낱말을 자르기 위해 가위를 두 번 움직인 걸 보니까 가위가 아주 짧은 것 같군요."

"그럼, 어떤 사람이 아주 짧은 가위로 신문의 낱말을 오려내 풀로……."

"고무풀입니다."

홈스가 또 말을 잘랐다.

"……고무풀로 종이에 붙였다는 거죠? 그런데 '황무지'는 왜 펜으로 썼을까요?"

"신문에서 그 글자를 찾아내지 못한 거죠. 다른 낱말들은 흔히 있는데 '황무지'는 그렇게 자주 쓰는 단어는 아니니까요."

"그렇군요. 쪽지에서 또 다른 건 알아낸 것 없습니까, 홈스 씨?"

"한두 가지 마음에 걸리는 점은 있지만 편지를 보낸 자가 꼬리를 안 잡히려고 무척 신경썼기 때문에 단정 짓기는 어렵습니다. 여기 보세요. 주소도 아무렇게나 갈겨 썼죠. 그런데 〈타임스〉는 교육수준이 있는 사람들 아니면 안 읽거든요. 그러니까 이 편지는 교육수준이 꽤 있는 사람이 마치 없는 사람인 것처럼 꾸며서 보낸 겁니다. 그리고 필체를 숨기고 싶어했는데, 그 사람의 필체가 당신에게 알려져 있기 때문이거나 아니면 앞으로 알려질 수 있는 가능성이 있기 때문이죠. 게다가 글씨가 가지런하지 않고 높았다 낮았다 하고 있군요. 예를 들어 '생명'이라는 단어는 전혀 엉뚱한 곳에 붙어 있습니다. 단어를 오려내다가 잘못 했거나 아니면 도둑이 제발 저려서 너무 서두르다 그렇게 된 것이겠죠. 저는 두번째 경우에 표를 던지겠습니다. 왜냐하면 이렇게 중요한 일을 그가 소홀히 했을 리는 없을 테니까요. 만약 너무 서두른 게 맞다면 왜 그렇게 서둘렀는지, 문제가 재미있어지죠. 왜냐하면 아침 일찍 편지를 부치면 헨리 경이 호텔을 떠나기 전에 받아볼 수 있거든요. 그런데 다른 사람의 방해를 받을까 두려워했다면…… 대체 편지를 보낸 자는 누구일까요?"

"이제 추측을 해보는 겁니까?"

모티머가 말했다.

"아니지요, 그냥 추측이 아닙니다. 여러 가지 가능성들을 열어놓고 그중 가장 그럴듯한 것을 가려내는 작업을 하는 것이죠. 이런 걸두고 상상력의 과학적 응용이라고 한답니다. 우리의 사색에는 언제나 구체적이고 분명한 근거가 있거든요. 선생은 이것도 추측이라고 하실지 모르겠지만 이 주소는 틀림없이 호텔에서 씌어진 것입니다. 저는 거의 확신하고 있어요."

"어떤 이유에서 그렇게 자신할 수 있습니까?"

"자세히 보세요. 펜과 잉크가 마음대로 잘 안 돼서 쓴 사람을 짜증나게 한 게 보입니다. 펜을 두 번씩 그었고, 잉크는 세 번이나 말라버렸어요. 잉크가 거의 없었다는 얘기죠. 그건 곧 자기의 펜과 잉크가아니라 호텔에서 썼다는 얘기가 됩니다. 호텔의 펜과 잉크 상태는늘 그러니까요. 만약 체링 크로스 부근의 호텔 쓰레기통에서 잘려진〈타임스〉를 찾아낼 수 있다면 저는 이 편지를 보낸 주인공을 찾아낼수 있다고 확신합니다. 어? 이건 뭐지?"

홈스는 편지를 다시 눈에 바짝 붙이고 살펴보기 시작했다.

"무슨 일이시죠?"

"아닙니다. 이 희한한 편지에서 더 알아낼 건 없을 것 같군요. 그런데 헨리 경, 런던에 오신 후로 다른 이상한 일은 없었습니까?"

"없었는데요."

"혹시 누가 뒤를 밟는 걸 못 느끼셨나요?"

"마치 삼류소설 속의 인물이 된 것 같은 기분입니다. 그런데 도대체 누가 뭣 때문에 제 뒤를 밟는다는 얘기죠?"

헨리 경이 말했다.

"곧 그걸 알아보려고 합니다. 혹시 하고 싶은 말씀 있습니까?"

"글쎄요, 이런 것도 얘기할 가치가 있을지……."

"상식적인 일이 아니면 뭐든 얘기할 가치가 있습니다."

"저는 영국생활을 잘 모릅니다. 미국과 캐나다에서 거의 살았으니까요. 그런데 구두 한 쪽을 잃어버린 것이 영국에서도 그리 평범한 일은 아니죠?"

"구두 한 쪽을 잃어버리셨다고요?"

"아마 어디다 잘못 놨을 겁니다. 호텔에 가시면 있을 거에요. 괜히 그런 얘기로 홈스 선생을 성가시게 해서 도움 되는 게 있겠습니까?"

모티머가 짜증스러운 듯 말을 했다. 하지만 홈스는 헨리 경에게 계속 말하도록 했다.

"별 것 아닌 것 같은 일도 도움이 될 때가 있습니다. 그러니까 구두 한 쪽을 잃어버리셨다고요?"

"네, 그리고 보니 구두를 잘못 둔 것 같습니다. 어젯밤에 방 밖에다 두었는데 아침에 보니까 한 쪽밖에 안 보이더라고요. 구두닦이에게 물어봐도 모른다 하고요. 가뜩이나 그 구두는 어젯밤에 스트랜드 거리에서 새로 사서 아직 한 번도 안 신었거든요."

"아니, 새 구두를 왜 밖에다 내놓고 구두닦이에게 닦으라고 하셨나요?"

"갈색인데 윤이 안 나더라고요. 그래서 닦으라고 내놓았죠."

"그렇다면 어제 런던에 도착한 후 곧바로 나가서 구두를 사셨다는 얘기군요?"

"다른 것도 많이 샀어요. 모티머 선생도 같이 가셨고요. 저택 주인이 되려면 거기에 걸맞는 차림도 해야 하니까요. 그런데 6달러나 주고 산 구둔데 한 번도 신어보지도 못하고 잃어버렸으니……."

"한 쪽만 훔쳐가서는 신지도 못할 텐데, 참 이상한 일이네요."

"모티머 선생 말씀이 맞을 겁니다. 곧 찾게 되겠죠."

헨리 경이 차분한 어조로 말했다.

"자 그럼 제 얘기는 다 했으니까 이제 선생께서 말씀을 해주실 차례입니다. 우리에게 닥쳐있는 문제가 도대체 무엇인지 설명을 좀 해주십시오."

"물론입니다, 모티머 선생. 그런데 어제 하신 이야기를 다시 한 번 해주시는 것이 좋을 것 같은데요."

모티머는 어제처럼 주머니에서 종이를 꺼내 사건의 내용을 읽어내려갔다. 헨리 경은 이따금 놀라며 신음소리를 내기도 했다.

"그러면 저에게도 복수가 기다리고 있다는 얘기군요. 사실 사냥개 이야기는 어릴 때부터 들었어요. 집안 사람들은 다 알고 있는 이야기거든요. 그때는 별로 심각하게 생각하지 않았었는데, 삼촌의 죽음은…… 이젠 뭐가 뭔지 도통 머리속이 너무 복잡하고 전혀 이해할 수도 없습니다. 선생들께서도 이게 경찰이 다룰 문제인지, 목사가 다룰 문제인지 갈피를 못 잡고 계시는 거죠?"

헨리 경이 다 듣고 나서 그렇게 말했다.

"네, 맞습니다."

"오늘 제가 받은 이 편지와 그 문제가 어떤 관련이 있는 것 같은데요. 정확히 같은 장소를 말하고 있으니까요."

"편지를 쓴 사람은 황무지에서 일어나고 있는 일을 우리보다 더 잘 알고 있는 것 같습니다."

모티머가 말하자 홈스가 얼른 대꾸했다.

"그자가 헨리 경께는 그런 경고를 하고 있지만 모티머 선생께는 나쁜 감정이 없는 것 같은데요?"

"그자들은 자기들의 목적을 방해받기 싫어서 저를 위협하는지도 모릅니다."

"네, 그럴 수도 있지요. 아무튼 모티머 선생, 여러 가지로 흥미있는 사건을 소개해주셔서 감사합니다. 그리고 헨리 경, 지금 결정해야 할 가장 중요한 문제는 바스커빌 저택으로 들어가느냐 마느냐입니다."

"왜 제가 가면 안 되는 거죠?"

"위험하니까요."

"이 집안 대대로 이어져온 악마로부터의 위험인가요, 아니면 사람들로부터의 위험인가요?"

"바로 그게 밝혀내야 하는 문제겠죠."

"하지만 제 대답은 확실합니다, 홈스 선생. 지옥의 악마가 있을 수 없고, 또 제가 저택에 들어가는 것을 막을 사람도 이 세상엔 없기 때문이죠. 제 대답은 바뀌지 않을 것입니다."

헨리 경은 눈썹을 치뜨며 얼굴을 붉히면서 그렇게 말했다. 바스커빌 집안 사람들의 다혈질 기질이 그에게도 이어져 있는 것 같았다.

"저는 생각할 시간이 좀 필요합니다. 지금 바로 모든 걸 이해하고 결정한다는 건 너무 어려운 문제죠. 혼자 시간을 좀 갖고 결정을 내리고 싶습니다. 자 그럼, 홈스 선생, 지금이 11시 30분이니까 이따가 2시에 왓슨 박사와 함께 호텔로 점심을 하러 오시지요. 그때쯤이면 제 생각을 말씀드릴 수 있을 것 같습니다."

"왓슨, 자네 생각은 어떤가?"

"나는 괜찮네."

"그럼 2시에 가겠습니다. 마차를 불러 드릴까요?"

"아니요. 머리도 좀 식힐 겸 걸어가겠습니다."

"그럼 이따가 뵙지요."

두 사람이 계단을 내려가는 소리가 들리고 곧 현관문이 닫혔다. 홈스가 별안간 서두르며 말했다.

"왓슨, 빨리 모자와 구두 신게! 빨리! 시간이 없어!"

파자마 차림으로 있던 그는 2, 3초 사이에 코트까지 차려 입었다. 그리고 우리는 계단을 뛰어내려가 밖으로 나갔다. 모티머와 헨리 경이 200야드쯤 앞에 가고 있었다. 우리는 더 빨리 걸어 그들과의 거리를 반으로 줄였다. 두 사람은 가게 앞에서 한 번 멈춰 구경하더니 계속 걸었다. 잠시 후 홈스가 무언가를 쳐다보며 즐거운 소리를 질렀다. 건너편에 서있던 마차 한 대가 사람을 태우고는 갈 채비를 하고 있었던 것이다.

"왓슨, 바로 저기 있어! 가서 놈의 얼굴이나 확인해보자고."

그 순간 마차 창문으로 검은 수염을 기른 한 남자가 우리를 쏘아보는 걸 느낄 수 있었다. 그러고는 느닷없이 마차 지붕뚜껑이 열리며 무슨 큰 소리가 나더니 리전트 거리를 쏜살같이 달려가기 시작했다. 홈스는 마차를 뒤따라 가려고 했지만 빈마차가 보이지 않았다. 결국 그는 마차들 사이로 뛰어갔다. 그러나 그 마차는 이미 보이지 않았다. 홈스는 화가 나서 얼굴이 하얗게 돼있었다.

"내 참! 운도 안 따라줬지만 이렇게 서투르게 해서야! 왓슨, 자네가 솔직히 기록한다면 이런 것도 적어둬서 내가 성공만 한 게 아니라는 걸 보여줘야겠지!"

"근데 누구였나?"

"짐작 안 가나?"

"스파이?"

"어쨌든 헨리 경이 어떤 녀석한테 미행 당하고 있는 건 틀림없어. 아까 모티머 씨가 전설을 읽고 있을 때 내가 창문 밖을 두 번이나 쳐다봤는데, 자네 눈치 챘는지 모르겠네."

"물론 눈치 챘지."

"거리엔 그럴듯한 녀석이 안 보이더군. 왓슨, 녀석은 무척 예민한 데가 있다네. 그리고 이 사건은 보통 복잡한 게 아니야. 나는 계속 어떤 힘과 음모가 느껴지거든. 녀석은 그들 뒤를 눈에 안 띄게 마차로 뒤따르고 있어. 행여 그들이 마차를 타더라도 계속 뒤따라가기 좋으니까. 하지만 좋은 점도 있지만 불리한 점도 한 가지 있지."

"마부가 수상히 여긴다고?"

"바로 그거지."

"마차 번호를 봤어야 했는데!"

"여보게 왓슨, 내가 아무리 서둘렀어도 그렇지 번호까지 안 봐뒀을 것 같은가? 번호는 2704였다네. 하지만 그건 당장 아무 도움도 안돼."

"그래도 자넨 최선을 다했어."

"그게 아니라 마차를 발견한 후 곧바로 반대방향으로 걸어가 마차를 잡았어야 했어. 아니면 차라리 노섬벌랜드 호텔로 먼저 가서 기다리는 게 나았지. 그러면 그가 헨리 경을 따라 호텔로 왔다가 어디로 가는지 확인할 수 있었을 것 아닌가. 그런데 아까 너무 서두르는 바람에 그만 어이없게도 우리의 정체를 노출시켜버렸고, 녀석은 놓치고 말았으니."

우리는 계속 리전트 거리를 걷고 있었는데, 어느 순간 모티머 씨와 헨리 경의 모습이 보이지 않았다.

"따라갈 필요도 없어졌어. 미행하는 자가 다시는 돌아오지 않을 테니까. 그럼 이제 우리에게 남아있는 패가 무엇인지, 결정적인 승부를 띄워야겠어. 자네 혹시 마차에 타고 있던 녀석 얼굴 기억나나?"

"수염이 있었다는 것만은 분명 기억나네."

"아마 가짜 수염일 거야. 일이 워낙 중대한 만큼 얼굴을 가려야 하니까. 왓슨, 여기 좀 들렀다 가세!"

홈스가 용달사 회사로 들어가자 주인이 나와 아주 반가워 했다.

"아, 윌슨 씨, 당신을 도울 수 있었던 그 사건을 아직 안 잊으셨군요?"

"제가 잊을 수가 있겠습니까? 저의 명예뿐 아니라 생명까지 구해 주셨는데요."

"그건 좀 과장이고요, 그런데 윌슨 씨, 그때 직원 가운데 아주 유능한 카트라이트라는 아이가 있었는데……."

"네, 아직 있습니다."

"좀 만나볼 수 있을까요? 그리고 이 5파운드 지폐 좀 바꿔주세요."

민첩하고 똑똑해 보이는 열 네 살쯤 된 소년이 주인과 함께 나왔다. 소년은 이 유명한 탐정을 존경의 눈빛으로 쳐다보았다.

"호텔 주소록 좀 있나요?"

홈스의 부탁에 윌슨이 얼른 찾아냈다.

"좋습니다. 자, 카트라이트, 여기 23개의 호텔이 있는데, 모두 체링 크로스 부근에 있는 것들이야. 알겠니?"

"네."

"이곳들을 모두 찾아가야 해."

"네, 알겠습니다."

"호텔에 가면 우선 안내인한테 1실링을 줘. 자 여기 있다, 23실링."

"네."

"그런 다음 어제 쓰레기를 보고 싶다고 말해. 중요한 전보를 잘못 전달했기 때문에 꼭 찾아야 한다고 말하면서. 알겠니?"

"네. 알았어요."

"하지만 네가 정말 찾아야 할 건, 가위로 오려낸 흔적이 있는 〈타임스〉 신문이야. 특히 가운데 페이지를 찾아야 해. 이게 바로 그 신문인데, 알아볼 수 있겠지?"

"네."

"호텔 안내인은 급사를 불러줄 거야. 그러면 그에게도 1실링을 주도록 해. 자 23실링 또 갖고 있어. 대부분의 호텔에서는 쓰레기를 이미 없앴다고 할 거야. 그러니까 찾아낼 가능성이 아주 적겠지. 자 이 10실링은 비상금으로 갖고 있어. 그리고 베이커 거리로 전보를 쳐주면 돼. 자 왓슨, 그럼 이제 본드 거리로 가서 화랑에 들렀다가 약속시간에 호텔로 가면 되겠네."

끊어진 세 가닥의 실마리

셜록 홈스는 기분을 마음대로 바꾸는 데 놀라운 재주가 있었다. 그는 좀전의 그 기괴한 사건은 까맣게 잊은 듯 2시간 동안 근대 벨기에 거장들의 작품에 푹 빠져 있었다. 그리고 화랑에서 호텔까지 가는 동안 별로 알지도 못하는 미술 이야기를 계속 늘어놓았다.

"헨리 바스커빌 경께서 위층에서 기다리고 계십니다. 선생님들이 오시면 곧 안내하라고 말씀하셨습니다."

"투숙객 리스트를 좀 볼 수 있을까요?"

홈스가 물었다.

"네, 그러시죠."

리스트엔 바스커빌 외에 두 가족이 더 있었다. 뉴캐슬 시의 디오필러스 존슨과 그 가족, 그리고 하이로지의 올드모어 여사와 그 하녀였다.

"이 존슨 씨는 내가 잘 알고 있는 그분이 맞겠지. 이분은 백발에 변호사이고 다리가 좀 불편한 그분 맞죠?"

홈스가 안내인에게 물었다.

"아닙니다. 그분은 탄광을 갖고 계신 존슨 씨입니다. 아주 건강하시고 젊으시죠."

"혹시 잘못 알고 있는 것 아니요?"

"아닙니다. 우리 호텔의 단골이시기 때문에 잘 알고 있습니다."

"아, 알았소. 그리고 자꾸 물어서 미안하지만, 올드모어 부인이란 이름도 있던데, 한 친구를 만나러 갔다가 다른 친구를 만날 때도 있어서 말이죠."

"그분은 불구십니다. 남편이 전에 글로스터 시장을 지냈었죠. 부인은 런던에 오시면 항상 우리 호텔에 묵으세요."

"고맙소. 그분도 내가 알고 있는 분이 아니네요."

2층으로 올라가는 동안 홈스가 소곤거리며 말했다.

"왓슨, 가장 중요한 사실을 확인했어. 미행하는 자가 적어도 이 호텔에 묵고 있지는 않다는 거야. 감시를 하면서도 눈에 띄지 않으려고 무척 신경 쓰고 있다는 증거지. 이건 뭔가 암시하는 게 강하다는 뜻이야."

"뭘 암시하는데?"

"뭘 암시하느냐 하면⋯⋯아니! 이게 도대체 어찌된 거지?"

계단을 다 올라선 우리는 헨리 경과 바로 정면으로 부딪쳤다. 그는 화가 잔뜩 나 얼굴이 벌겋게 상기된 채 헌 구두 한 쪽을 들고 서있었다. 너무 화가 치밀어 말도 안 나오는 표정이었다. 그리고 마침내 입을 열자 천박한 서부 사투리가 마구 쏟아져 나왔다.

"이 호텔 새끼들이 나를 바보로 아나! 조심해! 나를 뭘로 보고 이러는 거야! 내 구두 안 찾아놓기만 해봐, 이 멍청한 것들 같으니라고! 홈스 선생, 저도 장난은 잘 받아들일 줄 압니다만 이건 좀 지나치거든요."

"아직도 구두를 못 찾으셨나요?"

"네, 하지만 이번엔 꼭 찾고야 말겠어요."

"갈색 새 구두라고 하셨죠?"

"네, 그리고 검은색 헌 구두가 또 없어졌어요."

"네? 설마요?"

"맞습니다. 구두는 세 켤레밖에 없거든요. 그래, 찾았나? 가만히 있지만 말고 말을 해보라고!"

직원이 잔뜩 얼어붙은 채 서있었다.

"아직 못 찾았습니다. 호텔 안을 다 뒤져도 안 나오고 있습니다."

"좋아, 그럼 저녁 전에 안 나오면 호텔을 당장 떠날 테니까 그리 알아."

"꼭 찾아내겠습니다. 조금만 더 기다려주십시오."

"아무튼 난 이 도둑소굴에서 더 이상 도둑 맞고 싶지는 않아! 참 홈스 선생, 시끄럽게 해서 죄송합니다."

"아니, 괜찮습니다. 그럴 수도 있지요. 그런데 이 일을 어떻게 생각하십니까?"

"생각하고 싶지도 않습니다. 평생 이런 괴상망측한 일을 당하기는 처음이니까요."

"분명 괴상한 일이죠."

"선생은 어떻게 생각하십니까?"

"저도 아직은 감이 안 잡히는데, 이번 사건은 뭔가 아주 복잡한 것 같습니다, 헨리 경. 삼촌의 죽음도 그렇고, 이제까지 제가 수백 가지 사건을 다뤘는데 이렇게 복잡한 사건은 아마도 없었던 것 같아요. 몇 가지 실마리는 있는데, 그걸 따라가다 보면 진실이 밝혀질 때도 있겠죠."

우리는 함께 식사를 했다. 그동안엔 아무도 사건 얘기를 꺼내지 않았다. 거실로 가자 비로소 홈스가 입을 열었다.

"그래, 결정은 하셨습니까?"

"저택으로 들어가겠습니다."

"언제요?"

"주말에요."

"잘 결정하셨습니다. 당신은 지금 런던에서 미행을 당하고 있는 게 틀림없는데, 이 도시의 수백만 명 중에 누가 무슨 목적으로 그러는지 알아낼 수는 없습니다. 그들은 당신을 해칠 수도 있습니다. 모티머 선생, 아까 오전에 저희 집에서부터 미행당하신 것 알고 계셨나요?"

"미행이라고요? 누구한테요?"

"유감스럽지만 저도 모르는 사람입니다. 혹시 다트무어 사람들 가운데 검은 턱수염 기른 사람 아십니까?"

"아니오. 잠깐만요…… 그래! 찰스 경의 집사 바리모어가 그런 것 같은데요."

"그래요? 그는 지금 어디 있죠?"

"저택에 있죠."

"그가 정말 저택에 있는지, 아니면 런던에 있는지 그걸 확인해봐야겠는데요."

"어떻게 확인하죠?"

"전보용지 좀 있습니까? '헨리 경을 맞이할 준비는 다 되었는가?' 이렇게 쓰고, 주소는 '바스커빌 저택, 바리모어 귀하'로 쓰면 됩니다. 그 근처 우체국이 그림펜인가요? 그러면 그림펜 우체국장에게 전보를 한 장 더 치세요. '바리모어에게 가는 전보는 본인이 직접 수령하게 하고, 부재시에는 노섬벌랜드 호텔 헨리 바스커빌 경에게 반송 요망' 이렇게 쓰면 바리모어가 오늘밤 데븐셔에 있는지 없는지 알 수 있을 것입니다."

"그렇겠군요."

헨리 경이 말했다.

"그런데 모티머 선생, 바리모어란 자는 어떤 사람이죠?"

"지금은 죽고 없지만 옛 관리인의 아들이죠. 4대째 저택을 관리하고 있습니다. 제가 알기로, 바리모어 부부는 무척 성실한 사람들입니다."

"그런데 주인이 없으니 저택에서 할 일도 없이 살겠네요?"

헨리 경이 말했다.

"그런 셈이죠."

모티머의 대답에 홈스가 물었다.

"바리모어는 찰스 경한테서 얼마를 유산 받았나요?"

"부부가 각각 500 파운드씩이요."

"그들이 이미 알고 있었을까요?"

"알고 있었습니다. 찰스 경은 유언 내용을 종종 얘기하셨거든요."

"참 재미있네요."

"찰스 경의 유산을 받았다고 해서 전부 의심해서는 안 됩니다. 저도 1천 파운드를 받았으니까요."

"또 누가 유산을 받았지요?"

"몇 사람과 여러 자선단체들인데, 많은 금액은 아닙니다. 그리고 나머지는 전부 헨리 경에게 남기셨죠."

"나머지가 전부 얼마인데요?"

"74만 파운드입니다."

홈스는 놀라며 눈썹을 치켜올렸다.

"아, 그래요? 그렇게 많을 줄은 생각을 못했네요."

모티머가 또 말했다.

"찰스 경이 부자라는 건 알았지만 재산이 얼마인지는 이번에 유가증권을 조사하고 알았어요. 그의 재산은 약 1백만 파운드 정도 됩니다."

"오! 그렇다면 목숨 걸고 한탕 해보려는 사람이 있을 수도 있겠는데요. 모티머 선생, 한 가지만 더 묻겠습니다. 만약 말이죠, 헨리 경에게 나쁜 일이 생긴다면, 이런 가정을 해서 죄송합니다만, 그때는 누가 상속을 받게 되는 거죠?"

"찰스 경의 동생인 로저 바스커빌이 독신으로 죽었기 때문에 먼 친척인 데스먼드 가문에서 물려받게 되죠. 제임스 데스먼드라는 사람이 있는데 웨스트몰랜드의 목사로서 나이가 꽤 있습니다."

"알겠습니다. 얘기가 재미있게 돼가는군요. 혹시 그 제임스 데스먼드라는 사람을 만난 적이 있습니까?"

"네, 한 번 저택에 오셨어요. 아주 점잖으시고 존경할만한 분이시죠. 그때 찰스 경이 유산을 넘기겠다고 하자 그분은 거절하셨어요."

"헨리 경께서는 혹시 유언장을 쓰셨습니까?"

"아직이요. 그럴 시간이 없었죠. 전 어제 모든 사항을 알게 됐으니까요. 제 생각엔, 부동산과 동산 그리고 작위가 모두 함께 붙어있어야 한다고 봅니다. 그게 삼촌의 유지이기도 하겠죠. 부동산만 소유하고 현금이 없다면 어떻게 이 가문의 영광을 다시 일으킬 수 있겠습니까? 그러니까 저택과 토지, 현금, 세 가지가 모두 있어야 하는 거죠."

"맞습니다. 아무튼 헨리 경이 데본셔로 가시는 게 현명할 것 같습니다. 하지만 절대 혼자 가서는 안 됩니다."

"모티머 선생이 함께 가실 겁니다."

"모티머 선생은 의사로서 할 일도 있고, 또 저택에서 수 마일 떨어져 계시지 않습니까? 만약 당신에게 무슨 일이 생기면 곧바로 도울 수가 없지요. 그러니까 언제나 함께 있을 수 있는 믿을만한 사람과 같이 가셔야 합니다."

"그럼 홈스 선생, 당신은 같이 가실 수 없습니까?"

"급한 일이 생기면 물론 가야겠죠. 그러나 저도 워낙 많은 의뢰가 들어오기 때문에 오랫동안 런던을 떠나 있을 수가 없습니다. 지금도 어떤 유명한 분이 명예훼손을 당하고 있는데, 스캔들을 막아줄 사람이 저밖에 없는 걸로 알고 있습니다. 이해해주세요."

"그럼 다른 사람이라도 추천을……."

그때 홈스가 내 팔을 잡으며 말했다.

"이 친구라면 가장 적합할 것입니다. 확신할 수 있어요."

내가 깜짝 놀라 말도 나오기 전에 벌써 바스커빌 경이 내 손을 꽉 잡았다.

"왓슨 선생, 정말 감사합니다. 제 형편도 모두 알고 계시고, 사건에 대해서도 전부 알고 계시니까 저택으로 함께 가서 저를 도와주신다면 은혜는 절대 잊지 않겠습니다."

모험은 언제나 나를 강하게 유혹했다. 게다가 예비 남작이 나에게 부탁을 하자 난 좀 우쭐한 기분이 되었다.

"그렇게 하겠습니다. 아주 유익한 시간이 될 것 같군요."

"그럼 도착한 후 그곳의 상황을 알려주시기 바랍니다. 어떤 예기치 않은 일이 일어날 거에요. 그때 어떻게 하는 게 좋을지는 나중에 말씀드리겠습니다. 토요일까지 준비 되겠죠?"

홈스가 물었다.

"왓슨 선생, 되겠습니까?"

"네, 저는 문제 없습니다."

"그럼 토요일 10시 30분에 패딩턴 발 기차에서 만나죠."

홈스와 내가 떠나려고 일어났을 때 별안간 헨리 경이 소리를 지르며 방으로 뛰어들어가 캐비닛 밑에서 갈색 구두 한 쪽을 끄집어냈다.

"잃어버린 구두에요!"

그러자 모티머가 말했다.

"정말 이상하네요. 식사 전에 이 방을 샅샅이 뒤졌거든요."

헨리 경이 대답했다.

"저도 샅샅이 뒤졌어요. 그런데 그때는 없었어요."

"그럼 우리가 식사하는 동안 직원이 두고 갔나 보네요."

그래서 헨리 경이 독일인 직원을 불러 물었지만 아무것도 모른다고 했다. 그는 어떤 대답도 시원하게 하지 못했다. 아무튼 이틀 동안 수수께끼 같은 사건들이 몇 가지나 일어났다. 기괴한 편지, 미행하는 턱수염의 스파이, 두 번의 구두 분실, 그리고 다시 찾은 갈색 구두. 홈스는 베이커 거리로 가는 동안 아무 말도 안 했지만 표정은 날카롭게 찡그려 있었다. 집에 도착해서도 저녁 늦게까지 그는 담배만 피워댔다.

저녁 식사 바로 전에 전보 두 통이 왔다.

'바리모어가 저택에 있다는 소식 들었음, 바스커빌'

'23개 호텔을 뒤졌지만 잘려진 〈타임스〉는 못 찾음, 카트라이트'

"왓슨, 내가 생각했던 두 개의 실마리가 허사가 됐네. 하지만 불리해보일수록 투지가 생기는 법이지. 자, 이제 세 번째 실마리를 찾아야겠어."

"그 스파이가 타고 가던 마부는 어떨까?"

'바로 그거지. 그 사람의 이름과 주소를 알아내려고 등록소에 전보를 보냈다네. 그리고 이게 답장이야."

그때 현관에서 초인종 소리가 요란하게 울리며 답장보다 더 반가운 소식이 도착했다. 바로 그 마부가 온 것이다.

"여기 계시는 분이 2704호를 찾는다고, 등록소에서 연락을 받고 왔는데요."

그가 말했다.

"저는 7년간 마차영업을 했는데, 한 번도 잘못한 일이 없었거든요. 그런데 제가 무슨 잘못이라도 했는지 궁금해서 이렇게 곧바로 왔습니다."

"당신은 잘못한 일이 하나도 없소. 다만 내가 묻는 말에 솔직히 대답해준다면 반 파운드를 주겠소."

"제가 오늘 운이 좋은가보네요. 네, 솔직히 대답하겠습니다."

마부의 얼굴이 환해졌다.

"우선 당신의 이름과 주소를 알려주시오. 또 만나야 할지 모르니까."

"네, 제 이름은 존 클레이튼이고, 주소는 바러 구 터피 거리 3번지입니다. 제 마차는 워털루 역 앞에 있는 시플리 회사 소속이고요."

홈스는 수첩에 기록을 했다.

"클레이튼 씨, 오늘 아침 10시쯤에 우리 집 앞에서 기다리고 있다가 두 남자가 나가자 그 뒤를 미행하는 한 손님을 태웠었죠? 그 손님에 대해 얘기를 해주시오."

마부가 화들짝 놀라며 당황해 했다.

"세상에! 선생님이 저보다 더 잘 알고 계셔서 제가 말해봐야 도움도 안 될 것 같은데요."

그는 머뭇거리면서 계속 말했다.

"사실 그 손님이 자신은 탐정이라면서 아무한테도 말하지 말라고 했거든요."

"이건 아주 심각한 일에 관련돼 있어서 당신이 숨기고 말을 안 한다면 무척 곤란한 상황에 빠질 수가 있소. 그 손님이 탐정이라고?"

"네, 그렇게 얘기하시더라고요."

"정확히 언제였죠?"

"마차에서 내릴 때요."

"다른 말도 했나요?"

"자기 이름을 말하더군요."

홈스는 의기양양한 눈빛을 내게 던졌다.

"그가 이름을 말했다고? 서툰 짓 한 것 같은데. 그래, 이름이 뭐라고 하던가요?"

"셜록 홈스라고 하던데요."

홈스가 그렇게 놀란 모습을 난 본 적이 없었다. 그는 잠시 말문이 막혀 있더니 이윽고 큰 소리로 웃기 시작했다.

"한 방 맞았군! 왓슨, 멋지게 한 방 맞았어! 그의 이름이 셜록 홈스라고 했다고?"

"네, 그랬습니다."

"좋아! 그럼 이제 그 사람을 어디서 태웠고 그간 무슨 일이 있었는지 얘기를 해보시오."

"9시 30분에 트라팔가 광장에서 그분이 마차를 세우더군요. 자신은 탐정이라면서 하루 종일 하라는 대로만 하고 아무 말도 묻지 않는다면 2기니를 주겠다고, 그런 말을 하더라고요. 그래서 우선 노섬벌랜드 호텔로 가서 두 신사가 나와 마차를 탈 때까지 기다렸어요. 그러고는 그 마차를 뒤따라 이 동네까지 왔죠."

"바로 이 집 앞이었죠?"

"아니오. 저기 골목 중간쯤이었어요. 1시간 30분이나 기다렸죠. 그리고 두 신사가 다시 나와 걸어가자 우리도 그 뒤를 밟아……."

"그건 알고 있어요."

"그리고 리전트 거리를 한참 가고 있는데 갑자기 손님이 워털루역으로 빨리 가자고 하시더라고요. 그래서 막 달려 10분도 안 돼 역에 도착했죠. 손님은 약속한 대로 저한테 2기니를 주더니 역 안으로 들어가더군요."

"그 다음엔 그 사람을 안 만났나요?"

"그 후론 못 봤습니다."

"그런데 그자가 어떻게 생겼죠?"

마부는 머리를 갸우뚱 했다.

"글쎄요. 특별한 점은 없고, 나이가 40쯤 됐을까요? 키는 보통이고, 선생님보다 좀 작죠. 양복차림에 검은 턱수염을 길렀는데 끝을 반듯하게 다듬었더군요."

"눈 색깔은?"

"글쎄요…… 생각이 안 나는데요."

"뭐 다른 건 아는 것 없어요?"

"아무것도 없습니다."

"그럼, 자 여기 반 파운드 받아요. 앞으로 더 알려주면 또 반 파운드 주겠소."

"안녕히 계십시오. 고맙습니다!"

존 클레이튼이 싱글거리며 나가자 홈스가 나를 보고는 쓴웃음을 지었다.

"세 번째 실마리도 이걸로 끝났어. 다시 원점으로 돌아간 거야."

그는 한동안 침묵하고 있다가 다시 입을 열었다.

"교활한 자식! 놈은 다 알고 있었어. 우리 집 위치와 헨리 경이 내게 사건을 의뢰한 것, 내가 마부를 조사할 것 등등 말이야. 건방진 자

식! 런던 한복판에서 내가 당하다니! 이젠 자네가 데븐셔에 가서 잘
하길 바랄 뿐이네. 그런데 아무리 생각해도 마음에 걸려."

"뭐가 말인가?"

"자네를 보내는 일 말일세. 아무래도 위험해. 이 사건이 워낙 잔인
하고 위험한 데가 있기 때문에 난 이 일이 싫어지고 있네. 아무튼 자
네가 무사히 다시 돌아오기만을 바라겠네."

바스커빌 저택

약속한 날짜에 헨리 경과 모티머 씨 그리고 나는 데븐셔로 향했
다. 셜록 홈스는 나와 함께 역으로 나와서 내가 해야 할 일을 애기해
주었다.

"왓슨, 이 사건에 대한 애기는 하지 않겠네. 자네에게 쓸데없는 선
입견을 주고 싶지는 않으니까. 자네는 거기서 있는 사실 그대로만
보고해주게. 나머지는 내가 판단하겠네."

"어떤 사실 말인가?"

"조금이라도 사건에 관계있는 것 같으면 뭐든. 일테면 헨리 경과
이웃들 간의 관계라든지, 찰스 경의 죽음에 관한 새로운 소식이 있으
면 좋지. 내가 그동안 조사한 것 중에서 가장 확실한 건, 다음 상속인
이 될 제임스 데스먼드 씨가 이 사건과는 아무런 관련이 없다는 거

야. 그러니까 결국은 헨리 경과 실제로 관계가 있을 황무지 사람들을 주목해야 하겠지."

"그리고 바리모어 부부도 제외시켜야 하지 않나?"

"천만의 말씀. 그건 아니야. 어쩌면 그들한테서 문제가 해결될지도 모르거든. 그들은 유력한 용의자 명단에 나둬야 해. 그리고 저택엔 분명 마부가 있을 거야. 황무지에는 농부도 있을 거고. 또 모티머씨의 부인도 있어. 그밖에 스테이플튼이라는 사람과 매력있는 여자로 소문난 그의 여동생, 그리고 프랭클런드 씨와 다른 이웃들 몇 명도 있지. 자네는 그들을 유심히 봐야 하네."

"알았네."

"권총은 갖고 있지?"

"물론이지."

"항상 지니고 있게. 방심해서는 안 돼."

홈스가 모티머에게 물었다.

"그 후로는 다른 소식 없었습니까?"

"아니오. 없었습니다. 그런데 우리를 미행하는 자가 있다고 하셨는데, 저는 없었다고 확신합니다. 항상 외출할 때마다 세심하게 신경을 썼기 때문에 만약 그런 사람이 있었다면 우리가 몰랐을 리가 없습니다."

"두 분께서 항상 같이 계셨나요?"

"어제 오후 말고는 계속 같이 있었죠. 저는 런던에 오면 항상 하루를 즐기는 시간으로 보내기 때문에 어제 오후엔 외과대학 박물관에 갔었어요."

"저는 공원에 갔었어요. 그런데 아무 일도 없었어요."

헨리 경이 말했다.

"하지만 가지 말았어야 했습니다. 헨리 경, 어쨌든 혼자서는 다니지 마세요. 어떤 사태가 일어날지 모르니까요. 참, 한쪽 구두는 찾으셨나요?"

"아니오, 결국 안 나왔어요."

"거참, 재미있는 일이네요. 자 그럼 안녕히 가십시오."

홈스는 기차가 막 움직이기 시작할 때 또 말했다.

"헨리 경, 모티머 선생이 읽어준 그 전설 이야기를 꼭 기억하시고 밤에는 절대 황무지로 나가지 마세요."

기차가 플랫폼을 다 빠져나간 다음에도 홈스는 그 자리에 서있었다.

기차여행을 하는 동안 나는 두 사람과 더 친해졌다. 런던을 빠져나간지 1, 2시간밖에 안됐는데도 풍경이 확 달랐다. 목장에서 붉은 소들이 풀을 뜯고 있는 모습도 보였다. 나무들과 목장의 풀들은 좋은 풍토 속에서 싱그럽게 반짝이고 있었다. 헨리 경은 줄곧 창밖을 쳐다보다가 데본셔에 가까워지자 환호를 질렀다.

"왓슨 선생, 저는 세계 여러 나라를 돌아다녀봤지만 여기만한 곳은 못 봤어요."

"게다가 데본셔 사람들은 고향에 대한 자부심이 대단하죠."

내가 대답했다.

그러자 모티머가 설명을 했다.

"데븐셔는 땅도 좋지만 혈통도 좋지요. 헨리 경은 켈트 족의 특징인 동그란 두상을 하고 있는데, 그들은 정열이 강한 민족입니다. 반면에 찰스 경의 두상은 흔하지 않은 형태인데, 게일 족과 이베리아 족의 특징을 반씩 가지고 계셨죠. 그런데 참 헨리 경, 저택을 마지막으로 보신 게 언제였죠?"

"아버지가 돌아가셨을 때 저는 10대였는데 남부 해안지방에서 살고 있었기 때문에 이 저택엔 못 와봤어요. 그때 바로 미국으로 갔거든요. 황무지가 어떤지 빨리 보고 싶네요."

"곧 보게 될 겁니다. 저기 황무지가 보이기 시작하네요."

모티머가 창밖을 가리키며 말했다.

초록색 밭과 나지막한 숲 너머로 멀리 잿빛 구릉이 펼쳐져 있는데, 마치 꿈속에서처럼 환상적으로 보였다. 헨리 경은 꼼짝도 않고 그곳만을 한없이 쳐다보고 있었다. 그런 모습을 보며 난 그가 열정적인 기질을 갖고 있다는 것을 알아차렸다. 그의 선조들이 오랜 세월에 걸쳐 깊은 흔적을 남긴 그곳을 처음으로 보는 것이 그에겐 아주 감동적인 일이었을 것이다. 썰렁한 기차 안에서 그는 트위드 정장을 입고 미국식 악센트를 쓰며 가뜩이나 검게 탄 얼굴을 하고 있지만, 어딘지 모르게 분명 혈통 좋고 도도한 사람들의 후손이라는 게 느껴졌다. 특히 짙은 눈썹과 반듯한 코, 밝은 잿빛 눈에서는 자부심과 용기가 가득차 있어 보였다. 나는 새삼스레 이 사람과 함께라면 그 무서운 황무지의 모험을 해도 괜찮겠다는 생각이 들었다. 그만큼 믿음이 갔던 것이다.

314

기차가 작은 역에 서자 우리는 내렸다. 역 앞에 작은 말 두 마리가 끄는 마차가 기다리고 있었다. 그런데 짐꾼들뿐 아니라 역장까지 나와서 우리 짐을 들어주었다. 이 동네 유지가 온 게 아무래도 큰 사건인 모양이었다. 참 조용하고 순박한 마을이었다. 하지만 출구 옆에는 제복 차림의 두 남자가 총을 짚고 서있다가 우리가 지나가자 날카로운 눈초리로 쳐다보았다. 마부는 나이 들고 체격이 작았는데, 바스커빌 경에게 인사를 하고는 곧 마차를 채찍질 했다. 물결처럼 굽이치는 목장들이 길 양쪽으로 펼쳐져 있고, 이따금 낡은 집들이 나무들 사이로 보였다. 그러나 평화롭게만 보이는 목장 너머에는 톱니 모양의 구릉과 황무지가 저녁 노을 아래 음산하게 펼쳐져 있었다.

　마차가 길을 꺾어 오솔길로 들어섰다. 그리고 양쪽에 젖은 이끼와 양치식물이 빽빽이 자라 있으며, 수 세기 동안 닳고 닳아 패인 울퉁불퉁한 길을 서서히 올라갔다. 청색빛이 도는 고사리와 얼룩덜룩한 찔레나무가 노을빛 아래서 반짝거렸다. 잠시 후 우리는 좁다란 다리를 건넜는데, 그 아래로는 바위 사이로 세찬 급류가 지나가고 있었다. 그런 다음 개울 옆으로 거슬러 올라가다가 산 사이로 나있는 구불구불한 길을 계속 갔다. 헨리 경은 연신 감탄을 하며 질문을 해댔다. 그에게는 이 지방의 모든 것이 아름답게만 보인 모양이었다. 그러나 자연은 또 한 해가 저물어가는 색깔을 여실히 보여주고 있어 나는 좀 서글픈 기분이 들었다. 낙엽이 연신 떨어지며 바닥에 수북이 쌓여있었던 것이다. 바스커빌 가문의 새 후계자가 오는데 어쩐지 자연은 너무나 쓸쓸하게 맞고 있다는 생각이 들었다.

"아니! 저게 뭐지?"

모티머가 갑자기 소리를 질렀다. 황무지의 한 바위 위에서 웬 남자가 말을 탄 채 우리 쪽을 향해 총을 겨누고 있었던 것이다.

"무슨 일인가, 퍼킨스?"

모티머가 마부에게 물었다.

"프린스타운 감옥에서 죄수 하나가 탈출했다고 합니다. 벌써 사흘됐는데 아직 못 찾았나 봐요. 이 근방 농부들이 무서워하고 있죠."

"그래도 신고하면 5파운드는 벌 텐데."

"그렇긴 하지만 5파운드 벌려다가 목숨이라도 날아가면 뭐 합니까? 이번에 탈옥한 죄수는 아주 잔인한 놈이라고 하더군요."

"이름이 뭐라고 하던가?"

"셀던이래요. 노팅힐에서 살인을 했답니다."

마차가 고개 끝까지 올라가자 앞에 돌무더기와 바위들이 수없이 흩어져 있는 황무지가 나타났다. 갑자기 쌀쌀한 바람이 몰아쳐 몸이 오싹했다. 해가 뉘엿뉘엿 지는 가운데 우리는 황막한 벌판의 비탈길을 지나갔다. 이따금 오두막집들이 보였는데 담쟁이덩굴 하나 없는 황량한 풍경이었다. 문득 우리 앞에 움푹 패인 지대가 나타났다. 그리고 나지막한 떡갈나무와 전나무가 여기저기 숲을 이루고 있는 게 보였다. 그 나무숲 뒤로 높은 탑 두 개가 솟아올라 있었다. 마부가 그곳을 가리키며 말했다.

"저곳이 바스커빌 저택입니다."

헨리 경은 몸을 쑥 빼고 들뜬 표정으로 그곳을 바라보았다.

우리는 곧 저택에 도착했다. 환상적인 문양으로 장식된 철대문 위에는 바스커빌 가문의 문장인 멧돼지의 머리 조각상이 붙어있고, 양쪽에 서있는 기둥엔 오랜 세월에 시달린 흔적으로 이끼가 잔뜩 끼어있었다. 대문 바로 옆에 있던 문지기 집은 폐허가 돼있으며, 건너편에 다시 신축 중이었다. 대문 안으로 들어서자 고목들이 터널을 이루고 있는 가로수 길이 나왔다. 어둡고 긴 가로수 길 끝에 저택이 마치 유령처럼 서있었다. 바스커빌 경은 그걸 보고 약간 흠칫했다.

"삼촌이 여기서 돌아가셨다고요?"

그가 무거운 목소리로 말했다.

"아니오. 주목나무 오솔길은 저쪽에 있습니다."

젊은 상속인은 우울한 표정으로 주위를 쳐다보았다.

"삼촌이 두려워하셨다는 게 이해가 되는군요. 무서운 느낌이 듭니다. 저는 반년 내로 여기에 전기시설을 하겠습니다."

가로수 길이 끝나고 잔디밭이 나왔으며 그 뒤로 웅장한 저택이 버티고 서있었다. 건물의 앞 면은 전부 담쟁이덩굴로 뒤덮여 있으며, 사이사이로 창문이 보였다. 그리고 본체 양 옆으로는 현대식 화강암 건물이 붙어있는데, 몇몇 창문에서 불빛이 새어나오고, 높이 솟아있는 굴뚝에선 연기가 피어오르고 있었다.

"어서 오십시오, 헨리 경! 바스커빌 저택에 오신 걸 환영합니다."

키 큰 남자가 현관에서 나와 마차 문을 열었다. 여자도 한 사람 있었는데 불빛을 등지고 있어서 잘 보이지 않았지만 남자와 함께 우리의 짐을 모두 내렸다.

"헨리 경, 저는 이 마차로 바로 돌아가겠습니다. 아내가 기다리고 있어서요."

모티머가 말했다.

"어, 그래요? 저녁식사 함께 하시고 가시죠."

"감사합니다만 해야 할 일도 있고 해서…… 저택을 안내해드리면 좋겠는데 바리모어가 더 잘 아니까 맡기고 가겠습니다. 그리고 제 도움이 필요하시면 언제든 사람을 보내셔도 됩니다. 그럼……."

마차소리가 멀어지고 헨리 경과 내가 현관으로 들어서자 뒤에서 문이 무겁게 닫혔다. 그리고 눈앞에 호화스러운 홀이 나타났다. 높은 천장에 나뭇결은 반들반들 윤이 흐르고 큰 벽난로에서는 땔감이 탁탁 소리를 내며 타고 있었다. 헨리 경과 나는 으슬으슬 추운 몸을 녹이기 위해 난로 앞에 앉았다. 홀의 긴 창문은 고풍스런 색깔의 유리로 돼있고, 벽에는 사슴 머리와 가문의 문장들이 걸려 있었다.

"제가 상상한 것과 비슷한데요? 전통있는 가문의 집을 그려보라고 하면 이럴 것 같았거든요. 아! 이 홀에서 조상들이 500년 동안이나 살았다니, 엄숙해지네요."

헨리 경이 말했다.

주위를 둘러보는 그의 표정은 어두웠지만 어딘지 소년 같은 호기심이 깊이 도사리고 있었다. 바리모어가 우리의 짐을 방에 넣어두고 홀로 들어왔다. 그는 오랫동안 일한 하인답게 잘 훈련된 몸가짐을 하고 있었다. 풍채가 좋고 키가 크며 미남인 데다 턱수염을 길러 반듯하게 다듬었으며, 얼굴이 창백한 편이라 어딘지 남의 시선을 끄는 면이 있었다.

"식사 곧 하시겠습니까?"

"준비 다 됐나?"

"다 돼갑니다. 방에 더운 물을 준비해뒀습니다. 저희 부부는 경께서 새로 사람을 찾을 때까지 모시겠습니다. 바스커빌 저택도 달라졌으니 앞으로 많은 고용인이 필요할 것입니다."

"뭐가 달라졌다는 소린가?"

"아닙니다. 찰스 경이 계실 때는 은퇴하신 상태였기 때문에 저희 두 사람만으로 충분했다는 뜻이었습니다. 하지만 경께서는 많은 사람을 만나실 테니까 집안에도 고용인이 더 필요할 것 같다는 생각입니다."

"자네 부부는 일을 그만 두고 싶은 건가?"

"네, 하지만 경께서 적응하신 다음에요."

"자네 집안은 대대로 이 저택에서 함께 살아온 걸로 아는데, 나는 그런 오래된 관계를 깨트리고 싶지 않네."

집사의 창백한 얼굴에 어떤 감정의 동요가 나타나는 듯 했다.

"저도 그렇게 생각합니다. 제 아내도 마찬가지고요. 하지만 솔직히 말씀드리면 저희는 찰스 경을 무척 존경하고 있었습니다. 그래서 그분이 돌아가신 게 너무나 큰 충격이었죠. 이젠 여기서의 생활이 저희를 슬프게 하고 있습니다. 여기 있는 한 다시는 평안을 찾을 수 없을 것 같습니다."

"그럼 앞으로 무엇을 할 생각인가?"

"네, 뭐든 장사를 해볼까 합니다. 찰스 경께서 주신 돈으로 할 수 있을 것 같아서요. 그럼, 방을 안내해드리겠습니다."

현관 홀에는 난간이 붙은 회랑이 빙 둘러있고, 건너편에는 계단이 있었다. 그리고 회랑을 중심으로 복도가 건물 좌우로 길게 뻗어있으며, 방들은 모두 복도 양쪽으로 배치되어 있었다. 내 방은 헨리 경의 방과 가까이 마주보는 위치에 주어졌다. 방들이 있는 위치는 본체보다 훨씬 새 건물이라 벽지도 밝게 돼있고 촛불들이 많이 켜있어서 그렇게 음산하지는 않았다.

그러나 홀과 이어져 있는 식당은 어두컴컴하고 음침했다. 길게 생긴 형태인데, 주인 가족이 앉는 자리와 하인들이 앉는 자리로 나뉘어 있었다. 천장은 연기에 그을려 거무스름하게 변해 있었다. 헨리 경과 나는 식사 내내 거의 말을 하지 않았다. 식사가 끝나고 당구실로 가서 담배를 한 대 피우자 그제서야 마음이 좀 편해졌다.

"솔직히 말하면 이곳은 그리 기분 좋은 곳은 못 되는데요. 있다 보면 익숙해지겠지만 당분간은 별로 유쾌하지 못할 것 같습니다. 삼촌께서 신경 이상증세가 생겼다는 게 이해가 되는군요. 별 일 없으면 오늘 밤은 일찍 자는 게 좋을 것 같습니다. 내일 아침 되면 기분이 좀 더 좋아질지 모르죠."

헨리 경의 말대로 우리는 각자 방으로 돌아갔다. 나는 커튼을 열고 창밖을 내다보았다. 현관 앞 잔디밭이 보였다. 그리고 건너편에 있는 작은 숲이 세찬 바람에 흔들리고 있었다. 밤하늘엔 구름 사이로 반달이 보이고, 숲 너머로 길게 펼쳐져 있는 황무지도 보였다. 확실히 이곳은 뭔가 강한 인상을 풍기고 있었다.

피곤했지만 잠이 오지 않았다. 그래서 이리저리 뒤척이며 억지로 잠을 자려고 해보았다. 멀리서 15분마다 시계소리가 들려올 뿐 저택은 죽음 같은 고요 속에 파묻혀 있었다. 그런데 순간 어디선가 갑자기 무슨 소리가 뚜렷이 들려오기 시작했다. 가만히 들어보니 여자의 흐느낌 소리였다. 깊은 슬픔에 빠져있지만 참고 억누르는 소리였다. 나는 결국 일어나 앉아 귀를 기울였다. 꽤 가까운 곳에서 나는 것 같았다. 그렇게 30분이나 신경을 곤두세우고 기다렸지만 여전히 시계소리와 담쟁이덩굴이 바람에 흔들리는 소리 밖에는 더이상 들리지 않았다.

메리핏 하우스의 스테이플튼 남매

다음날 아침, 아름다운 풍경을 보자 전날 밤의 음울한 기분이 많이 가라앉았다. 헨리 경과 내가 앉은 식탁 위로 창문에서 들어온 햇빛이 창문의 문장 그림을 색색으로 비쳐주고 있었다. 전날 밤에 느꼈던 식당 분위기와는 완전히 달랐다.

"문제는 우리 자신에게 있었지 이 집이 아니었군요! 어제는 피곤한 데다 마차에서 추위에 떨었기 때문에 이곳이 아마도 더 음침하게 느껴졌던 것 같아요. 공기도 상쾌하고 좋으니까 모든 게 정말 밝아

보이네요."

남작이 말했다.

"하지만 전부가 우리의 기분 때문이라고 할 수는 없겠죠. 어젯밤에 혹시 웬 여자가 흐느끼는 소리 못 들으셨나요?"

내가 물었다.

"네, 저도 막 잠이 들려던 즈음에 들었거든요. 그런데 한참을 기다려도 다시 안 들려서 내가 꿈을 꿨나 생각했죠."

"저는 잠을 안 자고 있었기 때문에 분명히 들었습니다. 틀림없이 여자 소리였어요."

"물어봐야겠군요."

남작은 곧 벨을 눌러 바리모어를 불렀다. 그러고는 어젯밤 일을 얘기하자 집사의 창백한 얼굴이 더 백짓장처럼 되는 것 같았다.

"남작님, 이 저택에 여자는 둘밖에 없습니다. 하나는 하녀인데 별채에서 잠을 자고, 다른 하나는 제 아내인데 어젯밤에 그런 일이 절대로 없었습니다."

그의 대답은 곧 거짓임이 드러났다. 식사 후 복도로 나갔다가 우연히 그의 아내를 보았는데, 눈이 퉁퉁 부어있고 충혈돼 있었던 것이다. 그 여자가 운 게 틀림없었다. 그렇다면 바리모어가 모를 리 없었다. 그는 왜 거짓말을 했을까? 그리고 그녀는 왜 그리 슬피 울었을까? 창백하고 미남인 검은 턱수염의 사나이에게는 음울하고 수수께끼 같은 이상한 분위기가 감돌고 있었다. 찰스 경의 시체를 처음 발견한 것도 이 남자였고, 경이 죽을 때의 모든 상황에 대해서도 우리는 이 남자의 설명으로만 알고 있었다. 리전트 거리의 마차에 탄 스파이가 바로 이 남자일까? 왜냐하면 수염이 그 남자와 같은 모양에, 키도 비슷하기 때문이었다. 내가 가장 먼저 해야 할 일은 그림펜의 우체국장을 만나서 전보가 바리모어에게 직접 배달되었는지를 확인하는 것이다. 그런 다음 홈스에게 알리는 것이다.

헨리 경은 확인해야 할 서류가 많아서 나 혼자 외출을 했다. 황무지 옆으로 4마일이나 걸어 작은 마을에 도착했다. 다른 집들보다 큰 건물이 두 개 있는데, 하나는 여관이고, 다른 하나는 모티머 의사의 집이었다. 우체국장을 찾아가 얘기하자 그는 금방 기억해냈다.

"네, 맞습니다. 주문하신 대로 바리모어 씨에게 직접 배달되도록 했죠."

"누가 배달했는지 혹시 아십니까?"

"제 아들이 했어요. 제임스! 너 지난번에 그 바스커빌로 가는 전보 말이야, 바리모어 씨한테 직접 전했지?"

"네, 그랬어요."

제임스가 나오자 내가 물었다.

"그분에게 직접 전했니?"

"그때 바리모어 씨가 다락방에 계시다고 해서 그 부인에게 드렸는데, 곧바로 전해주겠다고 하더라고요."

"너, 바리모어 씨 봤니?"

"아니오. 다락방에 계셨다니까요."

"안 봤으면서 그가 다락방에 있는지 어떻게 알아?"

"참내, 그 부인이 그렇게 말했으니까 맞겠죠. 왜요? 바리모어 씨가 전보를 못 받았답니까? 뭔가 문제가 생겼다면 바리모어 씨가 말을 했겠죠."

우체국장이 짜증을 내며 말했다.

더 물어봐야 소용이 없을 것 같았다. 바리모어가 만약 런던에 갔다면, 다시 말해 그가 헨리 경을 미행한 자가 맞다면, 도대체 뭣 때문일까? 그는 누군가의 조종을 받고 있는 것일까, 아니면 스스로 뭔가 계략을 꾸미고 있는 것일까? 왜 그는 바스커빌 가문에 해를 끼치려 드는 것일까? 〈타임스〉 사설을 오려내 문장을 만든 그 기괴한 편지도 이 남자가 한 짓이었을까? 아니면 이 남자의 음모를 알고 그걸 방해하기 위해 어떤 자가 한 것이었을까? 만약 그럴만한 동기가 있다면, 헨리 경이 두려워 이 저택을 떠난다면 바리모어 부부에게는 이곳이 평생 편안하게 살 수 있는 집이 되는 것이었다. 그러나 이런 생각은 너무 간단한 것이리라. 그는 헨리 경의 주위에 보이지 않는 그물을 쳐놓고 뭔가 더 심각하고 교활한 음모를 꾸미고 있는 것 같기 때문이다. 오랫동안 세상이 놀랄만한 대사건을 풀어온 홈스로서도 이보다 더 복잡한 사건은 못 본 것 같다고 했을 정도였다. 죽은 듯 고요한 길을 다시 걸으면서, 나는 홈스가 한시라도 빨리 이곳으로 와서 내 한숨을 덜어주길 바라는 마음이 들었다.

그런데 갑자기 뒤에서 누군가 뛰어오며 내 이름을 불렀다. 모티머 씨인가 하고 돌아봤는데 전혀 모르는 사람이었다. 체구가 작고 말랐으며 깨끗이 면도를 한 얼굴에 나이는 30대로 보이고 회색 양복에 밀집모자를 쓴 차림이었다. 그리고 양철통을 어깨에 메고 초록색 곤충망을 들고 있었다.

"실례합니다. 왓슨 박사시죠? 이 동네에서는 모두 가깝게 지내기 때문에 형식적인 소개 같은 건 하지 않는 습관이 있어서요. 모티머 씨한테서 제 이름을 들으셨는지 모르겠지만 저는 스테이플튼이라고 합니다. 메리핏 하우스에서 살고 있죠."

그는 계속 숨을 몰아쉬며 말했다.

"그 망과 통을 보고 알아차렸습니다. 박물학자라고 들었습니다만, 그런데 제 이름은 어떻게 아셨나요?"

"모티머 씨 집에 있었는데, 창밖으로 보고는 왓슨 씨가 지나간다고 얘기를 해주더군요. 같은 방향이라 인사를 하려고 쫓아왔습니다. 그런데 헨리 경은 어디 불편한 데 없으시던가요?"

"전혀요. 잘 계십니다."

"찰스 경이 참혹하게 돌아가셔서 우리끼리 걱정을 많이 했답니다. 새 남작께서 저택에 사시고 싶지 않을지도 모른다는 얘기를 하면서요. 부자가 이런 험악한 곳에 와서 파묻혀 살기는 어렵죠. 하지만 선생도 들으셨는지 모르지만 이 마을 사람들에겐 아주 중요한 일입니다. 마을의 발전이 달린 문제니까요. 헨리 경은 미신을 믿거나 공포를 느끼기까진 않겠죠?"

"안 그럴 것 같습니다."

"선생께선 물론 바스커빌 가문에 전해 내려오는 악마 같은 개 이야기를 알고 계시겠죠?

"네, 알고 있습니다."

"이 마을 사람들은 미신을 너무 믿고 있어요. 그래서 황무지에서 그런 동물을 봤다고 주장하는 사람도 있다니까요."

스테이플튼은 웃으며 말했지만 눈빛은 자못 심각해보였다.

"찰스 경은 그 전설에 너무 집착했던 것 같습니다. 그래서 결국 죽음을 불러오지 않았나 생각되거든요."

"아, 그래요?"

"그분은 심장이 아주 안 좋았기 때문에 어떤 개든 보이기만 하면 극심한 타격이 일어날 수 있었어요. 그런데 마침 그날 밤에 산책을 하다가 그런 걸 보신 거죠. 저는 그분을 아주 존경했고 심장병을 갖고 계신 것도 알았기 때문에 항상 좀 걱정이 됐어요."

"심장병을 앓고 계신 건 어떻게 아셨죠?"

"모티머 씨가 얘기해주셨죠."

"선생께서도 그럼 찰스 경이 개를 보고는 공포에 질려 심장발작으로 돌아가셨다고 생각하는 겁니까?"

"그럼 다른 그럴듯한 이유가 있을까요?"

"저는 아직 못 찾았습니다."

"셜록 홈스 씨는요?"

순간 난 심장이 멎는 것처럼 놀랐지만 그의 침착한 표정을 보고는 농담이 아니란 걸 알았다.

"왓슨 선생, 선생이 쓰신 탐정 기록이 꽤 알려져 있어서 이 마을 사람들도 모두 봤을 겁니다. 선생께서 여기 와계신 걸 보면 셜록 홈스 씨도 이 사건에 깊은 관심을 갖고 있다는 뜻이 되겠죠. 그래서 그가 어떤 생각을 갖고 있는지 궁금했던 겁니다."

"그건 대답할 수가 없는데요."

"그분도 여기 오시겠죠?"

"당분간은 못 올 거에요. 다른 사건을 맡고 있거든요."

"유감스럽네요! 그분은 뭔가를 더 알아낼 수 있을 텐데. 참 제 도움이 필요하시면 언제든지 말씀해주세요. 누가 의심이 된다든지, 어떻게 조사를 하실 것인지, 말씀만 하시면 조금이라도 제가 도와드릴 수 있을 겁니다."

"저는 헨리 경을 방문하러 왔을 뿐입니다. 어떤 도움도 필요치 않을 거에요."

"좋습니다! 신중하시군요. 제가 괜한 참견을 했나 봅니다. 앞으로 다시는 그 사건에 대해 얘기하지 않겠습니다."

우리는 황무지를 가로질러 좁다란 오솔길이 갈라지는 지점에 도착했다. 오른쪽은 바윗돌들이 여기저기 흩어져 있는 산인데 예전에 화강암을 채석하던 곳이었다. 왼쪽은 잡풀이 무성하게 자라있고 그 아래로는 낭떠러지였다. 멀리 보이는 언덕에는 회색 연기가 피어오르고 있었다.

"이 오솔길을 조금만 가면 저의 집이 있습니다. 제 여동생을 소개해드리고 싶은데, 한 시간쯤 시간 있습니까?"

스테이플튼이 말했다.

난 마음 속으로 얼른, 헨리 경에게로 돌아가야 한다고 생각했다.

하지만 이내 그의 책상에 가득 널려있던 서류 더미들이 떠올랐다. 가봐야 서류 정리를 도와줄 수도 없었다. 게다가 홈스가 이웃 사람들을 유심히 보라고 얘기했었다. 나는 스테이플튼의 제의를 받아들이고 그와 함께 오솔길로 들어섰다.

"황무지가 아주 멋지지 않습니까?"

그는 혼자 말하듯 하며 구불대는 언덕을 둘러보았다.

"황무지는 아무리 봐도 싫증이 안 나더라고요. 너무 넓고 너무 황막하지만 어딘지 신비가 느껴지죠."

"선생은 이곳을 잘 아시겠네요?"

"저도 여기 온지 2년밖에 안 됐어요. 찰스 경보다 조금 더 늦게 왔죠. 하지만 제 일 때문에 구석구석을 다녀서 아마 토박이들보다 제가 훨씬 더 잘 알 거예요. 여기 저기 흩어져 있는 녹지대 보이죠?"

"네, 그런 곳들은 땅이 좋아 보이네요."

내 말에 스테이플튼이 웃었다.

"그런데 그게 아닙니다. 저런 곳들은 늪이에요. 재수 없으면 바로 끝나는 거죠. 어제도 어린 말 한 마리가 빠져 죽는 걸 봤어요. 가을에 비가 내린 다음엔 정말 무시무시한 곳이죠. 하지만 저는 한복판으로 들어갔다가 살아나온 적이 있었어요. 아니, 또 말 한 마리가 빠져들어가고 있네요! 쯧쯧."

아니나 다를까 저쪽 녹색 지대에서 괴로움에 몸부림 치는 말의 모습이 언뜻 보였다. 과연 무시무시한 비명소리가 사방을 진동시켰다. 소름이 쫙 끼쳤다.

"아, 또 끝났네!"

스테이플튼이 말했다.

"그런데 선생은 그곳에서 빠져나올 수 있었다고요?"

"네, 동작이 아주 빠르면 빠져나갈 수 있는 오솔길이 몇 개 있는데, 전 그걸 발견했던 거죠."

"하지만 왜 그렇게 무서운 곳에 가셨던 겁니까?"

"왜냐하면…… 저기 언덕 보이시죠? 그 주위가 온통 늪이라 섬처럼 고립되어 있는 곳이죠. 그런데 그곳엔 희귀식물과 나비들이 많이 있거든요."

"저도 언제 한 번 건너가 봐야겠는데요."

그가 놀라 나를 쳐다보았다.

"아이고, 참으세요. 만약 선생께 무슨 일이라도 생기면 어떻게 하시려고요. 선생은 살아 나올 수 없을 겁니다. 제가 그때 나올 수 있었던 건 복잡한 표지를 잘 알고 있었기 때문이거든요."

"아니! 이게 무슨 소리죠?"

내가 소리를 질렀다.

뭐라고 말할 수 없는 신음소리 같은 게 멀리서 들려오고 있었다. 어디서 나는 건지는 전혀 알 수가 없었다. 처음엔 낮게 나더니 점차 커져 포효하는 소리가 되었다가 다시 슬픈 소리로 변해갔다. 스테이플튼이 잔뜩 호기심 어린 표정으로 나를 쳐다보며 말했다.

"황무지라는 곳이 정말 이상하죠?"

"무슨 소릴까요?"

내가 또다시 물었다.

"이곳 농민들 말로는, 바스커빌 저택의 사냥개가 먹이를 찾는 소리라고 하더군요. 저도 한 두 번 듣긴 했는데 이렇게 크게 들리기는 처음이네요."

"선생은 교육 받으신 분이니까 그런 미신은 안 믿겠죠? 정말 무슨 소리라고 생각하십니까?"

"사실 늪에서도 가끔 이상한 소리가 나거든요. 흙이 가라앉는 소리라든지 물이 솟아오르는 소리라든지, 그런 거겠죠."

"하지만 이건 살아있는 생물의 목소리였잖습니까?"

"글쎄요. 혹시 알락해오라기가 우는 소리 들어보신 적 있습니까?"

"아니오."

"아주 희귀한 새인데, 지금은 아마 멸종되고 없을 거에요. 황무지에서는 별 일이 다 일어나니까 혹시 그 새가 나타난 것인지도 모르죠. 왜냐하면 지금 들은 소리가 그 알락해오라기 소리와 아주 비슷했거든요."

"저는 그렇게 이상한 소리를 들어본 적이 없습니다."

"그렇죠. 이곳이 그리 기분 좋은 곳은 아니죠. 저쪽 산을 보세요. 저곳이 뭐일 것 같습니까?"

산비탈에 커다란 돌바퀴 20개 정도가 여기저기 놓여있었다.

"저게 뭐죠. 양 우리인가요?"

"아닙니다. 옛날 사람들이 살던 집이에요. 지붕은 다 없어졌지만 방과 난방시설 등이 아직도 남아있죠."

"거의 마을을 이루고 있었겠네요? 그게 언제였죠?"

"신석기 시대인데, 자세한 연대는 모르겠어요."

"무슨 일을 하며 살았을까요?"

"가축을 길렀었죠. 그리고 청동기 시대가 되자 주석 채굴도 했고요. 저기 건너편에 깊게 파인 도랑 보이시죠? 거기가 아직도 남아있는 흔적인 것 같습니다. 잠깐만요! 저건 분명 퀴클로피데스인데."

작은 곤충 한 마리가 우리 앞으로 날아갔다. 순간 스테이플튼이 잽싸게 뛰어 쫓아갔지만 곤충은 곧 늪 쪽으로 날아가고 말았다. 하지만 그는 망설이지도 않고 곤충망을 휘두르며 녹색지대로 들어가 계속 뛰어다녔다. 나는 그가 늪에 빠지지 않을까 두려워 하며 믿어지지 않는 그의 행동을 쳐다보고 있었다. 그때 뒤에서 웬 발자국 소리가 들려왔다. 어떤 여자가 메리핏 하우스 쪽에서 걸어오고 있는 걸 보니, 아마도 스테이플튼의 여동생인 것 같았다. 그런데 소문에 듣던 대로 굉장한 미인이었다. 남매가 이렇게 다를 수 있을까 싶었다. 오빠는 하얀 피부에 밝은 갈색 머리, 그리고 회색 눈동자인데 반해, 여동생은 까무잡잡한 피부에 눈과 머리 색깔도 영국에서 흔하지 않은 검은색이었다. 그리고 오빠는 체격이 왜소한데, 여동생은 키가 크고 늘씬하며 표정도 진지했다. 어쩌면 너무 완벽한 외모라 그녀의 눈빛이 밝지 않았더라면 오히려 차갑게 보였을 것 같았다. 그녀의 분위기는 한 마디로 이 메마른 황무지에 도저히 어울리지 않아 보였다. 그녀는 오빠 쪽을 쳐다보면서도 내게로 가까이 오고 있었다. 내가 모자를 벗어 인사했다. 그리고 뭔가 말을 하려고 하는데 그녀가 먼저 말을 꺼냈다. 하지만 그녀의 말은 내가 상상조차 하지 않은 내용이었다.

"돌아가세요! 런던으로 바로 돌아가시기 바랍니다."

나는 너무 놀라 그냥 쳐다보고만 있었다. 그녀는 강렬한 눈빛으로 나를 쏘아보듯 하며 뭔가 초조한 기색이었다.

"그건 왜죠?"

내가 말문을 열었다.

"설명할 수 없어요."

그녀의 목소리는 낮고 차분했는데 사투리가 약간 섞여있었다.

"이곳을 떠나셔야 합니다. 그리고 다시는 이 황무지에 오시면 안 돼요."

"저는 이제 막 왔는데요."

"제 말대로 해야 한다고요! 전 지금 선생님을 위해서 말씀드리고 있는 거에요. 그러니까 지금 당장 런던으로 돌아가세요! 절대로 여기 계시면 안돼요. 쉿! 오빠가 와요. 지금 한 말은 한 마디도 하면 안돼요. 거기 있는 난초 좀 따주시겠어요? 황무지에는 난초가 많아요."

그녀는 외치듯 말했다.

스테이플튼은 결국 포기하고 돌아왔다.

"아, 베릴!"

"잭, 무척 더운가 봐요?"

"어, 퀴클로피데스를 잡으려고 했는데 놓쳐버렸어. 아주 희귀한 곤충이라 요즘 계절에는 거의 보기 힘들거든. 되게 아깝네!"

그는 여동생과 나를 계속 번갈아 쳐다보며 말했다.

"너 소개인사 했니?"

"네, 지금 막 헨리 경에게 황무지의 아름다움을 보려면 계절이 좀 늦었다고 말씀드리려고 했어요."

"아니, 너 이분이 누구신데?"

"헨리 바스커빌 경 아니신가요?"

"아니, 아니에요. 저는 그냥 평민입니다. 의사 왓슨이라고 하죠. 하지만 헨리 경을 알고 있어요."

베릴은 몹시 당황해하며 얼굴이 불그레해졌다.

"맙소사! 이런 실수를 하다니요."

"아니, 언제 그렇게 얘기를 나눴어?"

스테이플튼은 뭔가 이상하다는 듯 여동생을 쳐다보았다.

"저는 왓슨 선생님이 여기 잠깐 들르신 게 아니고 사시려고 오신 줄 알고 그렇게 말씀드렸어요. 그럼 메리핏 하우스에 가보시지 않겠어요?"

그들의 집은 바로 근처에 있었다. 주변에 다른 집들은 없었다. 옛날엔 목축농장 자리였다고 한다. 옆에는 과수원도 있지만 나무들이 자라지 못하고 황폐해 풍경이 더 음침해 보였다. 초라한 복장의 늙은 하인이 나와서 맞이하는데 그 집의 분위기와 잘 어울린다는 느낌이 들었다. 하지만 안으로 들어가자 밖에서 보던 것과는 전혀 달리,

멋진 가구들이 놓인 커다란 방들이 여러 개 있었다. 남매의 취미가 무척 고상한 것 같았다. 나는 창밖으로 펼쳐져 있는 거친 황무지를 내다보며 이렇게 교양있는 남매가 왜 이런 곳에서 살게 되었는지 몹시 궁금하지 않을 수 없었다.

"이상한 곳에서 살고 있죠?"

스테이플튼이 마치 내 마음 속을 들여다본 듯 말했다.

"하지만 여기서 잘 지내고 있습니다. 그렇지, 베릴?"

"아주 잘 지내고 있어요."

그러나 그녀의 대답은 어쩐지 확신이 느껴지지 않았다.

"여기 오기 전에는 북잉글랜드에서 학교를 경영했어요. 사실 그 일이 늘 똑같고 재미는 없었지만 그래도 어린 학생들의 성장을 도와주고 그들을 지도해나간다는 보람은 무척 컸죠. 그런데 불행한 일이 닥쳤어요. 교내에서 전염병이 발생해 학생 세 명이 죽은 겁니다. 결국 학교가 큰 타격을 입고 돈도 다 잃은 채 문을 닫게 된 거에요. 하지만 저는 불운하다고 생각지 않았어요. 식물과 동물에 관심이 많은 저는 여기 와서 오히려 연구할 일을 많이 찾았고, 베릴도 자연을 무척 좋아하거든요. 선생의 표정을 보고 우리에 대해 궁금해 하실 것 같아 말씀드렸어요."

스테이플튼이 설명을 했다.

"네, 맞습니다. 이곳에서 사는 게 좀 재미없지 않을까 하는 생각을 했었죠. 그래도 선생은 여동생 분보다는 덜 지루하시겠죠?"

"아니, 저도 전혀 지루하지 않아요."

베릴이 얼른 말했다. 그러자 스테이플튼이 강조하듯 설명했다.

"우리는 책도 읽고, 연구할 것도 많고, 재미있는 이웃들도 많이 있거든요. 모티머 씨는 훌륭한 의사시고, 찰스 경도 아주 좋은 대화 상대였죠. 그분이 돌아가셔서 얼마나 슬픈지 몰라요. 이따가 헨리 경을 찾아가도 괜찮을지 모르겠네요."

"무척 기뻐하실 거에요."

"그럼 제가 찾아가 뵙겠다고 좀 전해주세요. 우리도 그분이 이곳 생활에 적응하시도록 도와드리고 싶으니까요. 참 왓슨 선생, 제가 수집한 것들을 보여드릴까요? 이쪽 지방에서 이렇게 완벽한 수집품은 없을 겁니다. 그리고 점심도 같이 하시고요."

하지만 나는 임무를 맡고 있는 바스커빌 저택으로 빨리 돌아가기로 했다. 좀 전에 보고 들었던 황무지에서의 모든 것들이 내 기분을 극도로 우울하게 만들었기 때문이었다. 게다가 베릴까지 나에게 떠나라고 경고하지 않았던가. 그녀의 강경한 말투로 보면 분명 뭔가 심각한 이유가 숨어있을 것 같았다. 나는 곧 아까 왔던 오솔길로 다시 떠났다. 그런데 내가 모르는 지름길이 있는지, 베릴이 저 앞 바위 위에 걸터앉아 있었다. 급히 뛰어온 얼굴이었다.

"왓슨 선생님, 모자도 못 쓰고 뛰어왔어요. 그리고 빨리 돌아가야 해요. 제가 없는 걸 오빠가 알면 좀 그러니까요. 제가 엉뚱하게 선생님을 헨리 경으로 착각해서 사과드리고 싶어 왔어요. 아까 제가 얘기한 건 신경 쓰지 마세요. 선생님과는 상관없는 일이니까요."

"하지만 신경을 안 쓸 수가 없는데요. 저는 헨리 경의 친구이기 때문에 그분의 안전과 관련되는 일이라면 저에게도 관계가 있으니까요. 왜 그분이 런던으로 돌아가야 하는지 이유를 알고 싶습니다."

"그냥 저의 불안증 때문이에요. 저를 잘 아시면 이해하실 수 있는데, 가끔 제가 이유도 없이 어떤 말이나 행동을 하거든요."

"아니, 아니에요. 당신의 어투로 보아 그게 아닙니다. 스테이플튼 양, 제발 솔직히 말씀 좀 해주세요. 이곳에 온 후로 뭔가 어두운 그림자가 가까이 있다는 걸 느끼고 있거든요. 아시겠지만 이곳은 푸른 녹지대가 곳곳에 있는데도 언제 빠져 죽을지 모르는 늪 위를 걷고 있는 거나 마찬가지 아닙니까? 왜 그렇게 열심히 충고하셨는지 설명해주시면 제가 가서 헨리 경에게 전해드리겠습니다."

그녀의 눈빛이 잠깐 망설이는 듯 하다가 다시 새침하게 돌아갔다.

"왓슨 선생님, 오빠와 저는 찰스 경이 돌아가신 후 무척 마음이 아팠어요. 그분과 가까이 지내고 있었기 때문이죠. 그분은 가문 대대로 당하고 있는 저주에 대해서 굉장히 심각하게 생각하셨어요. 그런데 찰스 경에게도 그런 비극이 일어나자 저는 그분이 왜 그렇게 공포심으로 떨었는지, 분명 이유가 있을 거라는 생각이 들었죠. 그래서 다른 가족이 또 저택에 살려고 오신다는 말을 듣고 마음이 아주 안 좋았어요. 단지 그것 때문에 저는 극구 말리고 싶어서 말씀을 드렸던 겁니다. 그것 뿐이었어요."

"그런데 위험하다는 건 뭣 때문이죠?"

"사냥개 이야기 아시죠?"

"저는 그런 미신 같은 얘기는 안 믿어요."

"저는 믿어요. 그러니까 선생님이 그분을 여기서 떠나도록 도우셔야 합니다. 세상이 넓은데 뭣 때문에 이런 위험한 곳에서 꼭 살려고 하죠?"

"그분이 이곳에 사시고자 하는 건 바로 이곳이 위험한 장소이기 때문입니다. 그것이 헨리 경의 생각이죠. 그러니까 스테이플튼 양이 더 확실한 설명을 해주시지 않으면 저는 그분을 설득할 수가 없어요."

"저는 확실한 설명을 드릴 게 없어요. 저도 모르니까요."

"그럼 한 가지만 묻겠습니다. 아까 처음 저랑 얘기를 했을 때 왜 오빠가 들으면 안 된다고 하셨죠? 오빠든 누구든 반대할 얘기는 아니었잖습니까?"

"아, 오빠는 저와 달리, 바스커빌 저택에 누가 살기를 바라고 있어요. 황무지 사람들에게 많은 도움이 된다고 생각하기 때문이죠. 그래서 제가 이런 말 했다는 걸 알면 무척 화를 낼 거에요. 그럼 저는 돌아가야겠어요. 제가 하고 싶은 말은 다 했으니까요. 오빠는 제가 없는 걸 알면 분명 선생님을 만났다고 생각할 거에요. 그럼, 안녕히 가세요!"

그녀는 금방 사라져버렸다. 나는 막연한 불안감을 안고 바스커빌 쪽으로 걷기 시작했다.

왓슨 박사의 첫번째 보고

그때 셜록 홈스에게 보냈던 편지를 여기 다시 옮겨보겠다. 그 중 한 장은 없어졌지만 나머지를 통해 당시 나의 감정과 의혹들을 그대로 느낄 수 있을 것이다. 사실 그 사건에 대해서는 내 기억이 유난히 뚜렷하긴 하다.

10월 13일, 바스커빌 저택에서

친애하는 홈스

이곳에 오래 머물수록 황무지의 그 광막함과 냉혹한 마력이 마음 속으로 파고드는 것 같네. 한 번 이곳에 발을 디디면 현대의 영국 모습은 모두 잊어버리고, 곳곳에 생생히 남아있는 선조들의 집과 그들의 유물에 온통 마음이 사로잡히게 되는 모양이네. 하지만 이런 감정들은 내가 여기에 있는 임무와 관계도 없을 뿐더러 자네의 엄격하고 현실적인 정신엔 조금도 흥미가 없는 이야기일 걸세. 태양이 지구를 돌거나 지구가 태양을 돌거나 상관이 없다고 자네가 말한 것이 기억나는구먼.

그래서 이제 헨리 바스커빌 경에 관한 이야기를 하겠네. 며칠간 아무 보고도 안한 건 특별한 일이 없었기 때문일세. 그런데 아주 놀라운 일이 하나 생겼네. 그 얘기를 하기 전에 다른 설명을 좀 하겠네.

　지금까지 말하지 않은 건데, 우선 황무지 어딘가에 숨어 있는 탈옥수에 대한 얘기일세. 그런데 그가 황무지를 떠났다고 믿을만한 그럴듯한 이유가 있다는군. 그래서 이 마을 사람들이 안심을 하고 있다는 거야. 그가 탈옥한 지 2주일이 지났는데 아무도 그를 본 사람이 없기 때문이라네. 2주일씩이나 황무지에 숨어있을 수는 없다는 거지. 물론 숨어있는 수는 있겠지만 먹을 게 아무것도 없으니까 말이네. 그래서 결국 그가 떠났다고 믿게 된 것이지. 우리 저택에는 남자가 네 명이나 있으니까 문제 없지만 스테이플튼 집은 그렇지가 않으니 불안한 생각이 들었다네. 그들의 집은 완전히 외딴 곳에 있어서 도움을 청할 수가 없거든. 그래서 헨리 경과 내가 그들이 걱정돼 마부 퍼킨스를 그곳에서 자게 하겠다고 했더니 스테이플튼은 극구 사양을 하더라고.

　그리고 다른 얘긴데, 헨리 경이 스테이플튼 양에게 꽤 관심을 갖고 있는 모양이야. 별로 놀랄 일도 아니지 뭐. 남작 같이 젊은 사람이 이 황막한 곳에서, 그렇게 매력적이고 아름다운 여성에게 관심을 갖는다는 게 당연한 일 아니겠어. 그녀는 남국적이고 이국적인 데가 있는 반면 그녀의 오빠는 냉정하고 감정을 겉으로 드러내지 않는 편이지. 아니, 그 오빠도 속으로는 뜨거운 감정을 품고 있는 지도 모른다네. 그리고 여동생을 꽉 쥐고 있는 것 같아. 그녀가 말을 할 때 보면 자꾸 오빠의 눈치를 보더라고. 스테이플튼도 여동생에게 잘 하는 것 같긴 한데 뭔지 모르지만 눈빛 속에 차갑게 번쩍이는 것이 있지. 그 친구, 아마도 자네한테는 재미있는 연구 대상이 아닐까 싶네.

그는 바스커빌 저택을 방문한 다음 우리 두 사람을 휴고 바스커빌이 죽었던 그 잔인한 곳으로 안내해 주었다네. 몇 마일 떨어진 곳이었는데, 너무나도 음침한 곳이어서 그런 전설이 믿겨질 정도였지. 스테이플튼은 다른 집안에서 발생한 그런 이야기도 들려주었는데, 듣다 보니 찰스 경의 비극에 대해 그도 다른 사람들이 생각하는 것과 같은 의견을 갖고 있다는 걸 알았다네.

그런 다음 우리는 메리핏 하우스에서 점심 식사를 하게 됐지. 거기서 헨리 경과 스테이플튼 양이 처음 만나게 된 거라네. 그는 첫눈에 그녀에게 매혹된 것 같았는데, 그녀 쪽에서도 같은 감정이었던 것 같아. 돌아오는 길에 그는 계속 그녀 이야기를 하더라고. 그리고 그날부터 오늘까지 그 남매를 매일 만나고 있다네. 오늘 저녁엔 여기서 식사를 하기로 했고, 다음 주말엔 우리가 그 집으로 가기로 했지. 헨리 경과 베릴의 만남을 스테이플튼이 좋아할 것 같지만 그건 아니라네. 헨리 경이 그녀를 열심히 바라보고 있으면 스테이플튼의 얼굴엔 혐오의 표정이 나타나더라고. 여동생에게 너무 애착을 갖고 있어서 그녀가 없으면 못살 것 같아.

그렇다고 해서 여동생의 결혼을 방해할 수는 없지 않겠나. 하지만 그는 분명 두 사람이 사랑하는 걸 바라지 않는 것 같네. 둘이 대화하는 것을 기를 쓰고 막으려고 하는 걸 여러 번 봤거든. 만약 이 상황에 이들의 연애사건까지 더해진다면 헨리 경을 혼자서 외출시키지 말라는 자네 지시는 아마도 지키기 힘들어질 것 같네.

며칠 전 목요일에 모티머 씨가 우리와 함께 점심을 했다네. 그는 롱다운 굴에서 발굴을 하다가 선사시대 사람의 두개골을 발견했다면서 몹시 즐거워하고 있네. 그분처럼 한결같은 외골수도 참 드물 거야! 오후엔 스테이플튼 남매도 왔지. 그래서 모티머 씨가 우리 모두를 주목나무 오솔길로 안내해 그날 밤에 일어났던 참극에 대해 자세히 설명을 해주었다네.

근래에 또 한 사람의 이웃을 만났다네. 프랭클런드 씨인데, 여기서 4마일 거리에 살고 있지. 그는 얼굴이 붉은 다혈질의 노인인데, 분쟁 일으키는 걸 좋아해 많은 재산을 소송에 탕진했다는군. 현재도 일곱 건의 소송에 관계하고 있다네. 그런데 그가 요즘 또다른 묘한 행동을 하고 있다는 거야. 아마추어 천문학자라 성능 좋은 망원경을 갖고 있는데, 탈옥수를 보겠다고 지붕 위로 올라가 하루종일 지키고 있다는군. 그러고는 또 모티머 씨가 롱다운 굴에서 두개골을 발견했다는 걸 알고는 함부로 묘를 팠다면서 모티머 씨를 고소하겠다고 했다네.

그럼 마지막으로 바리모어 부부에 관한 아주 중요한 사실 하나를 보고하겠네. 내가 우체국장을 만났는데 아무 소용이 없었다는 얘기를 헨리 경에게 했더니, 그가 곧바로 바리모어를 불러 전보를 직접 받았는지 안 받았는지 물었다네. 그러자 바리모어는 직접 받았다고 대답하더군.

"그 소년한테서 직접 받았단 말이지?"

헨리 경이 재차 묻자 바리모어는 당황해 하며 잠시 뜸을 들이다가 대답을 했네.

"아닙니다. 그때 저는 다락방에 있었기 때문에 제 아내가 대신 받았습니다."

"그럼 답장은 직접 썼나?"

"아닙니다. 제 아내에게 불러주어 대신 쓰게 했습니다."

그런데 저녁에 바리모어가 스스로 그 얘기를 다시 하더군.

"남작님, 오전에 왜 그런 말씀을 저한테 물으셨는지 전혀 이해를 못했습니다. 혹시 제가 남작님께 폐를 끼쳐드린 일이라도 있습니까?"

"아니네."

그때 마침 런던에서 짐이 도착해, 헨리경은 그에게 헌옷을 좀 주면서 대충 넘겼다네. 바리모어의 아내도 심상치 않은 점이 있지. 그녀는 체격이 크고 무덤덤한 표정에 청교도적인 분위기가 있는 여자일세. 내가 이미 말한 것처럼 첫날 밤에 그녀가 흐느껴 우는 소리를 들었는데, 그 뒤로도 그녀의 얼굴에서 운 흔적을 여러번 보았다네. 어떤 깊은 슬픔이 가슴 속에 도사리고 있는 것 같아. 바리모어에게 뭔가 의혹스런 점이 느껴지는 터라 혹시 그가 폭력을 쓰는 건 아닌지 하는 생각도 들더군. 그러던 차 어젯밤에는 그 의혹이 더 깊어지게 됐지. 자네도 알다시피 내가 밤에 작은 소리에도 잘 깨는 편인데, 여기 온 후로 더 심해졌다네. 새벽 2시쯤 이었어. 누군가 내 방 앞을 살살 걸어가는 소리가 들려 퍼뜩 잠이 깼지. 그래서 문을 열고 봤더니 촛불을 들고 걸어가는 한 남자의 그림자가 길게 보이더라고. 맨발로 말이네. 정확히는 안 보였지만 바리모어가 틀림없었어. 그는 아주 천천히 걷고 있었는데, 뭐랄까, 내 느낌인데, 그에게서 어떤 죄책감 같은 것, 움츠러드는 듯한, 그런 모습이 느껴졌다네. 그래서 그가 보이지 않을 때까지 기다렸다가 뒤를 좇아가보았지. 내가 회랑까지 갔을 때 그는 건너편 복도의 끝에 가있었어. 문 사이로 가느다란 불빛이 새나온 걸 보니까 그가 방으로 들어간 걸 알 수 있었지. 그런데 그곳은 사용하지 않는 방들이기 때문에 아무것도 없는데 왜 그가 그곳에 들어갔는지 이상한 생각이 들더라고. 나는 발소리를 죽이고 거기까지 걸어가 방 안을 들여다 보았다네. 바리모어는 촛불을 창문에 대고 서있더군. 암흑 속의 황무지를 내다보고 있는 그의 얼굴이 반쯤 보였는데, 뭔가 긴장감에 휩싸여 있는 것 같았어. 한참을 그러고 있더니 그는 크게 한숨을 내쉬며 촛불을 끄더라고. 내가 방으로 돌아간 뒤 곧 그도 발소리를 죽이며 돌아가는 소리가 들리더군. 그러고 나서 잠이 들었는데, 이번엔 자물쇠 여는 소리에 또다시 깨고 말았다네. 어디서 났는지는 알 수가 없었어. 아무튼 이 음울한 집안에서 분명 무슨 일이 비밀스럽게 진행되고 있다는 느낌이 강하게 들었네. 곧 그 진상을 알게 되겠지. 자네가 사실을 있는 그대로 보고하라고 해서 나는 어떤 추리도 덧붙이지 않겠네. 어젯밤 사건과, 오늘 아침 헨리 경과 나눈 얘기를 참고로, 어떻게 할지 계획을 세웠다네. 그러나 지금은 말할 수 없고 다음 보고에 상세히 얘기하겠네. 꽤 재미있을 걸세.

왓슨 박사의 두번째 보고

10월 15일, 바스커빌 저택에서

친애하는 홈스

내가 처음 여기 왔을 때는 별로 보고할 게 없었는데 이제는 그동안 허송세월한 시간을 되찾고 있고 상황도 갈수록 더 심각하게 변하고 있다네. 오늘 보고할 내용은 자네를 크게 놀라게 할지도 모르겠네. 예상치 못했던 방향으로 사태가 나아갔기 때문이지. 지난 48시간 동안 점차 뚜렷하게 드러났다고 볼 수도 있지만 한편으로는 더 복잡해진 면도 있는 것 같아. 하지만 나는 어떤 것도 판단하지 않고 있는 그대로 설명만 하겠네.

그 사건이 있던 다음 날 아침, 나는 아침 식사 전에 간밤에 바리모어가 들어갔던 그 방을 조사해 보았다네. 그가 골똘히 내다보고 있던 서쪽 창문은 다른 창문들과 달리 한 가지 특징이 있더군. 거기서 황무지가 가장 가깝게 보인다는 사실이야. 그가 이 창문을 통해서만 황무지를 바라본다면 거기서 뭔가를 찾고 있다는 뜻이겠지. 그런데 아무것도 보이지 않는 한밤중에 무엇을 찾을 수 있겠나. 그러다 문득, 혹시 그가 여자를 기다렸던 게 아닌가 하는 생각이 들더군. 발소리를 죽이고 살금살금 걸어간다거나 그의 아내가 항상 슬픔에 잠겨있는 모습을 떠올리면 그럴듯한 생각이었지. 게다가 이 남자는 시골처녀의 마음을 사로잡을 만큼 외모도 반듯하고 미남이거든. 내가 방으로 돌아온 뒤 들렸던 자물쇠 소리는 아마도 그가 약속 때문에 밖으로 나간 소리였는지도 모르겠어.

아무튼 그가 왜 그러한 행동을 하는지 이유가 밝혀질 때까지 나 혼자 비밀을 안고 지내기는 어렵다는 결론을 내리고, 남작에게 간밤에 본 얘기를 다 했다네. 의외로 그분은 크게 놀라지 않더군.

"바리모어가 밤에 그러는 건 저도 알고 있었습니다. 왜 그러는지 이유를 알고 싶어요. 그동안 두세 번 들었거든요."

"그럼 밤마다 그 방으로 가는 모양인데요?"

"그럴지도 모르죠. 그럼 그의 뒤를 밟아서 이유를 알아낼 수도 있겠군요. 만약 홈스 선생이 여기 계시다면 어떻게 할까요?"

"물론 바리모어의 뒤를 밟아 그가 하는 행동을 살펴보겠죠."

"그럼 우리도 그렇게 해볼까요?"

"그가 눈치 채면 어떡하죠?"

"그 사람 귀가 좀 어두운 것 같더라고요. 그러니까 한 번 해볼만 할 것 같아요. 오늘 밤 제 방에서 기다리고 있다가 기회를 보죠."

헨리 경은 그렇게 말하며 재미있다는 듯 두 손을 비볐는데, 아마도 지루한 이곳 생활에서 유쾌한 모험쯤으로 생각하는 것 같네.

남작은 요즘 찰스 경이 하다 중단됐던 개축공사를 위해 건설업자와 실내장식가, 가구제작자 등과 만나고 있다네. 그는 가문의 위엄을 되찾기 위해서라면 아낌없는 투자를 할 것 같네. 공사가 모두 끝나고 나면 그 다음에 해야 할 일은 결혼을 하는 것이겠지. 우리끼리 얘긴데, 그 문제는 곧 해결되지 않을까 싶네. 왜냐하면 남작이 스테이플튼 양에게 완전히 빠져있기 때문이지. 그러나 사랑이란 건 사실 서로가 원하는 대로 순조롭게 진행되기가 힘든 것 아니겠나? 오늘만 해도 그랬다네. 전혀 예상치 않았던 일이 일어나 남작이 지금 몹시 괴로워 하고 있는 중이라네.

바리모어에 대한 얘기를 나눈 후 헨리 경이 밖으로 나갈 채비를 하자 나도 따라 나갔지.

"왓슨 씨도 나가십니까?"

그가 이상하다는 식으로 나를 쳐다보며 묻더라고.

"황무지에 가시면 같이 가려고요."

"네, 황무지에 갑니다."

"홈스가 저한테, 당신을 혼자 있게 하면 안 되고, 특히 황무지에 혼자 가시게 하면 안 된다고 강조해 얘기하신 것 들으셨죠?"

헨리 경은 내 어깨를 잡으며 웃었다.

"왓슨 선생, 홈스 씨가 아무리 잘 안다 해도 제가 이곳에 온 후로 일어난 몇 가지 사건까지 미리 예측할 수는 없었을 겁니다. 왓슨 선생은 저의 즐거움을 방해하고 싶지 않으시죠? 혼자 나가야 할 일이 있거든요."

나는 난처한 상황에 빠지고 말았다네. 그래서 내가 할 말을 잃고 엉거주춤 하고 있는 사이 그는 지팡이를 들고 떠나 버렸지. 하지만 아무리 생각해도 그를 혼자 가게 내버려둘 수는 없었어. 만약 내가 임무를 안 지켜 무슨 사고가 발생한다면 내 기분이 어떻겠는가 하는 생각이 들더라고. 나는 곧 메리핏 하우스 쪽으로 출발했어. 그리고 오솔길이 갈라지는 곳까지 가서, 정확한 방향을 잡기 위해 옛날에 채석장이었던 그 언덕으로 올라가 살펴보았지. 거기서 남작이 걸어가고 있는 모습이 보이더군. 당연히 스테이플튼 양과 함께 말이네. 미리 약속을 하고 만난 게 틀림없었어. 그들은 열심히 얘기하는 모습이었는데, 그녀는 두 손을 바쁘게 움직이고 있었고, 그는 몇 번 고개를 가로젓는 동작을 하더라고.

　　나는 바위 뒤에서 그들을 지켜보는 것밖에 달리 어떻게 할 수가 없었다네. 문제는, 만약 무슨 위험이 닥치면 거리가 꽤 떨어져 있어서 내가 아무 도움도 안 된다는 것이었지. 그러고 있는데 갑자기, 그들을 지켜보고 있는 사람이 나 혼자가 아니라는 것을 깨달은 거야. 문득 허공에 곤충채집망이 보이더라고. 그래서 돌아다보니까 스테이플튼이 그걸 휘저으며 서있는 게 아닌가. 그는 두 사람과 가까운 거리에서 그들을 계속 따라가고 있는 것 같았어. 그런데 갑자기 헨리 경이 스테이플튼 양을 확 껴안더군. 하지만 그녀는 거부하며 팔을 내저으면서 밀쳐내고 말더라고. 이미 스테이플튼이 그들 앞으로 가서 방해했던 거야. 미친듯 흥분한 모습이었지. 아마도 헨리 경에게 욕을 해댄 것 같네.

마침내 헨리 경도 화가 폭발한 것 같더군. 스테이플튼 양은 아무 말도 못하고 가만히 서있기만 했지. 결국 스테이플튼이 돌아서면서 강경한 태도로 여동생을 부르더라고. 그녀는 헨리 경을 한 번 쳐다보고는 할 수 없이 오빠를 따라가는 것 같았어. 헨리 경은 한동안 멍하니 서있더니 힘이 빠진 모습으로 되돌아오더군. 대체 무슨 말이 오간 건지 모르겠지만 난 몰래 그 장면을 지켜봤다는 죄책감이 들더라고. 그래서 언덕을 내려가 남작을 만났다네.

"아니, 왓슨 선생! 어디서 갑자기 나타난 겁니까? 설마 제 뒤를 따라온 건 아니겠죠?"

나는 그에게 사실을 다 말했지. 순간 그는 화가 나 나를 노려보더니 곧 마음을 풀고는 씁쓰레하게 웃더군.

"당신도 그런 오솔길이 연애하기엔 안성마춤이라고 생각했겠죠? 그런데 내참, 이 마을 사람들 전부 우리를 구경하러 나왔나 봐요. 하필이면 제가 차이는 날 말이죠. 당신 관람석은 어디였죠?"

"저기 언덕 위였습니다."

"아주 뒷자리였네요. 그녀 오빠는 가장 앞자리에 있었죠. 그가 우리한테 한 짓 보셨나요?"

"네, 봤습니다."

"미친 사람 같더라고요. 정상이 아니에요. 제가 그동안 사람을 잘못 보고 있었어요. 저는 어떤가요? 제가 미쳤을까요? 저와 몇주 동안 같이 지내셨으니까 솔직히 말씀 좀 해보세요. 제가 좋은 남편이 될 수 없는 무슨 흠이라도 있습니까?"

"아니오. 그렇지 않습니다."

"저의 사회적 지위는 나무랄 데가 없을 거고, 그럼 제가 마음에 들지 않기 때문 아닐까요? 그게 아니라면 왜 그렇게 반대를 할까요? 저는 지금까지 살아오면서 남에게 해를 끼친 적이 없습니다. 그런데 그녀의 오빠는 제가 그녀에게 손 하나 대지 못하게 한다니까요."

"그가 그런 말을 했습니까?"

"그뿐만이 아니었어요. 저는 그녀를 처음 봤을 때 이미 결혼 상대로 생각을 했었고, 그녀도 저와 있으면 아주 즐거워 했죠. 그녀의 눈빛을 보면 알 수 있거든요. 그런데 그녀 오빠는 항상 우리가 둘만 있게 내버려 두질 않았어요. 그래서 오늘 처음으로 그녀를 조용히 만날 기회를 만들었던 겁니다. 그녀는 저를 보자 무척 반가워했죠. 하지만 사랑 이야기 같은 건 안 하려고 하더군요. 이 황무지는 위험한 곳이기 때문에 내가 떠날 때까지는 마음이 안 놓일 것 같다는 얘기만 자꾸 했어요. 그래서 전 정말 제가 떠나야 한다면 그녀와 함께 가고 싶다고 말했죠. 그러고 나서 청혼을 했어요. 그런데 그녀가 미처 대답하기 전에 그 오빠란 작자가 미친놈처럼 달려들더라고요. 완전히 하얗게 질려가지고 저를 노려보더군요. 하지만 제가 그녀에게 나쁘게 한 게 없으니까 솔직히 얘기를 했죠. 그녀와 결혼하고 싶다고 말이죠. 그런데도 그는 막무가내였어요. 참다못해 저도 화를 내고 말았어요. 그녀가 옆에 있는데도 불구하고 좀 심한 말을 퍼부었죠. 그랬더니 결국 그녀를 데리고 가버리더라고요. 왓슨 선생, 이걸 대체 어떻게 해야 할까요?"

나는 몇 마디 하긴 했지만 나도 정말 이해를 못하겠더라고. 헨리 경으로 보자면 집안의 그 어두운 내력 말고는 뭐하나 빠질 게 없는 사람 아닌가. 그런데 그녀 자신의 마음이 어떤 것인지 알지도 못한 채 청혼이 거절당하고, 그녀 또한 아무런 말도 못하고 오빠가 하라는 대로 따라야 한다는 것은 정말 있을 수 없는 일 아니겠어. 하지만 그날 오후에 스테이플튼이 저택으로 찾아와 헨리 경에게 사과를 하면서 모든 감정이 가라앉았다네. 게다가 스테이플튼은 헨리 경을 다음 금요일 식사에 초대했다는군.

"그는 아무래도 미친 사람 같습니다. 아까 오전에 저한테 달려들 때의 그 눈빛을 잊을 수가 없거든요. 그러고는 또 이렇게 멀쩡히 사과를 하고 있으니 말이죠."

헨리 경이 말했다네.

"그가 뭐라고 변명을 했나요?"

"여동생이 자기 삶의 전부라고 하더군요. 기분 좋은 건, 그가 여동생을 무척 대단하게 생각한다는 점입니다. 그는 친구라고는 하나도 없고 여동생밖에 없어서 무척 고독하며, 그래서 여동생이 떠난다고 생각하면 정말 끔찍하다는 거예요. 그러면서 제가 자기 여동생을 좋아하고 있는지 전혀 몰랐는데, 갑자기 그런 장면을 보자 너무 충격이 커 자신이 무슨 말을 하는지도 모르고 마구 해댔다는 거죠. 어쨌든 그는 자신의 생각이 어리석고 이기적이라는 것을 순순히 인정하더군요. 여동생이 만약 결혼을 하겠다면 나와 같은 이웃 사람과 하면 좋겠다는, 그런 얘기도 했고요. 하지만 충격을 견딜만한 마음의 준비가 필요하니까 저더러 3개월만 그녀를 그냥 친구처럼 만나달라고 하더군요. 그럼 우리의 결혼을 반대하지 않겠다면서 말이죠. 저는 물론 그러겠다고 했죠."

 이렇게 해서 작은 수수께끼 하나가 해결됐다네. 이번엔 다시 바리모어 얘기를 전해주겠네. 참 홈스, 자네는 나를 축하해야 할 걸세. 자네가 나에게 보여준 신뢰를 내가 저버리지 않았으니까 말일세. 바리모어의 이상한 행동에 대해 헨리 경과 함께 알아보기로 한 건, 하룻밤의 시도로 완전히 해결됐다네. 그날 밤도 어김없이 2시쯤, 복도에서 삐걱거리는 소리가 나더라고. 발소리가 멀어지자 우리는 방을 나가 살금살금 다가갔지. 그는 역시나 같은 방으로 들어가더군. 마침내 우리도 그 방 앞에 도착해 들여다봤더니 그는 며칠 전과 똑같은 행동을 하고 있더라고. 헨리 경은 곧바로 행동하는 성격이라 다짜고짜 방으로 들어갔다네. 그러자 바리모어는 기겁을 하며 돌아보더군. 눈엔 공포의 빛이 역력한 채 말이네.

"여기서 뭘 하고 있는 건가, 바리모어?"

"아무것도 아닙니다, 남작님. 창문들이 잘 잠겨있나 확인하려고 돌아다니고 있습니다."

"2층도 보나?"

"네, 모든 창문을 다 확인합니다."

"이보게, 우린 진실을 알고 싶으니까 괜히 말 돌리지 말고 빨리 얘기하는 게 좋을 걸세. 거짓말은 용납 안 하겠네! 그 창문에서 도대체 뭘 하고 있었나?"

바리모어는 절망과 공포, 슬픔이 뒤범벅된 표정으로 우리를 쳐다보더군.

"나쁜 짓은 하지 않았습니다, 남작님. 촛불로 창문을 밝히고 있었던 것 뿐입니다."

"왜 창문을 촛불로 밝히나?"

"남작님, 그건 말씀드릴 수 없습니다. 제발 묻지 말아주십시오. 저의 비밀 때문이 아니라는 걸 맹세할 수 있습니다. 만약 저 자신에 관련된 일이라면 숨기지 않고 말씀드릴 겁니다."

그때 갑자기 난 무슨 생각이 떠올라 그가 놓아둔 촛불을 집어들었네.

"이걸로 무슨 신호를 하고 있었던 것 같군요. 뭐가 보이는지 한 번 해봅시다."

나는 촛불을 들고 밖을 내다보았네. 시커먼 숲과 그보다 덜 어두운 황무지가 겨우 보일 정도였지. 그러다 갑자기 난 깜짝 놀랐다네. 아주 작은 노란빛 하나가 어둠 속에서 반짝이고 있었던 거야.

"아, 저거야!"

내가 소리쳤지.

"아닙니다. 정말 아무것도 아닙니다. 맹세하지만……."

바리모어가 어쩔줄 몰라 하며 끼어들더군.

"좌우로 촛불을 흔들어보세요, 왓슨 선생. 저기 보세요. 누가 불빛을 흔들고 있어요. 아니, 이래도 나를 속일 작정인가? 자, 모두 털어놓게! 저기 있는 사람은 누군가? 지금 자네 무슨 음모를 꾸미고 있는 거지?"

헨리 경이 큰 소리로 말했네. 하지만 바리모어의 얼굴에 거부의 빛이 뚜렷이 나타나더군.

"이건 저의 문제입니다. 남작님과는 전혀 관련이 없습니다. 그래서 말씀드릴 수 없습니다."

"그럼 지금 당장 여길 떠나게."

"알겠습니다."

"자넨 자네의 집안을 망신시켰네. 백년 이상 우리 집안과 함께 살았는데, 우리를 배반하고 교활한 음모를 꾸미다니!"

"아닙니다. 남작님을 배반한 게 전혀 아닙니다!"

여자의 외침 소리가 뒤에서 들렸네. 바리모어의 아내가 경악한 표정으로 문가에 서있더군.

"엘리저, 우리 여길 떠나야 하니까 짐 싸요."

바리모어가 말했지.

"아! 존, 나 때문에 결국 이렇게 끝나는군요! 남작님, 모두 저 때문입니다. 남편이 그랬던 건 저를 위해서였어요. 제가 부탁한 일이었거든요."

"말해 봐요 무슨 일인지!"

"제 동생이 황무지에서 죽어가고 있습니다. 먹을 게 없어서요. 그대로 내버려 둘 수는 없었죠. 그래서 불빛으로 신호해 음식 준비를 알렸던 겁니다. 동생의 불빛 신호는 음식을 가져올 장소를 알리는 거였고요."

"동생이라고?"

"네, 탈옥한 죄수, 그가 제 동생입니다."

"남작님, 사실입니다."

그제야 바리모어도 털어놓더라고. 수수께끼 같던 그 사연은 이렇게 결국 밝혀졌다네. 헨리 경과 나는 너무 놀라 그 여자를 쳐다보았지.

"결혼하기 전 제 성이 셀던입니다. 동생은 어렸을 때부터 제멋대로 하고 자랐죠. 그러다 나쁜 친구들과 어울리면서 점점 더 악마 같은 인간이 돼가더라고요. 어머니가 병으로 돌아가시자 집안은 뒤죽박죽이 돼버렸습니다. 동생은 계속 범죄를 저지르고 갈 데까지 갔지만 하나님의 자비로 사형은 면하고 있었어요. 그래도 어쨌든 그는 제 동생입니다. 제가 여기 있다는 걸 알고, 우리가 자기를 잊지 않고 있다는 것을 그리워 했기 때문에 탈옥한 것입니다. 어느날 밤, 동생이 쫓기면서 여기까지 도망을 왔더라고요. 그래서 받아들여 숨겨주고 있었죠. 그런데 남작님께서 돌아오신 겁니다. 할 수 없이 그는 여기서 나가 황무지에 숨어있었어요. 우리는 이틀에 한 번씩 창문을 통해 그가 안전하게 있는지 살펴보았습니다. 그리고 신호가 오면 남편이 그에게 먹을 것을 가져다 주었죠. 그가 다른 곳으로 가길 바라지만 거기 있는 한은 모른 체 할 수가 없었습니다. 저는 정직한 그리스도 교인입니다. 남작님, 잘못이 있으면 다 제 탓입니다. 남편은 저를 위해 한 것이니까요."

"사실인가, 바리모어?"

"네, 맞습니다, 남작님."

"좋아. 그럼 일단 방으로 돌아가게. 내일 아침에 다시 얘기하세."

그들이 떠난 후 우리는 다시 창문으로 내다봤다네. 아직도 그 작은 노란 불빛이 반짝거리고 있더군.

"대담하네요."

헨리 경이 말했지.

"아마도 여기서만 볼 수 있는 장소겠죠."

"그럴 것 같은데요. 거리가 얼마나 될까요?"

"바위산 근처 같습니다."

"그럼 1, 2 마일 정도?"

"그보다 가까울 것 같아요."

"그럴지도 모르죠. 바리모어가 음식을 가져다준다면 그리 멀지는 않겠죠. 왓슨 선생, 난 저 놈을 잡으러 가야겠어요!"

나도 헨리 경과 같은 생각을 하고 있었네. 놈은 사회에 해를 끼치는 잔인한 인간이기 때문에 나쁜 짓을 할 수 없도록 이 기회에 단단히 붙잡는 건 우리의 의무라고 여겨졌던 거야. 가만히 내버려뒀다가 희생자가 나오면 어떻게 할 것인가. 일테면 스테이플튼의 집이 당장 피해를 볼 수도 있지 않겠나. 그래서 아마도 헨리 경이 그런 모험을 감행하겠다고 한 것 같네.

"저도 같이 가겠습니다."

내가 말했지.

"그럼 권총을 소지하고 장화를 신으세요. 놈이 그동안 도망칠지 모르니까 가능한 빨리 떠나야 해요."

5분만에 우리는 밖으로 나갔네. 컴컴한 관목숲을 헤치며 발걸음을 서둘렀지. 그리고 황무지에 막 들어서는데 비가 내리기 시작하더라고. 놈의 노란 불빛은 아직도 밝혀있더군.

"당신도 무기 있습니까?"

"사냥용 채찍을 가지고 왔어요."

"놈에게는 재빨리 덤벼들어야 할 겁니다. 기습을 해서 순식간에 잡아야 하죠."

"그런데, 이런 상황에 대해 홈스 씨는 뭐라고 할까요? 위험한 악마가 있는 한밤중에 이런 행동을 하는 것에 대해서 말이죠."

헨리 경이 그런 말을 하는데 마침 대답이라도 하듯, 얼마 전에 늪가에서 들었던 그 괴이한 신음소리가 또 들리지 뭔가. 커졌다 작아졌다 하며 몇 번이나 계속 들리더라고. 그 소리는 들을 때마다 어쩜 그리 소름이 끼치는지, 남작도 내 팔을 잡으면서 공포로 얼굴이 하얗게 변했다네.

"이게 무슨 소리죠, 왓슨 선생?"

"저도 모르는데요, 황무지에서 이런 소리가 나더군요."

잠시 후 그 소리는 사라졌지만 헨리 경은 아직도 얼어붙은 목소리로 겨우 말을 했네.

"왓슨 선생, 그 소리는 개의 울음소리였어요."

그의 말에 나 또한 피가 얼어붙는 것 같더군. 그러면서 그가 물었어.

"이 마을 사람들은 무슨 소리라고 하나요?"

"별로 교양 없는 사람들이니까 신경 쓰실 건 없습니다."

"말씀 해보세요. 뭐라고 하나요?"

나는 내키지 않았지만 입을 다물 수도 없었네.

"바스커빌 집안의 악마개 울음소리라고 하더군요."

그는 신음소리를 내고 한동안 아무 말도 안 하더니 마침내 입을 열더라고.

"그래, 맞아. 사냥개 소리였어…… 그런데 한참 멀리서 들려오는 것 같던데요?"

"어디서 들려오는지는 모르겠습니다."

"그림펜 늪 쪽이 아닐까요?"

"그런 것 같기도 합니다."

"그래! 거기가 맞을 거야. 왓슨 선생, 선생도 개 울음소리라고 생각했죠? 자, 솔직히 말씀해보세요."

"지난번에 처음 들었을 때는 스테이플튼과 같이 있었는데, 그는 무슨 새가 우는 소리일지도 모른다고 하더군요."

"아니에요. 그건 아니에요. 사냥개 소리가 맞아요. 아! 그 전설 이야기가 맞을지도 모르겠네요! 그렇다면 저 또한 그런 위험을 당할까요? 선생은 그런 얘기 안 믿으시죠?"

"당연히 안 믿습니다."

"그래도 런던에서 말로만 듣던 것과 막상 여기 와서 실제로 이상한 소리를 듣는 것과는 기분이 확 다르네요. 삼촌이 쓰러졌던 곳 옆에 사냥개 발자국이 있었다고 했죠? 그러니 사냥개 울음소리가 맞는지도 모릅니다. 아까는 온 몸이 얼어붙는 것 같더라고요. 제 손 좀 만져보세요."

그의 손은 얼음처럼 차가웠네.

"저는 그 울음소리가 머리에서 떠나지 않을 것 같아요. 자, 이제 어떻게 해야 할까요?"

"그만 돌아가시겠어요?"

"아니오. 그놈을 잡으러 왔으니까 잡아야죠."

우리는 어둠 속을 계속 걸어갔네. 주변엔 바위산들이 시커멓게 보이고 앞쪽엔 아직도 노란 불빛이 어른거리고 있었지. 어둠 속에서 비치는 불빛은 거리를 가늠하기가 정말 어렵더군. 멀리 있는 듯 하다가 또 바로 코 앞에 있는 듯 했으니까 말일세. 그러다 결국 정확한 위치를 알게 되었지. 바위 사이에 촛불 하나가 세워져 있었던 거야. 우리 앞에 큰 돌덩이 하나가 있어서 우리가 접근하는 걸 가려주었기 때문에 잠시 그 뒤에 숨어 촛불을 살펴보았네.

"이제 어떻게 할까요?"

헨리 경이 속삭이며 묻더군.

"잠시 기다려보죠. 촛불 가까이에 있을 겁니다."

그런데 내 말이 끝나기도 전에 그의 모습이 보였다네. 수염이 덥수룩하고 머리는 헝클어진 게 마치 굴 속에서 나온 야만인의 모습과 흡사하더군. 눈빛은 사냥꾼에 쫓기는 짐승과도 같이 날카롭게 두리번거리고 말일세. 그런데 뭔가 미심쩍어 하는 표정이었어. 그의 얼굴에 점차 공포의 빛이 떠오르더군. 그가 순식간에 도망칠지 모른다는 생각이 들어 나는 뛰어나갔네. 헨리 경도 뛰어나갔지. 그 순간 놈이 우리한테 욕설을 퍼부으면서 마구 돌을 던지더라고. 그러고는 잽싸게 도망치는 거야. 키는 작은데 떡 벌어지게 생겼더구먼. 우리가 언덕으로 올라가자 그는 벌써 산양처럼 노련하게 언덕을 내려가고 있었네. 거리는 꽤 됐지만 권총으로 쏘면 그를 붙잡을 수는 있었겠지. 하지만 무기도 없이 도망치는 사람을 권총으로 쏠 수는 없었다네. 뛰어서 그를 따라잡기는 이미 불가능했고 말일세. 우리는 그냥 주저앉아 사라져가는 그를 바라보고 있을 수밖에 없었네.

그런데 바로 그 순간 이상한 일이 있었다네. 집으로 돌아가려고 막 일어났을 때였지. 바위산 위에 웬 남자가 마치 조각상처럼 꼿꼿하게 서있는 게 아니겠나! 홈스, 내가 꿈을 꾼 거라고 말하지는 말게. 난 그보다 더 똑똑한 걸 본 적이 없었다고 말하고 싶을 정도니까. 키가 크고 마른 편인 남자였지. 뭔가 골똘히 생각하는 모습처럼 보였어. 그 죄수는 분명 아니었네. 죄수가 사라진 곳과는 아주 다른 방향이었거든. 너무 놀라 남작에게 보여주려고 막 그의 팔을 잡는 순간, 글쎄 그 남자가 없어져버린 거야. 그곳에 가서 확인해보고 싶더라고. 하지만 남작은 또 다른 모험을 할 기분이 아닌 것 같았네.

"아마도 간수겠죠. 탈옥수가 생긴 후로 황무지 여기저기에 간수들이 쫙 깔려있다고 하니까요."

우리는 프린스타운 교도소에 그 탈옥수가 도망친 방향을 알려주려고 하네. 우선 우리가 직접 그를 잡지 못한 건 아쉽게 느껴진다네. 자, 홈스 여기까지가 오늘의 보고인데, 이번엔 내 임무를 충실히 수행했다는 걸 인정해주기 바라네. 내가 잘못 본 게 있을지도 모르지만 아무튼 난 있었던 사실을 그대로 다 말했으니까, 자네가 판단해 결론을 내리는 게 좋을 것 같네. 더 좋은 건, 가능한 빨리 자네가 이곳으로 오는 것이겠지.

왓슨 박사의 일기

지난번까지는 셜록 홈스에게 보낸 보고서를 그대로 인용했지만 이제부터 그 당시 써두었던 일기를 바탕으로 기록해가려 한다. 지금 읽어봐도 그때의 상황들이 하나하나 뚜렷이 떠오를 만큼 기억 속에 생생이 살아있는 걸 느낀다. 이야기는 헨리 경과 내가 탈옥수를 추격하다가 실패한 그 다음 날부터 계속된다.

10월 16일

부슬부슬 비가 내리고 안개도 끼어 있다. 남작은 어젯밤의 충격으로 침울해 있고, 나도 심적 부담과 주변의 위험성 때문에 불안감에 사로잡혀 있다. 그 위험의 정체를 확실히 알 수가 없어 더 두려운 마음이 든다. 아무튼 최근에 일어난 여러 사건들은 어떤 불길한 일을 암시하고 있는 것 같다. 스테이플튼과 모티머는 미신을 믿을지 모르지만 나는 상식을 믿는 사람이라 절대로 그런 미신은 생각할 수도 없다. 소문을 퍼뜨리는 사람들은 농부들이다. 그들은 악마개를 보았다는 것으로 그치지 않고 악마개가 지옥의 불을 내뿜는 걸 보았다고까지 말하고 싶은 것이다. 홈스도 이런 망상은 무시할 것이다. 그리고 나는 그의 대리인이다.

하지만 나도 두 번이나 실제로 사냥개의 울음소리를 들었으며, 커다란 사냥개가 실제로 황무지를 돌아다니고 있다고 상상하면 이 모든 얘기들은 어느 정도 맞아떨어지고 있는 것이다. 그러면 그 개는 어디에 숨어 있으며, 어디서 먹을 것을 구하고, 왜 낮에는 보이지 않는 것일까? 사냥개뿐만 아니라 인간에 대해서도 설명하기 어렵기는 마찬가지다. 런던에서 헨리 경을 미행했던 남자나 황무지에 가지 말라고 편지를 보내온 사람은 여전히 의문의 존재로 남아 있지 않은가. 하지만 이 두 가지 일은 실제로 현실에서 일어난 것들이다. 그는 아직 런던에 있을까? 아니면 여기까지

쫓아와 있을까? 어쩌면 어제 밤 바위산에 서있던 바로 그 남자가 아닐까? 잠깐 보았지만 그는 이 마을 사람은 분명 아니다. 그렇다면 우리를 미행하는 자일지도 모른다. 자, 그럼 이 남자를 붙잡는다면 모든 문제가 해결될지도 모르 겠다.

나는 이 계획을 헨리 경에게 얘기하려고 했다. 그런데 가 만히 생각해보니까 아무에게도 말하지 않고 혼자 하는 게 낫겠다는 생각이 들었다. 아침 식사 후에 작은 문제가 하나 일어났다. 바리모어가 헨리 경과 얘기할 게 있다면서 서재 로 들어갔다. 나는 당구실에 있었는데, 서재에서 계속 큰 소리가 들려왔다. 잠시 후 남작이 나를 불렀다.

"바리모어가 불만이 있다는군요. 자진해서 비밀을 털어 놓았는데도 우리가 자기 처남을 뒤쫓는 것은 공정한 처사 가 못 된다는 거죠."

바리모어는 아주 침착한 표정으로 서있었다.

"제가 심하게 말씀드렸다면 용서하시기 바랍니다. 하지 만 아침에 두 분께서 돌아오시는 것을 보고 너무도 놀랐습 니다. 셀던은 가엾은 처지에 있습니다. 그는 이미 많은 사 람들로부터 쫓기고 있으니까요."

"그자는 위험 인물이야. 그가 무슨 짓을 저지를지 어떻게 안단 말인가. 스테이플튼 씨 집만 해도 그렇지, 그 한 사람 밖에는 누가 집을 지킬 수 있겠나? 그자를 어디다 가두기 전에는 아무도 안심할 수가 없단 말일세."

"남작님, 그가 집을 침입하지는 않을 것입니다. 제가 맹세할 수 있습니다. 사실 그는 곧 남아메리카로 떠날 것입니다. 2, 3일 안에 모든 준비가 끝나면요. 남작님, 그러니 제발 경찰에 신고만 하지 말아주십시오. 그는 배가 올 때까지 조용히 숨어있을 것입니다. 부탁드립니다."

"어떻게 할까요, 왓슨 선생?"

"그가 외국으로 나간다면 납세자의 부담이 줄어들겠는데요?

"그러지, 바리모어……."

헨리 경이 말했다.

"남작님, 정말 감사합니다! 만약 그가 다시 붙잡히면 제 아내는 죽을 것입니다."

"왓슨 선생, 우리는 죄를 도와주는 입장이 되는군요. 자, 그럼 바리모어, 이 얘기는 이렇게 끝내기로 하세."

바리모어는 감사하다는 말을 거듭 하고 돌아가다가 머뭇거리며 다시 되돌아왔다.

"남작님, 저 혼자 알고 있는 일이 하나 있습니다. 벌써 말씀드렸어야 했는데, 검시가 끝나고 한참 후에 저도 깨달은 거라…… 찰스 경의 비극에 관해서입니다."

헨리 경과 나는 화들짝 놀라 일어섰다.

"어떻게 돌아가셨는지 알고 있단 말인가?"

"아닙니다. 그건 저도 모릅니다."

"그럼 무슨 얘기지?"

"찰스 경께서 왜 그 시간에 쪽문 앞에 서계셨는지 알고 있습니다. 어떤 부인을 만나시려고 했습니다."

"어떤 부인! 삼촌이?"

"네, 그렇습니다."

"부인의 이름이 뭔가?"

"이름은 모릅니다만 이니셜이 LL이었습니다."

"그걸 어떻게 알았지, 바리모어?"

"그날 아침 찰스 경께 편지 한 통이 왔습니다. 매일 많은 편지가 오는데 그날은 한 통뿐이었습니다. 그래서 저도 모르게 유심히 살펴보았지요. 쿰 트레이시에서 온 건데, 여자 글씨체 였습니다. 그리고 나서 곧 잊어버렸지요. 그런데 몇 주 전 제 아내가 찰스 경의 서재를 청소하고 있기에 들어갔다가 난로 안에서 타다 남은 그 편지를 발견하게 되었습니다. 거의 끝부분 같았는데, '이 편지는 꼭 불에 태워버리시고, 10시에 그 쪽문 앞으로 나오시기 바랍니다.'라고 씌어 있고, 그 밑에 LL이라는 이니셜이 씌어 있었습니다."

"그 종이 지금 가지고 있나?"

"아니오. 만졌더니 금방 바스라졌습니다."

"그 부인의 편지를 전에도 받으신 적이 있었나?"

"그건 모르겠습니다. 그날은 우연히 봤던 것이니까요."

"LL이 누군지 자네는 모르나?"

"저는 모릅니다. 하지만 그 부인을 찾으면 아마도 찰스 경의 마지막에 대해 뭔가를 더 알게 될 것 같습니다."

"왜 자네는 그렇게 중요한 내용을 이제까지 말하지 않았나?"

"괜히 시끄럽게 해서 돌아가신 분에게 누를 끼칠까봐 두려웠습니다. 특히 여자가 관련될 때는 더 신중해야 할 것 같았지요."

"찰스 경의 명예를 걱정했구먼?"

"아무튼 도움 되는 건 없을 것 같았습니다."

"고맙네, 바리모어."

집사가 나가자 헨리 경이 나를 돌아보았다.

"왓슨 선생, 어떻게 생각하세요?"

"아주 어려운 수수께끼인데요."

"동감입니다. 하지만 그 LL이라는 여자를 찾기만 하면 모든 게 확실히 밝혀지겠지요. 어떻게 하면 좋을까요?"

"홈스에게 알립시다. 중요한 단서가 될 것 같으니까요."

나는 바로 방으로 돌아와 홈스에게 보고서를 썼다. 그는 요즘 무척 바쁜 모양이다. 회신이 거의 안 오고, 내용도 짧으며, 내가 하는 일에 대해 아무 말도 없기 때문이다. 아마도 다른 급한 일에 몰두하고 있는 것 같다. 그러나 이 새로운 사실은 틀림없이 그의 흥미를 더 자극할 것이다. 그가 여기로 오면 좋겠다.

10월 17일

하루종일 비가 내렸다. 추운 황무지에서 헤매고 있을 탈옥수 생각이 났다. 그리고 미행하던 남자와 바위산 위에 서 있던 남자도 생각났다. 나는 비옷을 걸치고 황무지로 나갔다. 황무지 끝까지 갔다가 돌아오는데 모티머 씨가 뒤에서 마차를 타고 와 나를 불렀다. 그리고 바스커빌까지 나를 데려다주었다. 그는 요즘 애완견 스패니얼이 어디론가 사라져 마음이 아주 안 좋은 상태다. 그에게 몇 마디 위로의 말을 했지만 그림펜 늪을 떠올리자 암담한 생각이 들었다.

"그런데 모티머 씨, 이 마차로 갈 수 있는 거리에 사는 사람들은 전부 다 아시겠네요?"

"아마도 그럴 겁니다."

"그럼 혹시 이니셜이 LL인 여자를 아십니까?"

그는 골똘히 생각했다.

"모르겠는데요. 농장주나 신분 있는 사람들 중에는 그런 이름 가진 사람이 없는데요. 집시나 장사꾼들도 있지만 그들은 제가 모릅니다. 아니, 잠깐만요. 로라 라이언스가 있군요. 하지만 그 여자는 쿰 트레이시에 살고 있어요."

"어떤 사람이죠?"

"프랭클런드의 딸이죠."

"네? 그 괴팍한 영감, 프랭클런드 말인가요?"

"네. 그녀는 라이언스라는 화가와 결혼을 했지요. 그런데 남자가 그만 떠나버린 모양입니다. 나중에 소문을 들으니까 남자만 잘못한 것도 아니라고 하더군요. 프랭클런드 씨가 자기 승락도 없이 결혼했다고 딸과 등을 돌렸다는 겁니다. 그래서 그 여자는 아버지와 건달 같은 남편 사이에서 무척 힘들어했었죠."

"그럼 그 여자는 지금 어떻게 지내는데요?"

"그 아버지가 조금 도와주고는 있는데 어려운가 보더라고요. 몇몇 사람들이 그녀를 도우려고 나서기도 했죠. 특히 스테이플튼 씨와 찰스 경이었어요. 저도 좀 도왔고요. 결국 타이피스트로 일할 수 있도록 모두가 도와줬답니다."

내일 아침엔 쿰 트레이시에 가봐야겠다. 어쩌면 수수께끼 중 한 가지는 풀릴 수 있는 실마리가 잡힐지도 모르겠다. 모티머 씨는 내가 왜 그 여자 얘기를 꺼내는지 궁금해 자꾸만 질문을 해왔다. 그래서 프랭클런드 씨의 두개골이 무슨 형에 속하느냐고 물으면서 다른 얘기로 화제를 돌렸다. 나도 몇 년간 셜록 홈스와 살다보니 그를 닮아가나보다.

또 한 가지 기록할 사건이 있었다. 좀전에 바리모어와 얘기를 했는데, 이것도 언젠가는 중요한 정보가 될 것이다. 모티머는 결국 저택에서 저녁식사를 하고 헨리 경과 카드놀이를 했다. 나는 도서실에 있었는데 바리모어가 커피를 가져온 틈을 타 몇 가지 질문을 했다.

"당신의 처남은 남아메리카로 떠났나요, 아니면 아직도 어딘가에 숨어있나요?"

"모르겠습니다. 2, 3일 전에 음식을 갖다두고 왔는데, 그 후로 소식이 없습니다."

"그를 만났나요?"

"아니오. 그런데 다음에 가보니까 음식이 없어졌더군요."

"그럼, 그가 있었던 게 맞네요."

"다른 사람이 가져갔을지도 모르죠."

나는 그를 똑바로 쳐다보았다.

"또 한 사람이 있는 걸 알고 있단 말이네요?"

"네, 한 사람이 더 있습니다."

"누군지 본 적 있어요?"

"아니오. 없습니다."

"그럼 어떻게 알았죠?"

"1주일쯤 전에 셀던이 이야기를 하더군요. 그 사람도 역시 숨어있는데 탈옥수는 아닌 것 같습니다. 왓슨 선생님, 솔직히 말씀드리면 저는 이런 일들이 정말 싫습니다."

그는 갑자기 감정이 격앙되는 듯 했다.

"솔직히 나는 헨리 경의 안전이 걱정될 뿐 다른 것에는 관심이 없어요. 내가 여기 온 것도 그분을 도와주기 위해서

지 다른 이유는 아무것도 없어요. 솔직하게 말해봐요. 뭐가 그렇게 싫다는 거죠?"

바리모어는 한동안 머뭇거리며 입을 열지 못했다. 그러더니 창문을 가리키며 외쳤다.

"전부 다 싫습니다. 어디선가 불길한 일이 벌어질 것 같습니다. 느낌이 오거든요. 헨리 경께서 런던으로 돌아가시면 제 마음이 편할 것 같습니다!"

"뭐가 그리 두려운가요?"

"찰스 경의 비극만 봐도 검시관의 말 외에 뭔가 무서운 것이 있는 게 틀림없습니다. 황무지에서 나는 이상한 소리도 그렇고요. 또 웬 남자가 숨어서 지키고 있지 않습니까? 대체 그는 뭘 하고 있는 걸까요? 바스커빌 집안 사람을 노리는 것일지도 모릅니다. 찰스 경께서 새로 하인을 구하시면 저는 이 저택을 떠나고 싶은 마음뿐입니다."

"그 수상한 남자에 대해 당신 처남은 뭐라고 하던가요? 그에 대해 좀 알고 있던가요?"

"셀던은 그를 몇 번 보았다고 합니다. 하지만 워낙 교활한 자라서 자신에 대해 아무것도 얘기하지 않는다는군요. 처음엔 경찰이나 신사로 알았다는 겁니다."

"어디서 살고 있죠?"

"산기슭에 유물로 남아있는 오두막에 살고 있다고 합니다."

"먹는 건 어떻게 하고요?"

"소년 하나가 심부름을 하는 모양입니다. 아마도 쿰 트레이시로 가서 필요한 것을 가져오겠죠."

"그렇군요. 나중에 또 얘기합시다."

바리모어가 나가자 나는 창밖을 내다보았다. 나무들이 세찬 비바람에 흔들리고 있었다. 오두막에 살고 있다는 남자를 떠올렸다. 얼마나 심각한 이유가 있기에 그런 시련을 견디고 있는 걸까? 그 남자에게 문제의 해답이 있는지도 모르겠다.

바위산의 남자

그날 남작은 모티머 씨와 밤 늦게까지 카드놀이를 했기 때문에 라이언스 부인에 대한 얘기를 할 기회가 없었다. 그래서 다음날 아침 식사 때 그 얘기를 하며 쿰 트레이시에 함께 가자고 권했다. 그는 처음엔 같이 가겠다고 하더니 곰곰이 생각한 끝에 나 혼자 가는 게 더 좋을 것 같다고 말했다. 부담스런 방문이 되면 정보 얻기가 나쁘다는 것이었다.

쿰 트레이시에서 그녀가 사는 집을 찾는 건 어렵지 않았다. 마을 중심지에서 멀지 않은 잘 갖춰진 집이었다. 하녀가 선뜻 거실로 안

내했다. 타이프라이터 앞에 앉아있던 한 여자가 환한 미소를 지으며 얼른 일어나더니 낯선 사람이 들어오자 다시 자리에 앉아 방문 목적을 물었다.

그녀는 대단한 미인이었다. 눈과 머리카락은 담갈색이며, 얼굴엔 주근깨가 많지만 마치 유황색 장미 속에 숨어있는 듯한 연분홍색으로 물들어 있었다. 한 마디로 감탄의 말이 나올 정도였다. 하지만 표정엔 우울함이 깔려 있고, 어딘지 천박스러운 분위기도 있으며, 눈초리가 날카로웠다.

"저는 부인의 아버님을 알고 있습니다."

나는 어렵사리 말문을 열었다. 그녀는 내가 굉장히 서툴다는 걸 금방 느낀 것 같았다.

"저는 아버지를 전혀 상관하지 않는데요. 아버지의 도움도 받고 있지 않고요. 그리고 아버지의 친구라고 해서 저의 친구는 아니죠. 돌아가신 찰스 경과 몇몇 분들이 도와주시지 않았다면 저는 벌써 굶어 죽었을지도 몰라요."

"바로 그 찰스 경 문제로 부인을 찾아왔습니다."

여자의 얼굴에서 갑자기 빛이 났다.

"무슨 말을 듣고 싶으신 거죠?"

그녀는 살짝 떨리는 손으로 타이프라이터의 키를 만지작거렸다.

"그분과 자주 연락을 하셨습니까?"

"그런 질문을 왜 하시죠?"

"안 좋은 소문이 돌아다니지 않도록 하기 위해서죠. 일이 더 커지기 전에 미리 알아두는 게 좋을 것 같기 때문입니다."

그녀는 잠시 생각에 잠겼다. 그러고는 말해도 상관 없다는 표정으로 얼굴을 들었다.

"질문이 뭐였죠?"

그녀가 물었다.

"찰스 경과 편지 연락을 자주 하셨나요?"

"저로서는 그분에게 너무 감사한 마음뿐이라 편지를 몇 번 보냈어요."

"혹시 날짜가 기억나십니까?"

"아니오."

"그분을 만나신 적도 있습니까?"

"네, 한 두번이요. 그분이 쿰 트레이시에 오셨을 때 만났어요. 그분은 원래 조용한 성품이시라 좋은 일도 남몰래 하시곤 했죠."

"그런데 찰스 경이 어떻게 부인의 사정을 알고 돕기 시작했나요?"

"이미 제 어려운 사정을 알고 도와주신 어른들이 몇 분 계셨어요. 스테이플튼 씨도 그 중 한 분이셨죠. 그분을 통해 찰스 경도 알게 된 겁니다."

나는 찰스 경이 수차례 자선을 베푼 걸 알고 있었기 때문에 그 부인의 말이 진실 그대로라고 느껴졌다.

"부인이 찰스 경에게 뵙고 싶다는 편지를 쓴 적도 있습니까?"

라이언스 부인의 표정이 못마땅한 듯 벌겋게 달아올랐다.

"좀 지나친 질문이군요."

"죄송합니다만 꼭 알아야 하는 내용입니다."

"좋아요. 그런 적은 당연히 없었어요."

"찰스 경이 돌아가신 날에도 그런 적이 없었습니까?"

순간 그녀의 얼굴이 하얗게 되더니 입술 사이로 겨우 '아니오'라는 단어가 우물거리듯 새나왔다.

"기억을 잘 못하고 계시는군요. 부인이 쓰신 편지의 한 문장을 제가 말씀드릴까요? '이 편지는 꼭 불에 태워버리시고, 10시에 그 쪽 문 앞으로 나오시기 바랍니다.' 이렇게 쓰셨죠?"

나는 그녀가 쓰러질까 걱정했지만 그녀는 온 힘을 다해 버티고 있었다.

"이 세상에 정말 믿을만한 남자는 없네요."

그녀는 한숨을 크게 내쉬었다.

"그분을 나쁘게 생각지는 마십시오. 분명히 태웠는데, 끝부분이 안 타고 남아 있었던 겁니다. 그럼 편지를 쓰신 게 사실이군요?"

"네, 맞아요. 그렇게 썼어요. 뭣 때문에 제가 거짓말을 하겠어요. 창피할 이유도 없는데요. 저는 그분의 도움을 받고 싶었어요. 그래서 만나면 도움을 주실 것 같아 제가 만나자고 부탁을 드렸던 거죠."

"그런데 왜 하필 그 시간에 만나셨죠?"

"다음날 런던으로 떠나신다는 걸 뒤늦게 알았거든요. 가시면 몇 달씩 안 오시니까요. 그리고 제가 그날 일찍 갈 수 없는 형편이 있었어요."

"왜 집에서 안 만나고 밖에서 만나기로 한 겁니까?"

"늦은 시간이라 여자 혼자 독신자를 방문하기가 꺼림칙했었던 거죠."

"그럼, 그곳에 도착했을 때 무슨 일이 있었습니까?"

"결국은 제가 못 갔어요."

"아니, 부인!"

"정말이에요. 맹세합니다. 그날 무슨 일이 생겨서 못 갔어요."

"무슨 일이었는데요?"

"개인사정이라 말씀드릴 수가 없습니다."

나는 계속 묻고 싶었지만 더이상 파고들 수가 없었다. 그래서 자리에서 일어나며 말했다.

"라이언스 부인, 부인께서 다 털어놓으시지 않으면 심각한 책임을 져야하는 사태가 발생할지도 모릅니다. 그리고 만약 제가 경찰에 협조를 요청한다면 부인은 궁지에 몰리게 될 것입니다. 부인이 결백하시다면 왜 처음에 찰스 경에게 편지 쓴 사실을 부인하셨죠?"

"괜한 오해를 사서 터무니없는 소문에 휘말릴까 두려웠어요."

"그리고 왜 편지를 태우라고 하셨나요?"

"편지를 읽으셨으면 아실 것 아니에요."

"제가 읽었다고 말씀드리지 않았는데요. 끝부분만 조금 남아있었다고 했죠. 편지는 거의 다 탔다고 말씀드리지 않았습니까? 왜 그 편지를 태워달라고 그렇게 부탁하셨습니까?"

"개인적인 문제에요."

"사람들의 눈을 피하시는 것 같은데, 이유가……."

"저는 잘못된 결혼을 해서 큰 불행에 빠져 있었어요. 생각만 해도 지긋지긋한 남편한테 학대까지 받았으니까요. 지금도 법률에 의해 강제로 그와 다시 살게 될까봐 매일 두려워요. 그런데 저한테 돈이 좀 있으면 자유롭게 될 수 있다는 걸 알고 있었죠. 저한테는 너무나 중요한 일이었어요. 그래서 찰스 경께 도움을 구하고자 직접 만나뵙고 싶었던 겁니다."

"그런데 왜 안 가셨나요?"

"그 사이에 다른 분한테서 도움을 받았어요."

"그럼 왜 찰스 경에게 그 사실을 알리지 않았죠? '

"알리려고 했는데 다음날 아침 신문에서 그분이 돌아가신 걸 알았어요."

그 여자의 대답은 빈틈없이 맞아떨어져 어떤 질문을 해도 흔들리지 않았다. 그럼 이제 찰스 경의 사망 무렵에 그녀가 정말로 이혼소송을 제기했는지, 그걸 조사하는 게 남아있다. 나는 실망하며 그곳을 떠났다. 앞으로의 모든 길이 가로막힌 기분이었다. 그녀에게 더 질문할 수는 없었지만 분명 뭔가 숨기고 있는 것만 같았다. 나는 다른 단서를 찾기 위해 황무지의 오두막으로 돌아가야 했다.

그런데 오두막이 수백 개나 흩어져 있었다. 어디서 그 수상한 남자를 찾을 수 있을지 막막하기만 했다. 하지만 그 남자가 검은 바위산 위에 서있는 걸 보았기 때문에 나는 그 주변을 탐색하기로 했다.

수사할 때마다 매번 운이 따라주지 않았지만 이번엔 드디어 행운이 찾아왔다. 그 행운의 사자는 다름 아닌 프랭클런드 씨였다. 그는 자기 집 문 앞에 서있었다.

"안녕하세요, 왓슨 씨."

그는 유쾌한 소리로 외쳤다.

"말도 쉴 겸 한 잔 하고 쉬었다 가세요."

그가 딸에게 한 행동을 알고 난 이후부터 난 그에게 별로 감정이 좋지 않았다. 그런데 막상 그를 보자 기회를 이용하는 게 좋겠다는 생각이 들었다. 그래서 마차를 먼저 보내고 집까지 걸어가기로 했다.

우리는 그의 집 식당으로 들어갔다.

"오늘은 특별한 날입니다. 자축해야 할 날이죠. 같은 분야에서 두 건이나 이겼거든요. 첫째는 미들턴 노인의 수렵장 한복판에 길을 낼 수 있는 권리를 획득한 겁니다. 어때요? 우리 평민들의 권리가 짓밟혀서는 안 되지요. 나쁜 놈들 같으니라고! 두번째는 펀워디 사람들이 떼지어 와서 노는 숲을 막아버렸어요. 그들은 종이니 병 같은 걸 아무데나 마구 버리거든요."

나는 이 괴짜 영감의 기질을 알고 있었다. 그는 이쪽에서 강한 흥미를 갖고 물어보면 절대로 자세한 내막을 얘기해주지 않았다. 그래서 별로 관심이 없는 듯한 태도로 듣고만 있었다.

"왓슨 씨, 혹시 탈옥수 사건 알고 있어요?"

나는 깜짝 놀랐다.

"탈옥수가 어디 있는지 알고 계시나요?"

"어디 있는지는 모르지만 내가 도와주면 경찰이 틀림없이 잡을 수 있어요. 그 범인을 잡으려면 어디서 먹을 것을 조달받는지 그곳부터 찾아내야 해요. 어때요, 내 생각이?"

그는 뭔가 깊이 알고 있는 것 같았다.

"맞는 말씀입니다. 그런데 탈옥수가 황무지에 숨어있다는 것을 어떻게 아시는데요?"

"탈옥수에게 먹을 것을 가져다주는 사람을 내가 직접 봤거든요."

나는 바리모어를 떠올리며 마음이 안 좋았다. 이 찰거머리 같은 노인한테 한 번 걸려들었다 하면 끝장일 것이 분명했다. 그러나 그 다음 얘기를 듣고는 안심이 되었다.

"놀라실지 모르지만 음식을 나르는 사람은 소년이더군요. 매일 지붕에 올라가 망원경으로 봤어요. 늘 같은 시간에 그 길을 가는 거 보면 탈옥수한테 가지 누구한테 가겠어요?"

영감의 그 말은 내겐 행운이었다. 그러나 나는 계속 무덤덤한 것처럼 반응하고 있었다. 소년이라고? 그렇다. 바리모어도 똑같이 말했었다. 영감이 알고 있는 위치만 알 수 있다면 그 많은 오두막을 헤매지 않아도 될 텐데. 하지만 나는 믿을 수 없다는 표정으로 무관심한 체 해야 했다.

"양치기 아들이 아버지에게 식사를 가져다주는 것 아닐까요?"

영감에겐 조금만 반대 의견을 내놓아도 성질을 자극할 수 있었다. 그는 곧 나를 노려보며 수염이 고양이처럼 곤두섰다. 그러고는 황무지 저쪽을 가리키며 말했다.

"이봐요, 왓슨 씨! 저기 검은 바위산 보이죠. 그곳은 여기 황무지에서 가장 돌이 많은 곳이에요. 그런 곳에 양치기가 갈까요? 그건 말도 안 되지. 난 짐을 들고 가는 소년을 하루에 두 번도 본 적이 있어요. 근데, 잠깐만······ 내가 잘못 본 건 아니겠지. 왓슨 씨, 저기 좀봐요. 산비탈에 움직이고 있는 게 뭐죠?"

몇 마일 떨어진 거리였지만 작은 점 하나가 움직이는 게 분명히 보였다.

"이리로 와봐요. 이리 좀 와봐요!"

프랭클런드가 소리치며 계단을 뛰어올라갔다. 지붕 위에 으리으리해 보이는 망원경이 삼각대에 설치돼있었다. 그는 망원경을 들여다보며 계속 소리쳤다.

"빨리 와봐요. 저 소년이 언덕을 넘어가기 전에!"

과연 짐보따리를 든 소년 하나가 힘겹게 언덕을 오르고 있었다. 그는 언덕 위까지 가서 주위를 두리번거리며 확인한 다음 언덕 너머로 내려갔다.

"봐요! 내 말이 맞죠?"

"비밀스럽게 무슨 심부름을 하는 것 같군요."

"그렇다니까요. 이건 시골경찰도 척 보면 알만하죠. 그래도 난 그녀석들한테 절대 말해주지 않을 거요. 선생도 말하지 마세요. 절대!"

"그러죠, 뭐."

"녀석들이 날 무시했거든요. 그래서 도와주고 싶은 마음이 손톱만큼도 없어요. 자, 나의 승리를 축하하며 술 한 잔 합시다!"

그러나 나는 그의 청을 거절하고 그곳을 나왔다. 그러고는 소년이 올라갔던 언덕으로 향했다. 행운의 신이 나를 도와주는 것 같았다. 모든 인내심을 발휘해 이 좋은 기회를 살려야 한다고 마음 속으로 빌었다.

언덕 위에 올라서자 벌써 해가 기울고 있었다. 소년이 내려간 비탈길은 한쪽은 노을빛으로 빛나고 다른 쪽은 어둑한 상태였다. 멀리 지평선에 안개가 자욱하게 끼어있는 사이로 바위산들의 형체가 희미하게 보이며, 광활한 황무지는 적막하기만 했다. 나는 긴장감에 가슴이 떨려왔다. 소년의 모습은 보이지 않았다. 언덕 아래 골짜기에 오두막들이 늘어서있는데, 단 한 곳의 오두막에 지붕이 남아있었다. 가슴이 쿵쾅거리며 뛰었다. 분명 저곳에 수상한 사나이가 숨어있을 것 같았다. 그의 비밀이 내 손 안에 들어온 기분이었다.

나는 살금살금 오두막으로 다가갔다. 사람이 살고 있는 흔적이 보였다. 하지만 아무 소리도 들리지 않았다. 나는 권총을 잡고 오두막 안을 들여다보았다. 아무도 없었다. 그래도 그 남자가 살고 있는 곳임엔 틀림없었다. 담요가 접어진 채 놓여있고, 약간의 취사도구와 물이 담겨있는 양동이, 그리고 여기저기 널려있는 빈 깡통들, 마시다 남은 술병도 있었다. 또 테이블로 쓰는 것 같은 석판 위에는 작은 보따리 하나도 있었다. 풀어보니 속에는 빵과 통조림들이 들어있었다. 그러나 다음 순간, 나는 깜짝 놀라고 말았다. 보따리를 제자리에 놓으려 하는데 바닥에 웬 쪽지 하나가 놓여있는 것이었다. 거기엔 연필로 이렇게 씌어있었다.

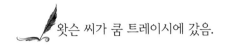

나는 잠시 멍하니 서있었다. 이게 무슨 뜻이지? 그렇다면 미행당하고 있는 건 헨리 경이 아니라 나란 말인가? 그리고 그가 직접 한 게 아니라 소년이 내 뒤를 밟았으며, 내가 황무지에 온 이후로 계속 나를 추적해왔다는 뜻인가? 뭔가 주변에 보이지는 않지만 교묘한 그물이 쳐있다는 것을 느끼고는 있었는데, 너무나 섬세하기 때문에 정말로 그 안에 갇혀있다는 걸 의식하지는 못했던 것이다.

다른 쪽지가 없나 하고 더 찾아봤지만 더이상은 없었다. 그리고 왜 그가 이런 곳에 사는지 이유를 알 수 있을만한 어떤 단서도 나오지 않았다. 다만 알 수 있는 건, 비가 쏟아지는 날씨에도 구멍 난 지붕 아래서 견딜만큼 그는 무언가 확고한 목적을 갖고 있다는 것이었다. 그는 우리의 적일까, 수호신일까? 나는 그 남자의 존재를 알기 전까지는 그곳을 떠나지 않기로 했다. 해는 거의 다 기울었고, 막연한 공포감이 몰려오기 시작했다. 그래도 남자가 돌아올 때까지 나는 오두막 안에 앉아 기다렸다.

드디어 뭔가 소리가 났다. 걸음소리, 신발이 돌에 부딪치는 소리. 나는 어두운 구석으로 가서 권총의 방아쇠를 잡았다. 그런데 걸음소리가 가까이까지 오더니 다시 아무 소리도 들리지 않았다. 한동안 그러다 이윽고 다시 발소리가 나며 오두막 입구에 그림자가 나타났다.

"멋진 밤이군, 왓슨."

귀에 익은 목소리였다.

"여기보다 밖에 있는 것이 더 유쾌할 것 같네."

황무지에서의 죽음

나는 내 귀를 의심하며 숨도 쉬지 않고 그대로 있었다. 그러다 마침내 정신이 들자 그동안 내 몸을 억누르고 있던 무거운 책임감이 갑자기 떨어져나간 것처럼 느껴졌다. 저토록 냉정하고 날카롭고 빈정거리는 목소리의 주인은 이 세상에 딱 한 남자밖에 없다.

"홈스!"

"밖으로 나오게. 그리고 그 연발권총 좀 조심하게."

그가 말했다.

몸을 구부리고 방을 나가자 바깥 돌 위에 홈스가 앉아있었다. 그는 놀라 어리둥절한 나를 쳐다보며 재미있다는 듯 히죽거렸다. 그는 더 마른 데다 햇빛과 바람에 시달린 흔적이 역력했다. 하지만 런던에서와 똑같이 면도를 말끔하게 하고 셔츠도 단정하게 입고 있어 그의 결벽증을 유감없이 보여주고 있었다.

"내 평생 사람을 만나서 이렇게 반가운 적은 없었네."

나는 그의 손을 덜컥 잡았다.

"반가운 게 아니라 놀란 거 아니었나?"

"음, 솔직히 말해 그렇구먼."

"나도 놀랐네. 자네가 여기를 찾아내리라고는 전혀 생각지 않았거든. 스무 걸음 전까지 왔을 때도 자네가 안에 있는 줄은 몰랐으니까."

"내 발자국을 알아본 거야?"

"아니! 내가 자네 발자국을 알아낼 도리는 없지. 근데 자네가 정말 나를 속이고 싶다면 담배부터 바꿔야 해. 담배꽁초를 보고 자네가 이 근처에 와있는 걸 알았거든. 이 집으로 들어오기 직전에 버렸더군."

"맞아."

"그리고 자네가 무기를 들고 숨어 있으리라고 생각했지. 그런데 내가 정말 범인이라고 생각했나?"

"아니, 누군지는 몰랐지만 알아내려고 했지."

"대단하군, 왓슨! 그런데 내가 여기 있는 걸 어떻게 알았나? 탈옥수를 쫓던 날 밤에 나를 봤나? 그때는 내가 신중하지 못하게 달빛을 등지고 서있었거든."

"그래, 그때 봤다네."

"그럼 오두막을 다 뒤지고 왔나?"

"아니, 소년을 봤다네. 그래서 이곳으로 곧장 찾아왔지."

"아, 그 망원경 가진 노인네 집에서 봤겠군."

홈스는 갑자기 일어나 오두막 안으로 들어갔다.

"허허, 카트라이트가 뭘 가져왔구나. 근데 이 쪽지는 뭐지? 아하, 자네 쿰 트레이시에 갔다 왔군."

"그렇다네."

"라이언스 부인 만나러 간 건가?"

"그렇지."

"좋아. 우리 수사가 지금 평행선으로 가고 있으니까 나중에 합하면 전체가 드러날 것 같네."

"어쨌든 자네가 여기로 와서 정말 반갑네. 어찌나 마음이 무겁고 사건도 복잡한지 말이야. 그런데 자넨 도대체 어떻게 왔고 여기서 뭐 하고 있었나? 난 자네가 계속 베이커 거리에 있는 줄 알았지."

"자네가 그렇게 생각하도록 내버려 뒀지."

"그럼 자네는 나한테 이런저런 지시를 하면서도 믿지 못했단 말이군? 난 자네한테 인정받을 줄 알았는데……."

내가 좀 날카롭게 말했다.

"여보게, 자네는 이번에도 아주 중요한 임무를 해주었네. 내가 이런 수단을 쓴 건 자네의 보고를 보고 큰 위험을 느꼈기 때문이라네. 만약 내가 헨리 경과 자네와 함께 바스커빌 저택에 있었다면 사건을 보는 시각이 똑같았을 거고, 또 적들에게 괜히 경계심만 더 부추겼을 거야. 하지만 여기서는 자유롭게 돌아다닐 수 있고, 무슨 일이 생겨도 빨리 움직일 수가 있지."

"그런데 왜 내게 그걸 얘기하지 않았나?"

"자네한테 알리면 내 존재가 드러나게 되니까. 그렇게 되면 괜히 쓸데없는 위험만 초래하게 되거든. 자네 카트라이트 생각나나? 용달회사의 아이 말일세. 그 녀석을 데리고 와서 필요한 물건들을 심부름 시키고 있다네. 그리고 또 녀석의 두 눈이 더 있으니 많은 도움이 되고 있지."

"그럼 그동안 내가 한 보고는 다 헛일이었네?"

나는 순간 화가 치밀어 언성이 올라갔다. 그러자 홈스가 주머니에서 서류를 한 뭉치 꺼냈다.

"이게 자네가 보낸 편지네. 내가 얼마나 열심히 읽었는지 여기 흔적이 보이지 않나? 이 복잡한 사건에 대해 자네가 기울인 노력과 열성을 속으로 감탄하고 있었다네."

속고 있었다는 괘씸한 마음이 그의 말에 조금씩 풀려갔다. 하지만 이성적으로는 그의 말이 옳다는 걸 나도 인정하고 있었다. 그가 황무지에 있었던 걸 내가 몰랐던 편이 우리의 목적을 위해서는 더 좋았던 것이다.

"그래, 왓슨, 라이언스 부인을 만난 결과가 어땠나? 쿰 트레이시에서 이 사건 해결에 도움이 될만한 사람은 그녀밖에 없으니까 말일세. 자네가 오늘 안 갔다면 내가 내일 가려고 했네."

날씨가 싸늘해 우리는 오두막 안으로 들어갔다. 난 라이언스 부인에 대한 얘기를 전부 들려주었다. 그러자 홈스가 말했다.

"이건 아주 중요한 일이네. 자네도 느끼고 있는지 모르겠네만 이 여자와 스테이플튼 사이에 어떤 깊은 관계가 있는 것 같네."

"그렇게까지는 생각 안 했는데."

"틀림없어. 그들은 만나고 편지를 보내면서 특별한 관계를 맺고 있다네. 만약 내가 그의 아내에게 이 사실을 알린다면……."

"그의 아내라고?"

"그렇다네. 스테이플튼 양으로 알려져 있는 그 여자가 사실은 그의 아내일세."

"뭐라고, 홈스! 그게 사실인가? 그럼 스테이플튼은 왜 그녀가 헨리 경과 사랑에 빠지는 걸 내버려두고 있나?"

"그녀를 여동생이라고 하는 것이 그에겐 훨씬 더 이익이기 때문이지."

그동안 직감으로 느끼고 있던 막연한 의혹들이 갑자기 구체적인 형태를 띠고 나타났다. 평범하기 짝이 없는 그 남자의 얼굴에서 일순간 잔인한 뭔가를 보았던 것이다.

"그럼 런던에서 우리를 미행한 자가 그 녀석인가?"

"나는 그렇게 생각하고 있네."

"그렇다면 그 경고문은 그 여자가 보냈다는 얘기네?"

"그렇지."

어둠 속에 갇혀있던 범죄의 실체가 어렴풋한 윤곽을 드러내기 시작했다.

"그런데 홈스, 그 여자가 아내라는 걸 어떻게 알아냈나?"

"그가 자신의 경력사항을 자네한테 얘기해주지 않았나? 그건 큰 실수를 한 거야. 잉글랜드 북부 지방에서 학교를 운영했다고 했지. 그런데 교직을 지낸 사람에 대해서는 신원조사가 아주 쉽다네. 그래서 알아봤더니, 학교가 사고로 망한 다음 그는 아내를 데리고 도망쳤다는, 그런 기록이 나오더라고. 게다가 그 남자는 어딘가에 잠적해 곤충학에 몰두하고 있다는 거야. 그에게 딱 들어맞는 얘기더군."

"그 여자가 그의 아내가 맞다면 라이언스 부인의 계획은 무엇이었을까?"

"자네가 그 여자를 만남으로써 나도 알게 됐다네. 난 그 여자가 남편과 이혼을 준비하고 있다는 건 몰랐거든. 아마도 그 여자는 스테이플튼을 독신으로 알고 있는 것 같아. 그래서 이혼하고 그와 결혼할 작정이었던 것 같네."

"자신이 속은 걸 알게 된다면?"

"그때는 그녀가 우리한테 큰 도움이 되겠지. 내일 우리 둘이 그녀를 만나는 게 좋을 것 같네. 그런데 참, 자네는 임무 구역을 너무 오래 떠나있는 것 아닌가?"

캄캄한 밤이 되면서 작은 별이 하나 둘씩 보랏빛 하늘에 나타났다.

"홈스, 한 가지만 더 묻겠네."

나는 일어서면서 말했다.

"자네와 나 사이에 비밀이 무슨 소용이 있겠나. 스테이플튼의 목적은 도대체 무엇일까?"

홈스가 낮게 가라앉은 목소리로 대답했다.

"살인이지. 잔인하고 신중한 살인. 자세한 건 묻지 말게. 녀석이 헨리 경 주변에 쳐놓은 그물도 죄어들고 있지만, 내가 녀석한테 쳐놓은 그물도 죄어들고 있네. 자네 도움으로 이제 녀석은 내 손에 들어온 거나 마찬가지야. 그런데 우리를 위협하는 게 한 가지 있네. 우리가 준비를 다 갖추기 전에 녀석이 먼저 행동을 취하지 않을까 하는 점이지. 근데 이게 무슨 소리지?"

끔찍하게 울부짖는 소리가 황무지의 밤을 뒤흔들며 사방에 진동했다. 무시무시한 포효소리에 온몸의 피가 얼어붙는 것 같았다.

"오, 하느님, 세상에! 이게 무슨 소릴까?"

나는 소리쳤고, 홈스는 벌떡 일어나 입구로 다가갔다.

"쉿! 쉿!"

홈스가 나직이 말했다.

처절하게 울부짖는 소리는 처음엔 아주 멀리서 들려오다가 점점 더 가깝게, 더 크게, 더 끔찍하게 들려왔다.

"어딜까?"

홈스의 목소리도 떨리고 있는 걸 보니, 이 냉정한 사나이도 공포감을 느끼는 모양이었다.

"어딜까, 왓슨?"

"저쪽 같은데."

나는 어둠 속의 한 방향을 가리켰다.

"아니, 저쪽이야!"

홈스가 말했다.

또다시 괴성이 밤의 적막을 찢으며 더 가깝고 더 크게 들려왔다. 그리고 다른 소리도 났다. 낮게 신음하는 불쾌한 소리가 절규하듯, 마치 웅얼거리는 파도 소리처럼 커졌다 작아졌다 하며 계속 들렸다.

"그 사냥개야! 빨리 뛰어, 왓슨. 하느님, 맙소사."

홈스가 번개처럼 튀어 일어나자 나도 그 뒤를 따라 정신없이 뛰기 시작했다. 얼마쯤 가는데 이번엔 바로 앞에서 비명이 들리며 뭔가 무거운 것이 털썩 떨어지는 소리가 들렸다. 우리는 그대로 멈춰 섰다. 무겁게 가라앉은 밤의 고요 속에서 한동안 기다려봐도 더이상 소리는 나지 않았다. 그런데 홈스가 갑자기 흥분을 하며 소리쳤다.

"왓슨, 우리가 당했어. 우리가 너무 늦은 거라고!"

"설마!"

"너무 신중히 하다가 바보처럼 당한 거야. 그리고 자네도 맡은 역할을 안 하니까 이런 일이 일어나지 않나! 그자에게 반드시 복수해야 돼!"

우리는 다시 뛰기 시작했다. 덤불숲을 헤치고 언덕을 올랐다 내려가며 그 괴이한 소리가 들려온 방향으로 계속 나아갔다.

"잠깐, 저게 무슨 소리지?"

홈스가 걸음을 멈추며 말했다. 어디선가 신음소리가 낮게 들려왔다. 왼쪽 방향이었다. 그곳엔 바위언덕이 있는데 한쪽 경사면에 뭔가 시커먼 물체가 있는 것 같았다. 다가가 보자 그건 얼굴을 땅바닥에 처박고 있는 사람의 몸이었다. 머리가 몸 아래로 푹 숙여진 채 마치 공중제비를 하는 것처럼 활모양으로 굽어 있었다. 그는 이미 죽어 있었다. 홈스는 성냥불을 켜고 그 시체를 들여다보았다. 그러다 갑자기 비명을 내질렀다. 시체의 부서진 머리에서 피가 콸콸 흘러내리고 있었던 것이다. 꺼졌던 성냥불이 다시 시체의 머리를 비쳤을 때 우리는 그만 심장이 멎어버리는 것 같았다. 그건 바로 헨리 바스커빌 경의 시체였던 것이다!

그가 입고 있는 붉은색 트위드 양복은 우리의 기억에 뚜렷이 남아 있었다. 베이커 거리에서 처음 만나던 날 그가 입고 왔었기 때문이다. 홈스는 신음을 하며 얼굴이 창백해졌다.

"제기랄! 아! 내 잘못이야. 내가 옆에 있었어야 했는데."

나는 죄책감에 소리만 쳤다.

"왓슨, 내 잘못이 더 크네. 사건을 완벽하게 해결하려다 그만 의뢰인의 목숨을 희생시켜버린 것이니까. 내 평생 처음 당하는 가장 큰 타격일세. 그런데 참 이해할 수가 없구먼. 이해할 수 없어. 내가 그렇게 경고를 했는데도 왜 한밤중에 혼자 이 위험한 곳에 왔을까?"

"비명소리를 듣고도 그를 못 구하다니! 그 악마 같은 사냥개는 지금 어디 있을까? 스테이플튼 놈은 또 어디 있는 거야? 이놈 원수를 갚아줘야지."

"당연하지. 찰스 경과 헨리 경이 살해되었으니까. 그런데 범인과 짐승과의 관계를 밝혀내야 할 것 같네. 짐승의 소리만 들었지 짐승이 정말 있는지는 모르고 있잖은가. 게다가 헨리 경은 분명히 떨어져 죽었거든. 어쨌든 이놈은 내일이 끝나기 전에 내 손에 잡힐 거야!"

우리는 으스러진 시체 옆에 괴로운 심정으로 서 있었다. 그동안의 모든 노력을 한순간에 물거품으로 만들어버린 그 돌이킬 수 없는 재난 앞에서 우리는 가슴을 찌르는 아픔을 느꼈다. 마침 달빛이 환해져 우리는 헨리 경이 떨어진 바위 위로 기어올라갔다. 그리고 바위 위에서 어슴프레하게 보이는 황무지를 둘러보았다. 멀리 보이는 그림펜 늪 쪽에서 노란 램프 하나가 반짝이고 있었다. 스테이플튼의 집인 게 분명했다. 난 분노가 치밀었다.

"왜 저놈을 당장 잡으면 안 되지?"

"증거가 아직 불충분하네. 놈은 치밀하게 계산하고 교활하거든. 우리가 알고 있는 것만으론 안 되고 증거를 갖고 있어야 돼. 자칫 서투르게 했다간 놈이 빠져나가버릴지도 모르니까 조심해야 하네."

"그럼 이제 어떻게 하는 게 좋을까?"

"내일은 할 일이 많네. 지금은 이 불쌍한 친구의 시체를 운반해야겠어."

우리는 바위에서 내려와 다시 시체로 다가갔다. 끔찍하게 뒤틀린 팔다리를 보자 나는 온몸이 떨리는 고통을 느끼며 눈이 젖어들었다.

"사람이 더 있어야겠네, 홈스! 우리 힘으로는 바스커빌 저택까지 옮겨갈 수가 없어. 아니, 자네 미쳤나?"

홈스가 별안간 소리를 지르며 시체 위에 엎드렸다. 그러고는 껄껄 웃으며 내 손을 잡았다. 엄격하고 냉엄한 이 친구한테 이런 면이 있었나? 미치광이 같은 이런 열정이 숨어있다니!

"수염이야! 수염! 이 친구한테 수염이 있어!"

"수염이 있다고?"

"그래. 이건 헨리 경이 아니야. 세상에! 아이고! 나의 이웃인 탈옥수구먼!"

우리는 그제야 얼른 시체를 뒤집어보았다. 아니나 다를까 덥수룩한 턱수염에 튀어나온 이마와 움푹 파인 눈은 틀림없는 셀던의 얼굴이었다.

순간 나는 어떤 기억이 번개처럼 떠올랐다. 남작이 자신의 헌옷을 바리모어에게 주었다고 한 말이 생각났던 것이다. 시체의 구두와 서

츠 모두 헨리 경의 물건들이었다. 가련한 죽음이긴 하지만 정당한 법에 의하면 이 남자는 사실 죽어도 할 말이 없는 사람이었다. 나는 홈스에게 옷 이야기를 해주었다.

"그럼 이 옷 때문에 녀석이 죽은 거네?"

그가 말했다.

"사냥개는 헨리 경의 물건들 — 틀림없이 호텔에서 사라진 구두 한쪽 — 냄새를 알고 있기 때문에 이 남자를 쫓아온 게 분명해. 그런데 이상한 점이 하나 있네. 저 탈옥수는 어떻게 자기가 사냥개에게 쫓기고 있다는 걸 알았을까?"

"소리를 들었겠지."

"글쎄. 이런 놈이 사냥개 소리 하나에 그렇게 무서워하며 벌벌 떨었을까? 그리고 소리를 지르면 다시 붙잡힐 우려도 있고 말이야. 아무튼 그 비명소리는 아주 멀리서부터 쫓기면서 뛰어온 것 같더라고. 그런데 어떻게 알았을까?"

"내가 이해가 안 되는 건, 왜 사냥개를 오늘밤에 풀어놓았을까 하는 점이네. 스테이플튼은 헨리 경이 황무지에 나오지 않을 땐 사냥개를 풀어놓지 않을 거란 말이야."

"내 의문은 자네 것보다 더 골치 아프다네. 이 불쌍한 녀석의 시체를 어떻게 처리하느냐는 것이거든. 여기다 그냥 내버려둬 까마귀 밥이 되게 할 수도 없고."

"경찰에 알릴 때까지 오두막 속에 넣어두면 어떨까?"

"아, 그래. 근데 왓슨, 저게 뭐지? 스테이플튼 아니야? 참 대담하구먼! 저놈한테 의심을 드러내는 말은 한 마디도 하면 안 되네. 절대 안 돼."

저쪽에서 녀석이 우리 쪽으로 오고 있었다. 담뱃불이 빨갛게 보였다.

"아니, 왓슨 선생 아니세요? 한밤중에 황무지에서 선생을 만날 줄은 전혀 생각을 못 했는데요. 그런데 저게 뭐죠? 누가 넘어져 있나요? 설마 헨리 경은 아니겠죠!"

그는 다짜고짜 다가가서 시체를 들여다보았다. 그러더니 곧 그의 손에서 담배가 떨어졌다.

"아니, 이게 누구에요?"

그가 소리쳤다.

"셀던이죠. 프린스타운의 탈옥수."

스테이플튼은 창백한 얼굴로 우리를 쳐다보았다. 그는 분명 엄청난 실망을 억누르고 있는 것이었다. 이윽고 그는 날카로운 눈초리를 우리 쪽으로 던졌다.

"쯧쯧! 정말 비참한 사고였네요. 어떻게 죽었죠?"

"아마도 바위에서 떨어져 목이 부러진 것 같아요. 내 친구와 산책을 하다가 비명소리를 들었죠."

"저도 그 소리 듣고 나온 겁니다. 헨리 경이 걱정되더군요."

그래서 내가 물었다.

"왜 헨리 경이 그렇게 걱정됐습니까?"

"오늘 밤 우리 집으로 오시라고 했는데 안 오셔서 걱정을 하고 있었거든요. 그런데 황무지에서 비명소리가 나기에 혹시 무슨 일이 생겠나 하고 걱정이 된 거죠. 그 비명 소리 말고 다른 소리는 혹시 못 들으셨습니까?"

"못 들었는데요. 당신은?"

홈스가 물었다.

"나도 못 들었어요."

"그런데 왜 물으시죠?"

"농부들이 그러는데, 밤이 되면 황무지에서 울부짖는 소리가 들린 다고 하더군요. 그래서 오늘밤에도 그런 소리가 들렸는가 하고요."

"그런 소리는 전혀 못 들었어요."

내가 대답했다.

"그럼 저 가련한 친구는 어째서 죽었다고 생각하십니까?"

"추적의 불안과 고통으로 아마도 머리가 이상해졌을 거에요. 그래 서 황무지를 헤집고 돌아다니다가 저 바위에서 떨어진 거죠."

"그게 가장 타당한 생각 같아요."

스테이플튼은 한숨을 내쉬었는데, 마치 안도의 숨을 내쉰 것 같았다.

"셜록 홈스 선생, 선생께서는 어떻게 생각하십니까?"

홈스는 머리를 숙여 인사했다.

"저를 아시는군요."

홈스가 말했다.

"왓슨 선생이 오신 후로 모두 선생이 오시기를 기다리고 있었거든 요. 그런데 마침 오셔서 이 사고를 보셨네요."

"왓슨의 설명대로 모두 드러나게 되겠죠. 저는 내일 씁쓸한 기분으로 런던으로 돌아갈 계획입니다."

"아니, 벌써 가시게요?"

"그럴까 합니다."

"그런데 참, 찰스 경 사건에 대해서는 뭔가 단서를 찾았습니까?"

홈스는 어깨를 으쓱했다.

"항상 원하는 대로 잘 풀릴 수는 없죠. 수사에 필요한 것은 전설이 아니라 사실 그 자체입니다. 그런데 그 사건은 이상한 점이 있었죠."

홈스는 솔직히 말했다. 스테이플튼은 그를 빤히 쳐다보고 있다가 나에게로 얼굴을 돌렸다.

"시체를 우리 집으로 옮기면 좋겠는데 여동생이 두려워 할까봐 그건 안 되겠고요, 그냥 일단 아침까지 얼굴을 좀 덮어두면 될 것 같습니다."

그래서 홈스와 나는 그렇게 하고 바스커빌 저택으로 향했다.

"정말 뻔뻔한 놈이네! 계략을 꾸미다 다른 사람이 희생됐는데도 눈 하나 깜박 안 하니 말이야."

홈스가 황무지를 걸으며 말했다.

"그놈이 자네를 보게 된 게 좀 꺼림칙하구먼. 놈이 계획을 바꾸는 것 아닐까?"

"더 신중하게 할지도 모르고 아니면 곧바로 다른 행동에 돌입할지도 모르지. 그놈도 자기 꾀 너무 믿다가 지금 우리를 감쪽같이 속였다고 생각하고 있을 거야."

"왜 놈을 바로 체포하지 않나?"

"왓슨, 자네는 성격이 좀 급한 데가 있어. 생각을 좀 해보자고. 만약 오늘밤에 놈을 체포한다고 치면, 좋은 일이 뭐가 있을까? 우리한텐 아직까지 놈에게 들이댈 확실한 증거가 없네. 설사 우리가 큰 사냥개를 찾아낸다 하더라도 사냥개 주인의 목에 줄을 매달 수 있다는 보장은 없어."

"하지만 범죄가 일어나고 있는 건 분명하지 않나?"

"아니네. 범죄라는 확실한 증거는 전혀 없네. 추측과 소문일 뿐이지. 만약 그런 전설이나 소문을 법정에 제출한다면 완전히 웃음거리가 될 거야."

"그럼 찰스 경의 죽음은 뭔가?"

"그것도 마찬가지야. 죽었는데도 흔적이 없었네. 그분이 공포 때문에 죽었다고 하지만 12명의 배심원들에게 그걸 어떻게 이해시킬 수 있겠나? 사냥개가 현장에 있었다는 증거도 없고 말이야. 하긴 찰스 경은 사냥개가 덮치기 전에 이미 죽었고, 또 사냥개가 시체를 물지는 않기 때문에 현장에 접근조차 안 했는지도 모르지. 아무튼 이걸 모두 증명할 수 있어야 하는데, 아직은 그럴 수가 없어."

"그럼 좀전의 사건은?"

"그것도 다를 게 없어. 사냥개와 그 남자의 죽음 사이에 관련이 있다는 구체적인 증거가 없지 않은가. 우리는 사냥개를 본 것도 아니고 소리만 들었을 뿐이지. 그러니까 개가 실제로 그 남자를 뒤쫓았는지는 모르는 걸세. 결국 범죄 현장 자체를 우리가 본 게 하나도 없다네. 하지만 우리가 놈을 잡기 위해 위험을 무릅쓰는 건 그만한 보람이 있는 것 아니겠나?"

"그럼 어떻게 할 생각인가?"

"라이언스 부인에게 희망을 걸고 있네. 진실을 그대로 얘기해주면 그녀도 고백하지 않을까? 아무튼 내일이 가기 전에 이 사건은 해결될 걸세."

우리는 바스커빌 저택 문 앞까지 생각에 잠겨 걸었다.

"자네도 들어오겠나?"

"물론이지. 이제는 숨어서 지낼 이유가 없어졌으니까. 그런데 왓슨, 헨리 경에게 사냥개 얘기는 한 마디도 하지 말게. 그리고 셀던의 죽음에 대해서는 스테이플튼의 말대로 믿도록 내버려두게. 그러면 헨리 경이 내일 스테이플튼의 집에서 저녁식사를 할 때 태연스럽게 어울릴 수 있을 테니까."

"나도 함께 가기로 했네."

"그럼 자네는 다른 핑계를 만들어 가지 말게. 그런데 이거, 저녁식사시간에 너무 늦었군. 뭐라도 먹을 게 있겠지."

그물을 치다

헨리 경은 셜록 홈스를 보며 몹시 기뻐했다. 며칠 동안 여러 가지 일로 불안했기 때문에 그는 홈스가 오기만을 기다리고 있었던 것이다. 그런데 홈스가 아무 짐도 없이 온 걸 보고는 속으로 놀란 것 같았다. 우리는 저녁식사를 함께 하며 남작에게 우리가 겪었던 일을 간단히 얘기해주었다. 그리고 바리모어와 그의 아내에게 셀던의 죽음을 알려주었다. 바리모어의 아내는 얼굴을 파묻으며 오열을 터트렸다. 셀던이 세상에선 악마와 같은 인간이었겠지만 그녀에겐 영원히 잊을 수 없는 개구쟁이 동생이었던 것이다.

"왓슨 선생이 아침에 나가신 후로 저는 하루 종일 집에서 우울하게 보냈어요. 그런데 저 칭찬받아야 할 것 같습니다. 밤에 혼자 나가지 않겠다는 약속을 잘 지키고 있으니까요. 안 그랬으면 즐거운 저녁시간이 될 뻔 했는데…… 스테이플튼이 식사에 초대했거든요."

헨리 경이 말했다.

"그랬겠죠. 목이 부러지는 일만 안 생겼다면 틀림없이 즐거운 저녁이 됐겠죠."

홈스가 냉정하게 말했다.

"그게 무슨 말씀이시죠?"

헨리 경이 놀라며 물었다.

"그 셀던이라는 녀석이 경의 옷을 입고 있더군요. 그 옷을 준 바리모어가 경찰에서 별 문제 없을지 모르겠어요."

"괜찮을 겁니다. 그게 내 옷이었다는 표시도 없으니까요."

"그럼 다행이군요. 정말 모두를 위해 다행입니다. 왜냐하면 엄격히 말해 모두가 동조를 한 셈이니까요. 양심 있는 탐정이라면 여기 계신 분 모두를 체포해야 합니다."

"그런데 미궁에 빠져있는 사건에서 무슨 단서라도 잡으셨나요? 왓슨 선생과 저는 별로 많은 정보를 못 얻었거든요."

헨리 경이 물었다.

"곧 좀 더 명확하게 밝혀질 것 같습니다. 우리가 조사해야 할 게 아직도 몇 가지 더 있지만 잘 풀릴 거라 보고 있어요."

"왓슨 선생이 얘기하셨겠지만 우리도 황무지에서 사냥개가 짖는 소리를 들었어요. 그런 걸 보면 터무니 없는 미신은 아닌 것 같습니다. 제가 미국에 있을 때 개를 길러봤기 때문에 개가 짖는 소리는 알거든요."

그때 홈스가 갑자기 내 머리 너머를 뚫어지게 쳐다보았다. 조명등 아래서 그의 진지한 표정이 그대로 멈춰있자 마치 고전시대의 한 조각상 같았다.

"무슨 일이죠?"

헨리 경과 내가 동시에 말했다.

홈스는 그제야 아무것도 아니라는 듯 눈길을 돌렸는데, 분명 뭔가를 숨기고 있는 눈치였다. 표정은 태연했지만 눈빛 속엔 기대감이 고조돼 있었다.

"아니오. 잠시 감상에 빠져있었습니다."

그는 내 뒤쪽 벽에 걸려있는 초상화들을 가리키며 말했다.

"왓슨은 저의 그림 보는 안목을 인정하지 않지만 그건 관점의 차이겠죠. 아니면 괜한 질투인지도 모르고요. 그런데 초상화들이 참 멋진데요."

"아, 그래요? 저는 초상화에 대해서는 잘 모릅니다. 그림보다는 말이나 소에 대해 더 잘 감식할 수 있죠. 선생께서 그런 걸 즐기실 시간이 있는지 미처 몰랐는데요."

헨리 경이 놀란 표정으로 말했다.

"좋은 것은 금방 알 수 있습니다. 저 초상화들은 좋은 작품이죠. 저기 푸른 비단옷을 입은 여자는 넬러의 작품이고, 저쪽에 가발을 쓰고 있는 남자는 레이놀즈의 작품이 맞을 겁니다. 전부 다 가족의 초상이죠?"

"네, 맞습니다."

"저분들 성함을 다 아십니까?"

"바리모어가 말해줘서 알고는 있죠."

"저기 망원경을 들고 계신 분은 누구시죠?"

"바스커빌 해군 소장입니다. 서인도 제도에서 로드니 장군의 부하로 있었죠. 그리고 푸른색 코트에 두루마리를 든 분은 윌리엄 바스커빌 경이신데, 피트 수상 때 하원의장을 지내셨어요."

"저 기사는요? 검은색 벨벳에 레이스가 달린……?"

"아! 저 사람이 바로 불행의 원인이 된 휴고 바스커빌 경이죠."

"아니! 아주 조용하고 온화해 보이는 인상인데…… 하지만 역시 눈빛에는 악마성이 보이는군요."

홈스가 말했다.

"그분이 맞습니다. 그림 뒤에 이름과 연대가 적혀있거든요. 1647년이죠."

식사를 마친 뒤 헨리 경이 떠나자 홈스가 말했다.

"휴고 바스커빌의 초상화에서 혹시 어떤 사람이 연상되지 않나?"

"턱 부분이 헨리 경과 닮은 것 같군."

"음, 그럴지도 모르지. 잠깐 기다려보게!"

홈스는 의자를 놓고 올라가더니 그림 속의 넓은 모자와 긴 머리 부분을 팔로 가렸다.

"아니, 세상에!"

그림 속에 스테이플튼의 얼굴이 들어있었던 것이다.

"이제 알겠나? 나는 그림을 볼 때 장식을 다 걷어내고 얼굴 자체만 볼 수 있다네. 훈련으로 된 결과지. 범죄수사관이라면 이렇게 변장 뒤에 숨어있는 정체를 꿰뚫어볼 수 있어야 한다네."

"정말 놀랍군. 바로 그 자식의 초상화 같으니 말이야."

"그렇지. 이게 바로 어떤 식으로든 나타나기 마련인 격세유전이라는 것의 재미있는 증거야. 이 집안의 초상화를 보면 사람이 환생한다는 게 믿어질 것 같네. 그 자식은 바로 이 바스커빌 집안 사람이라네. 틀림없어."

"그럼 상속권 때문인가?"

"그렇지. 이젠 녀석의 정체가 드러났어. 내가 장담하는데, 내일 저녁이면 녀석이 우리 그물 속에서 몸부림치고 있을 걸세. 그 녀석의 곤충수집망 속의 나비처럼 말이지. 그래서 코르크 판에다 핀으로 꽂고 카드를 써서 베이커 거리의 표본에 추가하는 거야!"

홈스는 말하며 큰 소리로 웃기까지 했다. 그가 그렇게 큰 소리로 웃을 때는 분명 누군가에게 불길한 일이 닥친다는 예고였다.

다음날 아침 나는 일찍 일어나 옷을 입고 있었다. 그런데 홈스는 벌써 밖에 나갔다 들어오는 중이었다.

"오늘은 무척 바쁠 걸세. 이제 그물을 걷어 올려야 하니까."

"벌써 황무지에 갔다 온 건가?"

"그림펜과 프린스타운에 전보를 치고 왔네. '이제는 셀던으로 인해 걱정할 일이 없게 됐습니다'라고 써서 말이네. 그리고 카트라이트에게도 연락을 했지."

"그럼 이제 할 일은 뭔가?"

"헨리 경을 만나야 하네. 아, 저기 오시네!"

"안녕하십니까, 홈스 선생! 선생은 마치 나치 참모군과 전투 계획을 짜고있는 장군 같습니다."

"실제로 그런 상황입니다. 왓슨에게 막 지시를 내리려던 참이었거든요."

"저에게도 지시가 있습니까?"

"저녁에 스테이플튼 씨 집에서 식사하기로 되어있죠? 그리로 가시면 됩니다."

"함께 가시면 좋겠는데요. 그분들도 무척 좋아하실 겁니다."

"왓슨과 저는 런던으로 돌아가야 합니다."

"런던으로요?"

"네. 거기에 있는 것이 더 나을 것 같아서요."

헨리 경은 크게 실망을 했다.

"저는 이 사건의 수사가 끝날 때까지 함께 해주실 줄 알았는데요. 여기서 혼자 지내는 건 전혀 즐겁지 않거든요."

"헨리 경, 저를 믿으세요. 스테이플튼 씨한테는 우리가 급한 볼일이 있어서 런던으로 갔다고 말씀해주세요. 하지만 곧 돌아오겠습니다. 그분한테 잊지 마시고 꼭 전해주세요."

"알겠습니다. 언제 출발하시는데요?"

헨리 경이 쌀쌀하게 물었다.

"아침식사 후에요. 왓슨의 짐은 여기 두고 가겠습니다. 왓슨, 자네는 스테이플튼 씨에게 못 가게 됐다고 편지를 쓰게."

"저도 함께 런던으로 가고 싶은데요. 왜 저만 혼자 여기에 있어야 하죠?"

헨리 경이 물었다.

"왜냐하면 그게 경께서 해야 할 일이기 때문입니다. 제 지시대로 하겠다고 하셨죠? 그러니까 여기에 계시기 바랍니다."

"알겠습니다. 그럼 그렇게 하죠."

"한 가지 더 지시하겠습니다. 메리핏 하우스에 갈 때는 마차로 가시고, 도착한 다음엔 마차를 집으로 돌려보내세요. 그리고 돌아갈 때는 걸어서 갈 거라고 그들에게 얘기하십시오."

"밤에 황무지를 걸어서 돌아온다고요?"

"그렇습니다."

"아니, 저더러 그렇게 하지 말라고 수차례 말씀하시지 않았습니까?"

"오늘밤에는 걸어서 돌아와도 문제 없습니다. 꼭 그렇게 하셔야 합니다."

"그럼, 그렇게 하죠."

"그리고 메리핏 하우스에서 그림펜으로 연결된 그 직선도로를 벗어나 황무지로 들어서면 안 됩니다."

"알겠습니다."

나는 왜 홈스가 그 중요한 순간에 런던으로 돌아가자고 하는지 이해할 수 없었다. 하지만 그대로 따르기로 했다. 2시간 후 우리는 쿰 트레이시 역에 도착했다. 소년 하나가 플랫폼에서 기다리고 있었다.

"다음 지시는 어떤 건가요?"

"카트라이트, 너 이제 이 기차 타고 런던으로 가면 돼. 도착하거든 곧바로 헨리 바스커빌 경에게 전보를 치렴. 내가 수첩을 떨어트리고 왔는데, 찾으면 등기우편으로 나한테 좀 보내달라고 해. 알았지?"

"네, 알겠습니다."

"그리고 지금 역 사무소에 가서 나한테 온 우편물 있나 물어봐."

소년은 전보 한 장을 가지고 곧 돌아왔다. 거기엔 이렇게 씌어 있었다. '전보 받았음. 백지 체포영장 가지고 감. 5시 40분 도착. 레스트레이드'

"이 사람이 형사들 중에는 제일 낫거든. 도움을 좀 받으려고 오라고 했네. 자 그럼 왓슨, 기다리는 동안 라이언스 부인을 만나는 게 가장 좋을 것 같은데."

그의 작전 계획을 알 것 같았다. 스테이플튼에게 우리가 런던으로 떠났다는 것을 확실하게 믿게 하려고 카트라이트에게 전보를 치게 한 것이었다. 그리고 헨리 경이 전보 얘기를 스테이플튼에게 하면 더 이상 의혹은 없을 것이 틀림없었다.

라이언스 부인은 사무실에 있었다. 홈스가 대놓고 솔직하게 질문을 하자 그녀는 좀 당황해 했다.

"저는 찰스 경의 사인에 대해 조사를 하고 있습니다. 여기 왓슨 박사가 부인과 나눈 대화를 들려주더군요. 그런데 숨기고 계신 것이 있다고 하기에……."

"제가 뭘 숨겼다고 거죠?"

"부인께서 찰스 경에게 10시까지 쪽문으로 나오라고 편지를 보낸 것으로 알고 있습니다. 그런데 바로 그 시간에, 그 장소에서, 그분이 돌아가셨거든요. 뭔가 관련이 있을 것 같은데 부인은 숨기고 계십니다."

"아무런 관련도 없는데요."

"우연의 일치치고는 참 이상한 일이군요. 라이언스 부인, 솔직히 말씀드리면 이 사건은 살인사건입니다. 증거를 찾아보니까 부인의 친구 스테이플튼 씨뿐만 아니라 그분의 아내와도 관련이 있더군요."

"그분의 아내라고요!"

그녀가 의자에서 벌떡 일어나며 소리쳤다.

"그건 더 이상 비밀이 아닙니다. 여동생이라고 알려져 있는 사람은 사실은 그의 아내입니다."

라이언스 부인은 의자에 털썩 앉아 팔걸이를 잡았다. 꽉 잡고 있는 그녀의 손이 하얗게 변해갔다.

"아내라고요? 그분은 결혼하지 않았는데요? 증거를 대봐요. 무슨 증거가 있죠? 증거를 보여달라고요."

그녀의 눈빛이 이글거리고 있었다.

홈스는 주머니에서 서류를 꺼냈다.

"이 사진은 4년 전 요크에서 찍은 것인데, 뒷면에 반델러 부부라고 적혀 있습니다. 그리고 이 서류 세 장은 세인트 올리버 사립학교를 경영하던 반델러 부부에 대해 몇 사람이 쓴 것입니다. 자, 읽어보세요."

라이언스 부인은 완전히 절망에 빠져 넋이 나간 얼굴로 우리를 쳐다보았다.

"홈스 씨! 그 남자는 제가 남편과 이혼하면 결혼하자고 했어요. 이 나쁜 인간이 온갖 수법으로 저를 속인 거죠. 그는 단 한 번도 진실을 얘기한 적이 없습니다. 왜 그랬을까요? 지금까지 전 이용만 당한 거에요. 이제 뭐든지 물어볼 것 있으면 말씀하세요. 아무것도 숨길 필요가 없으니까요. 그런데 한 가지는 맹세할 수 있습니다. 찰스 경에게 쓴 편지가 그분에게 해를 끼치리라는 건 꿈에도 생각하지 못했어요."

"저는 부인을 믿습니다. 이 사건은 부인에게도 고통스러운 기억이겠지만 제가 몇 가지 질문을 하겠습니다. 혹시 착오가 있으면 고쳐주시기 바랍니다. 그때 편지를 보내신 건 스테이플튼이 시킨 것이었죠?"

"네, 맞습니다."

"그의 생각은 찰스 경이 이혼수속에 드는 비용을 지원해줄 거라는 거였죠?"

"네, 그랬습니다."

"그리고 편지를 보낸 다음엔 약속장소에 못가게 했죠?"

"자존심이 상한다고 하더군요. 다른 남자한테서 그런 돈을 받는다는 게 말이죠. 그러면서 없는 돈이지만 가진 걸 다 털어보겠다고 했어요."

"그리고 그분의 사망소식을 신문에서 볼 때까지 부인은 아무것도 모르고 계셨죠?"

"네."

"게다가 찰스 경과의 약속에 대해서는 절대로 얘기하지 말라고 시켰죠?"

"네, 그랬어요. 사인을 모르는데 그 사실을 얘기하면 제가 혐의를 받게 된다면서 잔뜩 겁을 주더군요."

"그런데 그가 수상하다는 생각은 안 드셨나요?"

라이언스 부인은 잠시 망설이며 눈길을 피했다.

"저는 그가 어떤 사람인지 알고 있었습니다. 하지만 그가 저한테 성실하게 하면 저도 항상 성실하게 대해주려고 했죠."

"결국 부인은 위험을 모면했습니다. 부인이 그의 비밀을 알고 있는데도 아직 부인은 살려두고 있으니까요. 근래 몇 달 동안 부인은 파멸의 가장자리를 아슬아슬하게 걷고 있었던 셈입니다. 자, 그럼, 다시 연락을 드리겠습니다."

우리는 그녀의 사무실을 나와 기차역으로 갔다.

"이제 어려운 문제가 하나씩 풀려가고 있군. 그 여우같은 자식에 대해서는 아직도 명확하지 않은 점이 남아 있지만 아무튼 오늘밤 안으로 다 밝혀지게 될 걸세."

런던에서 오는 기차가 플랫폼으로 들어와 멈추자, 체구는 작은데 다부지게 생긴 한 남자가 1등 칸에서 내렸다. 레스트레이드는 홈스에게 다가오더니 깍듯한 태도로 인사를 했다. 그의 자세로 보아 그가 홈스를 어떻게 생각하는지 짐작할 수 있었다.

"뭐 흥미로운 사건이 일어났나 보죠?"

레스트레이드가 물었다.

"몇 년만에 일어난 최대 사건이지. 출발하려면 아직 두 시간 남았는데, 그동안 저녁을 해결합시다. 레스트레이드, 자네는 다트무어의 맑은 공기로 목에 고여있는 런던의 안개를 좀 씻어내게. 여긴 처음 왔나? 그렇다면 첫방문은 절대 잊지 못할 걸세."

바스커빌 집안의 사냥개

셜록 홈스에게 결점이 있다면, 모든 계획이 다 완수될 때까지 남에게 말하기를 꺼린다는 점이었다. 그건 극적인 효과로 주위 사람들을 압도하려는 그의 영웅적인 성격에서 비롯된 것이었다. 그리고 또 한편으로는 직업적 특성인 신중함 때문이기도 했다. 하지만 옆에서 일을 돕는 사람에게는 여간 고약한 게 아니었다. 그렇게 힘든 적이 여러 번 있었지만 그날 저녁보다 더 힘든 적은 없었다. 장시간 마차로 달리는 동안에도 홈스는 다음에 무슨 행동을 취할 것인지 아무런 말도 해주지 않았다. 어느덧 마차는 황무지로 들어서고 있었다. 그리고 메리핏 하우스로 점점 가까이 다가갈수록 답답했던 마음이 오히려 가벼워졌다. 우리는 가로수길 입구에서 마차를 내려 그 집까지 걸어가기 시작했다.

"무장하고 있겠지, 레스트레이드?"

홈스의 질문에 형사가 미소를 지었다.

"바지엔 반드시 뒷주머니가 있고, 뒷주머니엔 항상 뭔가가 들어있죠."

"그럼 됐어! 우리도 무장하고 있네."

"사태가 아주 급박한가 보죠? 지금 어떤 상황입니까, 홈스 선생?"

"감시하고 있는 중이네."

"하여튼 별로 기분 좋은 장소는 아니군요. 저기 어떤 집의 등불이 보이는데요."

형사가 손으로 가리키며 말했다.

"저기가 메리핏 하우스이고 우리의 목적지네. 발소리 내지 말고 말소리도 안 나게 조심하게."

우리가 그 집에서 약 200야드 떨어진 곳까지 접근하자 홈스가 멈추라고 했다.

"여기서 좀 기다려보세. 오른쪽 바위가 훌륭하게 가려주는군. 왓슨, 자네 저 집에 들어가봤나? 구조가 어떻던가? 이쪽 끝 방은 뭐지?"

"아마 주방일 거야."

"저쪽 불 켜진 곳은?"

"그곳은 식당인 것 같아."

"왓슨, 자네가 가만히 가서 안을 좀 들여다보게. 들키지 않도록 철저히 조심해야 하네."

나는 오솔길을 살금살금 걸어가 과수원의 나지막한 담 뒤에 숨었다. 그리고 몸을 낮춰 담을 따라 가다가 창문이 열려있는 방 앞에 멈춰 섰다. 방안에는 헨리 경과 스테이플튼이 테이블 가에 앉아 담배를 피우고 있었다. 스테이플튼은 열심히 얘기하고 있고, 헨리 경은 창백한 얼굴로 딴 생각을 하고 있는 것 같았다. 아마도 혼자서 황무지를 걸어가야 한다는 걱정에 빠져있는지도 몰랐다.

그런데 갑자기 스테이플튼이 일어나더니 방을 나갔다. 헨리 경은 술잔을 다시 채우고 의자에 등을 기댔다. 곧 현관문이 열리고 자갈 밟는 소리가 들려왔다. 담 너머로 보자 스테이플튼은 과수원 한쪽에 있는 창고로 들어갔다. 그런데 안에서 발을 끄는 듯한 이상한 소리가 들렸다. 그는 금방 나와 문을 잠그고는 다시 집으로 들어갔다. 그가 방안으로 들어오는 걸 확인하고 나는 다시 살금살금 기어서 동료들이 있는 곳으로 돌아왔다.

"그의 아내는 없었단 말이지?"

"없더라고."

"거기 말고는 불 켜진 데가 없는데, 그럼 어디 있는 걸까?"

"글쎄 말이네."

그림펜 늪 위에 끼어있던 짙은 안개가 서서히 우리 쪽으로 밀려왔다. 홈스가 그걸 보며 불안한 듯 말했다.

"안개가 몰려오고 있어, 왓슨."

"왜? 안 좋은가?"

"안개가 일을 망쳐버릴지도 모르네. 하지만 헨리 경은 곧 나오겠지. 벌써 10시거든. 안개가 오솔길을 덮치기 전에 나와야 그의 목숨도 안전하고 우리의 계획도 무사할 텐데."

그런데 갑자기 주방 쪽의 불이 꺼졌다. 하인들이 떠난 것 같았다. 이제 식당엔 두 사람만이 남아 계속 얘기를 하고 있었다. 무서운 음모를 품고 있는 주인과 아무것도 모르고 앉아있는 손님.

황무지의 거의 반을 뒤덮고 있는 안개 바다는 점점 더 집 쪽으로 밀려오고 있었다. 과수원의 담이 서서히 안개에 묻히며, 나무들도 그 안에 잠겨들고 있었다. 그리고 안개는 점차로 집 전체를 에워싸며 바다에 떠있는 배처럼 보이게 했다. 홈스는 마음이 급해 어쩔 줄 몰라 하며 발을 굴렀다.

"이제 15분 안에 안 나오면 길도 다 덮어버릴 텐데."

"더 높은 곳으로 갈까요?"

"어, 그럴까?"

우리는 그 집에서 반 마일 떨어진 곳으로 옮겨갔다.

홈스가 별안간 땅바닥에 귀를 갖다 댔다.

"음, 그가 오는 소리가 들리네."

잠시 후 정말로 급히 걷는 발걸음 소리가 적막 속에서 울려왔다. 바위 뒤에 숨어서 우리는 두터운 안개의 벽을 쳐다보고 있었다. 마침내 걸음소리가 점점 가까이 다가오더니 마치 커튼 사이에서 나오듯 안개를 뚫고 나왔다. 그는 우리 옆을 지나 오솔길을 걸어갔다. 그러나 불안한 듯 가면서 자꾸만 주위를 둘러보았다.

"쉿! 조심해! 온다!"

홈스의 소리에 누군가 권총의 격철을 세우는 날카로운 소리가 들렸다.

안개 뒤에서 뭔가 살금살금 다가오는 소리가 작지만 분명하게 들려왔다. 우리는 숨을 죽이고 그곳을 응시하고 있었다. 홈스는 긴장돼 있으면서도 자신감에 차있어 보였다. 그런데 잠시 후 그의 눈이 갑자기 커지더니 뭔가에 놀라며 입이 벌어졌다. 순간 레스트레이드는 비명을 지르며 땅에 엎드렸다. 뭔가 무시무시한 게 우리 쪽으로 달려들고 있었다. 나는 권총을 잡으려 했지만 이미 손이 말을 듣지 않았다.

그 형체는 바로 사냥개였다. 지금까지 본 적이 없을 정도로 엄청나게 크고 시커먼 사냥개였다. 눈이 숯불처럼 번쩍거리며 입에서는 불이 뿜어져 나왔다. 미친 사람이 꿈을 꾼다 해도 그보다 더 흉칙한 것을 꿀 수는 없을 것이다.

사냥개는 헨리 경의 뒤를 쏜살같이 추격해갔다. 워낙 순간적으로 일어난 일이라 우리가 정신을 차렸을 때는 그 짐승이 벌써 우리 옆을 지나간 다음이었다. 홈스와 나는 동시에 총을 쏘았다. 짐승은 괴성을 지르며 계속 달려갔다. 헨리 경이 뒤돌아보며 절망스런 동작으로 두 손을 쳐드는 게 보였다.

그러나 곧 사냥개가 다시 고통스런 괴성을 질렀다. 총을 맞은 게 분명했다. 우리의 공포는 순식간에 바람처럼 날아가고 있었다. 그 짐승을 죽일 수 있을 것 같은 확신이 들었다. 순간 홈스는 바람보다 더 빨리 달려나갔다. 우리 셋이 필사적으로 뛰어가고 있는 동안 저 만치서 헨리 경의 비명소리와 사냥개의 신음하는 듯한 포효소리가 계속 들려왔다. 이윽고 그 시커먼 짐승이 헨리 경을 덮치며 물어뜯으려 했다. 다음 순간, 홈스가 권총 다섯 발을 짐승에게 쏘아댔다. 날카로운 비명으로 허공을 찢으며 마침내 짐승은 사지를 떨더니 옆으로 쓰러졌다.

헨리 경은 정신을 잃고 있었다. 그의 셔츠를 찢고 몸을 확인해봤더니 상처 자국은 전혀 없었다. 홈스가 안도의 한숨을 쉬며 감사의 기도를 중얼거리고 있는 동안 그는 벌써 몸을 움직거렸다. 그리고 레스트레이드가 그의 입에 브랜디를 흘려 넣자 곧 눈을 떴다.

"아니, 그게 뭐였나요? 도대체 뭐였지?"

그가 힘없이 입을 열었다.

"아무튼 그건 죽었어요. 이제 바스커빌 집안의 악마는 영원히 사라진 겁니다."

홈스가 대답했다.

그 괴기스런 짐승은 블러드하운드도 아니고 매스티프도 아니었다. 두 가지의 잡종인 것 같았다. 코 끝이 번쩍거려 만져봤더니 내 손바닥에서 빛이 났다.

"인을 발랐군."

내가 말했다.

"교활한 놈 같으니! 헨리 경, 이렇게 놀라시게 해서 정말 미안합니다. 사냥개가 이렇게까지 클 줄은 몰랐지요. 게다가 안개 때문에 안 보여 미리 대처하지를 못했습니다."

홈스가 말했다.

"당신은 제 생명을 구해주셨어요."

"그 이전에 생명을 앗아갈 뻔 했죠. 일어서실 수 있겠어요?"

"브랜디 한 모금만 더 마시면 뭐든 할 수 있을 것 같아요. 됐어요! 자, 좀 일으켜주세요. 이제 어떻게 하실 겁니까?"

"경은 여기서 좀 기다리고 계세요. 범인을 잡아야 하니까요. 그런 다음 저택으로 모셔다 드리겠습니다."

헨리 경은 일어나긴 했지만 아직도 부들부들 떨고 있었다. 우리는 그를 부축해 바위 뒤로 가서 숨어있게 했다.

"놈이 권총소리를 듣고 벌써 도망쳤을지도 몰라."

홈스가 집 쪽으로 가며 말했다.

"글쎄, 거리가 상당히 있었고, 또 안개 때문에 총소리가 안 들렸을지도 모르지."

"처음엔 놈이 사냥개 뒤를 따라왔지. 그러다 지금은 어디론가 사

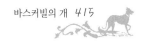

라졌을 거야! 어쨌든 집안을 뒤져보는 수밖에."

현관문이 열려있어 우리는 뛰어들어가 이 방 저 방을 샅샅이 뒤졌다. 그러나 범인은 이미 그림자도 보이지 않았다. 그런데 2층의 한 방이 잠겨져 있었다.

"이 안에 누가 있는데요! 무슨 소리가 들려요."

레스트레이드가 소리쳤다.

낮은 신음소리와 바스락대는 소리가 안에서 들렸다. 홈스가 자물쇠 위를 발로 힘껏 차자 문이 열렸다. 그런데 안에 있는 사람은 필사적으로 저항하는 범인이 아니라 다른 사람이었다. 방 한가운데 있는 기둥에 사람 하나가 묶여있었는데, 밧줄이 아니라 천으로 온통 감겨있었기 때문에 누군지 전혀 알아볼 수가 없었다. 눈만 빼놓고 얼굴도 모두 가려져 있었던 것이다. 우리가 그 사람을 풀어주자 곧바로 바닥에 픽석 쓰러졌다. 그 사람은 다름 아닌 스테이플튼 부인이었다. 그녀의 목 뒤에 채찍 자국이 선명하게 나있었다.

"개 같은 자식! 레스트레이드, 브랜디 좀 주게! 부인을 의자에 좀 앉혀봐!"

홈스가 소리쳤다.

부인이 서서히 눈을 떴다.

"그는 안전한가요? 피했어요?"

부인이 물었다.

"우리는 그를 잡아야 합니다."

"아니, 제 남편 말고요. 헨리 경 그분이요. 무사하신가요?"

"네. 무사합니다."

"사냥개는 어떻게 됐나요?"

"죽었습니다."

부인은 안도의 한숨을 내쉬었다.

"하느님, 감사합니다! 그는 악한이었어요! 보세요, 저한테 어떻게 했는지!"

부인은 소매를 올리고 팔을 보여주었다. 온통 상처 투성이였다.

"이건 아무것도 아니에요. 그는 제 영혼을 더럽혔어요. 그에게서 사랑받고 있다는 희망이 있을 때는 모든 것을 참고 기다릴 수 있었어요. 그런데 그게 아니라는 걸 알았죠. 저는 속고 살아왔던 거에요."

부인은 절망감에 몸을 떨며 울었다.

"그는 어디로 도망쳤습니까? 이제까지 그의 악행을 도우셨다면 이번엔 우리를 도와 보상받으세요, 부인."

"그가 도망칠 곳은 한 군데밖에 없어요. 늪 한가운데 섬 같은 곳이 있는데, 그곳에 옛날 폐광 자리가 있어요. 그곳에서 그는 사냥개를 기르고, 피난처도 마련해놓았죠."

홈스는 램프를 들고 창문 쪽에다 갖다 댔다.

"보세요. 오늘 밤엔 안개가 너무 끼어서 그리 갈 수가 없습니다."

그러자 부인은 즐거운 표정으로 말했다.

"들어갈 수는 있지만 나오지는 못해요. 그와 제가 함께 늪지로 들어가는 곳에 표시를 하기 위해 막대기를 심었거든요. 만약 그걸 뽑아버리면 그는 나올 수가 없죠!"

아무튼 그날 밤엔 범인을 뒤쫓을 수가 없었다. 그래서 레스트레이드가 그 집의 감시를 맡기로 하고 나와 홈스는 헨리 경과 함께 바스커빌 저택으로 돌아갔다. 우리는 헨리 경에게 스테이플튼 부부에 대한 얘기를 다 털어놓았다. 그는 의외로 충격을 잘 견뎌냈다. 하지만 결국 사냥개에 의한 충격으로 신경이 너무 쇠약해져 그는 모티머 씨의 진찰을 받아야 했다. 그 후 두 사람은 세계일주 여행을 함께 다녀왔고, 그제야 헨리 경은 바스커빌 저택에 오기 전처럼 다시 건강을 되찾을 수 있었다.

　그 다음날, 안개가 걷히자 우리는 스테이플튼 부인과 함께 늪지로 들어갈 수 있는 통로 쪽으로 갔다. 좁다랗게 뻗어있는 통로엔 작은 막대기가 여기저기 세워져 있었다. 질척한 흙이 신발에 달라붙을 때마다 마치 어떤 악마가 늪 속에서 우리를 잡아끄는 것 같은 기분이 들었다. 그런데 바로 우리 옆, 한 무더기의 황새풀 위에 뭔가 검은 물체가 놓여있었다. 홈스는 그걸 잡으려고 길을 벗어났다가 금방 허리까지 잠기고 말았다. 우리가 끌어내주지 않았더라면 그는 영원히 돌아오지 못할 뻔 했다. 홈스가 들고나온 검은 물체는 구두 한쪽이었는데, 안쪽에 '토론토 시 메이어 구두점' 이라는 상표가 붙어있었다.
　"진흙으로 목욕한 가치가 있었네. 헨리 경이 잃어버린 그 구두야."
　그가 말했다.
　"스테이플튼이 도망치면서 내던진 것 같군."

"사냥개가 뒤쫓도록 구두를 사용했던 거야. 그리고 가지고 있다가 도망치면서 버린 거지. 그렇다면 그가 이쪽으로 온 게 확실하다는 얘기네."

그러나 그 이상 알아낼 수는 없었다. 발자국이 보이지 않았던 것이다. 늪지에서는 진흙이 계속 올라와 발자국을 다 덮어버리기 때문이었다. 그러나 늪을 건너 단단한 땅에 도착했을 때도 발자국은 여전히 보이지 않았다. 만약 그대로 결론을 내린다면 그는 안개 때문에 결국 피난처인 작은 섬에 도달하지 못했다는 얘기다. 다시 말해 거대한 늪지 어딘가에 빠져 영원히 묻혀버린 것이다.

섬 안에는 그가 사냥개를 숨겨두었던 흔적들이 있었다. 폐광 자리에 오두막들이 무너진 채 남아있었는데, 그 중 한 곳엔 쇠사슬과 많은 뼈다귀들이 널려 있었다. 그리고 갈색털이 붙어있는 두개골 하나도 잡동사니 사이에 섞여있었다.

"개인 것 같은데! 쯧쯧. 스패니얼이네. 모티머 씨는 그의 개를 영원히 못찾겠군. 가끔 들려오던 그 울부짖는 소리의 정체가 이렇게 밝혀진 거야. 이 반죽은 뭐지? 아아, 사냥개 코 끝에 발랐던 그 야광 도료군. 이건 분명 바스커빌 집안에 내려오는 그 악마개의 전설을 떠올리면서 찰스 경을 공포로 몰아가 죽이려고 생각해낸 방법일 거야. 정말 교활한 놈이었어. 왓슨, 그동안 많은 수사를 해왔지만 이놈만큼 잔인한 인물은 없었네."

회상

    11월 말이 다가오는 안개 낀 밤, 홈스와 나는 하숙집 거실에서 난로를 피워놓고 앉아 있었다. 데븐셔에서 돌아온 후 홈스는 중요한 사건 두 개를 처리하며 몹시 바쁘게 보냈다. 하나는 논퍼렐 클럽의 트럼프 추문에 얽힌 업우드 대령의 추악한 행위를 폭로한 것이었고, 다른 하나는 의붓딸 카레르 양에 대한 살해혐의를 받고 있던 몽팡시에 부인을 혐의에서 풀어준 것이었다. 결국 카레르 양은 뉴욕에 살아있으며 결혼까지 했다는 사실이 6개월 후에 밝혀졌다. 홈스는 복잡한 사건들을 잘 해결하고 나자 기분이 아주 유쾌해져, 바스커빌 사건에 대한 몇 가지 자세한 내용을 그때서야 털어놓았다. 나도 내심 기다려왔던 순간이었다. 그는 보통 어떤 사건이 끝난 다음엔 그것에 대해 다시 얘기하는 걸 좋아하지 않았다. 그런데 그가 얘기를 하게 됐던 건, 기분도 기분이지만 마침 그날 오후에 헨리 경과 모티머 박사가 헨리 경의 건강을 위해 먼 여행을 떠나려고 런던에 와있다가 우리 하숙집으로 찾아왔기 때문이었다. 그래서 자연스레 그 얘기가 나오게 됐던 것이다.

    "스테이플튼이라는 사람의 입장에서는 그러한 행위가 처음부터 끝까지 잘 계산된 것이었지만 우리는 사실의 일부분밖에는 알지 못했기 때문에 굉장히 복잡한 사건으로 생각했던 거라네. 그런데 사건이 끝나고 스테이플튼 부인을 두 번 만나면서 모든 내막을 알게 됐지."

홈스가 말을 꺼내자 내가 옆에서 재촉했다.

"그럼 생각나는 대로 설명해보게."

"그런데 내가 전부 다 기억하고 있다는 장담은 못하겠네. 왜냐하면 다른 일에 정신을 집중하다보면 그 전의 일이 쉽게 잊혀지더라고. 변호사도 그렇다는군. 맡고 있는 사건에 대해 훤히 알고 있고, 전문가와 토론까지 하다가도 다른 일이 생겨 2주일만 몰두하면 그 사건이 머리 속에서 완전히 빠져나간다는 거야. 그래서 지금은 카레르 양 사건이 바스커빌 저택에 대한 기억을 흐리게 하고 있는 거라네.

아무튼 생각나는 대로 얘기해보겠네. 내가 조사를 해보니까, 그 초상화에서 본 대로 그자가 바스커빌 가문의 사람인 건 맞더라고. 로저 바스커빌의 아들이었지. 찰스 경의 동생 말이야. 그자는 안 좋은 소문 때문에 남아메리카로 도망을 갔는데, 독신으로 살다 죽은 것으로 돼 있지만 사실은 결혼을 해서 아들이 하나 있더라고. 그게 바로 스테이플튼이라는 작자였지. 그는 거기서 코스타리카 여자인 베릴 가르샤와 결혼한 후 거액의 공금을 횡령해 영국으로 도망쳐 왔다네. 그리고 성을 반델러로 바꾼 다음 요크셔 주에 학교를 세운 거야. 그가 학교 사업을 하게 된 건, 영국으로 오는 배 안에서 폐렴을 앓고 있는 한 교사를 만난 게 동기였지. 말하자면 그 교사를 이용하게 됐던 거라네. 그런데 그 교사가 죽고나자 학교의 평판도 나빠지면서 점점 기울어져 결국 일어서지 못할 정도까지 간 거야. 그래서 반델러 부부는 다시 성을 스테이플튼이라고 바꾸고 데븐셔로 갔던 거라네.

자, 이제부터가 결정적인 흥미를 불러일으키는 대목이니까 잘 들어보게. 그는 오기 전에 이미 바스커빌 집안에 대해 조사를 해봤다네. 그랬더니 엄청난 재산이 있는데, 거기에 두 사람이 관련돼 있는 거야. 자신한테는 방해 인물이지. 그는 당장 구체적인 계획을 세울 수는 없었지만 아내를 동생으로 가장해 이용할 생각은 처음부터 분명히 세웠어. 그 다음 행동은 바스커빌 저택 근처에 자리를 잡고 찰스 경과 친해지는 것이었지. 그런데 찰스 경이 집안에 전해 내려오는 사냥개 이야기를 그에게 해주면서 스스로 무덤을 판 꼴이 되었다네. 스테이플튼은 그가 심장이 약하다는 걸 이미 알고 있는 데다 미신 같은 이야기를 거의 믿고 있다는 것도 알아챈 거야. 스테이플튼은 즉시 찰스 경을 감쪽같이 죽일 수 있는 방법을 생각해냈지. 그냥 사냥개를 이용하는 게 아니라 그걸 악마처럼 보이게 꾸밀 생각을 했다는 건 그가 천재적인 두뇌를 갖고 있다는 증거 아니겠나? 아무튼 그때부터 교묘하게 작전을 세운 거야. 우선 런던에 가서 사납기로 이름 난 사냥개 한 마리를 구입해 몰래 집으로 데려왔지. 그리고 늪지 안에 그걸 숨길만한 장소도 발견했다네. 그런 다음 그는 사냥개를 데리고 몇 번이나 밤에 숨어서 찰스 경이 나오기를 기다린 거야. 하지만 계속 헛일이었지. 그 때문에 농부들 사이에 악마견을 봤다는 소리가 나오게 됐던 거라네. 그는 그 계획이 먹혀들지 않자 아내가 찰스 경을 유혹해 죽여주기를 바랐지. 그런데 아내는 뜻밖에도 그의 계획에 동의하지 않았다네. 그가 그녀를 때리기 시작한 것도 그 때문이었어.

그러다 마침내 해결방법을 찾아냈지. 이번엔 라이언스 부인을 이용하기로 한 거야. 그는 독신자라고 속여 그녀에게 접근한 다음, 남편과 이혼을 하면 그녀와 결혼하고 싶다고 말한 걸세. 그런데 찰스 경이 바스커빌 저택을 떠난다는 소식을 듣게 되자 기회는 지금뿐이라는 생각이 든 거야. 그래서 라이언스 부인이 찰스 경에게 편지를 쓰게 만들었지. 하지만 여자에게 가지 말라고 하고는 자신이 그 시간에 사냥개를 끌고 갔던 거야. 인을 발라 악마견처럼 꾸미고 말이지. 찰스 경은 웬 시커멓고 무시무시하게 생긴 짐승이 울타리를 넘어 달려들자 정신없이 뛰어 도망쳤지. 얼마나 소름이 끼쳤겠나. 그러다 결국은 심장마비로 쓰러지고 말았어. 사냥개는 찰스 경을 추격할 때 오솔길 가에 있는 풀밭에서 달렸기 때문에 발자국이 남아있지 않았던 거라네. 그 짐승은 찰스 경이 죽어있는 걸 확인하고는 돌아갔는데, 모티머 씨가 발견한 발자국은 그때 짐승이 걸어간 발자국이었어. 스테이플튼은 곧바로 개를 끌고 사라졌지. 그자가 한 짓은 정말 교활한 악마라고밖에 표현할 길이 없네. 왜냐하면 공범인 개를 체포할 수도 없으니까 말일세.

아무튼 한 사람은 그렇게 성공적으로 해치웠는데, 이제 또 한 사람을 처치해야 할 일이 남았지. 그는 캐나다에서 오는 헨리 경을 데븐셔에서 기다릴 게 아니라 런던에서 아예 해치울 수 있다고 생각했어. 그러고는 아내까지 런던으로 데리고 간 거야. 그녀가 자기의 계획을 망칠까봐 두려웠기 때문이지. 그는 호텔에 아내를 가둬두고 변장을 한 채 모티머 씨를 계속 미행했던 거야. 그의 아내는 남편의 음모를 눈치 채고 있었지만 그가 너무나 포악하기 때문에 피해를 당할 사람에게 편지를 쓸 수도 없었어. 그래서 결국 그녀는 생각한 끝에 신문의 낱말을 오려내 문장을 만들었던 것이지. 그게 곧 남작이 받았던 그 편지였다네. 스테이플튼은 개가 헨리 경의 냄새를 맡으면 곧 추격할 수 있도록 하기 위해 그의 물건 하나를 훔쳐내야 했네. 틀림없이 호텔의 구두닦이나 직원에게 돈을 주고 부탁했겠지. 그런데 훔쳐낸 구두가 하필 새것이라 목적에 맞지 않았어. 그는 다시 헌 구두를 손에 넣게 되었는데, 이 일로 해서 이번 사건에 정말로 개가 관련되었다는 결론을 얻을 수가 있었네. 왜냐하면 새 구두가 아니라 헌 구두가 필요하며, 양쪽이 아니라 한쪽만 있어도 된다는 게 바로 그걸 설명했던 것이지. 그러고는 다음날 아침 우리를 방문한 헨리 경과 모티머 씨를 계속 미행했던 거야.

그런데 그가 저지른 범죄가 이 바스커빌 사건만은 아닌 것 같네. 최근 3년간 서부지방에서 큰 강도사건이 네 건이나 있었는데, 한 건도 범인이 잡히지 않았거든. 그중 네 번째 사건은 지난 5월에 포크스턴 코트에서 한 어린 직원이 복면을 쓴 강도한테 총살당한 사건이야. 틀림없이 스테이플튼이 한 짓으로 생각되네. 돈을 훔치기 위해서였지. 런던에서 그가 타고 미행했던 마차의 마부가 우리집에 왔을 때 손님의 이름을 말했던 것 기억나지? 셜록 홈스라고 했던 것 말이네. 그는 내가 그 사건에 간여하고 있다는 걸 이미 깨달았던 거지."

"그런데 잠깐! 그가 런던에 와있을 때 말이야, 사냥개는 어떻게 하고 왔을까?"

내가 물었다.

"그렇지. 중요한 얘기지. 아마 그에게 충성하는 누군가가 있지 않았을까 싶네. 그의 집에 안소니라는 하인이 있었는데, 그들 부부가 데번셔로 오기 전부터 데리고 있었던 늙은이야. 한 번은 그가 그림펜 늪지로 건너가는 것을 본 적이 있었는데, 말하자면 주인이 없을 땐 그가 사냥개를 지켰던 것 같네. 그는 지금 도망치고 없다네. 스테이플튼 부부가 런던에서 포기하고 데번셔로 간 다음 헨리 경과 자네도 데번셔로 갔지. 그때 내가 어떻게 했는지 아나? 그의 아내가 찰스 경에게 보낸 경고 편지를 자세히 살펴보려고 종이를 위로 드는데 자스민 향이 풍기더군. 범죄전문가라면 75가지 정도의 향은 분간할 수 있어야 하네. 나도 향 때문에 사건의 실마리를 얻은 경우가 여러 번 있었거든. 아무튼 그 향 때문에 여자가 관련돼있다는 걸 깨닫고는 곧 스테이플튼 부부를 주목하기 시작했다네.

내가 황무지에 있을 때 첫째 목표는 스테이플튼을 감시하는 것이었지. 그렇다고 해서 항상 황무지에 있었던 건 아니고 대부분은 쿰트레이시에 머물렀어. 카트라이트도 변장을 하고 나를 도와줬지. 내가 스테이플튼을 감시하고 있을 때 카트라이트는 자네를 감시했다네. 그래서 내가 양쪽을 다 알 수 있었던 거야. 어쨌든 스테이플튼을 파멸시키는 데 성공하긴 했지만 헨리 경에게 그토록 큰 충격을 준 건 솔직히 내가 잘못한 점이야. 다행히 모티머 의사가 곧 나아질 거라고 말해서 안심이 됐지. 좀 오랜 여행을 하고 나면 완전히 회복될 걸로 믿네. 다만 씁쓸한 건, 그는 스테이플튼 부인을 그렇게 사랑했는데 여자는 그를 속였다는 사실이지.

그럼 그 여자가 사건 전체에서 맡았던 역할을 얘기해볼까. 남편을 사랑해서인지 무서워서인지는 모르겠지만 아무튼 여동생 역할을 하는 데는 여자가 동의를 했어. 그리고 남편의 음모를 폭로하지 않는 선에서 헨리 경을 도와주려고 무척 애를 썼지. 그런데 그 마지막 날 밤에 그녀는 죄수가 죽은 걸 눈치 채고, 헨리 경이 초대돼 왔는데 남편이 사냥개를 집 별채에 넣어둔 것도 알게 된 거야. 그래서 둘은 대판 싸움을 하게 됐지. 그러자 스테이플튼은 그녀에게 사랑하는 다른 여자가 있다고 밝혔던 걸세. 그러고는 아내가 증오심으로 자기를 배반할 것 같자 헨리 경과 만나지 못하도록 2층 방에 묶어두었지. 그렇게 해서 그녀의 입을 막을 수 있다고 생각했던 거야. 하지만 그건 치명적인 실수였어. 스페인의 피를 가진 여자는 그런 모욕을 당했을 때 절대로 간단히 용서하지 않거든. 자 왓슨, 이제 중요한 얘기는 다 한 것 같네.”

　“나이 든 찰스 경은 악마견으로 죽일 수 있다 해도 젊은 헨리 경까지 그런 식으로 죽이려 한 건 너무 간단하게 생각한 것 아니었을까?”

　“사나운 사냥개를 굶겼다 풀어놓으면 어느 누구도 그 짐승한테 맞설 수가 없겠지.”

　“그렇겠군. 그리고 또 한 가지 의문은, 만약 그가 그 가문의 후계자가 된다면 그동안 몇 번이나 성을 바꾸고 저택 바로 근처에서 살았는데 어떻게 아무런 의심도 받지 않고 상속권을 주장할 수 있겠는가 하는 점이라네.”

　“그건 너무 어려운 문제라 나로서는 알 수가 없네. 과거와 현재는 내가 조사할 수 있지만 미래에 관련된 일은 나도 모르니까 말일세. 그런데 스테이플튼 부인이 남편한테서 그 얘기를 몇 번 들었다고 하더군. 세 가지 방법이 있다는 거였지. 첫째는 남아메리카로 가서 그곳의 영국 관청을 통해 신분 증명을 받은 다음 이곳의 재산을 확보하는 것이고, 둘째는 런던으로 가서 가능한 빨리 변장을 하는 것이지. 그리고 셋째는 공범자를 상속인으로 등기시킨 다음 자신의 몫을 요구하는 방법이지. 그렇게 교활한 자가 무슨 수단을 못찾겠나. 자 왓슨, 어쨌든 그 사건 때문에 몇 주일 동안 고생했으니까 오늘 저녁엔 좀 즐겁게 보내면 좋겠네. 가극 '레 위그노'의 표를 예약해 두었으니까 30분 내로 나갈 준비나 하게. 자네, 드 레시케의 노래를 들어봤는지 모르겠네. 우선 마르치니 레스토랑에 가서 간단한 저녁식사를 하세."

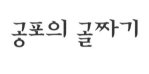

공포의 골짜기

제1장_ 경고

"**내** 생각으로는……."

내가 말을 시작하는데 셜록 홈스가 짜증스러운 투로 불쑥 말했다.

"누구나 자기 생각이 있지."

나는 무척 참을성이 많다고 생각하는데 그렇게 말머리부터 뚝 잘려버리자 솔직히 불쾌했다.

"홈스, 자네는 가끔 화를 돋구는 말을 하는구먼."

나도 참지 못하고 한 마디 했다.

그런데 아무 대꾸가 없었다. 그는 무슨 생각에 깊이 빠져있었던 것이다. 음식엔 손도 대지 않고 그는 봉투에서 쪽지를 하나 꺼내 유심히 살펴보았다. 그러더니 봉투를 햇빛 쪽으로 들어올리고 세심하게 들여다보았다.

"폴록의 필적이군. 틀림없어. 그 사람의 글씨를 두 번밖에 본 적이 없지만 'e'를 그리스체로 특이하게 쓰거든. 만약 그가 보낸 게 맞다면 아주 중요한 일일 거야."

그는 혼자 말하듯 중얼거리고 있었는데, 듣다 보니 재미있어 좀전의 불쾌한 기분은 어느새 잊고 말았다.

"폴록이라고? 뭐 하는 사람인데?"

내가 물었다.

"어 그러니까, 폴록이란 건 그냥 쓰는 이름일 뿐이고, 그 실체는 교활하기 이를 데 없는 정체불명의 사나이지. 지난번에 편지를 보내왔을 때 그게 자기 본명이 아니라고 솔직히 썼더라고. 그러면서 몇백만 명이나 살고 있는 런던에서 자기를 찾아낼 수 있으면 찾아보라고 으름장을 놓더군. 사실 폴록 그자는 별 것 아니고, 그 배후에 거물이 있다네. 사자에게 먹이가 있는 곳을 가르쳐주는 자칼 같은 존재 말일세. 생각해보게, 기분 나쁘지 않은가? 자네, 내가 모리아티 교수에 대해 얘기한 것 기억나지?"

"그 범죄과학자로 유명한 사람 말이지? 범죄자들 사이에서도 유명한……"

"음, 자네도 점점 유머가 능숙해지는군. 그런데 모리아티를 범죄자로 부르는 건 법적으로는 비방죄에 해당될 거야. 그것보다는 희대의 음모가라든지 암흑세계의 계획자, 범죄조직을 마음대로 주무르는 뛰어난 두뇌를 가진 사나이라고 해야겠지. 워낙 능수능란하기 때문에 어떠한 의혹과 비판도 안 받는다네. 만약 자네 말을 들었다면 명예훼손으로 소송을 걸어 자네 연금의 1년치는 족히 빼앗아갔을 거야. 그는 〈소유성의 역학〉이라는 책도 썼는데, 그것을 비평할 수 있는 사람이 없다고 말할 정도로 순수 수학 분야에서는 최고의 작품으로 치더군. 그러니 함부로 비난하기도 어려운 걸세. 하지만 왓슨, 내가 시시한 자들을 상대하고 있는 지금 일을 모두 끝내면 그자를 꼭 꺾어놓고 말겠어!"

"그날을 반드시 보고 싶군! 그런데 좀전에 폴록에 대한 얘기를 하지 않았나?"

"어, 그렇지. 이른바 폴록이라는 자는 연결고리라고 할 수 있네. 하지만 강한 연결고리는 아니고 가장 약한 고리일 뿐이지."

"그럼 다른 연결고리들이 그보다 더 강하다는 의미군."

"바로 그거야, 왓슨. 그래서 폴록이 아주 중요한 거라네. 그런 녀석은 아직도 마음 속에 순수함 같은 게 남아있지. 내가 언젠가 간접 방법으로 10파운드를 보내줬더니 중요한 정보를 몇 번 알려주기도 했네. 암호해독법을 알면 이 정보도 풀 수 있을 텐데."

홈스는 테이블에 쪽지를 놓고 반듯하게 폈다. 거기엔 이렇게 씌어 있었다.

534 C2 13 127 36 31 4 17 21 41

더글러스 109 293 5 37 벌스톤

26 벌스톤 9 127 171

"뭐라고 생각하나, 홈스?"

"비밀정보인 게 분명해."

"하지만 풀 수도 없는 암호문 아닌가?"

"이 경우는 정말 그렇군."

"왜 '이 경우'라고 말하나?"

"신문 광고란의 모호한 의미처럼 쉽게 풀 수 있는 암호문도 많은데, 이건 그렇지가 않기 때문이지. 어느 책에 있는 걸 옮긴 것 같은데, 무슨 책 몇 페이지에 있는 건지 알 수가 없으니 원."

"그런데 '더글러스'와 '벌스톤'은 왜 그냥 썼을까?"

"두 단어는 그 페이지에 안 실려있으니까 그랬겠지."

"그럼 왜 무슨 책인지 안 밝힌 걸까?"

"자네 같으면 암호의 열쇠를 편지에 같이 넣어서 보내겠나? 만에 하나 다른 사람이 받으면 어떻게 되겠어? 하지만 따로 보내면 둘 다 같은 사람이 받지 않는 한, 위험은 피하게 되겠지. 자, 그럼 두 번째 편지가 오겠군. 이번엔 분명 이 암호문을 풀어줄 책 제목이 씌어있을 거야."

아나나 다를까 2, 3분쯤 지나자 하인 빌리가 편지를 들고 들어왔다.

"같은 필적이야."

홈스가 봉투를 뜯으며 말했다.

"어! 서명도 있네."

편지를 펼쳐들며 그는 즐거워 했다. 그런데 편지를 읽는 동안 그의 표정이 어두워졌다.

"이건 전혀 생각했던 게 아니네, 왓슨. 폴록에게 위험한 일이 안 생겨야 될 텐데. 자 들어보게, 이렇게 씌어있어. '셜록 홈스 씨, 저는 이 일을 이제 그만 두고 싶습니다. 너무 위험해서요. 그가 저를 의심하고 있거든요. 틀림 없어요. 암호문 열쇠를 보내려고 봉투를 쓰고 있는데 그가 갑자기 나타난 겁니다. 재빨리 봉투를 감추긴 했지만 만약 들켰다면 무슨 일을 당했을지 몰라요. 하지만 그는 의혹의 눈으로 저를 보더군요. 이 암호문은 반드시 태워버리세요. 이미 소용이 없게 되었으니까요. 프레드 폴록.' 이렇게 말일세."

홈스는 한동안 편지를 들고 난롯불을 바라보았다.

"폴록은 자신이 배신자가 되었다는 생각을 하자 상대방의 눈빛이 자기를 의심하는 것처럼 보였던 것 같네."

"상대방은 모리아티 교수를 말하는 건가?"

"물론이지. 그들 조직에서는 '그' 라고 하면 다 통한다네. '그' 만이 권력을 휘두를 수 있으니까."

"그는 도대체 무슨 일을 하는 거지?"

"음, 그게 문제지. 최고의 두뇌를 가진 자가 뒤에 범죄조직을 거느리고 있다면 무슨 짓을 못하겠나. 어쨌든 폴록은 두려움에 빠져있네. 편지와 봉투의 글씨도 완전히 달라. 봉투는 제대로 썼는데, 편지 글씨는 거의 알아볼 수가 없거든."

"그런데 그런 마음 상태에서 어떻게 편지를 썼을까? 그만 두지 않고 말일세."

"그러면 나를 힘들게 할까봐 걱정 돼서 그랬겠지."

"그렇겠군. 한데……."

나는 다시 암호문을 집어들어 살펴보았다.

"이 종이에 중요한 비밀이 숨겨져 있는데 도통 알아낼 수가 없으니, 참."

홈스는 결국 식사를 포기하고 생각에 빠지면 언제나 그렇듯 담배에 불을 붙였다. 그러더니 천장을 멍하니 바라보며 말했다.

"이리 줘보게. 다시 봐야겠네. 자, 그냥 순수한 추리를 해보세. 이 친구가 가리키는 건 책일세. 거기서부터 출발해야 돼."

"참 막연한 얘기군."

"그럼 이렇게 얘기해보세. 어떤 책인지를 암시해주는 뭐가 있을까?"

"아니, 아무것도 없는 것 같은데."

"그렇지는 않을 거야. 암호문이 534라는 숫자로 시작되고 있는데, 그건 아마도 책의 페이지를 가리키는 것 같네. 그렇다면 꽤 두꺼운 책이라는 결론이 나오지. 그럼 이제 이 두꺼운 책에 대해 뭔가 암시하는 게 있을까? 그 다음 기호는 C2로 돼있네. 이게 무슨 뜻일까, 왓슨?"

"제2장(chapter2)의 약자겠지. 아닐까?"

"아닐 거야. 왜냐하면 페이지가 적혀 있으면 장은 따로 쓸 필요가 없으니까. 그리고 534페이지나 되는데 이제 2장이 나오면 1장이 엄청나게 길다는 의미 아니겠나."

"그러면 단(column)일 거야!"

내가 외쳤다.

"맞았네, 왓슨. 오늘 아침엔 머리가 꽤 잘 돌아가는군. 단이 아니면 뭐겠나. 벌써 눈 앞에 두꺼운 책 한 권이 보이는 것 같네. 2단으로 인쇄가 돼있고, 단의 길이가 아주 길군. 293이라는 숫자만 봐도 알수 있지. 그런데 추리로 알 수 있는 게 이것 뿐일까?"

"그런 것 같은데."

"아니, 그렇지 않다네. 상상력을 발휘해보게. 만약 그 책이 희귀한 것이라면 보내주었을 걸세. 그런데 그냥 봉투에다 그 책에 대한 암시만 보내려고 했거든. 그건 바로 내가 어렵지 않게 그 책을 찾을수 있다는 의미지. 간단히 말하면 아주 흔한 책이라는 거야."

"듣고 보니 그럴 것 같군."

"자, 그럼 수사 범위는 2단 조판으로 인쇄된 평범하고 두꺼운 책으로 좁혀진 걸세."

"성서네!"

나는 승리라도 한듯 소리쳤다.

"훌륭해, 왓슨! 훌륭해! 그러나 정확히 말해서, 아주 훌륭하다고할 수는 없네. 생각해보게. 성서가 모리아티 패거리들한테 어울리겠나 말이야. 그리고 성서는 워낙 여러 가지 판이 있어서 폴록과 내가같은 걸 가지고 있을 가능성은 거의 없지. 그렇다면 그 책은 성서가 아니라 표준화된 어떤 책일 걸세. 그가 말하는 534페이지와 내 것의 534페이지가 똑같은 책 말이네."

"그렇게 같은 책은 아주 드물 텐데."

'바로 그거야. 거기에 해답이 있을 것 같네. 누구나 갖고 있는 표준화 된 책 말이네."

"브라더쇼우 철도 안내서?"

"그건 아닐 것 같네. 왜냐하면 '브라더쇼우'의 문장들은 정확하고 간결하긴 하지만 내용이 한정돼있어서 말이야. 그리고 사전도 아닐 것 같아. 그럼 뭐가 있을까?"

"혹시 연감?"

"와! 맞았어, 왓슨. 자네가 맞출 것 같더라고. 연감이 틀림없네. 호이테커 연감을 한 번 생각해보게. 보통 널리 쓰이고 있고 페이지 수도 많은 데다 2단으로 되어있지. 앞 부분은 어휘가 풍부하지 않지만 내 기억에 뒤로 갈수록 다양했던 것 같아."

그러면서 홈스는 책장에서 연감을 꺼내들었다.

"534페이지의 2단을 볼까? 인도의 무역과 자원에 대한 설명이 나와있군. 왓슨, 내가 읽을 테니까 한 번 써보게. 13번째 글자는 '말래터'이고, 127번째 글자는 '정부'일세. 그렇다면 말래터 정부가 되는데, 이게 무슨 뜻일까. 다음을 살펴보세. 아니, 이거 '돼지 털'이 나오잖아. 왓슨, 이건 아닌 것 같은데. 틀렸어."

그는 농담하는 것처럼 말했지만 속으로는 답답해 보였다. 나도 어쩔 수가 없어 조용히 난롯불만 바라보고 있었다. 한동안 말없이 앉아있던 그가 느닷없이 소리를 지르며 책장에 가서 다른 책을 꺼내들었다.

"새것만 좋아하다 놓치는 수가 있다니까. 자 왓슨, 오늘이 1월 7일이니까 새로운 연감을 사용해야겠지만 폴록은 작년 것을 쓴 것 같네. 그럼 534페이지에 뭐가 있는지 볼까. 13번째 글자는 'there' 고, 127번째 글자는 'is' 네. 그러면 '있다(there is)' 라는 뜻이 되는데."

홈스는 눈빛을 번득이며 말했다.

"그 다음은, 음, '위험 (danger)' 이군. 오케이! 왓슨, 써보게. '위험 있다, 곧 닥친다. (there is danger — may — come — very — soon — one)' 이번엔 이름인데, '더글러스(Douglas)' 가 나오네. '벌스톤의 벌스톤 저택에 사는 — 부유한 시골의 — 비밀 — 다가오고 있다 (rich country — now — at — Birlstone — House — Birlstone — confidence — is — pressing)' 이 추리에 대해 어떻게 생각하나, 왓슨? 월계관이라도 사고 싶구먼."

나는 옮겨쓴 종이를 들여다보며 말했다.

"뭔가 의미를 전달하고는 있는데, 참 요상한 방법을 쓰고 있구먼!"

"그래도 아주 멋진 솜씨 아닌가? 책의 한 단에서만 단어를 찾다보니까 원하는 단어가 다 없는 거지. 그럴 때는 상대의 센스에 맡기는 거지 뭐. 하지만 이 암호문은 요점을 분명하게 전하고 있네. 그러니까 더글러스에 대해 뭔가 음모가 꾸며지고 있는 걸세. 그가 누군지는 모르지만 벌스톤에 사는 시골 부자겠지. 그에게 나쁜 일이 다가오고 있다는 걸 확신한다는 뜻이야. 확신(confidence)이라고 쓴 건 확신하다(confident)에 가까운 단어이기 때문이지. 어떤가, 아주 멋진 분석이라고 생각하지 않나?"

홈스는 마치 예술가가 마음에 드는 작품을 완성했을 때처럼 기뻐했다. 그때 빌리가 경찰청의 맥도널드 경감을 안내하며 방문을 열었다.

1899년 당시엔 알렉 맥도널드도 지금처럼 대단한 명성은 없었다. 그는 젊은 형사들의 신뢰를 받으며 몇 가지 사건에서 실력을 보이고 있었다. 큰 키에 마른 몸이지만 강단이 있어 보이고, 눈이 깊숙이 들어가 있어 인상이 날카로웠다. 그리고 말이 별로 없이 깐깐하며, 스코틀랜드 사투리를 쓰고 있었다. 그는 홈스의 도움으로 두 번이나 사건을 해결했는데, 홈스가 받은 보수는 지적인 만족감이 유일한 것이었다. 그 후로 그는 홈스를 마음 깊이 존경하며 어려운 일이 생길 땐 자문을 구하곤 했다. 평범한 사람은 천재를 알아보지 못하지만 재능있는 사람은 금방 천재를 알아볼 수 있다. 맥도널드는 탐정의 재능을 갖고 있었기 때문에 유럽에서는 비교할 사람이 없을 만큼 최고의 탐정인 홈스에게 도움을 구하는 것을 당연하게 생각하고 있었다. 홈스는 정에 흔들리는 사람은 아니지만 그 스코틀랜드 남자를 만나면 무척 관대하게 대하며 반가워 했다.

"일찍 일어났군, 맥. 무슨 어려운 일이라도 생겼나? 자, 커피 한 잔 하게."

"어렵다기보다는 재미있다고 해야겠죠, 홈스 씨."

맥도널드 경감도 즐거운 표정으로 대답했다.

"네, 날씨가 추우니까 한 잔 마시면 좋을 것 같습니다. 아니오, 담배는 안 피우겠습니다. 빨리 가야 하거든요. 때를 놓치면 안 되니까요. 그런데……."

경감은 갑자기 말을 끊고는 놀란 표정으로 책상 위에 있는 쪽지를 쳐다보았다. 그것은 내가 홈스의 말을 받아 암호문을 풀어 써놓은 종이였다.

"더글러스라고요!"

그는 우물거리듯 말했다.

"벌스톤은 또 뭡니까? 무슨 마술을 보는 것 같군요, 홈스 씨. 그런데 이 이름을 어디서 들으셨습니까?"

"왓슨 박사와 내가 푼 암호문인데, 뭐 잘못 되기라도 했나?"

경감은 망연한 표정으로 우리를 쳐다보았다.

"네, 벌스톤 저택의 더글러스 씨가 오늘 아침에 끔찍하게 살해됐거든요."

제2장_ **셜록 홈스의 설명**

경감에게는 셜록 홈스가 운명의 존재라고 할 수 있을 만큼 그건 극적인 순간이었다. 홈스가 그 말을 듣고 충격을 느낀 건 아니었다. 워낙 자극적인 일을 많이 겪다보니 오히려 무감정한 상태였던 것 같다. 하지만 감정이 무딘 편이긴 해도 지각력은 매우 예민했다. 그의 얼굴에 놀란 빛은 전혀 없고, 화학자가 실험실에서 용액의 변화과정을 지켜보고 있는 것처럼 흥미에 넘친 침착함만이 나타나 있었다.

"신기하군!"

"돌발사고는 아닌 것 같은데요."

"그래, 돌발사고는 아닌 것 같네. 그건 아니지. 이름을 밝히지 않은 한 정보원에게서 어떤 사람이 위험에 처해있다는 암호문을 받았네. 그런데 한 시간도 안 돼 그 위험이 터지고 말았어. 흥미있는 일이긴 한데 돌발사고는 아니야."

그러면서 홈스는 편지와 암호문에 대해 설명했다. 다 듣고 난 맥도널드가 말했다.

"그렇지 않아도 지금 벌스톤으로 가는 중입니다. 그래서 홈스 씨와 친구분에게 함께 동행해달라고 부탁드리러 왔습니다. 그런데 말씀을 듣고 보니까 그냥 여기 계시는 게 더 좋을 것 같군요."

"꼭 그렇지는 않을 걸세."

홈스가 말했다.

"하지만 범죄를 예언한 사람이 런던에 있다면, 그를 붙잡는 데는 어려움이 없을 것 아닙니까? 그러면 나머지 모든 게 해결되고요."

"그런데 폴록이라는 자를 어떻게 잡겠다는 건가?"

맥도널드는 편지를 뒤집어보았다.

"캠퍼웰의 소인이 찍혀있는데, 이건 도움이 안 됩니다. 그리고 이름이 가명이라 이것도 수사할 수가 없고…… 참, 돈을 보내주었다고 하셨죠?

"두 번 보냈지."

"어떤 방법으로요?"

"캠퍼웰 우체국을 통해서."

"누가 그걸 받아갔는지 혹시 확인하셨습니까?"

"아니, 확인 안 했네."

경감은 놀라며 물었다.

"왜 확인을 안 하셨죠?"

"약속을 지키기 위해서였지. 그가 처음에 연락을 해왔을 때, 정체를 묻지 않겠다고 약속했거든."

"배후에 누가 있다고 보십니까?"

"그럼. 누군지도 잘 알고 있지."

"자주 말씀하시는 그 교수 말인가요?"

"그렇다네."

맥도널드는 조심스레 웃었지만 언뜻 나를 쳐다보는데 눈꺼풀이 떨리고 있었다.

"솔직히 말씀드리면 홈스 씨, 검찰 쪽에서는 그 교수에 대한 당신의 견해를 이상하다고 여기고 있습니다. 저도 조사를 해봤지만 그 사람 정말 대단히 학식 있고 훌륭하더군요."

"자네가 그렇게 봤다니 다행이군."

"그렇게 생각하지 않을 수가 없었습니다. 당신 얘기를 듣고 그 교수를 만나봤거든요. 우리는 일식에 대해 얘기를 나눴는데, 왜 그 얘기가 나왔는지는 기억나지 않지만, 어쨌든 그가 반사경과 지구의를 놓고는 설명을 해주더군요. 그리고 책을 읽어보라고 빌려주었는데, 어려워서 이해를 못했어요. 그는 말할 때도 무척 진지해서 엄숙한 성직자 같은 분위기가 있었습니다. 헤어질 때 제 어깨를 잡았는데, 마치 아버지가 아들을 위해 신의 가호를 비는 마음 같은 걸 느꼈었죠."

홈스는 어이가 없다는 듯 웃으며 손바닥을 마주 대고 비볐다.

"훌륭해! 정말 훌륭했어! 그 감동적인 만남은 분명 그 사람의 서재에서 이루어졌겠지?"

"네, 그랬습니다."

"방도 훌륭하던가?"

"네, 무척 좋았습니다, 홈스 씨."

"자네는 책상 앞에 앉아있었겠지?"

"맞습니다."

"자네한테는 해가 비치고 있었고, 교수 쪽엔 그늘이 져있었고 말이지."

"밤이라 햇빛은 없었습니다만 램프 불빛이 제 얼굴 쪽으로 비치고 있었습니다."

"교수 머리 위에 걸려있는 그림, 혹시 봤나?

"네, 봤습니다. 두 손으로 턱을 괴고 있는 젊은 여인의 얼굴이었어요."

"그 그림은 장 바티스트 그뢰즈의 작품이라네."

"장 바티스트 그뢰즈는……."

경감은 관심있는 듯 보이려고 애썼다.

홈스는 손깍지를 끼며 의자에 등을 기댔다.

"1750년부터 1800년 무렵까지 프랑스에서 이름을 떨쳤던 화가지. 그런데 현대와 와서 그때보다 더 높게 평가받고 있다네."

경감의 눈빛에 실망하는 기색이 어른거렸다.

"그보다는……."

홈스가 그의 말을 중단시켰다.

"잠깐, 내가 지금 말하는 것은 벌스톤의 수수께끼와 아주 중대한 관련이 있네. 어쩌면 핵심이라고도 할 수 있지."

경감은 맥이 빠진 듯 도움을 구하는 표정으로 나를 쳐다보았다.

"저는 선생의 두뇌를 따라갈 수가 없습니다, 홈스 씨. 갑자기 크게 건너뛰시니까 종잡을 수가 없어서요. 그러니까 그 화가와 벌스톤의 수수께끼가 어떤 관계라는 말씀이십니까?"

"탐정에게는 모든 지식이 도움이 되지. 1865년에 '아기양을 가지고 있는 아가씨'라는 제목의 그뢰즈 작품이 4천 파운드에 팔렸네. 폴태리스의 소장품을 처분할 때였지. 그런 게 사소한 얘기 같지만 추리를 할 때 중요한 실마리가 될 수도 있다네."

경감의 생각이 바뀌기 시작한 것 같았다. 그는 홈스의 말에 귀를 기울였다.

"한 가지 말해두고 싶은 건, 그 교수의 연간 수입이 약 700파운드라는 걸세."

"그런데 어떻게 그 그림을 살 수 있었을까요?"

"바로 그거야. 어떻게 살 수 있었을까?"

"참 이상하군요. 재미있는데요. 말씀 좀 해주십시오. 듣고 싶습니다."

경감이 진지하게 알고 싶어하자 홈스는 빙그레 웃으며 만족하는 기색이었다.

내가 경감에게 물었다.

"벌스톤엔 안 가도 되는 겁니까?"

"아직 시간 있습니다. 빅토리아 역까지 20분밖에 안 걸리니까요. 그런데 홈스 씨, 당신은 모리아티 교수를 만난 적이 없다고 하셨죠?"

"만난 적은 없네."

"그런데 어떻게 교수의 방에 대해 그렇게 잘 알고 계십니까?"

"아, 그를 만나지는 않았지만 그의 방에는 세 번이나 들어갔다네. 그 중 한 번은, 이거 참 형사 앞에서 말하기 곤란한 건데, 어쨌든 그의 서류들을 뒤져보았지. 그랬는데 참 뜻밖이더구먼."

"뭐 중요한 서류가 있었습니까?"

"아니, 전혀 없었어. 정말 깜짝 놀랐지. 그런데 그런 그림을 갖고 있을 정도면 엄청 부자라는 얘긴데, 어떻게 해서 부자가 됐을까? 아직 독신에, 연봉이 700파운드밖에 안되고, 동생은 역에서 일하고 있는데 말이지."

"그렇다면?"

"결론은 뻔한 거지 뭐."

"비합법적인 수입이 많이 있다는 얘기죠?"

"당연하지. 그의 주위에는 보이지 않는 줄이 수십 개나 쳐있고, 그는 독을 품고 있는 거미처럼 한 가운데에 조용히 숨어있거든. 그뢰즈의 그림은 하나의 작은 예에 불과하다네."

"정말 흥미로운 얘긴데요. 아니, 놀라운 얘깁니다. 좀 더 자세히 말씀해주실 수 있습니까, 홈스 씨? 그러니까 그 그림은 가짜일까요, 복사본일까요, 아니면 훔친 것일까요?"

"자네 혹시 조너던 와일더에 대해 들어본 적 있나?"

"많이 들어본 이름인데요. 소설 속에 나오는 인물 아닙니까? 소설 속의 탐정들은 문제는 잘 해결하는데 그 방법에 대해서는 얘기해주지 않더군요. 그래서 저는 좋아하지 않습니다."

"조너던 와일더는 탐정도 아니고 소설에 나오는 인물도 아닐세. 그는 실제 인물로 암흑가의 왕이었다네. 1750년 무렵에 살았었지."

"아, 옛날 분이네요. 저한테는 도움이 안 되겠는데요. 저는 현실주의자거든요."

"이보게 맥, 가장 현실적인 일을 하려면 석달 정도 집안에 틀어박혀서 하루 12시간씩 범죄에 대한 얘기를 읽게. 그러면 현실의 모든 일을 알게 된다네. 조너던 와일더는 런던 범죄계에 15퍼센트의 수수료를 받고 자신의 두뇌와 세력을 빌려주었던 인물일세. 그리고 지금은 모리아티가 바로 그러한 인물이지. 세상은 수레바퀴 돌 듯 과거의 일이 되풀이 되니까 말일세. 모리아티에 대해 재미있는 얘기가 몇 가지 더 있네."

"분명 재미있는 얘기일 것 같은데요."

"그의 첫 번째 연결 세력이 누군지 우연히 알게 됐는데, 한쪽 끝은 범죄계의 나폴레옹 같은 자와 이어져 있고, 다른 쪽 끝은 백여 명의 온갖 피라미들과 이어져 있더군. 그 조직의 두목은 세바스찬 모런이라는 사람인데, 모리아티처럼 배후에 비밀스럽게 도사리고 있는 인물이라네. 이 남자가 모리아티에게 얼마나 상납할 것 같나?"

"글쎄요……."

"1년에 6천 파운드일세. 두뇌를 이용하는 비용이지. 우연히 알게 됐지만 그 정도 수입이면 국무총리의 연봉보다 더 많은 것이더군. 이제 이해했겠지. 모리아티의 수입이 어디에서 나오고, 그 조직의 규모가 얼마나 큰지 말이야. 또 한 가지는, 모리아티가 발행한 가계수표를 얼마 전에 추적해본 일이라네. 전혀 이상할 것도 없는 보통 수표였지. 그런데 그 수표들이 6개 은행에서 발행된 것이었어. 자넨 무슨 생각이 드나?"

"그건 분명 이상한 일이죠. 홈스 씨는 어떻게 생각하십니까?"

"재산을 밝히고 싶지 않아서 그랬겠지. 그쯤 되면 거래하는 은행이 20개는 될 걸세. 외국에 있는 재산들은 독일은행과 리용은행에 맡겨뒀더군. 자네도 언젠가 시간이 나면 그를 한 번 조사해보게."

경감은 점점 더 이야기에 빠져들어갔다. 그러나 어느 순간 그는 현실주의자답게 지금 닥쳐있는 일을 떠올리며 말했다.

"모리아티 얘기는 잠시 중단해야겠습니다. 흥미는 있지만 이야기가 좀 빗나간 것 같아서요. 핵심은 모리아티와 이 범죄 사이에 뭔가 관련이 있다는 것이죠? 거기에 꼭 필요한 다른 얘기는 없습니까?"

"범죄의 동기에 대해서는 어느 정도 추측할 수 있네. 자네가 처음에 말한 게 맞다면 이건 풀 수 없는, 아니 설명할 수 없는 살인 사건일세. 그런데 범죄의 근원을 따져보면 두 가지 동기가 있네. 우선, 모리아티는 부하들을 쇠채찍으로 다룬다고 할만큼 엄격하다네. 규율을 어기면 바로 죽는 거지. 그런데 더글러스가 피살되리라는 것을 부하 중 한 사람이 알고 있었어. 더글러스가 무슨 이유인지는 모르지만 두목을 배신했기 때문이지. 그래서 곧 살해됐던 거야."

"그럴듯한 가정이군요, 홈스 씨."

"다른 하나는 흔히 있는 일인데, 모리아티 자신이 모든 계획을 다 실행한 거야. 도둑맞은 물건은 없었나?"

"그런 얘기는 못 들었습니다."

"그렇다면 첫 번째 가정보다는 두 번째 것이 맞을 것 같네. 모리아티는 물건을 받는 조건으로 일을 지휘했거나, 아니면 미리 돈을 받고 일에 착수했거나, 둘 중 하나일세. 어쨌든 어느 쪽이든 간에 사건을 해결하려면 벌스톤으로 가야 하네. 모리아티가 런던에 흔적을 남겨두었을 것 같지는 않으니까."

"그럼 벌스톤으로 가야 되네요!"

맥도널드가 의자에서 벌떡 일어나며 말했다.

"아니, 이거 늦겠는데! 마차를 밖에 대기시켜 두었으니까 5분 내로 준비해주십시오."

"그 정도면 충분하네."

홈스가 옷을 갈아입으며 대답했다.

가면서 맥도널드가 사건에 대해 설명하자 홈스는 손을 비비며 열심히 귀를 기울였다. 몇 주일간 아무 일도 맡지 않고 있었는데 이번에 그에게 딱 맞는 사건이 나타난 것이었다. 그런데 경감의 설명을 듣다 보니 지방경찰에서 대충 써보내온 보고서를 읽는 정도였다. 그 보고서는 맥도널드가 잘 아는 지방경관인 화이트 메이슨이 쓴 것인데, 내용은 다음과 같았다.

맥도널드 경감님, 도움을 요청하는 공식 문서는 따로 보냈고, 이건 제가 개인적으로 보내는 것입니다. 벌스톤 행 기차를 오전 몇 시에 타실 건지 전보를 보내주시면 제가 마중 나가겠습니다. 이번 일은 무척 복잡한 사건입니다. 한 시라도 급히 와주시면 고맙겠습니다. 될 수 있으면 홈스 씨와 함께 와주십시오. 그분에게 알맞는 사건일 것 같습니다. 만약 살해된 사람이 없었다면 이 사건은 마치 연극처럼 꾸며진 일이라고 생각될 정도입니다. 그만큼 난해한 사건입니다.

"이 친구, 바보가 아닌 것 같은데."
홈스가 말했다.
"바보는 절대 아니죠. 화이트 메이슨은 제가 보기엔 철저한 사람입니다."
"그런데 미리 알아야 할 일은 더 없나?"

"도착하면 메이슨이 자세히 설명해주겠죠."

"그럼 지금까지 확실히 아는 건 두 가지밖에 없군. 런던에 가공할 두뇌를 가진 인간이 있고, 서섹스 주에서는 한 남자가 피살되었다는 것 말일세. 그렇다면 이제부터 이 두 가지를 연결하는 고리를 찾아내야 하네."

제3장_ 벌스톤의 비극

벌스톤은 서섹스 주 북쪽에 자리잡고 있는 오래된 작은 마을이다. 이 마을은 몇 세기 동안 변화가 없었는데, 아름다운 풍광과 좋은 위치로 몇 년 전부터 부유층 사이에 화제가 되며 별장이 하나 둘씩 들어서고 있다. 따라서 자연히 상점도 늘어나면서 이 마을은 머지않아 근대적인 도시로 탈바꿈될 전망이다.

이 마을에서 반 마일쯤 떨어진 곳에 너도밤나무가 무성히 둘러싸고 있는 벌스톤 저택이 있다. 저택은 원래 제1차 십자군 시대에 휴고 드 커프스가 윌리엄 왕에게서 하사받은 땅에 지은 것이었다. 그런데 1543년에 화재로 불타버리자 제임스 1세 시대에 벽돌로 새로 지으면서 화재 때 타고 남은 뼈대 일부를 그대로 살려 건축하였다. 그래서 건물의 일부는 7세기 초의 양식을 잘 드러내고 있다. 해자가 이중으로 되어 있는데, 바깥 것은 말라붙어 채소밭이 되어 있고, 안쪽 해자는 저택을 둘러싸고 있었다. 그래서 1층 창문은 해자의 수면에서 1피트도 떨어져 있지 않았다.

저택으로 가려면 도개교를 건너야 했다. 중세시대부터 있었던 이 다리는 오랫동안 사용을 안 해 녹슬어 있었는데, 얼마 전에 저택 주인이 수리를 해서 다리를 들어올릴 수 있게 되었다. 그래서 매일 밤 그는 다리를 들어올렸다가 아침에 내리곤 했다. 따라서 저택은 밤에 아무도 들어갈 수 없는 섬처럼 될 수 있었다. 그런데 이 사실이 이번의 수수께끼 같은 사건과 깊게 연관되어 있다.

더글러스가 이 저택을 샀을 당시엔 몇 년 동안 비어있었기 때문에 거의 폐허 같은 상태였다. 그는 아내와 단 둘이 사는데, 나이는 50살쯤 됐으며, 인품이 아주 좋은 사람으로 알려져 있었다. 얼굴에 주름이 많기는 하지만 눈빛이 예리하고 체력도 좋아 젊은 사람 못지않게 활발했다. 성격도 밝아 사람들에게 호감을 주었는데, 사교수준은 서섹스 주의 상류층 사람들보다 좀 처지는 면이 있었다. 그래서 이들 상류층 사람들로부터 조금 쌀쌀한 눈길을 받긴 했지만 마을 사람들 사이에서는 큰 인기를 얻기까지 했다. 그는 기부도 잘 하고, 여러 모임에도 참석하며, 흥이 나면 노래도 멋들어지게 불러주곤 했다. 그는 돈이 많았는데, 캘리포니아 금광에서 벌었다는 소문이 있었다. 위험에도 몸을 사리지 않는 태도 때문에 그는 사람들한테서 더 좋은 평판을 받기도 했다. 예를 들어, 승마에 서툴면서도 경기에 나갔다가 낙마하기도 하고, 목사관에 불이 나서 모두가 포기할 상황이었는데도 건물로 뛰어들어가 귀중한 걸 건져내오기도 했다.

그의 아내도 마찬가지로 평판이 좋았다. 그녀는 사교성이 없는데다 주로 집에만 있기를 좋아하는 성격이라 문제 될 것도 없었다. 그들 부부는 더글러스가 홀아비로 런던에서 지내고 있을 때 만났는데, 나이 차이가 20살이나 났다. 그런데도 나이 때문에 가정생활에 문제가 있는 건 아니었다. 여자는 키가 크고 머리카락이 검으며, 늘씬한 미인이었다. 한편 이 부부를 잘 알고 있는 사람들 말에 의하면, 두 사람은 서로를 깊이 신뢰하고 있지는 않다는 것이었다. 더글라스 부인이 남편의 늦은 귀가에 대해 신경과민 증세를 보일 만큼 불안해하기 때문이라는 것이다. 그러다 이런 사건이 일어나자 시골 사람들은 자연히 그녀에 대한 얘기를 도마에 올렸다.

또 한 사람이 오르내렸는데, 그는 벌스톤 저택에 가끔 와서 머무르는 세실 제임스 바커라는 남자였다. 그가 갑자기 알려지게 된 건, 사건이 일어났을 때 하필 더글러스와 같이 있었기 때문이다. 그는 미국에서 살았던 더글러스의 비밀스런 과거를 아는 유일한 사람이었다. 바커는 영국인이지만 미국에서 처음 더글러스를 알게 되어 친한 사이가 되었다. 그리고 재산이 꽤 있으며, 아직 독신이라는 소문이 있었다. 나이는 45살쯤 됐고, 큰 키에 가슴이 떡 벌어져 프로 권투선수 같은 모습이었다. 그는 승마나 사격도 하지 않고 마을을 산책하거나, 더글러스와 함께 또는 그가 집에 없을 때는 그의 부인과 함께 마차를 타고 여기저기 달리며 시간을 보내고 있었다.

"성격이 느긋하고 유쾌한 분이시죠. 하지만 그분 마음을 거스르는 일은 하고 싶지 않습니다."

집사인 에임즈가 바커에 대해 그렇게 말했다. 바커는 더글러스와 도 무척 친했지만 그의 부인과는 너무 다정해 더글러스가 불안할 정도였다. 하인들까지도 그걸 눈치 채고 있었다. 더글러스가 살해된 날, 저택엔 바커 외에도 6명의 하인 가운데 집사 에임즈와 알렌 부인이 있었다.

지방 경찰서의 윌슨 경사가 처음 소식을 들은 건 11시 45분이었다. 바커가 경찰서로 뛰어와 몹시 흥분한 목소리로 살해사건을 알렸던 것이다. 바커는 곧 저택으로 돌아갔고, 윌슨 경사는 서섹스 주 경찰에 알린 다음 곧바로 저택으로 향했다. 그가 현장에 도착한 시간은 12시가 조금 지나서였다.

하인들은 혼란에 빠져있고, 바커는 애써 감정을 억누르고 있는 표정이었다. 잠시 후 의사인 우드 씨가 도착하자 세 사람은 참극이 일어난 방으로 들어갔다. 그리고 집사가 따라 들어가며 하인들이 못보도록 방문을 닫았다.

시체는 흉측하게 뒤틀린 채 누워있는 모습이었다. 잠옷과 가운을 걸치고 있으며, 벨벳으로 된 슬리퍼를 신고 있었다. 의사는 시체 옆으로 다가가 램프를 갖다 댔다. 그러나 이미 끝난 일이었다. 여러 개 총알을 한꺼번에 맞아 머리가 박살나 있었던 것이다. 시체의 가슴엔 이상한 모양의 총이 올려져 있었는데, 총신이 1피트 정도 잘려나간 엽총이었다.

경사는 갑자기 닥친 무거운 책임감에 당황스러웠다.

"상부에서 올 때까지 만지지 말고 둡시다."

무참하게 깨진 시체의 머리를 쳐다보며 경사가 말했다.

　"아직 손대지 않았어요. 틀림없어요. 내가 처음에 본 그대로 있으니까요."

　"처음 보신 게 언제였죠?"

　"11시 반이었어요. 내 방 난롯가에 앉아있는데 갑자기 총소리가 나더라고요. 그래서 뛰어내려와 보니까, 이렇게 쓰러져 있는 겁니다. 아마 30초도 안 돼 왔을 거에요. 테이블 위에 촛불이 켜있더군요. 그래서 내가 램프를 켰죠."

　"당신 말고는 아무도 못 봤습니까?"

　"네, 아무도 못 봤어요. 더글러스 부인이 계단을 내려오는 소리가 들리기에 뛰어나가서 이 방으로 못 오게 했어요. 그때 마침 알렌 부인이 나와 부인을 데리고 갔죠. 그리고 에임즈가 달려와 같이 이 방으로 들어왔어요."

　"그런데 밤에는 도개교를 올려둔다고 들었는데요."

　"네, 올려져 있었는데 제가 내렸어요."

　집사가 대답했다.

　"그럼 범인은 어떻게 달아났을까요? 아니면 더글러스 씨가 자살한 것일까요?"

　"처음엔 우리도 그렇게 생각했어요. 그런데 여기를 보세요."

　바커는 커튼을 열고 다이아몬드 모양의 유리가 끼워진 높은 창문이 열려있는 것을 가리켰다.

　"그리고 이걸 보세요!"

그는 창틀에 발자국 모양으로 피가 묻어있는 것을 램프로 비춰 보였다.

　"누가 이리로 달아난 거에요."

　"해자를 건너서 달아났다고요?"

　"그렇습니다."

　"그럼 당신이 30초도 안 돼 이 방으로 왔다면 그때 범인은 아직 해자 안에 있었겠는데요."

　"그랬을 것 같아요. 그때 바로 창문을 봤어야 했는데…… 그때는 커튼이 쳐있었기 때문에 전혀 눈치를 못 챘죠. 게다가 더글러스 부인이 오는 것 같기에 못 들어오게 하느라 정신이 없었어요."

　"그런데 이상한 건, 도개교가 올려져 있었다면 범인이 어떻게 이 집에 침입할 수 있었을까요?"

　"참, 그렇군요."

　바커가 대답했다.

　"다리를 올린 게 몇 시였죠?"

　"6시쯤이요."

　집사 에임즈가 대답했다.

　"그런데 제가 듣기로, 다리는 해가 지면 바로 올린다고 하는데, 그럼 요즘엔 4시 반쯤에 올려야 하는 거 아닌가요?"

　"손님이 계셔서 그랬습니다. 그분이 돌아가신 다음에 바로 올렸어요."

　"그렇다면 범인이 외부에서 들어온 게 맞다면 틀림없이 6시 전에

들어와서 더글러스 씨가 방으로 들어올 때까지 기다렸다는 소린데
요."

"그렇습니다. 그가 들어오자마자 총으로 쏴서 죽이고는 창문으로
도망친 거죠. 나는 그렇게밖에 생각되지 않습니다."

경사는 바닥에 떨어져 있는 카드 하나를 집어들었다. VV라는 글
자 밑에 341이 휘갈겨 씌어 있었다. 그는 카드를 불빛에 대고 들여다
보며 말했다.

"이게 뭐지?"

"그런 게 있는 걸 못 봤네요."

바커도 놀라며 살펴보았다.

"범인이 떨어트린 거겠죠?"

"VV 341⋯⋯ 도통 모르겠는데요."

경사가 카드를 손가락으로 빙빙 돌리며 물었다.

"VV 가 뭘까? 누구 이름의 첫글자일까? 그건 뭐죠, 우드 선생?"

우드 씨는 난로 앞에 놓여있는 큰 망치를 집어들었다. 그때 바커
가 맨틀피스 위에 놓여있는 못 상자를 보며 말했다.

"더글러스가 어제 벽 액자를 바꿨는데, 이 의자에 올라가서 하는
걸 내가 봤어요. 그때 그 망치를 사용했죠."

"그럼 원래 있던 자리에 그대로 놓아두세요. 이 사건은 아무래도
런던 경찰청에 도움을 요청해야 할 것 같습니다."

경사가 머리를 긁적이며 말했다. 그리고는 램프를 든 채 방안을
여기저기 돌아다니다 창문 커튼을 한쪽으로 밀면서 소리쳤다.

"아니! 이 커튼은 언제 쳤죠?"

"4시 좀 지났을 때였습니다."

"누군가 여기 숨어있었어요."

구석에 흙가루가 묻어있는 신발자국을 경사가 가리켜 보였다.

"당신 말이 맞는 것 같군요, 바커씨. 범인이 들어온 건 4시 이후, 그러니까 커튼을 친 이후부터 6시쯤 다리를 들어올리기 이전, 그 사이였던 것 같습니다. 그래서 커튼 뒤에 숨어있었던 거죠. 범인은 뭔가를 훔치기 위해 들어왔다가 더글러스를 보고는 당황해 죽였던 것 같아요."

"내 생각도 그렇습니다. 그런데 우리가 지금 이러고 있을 게 아니라 범인이 도망가기 전에 이 근처를 뒤져봐야 하는 것 아닌가요?"

바커가 말했다.

경사는 잠시 생각하다 입을 열었다.

"아침 6시까지는 기차가 없으니까 멀리 도망칠 수가 없어요. 그리고 나는 교대할 사람이 오기 전에 여기를 떠날 수가 없습니다. 뭔가 확실한 게 나올 때까지 아무도 이 집을 떠나서는 안 돼요."

의사는 램프를 대고 시체를 자세히 살펴보았다.

"이건 무슨 자국일까요? 범죄와 관련 있는 걸까요?"

시체의 오른 팔에 이상한 그림이 그려져 있었는데, 동그라미 속에 세모 모양을 그려넣은 것이었다.

"문신은 아닌데요. 이런 건 본 적이 없는데, 뭘까요?"

의사가 의아해 하며 눈을 찌푸렸다.

"정말 모르겠는데요. 그런데 한 10년 전부터 더글러스에게 이 자국이 있다는 건 알고 있었어요."

바커가 말했다. 그러자 집사도 본 적이 있다고 했다.

"주인님께서 소매를 올리실 때 몇 번 봤습니다. 저도 그게 뭔지 궁금했었어요."

"그렇다면 이번 범죄와는 아무 관련이 없는 거네요."

경사가 말했다.

그때 집사가 놀라며 외쳤다.

"아니, 결혼반지가 없어졌어요!"

"뭐라고?"

"주인님께서 항상 끼고 계시던 결혼반지가 없어졌습니다. 새끼손가락에 있는 반지와 넷째손가락에 있는 뱀 모양의 반지는 그대로 있는데, 결혼반지만 사라졌는데요."

"정말 그러네요."

바커도 덩달아 말했다.

"아, 런던에서 빨리 오면 좋겠네."

경사는 머리를 흔들며 말했다.

"서섹스 주 경찰의 화이트 메이슨 수사관도 유능한 분이죠. 그분도 곧 오기로 했는데, 하여튼 나 혼자서는 감당하기 힘든 사건이네요."

제4장 _ 암흑

화이트 메이슨이 윌슨 경사한테서 긴급 보고를 받고 마차로 급히 달려 현장에 도착한 시각은 새벽 3시 무렵이었다. 그리고 5시 40분 열차를 통해 런던 경찰청에 보고서를 보낸 후, 12시에 우리를 마중하러 벌스톤 역에 나와 있었다. 그는 차분한 인상에 좀 뚱뚱한 편이었는데, 트위드 재킷을 입고 다리에 각반을 치고 있는 모습이 경관이라기보다는 농장 주인이나 사냥터지기처럼 보였다.

"이 사건은 정말 복잡한 것 같습니다, 맥도널드 씨."

메이슨은 그 말을 몇 번이나 했다.

"언론에 알려지면 일이 더 복잡해지니까 빨리 해결하면 좋겠습니다. 이런 사건은 저도 본 적이 없습니다. 그런데 홈스 씨, 선생은 뭐 짚이는 데가 있으시죠? 왓슨 선생도 그러실 것 같고요. 사건 해결에는 의사의 도움도 있어야 하니까요. 숙소는 웨스트빌 암즈에 예약을 해놓았습니다. 그곳 외에는 머물만한 곳도 없거든요. 자, 가방 이리 주세요."

메이슨은 보기보다는 좀 부산스러운 면이 있었지만 아주 상냥한 사람이었다. 우리는 10여분 뒤 숙소에 도착했다. 그리고 잠시 후 응접실에 모여앉아 사건 내용을 간단히 들었다. 맥도널드는 메모를 하고 있었고, 홈스는 식물학자가 희귀한 꽃을 관찰하듯 놀람과 경건함이 뒤섞인 표정으로 열심히 듣고 있었다.

"희한한 일이네! 정말 희한한 일이야! 이렇게 기묘한 사건은 본 적이 없거든요."

홈스의 말에 메이슨이 빙긋이 웃으며 대답했다.

"제가 예상했던 대로 말씀하시는군요, 홈스 씨. 새벽 3시에서 4시 사이에 윌슨 경사와 교대를 했는데, 제가 할 수 있는 게 아무것도 없었어요. 그냥 윌슨 경사의 설명을 듣고 나서 제 의견 몇 가지를 덧붙인 정도였죠."

"그게 뭐였죠?"

홈스가 다급하게 물었다.

"우선 그 망치를 살펴봤는데, 싸움에 사용한 흔적은 없었습니다. 만약 더글러스 씨가 범인을 망치로 때렸다면 상처가 났을 텐데 망치엔 핏자국이 전혀 없었거든요."

"망치로 사람을 죽여도 핏자국이 남아있지 않을 수 있죠."

맥도널드가 말했다.

"그렇긴 하죠. 그런데 핏자국이 남아있었다면 많은 도움이 됐을 텐데 말이죠. 총도 조사해봤는데, 방아쇠 두 개를 묶어놓아서 그걸 당기면 여러 개의 총알이 한꺼번에 나가도록 돼있었습니다. 실수를 안 하도록 철저하게 계산된 준비였죠. 총이 잘렸기 때문에 제작자 이름이 다 안 보이는데, pen이라는 글자가 간신히 보이더군요."

"p는 대문자인데 글자 위에 장식이 붙어있고, e와 n은 소문자로 씌어 있겠죠?"

홈스가 물었다.

"네, 맞습니다."

"그럼 펜실베니아 총 제작 회사군요. 미국의 유명한 회사죠."

메이슨은 얼떨떨한 표정으로 홈스의 얼굴을 쳐다보았다.

"아! 대단하십니다. 정말 대단하십니다! 선생의 말씀이 틀림없습니다. 그런데 세계의 총 제작회사 이름을 전부 다 알고 계십니까?"

홈스는 시큰둥하니 다른 말만 했다.

"미국 총인 게 분명해요."

그러자 메이슨이 계속 열띤 목소리로 말했다.

"미국의 어느 지방에서는 총신을 잘라서 흉기로 쓴다고, 어디선가 읽은 기억이 납니다. 이 총을 보고는 그 생각이 들더군요. 그럼 저택에 침입해 주인을 죽인 건 미국인이라는 증거가 나온 셈인가요?"

그때 맥도널드가 대꾸했다.

"그렇게 단정지을 수는 없어요. 누가 침입해 들어왔다는 증거가 아직은 확실하지 않으니까요."

"증거가 없다고요? 창문이 열려있고, 창틀에 피도 묻어있고, 그리고 이상한 카드도 발견됐고, 또 신발자국도 있고, 총도 있는데요?"

"더글러스 씨는 미국에서 오랫동안 산 사람이에요. 바커 씨도 마찬가지고요. 하지만 군이 미국인을 관련시킬 필요는 없죠."

"집사 에임즈가……"

"그가 어떻게 했다는 거죠? 믿을만한 사람인가요?"

"찰스 챈도스 경의 집에서 10년간 일했는데, 사람은 확실합니다. 그리고 더글러스가 5년 전에 그 저택을 샀을 때부터 그곳에서 일하고 있어요. 그의 말에 의하면, 집에서 그런 총을 본 적이 없답니다."

"그 총은 얼마든지 숨길 수 있어요. 총신을 잘랐기 때문에 상자에 넣을 수도 있거든요. 그런데 어떻게 그 집에 없었다고 장담할 수 있죠?"

"어쨌든 본 적이 없었다고 하네요."

맥도널드는 스코틀랜드 사람다운 고집으로 그 말을 믿지 않았다.

"저녁에 누가 들어왔다고는 생각되지 않아요. 생각해보세요. 누가 총을 가지고 그 집으로 들어왔다는 건 있을 수 없는 일입니다. 상식적으로 말이 안 돼죠. 저는 이렇게 생각합니다, 홈스 씨."

"그래, 말해보게, 맥."

홈스는 객관적인 태도를 유지하려고 했다.

"만약 누가 들어왔다 해도 그냥 강도는 아닙니다. 반지와 카드 등을 보면, 분명 개인적인 이유가 있는 계획살인이에요. 자, 범인이 사람을 죽이려고 어떤 집에 몰래 들어갔다고 가정해봅시다. 만약 그가 치밀한 사람이라면 그 집이 해자에 둘러싸여 있으니까 도망치기가 어렵다는 것을 알 겁니다. 그럼 그때 어떤 무기를 사용해야 할까요? 가능한 가장 소리 나지 않는 것을 택할 것 아닙니까? 그러면 창문으로 조용히 빠져나가 도망칠 시간이 충분히 있게 되는 거죠. 하지만 큰 소리가 나는 무기를 쓰면 온 집안 사람들이 달려올 것이고, 해자를 건너기도 전에 붙잡힐 것 아니에요? 그런데 뭣 때문에 그렇게 큰 소리가 나는 흉기를 쓰겠습니까? 그러니까 일부러 그랬다고는 믿어지지 않습니다."

"음, 그럴듯한 얘기로군."

홈스가 골똘해 있다가 말했다.

"실례지만 화이트 메이슨 씨, 혹시 해자에서 누가 올라온 흔적이 있는지 조사해보셨나요?"

"네, 아무 흔적도 없었습니다, 홈스 씨. 그런데 해자 건너편은 바닥이 돌이라서 흔적이 안 남습니다."

"그렇군요! 그럼 지금 바로 저택으로 가도 되겠습니까, 메이슨 씨? 아직 못 찾은 작은 문제들을 더 찾을 수 있을지 모르니까요."

"저도 그렇게 생각하고 있었습니다, 홈스 씨. 그래도 가시기 전에 모든 사실을 말씀드리려고 하다 보니까…… 만약 뭔가 새로운 걸 발견하시면……."

화이트 메이슨은 사립 탐정의 얼굴을 미심쩍은 눈으로 쳐다보았다. 그러자 맥도널드가 눈치있게 말했다.

"전에도 홈스 씨와 함께 일한 적이 있는데, 이분은 혼자서 일을 하시는 스타일이죠."

그 말을 듣고 홈스가 빙긋이 웃으며 말했다.

"아무튼 나는 내 방식대로 일을 합니다. 내가 이런 일을 하는 건 정의를 실현하고 경찰을 돕기 위해서죠. 만약 내가 경찰 쪽과 떨어진다 하더라도 그건 경찰이 먼저 손을 떼거나 그랬기 때문이지, 내가 공을 세우기 위해서는 아니에요. 그러니 메이슨 씨, 나는 내 식대로 일을 하지만 경찰도 완전히 해결된 결과는 나에게 알려주셔야 합니다."

"알겠습니다. 당신이 오셔서 명예롭게 생각하고, 우리가 알고 있는 건 전부 알려드리도록 하겠습니다."

화이트 메이슨이 정중하게 대답했다.

"같이 가시죠, 왓슨 씨. 우리도 언젠가는 당신의 책에 나오고 싶으니까요."

우리는 가지런히 잘려 정돈된 느릅나무가 양쪽으로 쭉 뻗어있는 멋진 시골길을 걸어갔다. 길 끝에 오래 된 큰 돌기둥이 두 개 서있는 게 보였다. 돌엔 이끼가 잔뜩 끼어있고, 꼭대기엔 뭔가 이상한 형체가 얹혀져 있었다. 그건 커프스 가문에 있었던 사자상이 오래돼 심하게 마모된 것이었다. 잔디밭과 참나무 숲이 늘어선 구불구불한 길을 조금 더 가자 갑자기 길이 크게 휘어지며, 안쪽으로 적갈색 벽돌로 지어진 제임스 1세풍의 저택이 나타났다. 저택 양쪽으로 정원수들이 잘 손질되어 울타리를 이루고 있으며, 앞쪽으로는 도개교와 폭이 제법 넓은 해자가 있었다. 해자의 물이 겨울 햇살 아래서 수은처럼 빛나 보였다. 옛날에 영주가 살았던 300년 된 이 저택에서는 그동안 많은 사람들이 태어나고, 파티를 열고, 사냥을 위해 모여들었을 것이다. 그런데 지금 악마의 그림자가 덮치다 보니, 저택의 뾰족한 지붕과 기이한 모양의 바람막이 같은 것들도 전부 음산하게만 보였다. 마치 저택 전체가 비극의 무대 같았다.

"저기 오른쪽 창문입니다. 어젯밤에 발견된 그대로 열려있습니다."

화이트 메이슨이 말했다.

"사람이 빠져나가기는 너무 좁군요."

"뚱뚱한 놈이 아니었겠죠. 당신 아니라 누가 봐도 그렇지 않습니까, 홈스 씨? 당신이나 나라면 빠져나갈 수 있겠죠."

홈스는 해자의 가장자리를 걸어보며 그 옆 바닥에 깔려있는 돌과 잔디밭을 살펴보았다.

"그곳은 내가 다 조사해봤습니다, 홈스 씨. 아무것도 없었어요. 누가 올라간 흔적도 없었고요. 그런 곳에 흔적이 남아있겠어요?"

메이슨이 또 말했다.

"그렇겠네요. 그런데 해자의 물은 항상 흐린가요?"

"거의 항상 그렇죠. 개천을 통해 흙이 들어오니까요."

"깊이가 얼마나 됩니까?"

"양쪽 가장자리는 2피트쯤 되고, 가운데는 3피트 정도요."

"그럼 건너가다 빠져 죽지는 않겠네요."

"네, 그렇죠. 애들도 빠지지는 않을 겁니다."

우리가 다리를 건너가자 비쩍 마른 체격의 집사 에임즈가 마중나와 서있었다. 그는 충격 때문에 창백한 얼굴로 떨고 있었다. 참극이 벌어진 방에는 키가 크고 음울한 인상의 윌슨 경사가 계속 감시를 하고 있었다. 의사는 떠나고 없었다.

"뭐 새로운 일은 없었나, 윌슨?"

화이트 메이슨이 물었다.

"없었습니다."

"그럼 돌아가도 좋네. 필요하면 부를 테니까. 그리고 집사는 방 밖에서 기다리라고 하게. 바커 씨와 더글러스 부인과 가정부에 대해 물어볼 게 있으니까. 자, 여러분, 그럼 내가 지금까지 정리한 생각을 말씀드리겠습니다. 그러면 여러분도 의견을 말씀해주시면 되겠어요."

나는 지방 경찰관인 메이슨 씨의 능력에 감탄을 했다. 그는 상황을 잘 파악하고 있었으며, 냉철하고 상식적인 사고를 갖고 있었다. 그래서 경찰관으로서 성공적인 경력을 쌓아온 것 같았다. 홈스는 평소 경찰들을 상대할 때면 지루해 하는 습성이 있는데, 이번엔 전혀 그런 낯빛이 없고 오히려 메이슨 씨의 말에 열심히 귀를 기울였다.

"우선 첫째 문제는, 자살이냐, 타살이냐 하는 것입니다. 만약 자살이라면, 이렇게 생각할 수 있을 겁니다. 그러니까 죽은 사람 본인이 자신의 결혼반지를 손가락에서 뺀 후 어딘가에 숨겼다는 것입니다. 그런 다음 이 방으로 와서 마치 누군가가 들어왔던 것처럼 커튼 뒤에 흙을 묻혀놓고 창문도 열고 그랬던 거죠."

"그건 아닐 것 같은데요."

맥도널드가 말했다.

"실은 나도 그렇게 생각합니다. 자살은 아닐 것 같습니다. 그럼 타살이라는 얘긴데, 두 가지로 생각해볼 수 있습니다. 외부 사람의 짓인지, 내부 사람의 짓인지, 하는 거죠."

"당신의 논증을 들어볼까요?"

홈스가 눈을 반짝이며 말했다.

"하여튼 둘 중 하나임은 분명합니다. 우선 내부 사람이 했다고 치죠. 한 사람일 수도 있고, 여러 명일 수도 있습니다. 그들은 조용해진 밤에 피해자를 이 방으로 유인했어요. 그리고 나서 모든 사람들이 들을 수 있도록 큰 소리가 나는 무기로 피해자를 죽인 겁니다. 그런데 이런 방법은 상식적으로 좀 납득이 안돼죠."

"음, 그랬을 것 같지는 않아요."

"아무튼 총소리가 나자마자 온 집안 사람들이 다 달려왔습니다. 그런데 1분도 안돼 범인이 커튼 뒤에 흙을 묻히고, 창문을 열고, 창틀에 피를 묻히고, 죽은 사람의 손에서 반지를 빼내고, 그런 일을 어떻게 다 했겠습니까? 그건 불가능하다고 봅니다!"

홈스가 맞장구를 치며 말했다.

"논리가 아주 분명하군요. 나도 그렇게 생각합니다."

"그럼 외부 사람의 짓이라고 가정해볼까요? 결코 불가능한 일이 아니니까요. 범인은 4시 반 부터 6시 사이, 즉 해가 진 뒤부터 다리를 들어올리기 전 그 사이에 저택으로 숨어들어 왔습니다. 그리고 손님이 와서 현관문이 열려있었기 때문에 안으로 쉽게 들어올 수 있었습니다. 범인은 강도든지 아니면 더글러스 씨에게 개인적으로 원한을 품고 있는 자겠죠. 그런데 더글러스 씨가 오랜 세월을 미국에서 살았고, 총도 미국제이기 때문에 아마도 원한일 가능성이 더 큽니다. 그는 커튼 뒤에 숨어서 더글러스 씨가 오기를 기다렸습니다. 그리고 살해한 거죠. 둘이 대화를 했다 해도 아주 짧은 시간이었습니다. 더글러스 부인 말로는, 남편이 나간 후 2, 3분쯤 지나 총소리가 들렸다고 했으니까요."

"그런 것 같습니다. 테이블 위에 켜있는 초가 거의 새것이었거든요. 촛불을 켜자마자 당한 것 같습니다. 그러니까 피해자가 방으로 들어오면서 바로 죽은 건 아니라는 얘기죠. 그 뒤 바커 씨가 달려와서 촛불을 끄고 램프를 켠 것입니다."

"제가 다시 상황을 재현해보겠습니다. 더글러스 씨가 방으로 들어온다, 촛불을 테이블 위에 놓는다, 커튼 뒤에서 한 남자가 나타난다, 그는 총을 들고 있다, 그리고 결혼반지를 요구한다, 왜인지는 모르지만 아무튼 요구합니다. 더글러스 씨는 반지를 빼준다, 남자는 냉정하고 잔인하게 더글러스 씨를 죽인다, 그런 다음 총을 놓고 VV 341 이라고 씌어진 이상한 카드를 떨어트린다. 그리고 바커 씨가 방에 들어왔을 때 그는 창문으로 빠져나가 도망친 것입니다. 어떻게 생각하십니까, 홈스 씨?"

"그럴듯 하긴 한데 이해가 안 되는 점이 몇 가지 있군요."

홈스가 말하자 맥도널드도 소리쳤다.

"그건 정말 넌센스에요. 그런 방법으로 사람을 죽이지는 않았을 겁니다. 그럼 왜 총으로 큰 소리를 내면서 쏴았을까요? 소리를 내지 않아야 도망칠 수 있을 텐데 말입니다. 자 그럼 홈스 씨, 당신의 의견을 말씀해보시죠. 이해 안 되는 점이 있다고 하시니 말입니다."

홈스는 메이슨 씨의 말을 들으면서도 계속 여기저기 주위를 살펴보고 있었다.

"내 생각을 말하기 전에 우선 더 알고 싶은 게 있네, 맥."

시체 옆에 앉으며 홈스가 말했다.

"아니, 이거 상처가 큰데! 메이슨 씨, 집사를 좀 불러주시겠어요? 아, 에임즈, 이 팔에 있는 문신 말이오, 오래 전부터 봐왔던 건가요?"

"네, 그렇습니다."

"이게 무슨 뜻인지, 혹시 설명 들은 적 있어요?"

"아니오, 없었습니다."

"되게 아팠겠는데. 이건 분명 낙인이야. 그리고 턱 옆에 작은 반창고가 붙어있는데, 살아있을 때도 이걸 봤어요?"

"네, 봤습니다. 어제 아침에 면도하시면서 상처가 난 것입니다."

"면도할 때 가끔 이렇게 상처가 나나요?"

"한동안 안 그랬습니다."

"한데 이건 이유가 있을 것 같군! 아니 우연인지도 모르지. 이유가 있다면 뭔가 위험을 느끼고 무서워 하고 있었던 것인지도 모르겠어. 그래서 마음의 불안 때문에 면도칼에 베인 거야. 더글러스 씨한테서 어제 이상한 점 못 봤나요, 에임즈?"

"뭔지 모르게 좀 불안해 하셨습니다."

"음! 그렇다면 갑자기 일어난 사고가 아니군. 어떤가, 맥, 수사가 조금 진전되지 않았나? 자네도 심문해보고 싶은가, 맥?"

"아닙니다, 홈스 씨. 계속 하십시오."

"그럼 이 카드를 볼까? VV 341이라…… 종이가 아주 안 좋은데, 집에 이런 종이가 있나요, 에임즈?"

"없는 것 같습니다."

홈스는 책상에 놓여있는 여러 잉크 병들의 잉크를 조금씩 떠서 압지에 묻혔다.

"여기서 쓴 건 아니군. 이 잉크는 검은색인데, 카드 것은 자주색이거든. 그리고 굵은 펜으로 씌어져 있는데, 여기 있는 건 다 가는 펜이야. 그러니까 다른 데서 쓴 게 틀림없어. 에임즈, 이게 무슨 뜻인지 짐작되는 것 없어요?"

"전혀 없습니다."

"자네는 어떻게 생각하나, 맥?"

"뭐 비밀결사 조직의 표시 같은 것 아닌가 하는 생각이 드는데요. 팔에 있는 그 문신도 그렇고요."

"나도 그런 생각이 드네요."

메이슨이 말했다.

"그럼 이 사실을 가정으로 세우고 추리를 해보기로 하세. 어떤 결사대에서 보낸 밀정이 저택으로 몰래 들어와 더글러스 씨를 살해하고 해자를 건너 도망친다, 그런데 도망가기 전에 시체 옆에 카드를 떨어트린다, 이 기사가 신문에 나면 결사대 요원들이 복수에 성공한 걸 확인하게 된다…… 이러면 얘기가 되는군. 그런데 왜 하필이면 이런 총을 사용했을까?"

"그러게 말입니다."

"그리고 반지는 왜 없어졌을까? 왜 범인은 아직도 붙잡히지 않고 있을까? 40마일 이내에 있는 모든 경찰관들이 새벽부터 샅샅이 찾고 있을텐데 말이지. 지금 2시가 넘었거든."

"그렇습니다, 홈스 씨."

"뭐 근처에 숨을 곳이 있다든지, 바꿔 입을 옷이 있다든지, 그러면 몰라도 못 찾는다는 게 이상하군."

홈스는 창틀에 있는 핏자국을 렌즈로 들여다보았다.

"구두 자국이 나있는데, 폭이 아주 넓어. 이상하네. 커튼 뒤에 있는 발자국은 훨씬 좁거든. 분명하게 나있지는 않지만 말이야. 근데 이 테이블 밑에 있는 건 뭐지?"

"주인님의 아령입니다."

에임즈가 말했다.

"아령…… 하나밖에 없는데, 또 하나는 어디 있죠?"

"그건 모르겠습니다. 원래 하나밖에 없었는지도 모르죠. 저도 오랫동안 모르고 있었거든요."

"아령이 하나라고……."

홈스가 미심쩍은 표정으로 말하고 있는데, 누가 크게 문을 두드렸다.

키가 크고 그을린 피부에 자신감 있어 보이는 한 남자가 들어왔다. 나는 곧 그가 세실 바커라는 걸 짐작할 수 있었다. 그는 거만한 눈빛으로 우리를 하나하나 쳐다보았다.

"말씀을 끊어서 미안합니다만 새로운 소식을 알려드릴까 하고……."

"체포되었습니까?"

"아니오. 그건 아니고, 자전거가 발견됐습니다. 범인이 놓고 간 것이죠. 현관에서 100야드도 못 미친 곳에 있습니다."

우리는 모두 그곳으로 갔다. 마부들이 자전거를 구경하며 몰려 서 있었다. 오래되어 낡은 자전거에는 방석이 놓여 있었다. 그리고 매달린 가방에 연장 도구가 몇 개 들어있었지만 신원을 알만한 단서는 아무것도 없었다.

"번호판이라도 붙어 있다면 도움이 될 텐데. 그래도 발견된 것만 해도 어딥니까? 그런데 왜 이걸 놓고 갔을까요? 자전거를 안 타고 어떻게 도망쳤을까요? 아직 실마리가 안 잡힌 것 같군요, 홈스 씨."

맥도널드가 묻자 홈스는 갸우뚱 하며 대답했다.

"글쎄……."

제5장_ 등장인물

우리가 다시 저택으로 돌아오자 화이트 메이슨이 물었다.

"서재 조사는 다 했습니까?"

"일단은 다 했어요."

경감이 대답했다. 홈스도 동의한다는 듯 고개를 끄덕였다.

"그럼 이제 집안 사람들의 증언을 듣기로 하죠. 에임즈, 당신부터 아는 대로 얘기해보세요."

집사는 간단하고 명료하게 증언을 함으로써 그의 진실성은 의심할 게 없다는 인상을 풍겼다. 그는 5년 전 더글러스가 처음 이 저택을 샀을 때부터 이곳에서 일해왔다. 그리고 주인을 신사다운 부자라고 생각해왔다. 더글러스는 실제로 관대하고 너그러운 사람이었다. 그는 우울한 표정을 한 적이 없었다. 그리고 무서움을 모르는 사람이었다. 매일 밤에 다리를 올려두는 건 오래 전부터의 관습이며, 더글러스는 이 관습을 그저 지켜왔을 뿐이다. 그리고 마을을 잘 떠나지 않는데, 살해된 날은 물건을 사러 탬브리지 웨일즈에 다녀왔다. 그런데 다른 날보다 어딘지 흥분해있는 것처럼 보였다. 그날 밤, 에임즈는 잠자러 가지 않고 은그릇들을 정리하고 있다가 갑자기 벨소리를 들었다. 총소리는 듣지 못했다. 왜냐하면 부엌이 더글러스의 방과 많이 떨어져 있기 때문이다. 벨소리에 가정부가 나와 에임즈는 그녀와 함께 더글러스의 방쪽으로 달려갔다. 그리고 더글러스 부인이 계단을 내려오는 게 보였다.

"마님은 특별히 서두르는 것 같지 않았습니다…… 당황하시지도 않았고요."

더글러스 부인이 계단을 내려오자 바커가 서재에서 뛰어나오며 부인에게 돌아가라고 말했다.

"서재로 오시면 안 됩니다. 돌아가 주세요! 존이 죽었습니다. 당신은 아무것도 할 수 없으니 그냥 돌아가세요!"

그러자 부인은 자기 방으로 돌아갔다. 그녀는 비명도 안 지르고 울지도 않았다. 가정부 알렌이 부인 방으로 가서 함께 있었다. 에임즈와 바커는 서재로 갔다. 서재엔 램프가 켜져 있었다. 두 사람은 창문 밖을 쳐다보았는데 이미 어두워 아무것도 보이지 않고 어떤 소리도 들리지 않았다. 그래서 에임즈는 현관으로 가 다리를 내리고, 바커는 경찰서로 달려갔다.

이상이 집사 에임즈의 증언이었다.

가정부 알렌의 증언도 집사의 증언과 같았다. 그녀의 방은 주방보다 더 집 앞쪽에 있었다. 막 자려고 하는데 벨소리가 크게 들렸다. 총소리는 듣지 못했지만 그녀의 귀가 좀 안 좋아 그랬는지도 모른다. 그리고 더글러스의 서재와 많이 떨어져 있어서 들리지 않을 수도 있었다. 뭔가 큰 소리는 들었는데, 문소리인가 생각했다. 총소리는 벨소리보다 30분쯤 전에 났다. 어쨌든 벨소리에 그녀가 나가봤더니 에임즈도 달려오고 있었다. 그때 놀란 바커가 서재에서 나오고 있었다. 그러고는 더글러스 부인이 서재로 못 가도록 만류했다. 바커는 알렌에게 말했다.

"2층에 같이 가있어요. 부인 옆에 꼭 붙어 있어야 해요!"

알렌은 부인과 함께 2층 방으로 갔다. 부인은 흥분해 온 몸을 떨면서도 서재로 가려고 하지는 않았다. 난로 옆에 앉아 얼굴을 감싸고만 있었다. 알렌은 밤 내내 부인 옆을 지키고 있었다. 다른 하인들은 자고 있다가 경찰이 오기 바로 전에 소동을 듣고 일어났다.

가정부의 증언은 이게 다였다. 반대 심문을 해도 마찬가지였다. 다음 증인으로는 세실 바커가 나섰다. 하지만 그는 이미 말한 것에 더 덧붙일 게 거의 없었다. 그는 다만, 범인이 창문으로 도망친 것을 확신한다고 말했다. 핏자국이 결정적인 증거라는 것이었다. 그러나 범인이 어떻게 도망쳤는지, 왜 자전거를 타고 가지 않았는지는 모르겠다고 했다. 그리고 해자의 깊이가 3피트 이상이 아니므로 거기서 빠져 죽을 수는 없다고 말했다.

바커는 더글러스가 피살된 것에 대해 나름대로 확신을 가지고 있었다. 더글러스는 평소 과묵한 성격이었으며, 삶의 어느 시기에 대해서는 절대로 말을 하지 않았다. 젊었을 때 아일랜드에서 미국으로 이민을 갔으며, 바커가 그를 처음 알게 된 곳은 캘리포니아였다. 둘은 공동 출자해 베니트 계곡에 있는 광산을 샀다. 그런데 사업이 잘 돼가고 있을 무렵, 더글러스가 갑자기 사업권을 팔고 영국으로 왔다. 그는 아직 독신이었다. 그러자 바커도 사업을 정리하고 런던으로 돌아왔다. 그리고 두 사람은 다시 만남을 계속 이어갔다. 그런데 바커는 더글러스에게 뭔가 위험한 일이 닥쳤기 때문에 영국으로 돌아와 조용한 곳에서 살고자 한 게 아니었을까 하는 생각을 계속 해왔다. 그러던 차 결국 비극으로 끝나자, 어떤 비밀 결사 조직에서 더글러스를 계속 추적해 죽여 없애버릴 계획을 해왔던 것이라는 생각이 들었다. 바커는 더글러스와 얘기할 때 가끔 그런 느낌을 받은 적도 있었다고 했다. 카드의 글자도 분명 어떤 비밀 조직과 관련이 있을 것 같다고 그는 말했다.

"캘리포니아에서 더글러스 씨와 얼마동안 같이 일했습니까?"

맥도널드가 물었다.

"5년간이요."

"더글러스 씨가 독신이었다고 했죠?"

"아내와 사별했다고 들었습니다."

"전 부인의 출신지가 어딘지 혹시 아십니까?"

"아니오. 그런데 스웨덴 혈통이라고 했던 말은 기억납니다. 사진을 한 번 봤는데 아주 미인이었어요. 내가 더글러스와 만나기 한 해 전에 장티푸스로 죽었다고 하더군요."

"그가 전에는 미국 어디에서 살았는지 얘기 들은 것 있습니까?"

"시카고에 대해 몇 번 얘기했어요. 그곳을 잘 알고 있더라고요. 탄광이나 철광 얘기도 했고요. 아마 거기서 일했던 것 같습니다. 아무튼 젊었을 때는 여기저기 돌아다녔던 것 같아요."

"정치에도 관여했을까요? 그 비밀 결사 조직이 정치와 관련있는 건 아닐까요?"

"정치엔 전혀 관심 없었습니다."

"그럼 무슨 범죄 조직과 관계가 있는 것도 아니었겠네요?"

"물론이죠. 그는 아주 솔직한 사람이었어요."

"캘리포니아에 같이 계실 때 뭔가 특이한 점을 느끼신 게 있습니까?"

"그는 광산 지역에 있는 걸 좋아했어요. 웬만하면 다른 곳에 잘 안 갔죠. 그래서 그가 누군가에게 쫓기고 있는 게 아닌가 하는 생각이 들었던 겁니다. 그런데 갑자기 유럽으로 떠나자 그런 생각이 더 많이 들더군요. 그가 떠난지 1주일도 안 돼 5, 6명의 남자가 찾아와 그에 대해 물은 적이 있었어요."

"어떤 사람들이었나요?"

"글쎄요…… 깡패들 같았어요. 그가 어디 있는지 묻더군요. 그래서 유럽으로 가서 잘 모른다고 했죠. 그때 난 놈들이 더글러스를 해칠 것 같다는 생각이 바로 들었어요."

"미국인들이었나요? 캘리포니아 사람들 같았어요?"

"글쎄요…… 캘리포니아 사람이 어떻게 생겼는지는 모르지만 아무튼 미국인들이었어요. 광부는 아니었어요. 뭐 하는 사람들인지 도무지 짐작이 안 되더군요. 어쨌든 별 말 없이 조용히 갔어요."

"그때가 6년 전이었다고요?"

"거의 7년 됐죠."

"그럼 캘리포니아에서 5년 있었으니까, 적어도 12년 전 일이네요?"

"그렇죠."

"그렇게 끈질기게 추적해온 걸 보면 뭔가 깊은 원한이 있거나, 아무튼 예삿일은 아닌 것 같군요."

"아무래도 사는 게 늘 괴로웠겠죠. 그 생각이 한시도 머리에서 떠나지 않았을 테니까요."

"그런데 위험한 일이 닥쳐올 걸 알고 있었다면 왜 그는 경찰의 보호를 청하지 않았을까요?"

"보호를 받을 수 없는 위험이라고 생각했는지도 모르죠. 참, 더글러스는 항상 권총을 주머니에 가지고 다녔습니다. 그런데 어젯밤엔 하필 실내복을 입고 서재로 가는 바람에 권총을 갖고 있지 않았던 거죠. 게다가 도개교도 올라가 있었으니까 별 걱정을 안 했을 겁니다."

"더글러스 씨가 여기로 온 게 6년 전이고, 당신은 그 다음 해에 오셨다고 했죠? 그럼 더글러스 씨가 결혼한 건 5년 전이니까, 당신은 그가 결혼할 즈음에 오셨네요?"

맥도널드가 물었다.

"결혼 한 달 전에 왔습니다. 그래서 들러리를 섰죠."

"더글러스 부인을 결혼 전부터 알고 있었나요?"

"아니오. 몰랐습니다."

"하지만 결혼 후에는 자주 만나셨죠?"

바커가 갑자기 인상을 쓰며 경감을 쳐다보았다.

"더글러스는 자주 만났습니다. 물론 부인도 만날 수밖에 없었죠. 이 집에 오면 자연스레 만나게 됐으니까요. 하지만 어떤 특별한 관계를 생각하는 거라면……."

"뭐 그렇다는 건 아닙니다, 바커 씨. 사건과 관련해서 모든 질문을 할 수밖에 없기 때문에 하는 것입니다. 기분 나쁘게 생각하지 마십시오."

"하지만 해서는 안 되는 질문도 있지 않습니까?"

바커는 여전히 분노 섞인 음성으로 말했다.

"우리가 알고 싶은 건 사실 그 자체 뿐입니다. 그건 당신과 모든 사람을 위해 필요한 것이니까요. 더글러스 씨는 당신과 부인과의 만남을 괘념치 않았나요?"

바커는 얼굴이 창백해지며 두 주먹을 꽉 쥐었다.

"당신은 그런 질문을 할 권리가 없습니다! 그게 이 사건과 무슨 관계가 있다는 거죠?"

"대답해주셔야 합니다."

"절대로 대답할 수 없습니다."

"그럼 대답하지 않으셔도 됩니다만, 대답을 거부하는 것도 일종의 대답이 된다는 걸 아시기 바랍니다. 거리낄 게 없다면 대답을 안 할 이유가 없을 테니까요."

바커는 잔뜩 인상을 찌푸리며 한참 생각에 잠겨있더니 이윽고 빙긋이 웃으며 말했다.

"지금 당신들은 어디까지나 의무를 집행하고 있는 것이니까 내가 그걸 방해가 권리가 없다는 말씀이신 것 같은데요. 그렇다면 더글러스 부인에게 어떤 피해도 안 가도록 해주셔야 합니다. 가뜩이나 지금 그녀는 절망에 빠진 상태니까요. 한 가지만 말씀드리죠. 더글러스는 심한 질투심을 가지고 있었습니다. 그는 나를 좋아했어요. 그렇게 친구를 좋아하는 사람도 드물 겁니다. 그리고 부인에게도 너무 잘했습니다. 하지만 내가 부인과 얘기를 하거나 우리가 스스럼 없이 친한 것 같으면 금방 질투심이 폭발해 심한 말을 해대곤 했어요. 그럴 때마다 내가 이 집에 다시는 안 오겠다고 말하곤 했죠. 그러면 곧 또 후회하면서 내게 편지를 보내왔어요. 하지만 가장 중요한 건, 더글러스처럼 마음이 따뜻하고 좋은 아내를 가진 남자도 없다는 것입니다. 그리고 또 나처럼 충실한 친구도 없었을 겁니다."

바커의 말엔 깊은 정성이 담겨 있었다. 하지만 맥도널드는 질문을 멈추지 않았다.

"아시다시피 그의 손에 있었던 결혼반지가 없어졌습니다."

"그런 것 같더군요."

"'같다'라고요? 그 사실을 알고 계시잖습니까?"

바커는 순간 당황한 표정이었다.

"그건 더글러스 자신이 빼냈는지도 모른다는 뜻이었습니다."

"어찌됐든 결혼반지가 없어졌다는 것은 결혼과 이번 사건이 어떤 관계가 있다는 의미 아닐까요?"

바커는 어깨를 움츠렸다.

"글쎄요, 무슨 뜻인지 모르겠습니다만, 그게 부인의 명예에 관련되는 문제라고 보신다면……."

말을 잠시 끊은 바커의 눈빛이 순간 번득이더니 뭔가 감정을 숨기는 듯 했다. 그러고는 말을 이었다.

"그건 잘못 생각하신 것 같군요."

"알겠습니다. 일단 여기서 질문을 마치겠습니다."

맥도널드가 냉정한 투로 말했다.

"한 가지 질문이 있는데, 방에 들어가셨을 때 테이블 위에 촛불이 하나만 켜져 있었습니까?"

셜록 홈스가 입을 열었다.

"네, 그랬습니다."

"불빛이 있어서 그래도 무서운 일이 벌어졌다는 걸 금방 아셨군요?"

"그랬었죠."

"곧바로 벨을 울렸습니까?"

"그랬습니다."

"금방 누가 왔나요?"

"네, 1분도 안 돼서요."

"여러 사람이 왔을 때 촛불은 꺼져있고 램프가 켜있었다고 했죠? 그게 좀 이상한 것 같은데요."

바커는 또다시 당황스러운 얼굴로 곰곰이 생각했다.

"이상하다고는 생각지 않는데요, 홈스 씨. 촛불이 어두워 잘 안 보여서 밝은 램프를 켰던 것 뿐입니다."

"그 다음에 촛불을 껐다고요?"

"그랬었죠."

홈스도 더이상 질문을 하지 않았다. 바커는 우리를 한참 쳐다보더니 방을 나가버렸다. 뭔가 마뜩치 않은 표정이었다.

다음 차례로, 맥도널드는 더글러스 부인을 불렀다. 그녀는 30살쯤 된 미인으로 무척 차분해보였다. 얼굴은 창백하고 충격으로 그늘져 있었지만 침착한 태도로 테이블 옆에 와서 앉았다. 이윽고 깊은 슬픔이 배인 눈빛으로 우리를 쳐다보았다. 그녀는 뭔가 묻고 싶어하는 눈치였다. 그러더니 방황하는 듯한 눈길로 입을 열었다.

"뭐 알아내신 것 있습니까?"

그녀의 질문엔 두려움이 깃들어 있었다.

"최대한 알아보고 있습니다, 부인."

"비용이 얼마가 들든 괜찮으니까 모든 노력을 기울여 주시기 바랍니다."

"네, 알겠습니다. 부인께서도 뭔가 단서가 될만한 게 있으면 말씀 좀 해주세요."

"도움 드릴 얘기는 아무것도 없습니다. 그저 알고 있는 건 말씀드릴 수 있어요."

"좀 전에 바커 씨한테서 얘기 들었습니다만, 부인께서는 사고 후 서재에 들어가시지 않았다고요?"

"네, 워낙 만류하는 바람에 그냥 방으로 돌아갔어요."

"그럼 총소리를 듣고 바로 내려오셨던 겁니까?"

"네, 실내복 차림으로요."

"총소리가 나고 몇 분쯤 지난 후였나요?"

"1, 2분쯤이었어요."

"남편이 서재로 간 후 총소리가 날 때까지 시간이 얼마나 지났을까요?"

"그건 정확히 모르겠어요. 남편이 화장실에 갔다가 내려갔기 때문에 소리를 못 들었거든요. 그리고 남편은 매일 밤마다 집안의 불들을 확인하고 서재로 가기 때문에 언제 갔는지 모르겠어요. 그는 화재를 몹시 두려워 했었죠."

"묻고 싶었던 게 그런 점입니다. 부인께선 남편에 대해 영국 시절밖에 모르는 거죠?"

"네, 결혼한 후부터요."

"미국에서 겪었던 일이라든지, 뭐 위험한 일이 닥칠 거라는 그런 얘기를 혹시 들으신 적 있습니까?"

더글러스 부인은 바로 대답하지 않고 생각하는 눈치였다.

　"네, 들었습니다. 저는 남편 주위에 항상 어떤 위험이 도사리고 있는 것 같은 느낌을 받았습니다. 하지만 그는 저한테 그런 말을 안 하려고 했지요. 저를 못 믿어서가 아니라, 제가 그 말을 들으면 걱정하고 무서워 할까봐 그랬을 거에요. 우리는 서로를 깊이 믿고 사랑하고 있었으니까요."

　"그런데 어떻게 그걸 아시게 됐죠?"

　그녀의 입가에 웃음이 번졌다.

　"언제까지나 비밀을 숨길 수 있겠어요? 그리고 남편을 사랑한다면 그런 눈치 쯤이야 당연히 챌 수 있죠. 여러 상황으로 알 수 있었어요. 미국에서 있었던 일을 얘기하면서도 어떤 부분에 대해서는 절대로 얘기를 안 하더군요. 뭔가 아주 조심하는 것 같았어요. 가끔은 무심히 흘러나온 말에서도 느낀 적이 있고요. 또 어떤 때는 모르는 사람들이 찾아왔는데, 그의 표정이 이상했어요. 그래서 그에게 분명 적이 있다는 걸 느끼게 됐죠. 남편도 몹시 긴장하고 있는 눈치였고요. 그래서 요 몇 년간 남편이 늦게 돌아오면 너무나 신경이 쓰이고 무서웠어요."

　이번엔 홈스가 물었다.

　"무심히 흘러나온 말이 뭐였었죠?"

　"공포의 골짜기라는 말이었어요. 그래서 제가 물으니까 이렇게 대답하더라고요. '한때 공포의 골짜기에 있었던 적이 있는데, 아직도 거기서 헤어나지 못하고 있다오.' 하고 말이죠. 그래서인지 남편은 항상 표정이 어두운 편이었어요. 그래서 제가 공포의 골짜기에서 헤어날 수 없느냐고 물으니까, '평생 헤어날 수 없을 것 같은 생각이 들 때가 있다오.' 하고 대답하더군요."

"공포의 골짜기가 무슨 뜻인지 물어보셨습니까?"

"네, 물었더니 굉장히 착잡한 표정으로 머리를 흔들더라고요. 그러면서 '당신에게는 그 그림자의 영향이 없어야 하는데.' 그러더군요. 그 골짜기는 실제로 있는 곳이고, 남편은 거기서 무서운 일을 겪었던 것 같아요. 그건 틀림 없습니다. 하지만 그 이상은 모릅니다."

"남편께서 누구 이름을 말한 적이 있었습니까?"

"네, 있었어요. 3년 전쯤에 사냥 나갔다가 사고를 당했는데, 그때 고열이 나면서 계속 누구이름을 불렀어요. 무서워 하면서 말이죠. '매긴티'라고 부르더군요. 그래서 그가 회복된 뒤에 매긴티가 누구냐고 물었더니, 자신이 속해있는 단체 사람이 아니라고 하더라고요. 무척 다행스럽다는 표정으로 말이죠. 그게 다였어요. 그런데 매긴티라는 사람과 공포의 골짜기가 뭔가 관련이 있는 것 같은 느낌이 들었어요."

"또 하나 묻겠습니다."

맥도널드가 말했다.

"남편을 처음 만나신 곳이 런던의 한 하숙집이라고 하셨죠? 거기서 약혼을 하셨다고요? 결혼 전에 로맨스나 뭔가 좀 비밀스러운 일 같은 건 없었습니까?"

"로맨스는 물론 있었죠. 하지만 비밀스러운 일은 없었는데요."

"남편에게 연적이 있었나요?"

"아니오. 저한테 다른 남자는 없었어요."

"남편의 결혼반지가 없어졌다는 건 알고 계시죠? 그 점에 대해서 뭔가 생각나는 것은 없습니까? 만약 남편께서 적에게 이런 일을 당했다고 한다면 결혼반지는 왜 빼앗아 갔을까요?"

더글러스 부인의 입가에 엷은 미소가 한순간 번지는 것을 나는 분명히 목격했다.

"그건 전혀 모르겠는데요."

"알겠습니다. 돌아가서도 좋습니다. 더 묻고 싶은 게 있지만 필요할 때 다시 연락드리죠."

맥도널드가 말했다.

그녀는 자리에서 일어났다. 그리고 아까처럼 또 한 번 우리를 재빨리 살피는 듯한 눈빛으로 둘러보았다. '내 증언을 어떻게 느끼셨나요?' 하고 묻는 것 같았다. 그리고 나서 곧 방을 나갔다.

문이 닫히자 맥도널드가 생각에 잠긴 눈빛으로 말했다.

"굉장한 미인이군요. 세실 바커가 이 집에 자주 오는 건 분명합니다. 부인에게 호감을 살만한 남자죠. 더글러스의 질투심을 유발했을 정도니까요. 그리고 결혼반지 문제는 그냥 넘어갈 수 없는 일입니다. 죽은 사람의 결혼반지를 빼가다니, 당신은 어떻게 생각하십니까, 홈스 씨?"

홈스는 두 손으로 머리를 감싸고 있다가 일어나더니 집사를 불렀다.

"에임즈, 바커 씨는 지금 어디 있나요?"

"찾아보겠습니다."

잠시 후 에임즈가 와서는 바커가 정원에 있다고 했다.

"어젯밤 서재로 갔을 때 바커 씨가 무슨 신발을 신고 있었는지 혹시 기억나요, 에임즈?"

"네, 기억 납니다. 방에서 신는 슬리퍼를 신고 계셨어요. 그래서 경찰로 가실 때 제가 구두를 가져다 드렸었죠."

"그 슬리퍼는 지금 어디 있나요?"

"홀 의자 밑에 있습니다."

"알겠소, 에임즈. 어떤 게 바커 씨의 발자국이고, 어떤 게 외부 사람의 발자국인지 알아야 하기 때문에 물어본 거에요."

"네. 그런데 사실 바커 씨의 슬리퍼에 핏자국이 묻어있습니다. 제 것에도 묻어있고요."

"방에서 묻었겠지 뭐. 자, 가도 좋아요, 에임즈. 물어볼 게 또 있으면 부르겠소."

2, 3분 후, 우리는 서재로 들어갔다. 홈스는 바커의 슬리퍼를 가지고 왔는데, 바닥에 묻은 피가 굳어 까맣게 돼있었다.

"이상하네! 정말 이상해!"

홈스는 창문 쪽으로 슬리퍼를 가져가 면밀히 살펴보며 중얼거렸다. 그러면서 고양이가 먹이에 달려들 듯 몸을 잔뜩 구부리고는 슬리퍼를 창틀의 핏자국과 비교해보았다. 크기가 똑같았다. 그는 우리를 쳐다보며 빙긋이 웃었다. 그러자 맥도널드의 얼굴빛이 흥분으로 달아오르며 입에서 스코틀랜드의 사투리가 튀어나왔다.

"놀라운데요! 이거 똑같은 발자국 아니에요? 바커가 직접 창틀에다 피를 묻힌 게 맞습니다. 다른 구두보다 훨씬 크잖아요. 홈스 씨가아까 넓은 발이라고 하셨죠? 딱 들어맞는 것 같은데요. 그럼 이게도대체 어떻게 된 거죠? 어떻게 된 사연일까요, 홈스 씨?"

"그러게 말이야."

화이트 메이슨은 보란 듯이 자신있는 표정으로 양손을 문질렀다.

"그래서 내가 복잡한 사건이라고 하지 않았습니까? 정말 어려운사건이라고요!"

제6장_ 한 줄기의 빛

두 경관과 홈스는 아직도 면밀히 조사할 게 많아서 나는 혼자 여관으로 돌아가기로 했다. 가기 전에 나는 저택 옆에 있는 멋진 정원을 산책했다. 정원은 특이한 모양새로 손질된 수송나무들로 둘러싸여 있었다. 그리고 내부는 넓직한 잔디밭으로 꾸며져 있고, 그 한가운데에 해시계가 서있었다. 사방이 조용하고 평온한 분위기라 왠지모르게 어수선했던 내 마음이 차분히 가라앉는 듯 했다. 좀전에 보았던 서재의 시체라든지 모든 일이 마치 꿈속의 일처럼 어느새 아득하게만 느껴졌다. 그래도 나는 정원을 좀 거닐며 기분을 바꾸려고했는데, 갑자기 생각지 않았던 일이 일어나면서 다시 좀전의 비극이 내 마음에 파고들었다.

수송나무들이 늘어선 끝 쪽은 울타리를 이루고 있었다. 그리고 울타리 맞은편에 저택 쪽에서는 전혀 안 보이는 돌벤치가 하나 놓여있었다. 내가 그리로 막 가는데 누군가 말하는 소리가 들렸다. 남자의 힘있는 말소리에 이어 여자의 웃음소리가 들리는 것이었다. 휘어진 길을 막 돌자 목소리의 주인공들이 보였다. 바커와 더글러스 부인이었다. 두 사람은 아직 나를 못 보고 있었다. 나는 순간 어리둥절한 기분이 들었다. 부인은 아까 식당에서 봤을 때와는 달리 조금도 우울하고 슬픈 기색이 없었다. 눈빛은 밝고 즐거우며, 남자의 말에 몹시 기뻐하는 표정이었다. 바커 역시 환한 미소를 짓고 있었다. 그들은 나를 보자 순간 표정을 싹 바꿨다. 그러고는 머뭇거리며 몇 마디 더 하고는, 바커가 내 쪽으로 다가왔다.

"아니, 왓슨 씨 아닙니까?"

나는 다소 냉정한 표정으로 인사를 받았다.

"안 그래도 당신에 대해 많이 생각했습니다. 셜록 홈스 씨와 당신을 모르는 사람은 없으니까요. 이쪽으로 오셔서 우리와 같이 얘기하시죠."

나는 여전히 싸늘한 얼굴로 그를 따라 갔다. 죽어있는 더글러스의 모습이 다시 확 되살아났다. 그가 죽은지 몇 시간도 안 됐는데, 그의 아내와 가장 친한 친구가 정원에서 이렇게 얘기하며 즐거워 하고 있다니! 나는 씁쓸한 기분으로 부인에게 인사를 건넸다. 그녀는 아까 식당에서처럼 뭔가 호소하는 듯한 눈길을 또다시 던졌다. 하지만 나는 냉담한 마음 뿐이었다.

"나를 냉정한 여자라고 생각하시겠죠?"

그녀가 말했다.

"나로서는 알 바 아닙니다."

나는 무심한 말투로 대답했다.

"언젠가 아시게 될 거에요. 당신이 이것만 이해하신다면……."

"아니, 왓슨 씨한테 이해해 달라고 할 필요는 없죠. 선생이 알 일
은 아니잖아요."

바커가 얼른 그녀의 말을 가로막았다.

"그렇습니다. 그럼 나는 산책을 계속하겠습니다."

"잠깐만요, 왓슨 씨."

부인이 다급하게 외쳤다.

"한 가지만 묻고 싶어요. 대답해줄 수 있는 사람은 당신 뿐일 것 같
아서요. 수사에도 도움이 될 겁니다. 홈스 씨와 경찰의 관계에 대해
서 당신은 잘 알고 계시겠죠? 그런데 어떤 것에 대해 홈스 씨한테만
조용히 알릴 수 있을까 해서요. 그분이 경찰에 그걸 꼭 알려야 하나
요?"

바커도 덧붙여 물었다.

"그러니까 홈스 씨는 혼자 수사를 하실 수 있는 겁니까, 아니면 경
찰에 꼭 협력을 해야 하는 겁니까?"

"어떻게 대답해야 할지 모르겠군요."

"부탁드립니다. 저희를 좀 도와주세요. 말씀해주시면 정말 큰 도

움이 될 것입니다."

부인이 간절한 진심으로 말하는 게 느껴져 나는 좀 전의 감정을 제쳐두고 그녀의 부탁을 들어주기로 했다.

"홈스는 독자적으로 수사하고 있습니다. 경찰과 상관없이 자기 판단대로 할 것입니다. 하지만 같은 사건을 조사하고 있으니까 당연히 경찰에도 협력하는 게 좋죠. 따라서 범인을 찾는 데 도움 되는 일이라면 혼자 숨기고 있지는 않을 것입니다. 그 이상은 나도 뭐라고 말할 수가 없군요. 더 자세히 알고 싶으시면 홈스에게 얘기 전하겠습니다."

나는 모자를 들고 일어났다. 울타리 끝에서 무심코 뒤를 돌아보자 두 사람은 아직도 얘기를 나누고 있었다. 홈스가 돌아오자 나는 이 일을 알려주었다.

"그들이 하는 얘기 같은 건 별로 알고 싶지 않네. 안 듣고 싶어, 왓슨. 괜히 살인 공모죄로 엮이면 골치 아프니까."

홈스의 반응은 시큰둥 했다.

"그럴 것 같나?"

"왓슨, 이 계란 먹은 다음에 전부 얘기해주겠네. 그런데 내 추측이 맞을지 모르지만…… 없어진 아령이 어디 있는지 찾기만 하면……."

"아령이라고?"

"아니, 없어진 아령 하나가 이 사건 해결의 핵심이라는 걸 자네는 모르고 있다는 건가? 하기야 자네만 그런 게 아니네. 맥 경감이나 그 지방 경위도 아령이 그렇게 중요하다는 걸 모르고 있더라고. 왓슨, 아령을 하나만 가지고 운동한다면 어떻게 되겠나? 한쪽만 발달해서 척추가 휘어질 것 아닌가. 생각해보게. 얼마나 위험한 짓인지!"

그는 입안 가득 토스트를 넣고 씹으며 놀리듯 나를 바라보았다. 식욕이 아주 좋아 보였다. 그건 곧 수사가 잘 풀려가고 있다는 증거였다. 그는 문제가 안 풀려 고민하면 몹시 초조해 하면서 식사도 거르고 밤낮을 보내기 일쑤였다. 그는 식사가 끝나자 파이프에 불을 붙이고는 난로 옆에 앉아 상황에 대해 말하기 시작했다. 혼자 중얼거리듯이.

"거짓말. 참 뻔뻔스럽고 어처구니없는 거짓말이라니까. 왓슨, 우리가 먼저 부딪치고 있는 장벽이 이것이라네. 거기서 출발해야 해. 바커 말일세, 순전히 거짓말만 늘어놓고 있었다네. 게다가 더글러스 부인까지 바커의 말을 인정하고 있으니, 그녀도 똑같이 거짓말을 하고 있는 셈이지. 그렇다면 문제는 이제 밝혀진 거야. 왜 거짓말을 하는지, 그들이 숨기고 있는 진실이 무엇인지. 왓슨, 우리 둘이서만 한번 해보세. 그 거짓말을 파고 들어가 진실을 알아낼 수 있을지 말이야. 그런데 그들은 지금 거짓말을 꾸미는 것도 굉장히 어설프게 하고 있다네. 왜냐하면, 범인이 살인을 하고 나서 결혼반지를 빼낸 다음 포개져 있던 다른 반지를 다시 손가락에 끼워 넣었다고 했는데, 그 모든 일을 단 2분도 안 돼 했다는 게 믿어지느냐 말일세. 그리고 나서 이상한 카드까지 바닥에 떨어트려 놓았어. 하지만 생각해보면 이런 건 분명 가능성이 희박한 일이야. 자네는 이렇게 말할지도 모르지. 반지를 살인하기 전에 뽑아냈을 거라고 말이야. 물론 자네가 이런 판단을 하리라고는 생각하지 않지만. 어쨌든 촛불이 켜있었던 시간이 아주 짧았다고 하면 범인과 피해자가 서로 볼 수 있었던 순간도 짧았다는 건데, 그 사이에 더글러스가 범인의 협박에 못 이겨 결혼반지를 스스로 빼내 주었다는 게 말이 될까? 그리고 램프를 켠 사람도 범인이었어. 그건 틀림없네. 총을 쏴서 죽인 건 맞지만 쏜 것도 그들이 말한 시간보다 좀더 일찍이었고 말이야. 바커와 더글러스 부인, 둘이 입을 맞추고 말한 것에 우리가 속았던 거지. 그럼 이제 창틀에 묻어있는 핏자국이 바커가 한 짓인 게 분명해지면 그들이 공모했다는 사실이 점점 더 밝혀지는 셈이네.

자, 그럼 살인이 실제로 일어난 시각을 다시 검토해보세. 10시 30분까지는 하인들이 잠자리에 들지 않고 있었다니까 그 전에 일어난 건 아니야. 11시 15분에 에임즈를 제외한 다른 하인들은 잠을 자러 들어갔다는구먼. 그리고 에임즈는 그릇 보관실에 있었다는 거야. 그래서 아까 실험을 해봤는데, 그 그릇 보관실에서 문을 전부 닫고 있으니까 서재에서 나는 소리가 전혀 안 들리더라고. 그런데 가정부 방에서는 들릴 수 있어. 서재와 거리가 별로 안 멀거든. 총소리는 이번 경우처럼 가까이서 쏘면 소리가 덜 크게 나지만 그래도 한밤중이라 조용하니까 가정부 방에서는 금방 들렸을 것 같네. 그녀도 말했듯이 귀가 좀 어둡기는 하지만 방문이 크게 닫히는 소리를 들은 것 같다고 했거든. 소동이 일어나기 30분 전이라고 했으니까 11시 15분 전에 일어난 게 맞네. 그러면 바커와 더글러스 부인이 총소리를 듣고 달려온 11시 15분 전부터 벨을 울린 11시 15분까지 무엇을 했는지 밝혀내야 하네. 왜 벨을 곧장 울리지 않고 기다렸을까. 이것에 대한 수수께끼가 풀리면 문제 해결에 훨씬 접근하는 게 되겠지."

"그 두 사람이 뭔가 꾸미고 있는 건 분명하네. 남편이 살해된 지 몇 시간도 안 지났는데 그렇게 히히덕거리고 있다니, 그 여자는 인간도 아니야."

내가 말했다.

"맞아. 진술할 때도 보니까 아내로서의 자세가 별로더라고. 왓슨, 자네도 알다시피, 나는 여성 찬미자는 아니네. 하지만 살아온 경험으로 볼 때, 남편에게 애정이 있는 여자라면 그가 죽었는데 다른 남자와 유쾌하게 떠들지는 않을 거라는 것쯤은 최소한 알고 있지. 그래서 내가 만약 결혼을 한다면 아내가 내 시체를 바로 앞에 두고도 가정부를 따라 되돌아가는 그런 행동은 하지 않도록 애정을 듬뿍 주고 싶네. 그녀의 연극은 아주 서툴렀어. 여자들은 흔히 눈물을 흘리는데, 증언을 할 때도 보니까 눈물 한 방울 안 흘리더라고. 그래서 나는 둘이 공모한 게 아닌가 하는 걸 느꼈던 거지."

"그럼 자네는 바커와 더글러스 부인이 범인이라고 생각하는 건가?"

홈스는 파이프를 흔들며 대답했다.

"하여튼 자네 질문은 워낙 직설적이라 내가 늘 당황한다니까. 마치 총을 맞은 것 같아. 더글러스 부인과 바커가 사건의 진실을 알고 있으면서도 그걸 숨기고 있느냐는 질문이라면 대답할 수 있네. 틀림없이 맞다고 말일세. 그러나 그보다 무서운 자네의 질문에 대해서는 확실치 않네. 그들이 자신들의 사랑에 방해가 되는 남자를 죽였다고 가정해보세. 그런데 하인들의 증언을 다 들어봐도 그건 확인이 안 되더라고. 반면 더글러스 부부의 애정에 대해서는 여러 사람들이 확실히 믿고 있었다네."

"나는 그렇게 생각되지 않네. 바커와 더글러스 부인은 한 마디로 교활한 자들이야. 더글러스가 신변에 위험을 느끼고 있었다는 걸 이용한 것이었지."

두 사람이 정원에서 즐거워 하는 걸 떠올리며 내가 말했다.

"그건 두 사람이 그렇게 말한 것이고, 실제로는 어땠는지 모르지 않은가. 아무튼 자네 생각으로는 두 사람이 처음부터 거짓말을 했다는 거지? 무슨 협박 같은 것도 없었고, 비밀 결사 조직이니, 공포의 골짜기니, 매긴티니 그런 게 다 없었다는 건데, 과연 그럴듯한 얘기야. 그럼 그렇다고 가정하고 전개시켜 보세. 두 사람은 자전거를 숲속에 놔두어 마치 누가 저택에 숨어 들어온 것처럼 증거를 꾸몄어. 창틀에 있는 핏자국도, 방바닥에 던져둔 카드도 모두 꾸민 일이야. 이렇게 생각하면 자네가 말한 대로 딱 들어맞군. 그런데 왓슨, 그렇게 되면 한 가지 난처한 문제에 부딪치게 되네. 왜 총신을 잘라낸 엽총을 굳이 사용했을까 하는 점이지. 게다가 미국 총이었고, 총소리도 크게 나서 모두를 깨울 수 있는 총을 말일세. 두 사람은 왜 그런 행동을 했을까?"

"솔직히 전혀 모르겠어."

"또 이해할 수 없는 건, 만약 여자가 정부와 짜고 남편을 살해했다면 굳이 결혼반지를 빼내서 의심 받을 수 있는 짓을 자초할까? 그럴 수 있을 것 같나, 왓슨?"

"아니, 그러지는 않을 것 같네."

"그리고 또 하나, 자전거를 숨겨놓고 도망쳤다는 증거를 일부러 남겼다면 정말 한심한 속임수 아니겠나. 아무리 머리가 나쁜 탐정이라도 자전거는 도망가는 데 꼭 필요한 거라는 걸 모를 수가 없는데 말이야. 어떻게 그런 생각을 했는지 참."

"어떻게 말해야 할지 모르겠네."

"그런데 아무리 지혜를 써도 이해할 수 없는 일들이 여러 가지 겹쳐 일어나는 경우는 아마도 없을 것 같네. 따라서 이건 사실이 아니라고 봐야겠지. 그러면 가능성이 있는 다른 추론으로 넘어가보세. 물론 이것도 단순한 상상이긴 하지만 때로는 상상이 진실의 어머니가 되는 경우도 많으니까 말일세. 이번엔 존 더글러스라는 남자의 삶에 범죄라든지 수치가 될 만한 비밀이 있었다고 가정해보는 거야. 이게 맞는다면 누군가 그에게 복수를 노리고 있다는 것이지. 따라서 그는 살해되었고, 무슨 이유인지는 모르지만 그 살인자가 결혼반지를 빼내갔다는 얘기가 되네. 복수의 이유는 첫 결혼과 관계 있을 수도 있겠지. 그리고 살인자가 도망치기 전에 바커와 더글러스 부인이 방으로 달려갔네. 그러자 범인은 그들에게 위협을 주었지. 만약 자신을 신고하면 무서운 추문을 퍼뜨리겠다고 말이지. 할 수 없이 두 사람은 범인을 도망치도록 놓아주었네. 도개교를 올려 도망가게 한 다음 다시 내렸던 거야. 그리고 무슨 이유인지는 모르지만, 범인은 자전거를 놓아두고 걸어가는 게 더 안전하다고 판단했어. 어떤가? 가능한 추론이라고 생각하지 않나?"

"충분히 그럴 수 있지."

나는 확신은 들지 않지만 그렇게 대답했다.

"어쨌든 납득이 안 되는 사건이라는 걸 잊지 말게, 왓슨. 그럼 추론을 계속해보세. 두 사람은 이런 사실을 깨달았다네. 범인을 놓아주면 곤란한 상황에 처하게 된다는 것이지. 다시 말해, 자신들이 범인이 아니라는 걸 증명할 수 있어야 하는 거야. 그래서 일을 꾸미기 시작했는데, 그만 너무 서투르게 하고 말았어. 바커가 슬리퍼에 묻어있는 피를 창틀에 묻혀 흔적을 만들어놓고는 마치 범인이 도망친 것처럼 했으니까. 그리고 사건이 일어난 후 30분이나 지나서야 신고를 했다네."

"하지만 그 추론을 어떻게 증명할 수 있겠나?"

"만약에 말이야, 왓슨, 외부에서 누가 들어와 그런 거라면 추적해 잡을 수 있네. 그러면 해결은 간단하지. 그런데 그게 내부 사람이 한 짓이라면 과학의 도움으로 풀어야 하지 않겠나. 서재에서 하룻밤을 지새워 보면 참고가 될 것 같네."

"서재에서 하룻밤을!"

"그렇다네. 그 존경스러운 에임즈와 얘기를 해두었네. 그는 바커를 그리 좋아하지 않더군. 아무튼 서재에 앉아서 무슨 좋은 생각이 떠오르는지를 확인해보고 싶네. 모든 장소에는 수호신이 있다는 걸 나는 믿고 있거든. 자네 웃고 있는 것 같은데, 왓슨. 하지만 두고 보게. 참, 자네 큰 우산 가지고 왔나?"

"어, 가지고 왔지."

"좀 빌려주게."

"훌륭한 무기는 못 될텐데! 무슨 위험이 닥친다면 말이야."

"별 일 없을 걸세, 왓슨. 안 그러면 자네한테 도움을 청했겠지. 그런데 경감들이 탬브리지 웨일즈에서 돌아올 때까지 기다려야 하겠네. 거기서 지금 자전거 주인을 찾고 있거든."

맥도널드와 화이트 메이슨은 저녁 무렵에야 돌아왔는데, 수사가 많이 진행되었다면서 매우 기뻐했다.

"지금 고백합니다만, 저는 외부에서 누가 들어왔을 거라고는 생각하지 않았습니다. 그런데 그게 사실이었어요. 자전거 주인을 알아냈거든요. 인상착의도 조사했고요. 이 정도면 수사가 많이 나간 거죠?"

맥도널드가 말했다.

"뭐 거의 종결지어가는 것 같군. 축하해야겠는 걸."

홈스가 말했다.

"제가 먼저 생각한 건, 더글러스 씨가 피살되기 전날, 즉 탬브리지 웨일즈로 갔을 때부터 무척 긴장하고 있었다는 사실이었습니다. 뭔가 위험이 닥쳐오리란 걸 느꼈던 것이죠. 그래서 그 자전거를 타고 온 사람은 탬브리지에서 온 게 분명합니다. 자전거를 끌고 호텔 몇 군데에 가서 물었더니 한 곳에서, 이틀쯤 전에 묵었던 허글레이브라는 사람의 것이라고 그러더군요. 그는 짐도 없이 손가방 하나만 들고 왔다는데, 숙박기록에 보니까 주소도 없이 그냥 런던에서 왔다고만 돼있었어요. 가방은 영국제인데, 그는 미국인이었다고 합니다."

"역시……."

홈스는 유쾌한 투로 말했다.

'내가 왓슨과 말로 떠드는 동안 당신들은 확실한 행동을 했구먼. 역시 '말보다는 실천' 이군 그래, 맥"

"네, 맞습니다, 홈스 씨."

맥도널드는 사뭇 자랑스럽게 말했다.

"홈스, 자네도 그렇게 추리하지 않았나?"

내가 말했다.

"우선 맥의 얘기를 들어보세. 그런데 맥, 그 자전거 주인의 정확한 신원 파악은 아직 못한 거지?"

"아마도 신원을 감추려고 무척 조심했던 것 같습니다. 무슨 서류하나, 옷 하나 없었으니까요. 그가 묵고 있는 방 테이블에 지도만 한 장 놓여있더군요. 어제 아침에 자전거를 타고 나간 후 지금까지 아무 연락이 없다고 합니다."

"정말 머리가 아플 지경입니다, 홈스 씨."

화이트 메이슨도 답답해하며 말했다.

"경찰의 의심을 안 받으려면 그냥 여행자인 것처럼 호텔로 돌아와 있는 게 낫겠죠. 그런데 이렇게 이틀째 안 들어오면 오히려 호텔에서 신고를 하게 되고, 살인사건과 연결지어 생각할 것 아닙니까?"

498

"그럴 수도 있겠네요. 하지만 아직 안 잡힌 걸 보면 녀석이 머리를 잘 쓴 것 같군요. 아무튼 인상착의는 어떻던가, 맥?"

맥도널드는 수첩을 꺼내 열었다.

"호텔 지배인이 유심히 보지는 않았는데, 직원들과 하인들이 이구동성으로 말한 바에 따르면 이렇더라고요. 키가 5피트 9인치 정도고, 나이는 약 50세, 머리카락과 수염은 약간 회색빛이고, 코는 매부리코이며, 얼굴은 아주 거칠게 생겼다고 말이죠."

"음, 얼굴만 빼고 나머지는 더글러스의 모습과 거의 똑같구먼. 다른 건 또 뭐가 있었나?"

홈스가 말했다.

"회색 양복에 리퍼 자켓을 입고, 짧은 노란색 코트를 그 위에 걸쳤다고 하더군요. 그리고 챙 없는 모자를 쓰고 있었다고 하네요."

"엽총은 안 들었다고 하던가?"

"총 길이야 2피트도 안 되니까 가방 속에 충분히 들어가죠. 아니면 코트 속에 넣었는지도 모르죠."

"좋아. 그러니까 이제 그자가 사건과 관련이 있다고 확신하는 건가?"

맥도널드가 대답했다.

"아무래도…… 물론 잡히면…… 인상착의를 듣고 바로 사방에 전보를 보냈습니다…… 확실히 알 수 있겠죠. 어쨌든 이 정도만 해도 수사는 많이 진척된 겁니다. 게다가 허글레이브라는 미국인이 이틀 전에 자전거를 타고 탬브리지 웨일즈로 왔다고 하니까요. 그의 가방에는 총신을 자른 엽총이 들어있었다고 하더군요. 그러니 그자가 이번 범행에 관련이 있는 건 분명하게 된 겁니다. 바로 어제 아침 호텔을 나갔을 때 코트 속에 총을 넣은 채 자전거를 타고 벌스톤으로 갔던 것이죠. 길거리에는 자전거를 타는 사람들이 많기 때문에 별다른 어려움 없이 숲까지 가서 자전거를 숨겨놓고는 저택 쪽을 노려보며 더글러스 씨가 밖으로 나오길 기다렸을 겁니다. 왜냐하면 엽총으로 집안에서 쏘면 소리가 너무 크게 나니까요. 하지만 밖에서는 근처 사냥터에서도 총소리가 자주 나니까 신경 쓸 사람도 없고요."

"정말 그렇겠네!"

홈스가 유심히 듣다가 말했다.

"그런데 아무리 기다려도 더글러스 씨가 안 나오니까 그는 어둑한 틈을 타 저택으로 다가갔어요. 마침 다리가 내려져 있고 주위엔 아무도 없었습니다. 그리고 다리를 건너 저택으로 갈 때까지 아무한테도 들키지 않았어요. 그는 곧바로 가장 가까이에 있는 서재로 들어가 커튼 뒤에 숨었죠. 마침내 11시 15분쯤 되자 더글러스 씨가 들어왔고, 범인은 계획했던 대로 그를 쏘아 죽인 겁니다. 그러고는 도개교가 이미 올라가 있었기 때문에 해자를 건너 도망쳤던 것이죠. 자전거를 내팽개치고 도망간 건 호텔 사람들이 이미 알고 있기 때문이었어요. 이 추리를 어떻게 생각하십니까, 홈스 씨?"

"대단한데, 맥. 아주 훌륭하고 논리적이야. 그러니까 이야기의 결론이 그렇다는 거지? 그럼 내 결론을 말해보겠네. 사건이 신고된 건범행보다 30분 늦게 일어났기 때문에 더글러스 부인과 바커가 공모해 뭔가를 숨기고 있는 것으로 나는 보고 있네. 그들은 범인이 달아나기 전에 이미 서재에 도착해서 범인이 도망칠 수 있도록 다리까지 내려주고는 마치 창문을 통해 달아난 것처럼 거짓 증거를 남겨놓았던 거야. 아무튼 내 생각은 이렇다네."

두 경관은 머리를 가로저었다.

"홈스 씨, 만약 그게 맞다면 수수께끼가 풀리자마자 또 다른 수수께끼에 부딪치게 되거든요. 더 이해하기 어려운 수수께끼 말이죠. 더글러스 부인은 미국에 간 적도 없는데, 미국인과 무슨 관계로 그런 일을 했을까요?"

화이트 메이슨이 홈스의 의견을 반박하며 말했다.

"그리 간단하지 않다는 건 나도 알고 있어요. 그래서 오늘 밤에 좀 독특한 방법을 써보려고 합니다. 그게 우리의 수사를 도울 수도 있겠지요."

"도움이 필요하십니까, 홈스 씨?"

"아니오. 괜찮습니다! 어둠과 왓슨의 우산만 있으면 됩니다. 그리고 충성스런 집사 에임즈가 분명 한 커플을 벗겨줄 것 같습니다. 나는 항상 하나의 촛점에 생각을 집중하려고 하죠. 스포츠맨이 왜 부자연스럽게 아령 하나로 운동을 했을까 하는 점이에요."

홈스는 그날 밤 늦게 돌아왔다. 그가 들어오는 소리에 나는 잠에서 깼다.

"어떻게 됐어, 홈스? 뭐 좀 알아냈나?"

내가 나직이 묻자 그는 내 귀에 대고 속삭이듯 말했다.

"왓슨, 미쳤거나 골 빈 남자가 바보 백치 같은 남자와 한 방에서 자는 건 싫겠지?"

"아니, 난 전혀……."

"그럼 됐네."

홈스는 더 이상 아무 말도 하지 않았다.

제7장_ **해결**

다음날 아침, 식사를 마친 후 맥도널드와 화이트 메이슨은 한 지방 경찰관의 방에서 얘기를 나누고 있었다. 그러면서 테이블에 쌓여 있는 많은 편지와 전보들을 분류하거나 내용을 옮겨 적기도 했다. 세 통만이 따로 옆으로 치워져 있었다.

"도망간 자전거 주인을 아직도 찾고있나보죠? 뭐 새로운 소식이라도 있나요?"

홈스가 재밌다는 듯 물었다.

맥도널드는 한숨을 쉬며 잔뜩 쌓여있는 우편물을 가리켰다.

"지금까지 레스터, 노팅엄, 사우샘프턴, 더비, 이스트햄, 리치먼드, 그밖에도 열 네 곳에서 연락이 왔는데, 그 중 이스트햄, 레스터, 리버풀, 세 군데에서는 용의자가 있어서 붙잡았다고 하는군요. 전국에 노란색 코트를 입은 남자들이 수두룩하나 본데요."

"기가 막혀서!"

홈스가 한심하다는 듯 말했다.

"이보세요, 당신들에게 충고 한 마디 하고 싶은데요. 내가 이 사건을 처음 맡았을 때 당신들에게 한 말 기억하는지 모르겠는데, 나는 확신하지 않는 말은 입 밖에 내지 않겠다고 했어요. 그래서 나는 내 생각을 한 번도 말하지 않았어요. 하지만 난 당신들과 공정하게 경쟁하고 싶으니까 지금 이렇게 쓸데없는 일에 시간을 낭비하지는 말기 바랍니다. 이런 수사 방법은 그만 두는 게 좋아요."

두 경관은 홈스의 갑작스런 말에 당황해 하며 그를 물끄러미 쳐다보았다.

"희망이 없을까요?"

맥도널드가 물었다.

"진실을 찾는 일이 희망이 없는 게 아니라 당신들의 그런 수사가 희망이 없다고 보는 거야."

"자전거 주인이 분명히 있는데도 말입니까? 우리가 꾸민 이야기가 아니잖아요. 그가 어딘가에 있는 건 확실합니다. 그런데 왜 붙잡으면 안 된다는 거죠?"

"물론 어딘가에 있을 것이고, 결국엔 붙잡히게 되겠지. 하지만 이스트햄이나 리버풀까지 가서 정력을 낭비하는 건 옳지 못하다고 보네. 그보다는 더 쉬운 방법이 있을 거라고 난 확신해."

"홈스 씨, 뭔가를 숨기고 계시는군요. 그건 공정하지 못한 방법인데요."

맥도널드가 난처한 표정으로 말했다.

"맥, 자네는 내가 일하는 방식을 잘 알고 있지 않나. 조만간 내 의견을 밝히겠네. 다시 한 번 세세한 점들을 되짚어보고 있는 중이라네. 내 수사를 결론지으면 왓슨 박사와 나는 런던으로 돌아가겠네. 공적은 당신들에게 남겨두고 말일세. 여러 가지 일들을 겪었지만 이번처럼 흥미있게 연구한 사건은 거의 없었다네."

"이해가 안 되는군요. 어젯밤에는 우리의 수사 결과에 그렇게 호응하시더니 왜 갑자기 생각이 달라지셨는지, 무슨 일이라도 있었습니까?"

"어제 내가 말하지 않았나. 밤에 저택에 가서 몇 시간을 지켜봤지."

"아 참, 그래서 무슨 일이 있었나요?"

"물론 있었지! 하지만 아직은 다 말할 수 없네."

홈스는 윗주머니에서 옛날에 영주의 것이었던 그 저택의 판화가 그려진 설명서를 꺼냈다.

"그 저택 건물에 대한 이 설명서를 읽어봤는데, 어떤 현장에 대한 역사를 알면 수사할 때 훨씬 더 적극적으로 되기 때문이라네. 이런 설명이 있군. 제임스 1세의 재위 5년에 건축됨. 해자에 둘러싸인 제임스 왕조 스타일의 저택으로, 현존하는 저택들 가운데 가장 훌륭한 것 중 하나이며……."

"지금 농담하시는 거죠, 홈스 씨?"

"맥, 난 자네가 좀 다혈질이라고 생각했는데 역시나 그렇군. 그럼 다 읽지 말고 간단히 보세. 1644년에 의회당의 한 대령이 이 저택을 점령했고, 내란 때 찰스 왕이 이 저택에 며칠간 숨어있었으며, 조지 2세도 이곳을 방문했다고 돼있구먼. 자, 이 정도면 이 저택과 관련해 흥미로운 점이 많이 있다는 걸 인정하겠지?"

"그야 사실이겠죠. 하지만 홈스 씨, 그런 이야기들은 이 사건과 아무런 관계도 없지 않습니까?"

"정말 그럴까? 우리 같은 직업에서 성공하려면 시야가 아주 넓어야 한다네. 때로는 관념들이 뒤섞이기도 하고, 알게 모르게 여러 지식들이 동원되기도 하는데, 사실 엄청 재밌는 일이지. 한낱 범죄 감정가에 지나지 않지만 그래도 내가 자네보다는 나이가 더 들었고 경험도 더 많으니까 틀린 말은 아닐 걸세."

"물론 인정하고 있습니다. 그런데 지금 진실을 알고 계시면서 말씀을 시원하게 안 하시니까……."

안타깝다는 듯 맥도널드가 말했다.

"좋아. 그럼 역사 설명은 관두고 내가 저택에 갔었던 얘기를 해주겠네. 좀 전에 얘기했다시피 어젯밤에 갔었는데 바커 씨와 더글러스 부인은 만나지 않았네. 내가 간 목적은 충실한 집사 에임즈를 만나는 것이었어. 그와 직접 얘기를 나눴는데, 부인은 슬퍼하지도 않고 저녁 식사를 잘 했다고 하더군. 그와 대화를 마친 다음 나는 혼자 서재에 머물러 있었네."

"뭐라고! 시체와 함께!"

내가 깜짝 놀라 물었다.

"아니, 이미 깨끗이 치워져 있더라고. 자네가 치우라고 했다면서, 맥. 그래서 방은 멀쩡했고, 나는 15분 정도 있었지."

"뭘 하고 계셨는데요?"

"없어진 아령 하나를 찾아봤네. 그게 수사에 계속 걸려서 말이야. 그랬더니 있더라고."

"어디에 말인가?"

"아, 그건 아직 조사해보지 않았는데, 그래서 좀 더 조사해보려고 하네. 그런 다음 내가 알고 있는 모든 걸 밝히겠네."

"좋습니다. 그런데 저희더러 수사를 중단하라고 하시면 도대체 왜 중단해야 하는지 말씀해주시죠."

"그거야 말하나 마나지. 자네들은 지금 수사의 가장 중요한 목표가 무엇인지를 모르고 있기 때문이야."

"저희는 지금 벌스톤 저택의 존 더글러스 씨 피살 사건을 수사하고 있는데요."

"물론 그렇지. 하지만 자전거 주인이라는 수수께끼 같은 남자를 찾아다니는 그런 일은 안 하는 게 좋겠네. 그건 쓸데없는 짓이라는 걸 내가 장담하지."

"그러면 뭘 해야 하는 거죠?"

"정말 알고 싶다면 내가 가르쳐 주겠네."

"당신은 이상한 방법들을 자주 쓰는데, 거기엔 언제나 이유가 있다는 걸 알고 있습니다. 가르쳐 주시면 활용하겠습니다."

"화이트 메이슨 씨는 어떻게 하실 생각입니까?"

그는 불안한 눈빛으로 우리 모두를 쳐다보았다. 홈스의 수사 방법에 대해 그는 아직 모르고 있었기 때문이다.

"뭐 경감님 좋으실 대로 하시죠."

그도 동의를 했다.

"좋아! 그럼 일단 이 마을 주위를 맘껏 돌아다녀 보시오. 삼림지대 쪽은 전망도 끝내주게 좋다오. 점심 식사는 아무 여관에나 가서 해야겠지. 그리고 또 걷다가 저녁에 피곤할 때쯤……."

"아니, 무슨 농담을 그렇게!"

맥도널드는 불끈해 소리치며 의자에서 일어났다.

"자네 맘 내키는 대로 하루를 보내라는 소릴세."

홈스는 맥도널드의 어깨를 탁탁 쳤다.

"어디를 가든 상관없어. 그러나 어두워지기 전에는 꼭 돌아와야 하네. 꼭 말이야, 맥."

"알겠습니다."

"너무 피곤하게 다닐 필요는 없네. 아무튼 꼭 이리로 오기만 하면 돼. 그런데 잠깐만, 바커 씨에게 보내는 편지를 좀 받아 써주게."

"그러시죠."

"자, 준비됐나? 해자의 물을 빼내야만 할 것 같습니다. 수사에 도움이 될 뭔가가 발견……."

"아무것도 없었는데요. 벌써 다 조사를 했거든요."

맥도널드가 성급하게 홈스의 말을 잘랐다.

"그러니까 안 되는 거야, 맥! 가만히 내가 부르는 대로 받아쓰게."

"계속 말씀하세요."

"…… 발견될 것 같기 때문입니다. 준비는 다 돼 있으며, 내일 아침 일찍 인부들이 가서 냇물을 막아……."

"그건 불가능하죠!"

"물이 못 들어오도록 작업할 것입니다. 그래서 미리 알려드리는 바입니다. 자 됐네. 거기다 서명하고 4시쯤 바커 씨한테 전해주게. 그리고 이리로 오게. 그때까지는 각자 하고 싶은 걸 하게."

어두워지기 시작할 무렵 우리는 다시 모였다. 홈스는 무척 진지했는데 두 경관은 아무래도 못마땅해 하는 것 같았다. 나는 궁금해 죽을 지경이었다.

"자 그럼, 시험을 해볼까요. 내 관찰에 의한 결론이 맞는지 틀린지는 각자가 알아서 판단하는 게 좋겠네요. 밤에는 무척 추울 테니까 두꺼운 옷을 준비하고 가도록 해요. 어두워지기 전에 확인하려면 지금 가는 게 좋을 거에요."

우리는 사냥 숲의 가장자리를 따라 가다가 목책이 부서져 있는 틈으로 들어갔다. 그리고 거기서 저택 건너편의 관목 숲으로 숨어 들어갔다. 다리는 아직 올려져 있지 않았다.

"이제 어떻게 하실 겁니까?"

맥도널드가 퉁명스럽게 물었다.

"절대 소리 내선 안 돼."

"왜 이리로 온 거죠? 좀 솔직히 말씀해주시면 안 될까요?"

홈스는 웃음이 나오는 걸 참고 있었다.

"왓슨은 나를 생활연극인이라고 부른다네. 내 예술가적 기질이 항상 뭔가를 연출하려 하거든. 사건을 해결할 때도 마찬가지야. 그래서 말인데, 맥, 나는 뭔가 승리를 축하할만한 무대장식을 하지 않으면 도저히 참을 수가 없네. 그냥 살벌하게 죄를 밝혀내고 어깨를 내리치는…… 그런 것보다는 교묘한 추리와 함정, 분석, 추론 등을 거치며 일을 하니까 우리가 그래도 우리 직업에 긍지를 갖고 떳떳하게 일할 수 있는 것 아니겠어? 그런데 당신들은 지금 극적으로 범인을 잡는 일에만 신경을 곤두세우고 있어. 정해진 시간표대로 무슨 일을 한다면 짜릿한 전율은 맛볼 수 없는 거라네. 조금만 인내심을 가져 보게. 그러면 모든 게 밝혀질 테니까."

"그래도 얼어죽기 전에 긍지와 떳떳함을 느낄 수 있으면 좋겠네요."

런던의 경감 맥도날드는 체념 섞인 농담을 했다. 나머지 우리 둘도 그의 말에 동조를 했다. 아닌 게 아니라 하염없이 기다리고 있는 동안 추위가 정말 장난이 아니었기 때문이다. 음산해보이는 저택에 어둠이 덮이기 시작했다. 불빛은 현관과 참극이 일어난 서재에 남아 있을뿐 다른 곳은 모두 캄캄했다.

"얼마나 더 있어야 하죠? 그리고 지금 뭘 감시하고 있는 겁니까?"

경감이 느닷없이 물었다.

"범인들이 기차 시각표처럼 언제나 정확히 움직여 준다면 얼마나 좋겠나. 지금 뭘 감시하고 있냐면…… 그래, 바로 저거야, 우리가 감시하는 게."

그때, 서재에 켜져 있던 노란 불빛이 어두워지면서 누군가 왔다갔다 서성이는 게 보였다. 우리는 서재 바로 건너편, 100피트도 안 되는 거리에 있었다. 잠시 후 삐걱대는 소리가 나며 창문이 활짝 열리더니 한 남자의 머리와 어깨 부분이 희미하게 드러났다. 그는 몇 분간 밖을 내다보고 서 있었는데, 주위를 확인하는 것 같았다. 그러더니 갑자기 어부가 물고기를 낚아올리듯 뭔가를 끌어올렸다. 커다랗고 둥근 물체였는데, 창문으로 들어간 다음 곧 불빛이 어두워졌다.

"자, 바로 지금이야! 봤지?"

홈스가 소리쳤다.

우리는 완전히 얼어붙은 몸으로 홈스를 따라 일어섰다. 홈스는 필요한 상황이 되면 그 누구보다 빠르고 강인한 면을 드러내는 남자였다. 지금도 그는 번개처럼 달려가 현관 벨을 눌러댔다. 빗장을 벗기는 소리가 들리더니 놀라 얼이 빠진 모습으로 에임즈가 문을 열었다. 홈스는 아무 말도 안 하고 곧바로 서재로 달려들어갔다.

세실 바커가 램프를 들고 서있다가 우리를 보고는 돌아섰다. 그는 말끔하게 면도한 얼굴에 굳은 표정으로 날카로운 시선을 던졌다.

"무슨 일이죠? 도대체 뭘 찾고 있는 겁니까?"

바커가 소리쳤다.

홈스는 주위를 둘러보며 얼른 책상 밑에서 물에 젖은 보따리 하나를 끄집어냈다.

"바로 이걸 찾고 있었죠, 바커 씨. 아령을 묶어서 해자에 떨어트려

놓았다가 좀전에 끌어올리지 않았습니까?"

바커는 태연스런 표정으로 홈스를 쳐다보며 말했다.

"이걸 어떻게 알게 됐죠?"

"내가 거기에 넣어놨으니까요."

"당신이 넣어두었다고요? 당신이!"

"그렇소. 다시 넣어두었다고 해야겠네요."

그러면서 홈스는 맥도널드에게 말했다.

"맥, 내가 말한 거 기억나나? 아령이 하나밖에 없어서 이상하다고 말이야. 난 자네가 내 말에 주목할 줄 알았는데, 다른 것에만 신경을 쓰더구먼. 아령 문제에 집중했었다면 자네도 추리할 수 있었을 거야. 바로 앞에 해자가 있는 데다 아령 같은 무거운 물건이 없어진 상황이라면 물속에 뭔가가 들어있다고 생각해볼 수 있지 않겠나? 난 거기에 생각이 미치자 거의 확신이 들더라고. 그래서 에임즈의 도움을 받아 왓슨 박사의 우산으로 어젯밤에 이 보따리를 끄집어냈던 거라네. 그런데 더 중요한 문제는 누가 해자 속에 이걸 넣었는가를 찾아내는 일이었지. 그래서 내일 해자의 물을 빼겠다고 알렸던 거야. 그러면 보따리를 넣어둔 사람이 밤에 몰래 와서 그걸 끄집어낼 거 아닌가. 내 생각이 맞아떨어졌던 거지. 자, 바커씨, 증인이 이렇게 네 사람이나 있네요. 그럼 한 말씀 해보시죠."

셜록 홈스는 물이 줄줄 흐르는 보따리를 테이블 위에 올려놓고 끈을 풀었다. 그리고 속에서 아령을 꺼내 방 구석에 놓여있는 다른 아령 쪽으로 던져 굴렸다. 그런 다음 한쪽 구두를 꺼냈다.

"이건 미국제군요."

구두 바닥을 가리키며 홈스가 말했다. 그 다음엔 길고 날카로운 칼을 꺼내 테이블 위에다 놓았다. 그러고는 계속해서 옷들을 꺼냈다. 회색 트위드 재킷과 양말, 짧은 노란색 코트, 속내의 등이었다.

"보통 평범한 옷인데 그래도 이 코트는 단서가 되겠어."

그는 코트를 램프 가까이 대고 여기저기 만져보았다.

"이게 안주머니인데 이렇게 깊게 만들었어. 총신을 자른 엽총을 충분히 넣을 수 있게 말이야. 그리고 자, 양복점 이름이 붙어있는데, '미국 버밋사 닐 양복점' 이라고 돼있군. 오늘 오후에 목사관 도서실에서 알아낸 건데, 버밋사는 미국의 유명한 탄광 골짜기 안에 있는 작은 도시라고 나와 있더라고. 바커 씨, 당신은 탄광을 떠올리면 더글러스 씨의 전 부인이 생각난다고 한 번 말한 적이 있었죠? 따라서 바닥에 떨어져 있던 카드의 VV는 버밋사 골짜기(Vermissa Valley)를 뜻하는 것이고, 다시 말해 암살단을 보낸다는 그 '공포의 골짜기' 라고 추측할 수 있는 거죠? 어때요, 여기까지는 맞는 거죠? 자, 그럼 이제 바커 씨, 더이상 당신의 설명을 방해하지 않을 테니까 말씀하시죠."

명탐정의 날카로운 분석이 쏟아지는 동안 세실 바커는 복잡한 심정의 변화를 온 얼굴로 말하고 있었다. 때로는 분노하고 놀라며 때로는 몹시 실망하고 억제하는 표정이 역력했다. 이윽고 그는 냉담한 웃음을 보이며 말을 하기 시작했다.

"아주 샅샅이 잘 아시는군요, 홈스 씨. 더 얘기해주시면 좋겠는데요."

"물론 더 얘기할 수는 있지만 바커 씨 당신이 얘기해주는 게 좋을 것 같군요."

"아, 그래요? 하지만 그건 내가 얘기할만한 일은 아니라고 밖에는 말할 수가 없네요. 어떤 비밀이 있든 간에 내 자신에 관한 것이 아니니까 말이죠."

"그럼 구속영장을 발부받아 당신을 구속할 때까지 감시하고 있어야겠군요."

맥도널드 경감이 말했다.

"맘대로 하세요."

바커는 무서울 것이 없다는 식이었다. 줄곧 냉소적이고 꿋꿋하게 버티고 있는 걸 보면 그에게 아무리 다그친다고 해도 억지로 말을 하게 할 수는 없을 것 같았다. 그때 더글러스 부인이 다가와 문제를 해결해주었다.

"세실, 그 정도 했으면 됐어요. 충분해요. 어떻게 될지는 두고 보죠 뭐."

그녀가 말했다.

"네, 너무나 충분하죠."

홈스가 점잖게 말했다.

"부인, 사법 체계에 따라 상식에 맞게 처리하니까 우리 경찰을 믿고 다 털어놓으셔야 합니다. 왓슨 박사가 당신에 대해 알려준 게 있었는데, 그때는 내가 거들떠보지도 않았었죠. 왜냐하면 당신이 이 범죄에 직접 관련이 있다고 믿고 있었기 때문입니다. 그런데 지금 보니까 그렇지가 않군요. 그래도 아직까지는 납득 안 되는 부분들이 많으니까, 이제 더글러스 씨가 직접 설명해주셔야겠습니다."

더글러스 부인은 깜짝 놀라 비명을 질렀다. 나와 수사관들도 모두 소리를 질렀다. 홈스가 그 말을 하자마자 한 남자가 마치 벽속에서 튀어나온 것처럼 방 한쪽 구석에서 걸어오고 있었던 것이다. 더글러스 부인이 다가가 그 남자를 끌어안았고, 바커는 남자의 손을 잡았다.

"이게 최선의 방법이에요, 존. 정말 이게 최선이에요."

부인이 몇 번이나 그렇게 말했다.

"맞아요, 더글러스 씨. 이게 최선의 방법이라는 걸 곧 아시게 될 겁니다."

셜록 홈스가 말했다.

남자는 오랜만에 갑자기 밝은 곳으로 나와서인지 눈을 깜박이며 우리를 쳐다보았다. 회색 눈동자에 짧게 깎은 콧수염, 각진 턱, 약간 코믹해 보이는 입매무새를 하고 있으며 체격이 썩 좋았다. 그는 우리를 관찰하듯 쳐다보고는 불현듯 나에게 다가와 서류 한 더미를 내밀었다.

"소문은 많이 들었습니다, 왓슨 씨."

그의 발음은 영국식도 아니고 미국식도 아니었지만 듣기 좋고 부드러웠다.

"역사의 기록자시더군요. 하지만 이것처럼 재미있는 이야기는 아직 안 쓰셨을 겁니다. 제가 보장하죠. 마지막 1달러까지 다 걸 수 있습니다. 알아서 쓰시겠지만 거기에 모든 진실이 다 기록돼 있으니까 그것만 써서도 큰 호응을 얻을 것입니다. 이틀간 숨어있으면서 빛이 들어올 때 그걸 썼죠. 공포의 골짜기에 대한 이야기입니다. 당신의 독자들을 위해 활용하시기 바랍니다."

"그런데 더글러스 씨, 그건 옛날 이야기 아닙니까? 우리는 현재 일어난 일에 대해서 듣고 싶거든요."

셜록 홈스가 차분한 어조로 말했다.

"물론 말씀드리겠습니다. 담배 피면서 얘기해도 될까요? 홈스 씨, 당신도 무척 담배를 좋아하시는 걸로 알고 있는데요. 생각해보세요. 이틀동안 주머니에 담배가 있으면서도 냄새날까봐 못 피웠으니 내 기분을 아시겠죠."

더글러스는 맨틀피스에 기대 서서 홈스가 준 잎담배를 깊이 들이마셨다.

"홈스 씨, 당신을 이렇게 만나게 될 줄은 정말 꿈에도 생각하지 못했습니다. 그런데 저걸……."

그는 나한테 건네준 서류를 쳐다보며 고개를 끄덕였다.

"중간까지만 읽으셔도 정말 새로운 이야기라고 생각하실 겁니다."

맥도널드 경감이 어리벙벙한 표정으로 이 유령 같은 남자를 멍하니 바라보다 소리쳤다.

"이건 정말 말도 안 돼! 아니, 당신이 더글러스 씨가 맞다면 이틀 전에 살해당한 그 시체는 누군가요? 당신은 어디에 있다가 지금 갑자기 튀어나온 겁니까? 뭐 요술상자에서……."

"맥."

홈스가 관두라는 식으로 둘째손가락을 흔들며 말했다.

"이곳에 찰스 왕이 숨어있었다는 기록을 자네가 안 봐서 그래. 아주 안전한 장소가 있다는 얘기지. 그리고 그 장소는 지금도 쓸 수 있고 말이야. 나는 더글러스 씨가 집안 어딘가에 있을 거라고 믿고 있었다네."

"아니, 그럼 언제부터 우리를 속이고 있었던 거죠? 수사를 할 필요가 없다는 걸 언제부터 아셨나고요? 우리는 괜히 헛일만 하고 있었던 거네요."

맥도널드는 화가 나서 소리쳤다.

"언제부터가 아니라, 맥, 나도 어젯밤에야 겨우 상황 파악을 했던 거야. 하지만 지금까지는 확인할 수가 없었기 때문에 자네와 메이슨 씨에게 낮에 다른 일을 하라고 시켰던 거지. 뭐 어떻게 할 수가 없었으니까. 이 보따리에서 양복이 나오자 그때서야 난 우리가 본 시체가 더글러스 씨가 아니라 그 자전거 여행자라는 걸 알게 되었거든. 그럼 이제 더글러스 씨가 어디에 있는가를 밝혀내야 했지. 그런데 생각해보니까 이 저택은 옛날에도 망명자가 숨어있었던 곳이라 분명 부인과 바커 씨가 함께 도와 더글러스 씨를 어딘가에 숨겼을 것 같더군. 그랬다가 사태가 가라앉으면 도망치려고 했을 거라는 결론이 들었지."

더글러스 씨가 머리를 끄덕이며 동의를 표시했다.

"제대로 맞추셨습니다. 나는 영국의 법을 피하고 싶었습니다. 영국 법이 내 상황을 어떻게 판단할지 알 수가 없었기 때문이죠. 또 그럼으로써 나를 추적하는 자들을 피하고 싶었습니다. 하지만 난 손톱만큼도 잘못한 건 없습니다. 그건 나중에 직접 판단하시면 되겠죠. 저 서류에 전부 기록해놨으니까요. 아무튼 경감님, 난 모든 진실을 말씀드릴 수 있습니다. 저걸 읽어보시면 알 테니까 간단히만 말씀드리죠. 어떤 이유 때문에 남자 몇 명이 나를 죽이려고 돈도 아끼지 않고 눈에 불을 켜고 찾고 있습니다. 그래서 나에겐 더이상 안전한 곳이 없습니다. 내가 시카고에서 캘리포니아로 갔는데도 놈들은 나를 뒤쫓아왔어요. 결국 난 미국을 떠났죠. 이 조용한 마을로 와서 결혼해 살면서 이젠 정말 인생 말년을 편안하게 살게 될 줄 알았어요. 아내에게는 이런 얘기를 전혀 안했습니다. 뭐 말해서 좋을 건 없으니까요. 하지만 아내는 눈치로 알게 됐던 것 같습니다. 내 말에서 우연히 뭔가를 감지했던 거죠. 하지만 어제 당신들을 여기서 만날 때까지도 아내는 그 일에 대해 아무것도 모르고 있었어요. 바커도 마찬가지고요. 사건이 일어났던 날 밤에는 이 사람들에게 자세히 설명할 틈이 없었어요. 아내도 이제는 다 알고 있습니다. 좀 더 일찍 얘기하는 게 좋았겠지만, 그럴 형편이 안 됐어, 여보……."

그는 아내의 손을 잡았다.

"그리고 난 이렇게 하는 게 최선이라고 생각했어요. 아무튼 사건 전 날, 탬브리지 웨일즈에 갔다가 우연히 길에서 한 남자를 봤습니다. 그냥 언뜻 봤는데도 누군지 알겠더라고요. 나를 노리는 놈들 가운데서도 가장 악질 녀석이더군요. 무슨 사태가 일어나겠다 싶어 나는 곧장 집으로 돌아와 결단을 내렸습니다. 직접 부딪쳐서 해치우는 수밖에 없다고 말이죠. 난 미국에 있을 때 운이 아주 좋았는데, 아직도 나에게 운이 따르고 있다는 걸 확신하고 있었습니다. 다음 날은 하루 종일 집안에서 지켜보고 있었습니다. 만약 밖에 나갔더라면 권총 뺄 틈도 없이 놈이 사냥용 엽총으로 나를 쐈을 겁니다. 그런데 도개교를 올리고 나서 그 일을 완전히 잊고 있었어요. 놈이 이미 집안에 들어와 숨어있으리라고는 상상도 안 했죠. 그리고 난 평상시대로 실내복을 입은 채 집안 여기저기를 둘러보다 서재로 들어갔습니다. 그런데 뭔가 느낌이 이상했어요. 사람은 위험한 일을 여러 번 겪다보면 — 나는 젊었을 때도 다른 사람들보다 훨씬 많이 위험한 일을 겪었지만 — 몸이 벌써 알고 신호를 보냅니다. 느낌은 확실했는데 그게 뭔지는 모르겠더군요. 그런데 바로 그 순간 창문 커튼 밑으로 구두 발자국이 보이는 거였어요. 나는 촛불 하나만 들고 있었는데 다행히 홀 쪽에서 빛이 들어오고 있었습니다. 나는 촛불을 놓고 얼른 맨틀피스에 있던 망치를 집어들었어요. 그때 동시에 놈이 나한테 덤벼들었었죠. 번쩍이는 칼이 보이기에 나는 망치를 휘둘렀습니다. 놈이 맞고는 칼을 떨어트리더군요. 그러자 잽싸게 피하더니 테이블 둘레로 빙빙 돌다가 순식간에 옷 속에서 총을 꺼냈어요. 나는 달려들어 총을 움켜잡았습니다. 그렇게 총신을 잡고는 1분쯤 둘이서 씨름을 했죠. 손을 놓으면 죽게 되니까요. 놈도 사력을 다해 쥐고 있었는데 개머리판이 아래쪽으로 향해 있었기 때문에 순간 방아쇠가 당겨졌어요. 내가 만진 건지 저절로 눌려졌는지 그건 모릅니다. 총알은 놈의 얼굴로 향했고, 그 자리에서 즉사했죠. 놈은 테드 볼드윈이라는 자였습니다. 나는 험악한 일을 많이 겪은 사람이지만 놈의 시체를 보는 건 정말 끔찍했습니다. 내가 잠시 넋이 나가 있는데 바커가 쫓아내려왔습니다. 아내도 곧바로 달려왔는데 내가 문 앞에 가서 못 들어오게 했어요. 그러자 곧 돌아가더군요. 바커는 사태를 보고는 금방 짐작했어요. 우리는 다른 사람들도 분명 올 거라 기다리고 있었습니다. 총소리가 컸으니까요. 그런데 아무도 안 오는 거였어요. 그렇다면 이 사건을 아는 사람은 바커와 나 둘뿐이라는 얘기가 됐습니다. 그런데 순간 기막힌 생각이 떠올랐어요. 놈의 소매가 걷어올려져 있어서 팔에 찍혀있는 낙인이 보였던 순간 말이죠. 바로 이거였어요."

그는 자신의 소매를 걷어올려 시체에 있던 것과 똑같이 생긴 동그라미 안의 세모꼴 표시를 보여주었다.

"그걸 보고 생각을 해냈던 겁니다. 어떻게 해야 할지 순식간에 계획이 떠오르더군요. 놈은 키와 머리칼 등 외모가 나와 아주 비슷했습니다. 얼굴은 어차피 박살이 나서 아무도 못 알아보니까 상관이 없었고요. 그래서 바커와 나는 놈의 옷을 벗기고 내 실내복을 입힌 뒤 그대로 바닥에 눕혀놓았습니다. 그리고 나서 놈의 옷가지들을 몽땅 싸서 아령 하나에 매달아 해자에 던져놓았던 겁니다. 놈이 나를 죽인 다음 놓아두려고 했던 카드는 그대로 그놈 옆에다 놓아두었죠. 그런 다음 내 반지를 빼서 놈의 손가락에 끼웠어요. 그런데 결혼 반지도 빼내야 하는데……."

그는 큼직한 손을 내보였다.

"아시겠지만 이건 정말 포기하기가 어렵더군요. 그리고 결혼 후 한 번도 빼지 않았기 때문에 그냥은 빠지지도 않고요. 어쨌든 포기할 수 있었다 하더라도 어떻게 할 방법이 없었어요. 그래서 이렇게 가지고 있을 수밖에 없었죠. 그리고 참 난 얼른 반창고를 찾아서 여기에 이렇게 붙여놓았습니다. 홈스 씨, 당신은 무척 날카로우신 걸로 아는데 한 가지 실수를 하셨습니다. 왜 그 반창고를 떼어볼 생각을 안 하셨는지요. 떼어봤으면 베인 상처가 없다는 걸 아셨을 텐데요. 아무튼 잠시 숨어있다가 어디로 도망가서 아내와 합류하면 남은 인생을 평온하게 보낼 수 있지 않을까 생각했던 겁니다. 볼드윈이 나를 죽인 것으로 언론에 알려지면 그 악마 같은 자들도 더 이상 나를 뒤쫓지 않을 테니까요. 그러나 내가 살아있는 한은 영원히 불안에 떨며 살게 되겠죠. 사건 직후엔 설명할 시간이 없어서 바커와 아내에게 말을 못 했지만 두 사람의 협조로 무사히 피신할 수 있었습니다. 숨을 장소는 미리 알고 있었어요. 에임즈도 알고 있었는데, 이런 사건 때문에 생각했던 건 아니고요. 어쨌든 난 일단 숨었고, 뒷처리는 바커가 다 했습니다. 당신들도 이미 다 알고 계시지만, 창틀에 발자국을 묻혀서 범인이 그리로 도망친 것처럼 꾸몄죠. 도개교가 올려져 있었기 때문에 그렇게밖에는 달아날 수가 없었으니까요. 그렇게 모든 상황을 마무리 짓고 바커는 벨을 울렸습니다. 그 후의 상황은 알고계신 그대로입니다. 자, 이젠 당신들 판단에 따르겠습니다. 나는 있는 그대로 모든 진실을 다 털어놓았습니다. 오 하느님! 영국 법에서는 나의 이런 상황을 어떻게 보게 될까요?"

우리는 모두 말을 잃고 있었다. 그러다 홈스가 먼저 말문을 열었다.

"영국의 법은 대체로 공정하죠. 지나치게 무거운 형벌은 내리지 않는 편입니다. 그런데 그 남자가 당신이 여기에 살고있는 걸 어떻게 알아냈고, 또 어떻게 들어올 수 있었는지 궁금하군요."

"그건 나도 전혀 모릅니다."

홈스의 표정이 심각해졌다.

"그럼 아직 이야기가 다 끝난 게 아니군요. 당신은 영국의 법과 미국의 악마들보다 더 무서운 위험을 겪게 될지도 모릅니다. 앞으로 다가올 험한 길이 보이는 것 같군요. 계속 경계를 늦추면 안 됩니다."

그럼 이쯤에서 서섹스의 벌스톤 저택과 존 더글러스의 기이한 이야기는 일단 마무리를 짓고, 약 20년 전, 수천 마일 떨어진 서쪽에서 일어났었던 믿어지지 않는 이야기를 소개하려 한다.

제 2 부
천주단

제8장_ **그 남자**

1875년 2월 4일, 그날은 몹시 추워 길머튼 산맥 골짜기엔 눈이 엄청나게 쌓여있었다. 그래도 철로에 쌓인 눈은 제설기로 완전히 제거돼, 탄광 마을과 제철 마을을 연결하는 밤열차가 달리고 있었다. 기차는 평원지대의 스택빌을 출발해 버밋사 골짜기 안에 자리잡고 있는 그 지역의 가장 큰 도시 버밋사로 향해 가파른 언덕길을 끽끽대며 천천히 올라갔다. 언덕 위에서 철로는 다시 내리막길이 되며 버튼 교차점과 헬름딜을 지나 농업지역인 머튼으로 뻗어나갔다. 철로는 하나였지만 철광과 탄광 쪽으로 연결되는 여러 가지들이 나있어 석탄과 철을 실은 수많은 화차들이 기다리고 있었다. 미국에서도 가

522

장 황량한 지역이지만 땅속에서 돈이 쏟아져 나오면서 전국의 건달들은 다 이 골짜기로 모여들고 있었다. 그리고 마을은 자연스레 왁자지껄한 풍요를 누리기 시작했다(지명은 모두 가상의 것임).

이 지역은 그야말로 황량한 곳이었다. 검은 절벽과 울창한 밀림밖에는 아무것도 없는 음침한 땅이었던 것이다. 감히 들어갈 엄두도 못 낼 정도의 어두컴컴한 삼림 지대 위로 눈 덮인 산봉우리가 깎아지르듯 솟아있었다. 열차는 그곳을 향해 느릿느릿 기어 올라가는 중이었다.

열차 안엔 2, 30명의 승객이 있으며 석유램프가 켜져 있었다. 그들은 대부분 골짜기 마을에서 일을 마치고 돌아가는 노동자들이었다. 그 중 12, 3명은 광부들인지 얼굴이 시커멓게 된 채 안전등을 갖고 있었다. 이들은 함께 모여 담배를 피우며 목소리를 낮춰 얘기를 하다가 이따금 다른 쪽에 있는 두 남자를 힐끗 쳐다보았다. 두 남자는 제복을 입고 배지를 달고 있으며, 경관들이었다. 그들 외에도 남녀 노동자들과 가게를 운영하는 사람들, 그리고 한쪽 구석에 혼자 앉아있는 젊은 남자도 있었다. 이 이야기와 관계있는 사람은 바로 이 남자다. 그러니 잘 기억하기 바란다.

남자는 보통 키에 서른 살쯤 돼보이며, 얼굴에 생기가 넘쳐흘렀다. 회색빛 눈은 크고 예리하며 어딘가 코믹한 분위기를 자아내고 있는데, 이따금 안경 너머로 주위 사람들을 쳐다보며 신기한 듯 눈을 깜박이곤 했다. 누가 봐도 호감을 느끼게 하는 얼굴에 성격도 좋고 사람들과도 쉽게 사귈 수 있을 것 같았다. 말하기를 좋아하고 재치가 있으며 늘 쾌활한 사람이라는 인상을 풍겼다. 그러나 좀 더 예민하게 관찰해보면 단단한 턱과 꽉 다문 입매 같은 데서 은근히 깊고도 진지한 면이 있다는 걸 느낄 수 있다. 하여튼 갈색 머리칼의 이 젊은 아일랜드 사람은 사회에서 어떤 일을 하더라도 좋든 나쁘든 뭔가 강렬한 흔적을 남길 것 같은 느낌을 주었다.

가까이 있는 갱부에게 말을 걸어봤는데도 퉁명스런 대답밖에 안 오자 이 남자는 말하기를 포기하고 그냥 혼자 창밖으로 저녁 노을을 바라보았다. 그의 앞에 그리 즐거운 일이 기다리고 있는 것 같지는 않았다. 날이 점점 어두워지며 산 중턱에 있는 용광로에서는 시뻘건 불이 타오르고 있었다. 용광로 옆으로는 돌 조각들과 석탄재가 높이 쌓여 있었다. 철로 옆으로 허름한 목조 주택들이 늘어서 있으며 하나 둘씩 등불이 켜지기 시작했다. 열차는 자주 멈춰섰는데, 그때마다 광부들로 와자지껄 했다. 석탄과 철이 많은 이곳 버밋사 지방은 여유있는 사람들이 오는 관광지가 아니다. 이곳은 어디까지나 가장 적나라한 삶의 투쟁 현장이며 거칠고 억센 일을 하는 노동자들로 들끓는 곳이다.

젊은 나그네는 이 음침한 마을을 바라보며 내내 혐오감과 호기심이 뒤섞인 표정을 짓고 있었다. 그러고는 이따금 주머니에서 무슨 서류를 꺼내 읽어보며 여백에다 뭔가를 적어넣었다. 한 번은 뒷주머니에서 그의 인상에 도무지 어울리지 않는 물건 하나를 꺼냈다. 크기가 상당한 해군용 권총이었다. 그는 권총을 불빛에 비춰보며 장전되어 있는 걸 확인하고는 얼른 주머니에 다시 집어넣었는데 그동안 벌써 옆 사람에게 들키고 말았다.

"어이, 친구! 준비가 돼있구먼."

젊은이는 당황한 듯 피식 웃었다.

"뭐, 전에 있던 곳에서는 이런 게 필요한 때도 있어서요."

"거기가 어딘데?"

"시카고요."

"여긴 처음 오는 거요?"

"그렇소."

"여기서도 그건 필요할 거요."

옆 노동자가 말했다.

"아, 그래요?"

"여기 소식 못 들었소?"

"특별한 건 못 들었는데요."

"아니, 소문을 못 들었다고요? 여기는 무슨 일로 온 거요?"

"일하고 싶은 사람한테는 언제가 기회가 있다고 하기에……."

"조합원이에요?"

"네, 그런데요."

"그럼 일은 있겠네요. 아는 사람 있어요?"

"아직은 없지만 곧 생기겠죠."

"어떻게 말인가요?"

"나는 '자유인 단체'의 회원이거든요. 도시엔 어디나 지부가 있고, 지부에서 자연히 친구를 만나게 되니까요."

상대 남자는 주위 사람들을 둘러보며 젊은이 옆으로 바짝 다가와 앉았다. 광부들은 여전히 자기들끼리 모여 얘기를 하고 있고, 두 경관은 졸고 있었다. 노동자는 젊은 나그네에게 손을 내밀었다.

"반갑소. 당신이 거짓말을 한다고는 생각지 않지만 그래도 확인하는 게 좋을 것 같군요."

그러면서 노동자는 오른손을 오른쪽 눈썹에 갖다 댔다. 그러자 나그네는 왼손을 왼쪽 눈썹에 갖다 댔다.

노동자가 말했다.

"밤은 불쾌하다."

나그네가 이어 받았다.

"그렇다. 낯선 곳을 여행할 때는."

"자, 됐어. 나는 버밋사 골짜기 341지부의 회원 스캔런이라고 하네. 만나게 돼서 반갑군."

"고맙네. 나는 시카고 29지부의 회원 존 맥머드라고 하네. 지부장은 J. H. 스코트 씨지. 이렇게 빨리 회원을 만나다니, 운이 좋은 것 같네."

"회원이 많아서 그런 거라네. 특히 이 버밋사 골짜기가 세력이 가장 활발한 곳이거든. 하지만 자넨 젊으니까 일거리가 많이 있을 거야. 그런데 노조 회원인 젊은이가 시카고에서 취직을 못했다는 말은 못 들어봤는데, 어찌 된 일인가?"

"일할 곳은 많이 있었다네."

맥머드가 말했다.

"그럼 왜 이리로 온 거지?"

맥머드는 경관들이 있는 곳을 돌아다보며 찡긋 하고 웃었다.

"저자들이 들으면 솔깃해 할 거야."

스캔런이 한숨을 내쉬며 물었다.

"꼬여들었나?"

"복잡한 상황이야."

"감옥행인가?"

"그 정도가 아니야."

"죽인 건가?"

"아직은 말할 수 없네. 하지만 시카고를 떠나야 했지. 우선 이 정도만 말해두겠네. 그런데 이렇게 자세히 캐묻는 자네는 누구지?"

그의 회색빛 눈이 갑자기 날카로워지며 험악하게 변했다.

"아니 뭐, 나쁜 뜻으로 한 말은 아니야. 자네가 무슨 짓을 했든 나쁘게 볼 사람이 있겠나. 지금은 어디로 가는 건가?"

"버밋사로 가네."

"그럼 세 번째 역에서 내리면 되겠네. 숙소는 정했나?"

맥머드는 주머니에서 봉투 하나를 꺼내 램프 쪽으로 갖다 댔다.

"여기로 가네. 샐리던 가에 있는 제이콥 섀프터라는 하숙집인데, 시카고에서 아는 사람이 소개해준 곳이지."

"버밋사는 우리 구역이 아니라 모르겠네. 나는 홉슨 지역에 살고 있거든. 이제 거의 다 온 것 같구먼. 그런데 헤어지기 전에 내가 한 가지 조언을 해주고 싶네. 버밋사에서 무슨 문제가 생기면 말이야, 곧바로 조합 사무실로 가서 매긴티를 만나게. 그는 버밋사 지부장인데, 이 구역에서는 그의 입김이 들어가지 않으면 아무것도 안 되거든. 그리 알고, 잘 가거나. 뭐 조만간 지부에서 만나게 되겠지. 어쨌든 내 말 절대 잊지 말게. 어려운 일이 생기면 반드시 매긴티를 찾아가야 한다고."

스캔런이 내린 다음 맥머드는 혼자 이런저런 생각에 잠겼다. 날도 거의 저물어 용광로의 불꽃들이 마치 미친 듯 울부짖는 것처럼 보였다. 바쁘게 움직이는 노동자들의 그림자도 어렴풋이 보였다.

"꼭 지옥 장면 같네."

누군가 그런 말을 했다.

맥머드가 돌아보자 경관 한 사람이 용광로 쪽을 바라보며 서있었다.

"지옥이 분명 저렇겠지. 하긴 지옥에도 저기 있는 악질들보다 더 나쁜 놈들은 없을 거야. 자네는 여기 처음 왔나, 젊은이?"

"처음인 게 뭐 잘못됐어요?"

맥머드가 툭 쏘듯이 대답했다.

"그냥 그런 느낌이 들었던 것 뿐이네. 친구를 잘 골라서 사귀라고 말해주고 싶었지. 내가 자네라면 마이크 스캔런 같은 부류들과는 안 만나겠네."

"내가 누구와 사귀든 그게 당신과 무슨 관계가 있죠?"

맥머드가 큰 소리로 말했기 때문에 객차 안에 있는 모든 사람들이 그를 돌아다보았다.

"당신이 뭔데 아무한테나 설교를 하지? 내가 그렇게 바보로 보여? 남의 일에 간섭하지 말고 댁이나 잘 하시지."

그는 개가 으르렁대듯 냅다 소리를 질렀다. 선량해 보이는 두 경관은 별뜻 없이 말을 건넸다가 어처구니 없이 깨지고 말았다.

"나쁜 뜻으로 물어본 건 아니네. 옷차림을 보니까 이곳에 처음 온 사람 같기에 조심하라고 말해줬던 것 뿐이네."

"여기엔 처음 왔는데, 당신들 같은 경찰을 내가 한 두 번 만난 게 아니야. 왜 부탁도 안 했는데 함부로 충고를 하고 그러지? 하여튼 경찰들은 어딜 가나 똑같다니까!"

"앞으로 가끔 보게 되겠지. 내가 보기엔 보통내기가 아니야."

경관 한 사람이 냉정한 어투로 말했다.

"내가 보기에도 그렇구먼. 어쨌든 또 만나게 되겠지."

"무서울 것 없어. 내가 겁낼 줄 아나!"

맥머드가 소리쳤다.

"나는 존 맥머드라고, 알겠나? 나를 볼 일이 있으면 버밋사 샐리던 가에 있는 제이콥 새프터의 집으로 오면 돼. 도망가지 않고 있을 테니까, 낮이든 밤이든 언제나 와도 좋아. 잊지 말도록!"

처음 보는 젊은이가 그렇게 대담한 행동을 하는 걸 보고 주변에 있는 광부들은 속시원하다는 듯 공감을 내비치고 있었다. 두 경관은 가까이 붙어 뭔가를 속삭이고 있었다. 몇 분 뒤 열차가 어둑해진 역에 멈춰 서자 승객들은 거의 모두 내렸다. 버밋사가 가장 큰 도시이기 때문이다. 맥머드가 가방을 들고 막 내리려 하는데 광부 한 사람이 말을 걸었다.

"어이 친구, 경찰 기죽이는 모습이 정말 멋있었어."

마음에서 우러나온 말투였다.

"정말 멋있더라고. 그 가방 이리 주게. 나랑 같이 가면 되네. 나도 새프터의 집 쪽으로 가거든."

다른 광부들도 떠나면서 맥머드에게 호의가 담긴 인사를 건넸다. 그는 버밋사에 아직 들어가기도 전에 벌써 유명인사가 되어 있었다.

'공포의 골짜기'라고 부르는 이 지역의 시내는 그야말로 음산한 분위기를 풍기고 있었다. 골짜기 아래쪽 지역은 그래도 타오르는 불길과 연기가 어떤 장중함을 만들어내며 광부들과 석탄 더미들로 인해 인간의 부지런함과 삶의 힘을 느낄 수가 있지만 시내는 그렇지가 못했다. 그저 지저분할 뿐이었다. 눈 쌓인 도로는 차들과 마차들이 지나다니면서 더러운 진창으로 변해있고, 보도는 좁고 울퉁불퉁 했다. 줄지어 서있는 가스등마저 허름한 목조 주택들을 비추며 더욱 더 지저분하게 보이게 했다.

시내 한복판엔 환하게 불 켜진 가게들이 줄지어 늘어서있으며, 술집과 노름집들도 많아 주위가 더 밝았다. 광부들은 이런 곳에 와서 피땀 흘려 번 돈을 한꺼번에 날려버리기도 했다.

"저 건물에 조합이 있다네."

무슨 호텔처럼 생긴 눈에 띄는 건물을 가리키며 동행인이 말했다.

"존 매긴티가 지부장으로 있지."

"어떤 사람인가?"

맥머드가 물었다.

"아니, 그에 대해 모른단 말이야?"

"내가 여기 처음 왔는데, 어떻게 알겠나?"

"아, 그래? 난 그가 다른 조합에도 잘 알려져 있는 줄 알았지. 신문에도 여러 번 났으니까 말이야."

"왜 신문에 났는데?"

"음, 무슨 사건 때문이었지."

광부가 목소리를 낮추며 대답했다.

"어떤 사건이었나?"

"아니, 그것도 모르고 있다고? 자네 좀 이상하구먼. 꽤 소문난 사건이었거든. 그 천주단 사건 말이야."

"아하, 그 사건? 시카고에서 읽어본 것 같네. 그런데 그거 살인 단체 아니야?"

"쉿! 조용히!"

광부가 걷다 말고 질겁한 표정으로 젊은이를 쳐다보았다.

"이봐, 여기는 길에서 그런 말 하면 죽을 수도 있어. 별것도 아닌 일로 여러 사람이 죽었거든."

"난 아무것도 모르고 그냥 한 말이야. 신문에서·읽었다는 거지 뭐."

"자네가 읽은 게 사실과 다르다는 건 아니야."

남자는 신경을 곤두세우고 주위를 두리번거리며 무슨 위험한 것이라도 숨어있는지 살펴보는 듯 했다.

"사람을 죽이는 일이 이 지역에선 다반사로 일어나고 있다네. 하지만 그런 일에 대해 절대로 존 매긴티를 입에 올리면 안 돼. 한 마디만 했다가는 여지없이 그의 귀에 들어가게 되니까. 그리고 내버려두지 않지. 저기 보이는 저 집이 자네가 찾는 집이네. 저 하숙집 주인 제이콥 섀프터는 정직하기로 소문난 사람이라네."

"고맙네."

맥머드는 광부와 악수하고 가방을 받아든 다음 하숙집으로 가서 문을 두드렸다. 뜻밖의 사람이 나와 문을 열어주었다. 무척 아름다운 젊은 여인이었다. 스웨덴 사람 같았는데, 밝은 금발에 검은 눈이 아주 대조적이었다. 그녀는 낯선 남자를 보며 약간 놀라면서 얼굴이 붉어졌다. 그녀가 서있는 모습이 한 편의 멋진 그림 같다는 생각을 맥머드는 하고 있었다. 지저분하고 초라한 주변 환경과 비교되어 더욱 더 매력적으로 보였다. 시커멓게 쌓여있는 석탄 더미 위에 아름다운 제비꽃이 피어있다고 해도 이보다 더한 대조는 아닐 것이다. 맥머드는 잠시 넋이 나간 채 벙어리가 된 듯 서 있었다.

"아버지가 오신 줄 알았어요."

스웨덴 억양으로 그녀가 먼저 말을 했다.

"혹시 아버지를 만나러 오셨나요? 마을에 나가셨는데 곧 돌아오실 거에요."

그래도 여전히 맥머드가 말을 잃고 쳐다보기만 하자 그녀는 당당하게 생긴 젊은 남자의 눈길을 피해 다른 곳을 쳐다보았다.

"아닙니다, 아가씨. 기다리겠습니다. 이 하숙집을 소개받고 왔는데, 예상했던 대로 정말 마음에 드는군요."

"너무 빨리 결정한 것 같군요."

그녀가 미소를 지으며 말했다.

"장님이 아니라면 누구라도 그럴 겁니다."

"그럼 들어오세요. 저는 새프터의 딸 에티라고 해요. 엄마가 돌아가시고 나서 집안 살림을 맡고 있죠. 저기 응접실 난로 옆에서 좀 기다리고 계세요. 어! 아버지 오시네요."

맥머드는 새프터에게 방문한 이유를 설명했다. 시카고에서 머피라는 사람이 이곳을 소개해주었다는 내용이었다. 머피도 다른 사람한테서 얘기를 듣고 맥머드에게 소개해준 것이었다. 새프터 씨는 곧 승락을 했다. 맥머드는 돈을 좀 가져온 모양이었다. 식사를 포함해 주당 12달러를 선불로 하기로 했다. 그래서 맥머드는 경찰을 피해 이곳으로 도망쳐와 새프터의 집에서 하숙을 시작하게 되었다. 하지만 이건 앞으로 펼쳐질 길고도 어두운 어떤 사건의 첫걸음이 되고 말았다.

제9장 _ 지부장

맥머드는 어디를 가나 금방 눈에 띄었다. 하숙집에서도 1주일도 안 돼 가장 인기있는 사람이 되었다. 하숙인은 10명 정도 됐는데 모두 평범한 직장인이나 가게 점원들로서 맥머드 같은 아일랜드인과는 전혀 다른 부류의 사람들이었다. 저녁에 다같이 모일 때면 그는 재치있는 말솜씨와 뛰어난 노래 실력으로 사람들을 즐겁게 했다. 그는 분위기를 재미있게 만들 줄 아는 재주가 있었다.

그러나 가끔은 성질이 폭발할 때도 있어 사람들에게 거리감과 공포심을 주기도 했다. 또 법 같은 건 아예 무시하고 경멸하기 때문에 같은 하숙인들에게 더 인기를 끌었다. 그는 처음부터 새프터의 딸 에티가 아름답고 품위 있다면서 드러내놓고 좋아한다는 표시를 했다. 그는 자신의 마음을 고백하는 데 있어 조금도 어려워하지 않았다. 이튿날 벌써 그는 에티에게 좋아한다고 고백할 정도였다. 그녀가 냉담하게 대해도 아랑곳하지 않았다.

"다른 남자가 있다고요? 그 남자 불쌍하군요! 그에게 주의하라고 전해주세요. 난 다른 남자 때문에 포기하는 사람이 아니니까요. 에티, 당신이 계속 싫다고 말해도 괜찮아요! 언젠가는 좋다고 말할 날이 반드시 올 테니까요. 난 아직 젊으니까 기다릴 수 있어요."

아일랜드 사람다운 말재간으로 그는 전혀 당황하지 않고 구혼을 했다. 그에게는 또 여유와 비밀스러움 같은 게 풍겨 여자들의 관심을 받고 마음을 사로잡는 어떤 매력이 있었다. 그는 고향 모나건 주의 아름다운 계곡과 멋진 섬들, 목장 등에 대해 얘기를 했는데, 이런 황량하고 지저분한 도시에서는 그런 얘기들이 더 멋지게 들릴 수밖에 없었다. 그는 또 북부 지방의 도시들과 미시건의 목재 벌채지, 버팔로, 그리고 제재공장에서 일했던 시카고에 대해 잘 알고 있었다.

그의 말투에는 어딘가 로맨틱한 울림이 깃들어 있으며, 시카고에서 뭔가 기이한 일을 겪었지만 말할 수 없는 비밀이 있다는 느낌을 주었다. 모든 관계를 끊고 갑자기 그곳을 떠나 이 황량하고 낯선 곳으로 도망쳐온 일들을 그는 쓸쓸히 얘기했다. 에티는 연민과 공감

— 이 두 감정은 자신도 모르게 어느 순간 애정으로 변할 수 있다 —
으로 눈을 반짝이며 그의 말에 귀를 기울였다.

맥머드는 경리과에 임시직 자리를 하나 찾았다. 그 일은 좀 배운
적이 있었기 때문이다. 그래서 일하느라 대자유인 단체의 지부장에
게 가볼 시간이 좀처럼 나지 않았다. 그런데 어느날 밤, 열차 안에서
만났던 마이크 스캔런이 그를 찾아왔다. 체격은 작지만 어깨가 단단
하고 성깔도 있는 그 남자는 맥머드를 다시 만나자 무척 반가워 했
다. 위스키를 한 잔 마시고 나서 스캔런이 방문한 이유를 말했다.

"자네 하숙집을 알고 있어서 이렇게 찾아온 걸세. 자네가 지부장
에게 아직 인사도 안 갔다고 해서 상당히 놀랐다네. 왜 매긴티를 안
만나나? 어떻게 할 건가?"

"일자리를 찾아야 했기 때문에 너무 바빴거든."

"다른 일은 못하더라도 그를 만나는 시간은 냈어야 하는 거 아닌
가? 여기 도착한 다음날 바로 조합에 가서 등록을 하지 않는다는 건
미친 짓이나 다름없어! 지부장에게 찍히면 그걸로 끝이야!"

맥머드는 놀란 체 했다.

"내가 단체에 가입한지 2년이 넘었는데 그런 강제적인 의무가 있
는지는 전혀 몰랐네."

"시카고에서는 그럴지도 모르지."

"여기서도 같은 단체 아니야?"

"글쎄."

그는 맥머드를 쳐다보기만 했다. 뭔가 나쁜 게 느껴지는 눈빛이었다.

"그럼 같지 않다는 거야?"

"한 달 후면 알게 될 거야. 그때 기차에서 경찰과 시비 붙었다면서?"

"어떻게 알았어?"

"소문으로 들었지. 여기는 좋은 일이든 나쁜 일이든 금방 소문나거든."

"뭐, 한 마디 해줬지. 개새끼들!"

"자넨 매긴티가 좋아하겠는데!"

"뭐! 그도 경찰을 싫어하나?"

스캔런이 큰 소리로 웃었다.

"지금 당장 그를 만나러 가세. 안 그러면 그에게 찍힌다니까. 자, 내 말 듣고 빨리 가자고."

그날 밤엔 맥머드도 그 방향으로 가야 할 중요한 일이 하나 있었다.

한편 에티의 아버지는 그가 자기 딸에게 마음이 있다는 걸 알아채고는 방으로 불러 다짜고짜 말을 꺼냈다.

"이보게 맥머드, 내가 보기엔 자네가 에티를 따라다니는 것 같은데, 아닌가? 내가 잘못 본 건가?"

"아니오. 맞습니다."

맥머드는 서슴없이 대답했다.

"그렇다면 미리 말해두는데, 마음 거두게. 이미 정해진 혼처가 있으니까 말이야."

"네, 알고 있습니다."

"에티가 말한 건 사실이야. 그런데 상대가 누군지도 말하던가?"

"아니오. 물어봤는데 대답을 안 하더군요."

"그랬을 거야. 말하면 자네한테 위험한 일이 생길지도 모르니까"

"위험한 일이라고요!"

맥머드는 화가 치밀었다.

"당연하지! 그 사람을 무서워하는 건 전혀 이상한 게 아니야. 다름 아닌 테드 볼드윈이니까 말이야."

"그자가 어떤 놈인데요?"

"천주단의 간부로 있다네."

"천주단이요! 들어봤어요. 여기저기서 천주단에 대해 떠드는 소리가 들리던데요. 그런데 그게 왜 무섭다는 거죠? 도대체 뭐 하는 곳인데요?"

그 무서운 단체에 대해 말할 때는 누구나 그렇듯 하숙집 주인도 본능적으로 목소리를 낮췄다.

"대자유인 단체를 천주단이라고 부른다네."

맥머드는 깜짝 놀랐다.

"뭐라고요? 저도 그 단체 회원인데요."

"뭐 자네가? 내가 미리 알았다면 자네는 안 받는 건데. 아무리 1주일에 100달러를 낸다고 해도 자넨 여기 받을 수 없네."

"대자유인 단체가 왜 나쁘다고 보세요? 자선과 협동을 목적으로 하는 단체라고 규약에 써있는데요."

"다른 지방에서는 그런가보구먼. 하지만 여기서는 안 그렇다네."

"여기서는 어떤데요?"

"여기서는 살인 단체라고 말하지."

맥머드는 어이가 없어 실소가 나왔다.

"증거가 있나요?"

"증거라고? 살인이 50번이나 일어났는데 증거가 더 있어야 하나? 밀면 반 쇼스트, 니콜슨 가족, 하이앰 영감, 빌리 제임스, 등등. 뭘 더 증거로 대라는 건가? 이 지역에선 모르는 사람이 하나도 없는데."

맥머드가 갑자기 심각한 표정으로 입을 열었다.

"새프터 씨! 지금 하신 말씀을 취소하든지, 아니면 사과하든지 하세요. 둘 중 하나라도 하지 않으면 이 방에서 못 나가십니다. 저는 이 도시에 처음 왔습니다. 제 입장을 한 번 생각해보세요. 저는 그 단체가 좋은 곳이라고 지금껏 알고 있습니다. 미국 어디에나 다 있고 살인 같은 것과는 전혀 관계없는 단체죠. 곧 지부에 등록을 하려고 하는데 그곳이 살인 단체라고요? 새프터 씨, 뭘 잘못 아시고 계신 건 아닙니까? 좀 더 자세히 설명을 해보시든지, 아니면 사과하세요."

"나는 모든 사람들이 다 알고 있는 걸 말한 것 뿐이네. 증거는 지겹게 봤고."

"그런 건 다 소문이에요! 증거를 대라고요!"

맥머드는 소리를 질렀다.

"이 고장에서 오래 지내다보면 자연히 보게 되네. 그런데 자네가 회원이라는 걸 내가 눈치채지 못했군. 자네도 다른 회원들처럼 나쁜 짓을 하게 될 거네. 미안하지만 하숙집을 새로 찾아 나가주면 좋겠네. 그들 패거리 중 한 사람이 에티를 보러 오는 것도 견딜 수 없는데 또 한 사람까지 하숙을 친다는 건 도저히…… 오늘밤은 그냥 지내고 다른 집을 구해보게."

결국 맥머드는 하숙집에서 쫓겨나는 신세가 되고 말았다. 그는 그날 밤 에티가 거실에 혼자 있는 걸 보고는 다가가 자신의 상황을 설명했다.

"당신 아버지가 나한테 나가라고 하시네요. 하숙집에서 쫓겨나는 건 괜찮은데 당신을 못 보는 건…… 만난지 1주일밖에 안 됐지만 당신은 이미 내게 가장 중요한 사람이 되었어요. 당신 없이는 못 살 것 같아요."

"아니, 맥머드 씨, 왜 이러세요! 그런 말 하면 안 돼요! 나한테는 이미 다른 사람이 있다고 말했잖아요? 아직 결혼을 약속한 건 아니지만 다른 사람을 만날 수는 없어요."

"에티, 나를 먼저 만났다면 가능했을까요?"

그녀는 두 손으로 얼굴을 가렸다.

"당신을 먼저 만났다면 좋았겠죠."

그녀는 조용히 울고 있었다.

맥머드는 그녀 앞에 무릎을 꿇었다.

"에티, 나를 먼저 만났다고 생각해줘요. 그 사람 때문에 당신 자신과 나 모두의 인생을 엉망으로 만들 거예요? 당신 마음이 원하는 쪽으로 하는 게 좋아요. 정말이에요. 마음이 뭘 원하는지도 모르면서 약속을 하는 건 절대 안 돼요."

그는 햇빛에 그을린 강인한 손으로 에티의 하얀 손을 꼭 잡았다.

"나와 결혼하겠다고 말해줘요. 우리 둘이서 모든 걸 헤쳐나갈 수 있다고 말이죠."

"이 지방에서요?"

"네, 이 지방에서요."

"그건 안 돼요, 안 돼, 존!"

그는 그녀를 힘껏 끌어안았다.

"여기서는 안 돼요. 다른 곳으로 함께 도망가요."

순간 맥머드는 깊은 고민을 하다 다시 정신을 차리고 말했다.

"아니 여기서 해요, 에티. 당신을 꼭 지켜낼 거에요. 여기를 한 걸음도 떠나지 않을 거에요!"

"왜 도망칠 수 없는 거죠?"

"에티, 나는 여길 떠날 수 없어요."

"왜요?"

"여기서 도망치게 되면 다시는 떳떳하게 살 용기가 없어질 것 같아서요. 에티, 뭘 두려워하는 거에요? 우리는 자유로운 나라의 자유로운 사람들이에요. 우리가 서로 사랑하고 있는데 누가 우리를 방해하겠어요?"

"존, 당신은 아무것도 모르고 있어요. 볼드윈이라는 남자에 대해서도 모르고, 매긴티에 대해서도, 그리고 천주단에 대해서도 아무것도 모르고 있어요."

"물론 나는 그들에 대해 알지도 못하고, 무서워 하지도 않고, 믿지도 않아요. 나는 거친 사람들과 함께 살아왔지만 그들을 무서워하지는 않았어요. 그래서 결국은 그들이 나를 무서워하게 되었죠. 항상 그랬어요. 당신 아버지의 말처럼 볼드윈이나 매긴티 같은 자들이 이 고장에서 나쁜 짓을 많이 했다면 왜 그들은 재판도 안 받는 거죠? 에티, 대답할 수 있어요?"

"그건 증인으로 나서겠다는 사람이 아무도 없기 때문이죠. 만약 나섰다가는 살아남지 못할 테니까요. 그들은 언제나 알리바이를 입증할 사람을 갖춰놓고 있어요. 신문에서 이런 얘기 읽은 적은 있죠? 아마 안 나온 신문은 없을 걸요?"

"읽은 적은 있는데, 설마 했지. 만약 그들이 정말 그런 짓을 했다면 무슨 이유가 있지 않겠어요? 자기네들이 안 그러면 크게 당하게 되니까 먼저 할 수밖에 없었던 이유 같은 거 말이에요."

"아니, 존, 지금 무슨 소리를 하는 거에요! 볼드윈 그 사람도 그렇게 말하더라고요!"

"볼드윈도 이렇게 말했다고요?"

"난 그래서 그 사람을 싫어하거든요. 좋아요, 존, 이제 다 말할 수 있어요. 난 정말 그 남자가 싫어요. 하지만 무서워요. 나도 무섭지만 아버지가 더 걱정돼요. 만약 내가 그 남자에게 사실대로 얘기하면 분명 무서운 일이 벌어질 거에요. 그래서 약속한 것처럼 대충 지내고 있었죠. 그래야만 위험한 일이 안 일어날 수 있으니까요. 하지만 존, 당신이 나랑 같이 떠나준다면, 아버지와 함께 말이죠, 저자들을 피할 수 있는 아주 먼 곳으로 간다면 편안히 살 수 있을 거에요."

맥머드는 다시 심각한 고민에 빠졌다. 그러나 곧 마음을 가다듬고 말했다.

"에티, 당신과 아버지를 곤경에 빠트리지는 않을 거에요. 악질이라면 내가 그자들보다 더 악질이라고 소문날지도 몰라요."

"거짓말! 난 당신을 믿어요, 존. 그리고 어디든 같이 갈거에요."

하지만 맥머드는 쓸쓸히 웃었다.

"당신은 나를 전혀 몰라요! 당신은 순수해서 내가 속으로 어떤 생각을 하고 있는지 전혀 모르고 있어요. 그런데, 누가 온 것 같은데요."

갑자기 문이 열리더니 웬 젊은 남자가 주인처럼 당연하다는 태도로 들어왔다. 좀 뻔뻔스럽고 거칠어 보이는데 나이와 체격이 맥머드와 비슷한 모습이었다. 그는 챙이 넓은 중절모를 쓴 채 험악한 눈빛으로 난로 옆에 앉아있는 두 남녀를 노려보았다.

에티가 깜짝 놀라 일어섰다.

"볼드윈 씨, 안녕하세요. 일찍 오셨네요. 좀 앉으세요."

볼드윈은 허리에 두 손을 짚고 계속 맥머드를 노려보았다.

"누구지?"

그는 불쾌하다는 듯 물었다.

"친구에요. 우리 집에 새로 하숙하게 된 분이죠. 맥머드 씨, 자 이쪽 분은 볼드윈 씨에요."

두 젊은 남자는 뻣뻣하니 서로 고개만 끄덕였다.

"우리가 어떤 사이인지 에티에게 들었겠죠?"

"아니오, 못 들었는데요."

"못 들었다고? 그럼 분명히 알려주지. 이 여자는 내 사람이야. 자, 밤 공기도 상쾌한데 나가서 산책이나 하시지."

"고맙지만 산책하고 싶지 않은데."

"뭐라고!"

남자의 눈빛에 분노가 차올랐다.

"붙어보겠다는 거야, 하숙인?"

"그러지! 좋은 생각이군."

맥머드가 벌떡 일어나며 소리쳤다.

"존, 그러지 말아요! 제발 하지 말아요!"

에티는 애가 끓을 정도로 말렸다.

"존, 다치면 어떻게 해요!"

"하, 존이라고 불러? 벌써 그렇게 부르는 사이란 말이야?"

볼드윈은 더 이글이글 분노에 떨며 소리를 질렀다.

"아니에요, 테드. 그건 오해에요. 나를 힘들게 하지 말아주세요. 나를 사랑한다면 너그럽게 용서해주세요!"

"에티, 괜찮아요. 곧 끝날 거에요. 자 볼드윈 씨, 밖으로 나갈까요? 달빛도 아직 환하고, 저 끝에 가면 공터도 있으니까 말이오."

"너 같은 새끼 정도야 손 더럽힐 일도 없겠지. 이 집에 들어온 걸 지금 후회하고 있겠지만 이미 말을 꺼냈으니 늦었지."

"그러니 지금 해보라니까!"

맥머드도 받아쳤다.

"지금 하고 안 하고는 내 마음이야. 내가 알아서 한다고. 자, 이걸 보여주지!"

볼드윈은 갑자기 소매를 걷어올리더니 팔에 각인된 묘한 표시를 보여주었다. 동그라미 속에 세모 모양이 그려진 것인데, 불로 새긴 것 같았다.

"이게 뭔지 알겠나?"

"모르겠는데."

"좋아, 곧 알게 될 거야. 분명한 건 네 목숨이 오래 못 간다는 거지. 그건 에티가 설명해줄 거야. 에티, 당신은 내게 무릎을 꿇고 돌아올 거야. 알겠어? 무릎을 꿇고 온다고! 내가 톡톡히 맛을 보여주지. 스스로 저지른 벌을 말이야!"

그는 분노로 씩씩거리며 두 사람을 노려보았다. 그러고는 곧장 발꿈치를 돌려 휙 나가버렸다.

맥머드와 에티는 잠시 그대로 서있었다. 그러다 그녀가 갑자기 그를 껴안았다.

"존, 당신 아주 용기가 대단하네요! 하지만 그런다고 해결되는 게 아니에요. 도망쳐야 돼요! 오늘 밤 안으로 당장 떠나야 해요. 오늘 밤 안으로 말이에요! 그것 밖에는 다른 방법이 없어요. 그자에게 당하게 된다고요. 눈빛 봤잖아요. 그자는 매긴티 그늘 하에 있는 12명 중 하나예요. 당신은 그들을 상대할 수 없어요."

맥머드는 그녀에게 키스를 하고는 의자로 데려가 앉혔다.

"자, 에티. 나 때문에 걱정하지는 말아요. 나도 대자유인 단체의 회원이니까. 당신 아버지에게도 말했지만 나도 그들과 같은 부류니까 나를 너무 대단하게 생각지는 말아줘요. 어때요, 이제 내가 싫어지죠?"

"아니오, 존! 절대로 그런 일은 없을 거에요. 대자유인 단체는 이 지방에선 나쁘게 돼있지만 다른 곳에서는 안 그렇다고 들었어요. 그렇다면 회원인 게 뭐가 나쁘겠어요? 그런데 존, 당신이 대자유인 단체의 회원이라면 왜 지부장인 매긴티를 만나지 않는 거죠? 빨리 가 보세요! 가서 먼저 해결을 해보세요. 그 패거리들이 몰려오기 전에 말이에요."

"나도 그런 생각이 들었어요."

맥머드가 말했다.

"지금 가서 결판을 지어야겠어요. 오늘은 여기서 묵고 내일 다른 하숙집을 찾아보겠다고 아버지께 말씀드려주세요."

매긴티의 술집은 사람들로 북적거렸다. 이 지역 건달들은 다 모이는 사교장이기 때문이었다. 매긴티는 거칠지만 유쾌한 면이 있어 똘마니들에게 인기가 많았다. 그러나 한편으로는 그런 점을 가면처럼 쓰고 그 뒤로는 본래의 성격을 숨기고 있었다. 패거리들은 그를 좋아하면서도 두려워 했다. 골짜기의 끝에서 끝까지 30마일 거리뿐 아니라 골짜기 옆 산 너머 마을까지도 그는 영향력을 갖고 있어 그 술집은 항상 사람들로 미어터졌다. 어느 누구도 감히 그의 호의를 거절할 수 없었던 것이다.

매긴티는 또 그의 도움을 바라는 사람들에 의해서 시의 도로위원에 선출돼있었다. 하지만 그는 도로 사업은 안 하면서 회계보고도 감사관을 매수해 넘어가고, 시민을 협박해 돈을 뜯어내는 등 온갖 못된 짓을 밥 먹듯 했다. 그래도 누구 하나 공포심 때문에 입을 열지 못했다. 당연히 매긴티의 다이아몬드 핀은 갈수록 두툼해지고, 화려한 조끼의 금고리 또한 하루가 다르게 무거워졌다. 그의 술집은 말할 것도 없었다. 이젠 시장 광장 전체로 확장되는 게 아닐까 싶을 정도였다.

담배 연기가 꽉 차있고 발 디딜 틈도 없을 정도로 복작거리는 술집에 들어선 맥머드는 사람들을 헤치고 안으로 들어갔다. 실내는 등불이 눈부시게 커있으며 금박으로 둘러진 거울로 벽이 장식돼 번쩍거리고 있었다. 하지만 전체적인 분위기는 촌스럽기 이를 데 없었다. 바텐더들이 정신없이 돌아다니며 서빙을 하고 셰이커를 흔들어댔다.

카운터 끝 쪽에 거구의 사나이 하나가 담배를 입에 물고 앉아 있었다. 보나마나 그자가 저 악명 높은 매긴티임에 틀림없었다. 긴 검은색 머리칼에 턱수염이 광대뼈까지 나있었다. 이탈리아인처럼 거무스름한 얼굴색에 눈도 유난히 새카만 데다, 가뜩이나 불쾌해 보이는 사팔뜨기였다. 하지만 체격이 다부지고 잘 생긴 편이며 성격은 유쾌하고 시원시원해보였다. 사람들은 그를 대하면 분명 '이 남자는 솔직하고 정직하며, 겉으로는 말도 함부로 하고 거칠어 보이지만 속내는 진지한 사람일 것이다'라고 생각하기 쉬울 것이다. 하지만 막상 그 새카만 눈을 마주 대하고 본다면 생각이 달라질 것이다. 그건 공포심을 불러일으키는 악질 그 자체이며, 온갖 무서운 힘과 꾀를 숨기고 있다가 상상하지도 못할 만큼 잔인하게 폭발시킬 수 있는 악마라는 걸 알게 될 것이다.

가만히 상대방을 살피고 난 다음 맥머드는 언제나 그렇듯 침착하고 대담하게 그자에게 다가가기 시작했다. 두목의 비위를 맞추느라 떠들썩하니 웃고 있는 똘마니들을 밀쳐내고 바로 그 옆에 가서 섰다. 그리고 이 낯선 젊은이의 겁도 없는 대담한 눈빛은 날카롭게 쳐다보는 그 남자의 새카만 눈을 정면으로 마주 대했다.

"이봐, 젊은이, 처음 보는 얼굴이구먼."

"이곳에 온 지 며칠밖에 안 됐습니다, 매긴티 씨."

"상대방 신사의 직함도 모를 만큼 애송이는 아니겠지?"

"매긴티 의원님이네, 젊은이."

옆에 있는 똘마니들이 말했다.

"아이고 미안합니다, 의원님. 이 지역 관습을 몰라서요…… 어쨌든 당신을 만나보라고 하더라고요…….."

"아 그래? 그럼 잘 보게. 보이는 이대로네. 어떻게 생각하나?"

"아 그건 아직 모르겠는데요. 당신 마음이 체격처럼 크고, 성격도 얼굴만큼 훌륭한지, 그렇다면 좋겠지만요."

"하하. 제법 아일랜드 식으로 재치있게 까불대는구먼."

이 건방진 젊은이를 기분 좋게 상대할지 무게를 잡아야 할지 잠시 생각하다 술집 주인이 소리쳤다.

"그렇다면 내 체격은 마음에 든다는 소리군!"

"물론이죠."

"그런데 나를 만나야 한다고 누가 그랬던 모양이지?"

"네, 맞습니다."

"누구였나?"

"버밋사 341지부의 스캔런 동지입니다. 자, 의원님, 당신의 건강과 우리의 동지애를 위해 건배하시죠."

맥머드는 술잔을 들고 마시면서 새끼손가락으로 탁 쳤다.

젊은이를 주의깊게 쳐다보고 있던 매긴티가 검은 눈썹을 씰룩거렸다.

"아 그래? 좀 알아봐야겠군. 자네 이름이 뭔가?"

"맥머드입니다."

"그래 맥머드, 얘기 좀 해볼까? 이 동네에선 사람을 믿지도 않고 믿을 수도 없으니까 말이야. 자 이리 좀 들어와봐. 카운터 뒤로."

그들은 술통들이 놓여있는 창고로 들어갔다. 매긴티는 문을 꽉 닫고 술통에 가서 앉더니 담배를 꺼내 물고 맥머드를 불쾌한 눈빛으로 훑어보았다. 2, 3분 동안 아무 말도 하지 않은 채.

맥머드는 한 손을 주머니에 넣고 다른 한 손으로는 콧수염을 만지작거리며 느긋하게 상대를 응시하고 있었다. 그때 갑자기 매긴티가 권총을 꺼내들었다.

"이 건방진 자식!"

그가 말했다.

"버릇없는 행동을 또 한 번 하면 내 손에 죽을 줄 알아."

"인사가 특이하시네요."

맥머드는 일부러 무게를 잡고 대꾸했다.

"대자유인 단체의 지부장께서 다른 지역의 동지를 이렇게 맞이하시다니."

"허허. 네가 회원이란 걸 뭘로 정확히 증명하지? 만약 회원이 아닌 게 밝혀지면 가만 두지 않겠다. 어디서 입단했나?"

"시카고 29지부요."

"언제?"

"1872년 6월 24일."

"지부장 이름이 뭐지?"

"제임스 H. 스코트 씨입니다."

"지역 책임자는 누구였나?"

"바솔로뮤 윌슨이요."

"허! 대답은 잘 하는군. 그래 여기서 뭐 하고 있나?"

"일하고 있어요. 당신처럼 말이죠. 물론 규모는 훨씬 작지만."

"솜씨는 어느 정도지?"

"저를 아는 사람들은 전부 솜씨가 좋다고 하더군요."

"그럼 빨리 테스트 해봐야겠군. 여기 지부에 대해서는 좀 들어봤나?"

"회원인 게 확실하기만 하면 받아준다고 하던데요."

"그런데 시카고는 왜 떠났나?"

"그걸 말할 수 있을까요?"

매긴티의 눈이 커졌다. 그렇게 대답하는 건 들어본 적이 없었기 때문이다.

"왜 말할 수 없다는 거지?"

"동지에게 거짓말을 할 수는 없으니까요."

"뭐 말할 수 없을 정도로 나쁜 일이었나?"

"그렇다고 해야죠."

"이봐, 왜 여기까지 왔는지 대답할 수도 없는 녀석을 지부장인 내가 받아들일 거라고 생각했나?"

맥머드는 좀 당황한 것 같았다. 그는 주머니에서 닳아빠진 신문 조각을 꺼냈다.

"폭로하지 않을 거죠?"

그가 물었다.

"나한테 그런 말 물으면 뺨 맞아."

매긴티가 어이없다는 듯 말했다.

"의원님, 감사합니다. 사과드립니다. 당신 밑에 있으면 위험이 없다는 것은 알고 있습니다. 이 기사를 읽어보세요."

1874년 초, 시카고 시장 거리 쪽 호숫가에서 조너스 핀트라는 남자가 사살된 사건이었는데, 매긴티는 그 기사를 읽어보고는 다시 내밀며 물었다.

"자네가 한 건가?"

맥머드는 고개를 끄덕였다.

"왜 죽였나?"

"저는 국가에 달러를 벌어주고 있었어요. 제가 번 돈은 떳떳한 건 아니었지만 어쨌든 싸게 벌었죠. 결과도 똑같았고요. 그런데 그 핀트라는 자가 저를 도와주고 있었는데, 그걸……."

"어떻게 했나?"

"그 달러를 빼돌리는 거에요. 고발하겠다고 저를 위협하면서 말이죠. 아마 정말로 고발했을 거에요. 나도 가만히 있을 수는 없었죠. 그래서 놈을 죽이고 이곳으로 도망쳐온 겁니다."

"왜 이런 탄광지로 왔지?"

"이곳에서는 그런 사건에 대해 별로 호들갑을 안 떤다고 신문에서 읽은 적이 있었어요."

매긴티가 껄껄 웃었다.

"그러니까 위조지폐를 만들고, 그 다음엔 살인을 하고, 그리고 이곳에 오면 아무 문제도 없을 거라고 생각했단 말이지?"

"뭐 그랬던 거죠."

"그럼 그 위조지폐 기술은 아직도 살아있나?"

맥머드는 주머니에서 지폐 5, 6장을 꺼냈다.

"이건 워싱턴 조폐공사에서 발행한 게 아니에요."

"아니!"

매긴티는 고릴라 같은 큰 손으로 그걸 들고는 램프에 비춰보았다.

"완전히 똑같은데! 음, 자네는 아주 쓸만한 동지가 되겠는걸. 악당 몇 명은 있어도 좋지. 우리 힘으로 부딪쳐야 할 때도 있으니까 말이야."

"제가 힘이 돼드리겠습니다."

"배짱이 좋구먼. 권총을 보고도 눈 하나 깜박거리지 않는 걸 보면."

"위험한 사람은 제가 아니죠."

"그럼 누구란 말인가?"

"의원님, 당신이죠."

맥머드는 재킷 주머니에서 권총을 꺼내들었다.

"나도 아까부터 겨누고 있었어요. 이것도 당신 것 만큼이나 빠르죠."

매긴티는 순간 얼굴이 벌개지며 당황했지만 곧 웃고 말았다.

"아니, 아니! 별일을 다 당하는구먼. 우리 지부에선 자네를 환영할 걸세."

그때 바텐더가 문을 열고 들어왔다.

"무슨 일이야? 손님과 5분간도 얘기를 못하게 방해하다니."

바텐더가 어리둥절해 쳐다보았다.

"죄송합니다. 테드 볼드윈 씨가 만나뵙고 싶다고……."

바텐더의 말이 채 끝나기도 전에 그의 어깨 너머로 볼드윈의 거칠고 냉혹한 얼굴이 보였다. 그는 바텐더를 밖으로 밀어내고 문을 쾅 닫았다.

"어라! 한 발 먼저 와있었구먼. 의원님, 이 자식 때문에 드릴 말씀이 좀 있어서요."

볼드윈이 이글거리는 눈으로 맥머드를 쳐다보며 말했다.

"아, 그래! 지금 여기서 말해보시지."

맥머드가 큰 소리로 말했다.

"언제 어디서 말하든 그건 내 자유야!"

볼드윈이 소리치자 매긴티가 일어나며 말했다.

"아니, 잠깐만! 나는 이런 식으로 하는 거 찬성하지 않네. 자 볼드윈, 여기 새 회원이 들어왔네. 동지를 환영해야지. 자 악수하고 서로 화해하게."

"안됩니다!"

볼드윈이 소리를 질렀다.

맥머드도 가만히 있을 수 없었다.

"나로 인해 무슨 피해를 봤다고 생각한다면 한 번 덤벼들어보라고 말했었죠. 나는 보통 맨주먹으로 싸우는데, 그게 싫으면 이 친구가 원하는 대로 하겠어요. 의원님이 지부장으로서 판정을 해주시죠."

"그런데 도대체 무슨 일인가?"

"한 여자 때문에 그렇습니다. 누구를 택하든 그건 그 여자의 자유죠."

"뭐라고?"

볼드윈이 미친듯 눈을 부릅 떴다.

"상대가 같은 지부에 있는 사람들이라면 그게 맞겠구먼."

매긴티가 나서서 말했다.

"뭐라고요? 그게 당신의 판정인가요?"

"그렇다네, 테드 볼드윈."

매긴티는 볼드윈을 한심하다는 듯 노려보며 말했다.

"그래서? 나한테 따지겠다는 건가?"

"당신은 지금 5년간 함께 해온 사람을 제쳐두고 이제껏 본 적도 없는 놈을 편들겠다는 거에요? 존 매긴티, 당신이 종신 지부장은 아니니까 분명 이번 선거에서는……."

순간 매긴티가 날쌘 호랑이처럼 달려들어 볼드윈의 멱살을 잡고는 술통 위로 던지듯 밀어버렸다. 맥머드가 말리지 않았다면 목을 졸라 죽이고 말았을지도 모른다.

"참으세요 의원님! 참으세요."

맥머드가 그를 잡으며 소리쳤다.

볼드윈은 완전히 기가 꺾여 지옥에 갔다 온 사람처럼 부들부들 떨며 천천히 일어나 술통에 앉았다.

"오래 전부터 네놈을 한 번 손보려고 했다. 내가 지부장 선거에서 떨어지면 네가 될 수 있다고 생각했나? 천만에! 그건 지부에서 결정하는 거야. 아무튼 내가 지부장으로 있는 한 내 명령에 거역하는 자는 가만 두지 않을 테니까."

"당신한테는 아무 불평 없어요."

볼드윈이 목을 만지며 기어들어가는 소리로 말했다.

"그렇다면 뭐."

매긴티는 금방 유쾌한 말투로 반응했다.

"우리 잘 지내자고. 자 그럼 얘기는 끝난 거지?"

그는 샴페인 병을 하나 꺼내더니 마개를 뽑았다.

"자!"

세 개의 술잔에 따르며 그가 말했다.

"화해하는 의미에서 한 잔씩 하세. 그리고 감정을 싹 털어내는 거야. 자 테드 볼드윈, 내가 왼손으로 목젖을 누른다면 어떻게 하겠나? 뭐라고 화를 내겠나?"

"검은 구름이 가득 덮여있다. 그러나 구름은 영원히 사라질 것이다."

볼드윈이 대답했다.

"나는 그걸 맹세한다."

이번엔 맥머드가 말했다. 두 사람은 술을 마시며 그렇게 의식을 치렀다.

"자, 이제 증오심과 고통, 모두 사라졌다. 이 맹세를 깨트리는 자는 규정에 따라 처벌을 받게 된다. 볼드윈, 자네는 그 처벌이 엄격하다는 걸 알고 있겠지. 맥머드 동지도 곧 알게 되겠지만, 아무튼 귀찮은 일을 일으키는 날엔……."

맥머드가 얼른 말했다.

"절대 그런 일은 없을 겁니다. 저는 싸움도 빠르지만 용서도 빠릅니다. 아일랜드 사람들이 워낙 다혈질인 건 모두 알고 있죠. 이걸로 이미 끝났으니까 난 아무런 감정 없어요."

볼드윈은 매긴티의 날카로운 눈빛 때문에 맥머드가 내민 손을 마지 못해 잡는 듯 했다. 그의 개운치 않은 얼굴 표정에 그대로 씌어 있었다.

매긴티가 두 사람의 어깨를 탁 쳤다.

"에잇! 기껏 여자 하나 때문에!"

그가 혀를 차며 말했다.

"여자 하나를 두고 내 아랫놈 둘이서 싸움질이니, 원 참, 재수도 없지. 그 문제를 해결할 사람은 가운데 끼어있는 여자야. 지부장 권한 밖의 일이지. 얼마나 다행인지, 하느님께 감사하고 싶구먼. 여자 문제 말고도 지부엔 수없이 많은 문제들이 있으니까 말이야. 맥머드 동지, 341지부에 입단한 걸 환영하네. 여기는 규칙이나 방식이 시카고와는 좀 다를 걸세. 토요일 밤에 모임이 있는데, 그때 오면 버밋사 골짜기를 자유롭게 돌아다닐 수 있도록 해주겠네."

제10장_ **버밋사 341지부**

다음날, 맥머드는 약속대로 제이콥 새프터의 하숙집을 나와 시내 외곽에 있는 맥나마라 부인의 하숙집으로 옮겨갔다. 열차 안에서 만났던 스캔런이 버밋사로 옮겨와 두 사람은 같은 하숙집에 머물게 되었다. 그 집엔 다른 하숙인이 없어 단 둘뿐이었다. 게다가 하숙집 주인은 느릿느릿한 아일랜드 노파로 말도 거의 하지 않아 두 사람에 겐 비밀이 새나가지 않을 수 있을 만큼 편하고 자유로웠다. 제이콥 새프터도 맥머드에게 나쁜 감정 없이 가끔 집에 식사하러 오라고 말해 그는 에티를 만나러 갈 수도 있었다. 두 연인의 사이는 점점 더 가까워졌다.

이 하숙집에서는 지폐 위조 기계를 사용해도 위험이 없겠다고 생각한 맥머드는 지부의 동지들에게 비밀을 약속 받고 그 기계를 보여주었다. 동지들은 모두 위조 지폐를 받았는데, 그건 시내 어디서나 전혀 의심을 받지 않고 잘 통용될 만큼 기가 막히게 제작되었다. 그정도 기술을 갖고 있으면서 맥머드가 왜 기껏 경리 일 따위를 하고 있는지 동지들은 이해할 수 없었다. 그러나 그의 생각은, 직업도 없이 빈둥거리고 있으면 경찰에 쉽게 의심을 받을 수 있기 때문이었다.

그런데 이미 경찰이 그의 뒤를 쫓고 있었다. 하지만 어떤 사건 때문에 다행히 위험한 일은 없었고 반대로 아주 좋은 일이 있었다. 그는 매긴티를 만난 후로 거의 날마다 술집에 들르곤 했다. 거기서 '아이들' 과도 사귀게 되었는데, '아이들' 은 그곳에 오는 단골 패거리들끼리 서로를 친근하게 부를 때 쓰는 호칭이었다. 그들 사이에서 맥머드는 대담하고 호쾌한 말솜씨로 인기를 한몸에 받았다. 그리고 싸울 때도 노련한 솜씨로 상대를 가볍게 제압했기 때문에 그들의 존경심까지 차지했다. 그러나 그의 명성이 최고로 올라가게 된 건 다른 일 때문이었다.

어느날 밤, 술집이 문을 닫으려 하는데 광산 경찰관 한 명이 들어왔다. 광산 경찰관들은 광산 주인이 고용한 특수 경찰들로서, 이 지역의 조직폭력배들을 당해내지 못하는 일반 경찰들을 돕는 임무를 띠고 있었다. 그가 들어서자 남아있던 모든 사람들의 시선이 그리로 쏠렸다. 매긴티는 그를 보고도 전혀 놀라지 않았다.

"위스키 스트레이트로 한 잔! 오늘 밤은 하도 추워서 견딜 수가 없구면."

그가 카운터로 다가와 말했다.

"처음 뵙겠습니다, 의원님."

"아, 새로 온 대장님이시군요?"

"그렇습니다, 의원님. 당신과 몇몇 분들 덕분에 이 지역의 질서가 잘 지켜지고 있는 것 같군요. 저는 머빈 대장이라고 합니다."

"머빈 대장님, 당신이 안와도 별 문제 없을 텐데요. 시내에도 경찰이 있는데 당신들이 왜 필요해요? 당신들은 자본가들을 위해 일하는 거 아니에요? 그들을 보호하려고 애꿎은 시민들을 마구 때리고 죽이고 하는 것밖에 뭘 하는 게 있죠?"

매긴티가 냉정하게 쏘아붙였다.

"아 잠깐 잠깐, 그런 얘기는 그만 하시죠. 우리는 해야 할 임무를 충실히 하고 있다고 생각하지만 사람들은 각자 다르게 보겠죠."

경관은 무덤덤한 투로 말했다. 그리고 술잔을 비운 다음 막 나가려 하다가 바로 옆에 인상을 쓰고 앉아있던 존 맥머드에게 시선이 갔다.

"아니, 누구야! 아는 사람이 있었네!"

그는 맥머드를 위 아래로 훑어보며 말했다.

맥머드는 시큰둥하니 대꾸했다.

"경찰 나부랭이 중에 친구는 없는데."

"안다고 다 친구는 아니지."

경관이 비웃듯 웃었다.

"자네 시카고에서 온 존 맥머도 맞지? 잡아뗄 생각은 말고."

맥머도는 어깨를 치켜올렸다.

"그럴 생각 없는데? 내가 창피해 할 거라 생각하시오?"

"창피할 이유가 분명히 있지 않나?"

"그게 무슨 소리지?"

맥머도는 주먹을 힘껏 쥐고 소리쳤다.

"소용 없어, 존. 소리 질러봐야 아무 소용 없어. 여기로 오기 전에 내가 시카고 경찰에 있었거든. 얼굴 기억 나네."

맥머도의 안색이 침침해졌다.

"당신이 시카고 중앙경찰서의 머빈은 아니겠지!"

"내가 그 테디 머빈이야. 조너스 핀트 살인 사건은 아직 잊지 않았겠지?"

"그건 내가 한 게 아니야!"

"자네가 한 게 아니라고? 아주 훌륭한 증언이구먼! 하여튼 그자가 죽어서 자네한테는 아주 다행이었지. 안 그랬다면 위조 지폐범으로 당장 체포됐을 테니까. 뭐 다 지나간 일이니까 잊어버려. 왜냐하면 우리끼리 얘기지만…… 사실 직무상 이런 말은 하면 안 되는데…… 그때 사건은 증거 불충분으로 내일 시카고로 돌아간다 해도 아무 문제가 없어."

"나는 여기가 좋아요."

"지금 방법을 일러주었는데도 아무 반응이 없구먼!"

"뭐, 고맙게 생각하죠."

하지만 맥머드의 말투나 표정엔 고마운 마음이 하나도 없었다.

"자네가 앞으로 부끄럽지 않게 산다면 나도 아무 말 하지 않겠네. 하지만 분명히 말하는데, 또다시 그런 짓을 하면 그때는 가만 있지 않을 거야! 자 또 보세."

경관은 술집을 떠났다. 그때 맥머드는 이미 이 지방의 영웅이 돼 있었다. 그가 시카고에서 한 일에 대한 소문은 벌써부터 떠돌아다니고 있었다. 하지만 그는 칭찬이 됐든 비판이 됐든 사람들에게서 어떤 소리도 듣고 싶지 않아 일체 아무 대꾸도 하지 않았다. 그런데 지금 경관이 그 사건에 대해 확실히 밝혀준 것이었다. 주위에서 듣고 있던 사람들이 모두 맥머드에게 다가와 악수를 청했다. 그때부터 그는 어딜 가나 알아봐주는 사람이 되었다.

토요일 밤 맥머드는 단원으로 가입하기 위해 지부를 찾아갔다. 시카고에서 이미 입단을 했는데도 이곳 버밋사에서는 새로 의식을 치러야 한다고 했다. 버밋사의 단원들은 그걸 자랑스럽게 생각하고 있었다. 이곳 단원들은 60명 정도 됐는데, 골짜기 전체에 지부가 여러 개 있어 전부 합하면 총 500명 가량 되었다. 버밋사 단원들은 조합 건물 내에 있는 큰 회의실에 모였다. 지부장인 매긴티가 한가운데에 자리를 잡고, 한쪽엔 술과 컵들이 준비돼 있었다. 넓은 검정색 벨벳 모자에 화려한 자주색 예복을 걸치고 있는 매긴티는 악마의 의식을 거행하는 주술사처럼 보였다.

그의 양쪽으로는 간부들이 앉아있는데, 테드 볼드윈의 냉혹한 얼굴도 끼어있었다. 그들 또한 직책에 따라 목도리와 휘장을 달고 있었다. 간부들은 나이가 좀 들었지만 나머지 단원들은 보통 18세에서 25세 정도 되는 팔팔한 젊은이들이었다. 그래서 뭐든 명령만 내리면 못할 게 없는 솜씨 좋은 행동대원들이었다. 이들 중 살인을 일삼는 갱들은 얼마나 더 '깨끗이 해치울 수 있는지'를 자랑으로 여기고 그걸로 유명해지고 싶어했다. 살인 사건이 일어나도 무기력한 경찰들은 증인 하나 찾아내지 못하지만 이들은 확실한 증인을 얼마든지 내세울 수 있고 자금 사정도 좋기 때문에 가장 능력있는 변호사를 살 수도 있었다. 그래서 10년간 마음대로 휘저으며 폭력을 써왔지만 누구 한 사람 재판을 받은 적이 없었다. 이들 단체를 위협하는 두려운 존재가 있다면 그건 피해를 당한 당사자뿐이었다. 이들이 떼거리로 몰려가 습격을 한다 해도 피해자는 언젠가 복수할 기회를 노리기 마련이고, 실제로 그런 일도 있었기 때문이다.

입단을 하려면 통과의례를 거쳐야 한다는 말은 들었지만 맥머드는 그게 어떤 것인지 모르고 있었다. 그는 두 명의 동지를 따라 잠시 옆방으로 갔다. 칸막이를 통해 간부들이 의논하는 소리가 낮게 울려왔다. 아마도 그의 입단 자격을 심사하는 것 같았다. 한참 후 파란색과 금색 띠를 가슴에 두른 단원 하나가 들어왔다.

"지부장 명령이다. 밧줄로 묶고 눈을 가린 다음 나를 따라오시오."

세 사람은 맥머드의 웃옷을 벗기고 오른팔에 밧줄을 감아 맸다. 그리고 얼굴에 검은 두건을 깊숙이 씌우고는 다시 옆 회의실로 데리고 갔다. 두건 때문에 사람들의 소리가 잘 들리지 않았다. 매긴티의 목소리도 겨우 들릴 정도였다.

"존 맥머드, 대자유인 단체에 이미 가입했다고 했나?"

그는 고개만 끄덕였다.

"시카고 29지부가 맞나?"

그는 또 고개를 끄덕였다.

"어두운 밤은 불쾌하다."

매긴티가 말했다.

"그렇다. 낯선 곳을 여행할 때는."

맥머드가 대답했다.

"검은 구름이 가득 덮여있다."

다시 매긴티의 목소리였다.

"그렇다. 폭풍우는 멀지 않다."

맥머드가 다시 대답했다.

"자 동지들, 이제 됐나?"

매긴티가 물었다.

이미 약속돼있는 듯 모두들 좋다고 대답했다.

"자네가 암호를 대답함으로써 우리의 동지라는 걸 확인했다. 그러나 한 가지 더 통과해야 할 게 있다. 우리 지부에서는 용감한 사나이를 뽑는 시험을 치른다. 시험에 응할 생각이 있나?"

"있습니다."

"용기는 있는가?"

"있습니다."

"앞으로 나와 증명해 보여라."

순간 뭔가 단단하고 날카로운 것이 눈 앞에 쑥 다가오는 것이 느껴져 앞으로 나갔다가는 눈을 다칠 것 같았다. 그래도 그는 용기를 내 과감히 한 걸음 내디뎠다. 동시에 그 위험물체도 사라지는 게 느껴졌다.

"꽤 담력이 있는데."

지부장 매긴티가 말했다.

"고통을 견뎌낼 수 있나?"

"남들만큼은 견딜 수 있습니다."

"시험해봐라!"

갑자기 팔에 심한 고통이 내리쳤다. 너무나 아파 기절할 것만 같았지만 그는 비명도 지르지 않고 그대로 서있었다.

"좀 더 세게!"

매긴티가 다시 말했다.

그런데 칭찬의 소리가 여기저기서 들려왔다. 입단식 할 때 이렇게 의젓한 태도를 보인 사람이 이제껏 없었던 것이다. 동지들이 한결같이 맥머드의 등을 두드리며 두건을 벗겨냈다. 그는 빙긋이 웃고 있을 뿐이었다.

그때 매긴티가 말했다.

"맥머드, 마지막으로 한 마디 더 하겠다. 자네는 방금 비밀과 충성을 맹세했다. 만약 그걸 위반하게 되면 죽음이 기다리고 있다는 걸 알고 있겠지?"

"네. 알고 있습니다."

"그리고 어떤 상황이든 내 명령에 복종하겠나?"

"네, 복종하겠습니다."

"그럼 이제 버밋사 341지부에 입단이 결정됐고, 특권과 발언권을 주겠다. 자 스캔런 동지, 테이블에 술을 놓게. 우리의 용감한 동지를 위해 축배를 들어야 할 시간이네."

누군가가 맥머드에게 웃옷을 가져다 주었다. 그는 아까 충격을 받았던 오른팔을 살펴보았다. 아직도 쑤시고 욱신거렸다. 가만 보니 동그라미 안에 세모 모양이 그려진 낙인이 벌겋게 찍혀 있었다. 옆에 있는 다른 동지들이 소매를 걷어올리고 똑같은 낙인을 보여주었다. 그러면서 한 사람이 말했다.

"우리도 다 있다네. 그런데 찍힐 때 자네처럼 대담한 사람은 못봤어."

"이 정도는 아무것도 아니지."

맥머드는 그렇게 말했지만 사실은 불로 지지듯 아팠다.

술잔을 비운 다음 단원들은 회의를 하기 시작했다. 시카고에서는 단순한 모임만을 했기 때문에 맥머드는 귀를 기울이며 놀라면서 열심히 들었다.

매긴티가 먼저 토의 내용을 꺼냈다.

"첫번째 사항은 머튼 마을 249지부의 지역장인 윈들에게서 온 편지에 대해서인데, 내용은 이렇다네."

근처에 살고 있는 레이 앤드 스타매시 탄광회사의 주인인 레이를 없애기로 했음. 지난 가을, 순찰 경관 문제 때문에 단원 두 명을 보낸 걸 기억하실 줄로 알고 있음. 그래서 답례로 용감한 두 사람을 보내주시면 경리부의 히긴즈가 인수할 것임. 여기 주소는 알고 계실 줄로 생각됨. 날짜와 장소는 우리 쪽에서 지시할 것임.

대자유인단 지역장
J. W. 윈들

"윈들은 우리가 협조를 요청할 때마다 한 번도 거절한 적이 없었어. 그래서 우리도 거절할 수는 없네."

매긴티는 음흉한 눈빛으로 단원들을 향해 물었다.

"자원할 사람 있나?"

몇 사람이 손을 들었다. 매긴티는 만족한 표정으로 그들을 쳐다보았다.

"호랑이 코맥? 그래 좋지, 지난번처럼 하면 성공할 거야. 그리고 월슨, 너도 잘할 걸로 믿는다."

"저는 권총이 없습니다."

월슨이 말했는데, 녀석은 아직 10대 나이였다.

"너 이런 일 아직 안 해봤지? 그래 언젠가는 피 냄새를 맡아야 된다. 네 나이면 시작하기 딱 좋지. 권총은 그쪽에서 준비할 거다. 자그럼, 월요일에 떠나도록 해라. 잘 마치고 돌아오면 축하를 베풀어주겠다."

"이번에도 상금 있는 겁니까?"

코맥이 물었다.

그는 작은 키에 거무스름한 얼굴을 한 청년인데, 워낙 성질이 포악해 호랑이로 불리고 있었다.

"특별한 상금은 없다. 명예로운 일로 생각하고 하면 좋을 것이다. 하지만 성공적으로 끝내면 2, 3달러 정도 주겠다."

"근데 그 사람이 무슨 짓을 했습니까?"

어린 윌슨이 물었다.

"그건 네가 알 필요 없어. 저쪽에서 그놈을 없애기로 결정한 거니까 우리는 요구대로만 해주면 되는 거야. 무슨 이유건 우리는 알 것 없어. 저쪽도 우리가 부탁했을 때 군말 없이 해줬으니까 말이야. 그리고 다음 주에 머튼 지부에서 단원 두 명이 이곳으로 와 한 가지 일을 해주기로 했네."

"누가 오는 겁니까?"

한 사람이 물었다.

"그런 건 묻지 않는 게 좋지. 아는 게 없으면 아무것도 증언할 수 없고, 그러면 성가신 일도 피할 수 있으니까 말이야. 아무튼 일을 잘 처리할 사람이 오겠지."

"아주 좋은 기회인데요?"

테드 볼드윈이 말했다.

"요즘 골치 아픈 녀석들이 좀 있거든요. 지난 주만 해도 우리 단원

세 명이 탄광 팀장인 브레이커에게 해고당했어요. 안 그래도 그 자식 오래전부터 손봐주고 싶었는데 이번에 제대로 갚아줘야 할 것 같습니다."

"뭘로 갚겠다는 거지?"

맥머드가 옆 단원에게 조용히 물었다.

"사슴 잡는 총으로 한다네. 어떻게 생각하나?"

"훌륭한데. 팔팔한 젊은 사람들에겐 딱 좋지."

맥머드가 대답했다. 그의 범죄적인 두뇌는 벌써 다 파악하고 있었다. 옆에 있던 사람들이 그의 말을 듣고는 감탄했다.

"무슨 일이지?"

매긴티가 웅성거리는 소리에 물었다.

"새로 들어온 동지가 우리 방식을 좋다고 해서요."

한 사람이 대답했다. 그러자 곧 맥머드가 일어나 말했다.

"지부장님, 만약 도움이 필요한 일이 있으면 저를 시켜주십시오. 지부를 위해서라면 명예로 생각하고 하겠습니다."

사람들이 모두 박수를 쳤다. 새로운 태양이 지평선에 떠오르기 시작하는 것 같았다. 그러나 몇몇 사람들은 그를 좀 못마땅해 하는 표정이었다. 마침내 지부장의 비서인 핼러웨이 노인이 매처럼 무서운 얼굴로 입을 열었다.

"내가 한 마디 하겠는데, 맥머드 동지는 지부에서 지시가 있을 때까지 잠자코 있는 게 좋겠네."

"네, 물론입니다. 모든 건 지부에 맡기겠습니다."

"단원으로 있으면 기회는 충분히 있네, 동지. 난 자네가 자원해서 할 사람이라고 이미 생각하고 있었네. 잘 해낼 것으로 믿고 있지. 그리고 참 오늘 밤에 도와줄 일이 하나 있는데 괜찮겠나?"

지부장이 말했다.

"좋은 일이라면 뭐든 하겠습니다."

"어쨌든 오늘 밤에 하는데, 우리가 어떤 좋은 일을 하는지 보게 될 거네. 그리고……."

그는 다시 토의로 넘어가기 위해 서류를 들여다보았다.

"일단 회계과는 은행 예금 잔고를 보고하기 바라네. 짐 캐너웨이 미망인에게 조의금을 보내야 하니까. 짐이 순직을 한 이상 우리는 그의 미망인이 살아갈 수 있도록 돌봐야 할 의무가 있네."

"짐은 지난 달에 말레이 골짜기에서 체스터 윌콕스를 죽이려다 사살되었다네."

맥머드의 옆에 있는 남자가 설명을 해주었다.

예금 서류를 펼쳐놓고 회계 직원이 대답했다.

"현재 자금은 충분히 있습니다. 회사들이 돈을 잘 보내온 덕분입니다. 맥스 린더 회사는 조용히 내버려 달라면서 500달러를 냈습니다. 워커 브러더즈는 100달러를 보내왔는데, 제가 돌려주면서 500달러를 보내라고 요구했습니다. 수요일까지 응답이 없으면 권양기를 부숴버릴 겁니다. 작년에도 그래서 쇄광기를 태워버렸더니 그때야 알아듣더라고요. 그리고 서부 지구 석탄회사는 예년과 같은 액수를 냈습니다. 그래서 지금은 충분히 지불할 수 있는 형편입니다."

"아치 스윈든 소식은 있나요?"

한 단원이 물었다.

"탄광을 팔고 도망쳤어요. 여기서 협박받으며 사는 것보다 뉴욕으로 가서 마음 편하게 청소부라도 하는 게 낫겠다고 편지를 보내놓고 말이죠. 그런데 편지가 우리한테 도착하기 전에 도망치고 말았어요. 개새끼! 이젠 두 번 다시 이 지역에 발도 들여놓지 못 하겠죠."

그때 지부장 건너편에 앉아있던 인상 좋은 한 중년 남자가 일어나 회계 직원에게 말했다.

"몇 가지 물어보고 싶네. 그 탄광을 산 사람은 누군가?"

"탄광은 스테이트 머튼 마을에 있는 철도회사에서 샀어요, 모리스 동지."

"그리고 작년에 팔려고 내놓았던 토트먼 앤 리 광산은 누가 샀나?"

"그것도 같은 회사에서 샀어요."

"그럼 얼마 전에 문 닫은 맨슨, 슈먼, 반 데어, 애트우드 같은 제철소는 누가 샀나?"

"그것들은 웨스트 길머튼 회사가 한꺼번에 다 인수했어요."

지부장이 끼어들어 한 마디 했다.

"모리스 동지, 누가 샀든 상관 없지 않소? 그 회사들을 다른 지역으로 가지고 갈 수도 없을 테니까 말이오."

"지부장님, 그건 우리에게 중요한 문제입니다. 벌써 10년 전부터 이런 일이 벌어지고 있는데요. 우리가 중소기업들의 경영을 마비시키고 있는 겁니다. 결과가 어떤지 보십시오. 중소기업들을 모두 제너럴 아이언 같은 큰 회사가 사들이고 있지 않습니까? 거기 고위 간부들은 뉴욕이나 필라델피아 같은 곳에 있으면서 우리가 협박을 해도 눈 하나 깜박하지 않습니다. 여기에 있는 책임자들은 힘이 없죠. 그러다 귀찮은 일이 생기면 다른 사람으로 교체되고요. 그렇게 되면 우리는 스스로 위험을 자초할 수 있습니다. 우리가 자기네들에게 방해가 된다고 결론내리면 그들은 비용을 아끼지 않고 우리를 재판으로 몰고 갈 것입니다. 하지만 중소기업들은 힘이 없으니까 우리가 너무 귀찮게만 안 하면 여기서 도망치지는 않을 겁니다."

회의실은 쥐죽은 듯 가라앉았고 단원들은 모두 말을 잃은 채 어두운 표정이 되었다. 지금까지 멋대로 휘둘러 오면서 누구에게 보복을 당한다는 건 생각도 하지 않았기 때문이다. 하지만 막상 상황이 그렇다는 걸 듣고나자 겁 없던 남자들도 가슴이 서늘해졌다.

그 중년 남자는 계속 말을 이었다.

"그래서 난 중소기업들을 너무 몰아붙이지 않는 게 좋겠다고 생각합니다. 그들이 전부 쫓겨나게 되면 우리 단체의 힘도 약해지니까요."

그러나 불편한 진실은 환영받지 못하는 법. 그의 말이 끝나자 곧 벼락같은 소리가 터졌다. 매긴티가 무서운 표정으로 자리에서 일어났다.

"모리스 동지, 자네는 항상 비관적이야. 우리가 힘을 합치면 미국 땅에서 우리를 건드릴 놈은 아무도 없어. 그동안 법정에서도 몇 번

겪지 않았나? 대기업들도 우리와 싸우느니 차라리 돈을 내는 게 덜 피곤하다고 생각하게 될 거네. 자 그럼, 동지 여러분."

매긴티는 내뱉듯 말하며 모자와 예복을 벗었다.

"회의는 여기서 끝내세. 그리고 작은 문제가 하나 남아있는데 이따가 돌아갈 때 얘기하겠네. 그럼 이제 즐기면서 서로 우애를 나누기 바라네."

인간은 참 알 수 없는 동물이다. 이들에게는 살인이 별로 대수로운 일도 아니어서 멀쩡한 사람을 수없이 죽이고 슬픔에 빠진 그 가족들을 보면서도 손톱만큼의 동정심도 느끼지 않으면서 애절한 노래 한 곡에는 감동을 하고 눈물을 흘렸다. 맥머드는 테너 목소리로 노래도 뛰어나게 잘했다. 그에게 호감을 갖지 않은 동지들도 그가 '메어리여, 나는 계단에 앉았다' 와 '아랑의 강기슭에서' 를 부르고 나자 생각이 달라졌다. 맥머드는 입단 첫날부터 모든 동지들에게서 인기를 얻었다. 앞으로 탄탄대로를 보장받은 셈이었다. 그러나 훌륭한 대자유인 단체의 단원이 되려면 사교성뿐 아니라 여러 가지 자질을 갖추어야 했다. 그는 그날 밤에 자격이 있다는 걸 보여주었다. 술잔이 돌며 모두들 취할 무렵, 지부장이 일어나 그들에게 알렸다.

"자 동지들, 오늘 밤 이 도시에서 쫓아내야 할 사람이 하나 있네. 헤럴드 신문의 제임스 스탱거인데, 이 녀석이 우리 일에 대해 함부로 지껄이고 있다는 건 다들 알고 있겠지. 그자를 손보는 게 자네들의 임무네."

여기 저기서 웅성거리며 동의하는 소리가 들려왔다. 매긴티는 주머니에서 잘라낸 신문조각을 꺼냈다.

"자, '법과 질서'라는 제목의 기사를 내가 읽어보겠네. '석탄과 철광 광산 지역엔 늘 공포가 드리워져 있다. 이 지방에 범죄 조직이 있다는 걸 여실히 증명해보인 그 최초의 암살사건이 일어난 지도 벌써 12년이 지났다. 그때부터 이 지역에서는 폭력행위가 그치지 않고 일어나고 있으며, 근래에 와서 더욱 더 극성을 부려 문명사회라는 말이 무색할 지경에 이르고 있다. 오늘날처럼 성숙한 미국사회에서 이러한 무법천지의 행태를 바라만 보고 있을 것인가? 우리는 그 조직의 이름과 그들이 활개를 치고 있다는 걸 알고 있다. 언제까지 우리는 그걸 모른 척 하고 있어야 하나? 우리가 살아있는 한……' 하소연하는 소리는 알 필요 없어."

매긴티는 그 신문 조각을 테이블 위로 던져버렸다.

"이 녀석을 어떻게 하면 좋을지 말해보시오."

"죽여버립시다!"

여러 사람이 큰 소리로 말했다.

"나는 반대해요."

아까 반대했던 모리스가 또 나섰다.

"감히 말하지만 우리가 이 지방에서 하는 방법은 너무 가혹합니다. 언젠가는 시민들이 전부 단결해 우리를 공격할 거예요. 제임스 스탱거는 나이가 많이 든 데다 이 지역에서는 상당히 존경받는 사람이고, 게다가 그 신문은 중산층이 지지를 하고 있어요. 만약 그가 우리한테 살해됐다는 게 알려지면 우리는 결국 이 지방에서 끝장일 겁니다."

"아니, 시민들이 어떻게 우리를 파멸시킨다는 건가, 겁쟁이 동지?"

매긴티가 버럭 소리를 질렀다.

"경찰의 도움으로? 맞나? 경찰들 절반은 우리가 먹여 살리고, 나머지 절반은 우리를 두려워 하고 있는데 그게 가능할까? 아니면 법원과 판사들한테 도움을 요청할까? 그건 이미 여러번 겪어봐서 알지만 그들도 별 힘이 없어서 조용히 잘 끝났잖은가!"

"판사 중엔 린치라는 사람도 있어요."

모리스가 말했다. '린치' 라는 말에 모두들 짜증 섞인 몇 마디를 뱉어냈다.

매긴티도 소리쳤다.

"내가 손가락 하나만 까딱하면 한 200명은 족히 달려와서 이 시내를 확 쓸어버릴 걸세."

그는 목소리를 더 높이며 시커먼 눈썹을 씰룩거렸다.

"이보게, 모리스 동지, 가만 보니까 자네는 용기가 없구먼. 거기다 다른 사람의 용기까지 꺾고 있어. 모리스 동지, 자네를 협의 대상으로 거론하는 건 즐거운 일이 아니겠지? 그런데 어쩌면 그렇게 될지도 모르겠네."

모리스는 얼굴이 하얗게 변하며 쓰러지듯 의자에 털썩 앉았다. 그러고는 간신히 잔을 집어들어 입을 축였다.

"지부장님, 제가 너무 경솔하게 말했다면 모든 동지들께 사과드립니다. 저는 이제까지 단원으로서 충실히 해왔습니다. 모두들 아실 거라고 생각합니다. 제가 말씀드린 건 어디까지나 우리 지부를 걱정해서입니다. 하지만 지부장님의 판단에 따르겠습니다. 그리고 앞으로 걱정 끼치는 말은 하지 않겠습니다."

모리스가 굴복하자 지부장의 고약한 표정도 금방 사라졌다.

"그럼 알겠네, 모리스 동지. 자네를 처벌해야 하는 상황이 벌어진다면 심히 유감일 걸세. 내가 이 자리에 있는 동안은 모든 단원들이 일치단결하기를 바라네. 자 그럼 여러분, 분명한 건, 우리가 스탱거를 따끔하게 손봐주게 되면 귀찮은 일이 많이 생길 거라는 거야. 언론들은 서로 뭉쳐 경찰과 군대가 나서기를 분명히 주장할 거고 말이야. 그러니까 우리는 그들을 위협하는 정도로 해보는 거야. 볼드윈 동지, 자네가 하겠나?"

"네, 물론입니다!"

볼드윈이 진지하게 대답했다.

"몇 명 정도 있어야 하나?"

"여섯 명 정도요. 그리고 문에서 지키는 사람 두 명이 필요합니다. 가우어, 맨슬, 스캔런, 그리고 윌러비 형제도 같이 가세."

"맥머드에게도 내가 부탁했네."

지부장이 말했다. 하지만 볼드윈은 아직 감정이 사라지지 않은 눈빛으로 맥머드를 쳐다보았다.

"오고 싶으면 따라 오게."

볼드윈이 내뱉듯 말했다.

"좋아. 신속하게 일을 처리하는 게 최선이지."

모두 격려의 말을 하며 그날 모임은 거기서 끝났다. 임무를 맡은 사람들은 몇 명씩 함께 거리로 나와 걷기 시작했다. 밤 날씨가 무척 춥고 하늘엔 반달이 밝게 떠있었다. 그들은 높은 건물 맞은편에 있는 공터로 갔다. 건물은 불이 훤히 켜있으며 '버밋사 헤럴드'라는 금색 간판이 붙어있었다. 인쇄기 돌아가는 소리가 밖에서도 들렸다.

볼드윈이 맥머드에게 말했다.

"자네는 입구에서 아무도 못 들어오게 철저히 지키고 있어."

그는 다른 대원들에게도 말했다.

"아더 윌러비도 맥머드랑 같이 지키고, 다른 사람들은 모두 나와 같이 간다. 걱정할 건 없어. 우리가 이 시각에 술집에 있었다는 걸 열 댓 명쯤은 증언해줄 테니까."

한밤중이라 거리는 조용하며 술 취한 사람 몇 명만이 보일 뿐이었다. 그들은 길을 건너 신문사로 들어가 바로 앞에 있는 계단으로 뛰어올라갔다. 맥머드와 윌러비가 아래층에서 지키고 있는데, 금방 위에서 비명소리가 들려오며 물건이 넘어지는 등 요란한 소동이 일어났다. 잠시 후 계단 위로 회색 머리칼의 남자가 보이더니 뒤쫓아 온 악당들에게 붙잡혀 안경이 떨어지며 아래로 굴러내려왔다. 남자는 곧 고꾸라졌고 악당들이 각목으로 그를 때리기 시작했다. 그리고 잔인한 눈빛의 볼드윈이 몸부림치는 남자의 머리를 힘껏 내리쳤다. 머리털 사이로 피가 흘러내렸다. 그때 맥머드가 계단을 뛰어올라가 볼드윈을 밀쳐냈다.

"사람 죽이게 생겼구먼! 각목 버리지 못해!"

맥머드가 고함을 치자 볼드윈이 어이없다는 표정으로 그를 쳐다보았다.

"이 개새끼! 풋내기가 어디서 까불어!"

볼드윈은 소리치며 각목을 들어올렸다. 그 순간 맥머드는 이미 권총을 빼들고 있었다.

"나한테 덤벼들면 네놈 얼굴을 부숴버릴 테니까 한 번 해보시지! 이 사람을 죽이지는 말라고 지부장이 명령하지 않았나! 그런데 지금 뭐하는 짓이야!"

"맥머드 말이 맞아."

일당 중 한 명이 말했다.

"큰일 났어, 서둘러!"

아래층에 있는 월러비가 소리쳤다.

"근처 집들에 불이 켜지고 있어. 5분이면 사람들이 몰려들 거야."

그런데 이미 길에서 사람들 소리가 들려오고, 인쇄공들이 건물 1층으로 몰려들기 시작했다. 폭도들은 쓰러진 남자를 내팽개치고 건물 밖으로 도망쳐 나갔다. 그들은 술집 앞까지 가서 그 중 한 명이 안으로 들어가 매긴티에게 성공했다는 걸 조용히 알렸다. 그리고 모두들 집으로 돌아갔다.

제11장_ 공포의 골짜기

아침에 눈을 뜨자마자 맥머드는 어제 있었던 입단식 생각이 났다. 머리가 아프고 낙인 찍힌 팔도 쑤시면서 부어올라 있었다. 따로 수입이 있는 터라 그는 근무지에 매일 나가지 않아도 되었다. 그날도 느지막이 아침을 먹은 뒤 그는 집에서 친구에게 편지를 썼다. 그러고는 헤럴드 신문을 펼쳤는데, '헤럴드 사 폭도들에게 피습, 편집장 중상'이라는 큰 제목부터 눈에 들어왔다. 기사 끝부분에 이런 설명이 있었다.

이 사건은 현재 경찰의 조사 중에 있지만 어떤 가시적인 성과를 끌어낼 수 있을지는 아직 미지수다. 용의자 가운데 인상 착의가 확인된 사람도 유죄 판결을 받아낼 가능성이 있다. 이 사건의 배후엔 이 지역의 악명 높은 결사단이 있으며, 이 조직에 대해 헤럴드 지가 강경한 입장을 보여왔기 때문에 이번 사건이 발생한 것으로 추측하고 있다. 편집장 스탱거 씨는 심한 구타를 당해 머리에 중상을 입었지만 생명이 위독할 정도는 아니다.

그러고는 광산 경찰대가 윈체스터 총으로 무장한 채 헤럴드 사를 경계하고 있다고 씌어있었다. 맥머드가 신문을 놓고 과음 때문에 떨리는 손으로 파이프에 막 불을 붙이려고 하는데, 하숙집 주인이 문을 열고 편지 하나를 건네주었다. 편지엔 보낸 사람의 이름도 없이 아래와 같이 적혀 있었다.

말할 게 있는데 자네 하숙집에서는 좀 곤란하고, 밀러 언덕의 깃대 있는 곳으로 오기 바라네. 자네와 나 모두에게 아주 중요한 일이네.

맥머드는 무척 놀라며 편지를 몇 번이나 읽어보았다. 그러나 그게 무엇을 뜻하는 건지, 누가 보낸 것인지도 도무지 알 수 없었다. 여자 글씨체도 아니고 분명 남자 글씨인데, 상당히 교육 받은 사람의 냄새가 났다. 그는 약간 망설이다가 결국 일어났다.

밀러 언덕은 시내 한복판에 있는데, 잘 가꾸어지지 않은 작은 공원이었다. 여름에는 사람들이 많이 가지만 겨울엔 썰렁했다. 맥머드는 가로수가 쭉 늘어선 길을 따라 지금은 모두 문을 닫은 음식점 거리로 갔다. 큰 깃대 아래에 모자를 쓰고 코트 깃을 세운 한 남자가 서있었다. 어젯밤에 지부장을 화나게 한 모리스 동지였다. 둘은 대자유인 단체의 암호를 주고 받았다.

"맥머드, 자네에게 해두고 싶은 말이 있네."

그의 태도로 보아 뭔가 위험한 일이 있는 것 같은 분위기였다.

"아무튼 와줘서 고맙네."

"왜 편지에 이름을 안 쓰셨나요?"

"조심해야 하기 때문이네. 무슨 일로 어떻게 보복을 당할지 알 수가 없거든. 누구를 쉽사리 믿을 수도 없고 말이야."

"동지는 믿을 수 있지 않나요?"

"아니야. 그것도 단언할 수 없어."

모리스는 신중한 어투로 말했다.

"심지어 우리가 무슨 말을 하고 무슨 생각을 하는지도 지부장 귀에 다 들어가는 것 같더라고."

모리스의 말에 맥머드는 짜증이 났다.

"모리스 씨, 당신도 알다시피 내가 지부장에게 충성을 맹세한 건 겨우 어젯밤이에요. 지금 나더러 그 맹세를 깨트리라는 겁니까?"

모리스가 외로운 표정으로 말했다.

"자네 생각이 그렇다면 나로서는 더 말하지 않겠네. 여기까지 나오라고 해서 미안하네. 자유로운 두 시민이 서로의 생각을 얘기할 수 없다는 게 정말 유감스럽네."

맥머드는 모리스를 가만히 쳐다보다가 감정이 좀 가라앉았다.

"사실 내 입장이 그렇거든요. 그리고 당연한 거지만 난 이제 막 입단을 해서 아무것도 모르고 있어요. 그러니까 모른 체 하고 가만히 있는 게 낫겠죠. 무슨 얘기를 하려고 했는지, 자 해보세요."

"하지만 매긴티 지부장에게 일러바치면?"

"아니, 나를 그렇게 봐요? 난 다른 사람의 비밀을 함부로 퍼트리는 그런 비열한 사람은 아니에요. 그것에 동조하지는 못하더라도 다른 사람에게 말하지는 않죠."

"동조해달라는 건 아니네. 하지만 자네한테 이 얘기를 하게 되면 내 목숨이 위험해지지. 가만 보니 자네도 위험천만한 인물이 될 소질이 다분히 있더구먼. 그래도 아직 이쪽 물을 덜 먹었으니까 양심마저 무감각하지는 않을 거라고 생각되네. 그래서 자네와 얘기를 하고 싶었던 걸세."

"네, 얘기하세요."

"배신하지 않겠지?"

"말하지 않겠다고 했잖소!"

"그렇다면, 자네가 시카고에서 대자유인 단체에 들어가 충성을 맹세했을 때, 그런 활동이 곧 범죄와 연결된다고는 생각하지 않았나?"

"글쎄요, 그런 것도 범죄라고 한다면……."

"뭐라고? 그런 것도 범죄라고 한다면? 그럼 어젯밤에 자네보다 한참 나이 많은 사람이 머리에서 피가 나오도록 두들겨 맞았는데, 그게 범죄가 아니란 말인가? 그러면 뭐가 범죄지?"

"투쟁하는 거라고 볼 수도 있죠. 두 계급 간의 충돌 말입니다. 그런 경우 서로가 한치의 양보도 없이 맞붙는 거죠."

"시카고에 있을 때도 그런 생각을 했었나?"

"아니오. 그런 생각은 안 했어요."

"나도 필라델피아에서 처음 이 단체에 들어갔는데, 그때는 이런 생각을 안 했었지. 거기는 그냥 공제조합 같은 곳으로 친목회나 다름 없었으니까. 그러다 우연히 이곳 얘기를 듣고는 마침 변화도 좀 필요하고 해서 여기로 왔다네. 그런데 그때 생각을 하면 지금도 화가 치밀어. 아내와 아이들 셋까지 끌고 왔으니 말이야. 처음엔 시장에서 원단 가게를 열어 한동안 잘 나갔었지. 그러다가 자네처럼 지부에 들어가게 됐던 걸세. 이제 내 팔에는 돌이킬 수 없는 낙인이 찍혀있고, 마음엔 더 큰 치욕의 상처가 남게 됐네. 어떻게 해야 할지 모르겠어. 지부를 위해 무슨 말을 해도 아무 소용이 없고 오히려 역적으로 몰리고 있으니 말이야. 끄나풀이 내 가게를 계속 지키고 있기 때문에 도망도 칠 수 없다네. 결사단에서 탈퇴하면 죽는다는 건 잘 알고 있네. 그럼 내 아내와 아이들은 어떻게 될까? 무서워, 정말 너무 무섭네!"

그는 두 손으로 얼굴을 가리고 몸을 떨며 괴로워했다.

맥머드는 어깨를 움츠렸다.

"당신은 마음이 너무 여리군요. 이런 일을 하면 안 되는데."

"나는 신앙을 갖고 있었는데 그자들과 함께 범죄를 저지르고 말았네. 몸을 뺄 수도 없었지. 그 다음엔 어떻게 될지 알고 있었으니까. 아무튼 어느 날 결사대와 함께 한 가지 임무를 맡게 되었다네. 여기서 20마일쯤 떨어진 오두막집이었는데, 난 입구에서 지키고 있었지. 단원들이 나를 믿지 못해 중요한 일은 안 시키겠다는 거야. 모두들 안으로 들어갔다가 나오는데 손이 전부 피로 물들어 있더군. 그리고 막 떠나려 할 때 어린 아이가 울부짖기 시작했어. 자기 아버지가 피살되는 걸 바로 앞에서 본 다섯 살짜리 남자애였지. 나는 너무 무서워 정신이 나갈 정도였지만 아무 내색도 못하고 마치 기분 좋은 양 웃고 있었다네. 안 그러면 놈들이 내 집에서 그런 짓을 할 게 뻔하니까 말이야. 어쨌든 나는 그 순간부터 영원히 구제될 수 없는 살인 공범자가 되고 말았네. 나는 가톨릭 교도인데 대자유인 단원이란 걸 신부가 알게 돼서 결국 교회에 발도 들여놓지 못하는 형편이네. 자네도 단원이 됐으니 앞으로 어떻게 될 것 같나? 살인 청부업자가 되고 싶나? 아니면 우리가 협심해 그런 짓을 안 하도록 할 수 없을까?"

"그래서 뭘 어떻게 하겠다는 거죠? 일러바치겠다는 거에요?"

맥머드가 답답하다는 듯 소리를 질렀다.

"아니, 아니야! 그런 생각만 하고 있어도 언제 죽을지 모른다네."

모리스도 강력하게 말했다.

"당신은 정말 겁이 많군요. 그리고 과대망상에 빠져있어요."

"과대망상이라고? 자네가 아직 몰라서 그래. 좀 더 지내보면 내 말을 알아들을 거야. 저기 골짜기를 좀 보게. 굴뚝 연기 때문에 시커멓게 돼있지. 하지만 사람들의 마음은 공포로 인해 더 시커멓게 타들어가고 있다네. 자네도 곧 알게 될 거야."

"그럼, 내가 좀 더 알아본 후에 내 생각을 말할 게요. 그리고 당신은 이곳과 전혀 맞지 않아요. 하루빨리 가게를 처분하는 게 좋겠어요. 이런 말은 누구한테도 해본 적이 없는데…… 제기랄! 당신 혹시 밀고하는 건 아니겠죠?"

"절대 그런 염려는 말게!"

모리스는 슬픈 얼굴로 말했다.

"됐어요, 그럼. 당신이 한 말을 참고할게요. 나를 생각해서 해준 말일 테니까요. 그만 돌아갈까요?"

"잠깐, 한 가지 얘기할 게 있네. 우리 둘이 여기 있는 걸 누가 봤을지도 몰라. 그러면 무슨 얘기를 나눴는지 물어볼 거야."

"그러네요 정말."

"내가 자네한테 가게에서 일해줄 것을 부탁했다고 말하게."

"그리고 내가 거절했다고 말할게요. 자 그럼, 안녕히 가세요, 모리스 동지. 당신에게 행운이 있기를 바랄게요!"

그날 오후, 맥머드가 거실에서 담배를 피우고 있는데, 별안간 방문이 열리더니 매긴티의 큰 체구가 입구를 막다시피 하고 서있었다. 둘은 암호를 교환한 뒤 마주 앉았다.

"내가 사람을 찾아가는 일은 거의 없네, 맥머드 동지. 찾아오는 손님만 맞기도 너무 바빠서 말이야. 지금 이 방문은 나로서는 아주 파격적인 것이지."

"지부장님, 이렇게 찾아주셔서 감사합니다."

맥머드는 공손히 말하며 선반에서 위스키 병을 꺼냈다.

"팔은 좀 괜찮나?"

매긴티가 물었다.

"아직도 아프긴 합니다만 뭐, 가치가 있는 아픔이니까요."

"물론이지. 그런데 아침에 밀러 언덕에서 모리스 동지와 무슨 얘기를 했나?"

맥머드는 대답을 미리 맞춰두길 잘 했다고 생각했다. 마음 깊은 속에서 그는 웃음이 나왔다.

"모리스는 내가 돈도 벌지 못하고 있는 줄로 알았다고 하더군요.

그래서 나한테 자기네 가게에서 일해달라고 부탁했어요. 아주 인정이 많은 사람이던데요."

"사실인가?"

"네, 사실입니다."

"그래서 거절했나?"

"물론 거절했죠. 방에서 4시간만 일해도 그 10배를 벌 수 있으니까요."

"난 자네가 모리스와 친해지는 걸 바라지 않네."

"왜죠?"

"여기 사람들은 다 알고 있지."

맥머드는 과감하게 다시 물었다.

"하지만 나는 모르고 있는데요, 의원님. 설명을 해주실 수는 없습니까?"

거무스름하고 하마처럼 큰 체격의 매긴티는 맥머드를 노려보며 술잔을 집어던져버릴 것처럼 꽉 쥐고는 갑자기 큰 소리로 웃어재꼈다.

"참 재밌는 친구구먼. 그래 내가 설명해주지. 모리스가 지부에 대해 나쁜 말을 많이 했겠지?"

"아니오. 하지 않았어요."

"나에 대해서도?"

"안했습니다."

"그렇다면 그 자식이 자네를 믿지 않는다는 얘기네. 맥머드, 모리스는 겉으로는 충실한 체 하지만 속으로는 아닐세. 그래서 우선 지켜보다가 적당한 때가 오면 매운 맛을 좀 보여주기로 했지. 그런데 때가 다가오고 있는 것 같아. 그런 겁 많은 자식을 우리 단체에 놔둬서는 안 되거든. 자네가 그자와 같이 다니면 자네도 그렇게 불충실한 사람으로 오해 받게 될 거야. 내 말 알겠나?"

"그자와 친해지는 일은 없을 겁니다. 나는 그를 싫어하거든요."

"알겠네. 자네한테 미리 좀 말해두려고 왔는데, 그럼 됐어."

"그런데 내가 모리스와 얘기 나눈 걸 어떻게 아셨죠?"

맥머드가 당돌하게 묻자 매긴티는 어이없다는 듯 웃음을 터뜨렸다.

"이 골짜기에서 일어나는 일을 나는 모조리 알고 있다네. 다 내 귀에 들어오니까. 자 이만 가봐야겠네. 난 단지……."

그때 갑자기 큰 소리가 나며 방문이 열리더니 경관 세 명이 모자를 쓴 채 날카롭게 쏘아보았다. 맥머드가 벼락같이 일어나 권총을 빼려하는데 이미 윈체스터 총이 양쪽에서 그의 머리를 겨누고 있었다. 그 중 한 명은 전에 시카고에 있다가 지금은 광산 경찰대에 있는 머빈 대장이었다. 그는 비웃는 얼굴로 맥머드를 가리켰다.

"결국 말썽을 부릴 줄 알았지. 이봐, 시카고 건달 맥머드, 아직 깨끗이 손을 못 뗀 모양이네. 자 모자 쓰고 따라와!"

"내가 반드시 그 대가를 치르게 해주겠소, 머빈 대장! 선량한 시민의 집에 이렇게 함부로 쳐들어와도 되는 거요? 대답해보시지!"

매긴티가 호통을 쳤다.

"의원님은 가만히 계시기 바랍니다. 맥머드에게 말한 것이니까요. 의원님은 오히려 저희들의 공무 집행을 도우셔야 합니다."

"맥머드는 내 친구요. 내가 책임을 지겠소."

매긴티가 말하자 머빈 대장도 물러서지 않았다.

"매긴티 씨, 맥머드는 여기로 오기 전부터 악질이었는데, 아직도 그 습관을 못버리고 있어요. 이봐 경사, 이 녀석을 감시하고 무기를 빼앗게."

"그건 내 권총이오. 당신과 둘이서만 부딪쳤다면 내가 당신같은 자한테 끌려갈 리가 없지."

맥머드가 냉정하게 말했다.

"체포영장은 가지고 온 거요? 당신 같은 자가 경찰관이라고 휘젓고 있다니, 차라리 러시아에서 사는 게 낫겠군. 자본가는 이런 짓을 해도 되는 거요? 가만 두지 않겠소!"

"간섭하지 마세요, 의원님. 우리에게는 우리의 의무가 있으니까요."

"왜 나한테 이러는 거요? 내가 무슨 죄가 있다고!"

맥머드가 소리쳤다.

"헤럴드 사의 스탱거 편집장을 구타한 죄가 있으니 자네를 체포하겠다."

"쓸데 없는 짓이오. 이 친구는 나와 함께 술집에서 늦게까지 포커를 했소. 원한다면 증인이 10명쯤 있으니까 데리고 올 수도 있소."

매긴티가 웃으며 말했다.

"우리는 그런 거 알 바 아니오. 내일 법정에서 알아서 할 것이오. 자, 맥머드, 우리와 함께 가지. 얻어터지고 싶지 않으면 순순히 따라와. 매긴티 씨는 물러가시오. 우리를 방해한다면 가만 두지 않겠소."

머빈 대장이 너무나 강경하게 말하는 바람에 두 사람은 일단 응할 수밖에 없었다. 매긴티는 맥머드가 끌려나가기 전에 얼른 몇 마디 했다.

"그건 어떻게 돼있나?"

매긴티는 다른 사람들이 안 보게 엄지손가락을 치켜세우며 위조지폐 제작 시설에 대해 물었다.

"잘 감춰뒀어요."

맥머드도 낮게 소근거렸다. 방바닥 아래 비밀 장소에 숨겨두었던 것이다.

"자, 조심하게. 라이 변호사와 의논해보겠네. 자넨 무죄니까 걱정하지 말게."

맥머드와 악수를 하며 매긴티가 말했다.

"글쎄 그럴까? 장담할 수 없지. 자, 자네들 둘은 이자를 잘 감시하게. 허튼 짓 하면 죽여버려도 돼. 나는 집안을 좀 살펴봐야겠네."

머빈은 여기저기 쑤시고 돌아다녔지만 위조지폐 기계는 발견하지 못했다. 그는 곧 맥버드를 끌고 경찰대 본부로 갔다. 거리엔 눈보라가 휘몰아치고 있으며, 지나가던 행인 몇 명이 맥머드에게 욕을 내뱉었다.

"천주단 개새끼! 반쯤 죽여버려!"

맥머드는 간단한 심문을 받은 뒤 유치장으로 끌려갔다. 그곳엔 전날 밤 같이 갔던 볼드윈과 다른 세 사람도 이미 체포돼 와있었다. 그

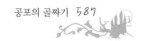

러나 대자유인단의 입김은 그런 곳까지도 우습게 만들어버렸다. 간수가 이브자리 용으로 짚더미를 가져왔는데, 그 속엔 위스키 두 병과 술잔들, 트럼프 카드가 들어있었다. 덕분에 그들은 다음날 있을 재판 따위는 깡그리 잊어버리고 밤새 카드놀이를 하며 즐길 수 있었다.

사실 그들은 두려울 게 없었다. 치안판사 또한 뚜렷한 증거를 잡지 못해 재판에 애를 먹고 있었다. 그때 건물 1층으로 몰려왔던 인쇄공들도 등불이 어두운 데다 소리만 듣고 달려왔기 때문에 정확히 누가 범인인지 알 수가 없다고 했다. 매긴티가 내세운 라이 변호사가 반대심문을 하자 그들은 거의 아무 말도 못하고 더듬거리기만 했다. 피해자인 스탱거 씨는 자신을 처음 폭행한 자가 콧수염을 기른 남자였다고 기억해냈다. 그리고 그 악당들은 천주단이 분명하다고 했다. 하지만 매긴티를 비롯한 여섯 명은 피고들이 그날 늦게까지 조합 건물에서 카드놀이를 했다고 증언했다. 결국 그들은 모두 석방되고, 머빈 대장과 그 일당들은 큰 질책을 받았다.

제12장_ **최악의 시기**

존 맥머드는 이번 일로 인해 동지들에게 더 많은 인기를 얻게 되었다. 입단한 첫날부터 큰 일을 해치워 재판을 받게 되었다는 건 이제까지 유례가 없었던 경우였다. 사실 그는 어떤 계획을 세우면 무섭게 실행할 줄 아는 능력을 발휘한다는 걸 이미 보여주고 있었다. 그래서 동지들 사이에서는 '너끈히 해치워버리려면 그 녀석한테 맡겨야 돼' 하는 말이 벌써부터 오가고 있었다. 매긴티의 부하들 중에는 솜씨 있는 자들이 많지만 맥머드처럼 뛰어난 자는 없었다. 그는 마치 블러드 하운드 개처럼 사나운 데가 있었던 것이다. 볼드윈을 포함한 몇 명은 신참 맥머드가 그렇게 들어오자마자 힘을 얻고 있는 데 대해 불쾌한 감정을 숨길 수 없었다. 하지만 속으로만 이를 갈뿐 그가 워낙 싸움을 잘 하기 때문에 시비를 걸 수가 없었다.

맥머드는 대자유인 단체에서는 인기가 치솟아 올랐지만 막상 그에게 가장 중요한 사람에게는 마음을 잃고 말았다. 에티의 아버지는 그를 보려고조차 하지 않았고, 그가 집에 찾아오는 것도 거절했다. 에티는 그를 여전히 사랑하고 있었지만 범죄자인 그와 결혼하는 것에 대해서는 신중히 경계하고 있었다. 어느 날 아침, 그녀는 밤새 잠을 못 이루고 꼬박 세운 뒤 결심을 하게 되었다. 맥머드가 악의 세계에 점점 빠져들어가고 있기 때문에 그를 구해내기로 한 것이다.

에티는 그의 하숙집을 찾아갔다. 맥머드는 그때 편지를 쓰고 있었다. 그의 모습을 보자 에티는 문득 장난기가 발동했다. 그녀의 나이 겨우 19세. 맥머드는 그녀가 방으로 들어온 것조차 모르고 있었다. 에티는 발뒤꿈치를 들고 살금살금 다가가 그의 구부정한 어깨에 손을 얹었다. 그를 놀래주려고 한 것이었는데 오히려 에티가 더 기겁을 하고 말았다. 맥머드는 갑자기 맹수처럼 확 덤벼들며 그녀의 목을 조르려 했다. 그리고 동시에 쓰고 있던 편지를 움켜쥐며 구겨버렸다. 그는 몹시 화난 얼굴로 그대로 서있었다. 에티는 그렇게 포악스런 표정을 이제껏 살면서 본 적이 없어 두려움이 엄습했다. 하지만 맥머드의 표정은 곧 풀어지더니 놀라움과 기쁨으로 바뀌었다.

"아니 당신!"

그는 이마의 땀을 훔치며 말했다.

"당신인 줄도 모르고 목을 조르려 했으니 원! 자 에티, 이리 와요. 내 잘못을 보상해야지."

그는 손을 내밀었다. 그러나 그의 얼굴에 뭔가 숨기는 듯한 공포의 빛이 순간 스쳐갔던 게 그녀의 마음에서 영 사라지지 않았다. 여자의 직감으로 볼 때 그건 그냥 단순히 놀란 얼굴이 아니었다.

"존, 왜 나를 그렇게 두려워하죠? 무슨 꺼림칙한 일이라도 있나요? 안 그러면 나를 그런 눈으로 보지는 않을 텐데요?"

"어, 맞아요. 다른 일을 생각하고 있었어요. 당신이 요정처럼 소리도 없이 다가오는 바람에……."

"그것 때문만은 아닌 것 같은데요, 존?"

그녀는 점점 더 의혹이 들었다.

"그 편지를 볼 수 있을까요?"

"아니, 보여줄 수 없어요, 에티."

그녀의 의혹은 확신으로 변해갔다.

"다른 여자에게 쓴 편지인가보네요! 그게 아니면 왜 나에게 숨기는 거죠? 부인한테 쓰고 있었나 봐요? 하기는 당신이 총각이란 걸 어떻게 믿죠? 이 지방에서 당신을 아는 사람은 아무도 없었으니까 말이죠."

그녀는 큰 소리로 말했다.

"난 결혼하지 않았어요, 에티. 이렇게 맹세할게요, 그리스도의 십자가 앞에서 말이죠!"

맥머드가 워낙 심각한 표정으로 말했기 때문에 에티는 믿지 않을 수가 없었다.

"그렇다면 왜 그 편지를 안 보여주는 거죠?"

그녀는 다시 따져 물었다.

"이게 말이죠. 아무한테도 안 보여 주겠다고 약속한 것이거든요. 그 사람과의 약속을 지키고 싶어서요. 이건 지부에 대한 일인데, 당신에게도 비밀이에요. 그래서 무슨 탐정이 들어온 줄 알고 깜짝 놀랐던 거죠. 이해해줘요, 에티."

거짓말은 아닌 것 같았다. 그는 에티를 끌어안으며 키스를 하고 마음을 가라앉혀 주었다.

"자 여기 앉아요. 여왕님을 맞이하기에는 형편없는 의자지만 그래도 내 집에서는 가장 좋은 자리에요. 언젠가는 이보다 훨씬 더 좋은 자리에 앉도록 해줄게요. 어때요? 이제 마음이 좀 놓였죠?"

"존, 내 마음이 어떻게 놓이겠어요? 당신더러 악질 인간이라고, 그리고 언제 살인죄로 재판을 받을지 모른다고 사람들이 말을 하고 있는데요. 그리고 우리 집에 하숙하는 사람이 이런 말을 하더라고요. 천주단의 맥머드라고 말이죠. 정말 난 가슴을 칼로 찔린 것 같은 기분이었어요."

"사람들 말에 너무 신경 쓰지 말아요."

"하지만 틀린 소리는 아니잖아요."

"에티, 당신이 나에 대해 알고 있는 것만큼 내가 그렇게 나쁜 사람은 아니에요. 우리는 가난한 사람들이지만 모두 자신의 권리를 지키기 위해 나름대로 싸우고 있는 거에요."

하지만 에티는 맥머드에게 애걸하다시피 말했다.

"존, 거기서 나와요! 소원이에요. 나를 위해 그만 둬요, 제발! 이렇게 무릎 꿇고 사정할게요."

맥머드는 그녀를 일으켜 세워 가슴에 안았다.

"에티, 어려운 부탁이에요. 그곳을 나오는 건 맹세를 깨트리는 일이거든요. 당신이 그곳에 대해 자세히 안다면 이런 말을 하지는 않을 거에요. 비밀을 알고 있는 자를 지부에서 가만 두지 않을 거라는 건 당신도 알고 있겠죠?"

"물론 그런 생각을 안 한 건 아니에요. 하지만 내 계획은 이래요. 아버지가 돈이 좀 있는데, 이곳을 떠나고 싶으신가 봐요. 그래서 뉴욕이나 필라델피아로 갈까 해요. 그곳으로 같이 가면 당신도 안전하지 않겠어요?"

맥머드는 허허로운 웃음을 터뜨렸다.

"그들의 손길이 뻗치지 않은 곳은 없어요, 에티."

"그럼 서부 쪽이나 영국으로 가는 게 어떨까요? 아니면 아버지 고향 스웨덴으로 가든지요. 이 공포의 골짜기를 벗어날 수 있는 곳이면 어디든 상관 없어요. 나는 여기서 사는 게 암담하기만 해요. 테드 볼드윈이 우리를 용서했을 것 같아요? 그가 잔인한 눈빛으로 나를 쳐다볼 때마다 내 마음이 어떤지 아세요?"

"개새끼! 내 눈에 걸렸다간 제 명대로 못 살지! 어쨌든 에티, 나는 여기를 떠날 수가 없어요. 이건 분명하니까 이해해주면 좋겠어요. 하지만 언젠가는 당당하게 떠날 수 있는 방법을 찾아낼게요."

"그런 곳을 '당당하게' 떠날 수 있을 것 같아요?"

"그래도…… 당신이 6개월쯤만 참아주면 그럴 수 있을 것 같아요."

에티는 희망이 솟는 듯 웃으며 말했다.

"6개월이라고요! 정말이에요?"

"7, 8개월이 걸릴지도 모르지도 늦어도 1년 안에는 이곳을 떠나게 될 거에요."

에티도 더이상 말릴 수는 없었다. 하지만 캄캄하던 눈앞이 가느다란 빛으로 밝아진 느낌이 들었다. 그녀는 다시 희망을 품고 집으로 돌아갔다.

지부의 활동은 맥머드가 생각하는 것보다 훨씬 더 방대하고 복잡했다. 그래서 매긴티 지부장조차도 모르는 일이 더러 있었다. 홉킨즈 지역엔 군 대표라는 사람이 있는데, 그는 몇 개의 지부를 거느리고 있는 막강한 힘의 소유자였다. 맥머드는 그를 한 번 본 적이 있었다. 체구가 작고 눈빛에 교활함이 가득 차있으며 사람을 곁눈질로 쳐다보는 그런 남자였다. 이름은 에번즈 포트인데, 매긴티 지부장마저도 그 앞에서는 거대한 체구의 당통이 작은 몸집의 로베스피에르를 무서워하듯 공포감을 느낄 정도였다.

맥머드와 같은 하숙집에 사는 스캔런 동지가 하루는 매긴티에게서 편지를 받았는데, 그 속에 에번즈 포트의 편지가 동봉되어 있었다. 그 내용은, 롤러와 앤드루스라는 솜씨 좋은 두 사람을 파견하는데, 이유는 말할 수 없고, 아무튼 한 가지 목적 수행을 위해 온다는 것이었다. 고로, 매긴티 지부장은 맥머드와 스캔런이 그들을 위해 2, 3일 동안 숙식을 도와주기를 바라고 있었다.

바로 그날 밤, 두 남자가 가방을 챙겨들고 맥머드의 하숙집에 도착했다. 롤러는 신중하고 과묵한 성격의 중년 나이로, 검정색 코트에 중절모를 쓰고 있는 모습이 마치 순회 목사 같은 인상을 풍겼다. 앤드루스는 젊은 청년인데 솔직해 보이는 얼굴에 밝은 성격으로 기운이 넘쳐흘렀다. 두 사람은 술도 안 마시고 아주 점잖은 것처럼 행동했지만 사실은 그 조직에서 가장 유능한 살인자들이었다.

"우리가 이 일에 뽑히게 된 건 술을 안 마시기 때문이라네. 쓸데없는 말을 지껄일 염려는 없으니까. 그리고 우리는 군 대표의 명령대로 하고 있는 것 뿐이야. 그래서 일이 다 끝날 때까지는 아무것도 말할 수가 없네."

롤러가 말했다.

"이 지역엔 손봐줘야 할 놈이 몇 명 있죠. 당신들이 목표로 하는 게 혹시 아이언 힐의 존 녹스 아닌가요? 그놈이 보복 당하는 걸 꼭 보고 싶거든요."

맥머드가 무섭게 말했다.

"그놈은 아직 순서가 안 됐어."

"그럼 허먼 스트라우스는요?"

"그놈도 아직 아니야."

"뭐 얘기를 안 해주면 알 수가 없지만 그래도 궁금한데요."

롤러는 고개를 가로저었다. 그들은 결국 누군지 알아낼 수가 없었다.

맥머드와 스캔런은 두 방문객이 할 '재미있는 일'을 구경해보기로 했다. 며칠 후 새벽에 그들이 나가는 소리를 듣고는 맥머드가 스캔런을 깨워 일으켰다. 둘은 밖으로 나가 그들 뒤를 조심스레 따라갔다. 시내로 들어가는 사거리에 이르자 세 명의 다른 남자가 기다리고 있다가 롤러 일행을 만나 한참동안 무슨 얘기를 소곤거렸다. 그러고는 다섯 명이 함께 어디론가 계속 걸어갔다. 그들은 좁은 골목으로 들어갔는데, 그곳은 클로우 힐 탄광으로 이어지는 길이었다. 그 탄광은 규모가 큰 곳인데, 조슈어 H. 댄이라는 열성적인 책임자가 관리를 잘 한 덕분에 그 지역의 공포스런 분위기 속에서도 질서와 규율이 지켜지고 있었던 곳이다.

어둠이 걷히면서 탄광으로 가는 골목길에 노동자들이 하나 둘씩 나타나기 시작했다. 맥머드와 스캔런은 롤러 일행을 놓치지 않도록 조심하며 노동자들 속에서 함께 걸어갔다. 그런데 갑자기 안개 속에서 기적 소리가 들렸다. 갱도 속으로 권양기를 내려보내기 10분 전에 항상 울리는 소리였다. 갱도 근처에 도착하자 100여명의 갱부들이 추위에 몸을 웅크리며 기다리고 있었다. 롤러 일행은 기관실 뒤쪽에 가서 앉았다. 맥머드와 스캔런은 광석 더미 위로 올라가 그들을 계속 살폈다. 곧 멘지스라는 이름의 덩치 큰 스코틀랜드 기사가 기관실에서 나오며 권양기를 내려 보내라는 신호를 했다. 바로 그때 진지한 인상의 키 큰 젊은이가 갱구 쪽으로 곧바로 걸어갔다. 그러면서 그는 기관실 뒤에 쭈그리고 앉아있는 롤러 일행을 쳐다보았다. 그들은 모자로 얼굴을 가리려 하고 있었지만 순간 그 젊은 소장은 죽음을 예감하며 온몸이 오싹해졌다. 하지만 그는 곧 두려움을 떨쳐내고 그 낯선 남자들에게로 다가가 큰 소리로 물었다.

"이봐, 너희들 여기서 뭐 하고 있는 거지?"

아무도 대답하지 않았다. 그러나 바로 그때 앤드루스가 일어나 한 걸음 내딛더니 소장의 배에 한 발을 쏘았다. 주위에 있던 갱부들은 공포에 떨며 굳어버린 것처럼 그대로 서있었다. 소장이 배를 움켜쥐고 도망치려 하자 앤드루스는 그에게 또 한 발을 쏘았다. 소장은 그 자리에서 쓰러지고 말았다. 그러자 분노한 멘지스가 쇠 스패너를 들고는 그 살인자를 향해 달려갔다. 하지만 그 역시 얼굴에 두 발을 맞으며 그대로 넘어졌다. 모여있던 갱부들 사이에서 탄식 같은 비명이 들리자 살인자들은 다시 그들의 머리 위로 몇 발을 쏘고는 안개 속으로 사라져갔다. 두 명이 바로 눈앞에서 죽었는데도 갱부들은 그 암살자들의 인상을 하나도 증언할 수 없었다.

맥머드와 스캔런도 그 자리를 떠났다. 그들은 소장 부인의 비명 소리를 계속 들으며 시내로 발길을 돌렸다. 그날 밤 조합에서는 축하 파티가 열렸다. 클로우 힐 탄광의 소장과 기사를 죽임으로써 그 규모 큰 회사도 이제는 협박과 공포에 떠는 다른 작은 회사들과 같은 수준으로 만들어 놓았기 때문이었다. 버밋사 쪽에서도 그 답례로 길머튼 지역에 있는 가장 큰 광산의 소유주인 스테익 로열의 윌리엄 헤일즈를 죽이라고 요구했다. 헤일즈는 모든 점에서 모범적인 고용주였지만 일에 있어서 만큼은 무척 엄격한 사람이라 대자유인 단체 소속의 게으른 광원들을 모두 쫓아내버렸던 것이다. 테드 볼드윈이 바로 그 암살단의 책임자였다. 그는 다른 두 명과 함께 결행 전날 밤 산속에서 자며 준비를 했었다. 일을 무사히 마치고 돌아왔을 때는 영웅으로서 동료들에게 이제까지 없던 가장 큰 환대를 받기까지 했다.

매긴티 지부장은 승리의 기회를 계속 놓치지 않기 위해 더 세밀한 작전 계획을 세우기로 했다. 그날 밤 사람들이 떠나자 그는 맥머드를 데리고 구석방으로 갔다.

"자 맥머드, 자네에게 딱 맞는 일이 하나 생겼네. 이제 자네가 할 차례야."

"아 그래요? 저도 코가 높아질 수 있겠는데요."

"두 명을 붙여주겠네. 매더즈와 라일리인데, 그들에겐 이미 얘기를 해두었어. 체스터 윌콕스를 해치워야 이 마을이 조용해질 것 같네. 그놈을 죽이면 탄광 지역의 지부들도 편안해지지."

"네, 최선을 다해보죠. 근데 어떻게 생겼고 어디에 사는 사람인가요?"

"아이언 다이크 회사의 공장장인데, 쉽지는 않을 거야. 얼굴에 상처가 많고 머리털은 회색빛이지. 지금까지 두 번 시도했는데 성공하지 못했어. 결국 짐 캐너웨이가 시도하다가 죽었다네. 윌콕스는 아이언 다이크 사거리에 있는 외딴집에 살고 있는데, 여기 보게, 이 지도에도 나와 있지만 근처엔 아무것도 없어. 그래도 낮에는 안 가는 게 좋아. 아내와 아이들 세 명, 하녀 한 명이 있는데, 그놈 하나만을 죽이기는 어려우니까 다 해치우는 게 낫겠지. 집앞에 폭발물을 설치해뒀다가 불을 붙이면……."

"근데 그놈이 무슨 짓을 한 거죠?"

"짐 캐너웨이를 죽였다니까!"

"왜 죽였나요?"

"그게 자네와 무슨 상관이 있지? 캐너웨이가 근처에서 서성거리니까 총으로 쏘았겠지. 자 그럼, 자네한테 맡기겠네. 언제 하겠나?"

"글쎄요, 하루 이틀 후쯤이요. 그 집을 좀 조사해봐야 하니까요."

"좋아. 성공시키면 우리한테는 큰 이득이 될 거야. 그놈만 없어지면 나머지 놈들 모두 힘을 잃게 되니까 말이야."

윌콕스의 집은 시내에서 5마일쯤 떨어진 곳에 있었다. 맥머드는 그날 밤 즉시 그곳으로 가서 집 주위를 살펴본 후 다음 날 일찍 돌아왔다. 그리고 다음날엔 맨더즈와 라일리를 만났다. 그들은 용기백배한 젊은이들로 마치 사슴 사냥이라도 떠나듯 들떠있었다. 그들은 이틀 후 밤 모든 준비를 끝내고 한적한 곳에 모였다. 윌콕스의 집에 도착한 건 새벽 2시쯤이었다. 바람이 세차게 불고 있어서 다른 소리는 아무것도 들리지 않았다.

맥머드가 현관에 귀를 대보았지만 집안은 쥐죽은듯 고요했다. 그는 폭약주머니를 문앞에 세워놓고 구멍을 뚫어 도화선을 달았다. 그리고 즉시 불을 붙인 후 악당들은 얼른 도망쳐 도랑 안으로 기어들어 갔다. 곧바로 폭약 터지는 소리가 진동하며 집이 와장창 무너지는 소리도 들렸다. 일이 잘 끝난 것이었다. 지부에 씌어있는 수많은 살인 기록에도 이번처럼 완벽하게 성공한 경우는 없었다.

그러나 이렇게 용의주도하게 준비했던 일도 결국은 헛일이 되고 말았다! 수상한 낌새를 느낀 월콕스가 가족을 데리고 바로 전날 피신을 했던 것이다.

"그놈은 내가 꼭 해치우겠습니다. 1년이 걸리더라도 반드시 해내고 말겠어요."

맥머드가 말했다.

지부의 단원들은 그를 신뢰하며 한동안 그 문제에 대해서는 아무도 얘기를 꺼내지 않았다. 그러나 2, 3주 후, 결국 맥머드는 월콕스의 집 주변에 잠복해있다가 그를 피살하는 데 성공했다.

이 지방 사람들은 대자유인 단체의 이런 무자비한 횡포에 오랜 세월을 시달려왔다. 그들의 범행은 역사에 기록돼있어 자세히 알아볼 수도 있다. 그 겨울에는 월콕스 외에도 헌트와 에번즈 두 경관의 피살 사건, 동생의 피살 사건 이후 형 젠킨즈가 피살된 사건, 제임스 매독의 토막 살인 사건, 스탭하우스의 폭파 사건, 스탠덜 저택의 살해 사건 등이 있었다. 봄이 되어 자연도 생명을 싹틔우고 있었지만 공포의 골짜기 사람들은 아무런 희망을 기대할 수 없었다. 그리고 1875년 여름보다 더 절망스러운 적도 없었다.

제13장_ 위험

공포의 분위기는 극에 달했다. 맥머드의 위상도 한층 높아져 매 긴티의 후계자로 지목되고 있었으며, 모든 단원들이 그에게 상의하 고 협조를 구하는 판도로 바뀌어갔다. 하지만 그럴수록 맥머드는 거 리를 걸을 때 위험을 느껴야 했다. 시민들은 공포에 떨면서도 일치 단결해 나갔다. 헤럴드 신문사에서 비밀스런 모임을 갖고, 시민들에 게 총기를 배포했다는 소문이 나돌기 시작했다. 매긴티의 부하들은 그런 소문에 눈 하나 꿈쩍 하지 않았다. 시민들이 아무리 무기를 갖 고 있다 해도 자기들과는 비교가 안 됐기 때문이었다.

5월의 어느 토요일 저녁 무렵이었다. 지부에 정기 모임이 있어 맥 머드가 막 나가려 하는데 모리스가 찾아왔다. 얼굴에 수심이 어려있 고 많이 안 돼 보였다.

"맥머드, 자네와 편하게 얘기를 좀 나누고 싶네."

"네 그러세요."

"전에 자네와 얘기 나눴을 때 지부장이 눈치챘는데도 자네가 굳게 입을 다물어줘서 그동안 고맙게 생각해왔네. 그 일을 잊지 않고 있지."

"당신이 나를 믿고 얘기했기 때문에 어쩔 수가 없었던 거죠. 당신 에게 찬성했기 때문은 아니에요."

"물론 그렇겠지. 그래도 맘 놓고 얘기할 수 있는 사람은 자네 뿐이 야. 내 여기에 비밀을 안고 있다네."

그는 가슴에 손을 얹었다.

"이것 때문에 죽을 지경이네. 이 비밀을 내가 아니라 다른 사람들이 들었다면 분명 살인이 일어났을 거야. 그러면 우리 모두 끝나는 거지. 오 하느님, 제발 도와주세요! 어떻게 해야 할지 정말 모르겠습니다!"

맥머도는 모리스를 유심히 쳐다보았다. 그가 온몸을 떨고 있는 것 같아 맥머도는 잔에 위스키를 따라 그에게 건넸다.

"자 한 잔 마시고 얘기를 해보세요."

모리스는 위스키를 마신 후 좀 누그러졌다.

"결론부터 말하면, 우리는 지금 탐정한테 쫓기고 있다네."

"뭐라고요? 당신 제 정신이에요? 이 지역엔 원래 경찰과 탐정들이 쫙 깔려있잖아요. 그런데 지금까지 아무 일 없었잖아요."

"아니 그게 아니야. 그 사람들은 해봐야 별것 아니야. 자네 핀커튼 탐정에 대해 들어봤지?"

"네, 이름은 들은 적 있어요."

"농담이 아니야. 그 일당들의 표적이 되면 거기서 벗어날 가망은 없네. 그들은 한 번 찍었다 하면 끝까지 물고 늘어지거든."

"그놈을 처리해야겠네요."

"자네는 그걸 먼저 생각하는군. 다른 사람들도 그렇겠지. 그래서 내가 살인이 일어날 거라고 말한 거네."

"그거야 이곳에서는 별일도 아니잖아요."

"그렇긴 하지만 나로서는 그 사람을 죽이라고 이름을 알릴 수는 없네. 만일 죽이게 되면 내 마음이 괴로울 테니까. 그렇다고 내버려 두면

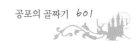

우리 머리가 날아갈 테고 말이야. 어떻게 해야 좋을지 모르겠네."

그는 몹시 괴로워 했다. 맥머드의 마음도 심하게 흔들렸다.

"모리스 씨, 제대로 얘기를 해보세요. 어떻게 생긴 녀석이고, 지금 어디에 있는 건가요? 그리고 그 소문은 어떻게 알게 됐고, 왜 내게 이걸 알리는 거죠?"

"아까도 말했지만 털어놓을 사람은 자네뿐이기 때문이네. 내가 동부에 있을 때 안 친구들 중에 전보국에서 일하는 사람이 있는데, 그가 어제 이런 편지를 보냈더라고. 자 읽어보게."

그곳 천주단의 분위기는 어떤가요? 신문에 자주 그쪽 기사가 나오고 있어서요. 5개 대기업과 2개 철도회사가 뭔가 중요한 문제를 조사하고 있는데, 많이 진척돼있는 걸로 알고 있습니다. 핀커튼 탐정 사무소에서 의뢰를 받아 최고 실력자인 버디 에드워즈를 보냈기 때문에 조만간 결론이 날 것입니다.

"그리고 추신도 읽어보게."

이건 업무 과정에서 알게 된 것이며 더이상 자세히 아는 건 없습니다. 암호문처럼 의미를 알 수가 없으니까요.

602

맥머드는 편지를 들고는 초조한듯 한동안 말이 없었다. 그러다 모리스에게 물었다.

"당신 말고 또 누가 알고 있어요?"

"아무한테도 말하지 않았네."

"이 사람이 다른 데에도 편지를 보내지 않았을까요?"

"글쎄, 한 두 명은 있을지 모르지."

"여기 지부에요?"

"그럴 것 같네."

"버디 에드워즈라는 자의 인상착의를 누구에겐가 알렸다면 그놈을 해치울 수 있을 텐데요."

"그렇군. 하지만 이 친구는 전혀 모를 거야. 우연히 알게 된 비밀을 알려준 것 뿐이니까."

맥머드의 얼굴이 갑자기 환해졌다.

"아 그렇지! 왜 내가 그걸 눈치 채지 못했지! 그쪽에서 덤벼들기전에 내가 해치우면 되잖아. 모리스 씨, 걱정 마세요. 내가 알아서할게요."

"그럼 좋지. 무거운 짐을 내려놓은 것 같네."

"당신은 그냥 조용히 있으면 돼요. 이 편지도 나한테 온 것처럼 하고, 모든 걸 내가 맡아서 할게요. 됐죠?"

"더이상 바랄 게 없네."

"자 그럼, 난 지부에 가봐야겠어요. 기다려봐요. 늙은 핀커튼이 울게 만들어줄 테니까."

"그를 죽이지는 않겠지?"

"그런 건 묻지 않는 게 좋아요. 그래야 마음도 편하고 잠도 잘 잘 수 있어요. 앞으로는 절대 묻지 마세요."

모리스는 슬픈 듯 중얼거렸다.

"내 손에 피를 묻힌 것 같아."

"자기 방어는 살인이 아니에요. 그놈을 놔두면 우리가 당하니까요. 어쨌든 모리스 씨, 당신을 지부장으로 밀어야겠는데요. 지부를 구하게 생겼으니까요."

맥머드는 사태의 심각성을 깨닫고는 지부로 가기 전에 중요한 서류들을 전부 태워버렸다. 그리고 에티의 하숙집으로 갔다. 그는 출입금지라 창문으로 그녀를 불러냈다. 에티는 그의 얼굴을 보고는 뭔가 위험을 감지했다.

"무슨 일이 있었군요! 존, 뭔가 위험한 일이 닥친 거죠?"

"아니, 별일은 없어요. 그래도 큰일이 일어나기 전에 떠나는 게 좋을 것 같아요."

"떠난다고요!"

"언젠가는 이곳을 떠나자고 내가 약속했었죠? 지금이 그때인 것 같아요. 아까 무슨 소문을 들었는데 골치 아픈 일이 생길 것 같아서요."

"경찰인가요?"

"아니, 핀커튼 사무소에요. 나에게 무슨 일이 일어날지는 나도 예측할 수가 없어요. 어쨌든 내가 너무 깊이 빠져든 것 같아서 빨리 도망가는 게 상책일 것 같아요. 당신도 같이 갈 거죠?"

"존, 당신은 무사할 거에요."

"에티, 나도 이성적인 사람이에요. 무슨 일이 있어도 당신의 아름다운 머리털 하나 다치게 하지 않을 거에요. 나를 믿어줘요."

그녀는 말없이 그의 손을 잡았다.

"우리한테는 도망치는 길밖에 없어요. 이 골짜기에 위험이 닥치고 있으니까 낮이든 밤이든 이곳을 빠져나가야 돼요."

"존, 나는 나중에 갈게요."

"안 돼요! 같이 가야 돼요. 내가 두 번 다시 돌아올 수 없을지도 모르는데 어떻게 당신을 두고 가요. 게다가 경찰에 쫓기게 되면 편지도 보낼 수 없을 거에요. 내가 전에 있던 집의 부인이 무척 친절하니까 당신은 결혼 전까지 그 집에 있으면 돼요. 꼭 함께 갈 거죠?"

"좋아요, 존. 함께 갈게요."

"나를 믿어줘서 고마워요. 자 그럼 에티, 내가 사람을 보내면 곧바로 역으로 가서 나를 기다리고 있어요."

"그래요. 낮이든 밤이든 사람이 오면 곧 갈게요."

맥머드는 일단 마음을 놓고 지부로 갔다. 그는 모리스에게서 들은 정보에 대해 간부들과 의논을 하려 했는데 다행이 모두 와있었다.

"아, 맥머드, 잘 왔네! 지혜로운 사람의 의견을 들어야 할 일이 생겼네."

지부장이 반가워하며 말했다.

"랜더와 이건에 대한 일이네."

맥머드가 자리에 앉자 옆의 동지가 설명을 했다.

"그 두 사람이 스타일즈타운의 클럽 노인을 살해한 대가로 지부에서 준 상금을 가지고 싸우고 있는 모양이야. 누구의 총알이 나간 것인지 알 수가 없어서 그렇다나봐."

맥머드가 손을 들었다. 모두들 그의 표정을 주목하며 조용히 있었다. 그는 아주 진지하게 말을 꺼냈다.

"지부장님, 긴급 동의가 있습니다."

"긴급 동의? 그래, 말해보게."

맥머드는 주머니에서 편지를 꺼냈다.

"여러분, 오늘 내가 안 좋은 소식을 하나 가지고 왔는데, 우리가 대비도 없이 당하는 것보다는 미리 알고 대책을 세우는 것이 좋을 것 같아 의논을 드리려 합니다. 내가 들은 정보에 의하면, 이 지역의 힘 있는 대기업들이 한데 뭉쳐서 우리를 파멸시키려 하고 있으며, 핀커튼 탐정 사무소에서 보낸 버디 에드워즈라는 자가 현재 이곳에서 뒷조사를 하고 있다고 합니다. 우리 모두를 감옥에 처넣으려고 증거들을 모으고 있겠죠. 그래서 이 문제에 대해 의견을 나누면 좋겠습니다."

회의실은 갑자기 불 꺼진 재처럼 고요해졌다. 마침내 지부장이 먼저 입을 열었다.

"그 증거가 어디에 있나, 맥머드 동지?"

"이 편지에 있습니다."

그는 아까 읽은 그 대목을 들려주었다.

"비밀을 지키기로 맹세했기 때문에 이 편지에 대해서는 자세히 밝힐 수 없습니다. 그리고 여러분에게 증거를 댈 수 있는 것은 이 편지밖에 없습니다."

그때 나이 든 동지 한 사람이 말했다.

"지부장, 내가 버디 에드워즈에 대한 소문을 들었는데, 핀커튼 탐정 사무소에서도 가장 솜씨 좋은 자라고 하더군요."

"그자를 본 사람 있나?"

매긴티가 물었다.

"네, 본 적이 있습니다."

맥머드가 대답했다. 여기저기서 감탄하는 소리가 들렸다.

"그를 반드시 잡을 수 있을 겁니다. 우리가 영리하게 행동하면 미리 막을 수도 있죠. 걱정할 건 없으리라고 생각합니다."

맥머드는 아주 자신있는 어투로 웃으며 말했다.

"걱정할 게 뭐 있겠어. 우리가 하는 일을 그자가 알 수도 없을 테고 말이야."

"하지만 그자는 대기업을 등에 업고 있기 때문에 그렇지도 않을 것입니다. 우리 중에 돈 받고 비밀을 넘기는 자가 없다는 확신이라도 있습니까? 그자는 우리의 비밀을 알게 될 것이고, 아니 벌써 알아냈는지도 모르죠. 다만 확실한 방법은 하나 있습니다."

볼드윈이 단호한 말투로 외쳤다.

"이 골짜기에서 살아 돌아가지 못하게 하는 거지 뭐."

맥머드가 고개를 끄덕였다.

"맞아요, 볼드윈 동지. 이제까지 당신과는 한 번도 의견이 맞지 않았는데, 오늘은 아주 훌륭한 소리를 하는군."

그때 지부장이 물었다.

"그래, 그자는 지금 어디에 있나? 어떻게 알아볼 텐가?"

"지부장님, 그건 여기서 공개적으로 말씀드릴 수가 없습니다. 여러분을 못 믿어서가 아니라 얘기가 조금만 새나가도 그자를 해치우기가 어렵기 때문입니다. 그래서 지부장님, 비밀위원회를 만들 것을 제의합니다. 내 생각엔 지부장님과 볼드윈 동지, 그리고 다섯 명이면 될 것 같습니다. 그러면 내가 좀 더 세세한 계획을 말씀드리겠습니다."

맥머드의 제안대로 곧 위원회가 구성되었다. 위원들은 지부장과 볼드윈, 비서 핼러웨이, 잔인한 암살자 코맥, 회계원 카터, 그리고 윌러비 형제였다. 그들은 모두 무서운 게 없이 달려드는 사람들이었다. 그날 밤 모임은 일찍 끝났다. 위원들만 남고 나머지 사람들은 모두 씁쓸한 기분으로 떠나갔다.

"자 그럼, 맥머드, 얘기해보게."

매긴티가 말했다. 위원들은 모두 긴장한 채 앉아있었다.

"나는 버디 에드워즈를 알고 있습니다. 물론 여기서는 그 이름이 아닌 스티브 윌슨으로 쓰고 있지만 말이죠. 아무튼 그자는 용감하긴 한데, 미치광이 같지는 않습니다. 그리고 홉슨 구에 머무르고 있어요."

"그걸 어떻게 알았나?"

"우연히 얘기를 한 적이 있었거든요. 그때는 물론 전혀 몰랐었죠. 내가 이 편지를 안 받았다면 지금도 당연히 모르고 있을 겁니다. 기차 안에서 만났는데, 지금도 생각하면 아찔해요. 뉴욕 프레스 지의 신문기자라고 하면서 천주단에 대해 자꾸만 묻더군요. '포악스런 행위'를 한다면서 말이죠. 내가 입을 다물고 있자 미끼를 던지기까지 했어요. '우리 편집장이 좋아할 자료를 얻도록 도와주면 충분히 사례를 해주겠소.' 하고 말이죠. 그래서 그자가 좋아할 얘기를 해줬더니 20달러를 주더군요. 그러더니 자기가 알고 싶은 것을 내가 다 말해주면 그 10배로 주겠다는, 그런 얘기도 했어요."

"그래서 무슨 얘기를 해줬나?"

"아무거나 떠들었죠."

"그자가 신문기자가 아니라는 걸 어떻게 알았나?"

"우리 둘 다 홉슨 구에서 내렸는데, 내가 전보국으로 들어가자 그는 벌써 거기서 나오고 있었어요. 창구에 갔더니 직원이 그러더군요. '이건 두 배로 받아야 하는 건데' 하고요. 그 녀석이 친 전보 용지를 보면서 한 소리였는데, 중국어인지 뭔지 모를 글자가 잔뜩 씌어져 있었던 거예요. 그 직원 말로는, 매일 그런 전보를 한 번씩 보낸다는 거였어요. 신문사에 보내는 특종기사라고 했다면서요. 그때는 모두 그런가보다 하고 들었는데, 지금 와서 생각해보니까 그게 아니었어요."

"그런 것 같군. 그럼 이제 이 문제를 어떻게 하면 좋겠나?"

매긴티가 말했다.

"그런데 왜 그자를 당장 해치우지 않는 거죠?"

위원 중 누군가가 흥분해 소리쳤다.

"그래, 빠를수록 좋겠지."

매긴티가 다시 말했다.

"어디에 있는지만 알면 지금 당장이라도 달려가죠. 홉슨 구에 있는 건 아는데 어느 집에 있는지를 모르거든요. 그래서 내 계획은 이렇습니다."

"말해보게."

"내일 아침 그 전보국에 가서 직원한테 물어보려고요. 직원은 주소를 알고 있을 테니까요. 그래서 만약 그자를 찾게 되면 내가 대자유인단에 있다는 걸 알리고, 지부의 비밀을 팔겠다면서 접근하는 거죠. 그리고 집으로 유인하는 겁니다. 서류가 집에 있고, 밤 10시 이후에 와야 안전하다고 하면서 말이죠."

"그 다음엔?"

"그 다음은 직접 지시해주세요. 맥나마라 할머니의 하숙집에는 스캔런과 나밖에 없는데, 할머니가 귀가 먼 데다 집이 외딴 곳에 있기 때문에 아무도 들을 사람이 없습니다. 그자와 약속이 잡히면 곧 알려드릴 테니 여러분들은 9시까지 내집으로 오세요. 만약 그자가 살아 돌아간다면, 정말 그런 일이 일어난다면 그자의 행운에 대해 죽을 때까지 얘기하게 되겠죠."

"핀커튼 탐정 사무소에도 곧 한 사람이 사라지겠군. 맥머드, 그렇게 하세. 내일 9시까지 갈 테니까 놈을 집안으로 잘 유인해주게. 그럼 나머지는 내가 처리하겠네."

매긴티가 말했다.

제14장 _ 버디 에드워즈의 함정

맥머드의 말대로 그의 하숙집은 외딴 곳에 있어 범행을 하기에는 딱 좋은 장소였다. 그는 전보국으로 가기 위해 정거장에서 차를 기다리고 있었다. 그러다 머빈 대장이 그를 보고는 다가와 말을 걸었다. 하지만 맥머드는 그를 외면해버렸다.

오후에 조합으로 돌아와 그는 매긴티를 만났다.

"그자와 약속을 잡았습니다."

"좋아!"

매긴티가 말했다. 그의 조끼 위에는 다이아몬드 핀이 번쩍번쩍 달려 있었다. 술집 사업과 정치로 그는 큰 부자가 되었던 것이다.

"녀석이 뒷조사를 많이 한 상태던가?"

그는 걱정스러운 표정으로 물었다.

"여기 온 지 꽤 됐다고 하더군요. 적어도 6주일은 된 모양입니다. 그동안 대기업의 후원으로 깊이 파고들어 일하고 있었다면 벌써 많은 것을 알아내 보고했겠죠."

"우리 지부에는 비밀을 넘겨주거나 하는 머저리 같은 녀석은 없어!"

매긴티가 자신있게 외쳤다.

"아니, 근데 모리스는 모르겠구먼. 그 녀석은 좀 응큼한 데가 있어서 말이야. 만약 그럴 놈이 있다면 그놈밖에 없어. 저녁때까지 애들을 보내서 자백하도록 만들까?"

"뭐 그러시든지요. 하지만 모리스는 좋은 사람이라 그가 얻어맞는다고 생각하니까 마음이 아프군요. 지부에 대해 몇 번 얘기를 나눈 적이 있는데, 우리와 의견이 똑같지는 않지만 그렇게 배신할 사람으로는 생각되지 않습니다."

"아니야, 이번 참에 녀석을 손봐줘야겠어. 1년도 더 전부터 내가 주시를 하고 있었거든."

"뭐 당신이 알아서 하시겠지만 하더라도 내일 이후에 해야 됩니다. 그 녀석을 처치할 때까지는 조용히 있어야 하니까요. 특히 오늘은 경찰을 건드리면 안 됩니다."

"그렇겠네. 그리고 버디 에드워즈가 어디서 정보를 알아냈는지 자백하도록 하세. 심장을 갈라서라도 알아내고 말겠어. 함정은 눈치채지 못했겠지?"

맥머드가 웃으며 대답했다.

"그놈이 원하는 천주단의 비밀을 다 넘기겠다고 했으니까 악착같이 달라붙겠죠. 돈도 미리 받았거든요."

그는 돈을 꺼내 흔들어보였다.

"서류를 내밀면서 더 받아내 보려고요."

"무슨 서류를?"

"서류가 뭐가 있겠어요. 놈한테는 조직의 규약이나 단원들의 명단 등이 있다고 말해두었는데, 뭐 끝까지 파고들려고 하겠죠."

"그렇겠지. 그런데 놈이 왜 서류를 안 가지고 왔느냐고 하진 않던가?"

매긴티는 찝찝하다는 표정으로 물었다.

"내가 왜 그런 걸 가지고 다니겠어요. 항상 나를 의심하는 사람들이 있고, 오늘 아침에도 정거장에서 머빈 대장이 말을 걸어오기에 피했거든요."

"음, 그 얘기는 들었네. 이번에 그 탐정 녀석을 해치우고 나면 그 다음엔 머빈을 처치해버리세."

매긴티의 말에 맥머드는 어깨를 으쓱했다.

"어쩌면 소리 소문 없이 끝날지도 모릅니다. 그놈이 밤에 하숙집으로 오기 때문에 누가 볼 사람도 없으니까요. 어쨌든 당신들은 9시까지 와 있으면 돼요. 놈은 10시에 오기로 했는데, 문을 세 번 두드리면 열어주기로 했으니까 그때 안으로 끌어들여 문을 잠그면 됩니다."

"아주 간단하군."

"그런데 그 다음부터가 중요하겠죠. 놈은 무기도 갖고 있을 테니까요. 게다가 나 혼자인 줄 알았는데 일곱 명이나 있으면 상황이 달라질 겁니다. 총을 쏘게 될 거고, 부상자도 생기겠죠. 그렇게 되면 시내의 경관들이 죄다 들이닥칠 겁니다."

"그렇겠지."

"그래서 이렇게 하면 좋을 것 같습니다. 당신들은 모두 큰 방에서 기다리고 있고, 녀석이 오면 현관 옆에 있는 응접실로 일단 들어가게 하는 거죠. 그리고 내가 서류를 가지고 가서 놈이 그걸 들여다보기 시작하면 재빨리 오른팔을 꺾어놓고 당신들을 부르는 겁니다. 당신들은 가능한 빨리 달려와야 합니다. 놈이 힘이 세서 내가 버거울지도 모르니까요."

"잘 생각했네. 이번에 지부가 자네한테 톡톡히 빚을 지겠는 걸. 그렇게 되면 내 후임자로 자네를 당당하게 추천할 수 있을 거야."

"나는 아직 풋내기입니다, 지부장님."

말은 그렇게 해도 맥머드의 얼굴엔 많은 생각이 교차하고 있었다.

하숙집으로 돌아온 그는 그날 밤 일에 대비해 여러가지 준비를 하기 시작했다. 우선 권총을 닦고 탄환을 장착했다. 그런 다음 응접실을 살펴보았다. 세 벽에 창문이 있어 방이 너무 훤히 드러나 보이는 게 신경이 쓰였지만 다행히 길에서 들어가 있기 때문에 큰 문제는 없을 듯 했다. 마지막으로 그는 스캔런과 얘기를 했다. 스캔런은 같은 천주단 소속이긴 해도 소심하고 겁이 많기 때문에 지부의 일에는 참견하지도 못했다. 맥머드는 그에게 간단히 설명해주었다.

"그러니까 스캔런, 내가 자네라면 오늘 밤 여기 있지 않고 어디로 피신을 가겠네."

"그래 맞아, 존. 난 용기가 없어. 다만 지부에서 나를 욕하지만 않으면 좋겠어."

일곱 명은 예정된 시각에 도착했다. 단정한 차림이라 겉으로는 멀쩡한 시민들이지만 가만 보면 입매와 눈초리에 잔인성이 엿보이는 사람들이었다. 그들은 우선 위스키를 한 잔씩 마셨다. 볼드윈과 코맥은 오기 전에 이미 취해 있었는데, 술기운을 빌어 잔혹성에 불을 지를 판이었다. 맥머드는 누구보다 강인한 정신을 갖고 있었다. 큰일을 맡고 있으면서도 그는 냉정하고 태연한 자세를 유지했다. 단원들도 그걸 알아차리고 칭찬할 정도였다.

"자네는 그놈을 잘 처리할 거야. 자네한테 목이 졸릴 때까지도 놈은 모르고 있을 걸. 그런데 창문에 덧문이 없어서 좀 신경 쓰이네."

매긴티가 말했다. 그러자 맥머드는 창문의 커튼을 모두 쳤다.

"자 이렇게 치면 밖에서 안 보입니다. 이제 놈이 올 시간이 됐군요."

"안 오는 거 아닐까? 냄새 맡았는지도 모르지."

비서가 방정맞은 소리를 했다.

"올 거니까 잠자코 있어요. 그자도 나를 만나고 싶어하니까. 아, 소리 난다!"

모두들 움직이지 않는 인형처럼 굳어있었다. 노크 소리가 크게 세 번 들렸다.

"쉿!"

맥머드가 손을 들며 속삭였다. 일곱 명은 환호라도 지를 듯한 표정으로 권총에 손을 갖다댔다.

"절대 소리 내면 안 돼요!"

맥머드는 속삭이며 가만히 응접실 문을 닫고 나갔다.

암살자들은 복도를 걸어가는 맥머드의 발자국 소리에 귀를 기울이고 있었다. 곧 현관문 여는 소리가 들리더니 인사말이 오가는 것 같았다. 이윽고 안으로 들어오는 남자의 발소리와 목소리가 들려왔다. 그런 다음 문이 닫히고 자물쇠 잠그는 소리가 들렸다. 사냥감이 덫에 걸려든 순간이었다.

둘이서 소곤대는 소리가 한동안 이어졌다. 그러더니 응접실 문이 열리며 맥머드가 입에 손을 대고 들어왔다. 그는 모두를 쳐다보았는데 뭔가 변화가 있는 듯 했다. 표정은 긴장으로 굳어있고 눈빛은 흥분으로 불타고 있었다. 모두 그를 주목하고 있는데 맥머드는 한 마디도 하지 않고 한 사람 한 사람을 강렬한 눈빛으로 쳐다보기만 했다.

매긴티가 먼저 입을 열었다.

"어떻게 됐나? 버디 에드워즈는 왔나?"

"그렇소. 버디 에드워즈는 여기 있소. 내가 바로 버디 에드워즈요!"

맥머드는 침착하게 말했다.

10초 동안 난로 위 주전자의 물 끓는 소리가 귀를 어지럽혔다. 압도하는 힘으로 서있는 남자를 올려다보며 일곱 명의 얼굴은 그대로 얼어붙어버렸다. 곧 유리창이 깨지며 총이 겨눠지고 커튼이 찢겨나갔다. 매긴티는 상처 입은 곰처럼 으르렁거리며 방문 쪽으로 달려갔다. 그러나 거기도 이미 총이 기다리고 있었다. 머빈 대장의 매서운 눈빛이 방아쇠 뒤에서 번쩍거리고 있었던 것이다. 매긴티는 쓰러질

듯 다시 돌아와 의자에 앉았다.

"의원님, 거기가 더 안전할 겁니다."

맥머드라고 알려졌던 그 사나이가 말했다.

"그리고 볼드윈, 네놈도 권총을 내려놔! 지금 무장 경찰 40명이 집을 에워싸고 있으니까 잘 판단하라고. 자 머빈 대장, 권총을 빼앗으시오!"

일곱 명의 남자들은 모두 무기를 빼앗긴 채 두려운 표정으로 테이블 가에 가만히 앉아있었다.

"마지막으로 한 마디 하겠다. 다음 번엔 우리가 법정에서 만나게 되겠지. 나는 말했다시피 핀커튼 탐정 사무소의 버디 에드워즈다. 나는 당신들의 조직을 무너뜨리기 위한 임무를 맡아 이곳에 와서 위험한 일을 했다. 내가 이런 일을 하는지는 그동안 아무도 몰랐다. 알고 있었던 사람은 머빈 대장과 일을 맡긴 사람들 뿐이다. 자 이제 내 임무도 끝났고, 난 승리했다!"

일곱 명의 창백한 얼굴이 그를 쳐다보았다. 그들의 눈빛엔 숨길 수 없는 증오심이 담겨있었다. 버디 에드워즈는 물론 위협을 알아차렸다.

"아직 끝나지 않았다고 생각할지 모르지만, 당신들 중에 최소한 60명은 감옥에 가게 될 것이다. 내가 처음 이 일을 맡았을 때는 이런 결사 조직이 있는지도 몰랐다. 그저 지어낸 이야기라고만 생각했었다. 그래서 직접 알아보려고 시카고로 가서 대자유인단의 단원으로 들어갔다. 그곳은 나쁜 일을 하지 않고 오히려 좋은 일을 많이 하는 곳이었다. 그래도 나는 더 알아보기 위해 이곳으로 옮겨왔다. 여기 와서 비로소 나는 그게 만들어낸 얘기가 아니라는 걸 알게 됐다. 내가 했다는 건 다 거짓말이었다. 사람을 죽인 적도 없고, 위조지폐를 만든 적도 없었다. 당신들에게 준 돈은 다 진짜 지폐였다. 나는 당신들에게 호감을 사는 방법을 알고 있었기 때문에 경찰에 쫓기는 척 했다. 볼드윈, 네놈이 스탱거 씨를 죽이려 했을 때 내가 네놈을 밀쳐냈지. 하지만 댄과 멘지스가 살해될 때는 내가 미리 알지 못했기 때문에 구할 수가 없었다. 대신 그들을 죽인 범인들은 교수대로 보낼 것이다. 체스터 윌콕스의 집을 폭파했을 때는 내가 그에게 미리 알려 줬었지. 그밖에 내가 미리 막지 못한 범행들도 많이 있었지만, 내가 도와서 당하지 않았던 사람들도 여럿 있었다. 잘 생각해보면 떠오를 것이다."

"이 배신자야!"

매긴티가 이를 갈며 말했다.

"그렇다, 존 매긴티. 맘대로 불러도 좋다. 너희 일당은 하느님의 원수이며, 이 지방 사람들의 적이었다. 나는 너희에게 시달리는 이 지역 사람들을 건져내기 위해 애썼다. 남자로서 참 할만한 일이더군. 그러니 너는 나를 배신자라고 부르지만, 나를 구세주라고 부를 사람도 수천 명은 있을 것이다. 그들을 구하기 위해 3개월간 나는 수도 없이 여러 번 지옥까지 갔으니까 말이다. 이제 두 번 다시 이런 일은 하고 싶지 않다. 워싱턴 재무부의 돈을 다 갖다 쓰라고 해도 말이다. 내가 편지를 받지 않았다면 모든 걸 다 알아내기까지 좀 더 기다리려고 했다. 그런데 내 비밀이 드러날 위험이 있었지. 그래서 이렇게 하기로 결론을 내렸던 것이다. 자 이제 더이상 할 말은 없다. 죽을 때가 되면 이 골짜기에서 한 일이 떠오를 것이고, 마음 편히 눈 감을 수 있을 것 같다. 그럼 머빈 대장, 다 끝났으니 이제 철수하셔도 되겠네요."

스캔런은 에티에게 전해달라는 편지 하나를 들고 가벼운 걸음으로 그녀의 집으로 갔다. 다음날 아침 일찍 아름다운 여자 하나와 얼굴을 가린 남자 하나가 철도회사에서 특별히 준비한 열차에 올라타고 조용히 마을을 빠져나갔다. 그리고 열흘 후 그들은 에티 아버지가 증인을 선 가운데 시카고에서 결혼했다.

천주단에 대한 재판은 안전을 위해 멀리 떨어진 곳에서 열렸다. 그들은 최후의 발악을 했지만 별 수 없었다. 그동안 공갈 협박으로 소기업들에서 뜯어낸 자금을 다 쏟아부으며 어떻게든 벗어나려 했으나 아무런 소용이 없었다. 그들의 상세한 범죄 기록과 온갖 내부적인 일까지 자세히 알고 있는 증인의 명확한 진술 앞에서는 변호인들도 속수무책이었다. 얼마 후 그들은 모두 사라졌다. 매긴티는 교수대에서 마지막 순간 울며 떠나갔고, 여덟 명의 충복들도 같은 운명을 맞았다. 그리고 50명 이상이 감옥으로 들어갔다. 그렇게 버디 에드워즈의 일은 마무리 되었다.

그러나 그의 예감대로 전쟁은 아직 끝나지 않았다. 그후 수없이 여러번 위협이 다가왔다. 테드 볼드윈이 사형되지 않고 남아있었던 것이다. 그리고 윌러비 형제와 다른 몇 명이 더 있었다. 10년 후 그들은 세상에 다시 나와 활보를 시작했다. 버디 에드워즈를 죽여 동지들에 대한 복수를 하겠다고 굳게 맹세했다. 결국 에드워즈는 시카고를 떠나 캘리포니아로 갔다. 그곳에서 두 번이나 습격을 받기 때문이다. 또 다른 시련도 있었다. 에티가 죽은 것이다. 그는 자신의 생명도 꺼져버린 듯 했다. 그 후 또 다시 죽을 뻔한 위기가 오자 그는 이름을 더글러스로 바꾸고 협곡의 광산에서 일하며 재산도 상당히 모았다. 그러나 악당들은 거기까지 그를 따라왔다. 더글러스는 마침내 그곳을 떠나 영국으로 건너갈 수밖에 없었다. 그것도 마지막 순간에 간신히 피하다시피 했다. 그리고 아름다운 여자를 만나 재혼을 하고 서섹스에서 평온한 5년을 보내고 있던 참이었다. 그러다 마지막에 우리가 알고 있는 그 기괴한 사건이 일어났던 것이다.

에필로그

경찰의 재판이 끝나고 존 더글러스 사건은 상급 재판으로 올라갔다. 거기서 그는 순회 재판을 받았는데, 정당방위로 인정돼 결국 석방되었다.

홈스는 더글러스 부인에게 편지를 보냈다. '남편을 영국 밖으로 떠나게 해야 합니다. 지금까지는 간신히 위험을 피해왔지만 이곳 영국에는 더 무서운 적들이 노리고 있습니다. 여기서는 결코 안전할 수가 없습니다.' 하는 내용이었다.

그리고 2개월쯤 후, 어느날 아침 홈스는 이상한 편지 하나를 받았다. 수신자와 발신자 이름도 씌어있지 않았다. 다만 '아, 홈스 씨! 아!' 라고만 씌어있었다. 나는 별것 아니라고 생각했지만 홈스의 표정은 몹시 굳어있었다.

"아, 악마가 한 짓이야, 왓슨!"

홈스는 찌푸린 얼굴로 한동안 꼼짝 않고 앉아있었다.

그날 밤 허드슨 부인이 방문을 열고는 한 남자가 급히 홈스를 만나야 한다면서 지금 와있다고 했다. 들어온 남자는 바로 세실 바커였다. 그의 얼굴은 무척 말라있었다.

"홈스 씨, 나쁜 소식이 있습니다. 너무 무서운 소식이군요."

"나도 예감하고 있었습니다."

홈스가 말했다.

"전보를 받으셨나요?"

"전보를 받은 사람이 내게 편지를 보냈어요."

"더글러스가 죽었습니다. 3주 전에 부부가 함께 팔마일러 호를 타고 남아프리카로 떠났는데, 어젯밤 케이프타운에 도착했어요. 그런데 오늘 아침 부인이 전보를 보낸 거에요. '세인트 헬레나 바다에서 존이 폭풍 때문에 바다로 떨어졌다. 어떤 상황이었는지 모른다.' 라고 써서 말이죠.

"아! 그렇게 썼어요? 멋진 연출을 했군."

홈스는 생각에 잠기며 말했다.

"그럼 단순 사고가 아니란 얘긴가요?"

"절대 아니죠."

"피살된 겁니까?"

"그렇게 생각합니다."

"나도 그런 생각이 들어요. 그 야만적인 천주단이 복수를……."

"아니요. 그게 아닙니다. 어떤 거물이 손을 쓴 겁니다. 총신을 자른 엽총을 쏜다든지 하는 서투른 자들이 아니에요. 필적이 아주 명필이거든요. 그냥 봐도 그건 모리아티의 짓인 게 분명합니다. 미국 사람들 짓이 아니라 런던에 있는 사람이 한 짓이죠."

"어떻게 그걸 아십니까?"

"절대 실패하지 않는 사람의 짓이라는 게 확실하기 때문입니다. 그는 뭐든지 하면 분명하게 잘 하기 때문에 암흑계의 거인으로 군림하고 있죠. 틀림없이 그 사람의 도움을 받은 겁니다. 그는 두뇌와 큰 조직을 갖고 있어서 한 사람을 암살하는 정도는 일도 아니거든요. 호두 하나 깨는 데 망치를 쓰는 격이지요. 쓸데없는 정력 낭비이긴 하지만…… 그래도 아무튼 호두는 확실히 깨지니까요."

"그런 사람이 어떻게 이런 일을 하게 됐을까요?"

"내가 아는 건, 그자의 부하한테서 처음으로 이 사건에 대한 소식을 받았다는 것 뿐입니다. 그 미국인들이 영리하게 머리를 쓴 것 같군요. 그 범죄계의 대부에게 도움을 구했으니까요. 이 대부는 희생될 목표물을 찾는 것 따위는 일도 아니고, 그런 다음 어떤 방법을 쓸 것인가를 생각했겠죠. 그런데 신문을 통해 암살자가 실패한 것을 알고는 자신이 직접 나선 겁니다. 내가 더글러스 부부에게 더 큰 위험이 도사리고 있다고 말한 것 들으셨죠? 내 말대로 되지 않았습니까?"

바커는 주먹으로 자기 머리를 쳤다.

"그럼 이렇게 당하고도 가만히 있어야 합니까? 그 범죄의 왕에게 보복의 화살을 당길 사람이 아무도 없다는 겁니까?"

"아니, 그렇게 말할 수는 없어요."

홈스의 눈빛이 먼 곳을 내다보고 있는 것 같았다.

"아무도 할 수 없는 건 아니겠지요. 하지만 시간이 걸릴 겁니다. 시간이 걸릴……"

우리는 모두 침묵한 채 앉아있었지만 홈스의 눈빛은 운명의 도전을 향해 어두운 장막을 꿰뚫으려는 듯 진지하게 열려있었다.

아서 코난 도일 연보

1859년 5월 22일 스코틀랜드 에든버러 시의 피카디 플레이스에서 공무
원인 아버지 찰스 도일과 어머니 메리 도일 사이에서 둘째아들로
태어남.

1870~75년 랭카스의 예수회 학교인 스토니 허스트에서 5년간 중등교육
을 받음.

1875~76년 펠트커크에 위치한 예수회 대학에서 수학. 이후 의학 공부를
하기 위해 에든버러 대학에 입학. 에든버러 보건소 외과 의사인
조셉 벨 밑에서 수학. 은사였던 조셉 벨 교수는 독특한 유머와 날
카로운 관찰력을 지닌 사람으로, 후에 셜록 홈스의 모델이 됨.

1879년 첫 번째 이야기 『사삿사 계곡의 미스터리』를 에든버러의 주간지
〈챔버스 저널〉에 기고.

1881년 대학을 졸업. 의사 자격증을 획득한 뒤 아프리카 서해안을 항해
하는 화물선의 선의로 근무.

1882년 플리머스 시 교외에서 병원을 개업.

1885년 루이스 호킨스와 결혼. 매독에 대한 논문으로 의학 박사 학위를
취득.

1886년 전부터 동경해 오던 에드거 앨런 포와 가보리오의 영향으로 탐정
소설을 쓰기로 결심. 홈스 시리즈 중 최초의 작품인 『주홍색 연
구』를 완성하지만 출판사에서 출간을 원하지 않아 이듬해에 발
표됨.

1889년 역사소설인 『미카 클라크』가 출간되어 인기를 얻음.

1890년 『굳건한 거들스턴』 출간. 『네 사람의 서명』이 〈리핀콧 매거진〉에
실림. 비엔나에서 안과학을 공부하기 위해 오스트리아로 떠남.

1891년 런던에서 안과 전문의로 개업했지만 경영 악화로 의사 생활을 접
고 작가로 살아갈 것을 결심. 사우스노드로 거주지를 옮김. 〈스
트랜드 매거진〉에 홈스 시리즈물을 차례로 발표.

1892년 단편집 『셜록 홈스의 모험』 출간.

1893년 루이스가 결핵 진단을 받음. 셜록 홈스 단편이 〈스트랜드 매거

진)에 계속 발표된 뒤 『셜록 홈스의 회상』이라는 제목으로 묶임. 이 중 하나가 『마지막 사건』으로, 코난 도일은 셜록 홈스가 라이헨바흐 계곡에서 떨어져 죽는 것으로 설정. 아버지 찰스 도일 사망.

1894년 『붉은 등불 주위에서』 출간.

1900년 보어 전쟁 당시 남아프리카로 의사를 자원하여 떠남. 『위대한 보어 전쟁』 출간. 에든버러 선거구에서 자유 연합당원 후보자로 출마했으나 낙선.

1902년 나이트 작위를 수여받음.

1903년 독자들의 요청으로 다시 홈스 시리즈를 집필.

1905년 마지막 단편집인 『셜록 홈스의 귀환』을 출간.

1906년 아내인 루이스가 사망함.

1907년 9월 18일에 진 레키와 재혼. 서섹스 주로 이주.

1912년 SF 소설『잃어버린 세계』를 출간.

1914년 제1차 대전이 발발하자 자원함. 홈스 이야기인『공포의 계곡』이
〈스트랜드 매거진〉에 연재 시작.

1916년 코난 도일은 처음으로 전선을 방문하여 프랑스에서 영국의 참전
을 촉구함. 더블린에서 부활절 봉기 사건 반역 혐의로 처형당한
로저 케이스먼트 경의 구명 운동이 무위로 돌아감(『잃어버린 세
계』에서의 존 록스턴 경은 부분적으로는 케이스먼트 경의 모델임.)

1917년 〈스트랜드 매거진〉에 단문『셜록 홈스 씨의 성격에 대한 소고』를
발표. 네 번째 단편집인『셜록 홈스의 마지막 인사』를 출간함.

1927년 다섯 번째 단편집인『셜록 홈스의 사건집』을 출간.

1930년 7월 7일, 크로버러 자택에서 사망함.